LA DUCHESSE DE MILAN

DU MÊME AUTEUR
CHEZ LE MÊME ÉDITEUR

Byzance

Michael Ennis

LA DUCHESSE DE MILAN

Roman

PRESSES DE LA CITÉ

Titre original : *Duchess of Milan*
Traduit par Guy Casaril

Édition originale : Viking Penguin US

ISBN 2-258-03620-8

L'Italie vers 1492

Les Maisons régnantes en France et en Italie en 1491

FRANCE
Maison de Valois

Louis XI
(né en 1423)
ROI DE FRANCE
(1461-1483)
ép.
Charlotte de Savoie [1]
(1440-1483)

- **Anne de Beaujeu**
  (née en 1461)
  RÉGENTE DU ROYAUME DE FRANCE
  (1483-)
  ép.
  Pierre de Beaujeu

- **Charles VIII**
  (né en 1470)
  ROI DE FRANCE
  (1483-)

FERRARE
Maison d'Este

Azzo VI d'Este
MARQUIS DE FERRARE
(1170-1212)

Hercule Ier
(né en 1431)
DUC DE FERRARE
(1471-)
ép.
Éléonore d'Aragon
(1473)

- **Isabelle d'Este**
  (née en 1474)
  MARQUISE DE MANTOUE
  ép.
  François Gonzague
  MARQUIS DE MANTOUE
  CAPITAINE DES ARMÉES DE VENISE
  (1489)

- **Béatrice d'Este**
  (née en 1475)
  DUCHESSE DE BARI
  ép.
  Ludovic Sforza
  DUC DE BARI
  (1491)

- *Alphonse d'Este* *(né en 1476)*
- *Ferrante d'Este* *(né en 1477)*
- *Hyppolite d'Este* *(né en 1479)*
- *Sigismund d'Este* *(né en 1480)*

1. Charlotte de Savoie était la soeur de Bonne de Savoie, mère du duc de Milan, ainsi le duc de Milan et le roi de France étaient cousins germains.
2. Petit-fils de Valentine Visconti, Louis, duc d'Orléans, prétend au titre de duc de Milan.

MILAN
Maisons de Visconti et Sforza

Gian Galeazzo Visconti
(1351-1402))
DUC DE MILAN
(1395-1402)

- *Philippe -Marie Visconti*
  (1389-1447)
  DUC DE MILAN
  (1412-1447)

- *Blanche -Marie Visconti*
  (1424-1468)
  DUCHESSE DE MILAN
  ép.
  François Sforza
  (1401-1466)
  DUC DE MILAN
  (1450-1466)

- *Valentine Visconti*
  (1366-1408)
  ép.
  Louis de Valois
  DUC D'ORLÉANS
  - *Louis de Valòis* [2]
    (né en1463)
    DUC D'ORLÉANS

[Children of François Sforza and Blanche-Marie Visconti:]

- ***Galéas-Marie Sforza***
  (né en 1444, ass. en 1476)
  DUC DE MILAN
  (1466-1476)
  ép.
  Bonne de Savoie
  (née en1448)
  DUCHESSE DE MILAN
  (1468-1476)
  - ***Jean-Galéas Sforza***
    (né en 1469)
    DUC DE MILAN
    (1476-)
    ép.
    Isabelle d'Aragon
    (1489)
    - ***François Sforza***
      (né en 1490)
      COMTE DE PAVIE
  - ***Blanche-Marie Sforza***
    (née en 1472)

- ***Ludovic Sforza***
  Le More
  (né en 1451)
  DUC DE BARI
  (1479-)
  RÉGENT DU DUC DE MILAN
  (1479-)
  ép.
  Béatrice d'Este
  (1491)

- *Ascanio Sforza*
  (né en 1455)
  CARDINAL
  (1485-)

NAPLES
Maison d'Aragon

Alphonse Ier
(1385-1458)
PREMIER ROI DE NAPLES ARAGONAIS
(1442-1458)

- ***Ferrante I***[er]
  (né en 1424)
  ROI DE NAPLES
  (1458-)
  - ***Alphonse***
    (né en 1448)
    DUC DE CALABRE
    - *Ferrantino*
      (né en 1468)
      PRINCE DE CAPOUE
    - ***Isabelle d'Aragon***
      (née en 1471)
      DUCHESSE DE MILAN
      ép.
      Jean-Galéas Sforza
      DUC DE MILAN
      (1489)
  - ***Éléonore d'Aragon***
    (née en 1455)
    DUCHESSE DE FERRARE
    ép.
    Hercule d'Este
    DUC DE FERRARE
    (1473)

La dernière décennie du XV*e siècle fut un des moments décisifs de l'histoire du monde, mais non point parce qu'un marin génois nommé Christophe Colomb arriva en vue des Antilles en 1492. Qu'une poignée de marins tombe sur quelques îles ne figurant sur aucune carte, au large de l'Afrique ou un peu plus loin vers l'ouest, n'avait rien de bien surprenant pour les esprits cosmopolites de cette fin de siècle. Aux yeux des contemporains de la découverte de l'Amérique, ce fut la Renaissance italienne, avec son fantastique essor commercial et sa splendeur culturelle, qui apparut comme un monde nouveau et étonnant. Et ce fut en Italie, pendant ces quelques années, que le cours de l'histoire allait être irrévocablement brisé et reconstitué selon d'autres lignes de forces, qui décideraient du destin des nations – dans le Nouveau Monde comme dans l'Ancien – jusqu'au milieu de notre* XX*e siècle.*

A l'épicentre de ce bouleversement historique se trouvent deux jeunes femmes : Isabelle d'Aragon, l'épouse âgée de vingt ans du duc de Milan Jean-Galéas Sforza, et Béatrice d'Este, encore adolescente et mariée à Ludovic Sforza, dit « le More », duc de Bari, régent du duché de Milan et l'homme le plus important d'une époque fort mouvementée. Au cours de cette décennie cruciale, aucun homme n'ébranla le monde autant que le firent les passions de Béatrice et d'Isabelle. Quand leurs cœurs s'apaisèrent, la face de la Terre avait changé à jamais.

Personnages

Protagonistes au début de l'action :

ALPHONSE D'ARAGON (né en 1448), duc de Calabre. Père d'Isabelle d'Aragon, fils de Ferrante d'Aragon et héritier présomptif du royaume de Naples.

BÉATRICE D'ESTE (née en 1475), duchesse de Bari. Épouse de Ludovic Sforza le More et cousine germaine d'Isabelle d'Aragon.

BONNE DE SAVOIE (née en 1448), duchesse mère de Milan. Mère de Jean-Galéas Sforza, duc de Milan, et tante du roi de France Charles VIII.

CECILIA GALLERANI (née en 1465). Maîtresse du More.

CHARLES VIII (né en 1470), roi de France. Neveu de Bonne de Savoie et donc cousin germain du duc de Milan.

ÉLÉONORE D'ESTE (née en 1455), duchesse de Ferrare. Fille de Ferrante d'Aragon et mère de Béatrice d'Este.

FERRANTE D'ARAGON (né en 1424), roi de Naples. Grand-père maternel de Béatrice d'Este et grand-père paternel d'Isabelle d'Aragon.

GALEAZZO DI SANSEVERINO (né en 1461). Capitaine général des armées de Milan.

HERCULE D'ESTE (né en 1431), duc de Ferrare. Père de Béatrice.

JEAN-GALÉAS SFORZA (né en 1469), duc de Milan. Neveu du More et époux d'Isabelle d'Aragon.

ISABELLE D'ARAGON (née en 1471), duchesse de Milan. Fille d'Alphonse d'Aragon et cousine germaine de Béatrice d'Este.

ISABELLE D'ESTE (née en 1474), marquise de Mantoue. Sœur aînée de Béatrice d'Este et épouse de François Gonzague, capitaine général des armées de Venise.

LUDOVIC SFORZA LE MORE (né en 1451), duc de Bari et régent du duché de Milan. Oncle de Jean-Galéas Sforza, duc de Milan, et époux de Béatrice d'Este.

Personnages secondaires :

AMBROGIO DA ROSATE, premier médecin et astrologue à la cour de Milan.

ANNE DE BEAUJEU, sœur de Charles VIII et régente du royaume de France.

ANTONELLO DI SANSEVERINO, prince de Salerne en exil, oncle de Galeazzo di Sanseverino, conseiller de Charles VIII.

BERNARD STUART D'AUBIGNY, conseiller de Charles VIII, ambassadeur de France à Milan en 1491.

BERNARDINO DA CORTE, gouverneur du château de Porta Giovia.

BLANCHE SFORZA (née en 1480), fille illégitime du More.

BLANCHE-MARIE SFORZA (née en 1473), fille de Bonne de Savoie et donc sœur du duc Jean-Galéas, future épouse de l'empereur Maximilien.

COMTE CARLO BELGIOIOSO, ambassadeur de Milan en France.

FRANÇOIS GONZAGUE, marquis de Mantoue et capitaine général des armées de Venise, époux d'Isabelle d'Este.

FRANÇOIS SFORZA (né en 1490), comte de Pavie et héritier présomptif du duché de Milan. Fils de Jean-Galéas Sforza et d'Isabelle d'Aragon.

GIACOMO TROTTI, ambassadeur de Ferrare à Milan.

GIROLAMO DA TUTTAVILLA, diplomate à la cour de Milan.

GUILLAUME DE BRIÇONNET, évêque de Saint-Malo, principal conseiller du roi Charles VIII.

LÉONARD DE VINCI, ingénieur et peintre à la cour de Milan, au service du More depuis 1482.

LOUIS DE VALOIS, DUC D'ORLÉANS, cousin de Charles VIII et premier prince du sang, futur Louis XII. Prétendant au trône ducal de Milan du fait qu'il est le seul descendant de Valentine Visconti.

MAXIMILIEN, archiduc d'Autriche, futur empereur du Saint Empire romain germanique.

POLISSENA ROMEI, dame d'honneur de Béatrice d'Este.

VINCENZO CALMETA, secrétaire de Béatrice d'Este et poète.

Décédés :

BLANCHE-MARIE SFORZA, née Visconti (1424-1468), fille illégitime de Philippe-Marie Visconti, épouse de François Sforza, mère du More.

PHILIPPE-MARIE VISCONTI (1389-1447), dernier duc appartenant à la maison de Visconti, qui régnait sur Milan depuis 1277.

FRANCESCO SFORZA (1401-1466), père du More et grand-père de Jean-Galéas, premier Sforza duc de Milan (1450-1466). Célèbre *condottiere* à la solde des Visconti, il épousa la fille illégitime de Philippe-Marie, Blanche-Marie, et revendiqua le titre de duc de Milan lorsque Philippe-Marie mourut sans héritier légitime.

GALÉAS-MARIE SFORZA (né en 1444, assassiné en 1476), fils aîné de Francesco Sforza, duc de Milan de 1466 à sa mort, frère du More, époux de Bonne de Savoie et père de Jean-Galéas, duc de Milan.

PROLOGUE

Milan, décembre 1490

– Massez les parties douces.

La voix de messer Ambrogio da Rosate, médecin et astrologue de la cour de Milan, susurra mystérieusement entre ses lèvres ramollies par le grand âge.

La duchesse de Milan, pourtant assise dans le fauteuil de travail juste au-dessous du regard larmoyant de messer Ambrogio, ne put entendre l'ordre murmuré. Mais elle remarqua que le médecin faisait signe du bout de ses doigts, et elle sentit la sage-femme tendre la main vers elle, ainsi qu'une harpie griffue surgie des brumes sombres de la souffrance et de la peur. Au même instant, la duchesse perçut le premier rayon de lumière et se dit qu'elle devait fuir vers lui.

– Écarte-toi, *puttana* ! Si tu me touches encore là, je t'étrille ! s'entendit crier la duchesse, comme de très loin.

Il lui sembla que la femme reculait, non pas sous l'effet de sa voix assourdie, mais de la lumière, halo doré abstrait dans lequel elle se sentait flotter. Elle dégagea la chemise de fin lainage drapée sur le haut de ses cuisses, puis elle posa les doigts sur ses « parties douces » distendues, brûlantes de douleur, et sentit le crâne lisse, humide du bébé.

– Il vient ! *Al nome d'Iddio Gesù,* il vient !

Elle cambra les reins, et la poussée fut si forte qu'elle eut l'impression que la lumière happait ses entrailles. Elle gémit comme une possédée, puis hurla.

– Appuie-toi contre le fauteuil, espèce de garce pisseuse !

La sage-femme, bientôt aidée par une des dames de compagnie de la duchesse, s'arc-bouta au lourd fauteuil de travail. Messer Ambrogio fit signe à son assistant de soulever la chemise de la duchesse, et s'accroupit pour regarder entre les jambes. Il haussa les sourcils, puis se dirigea rapidement vers la porte, sa longue cape de velours à la traîne. Au premier pas qu'il fit dans le couloir, il rencontra le chambellan, à son poste près de la porte.

– Les témoins, lança messer Ambrogio en haletant pour élever la voix. Faites revenir les témoins. Cette fois, je suis certain que la duchesse va donner naissance.

Quelques minutes plus tard, une demi-douzaine d'hommes – des prélats de haut rang en lourde robe de damas ou des dignitaires de l'État en pourpoint de soie brodée et chausses de laine de couleur claire – penchaient la tête vers le petit crâne couvert de sang qui apparaissait sous la chemise de la duchesse. Messer Ambrogio fit signe à son assistant de relever de nouveau le bas de la chemise, pour que les témoins puissent attester irréfutablement l'authenticité de l'enfant. Les yeux gris-vert de la duchesse, comme éclairés de l'intérieur, fixaient un point lointain, au-delà des doctes hochements de tête de ces messieurs.

La tête sortit. Les joues de la duchesse se couvrirent de sueur et les muscles de son cou se contractèrent. La sage-femme prit la tête entre ses mains et se mit à tirer. La duchesse montra les dents et gronda.

– Ne tire pas.

La sage-femme plaça ses mains en berceau sous la tête de l'enfant et ne bougea plus, tandis que la duchesse se replongeait dans sa rêverie. Les épaules sortirent, puis, en deux sursauts, le bébé glissa dans les mains de la sage-femme. Elle souleva la masse luisante, les témoins observèrent le sexe et échangèrent gravement des murmures.

La duchesse regarda à travers les buées dorées qui limitaient sa vision. L'aine gonflée, écarlate de son enfant lui parut aussi brillante qu'un rubis. Une bouffée d'émotion la suffoqua, et elle crut voir passer devant elle Dame Fortune en robe de lumière, qui lui adressait un sourire plus étincelant que le soleil et lui tendait son enfant. Son fils. Le futur duc de Milan.

La sage-femme tourna le bébé hurlant vers la cuvette pleine d'eau tiède, posée à côté du fauteuil, mais la duchesse le lui arracha des mains.

– C'est moi qui l'ai fait, lança-t-elle, la lèvre supérieure hautaine.

Elle essuya le vernis blanchâtre sur le visage de l'enfant avec l'ourlet de sa chemise. Il cessa de crier, crachota et toussa. La duchesse leva les yeux vers les témoins.

– Vous avez vu mon fils. Partez.

Ces messieurs répondirent en un murmure, s'inclinèrent et sortirent.

L'assistant de messer Ambrogio ligatura et coupa le cordon ombilical pendant que l'enfant se trouvait encore entre les bras de la duchesse. Au moment où celle-ci se convulsa pour expulser le délivre, la sage-femme tendit les mains vers l'enfant.

– Ne le touche pas!

Le visage rubicond de la matrone devint cramoisi, et elle recula.

Un instant plus tard, le placenta sortit et tomba par terre. L'assistant de messer Ambrogio ramassa aussitôt les matières rejetées dans un plat d'argent.

– Prenez vos affaires et laissez-moi, dit la duchesse.

Messer Ambrogio murmura quelques mots à la sage-femme, s'inclina et entraîna son assistant vers la porte.

– Aidez-moi à ôter ma chemise.

La voix de la duchesse était soudain plus calme, presque caressante, comme si elle cherchait à séduire un amant. La sage-femme et la dame de compagnie firent passer au-dessus de sa tête le vêtement trempé de sueur et de sang. La duchesse massa un de ses seins, puis caressa le crâne de son enfant; il ouvrit les yeux et dodelina de la tête, comme s'il cherchait le mamelon.

– Votre Altesse... protesta la sage-femme.

Elle avait sous les yeux une vision presque blasphématoire : la duchesse de Milan, Madone nue, assise dans un fauteuil de chêne qui ressemblait à un instrument de torture, jambes écartées révélant son sexe maculé de sang, en train de faire téter son fils, rayonnante d'une extase lasse ainsi qu'une femme épuisée par une nuit d'amour.

– Votre Altesse a eu un accouchement extrêmement difficile...

Mais la duchesse n'entendait plus que le rugissement du vent et de la lumière qui l'emportait.

– Mon fils, murmura-t-elle en caressant du bout des doigts la petite tête chaude, moite. *Gesù*, j'ai fait un fils.

[illegible]

[illegible] la fenêtre [illegible]

[illegible]

[illegible] d'émotion [illegible]

Mais la duchesse [illegible]

[illegible]

PREMIÈRE PARTIE

CHAPITRE 1

Lettre d'Isabelle d'Este de Gonzague, marquise de Mantoue, à sa belle-sœur Élisabeth Gonzague, duchesse d'Urbino.

Pavie, 19 janvier 1491

Ma très chère compagne, dont l'absence me met au désespoir,

Ma sœur Béatrice n'est plus vierge ! Après trois ajournements et les menaces de notre père, sans parler du pire, notre voyage dans des conditions exécrables (j'ai cru que je serais obligée de dormir avec Polissena, l'horrible vieille dame d'honneur de ma sœur, tant elle avait froid – et j'avais si froid moi-même que j'en aurais été ravie !), le mariage a enfin eu lieu il y a trois jours, ici à Pavie, car le More ne doit pas laisser à penser qu'il se considère comme le duc de Milan. Je peux te dire maintenant en toute certitude qu'en dépit de son surnom – et de toutes les railleries dont nous avons accablé la pauvre Béatrice – le More n'est pas un Maure, ni d'ailleurs une autre espèce de nègre. Noir de cheveux, la peau blanche, sa prestance royale me rappelle la statue d'un empereur romain que j'ai vue ici. Il a l'air plus jeune que je ne m'y attendais, étant donné son âge (la quarantaine moins un) et l'importance que tout le monde (lui le premier) semble lui accorder ! Béatrice a de lui une peur bleue. Heureusement, au cours des moments passés ensemble, il s'est surtout occupé de moi. Nous sommes arrivées dimanche après-midi, en bateau depuis Plaisance (les berges sont couvertes de glace et les canaux sont entièrement gelés le matin) et on nous a laissé une journée pour nous réchauffer avant la cérémonie. Le More nous a fait visiter le Castello, et je peux maintenant t'assurer que tout ce qu'on raconte sur sa richesse est vrai. L'argenterie, la vaisselle précieuse, les tableaux, les bijoux, les cristaux, les tapisseries, les livres – il y a une *Chanson de*

Roland reliée de perles et d'or, venue de Dieu sait où (je crois que même en Flandre aucun atelier n'est capable de faire une telle merveille), qui doit valoir plus de vingt mille ducats. *Per mia fe!* J'y songe à l'instant : tu n'es pas au courant du collier que le More a envoyé à Béatrice (il est arrivé après mon départ l'été dernier – une offrande pour apaiser notre père, qui n'est cependant pas venu ici). Quinze grosses perles serties dans des fleurs d'or, avec en pendeloque un rubis entouré de perles et d'émeraudes. Deux cent mille ducats!

En dépit de sa nouvelle richesse, Béatrice a été mise au lit avec la barbarie coutumière. Tout le monde est entré dans la chambre faire le charivari, ils se sont trémoussés en tous sens comme des rustres et des croquants, en faisant le branle et autant de tapage qu'une nuée de sauterelles affamées. Par bonheur, les larmes rituelles ne sont venues à Béatrice que le lendemain matin, heure à laquelle son époux était déjà reparti pour Milan. Je n'exagère pas! Il n'est pas resté seul avec elle plus d'une demi-heure. Il a montré le drap, avec une seule tache qu'il aurait pu faire en crachant (mais Béatrice a confirmé qu'il avait bien effectué la pénétration), et il a filé à cheval sans attendre le lever du jour. Maman affirme qu'il tenait simplement à s'assurer que tout serait prêt pour notre arrivée à Milan. Je suis persuadée que maman garde pour elle un secret – et je suis sûre que tu as déjà deviné lequel.

Nous partirons par le canal demain, et nous espérons terminer notre voyage dimanche matin. La duchesse de Milan doit nous accueillir dans une église près des quais, nous nous rendrons ensuite auprès du More et du duc de Milan et nous défilerons tous à travers la ville avec la pompe de rigueur. Sais-tu que la duchesse de Milan est notre cousine? En fait, Béatrice et elle ont grandi ensemble à Naples. Nous sommes allées là-bas quand nous étions petites, et maman a laissé Béatrice auprès de grand-père – elle y est restée huit ans. Maman craint déjà que la duchesse de Milan ne considère Béatrice comme une rivale – tout le monde ici est persuadé que le More a l'intention de se proclamer duc de Milan. Comme s'il ne l'était pas déjà en tout sauf en titre! On dit que le duc actuel, Jean-Galéas (nous ne l'avons pas encore rencontré), ne fait que chasser le cerf et boire comme un capucin, pendant que le More gouverne l'État à la manière des banquiers florentins – on ne le voit jamais sans un secrétaire à son coude. Mais le duc doit dormir plus tranquille maintenant qu'il a un héritier. Le *puttino* est âgé de six semaines – l'envie me serre la gorge en cet instant même, quand je songe à leur chance. J'ai eu mes fleurs il y a trois semaines, et je ne connaîtrai pas le bonheur tant que je n'aurai pas rejoint mon cher époux pour essayer à nouveau.

J'ai l'impression que mille ans se sont écoulés depuis nos derniers baisers et nos dernières caresses. J'espère que tu es en meilleure santé que lors de ta précédente lettre.

Ta grande amie qui t'adore,

Isabelle de Gonzague, de sa propre main.

*
* *

Milan, 21 janvier 1491

– Des anguilles!

Polissena Romei, dame d'honneur de Béatrice d'Este, la jeune duchesse de Bari, agita soudain sa tête apparemment chauve, comme eût fait un vautour en colère. Elle avait épilé son front basané pendant tant d'années, comme l'exigeait une mode depuis longtemps désuète, que ses cheveux de devant, renonçant à repousser, se cachaient désormais sous le velours noir de son bonnet de veuve. Les regards indignés de Polissena restèrent fixés sur Béatrice et sur la marquise de Mantoue, qui, debout derrière sa sœur, entrelaçait de rubans la lourde tresse de la jeune mariée, qui lui tombait à la taille. D'un ton chargé de venin, Polissena prit à témoin la mère de Béatrice.

– Madame, la duchesse et la marquise ont mangé des anguilles au vinaigre, et maintenant la duchesse est constipée. J'ai prévenu la duchesse à Pavie qu'elle mangeait trop, mais bien entendu sa sœur la marquise l'a encouragée à dévorer comme un manant. La duchesse s'imagine qu'elle peut souper gras puis, simplement parce qu'elle joue à la paume après, ne pas pâtir de ses intestins. La duchesse de Bari souffre maintenant de constipation chronique.

– Maudite bavarde, lança la marquise.

A seize ans, c'était une des beautés les plus admirées d'Italie : des lèvres pleines, sensuelles, un teint charmant de lait et de rose, une silhouette tendant à la volupté et, pour couronner le tout, une extravagante auréole de boucles blondes parsemées de perles. Elle portait un énorme manteau bouffant appelé *cioppa*, en zibeline noire, avec un manchon assorti confectionné dans une peau entière (on remarquait une ressemblance étrange entre le regard belliqueux, curieusement animé de la zibeline morte et les yeux sombres très vifs de la marquise).

Nullement ébranlée par l'absence de repentir de la marquise, Polissena fit pivoter sa tête comme si elle voulait mettre en garde la foule réunie sur la place à l'occasion du mariage. Sur son périmètre, plusieurs centaines de gentilshommes de Ferrare, en armures de cérémonie d'acier, venaient de monter en selle et se regroupaient sous les étendards de soie. L'ordre régnerait bientôt dans ce cordon de cavalerie. Les gentes dames de Ferrare, emmitouflées dans leurs manteaux de fourrure et brocart, diamants et perles étincelant comme des glaçons dans leurs cheveux, bavardaient avec leurs secrétaires et chambellans; des chapelains en soutane, mobilisés d'urgence, aidaient les tailleurs et les soubrettes à mettre la dernière main aux coiffures et aux toilettes des dames. Une douzaine de chanteurs de la cour ducale se rassemblaient autour de deux partitions de musique, tandis que les écuyers retenaient les chevaux capricieux. L'oncle de Béatrice, le cardinal Sigismond d'Este, prit une gorgée de liqueur sucrée dans une coupe d'argent; un prêtre saisit entre le pouce et l'index un grain de poussière égaré sur la cape rouge du cardinal. Un nain, en armure noire miniature, traversa la foule au pas de course en tirant sur les jupes des dames et en aboyant des ordres dénués de sens.

Éléonore d'Este, duchesse de Ferrare, tendit sa main potelée vers le chef du protocole.

– Messer Niccolò! Faites-les avancer tout de suite. La duchesse de Milan nous attend.

Elle se retourna, posa les mains sur ses hanches bien rembourrées et toisa sa fille.

Comme si elle n'avait pas remarqué le geste de sa mère, Béatrice continua de regarder fixement les pavés. On aurait pu lire une tragédie de femme dans le tremblement maîtrisé de ses lèvres, mais le petit nez retroussé et les dents blanches qui semblaient maintenir sa bouche entrouverte conféraient à chacune de ses expressions un caractère enfantin et somme toute futile. Elle avait quinze ans, et l'on n'aurait su dire si ses joues pleines étaient celles d'une très jeune femme à la limite de l'obésité, ou d'une adolescente à la veille de perdre ses rondeurs de bébé pour devenir une jolie femme.

– Tu as pleuré tout ton saoul ce matin, dit Éléonore, je ne peux croire qu'il te reste encore des larmes. Toutes les jeunes mariées pleurent comme ça. Mais maintenant tu dois te rappeler que ton époux, en tant que régent de son neveu, a des responsabilités envers le peuple de Milan. Et par là même toi aussi. Si leur première image de toi est celle d'une femme faible et hystérique, jamais tu ne gagneras leur confiance plus tard. Et un jour ta vie, la vie de ton époux et la liberté de ton peuple peuvent dépendre de cette confiance. Je suis donc certaine qu'aujourd'hui tu ne pleureras pas.

Polissena se mit à agiter frénétiquement la tête en direction de Béatrice.

– Écoutez votre sainte mère...

– Polissena, coupa la marquise, si je vous entends encore une fois raconter comment maman est sortie dans la loggia du jardin pour rallier le peuple de Ferrare, avec père à deux doigts de la mort, la peste répandue dans la ville et l'armée de Venise campée dans le parc, je crois que je vais me mettre à pleurer encore plus fort que Béatrice ce matin.

– Sans le courage de votre sainte mère à la tête de son peuple, la ville serait tombée. Je remercie chaque soir la Sainte Mère dans mes prières d'avoir échappé aux Vénitiens. Songez au viol entre les mains de ces sauvages grecs qu'ils engagent comme mercenaires. C'est grâce à votre mère que vous n'avez jamais eu à craindre les horreurs dont nous avons été les témoins.

Le crâne de Polissena s'agita plus frénétiquement que jamais.

– Polissena, si pour prix de leur victoire, les mercenaires vénitiens avaient dû s'attaquer à votre vertu, ils auraient plutôt retourné leurs piques contre eux-mêmes. De toute manière, mon mari est à présent le capitaine général des armées de Venise, et je crois que nous pouvons dormir tranquilles. Ces temps sont révolus.

Éléonore entendit à peine l'inévitable accrochage entre Polissena et sa fille aînée Isabelle – la guerre avec Venise datait déjà de neuf ans et des problèmes plus pressants agitaient son esprit. Juste avant de s'éveiller ce matin-là, elle avait rêvé ; ces rêves du matin passent pour prophétiques. Heureusement, elle avait oublié son contenu, mais elle s'était levée avec un pressentiment. Un rêve sombre, enveloppé de tentures noires... Ridicule. Ses filles l'enterreraient, comme il est naturel.

Mais la situation n'était pas naturelle, ici. Éléonore regarda vers le nord les murailles de la ville, anneau massif de briques rouges. L'histoire de Milan semblait se dérouler en panorama sur le ciel : coupoles de marbre d'un blanc glacé dans le nouveau style *all'antica* ; remparts médiévaux gris dont les créneaux ressemblaient à des mâchoires, clochers de briques âgés de mille ans aux toits de tuiles couleur saumon ; majestueuses rangées de colonnes corinthiennes salies par le temps, qui rappelaient l'époque où Milan disputait à Rome même la première place dans l'Empire romain. Milan était cinq fois plus grande que Ferrare, et ses vastes domaines cent fois plus riches. Mais comme Ferrare, se rappela Éléonore, Milan n'était pas vraiment un État, seulement une maison ducale, qui dépendait pour son bien-être et sa survie de la stabilité d'une famille régnante. Or il y avait des problèmes dans cette famille...

Éléonore redressa une dernière fois le bandeau de satin piqueté de perles au milieu du front haut et têtu de sa fille.

– En venant aimablement au-devant de toi, ta cousine te fait honneur, dit-elle. Il est important que la duchesse de Milan et toi soyez amies. Je t'ai déjà expliqué à quel point vos relations risquaient d'être délicates...

***

Elle était devenue la Béatrice de Dante, errant dans les jardins du Paradis, certaine que personne ne pourrait la trouver là. Ses yeux se posaient sur les arbres et les fleurs les plus extraordinaires : des cyprès de jade, des iris aux pétales d'améthyste, des pommes pareilles à d'énormes rubis. Tout faisait de la musique; les corolles chantaient à la manière d'un chœur de sopranos lyriques, les arbres résonnaient comme de grandes orgues. Son canari, Gia, qui devait l'avoir suivie depuis son départ de Ferrare, se posa sur sa main. Le ruisseau à ses pieds était aussi limpide qu'un ciel liquide, et Gia lui révéla que si elle buvait de son eau, elle oublierait tout ce qui s'était passé. Elle se baissa et fit une coupe de ses mains.

La voix de maman pénétra dans le jardin ainsi qu'un vent glacé. Les pétales des fleurs chantantes tremblèrent, Gia battit des ailes et adressa à Béatrice un regard craintif. L'oiseau et la jeune femme écoutèrent, horrifiés, la voix de maman s'élever en un cyclone furieux. Les arbres hurlèrent, leurs branches dorées frémirent. Le ruisseau se mua en glace sombre et putride. Gia s'envola dans la bourrasque et disparut. Du givre noir, collant, emplit ses yeux de larmes...

Son frère Alfonso surgit au milieu des débris de son imagination – ce n'était plus un gamin boutonneux de treize ans mais un Charon à l'œil d'ambre surgi pour la conduire à l'éternelle géhenne. Il l'aida sans ménagement à monter sur sa haquenée, et sa cuisse engourdie s'accrocha au pommeau de la selle d'amazone. L'air glacé se glissa sous sa jupe de velours. Elle tremblait de froid depuis deux semaines et, oui, elle avait mangé trop d'anguilles et aurait souhaité en manger assez pour en mourir. A force de réprimer ses sanglots, depuis le matin, sa gorge était douloureuse.

– Tiens-toi droite, ordonna sa mère.

Elle lui montra la posture correcte en relevant son double menton et en bombant sa lourde poitrine.

– Souviens-toi que tu es une Este.

L'église ne se trouvait qu'à une centaine de mètres. Une escorte de gentilshommes milanais attendait sous le porche. Le soleil se montra soudain et se refléta sur leurs armures, qu'il éclaira ainsi que de grosses lanternes. Au bas des marches, messer Niccolò aida Béatrice à descendre de son cheval. La nef caverneuse de l'église était presque aussi glacée que l'extérieur; il y régnait une odeur de peinture fraîche et le remugle des cadavres enterrés sous les dalles. Des centaines de cierges brûlaient sur l'autel et dans les chapelles latérales, illuminant des chœurs d'angelots en stuc peint et des fresques neuves, éclatantes de couleur, représentant les martyres passés. Les dames de compagnie de la duchesse de Milan, pelotonnées dans leurs manteaux, attendaient devant l'autel. Béatrice n'avait pas vu sa cousine depuis cinq ans, mais elle reconnut aussitôt la silhouette d'Isabelle d'Aragon, sa haute taille, ses épaules larges, sa façon de pencher légèrement la tête. Les souvenirs affluèrent avec la précision de miniatures dans un livre d'heures. Isabelle avec un guépard – on lui avait permis d'avoir un guépard et elle le tenait en laisse avec un collier de diamants. Isabelle en robe de soie espagnole, la seule jeune fille avec des perles dans les cheveux. Le lit extravagant d'Isabelle, au dais de satin à rayures, bordé de franges et de petites boules d'or, le lit sur lequel Béatrice avait toujours rêvé de s'asseoir, en tenant la main de sa cousine, le rire aux lèvres...

Béatrice s'évada dans une de ces enluminures. Elle était si petite qu'elle ne pouvait pas voir par-dessus le balcon; il fallait qu'elle regarde entre les balustres de pierre. La baie de Naples, loin au-dessous d'elle, luisait comme un énorme saphir. De l'autre côté de l'eau se dressait le Vésuve, volcan magique; une mince banderole de brume s'élevait de son cône tronqué. Béatrice n'avait pas peur d'être si haut, mais elle était inquiète pour sa mère, sa sœur et son petit frère, parce qu'ils étaient repartis pour un endroit où il s'était produit des choses dangereuses; elle était restée auprès de grand-père, et il lui avait donné une nouvelle poupée avec un trousseau complet de mariage. Elle s'appelait Bella. Béatrice installa Bella devant elle et lui parla du Vésuve. Soudain, son cousin Ferrantino traversa le balcon en courant et disparut dans un cliquetis de pas affolés. Béatrice se retourna et vit Isabelle. Elle était si grande que le soleil semblait prisonnier de ses cheveux. Elle tenait à la main une crosse de *palla*, au manche sculpté et peint de figurines que Béatrice ne put distinguer. A contre-jour, il était difficile de voir le visage d'Isabelle. Elle s'avança, prit la poupée neuve de Béatrice, l'assit sur le large garde-fou de pierre, et étala la robe de satin blanc.

– Béatrice, avance vers ta cousine et tends-lui la main, lança Éléonore entre ses dents.

Les cierges qui entouraient l'autel éclairèrent Isabelle. Ses cheveux châtains étaient séparés par une raie et tombaient librement sur ses épaules à la manière napolitaine. Son visage était plein; son nez hautain, dont l'arête fine et longue, masculine, lui donnait jadis un air gauche, avait acquis une surprenante élégance. Sa main était étroitement gainée de cuir; la poignée de main fut froide, même à travers le gant de Béatrice. Les yeux d'Isabelle, songea Béatrice, avaient la couleur exacte et l'opalescence mystérieuse de la baie de Naples avant un orage.

La vision d'Isabelle disparut derrière la masse d'Éléonore.

– J'ai du vin chaud aux épices pour les dames, dit Isabelle après l'accolade avec sa tante.

Sa voix de gorge, d'une mélancolie sensuelle, langoureuse, semblait s'adresser à un amant absent.

Puis une autre main se posa dans celle de Béatrice – une boule de chaleur, comme un petit oiseau. La jeune fille auprès d'elle était d'une beauté si éthérée que pendant un instant Béatrice crut qu'elle l'avait imaginée : un teint transparent, des lèvres aussi luisantes que des cerises mûres, de fins sourcils noirs et des iris bruns fiévreux qui brillaient dans des orbites profondes.

– Je suis Blanche, madame, dit la jeune fille d'une voix aiguë, fragile.

Elle ne devait pas avoir plus de dix ou onze ans. Elle entraîna Béatrice à l'écart du cercle des dames.

La marquise prit Éléonore à part et chuchota :

– Maman, qui est cette fille, avec Béatrice ?

– La bâtarde du More.

– Par ma foi, maman ! Béatrice le sait-elle ?

– Je le lui ai dit ce matin. Elle l'a... accepté.

– Maman...

La marquise marqua un temps.

– Maman, il y a autre chose, n'est-ce pas ? Une chose dont vous ne lui avez rien dit.

Éléonore saisit le manchon de zibeline de la marquise comme si elle avait l'intention d'étrangler la sauvagine morte.

– Je ne permettrai pas...

Une dame milanaise s'avança et Éléonore lui sourit aimablement.

Blanche avait conduit Isabelle dans une chapelle du transept. Des ombres tremblaient sur des personnages de marbre qui portaient un énorme sarcophage blanc.

– L'homme qui gît là était notre duc, dit Blanche d'une voix émerveillée.

Elle se tourna vers Béatrice.

– Mon oiselle est morte. J'aurais préféré qu'on l'enterre dans une église, mais c'était évidemment impossible. Nous l'avons enterrée dans un cercueil de marbre sculpté par messer Domenico. Elle s'appelait Daria.

Béatrice fut alors convaincue que seule cette enfant enchantée saurait l'écouter.

– Quand mon premier perroquet est mort, nous l'avons enveloppé de soie noire, et nous l'avons confié au Pô dans une petite galère que nous avions peinte et dorée. Peut-être flotte-t-il encore en pleine mer dans son beau bateau.

– Ma mère est morte. Je ne l'ai jamais vue. Je l'imagine très belle.

Béatrice serra la main de Blanche un peu plus fort pour la réconforter.

– Je suis désolée, pour votre mère.

– Je crois que je vous préfère déjà à la duchesse de Milan, et certainement à la duchesse Bonne, murmura Blanche de sa voix d'oiseau.

Bonne de Savoie, la mère du duc de Milan, était la duchesse douairière.

Béatrice se pencha et embrassa Blanche sur la joue. Elle leva aussitôt les yeux vers le groupe des dames. Isabelle l'observait. Pendant un instant le visage de la duchesse de Milan resta dans l'ombre, puis les cierges baignèrent ses traits de lumière et Béatrice se rappela un détail sur les yeux de sa cousine : ils semblaient s'étirer vers les tempes, de plus en plus étroits. Quand elle pinçait les lèvres, il lui arrivait de paraître amusée et furieuse en même temps. Les souvenirs entraînèrent Béatrice dans le temps et elle se retrouva en face de sa cousine sur le balcon dominant la baie de Naples : Isabelle arrangeait la robe de la poupée et la regardait sans bouger pendant un long moment. Puis la crosse de *palla* avait volé sous les yeux de Béatrice, et la tête de Bella avait explosé. Le corps décapité avait basculé. Béatrice revit la chute : la robe de satin blanc irisée par le soleil, les fragments de la tête tombant en pluie dans la mer comme une boule de neige éclatée, et le rire d'Isabelle résonna de nouveau dans ses oreilles...

Elle cligna des yeux pour ramener le présent. Mais sa cousine continuait de la regarder – de la même expression ambiguë malgré le passage des années, comme si elle se souvenait elle aussi de ce jour-là.

***

Satan n'a pas conduit Jésus sur une hauteur pour le tenter avec Milan, songea Cecilia Gallerani. La hauteur sur laquelle elle se trouvait était la tour centrale du Castello di Porta Giovia, juste au-dessous de la coupole de bronze. Sur ce promontoire, la brise froide qui soufflait dans les rues se transformait en bourrasque glaciale. Derrière Cecilia s'étendait le Castello, aussi grand qu'une ville de bonne taille, avec ses douves pareilles à des rivières, ses ailes massives engouffrant de vastes cours dont la sévérité rectangulaire était adoucie par des arcades de colonnes blanches et d'élégantes fenêtres entourées de moulures en terre cuite.

Au sud et à l'est se trouvait, telle une grande roue, Milan, cernée par son mur cyclopéen. Le pivot de la ville était le Duomo, la cathédrale, la plus vaste d'Italie avec sa coupole inachevée qui béait au-dessus des dentelles de marbre sculpté, aussi blanches et extravagantes qu'un chef-d'œuvre en sucre chez un confiseur. Cecilia évalua à cent mille personnes la foule massée sur la place devant le Duomo, baignée dans la brume des haleines. Le temps était si clair qu'elle pouvait voir voleter les merles au-dessus des têtes.

Le cortège nuptial avait déjà atteint la place. Il s'arrêta devant le Duomo le temps que la garde fraie un large passage dans la foule. Le More était bien visible, minuscule silhouette en tunique d'un blanc de perle rehaussé de fils d'or; pendant un instant, Cecilia crut distinguer un point de lumière, reflet du diamant, gros comme un grain de raisin, qui pendait toujours de son bonnet de velours noir. Sans effort, elle fit apparaître un portrait grandeur nature d'après l'image lointaine. Le More avait la peau claire, un visage plein, sans rides – mais hormis ceci, tout en lui était noir : de longues boucles couleur de zibeline, des yeux opaques toujours dans l'ombre, des sourcils lourds. Un visage aussi contrasté qu'un dessin au fusain sur du vélin. Son nez, étroit et élégant de face mais busqué de profil – le nez d'un César –, suggérait l'expérience et l'autorité; sa bouche, petite et sombre, presque aussi délicate que celle d'une femme, donnait en revanche une impression de subtilité et de sensualité. Et ces traits pouvaient paraître angéliques sous un angle, puis rapaces et menaçants sous un autre; il lui suffisait de tourner légèrement la tête pour présenter un personnage entièrement différent.

Un an plus tôt, Cecilia croyait comprendre ce que dissimulaient en réalité ces apparences extrêmes. Mais elle n'en était plus aussi certaine. Pour elle, les yeux du More avaient toujours dévoilé le fond de son caractère : généralement méfiants et impénétrables, ils devenaient parfois révélateurs dans leur profondeur brillante. Jamais elle n'oublierait la première fois qu'elle avait vu ce rayonnement intérieur, lumière qu'elle croyait encore destinée à s'élever au-dessus de toute l'Europe ainsi qu'un nouveau soleil. Pourtant, depuis quelque temps elle se demandait si l'éclat du More ne l'avait pas rendue aveugle à quelque chose de caché plus profondément dans son âme, des ténèbres habitées par des fantômes qu'il était incapable de faire remonter au jour.

Cecilia cligna des yeux, puis regarda de nouveau la place, dans le lointain. A côté du More chevauchait le duc de Milan, sur son étalon blanc, Neptune. Dès que la foule s'écarta, Neptune partit au trot en avant, puis se calma et exécuta une série de figures complexes de dressage, pareil à un merveilleux jouet mécanique. Le vent porta jusqu'à Cecilia les acclamations de la foule.

– Duca! Duca! Duca!

Le reste du cortège nuptial rejoignit le duc et traversa la place vers la via degli Armorai; cette avenue large et droite, bordée d'ateliers d'armuriers qui lui avaient donné son nom, se terminait juste au pied de la tour centrale du Castello. Avec leurs portiques donnant sur la rue, les armureries ressemblaient à de vastes villas; des cours centrales s'élevaient les cimes des grues de bois servant à soulever les énormes moules des fonderies. En l'honneur du mariage du More, les deux côtés de la via degli Armorai avaient été décorés sur toute la longueur de milliers de soldats de carton montés sur des chevaux de bois, tous revêtus de vraies armures. Les plaques d'acier damasquiné d'or scintillaient au soleil. A intervalles réguliers, les gueules de canons de siège coulés en bronze dépassaient dans la rue.

Le cortège passa entre les deux cordons de la garde de bois, le More et le duc de Milan côte à côte. Le sens des premiers cris, au bout de l'avenue, se perdit dans le vent. Cecilia porta les mains à son visage blême ; pendant un instant elle craignit un attentat. Mais elle reconnut presque aussitôt l'origine des clameurs, encore faibles. Massée derrière les mannequins de bois et d'acier, en grande partie cachée par les ombres des portiques, se trouvait la véritable armée de la via degli Armorai : des dizaines de milliers de forgerons et de fondeurs, tous vêtus de chemises de toile tachées et de tabliers de cuir sales.

Les cris bondirent sur le vent, la clameur étouffée s'accentua et prit forme, aussi rythmée que si les armuriers martelaient les deux syllabes sur leurs enclumes.

– *Mo-ro! Mo-ro! Mo-ro!*

Avant même que le cortège de noce ait dépassé la première armurerie, les vivats s'élevaient sur toute la longueur de l'avenue. La vaste étendue de Milan résonnait d'une seule voix.

– *Mo-ro! Mo-ro! Mo-ro!* clamaient les armuriers sans discontinuer. *Mo-ro! Mo-ro! Mo-ro!*

La voûte bleue du ciel glacé renvoyait en écho les vivats, comme si le nom du More était un défi aux puissances célestes elles-mêmes.

Les clameurs éveillèrent l'enfant endormi dans le ventre de Cecilia ; ses membres menus la martelèrent. Elle glissa la main sous sa *cioppa* et la posa sur son ventre gonflé.

– N'aie pas peur, *anima mia*, murmura-t-elle dans la tempête qui montait de la rue. Ce que tu entends, c'est le nom de ton père.

CHAPITRE 2

La marquise étendit le bras comme pour repousser la vue, qui s'encadrait dans la vaste baie voûtée. Le bassin au centre de la cour cernée de portiques était encore glacé. Les arbres taillés et les bordures de buis autour du bassin scintillaient de gelée blanche. On avait placé entre les branches dépouillées des guirlandes de clinquant et de papier ainsi que des flots de rubans. Malgré ces décorations, les arbres auxquels le printemps donnerait des formes extravagantes – lions, dragons, dauphins bondissants – avaient sans leurs feuilles une allure inquiétante d'esprits ossifiés. Au-delà de la végétation squelettique, de l'autre côté de la cour, s'élevait la surface menaçante d'un bastion de pierre grise, sans fenêtres, haut de trois étages.

– Épouvantable. Ils auraient dû consulter le traité d'architecture d'Alberti avant d'entreprendre cette monstruosité. Et comment l'appellent-ils? *La Rochetta*. Le Rocher. Quelle poésie! Le More n'a-t-il pas dit que la duchesse mère, Bonne de Savoie, y loge? Ça, en revanche, c'est poétique. Par Dieu, maman, l'avez-vous vue ce matin, attendant sous la poterne du Castello comme Cerbère à l'entrée de l'Enfer? Je me suis demandé si elle allait embrasser Béatrice ou bien la mordre. *Cacasangue*, maman...

A cette obscénité proférée par sa fille, Éléonore tourna brusquement la tête.

– ... cette femme est veuve depuis quinze ans, et j'entends pourtant qu'elle ne laisse pas refroidir les draps de son lit. A la voir, certes, on croirait que son deuil ne date que d'hier. Le noir sied aux jeunes teints comme le mien, mais sur ces vieilles peaux qui traînent partout dans leurs vêtements de deuil, l'effet est désastreux. Je finis par me lasser de répéter à tout bout de champ « Non, le marquis est encore de ce monde », chaque fois que l'envie me prend de porter du noir.

La marquise s'interrompit une fraction de seconde.

– Maman, je crois que vous feriez mieux de le dire à Béatrice.

Éléonore, assise sur une chaise pliante de style vénitien, continua de disposer ses pots de fard en verre de couleur sur le couvercle du coffre de bois, comme si elle n'avait pas entendu la suggestion soudaine de sa fille.

La marquise, un sourire acerbe sur les lèvres, posa les mains sur ses hanches à la manière de sa mère.

– Maman, le fait que le More semble curieusement peu empressé à passer ses nuits avec Béatrice ne vous tracasse donc pas ?

Éléonore ne leva pas les yeux, mais sa voix sonna vraiment faux.

– Le mari de Béatrice fait preuve d'un admirable contrôle de ses passions. Combien ai-je vu de jeunes mariés tomber gravement malades en pleine fête de noces parce qu'ils ne parvenaient pas à contenir leur concupiscence ! Le duc de Milan, par exemple, a failli en mourir.

– Oh, maman, tout le monde en Italie sait qu'il a fallu au duc de Milan presque une année entière pour consommer le mariage. C'est le genre de fête de noces où l'*épouse* tombe malade.

– Le More m'a assuré qu'il s'occuperait de Béatrice. Son astrologue calcule des dates.

– Maman, jamais je n'ai connu une seule femme qui ait réussi grâce à cette méthode. Tant que le More continuera de passer les nuits avec sa maîtresse...

Le visage d'Éléonore se releva brusquement malgré elle.

– ... son astrologue a plus de chances d'attendre un enfant que Béatrice.

La voix de soprano d'Éléonore baissa d'au moins une octave.

– Tu supposes une chose qui, tout simplement, n'est pas vraie.

– Oh, maman, vous n'avez jamais pu me faire avaler un de vos mensonges depuis que je n'ai plus huit ans. Vous m'aviez persuadée, d'ailleurs pour peu de temps, que la demoiselle Anabelle ne pouvait pas avoir d'enfant parce qu'elle n'était pas mariée et qu'elle entrait au couvent pour prendre Jésus comme époux.

Éléonore saisit un miroir encadré d'argent et se força à pencher la tête comme pour juger son reflet, mais ses yeux ne fixaient que le vide. Elle ne répondit pas.

– Maman, on peut presque sentir son parfum dans les couloirs. Je crois qu'elle a même ses appartements dans ce château. Les pièces dont l'accès nous est interdit par un échafaudage, que notre hôte regrettait si aimablement de ne pouvoir nous montrer parce qu'elles sont en rénovation... Quand nous sommes passées devant, j'ai cru remarquer que vous penchiez la tête sur la droite. Un tic que vous avez chaque fois que quelque chose vous tracasse.

La chambre devint aussi silencieuse qu'une tombe. On entendit le cri assourdi d'un martinet qui passa à tire-d'aile devant la haute fenêtre donnant sur les douves d'un bleu d'acier. Éléonore étudia le cadre sculpté de son miroir. Enfin, tout en regardant ses doigts glisser sur l'argent gravé, elle dit :

– Je ne crois pas que ta sœur soit aussi observatrice. Et je suis certaine que je peux compter sur ta discrétion en cette affaire. Tu en comprends la nécessité.

– Vous pouvez compter sur ma discrétion, mais ne comptez pas que Béatrice soit si facile à duper. Vous êtes comme père, vous sous-estimez son intelligence. Je ne sais pas si messer Guarino vous l'a dit, car il m'aimait tellement – cela me rappelle que je dois lui écrire – mais certains jours, Béatrice rendait des devoirs de latin meilleurs même que les miens.

La marquise présenta cette information avec autant de gravité que si Béatrice avait joué un rôle capital dans la création de l'univers.

– Elle le découvrira un jour, et elle se sentira bafouée. Vous savez à quel point elle est loyale, et rien ne la blesse davantage qu'une trahison.

– Non. Elle est trop préoccupée en ce moment pour fureter à la recherche d'une maîtresse que son mari et moi avons pris grand soin de lui cacher. Non. Pas pour l'instant. Elle le découvrira plus tard, bien sûr, et il y aura des larmes et des récriminations. Mais les larmes passent. Tout finit par passer. Alors que si je le lui apprends maintenant, tant que nous sommes ici, elle se sentira forte de notre soutien et voudra faire éclater l'abcès. C'est ce que je veux éviter.

Éléonore releva les yeux – vers quelque chose de lointain, qu'elle était seule à voir. La marquise hocha la tête, en un geste qui s'adressait à elle-même plus qu'à sa mère.

– Maman, je vais aider Béatrice à vider ses coffres. Vous avez ma parole que je ne lui dirai rien, mais le jour où elle le découvrira, elle me détestera autant que père et vous. Vous avez tort, maman.

Quand la marquise eut quitté la chambre, Éléonore releva le miroir vers son visage. L'image argentée qui la regardait fixement révélait de lourdes joues d'un blanc presque vitreux, encadrées de cheveux bruns en train de grisonner. Elle ne reconnut pas les iris clairs, d'un vert de mer ; ils appartenaient à quelqu'un d'autre. Elle ne trouva en eux aucune trace de culpabilité.

Puis la jeune fille derrière ces yeux se matérialisa soudain et se moqua d'elle. Éléonore entendit cette jeune fille éclater d'un rire cristallin et dire au cardinal Riario qu'elle en avait assez de la fête donnée en son honneur ; puis elle la vit regarder tour à tour les hommes assis à la table du banquet servi dans l'or et l'argent : ils se penchaient pour écouter ses caprices d'enfant comme si elle allait révéler les secrets de son âme ineffable...

Éléonore adressa à la jeune fille – qui n'avait pas encore d'âme, seulement des rêves de jeune fille – un ricanement de mépris. Éléonore avait maintenant trente-six ans ; quand elle avait épousé le duc Hercule d'Este, dix-huit ans plus tôt, elle était la beauté la plus célèbre de sa génération. Son voyage de noces, de Naples à Ferrare, était devenu un événement presque religieux ; dans chaque ville et village sur son itinéraire, des foules en folie venaient l'admirer comme si elle était une réincarnation de la Vierge Marie. Mais il avait fallu à cette vierge une constitution de bœuf pour donner au duc Hercule six enfants au cours des six premières années de leur mariage – elle en avait été récompensée par un visage devenu vraiment bovin. De sa beauté d'antan ne restaient que ses iris d'un vert lumineux – des yeux qu'elle ne pouvait plus affronter. Non point parce qu'il n'y avait pas d'âme derrière eux, mais parce qu'ils continuaient d'abriter un rêve.

***

La lumière glissait sous les voûtes nervurées : la lueur ambrée montant de l'énorme cheminée de pierre et l'or fluide des cierges alignés sur le coffre de bois le long du mur pour éclairer un portrait dans son cadre doré – le fantôme de cette salle : Galéas-Marie Sforza, le précédent duc de Milan, tombé sous le poignard d'assassins quinze ans plus tôt. Isabelle était attirée comme toujours (et toujours malgré elle) par le visage de ce beau-père qu'elle n'avait pas connu. A bien des égards, Galéas-Marie ressemblait beaucoup à son fils Jean-Galéas. Un cou massif et une fière mâchoire carrée, de jolies lèvres pleines de sensibilité, des épaules étroites, et même la position presque féminine de sa main gantée. Mais le nez et les yeux n'étaient pas ceux de Jean – ils n'étaient même pas humains. Le feu duc avait posé de profil, tourné vers le cadre, mais ses petits yeux sombres semblaient prêts à pivoter pour attaquer. Le nez énorme semblait un bec de faucon cruel modelé en glaise humaine par un sculpteur à l'intuition infinie, pour prévenir les hommes qu'un démon vivait derrière le front haut, efféminé. Quand ce visage avait vécu, le temps que la plupart des hommes découvrent cette vérité, ils étaient déjà perdus.

– Avec qui étiez-vous ?

La voix grinçante, à l'accent français, montait des ombres.

– Et ne me dites pas que ce n'est pas vrai, *puttana*. Quand vous êtes en retard, je sais qu'il n'est pas d'autre raison : vous vous êtes arrêtée pour la première paire de mains visqueuses qui a eu envie de se glisser sous vos jupes. Votre façon d'aller et venir sans même une seule dame de compagnie fait scandale. Tant d'hommes vous ont touchée, j'en ai le cœur soulevé.

Isabelle se tourna vers les rideaux du lit et distingua le visage rond, pâle, de Bonne de Savoie, duchesse mère de Milan; même à travers le tulle noir, les yeux globuleux de sa belle-mère luisaient de férocité.

– Je ne suis pas en retard, madame, dit Isabelle d'une voix tendue, trop aiguë. Messer Ambrogio a ajouté à votre potion un ingrédient qui devrait soulager l'enflure de vos pieds.

– Du poison! aboya la duchesse.

Mais d'un geste brusque, elle saisit le gobelet et le vida en trois bruyantes lampées.

– Je n'aurais pas besoin des soins de ce sorcier aux ordres du More, si l'on ne m'avait forcée à rester plantée toute la matinée à la poterne du Castello en attendant cette chipie d'Este. Ils ont pris tout leur temps sur la via degli Armorai, à se prélasser sous les clameurs de ces porcs puants. Tous des traîtres. Je les ai entendus! Je les ai entendus!

La duchesse Bonne ricana méchamment.

– Elle est courte sur pattes, et elle sera aussi grosse que sa mère avant d'avoir votre âge. Je ne crois pas que le More ait couché avec elle à Pavie.

Son visage se tourna vers sa belle-fille.

– Pas plus que je peux croire que mon Jean se soit souillé une seule fois dans votre ventre. Vous avez été élevées toutes les deux par les mêmes fornicateurs de Naples, et vous êtes aussi lubriques et sans vertu l'une que l'autre. Même le diable a honte de ce qu'il vous voit faire. Elle vous volera vos amants. J'ai vu à son regard qu'elle est plus intelligente que vous. Le jour même où Satan vous a envoyée à nous, j'ai dit à tout le monde que vous n'aviez pas plus de bon sens qu'un âne avec un chardon sous la queue.

– Madame, vous êtes d'une générosité merveilleuse, répondit Isabelle. Toujours prête à attribuer aux autres, et en plus grande abondance, les qualités dont vous-même êtes pourvue. Vous êtes la plus infâme catin que j'aie jamais connue, et vous pensez que tout autre femme, même une vierge intacte, a eu plus d'amants qu'une prostituée romaine. Je n'ai jamais rencontré femme plus sotte que vous, et pourtant vous supposez les autres encore plus stupides, et vous ne cessez de pérorer comme un docteur de l'université de Pavie. Vous êtes une étonnante créature, madame.

Comme si elle prenait l'attaque soigneusement dosée d'Isabelle pour une forme subtile de flatterie, Bonne montra une rangée de dents noires ébréchées, cadavre en décomposition du sourire artificiellement séduisant qu'elle accordait à ses amants quelques décennies plus tôt.

– Oui, vous viendrez bientôt vous plaindre à moi de cette

morveuse d'Este, sans même me remercier de vous avoir mise en garde.

– Et vous, qui n'avez rien fait pour défendre les droits de la femme de votre fils contre la maîtresse du More – une putain maigre qui s'imagine dans son esprit malade que son maquereau d'amant est déjà duc de Milan et elle sa duchesse –, serez encore moins efficace contre l'épouse légitime.

– Comme si Dieu m'avait accordé le temps de séparer les deux garces baveuses que vous êtes, alors que chaque jour je dois empêcher le More de s'emparer de tout ce qui appartient à mon Jean ! J'aime encore mieux que cette putain de Cecilia Gallerani vous renvoie, avec la petite Este, à la fosse qui vous a crachées toutes les deux. Ses enfants ne pourront jamais défier Jean.

– Défier Jean ? Défier Jean ? lança Isabelle d'une voix incrédule. Jean est déjà vaincu. C'est mon enfant que le More doit défier, à présent. Et pour ce faire, il faut qu'il ait un fils légitime ; il devra offrir à Milan l'assurance d'une succession avant que le peuple ne lui permette de déposer Jean et de se déclarer duc. Et jamais je ne renoncerai, comme vous avez renoncé pour Jean. Je vaincrai le fils du More, que ce soit sa femme ou sa putain qui lui donne un héritier.

– Votre marmot envoyé par le diable n'a pas plus de droits à la couronne ducale de Milan que la portée d'une catin et d'un palefrenier. Car c'est bien ce qu'il est, non ?

Isabelle baissa les yeux vers sa belle-mère. Elle répondit d'une voix contenue, volontairement neutre.

– Madame, vous ne croyez tout de même pas que nous n'aurons rien à craindre si Cecilia Gallerani met au monde un enfant mâle ? D'autant que le More ne semble pas enclin à consacrer beaucoup de temps à ensemencer le jardin de sa jeune épouse.

– Cervelle d'oiseau ! Je connais le peuple de Milan comme jamais tu n'y parviendras. J'ai été leur duchesse. Une vraie duchesse. Jamais le peuple de Milan n'acceptera un bâtard comme héritier de leur duc.

Les dents noires de Bonne refirent une apparition.

– Si le More avait l'intention de prendre pour héritier le bâtard de la Gallerani, pourquoi aurait-il besoin de la petite Este ?

– Madame, le mariage du More est peut-être lié à la menace que représente le duc de Ferrare, qui peut faire attaquer le More par Venise maintenant que François Gonzague, son gendre, est capitaine général des armées vénitiennes. En outre, le More a finalement accepté d'honorer sa promesse de mariage au début d'août, probablement avant que sa putain ne soit enceinte. Il ne savait donc pas qu'il allait avoir cet enfant. Et même maintenant, peut-il être certain que ce sera un fils ? Madame, le More est sans doute comme ces hommes qui présentent deux chevaux à une course de *palio*. Il double ses chances. Ensuite, il placera ses couleurs sur la jument qui franchira la ligne la première.

– C'est idiot. Il a déjà essayé d'épouser la Gallerani. Tout le monde s'y est opposé.

Par « tout le monde », la duchesse mère entendait les principales familles nobles de Milan, qui avaient tout à perdre en cas d'instabilité politique.

– Chaque semaine, le More met l'un d'eux dans sa manche, répliqua Isabelle. Il vient d'attribuer au comte Borromée la concession pour une fabrique de soie à Mortara. Le jour viendra où plus personne ne se souciera de savoir si son choix d'une épouse plaît ou déplaît au duc de Ferrare. Et ne vous imaginez pas que le pape refuserait d'annuler le mariage du More. Si le More y mettait le prix, Sa Sainteté vendrait la vertu de la propre Mère du Christ. Et si Béatrice d'Este ne peut pas être enceinte ? Vous savez que sa sœur est mariée depuis un an, or elle m'a appris aujourd'hui qu'elle n'a encore eu aucun signe de grossesse.

Bonne ricana.

– La duchesse de Ferrare a accouché d'un marmot braillard chaque fois que son mari lui pinçait la joue. C'est pour ça qu'elle a l'air d'une vache. Ah, ces filles qu'on dit si belles sont les premières à devenir énormes une fois adultes.

Les yeux de Bonne se plissèrent durement.

– Vous avez intérêt à prier votre Belzébuth pour que la Gallerani ait un fils et que le More continue de croire qu'elle est sa duchesse et leur bâtard son héritier. Parce que si Béatrice d'Este a un fils, seul mon cher neveu le roi de France sera en mesure de nous sauver.

– Si votre neveu traverse les Alpes avec son armée, dit Isabelle d'un ton las, comme si elle répétait une évidence, ce ne sera pas seulement la fin des ambitions démesurées du More. Ce sera la fin de l'Italie.

Bonne se mit à rire comme une démente.

– Vous estimez donc qu'il serait de notre intérêt de soutenir Cecilia Gallerani contre Béatrice d'Este ? demanda Isabelle d'un ton conciliant.

– Vous avez enfin trouvé un petit grain de bon sens dans votre tête vide. Il vaut mieux que les deux poules se battent pour leur coq. Si Cecilia Gallerani est éliminée, la petite d'Este sera la prochaine duchesse de Milan.

– Comme d'habitude, vous m'avez donné d'amples sujets de réflexion, madame, répondit Isabelle en s'inclinant avec respect. Je vais me retirer pour soupeser ce que vous venez de me dire. Dormez bien, madame.

Elle reprit le gobelet et tira le rideau de lit noir comme une ombre entre sa belle-mère et elle. Quand elle passa devant le portrait du duc assassiné, elle s'arrêta et croisa son regard.

CHAPITRE 3

Extraits d'une lettre de Léonard de Vinci, ingénieur à la cour de Milan, adressée à Benedetto Dei, conteur, en voyage à l'étranger.

Milan, 22 janvier 1491

... ni même le calme nécessaire aux études, à cause des clameurs et de l'agitation occasionnées par les noces, au Castello. La plus vulgaire et bruyante de toutes ces festivités est sans doute le tournoi, qui a débuté ce matin sur la grand-place du Castello et qui se prolongera pendant deux autres jours. Ô tumulte des fers, grincements de l'acier. Tout ce tintamarre martial d'autrefois a lieu juste sous les fenêtres de mon atelier, du petit matin jusqu'en fin d'après-midi. Et il faut que je me lève avant le soleil pour attifer messer Galeazzo di Sanseverino d'un costume de mon invention, toge de guerrier scythe d'une merveilleuse subtilité et d'une originalité sans pareille. J'ai également mis en place les décorations de la grande salle pour le bal des Dames, ce soir même. Je n'ai de temps pour rien d'autre, et vous vous doutez bien que j'enrage.

Après avoir vu la mariée, je suis convaincu que son buste en marbre, exécuté par un certain messer Cristoforo Romano, qui ne vise pourtant pas à la beauté, donne cependant une image avantageuse. Néanmoins, mon cher Benedetto, n'imagine pas que le duc de Ferrare s'est réduit à la mendicité pour fournir la dot de cette pauvre jeune fille. Au contraire, j'ai appris de source sûre que le duc de Ferrare a, par différents moyens, tiré grand avantage de la marchandise qu'il nous a envoyée. Le prestige des Este, la plus ancienne famille régnante d'Italie, a été acheté contre espèces sonnantes par ces parvenus de Sforza, qui en avaient grand besoin. Ô, cités terrestres! Quel coup de foudre de Jupiter en fureur tombera sur nous si l'on se met à vendre et à acheter des avortons dans le but de favoriser les desseins des hommes...

Benedetto, il faut que vous m'écriviez sur-le-champ si vous possédez des détails sur les techniques des fondeurs français. Je suppose qu'ils ont mis au point un procédé pour éliminer les impuretés du bronze; leurs canons sont moins fragiles, ce qui constitue un grand avantage pour les grosses pièces, car jusqu'ici une armée déterminée à attaquer rapidement ses ennemis devait se priver d'artillerie lourde...

***

– Attention où vous posez le pied.

Le cardinal de Novare prit le bras de la personne qu'il accompagnait pour l'aider à passer par-dessus le sac de toile grossière étendu sur les dalles mouillées.

– Ne salissez pas votre *cioppa*.

Il souleva sa torche, qui fit mouvoir des ombres le long des murs sombres du corridor étroit; ils se trouvaient au-dessous du niveau des douves, dans ce qui était autrefois le donjon du Castello di Porta Giovia. Un autre sac bloqua le passage.

– Du sel, expliqua le cardinal tandis que son invitée franchissait l'obstacle. Hormis quelques pièces réservées à... des circonstances exceptionnelles, le donjon ne sert plus qu'à entreposer le sel.

Le commerce du sel, dont l'État de Milan se réservait le monopole, constituait une source importante de revenus; son prix de vente exorbitant incorporait un impôt très lourd. Le cardinal soupira, mais sans se départir de son habituelle expression d'allégresse.

– Feu le duc Galéas-Marie Sforza, estimable mais peu regretté, s'amusait à entraîner certains de ses sujets ici, et à clouer le couvercle de leur cercueil alors qu'ils étaient encore en vie. Il les veillait jusqu'à ce qu'ils aient vraiment besoin d'un sarcophage; il écoutait leurs cris et leurs grattements de désespoir, tout en décrivant avec les détails les plus explicites la façon dont il avait débauché leurs épouses et sodomisé leurs filles. Le frère du feu duc, et régent de notre duc en titre, Ludovic le More, n'a exécuté personne depuis cinq ans, sauf pour meurtre, mais il a doublé l'impôt sur le sel. Lequel des deux est le plus grand tyran? Je vous laisse le choix.

– Seuls les paysans et les ouvriers paient l'impôt sur le sel, lança sans la moindre ironie Catherine Borromée, dame de compagnie de la duchesse de Milan.

Elle avait seize ans, et son père était l'un des gentilshommes les plus riches de Milan.

– Et ouvriers et paysans en auront sans doute pour leurs douze sous d'amusement au tournoi de cet après-midi, fit observer le cardinal aimablement.

Il trébucha, et ajouta à mi-voix :
– Pendant que chacun de nous consommera pour un ducat d'or de vin.
Il engagea sa torche dans une embrasure et le couloir humide se trouva plongé dans les ténèbres. Il retira la torche.
– Ce n'est pas ce que je cherche.
Après plusieurs tentatives infructueuses, le cardinal trouva son chemin, et entraîna Catherine dans une petite pièce, nue mis à part un grand cadre de bois, de forme circulaire, au centre des dalles noires de moisissure. Le cardinal prit deux chandelles neuves dans sa cape, les alluma à la torche et plaça les trois sources de lumière dans des anneaux rouillés fixés aux murs. La lueur révéla ses traits : presque chauve à trente ans, il avait le teint basané et un menton mou, indolent. Il était cardinal depuis cinq ans. Son père, à la tête du conseil de gentilshommes qui gouvernait Novare, lui avait obtenu ce titre au prix d'importantes concessions commerciales au More. Les nobles avaient remplacé les revenus cédés en augmentant les impôts locaux, et avaient bénéficié de l'influence du cardinal à Rome. Le marché avait été négocié par le frère du More, le cardinal Ascanio Sforza.
– La roue, dit le cardinal d'un ton moqueur qui ne parvenait pas à dissimuler complètement un certain malaise.
Il fit faire à l'appareil un quart de tour grinçant.
– Je me plais à considérer cette roue comme un accessoire du mécanisme beaucoup plus prodigieux de Dame Fortune. Un tour de cette roue peut changer un saint en hérétique et un hérétique en saint.
Il regarda Catherine, et ses yeux révélèrent un désir de flagellant.
– Que préférez-vous, mon enfant : être une hérétique ou une sainte ?
Le visage de Catherine parut incertain à la lueur des torches, hésitant entre deux générations : les lèvres exprimaient une innocence prépubère, mais les pommettes dures semblaient appartenir à une femme de trente ans.
– J'aimerais confirmer notre accord, dit-elle d'une voix de femme pleine d'assurance. Il y a trois bénéfices. Le revenu total s'élève à deux cents ducats par an. Ils seront attribués à mon frère séparément, pour qu'il puisse en vendre un ou deux en cas de besoin.
Le cardinal acquiesça.
– Si votre frère a autant de talent que vous pour les transactions commerciales, mon enfant, je suis certain qu'il augmentera ce revenu en peu de temps.
– C'est un idiot qui les perdra au jeu en quinze jours.
Ses yeux se figèrent : sa décision était prise.
– Je n'enlèverai pas tous mes vêtements, dit-elle. Il fait trop froid, ici.

– Je ne l'espérais pas, murmura le cardinal. Après tout, je suis un prince de l'Église.

Il prit dans sa cape bordée d'hermine plusieurs longueurs de cordon doré.

– Je crois que vous serez à l'aise, debout sur le bord, je ne vous ferai pas tourner.

Catherine monta sur la roue et s'adossa au montant penché. Le cardinal lui écarta doucement les jambes et les bras, et attacha les chevilles et les poignets avec les cordons.

– Mon adorable martyre, murmura-t-il d'un ton de vénération. Vous offrez un bien plus agréable spectacle de renoncement vertueux que ces obscénités sanglantes en faveur auprès de nos peintres modernes, qui nous forcent à compter les gouttes de sang tombant du cou tranché de leurs saints. Beaucoup plus satisfaisant. Vous ne vous doutiez pas que j'étais fidèle à la tradition à ce point, n'est-ce pas, mon enfant?

Le cardinal s'avança et ses doigts hésitèrent au-dessus des agrafes qui fermaient la *cioppa* de Catherine.

– Puis-je jeter un coup d'œil? chuchota-t-il.

Catherine répondit par un petit rire aigu. Le cardinal dégrafa le manteau et écarta lentement les revers de fourrure. Catherine portait une robe à la nouvelle mode, appelée *camora*; le corselet ajusté avait un large décolleté carré qui révélait ses clavicules et une bonne partie de ses seins fermes, haut placés. Le cardinal poussa un soupir d'admiration. Après quelques instants de contemplation, ses doigts se posèrent délicatement sur les lacets du corselet. Puis il écarta le corselet et fit glisser la chemise de Catherine des épaules, jusqu'au-dessous des seins.

– Ah, dit-il, le souffle court. Vos mamelons sont durs.

De nouveau, Catherine gloussa.

Le cardinal recula, et releva sa robe de velours, qui tombait jusqu'au sol. Ses mains s'agitèrent pendant quelques instants, puis ses hanches ondulèrent en un mouvement régulier, rythmique. Catherine lui adressa une moue aguichante et bomba le torse dans sa direction.

La lumière trembla et parut plus vive. Soudain, les yeux de Catherine s'agrandirent de peur, comme si elle était une vraie victime sur la roue de torture. Le cardinal, remarquant sa réaction cessa de se masturber.

– Vous êtes un dévoué serviteur de Dieu, éminence. Je vois que vous pratiquez vos devoirs collégiaux même quand vous n'êtes pas à Rome.

Le cardinal laissa retomber sa robe, puis se retourna et inclina la tête avec respect. La duchesse de Milan se tenait dans l'embrasure de la porte, pareille à la dernière vision d'un condamné. Le cardinal fit le signe de la croix avec une hâte fébrile.

– Allez administrer vos sacrements ailleurs, éminence. J'ai affaire avec ma dame de compagnie.

La voix d'Isabelle était rauque, mais calme. Le cardinal haussa les épaules, reprit sa torche et s'en fut. La duchesse de Milan s'avança vers Catherine.

– J'ai besoin de toi, moi aussi. Ce soir, au bal donné en l'honneur de la duchesse de Bari. Il est temps de se débarrasser de Cecilia Gallerani.

– Vous êtes folle, répondit Catherine sans dissimuler son mépris.

– Tu le feras, petite traînée, sinon je révélerai tes manigances avec le cardinal.

– Mon père est déjà au courant, lança Catherine. C'est lui qui m'a présentée au cardinal. Il a besoin d'une situation pour Cesare, mon idiot de frère.

– Je ne songeais pas à ton père, mais à ton grand amour.

Catherine eut envie de répliquer : « Dans ton cas ce serait le même homme », mais elle n'avait pas envie de mourir dans cette cave.

– Messer Bernardino ne se soucie pas des autres avec qui je couche, murmura-t-elle d'un ton boudeur.

– Je ne songeais pas non plus à lui. Ni à Galeazzo.

Les lèvres délicates d'Isabelle ébauchèrent un sourire ambigu. Elle se rapprocha.

– Je t'ai vue en train de boire dans la grande tribune, pendant le tournoi. A-t-il fallu que tu sois abrutie par l'alcool pour descendre ici avec ce pervers!

Isabelle était assez près pour murmurer à l'oreille de Catherine.

– Tu es vraiment très jolie. La plus adorable de toutes mes dames. Je ne comprends pas pourquoi tu te gaspilles ainsi.

Elle lui effleura la joue du bout des lèvres. Le visage de Catherine s'écarta légèrement et ses seins fermes remuèrent.

Les baisers d'Isabelle glissèrent le long du cou de Catherine, puis sur la rondeur du sein. Sa langue caressa le mamelon qui parut se nouer. Catherine eut un frisson.

– Tu aimes, n'est-ce pas? murmura Isabelle d'une voix chaude.

Catherine haleta, sa tête se pencha en arrière et elle ferma les yeux.

Isabelle se redressa soudain.

– Mais tu aimerais encore mieux avec madonna Giulia...

Les yeux de Catherine s'ouvrirent tout grands. Giulia Landriano, femme mariée approchant de la trentaine, dame de compagnie de la duchesse elle aussi, appartenait comme Catherine à une éminente et ambitieuse famille noble de Milan.

– Quand j'apprendrai à Giulia comment tu as trahi son amour, elle sortira son poignard plus vite que n'importe quel cocu. Te souviens-tu de cette servante poignardée l'an dernier pendant la Semaine Sainte?

La terreur qui se peignit dans les yeux de Catherine fit sourire Isabelle.

– Je suis sûre que tu le sais : elle avait commis elle aussi l'erreur de décevoir ta Giulia.

Catherine fut soudain secouée de sanglots sans larmes, puis elle se mit à pleurer en silence. Isabelle la détacha, l'aida à descendre de la roue, puis la prit dans ses bras et lui caressa les cheveux d'un geste maternel.

– Vous... Vous pouvez aussi bien me tuer tout de suite, gémit Catherine, sincère dans son accablement. De toute manière, je suis... finie.

Isabelle éclata de rire.

– Je ne vais pas te demander d'assassiner Cecilia Gallerani. Je n'ai pas l'intention de la tuer. Ce que je veux, c'est que tu m'aides à affûter la lame de quelqu'un d'autre. Tu vas avoir besoin d'une complice pour t'assister. D'une personne à la conversation facile...

Isabelle se mit à relacer le corselet de Catherine.

– Ton amie Giulia a la langue preste, pas vrai ?

***

La salle de la Palla, la plus vaste du Castello di Porta Giovia, était utilisée indifféremment pour les banquets, les bals et les jeux de paume ; sa voûte à nervures s'élevait à la hauteur d'un troisième étage, et une galerie en mezzanine courait le long de ses murs. Pour le bal des Dames, on avait décoré de guirlandes de lierre la voûte à laquelle étaient suspendus des lustres d'argent en forme de roue. Des musiciens en tunique dorée, réunis au fond de la salle, soufflaient dans des trompes et de gros instruments à vent en bois, appelés *piffari*. Des rangs de pages en livrée rouge, bleu et blanc étaient alignés le long des murs, brandissant des torches de cérémonie. Ces torches éclairaient de nouvelles fresques qui représentaient les nombreuses victoires du père du More, le légendaire *condottiere* Francesco Sforza : immenses panoramas animés par des chevaliers aux armures étincelantes, forêts de lances, redditions savamment mises en scène, et consécration des triomphes de la Vierge.

Béatrice se tenait sur la galerie, entourée de sa mère, sa sœur et ses dames de compagnie, ainsi que la duchesse de Milan et sa suite. Elle était cachée aux yeux de sa cousine par la sœur du duc de Milan, Blanche-Marie Sforza, jeune fille de dix-sept ans d'une étonnante beauté, mais toujours distraite. En cet instant, elle détruisait l'effet de ses traits sublimes en agitant la tête comme une gamine au rythme de la musique. Elle avait manifestement un tempérament doux et innocent. Béatrice avait découvert qu'elles avaient suivi les leçons du même maître de danse, Lavagnolo.

Les dames de la cour ducale étaient entourées par environ deux cents femmes de la noblesse de Milan, depuis les sveltes jouvencelles parées de bijoux jusqu'aux douairières qui auraient eu du mal à tenir sur leurs jambes flageolantes sans l'aide de leurs jeunes parentes. Pour la plupart, leur visage était couvert à faire peur de céruse blanche et de rouge carmin, qui donnait à leurs traits la fixité de figures de cire. Leurs poitrines, remontées par les corselets ajustés de leurs *camore*, étaient d'une rondeur si surprenante qu'on les croyait faites au moule. La plupart des jeunes femmes étaient blondes – soit par la grâce de la nature, soit par l'application de jus de citron – et presque toutes portaient les cheveux tirés en arrière, séparés par une raie au milieu et raidis à la gomme arabique, à l'exception d'une frange délicate d'accroche-cœur à la vénitienne. Elles allaient et venaient d'un groupe à l'autre, et leurs lèvres écarlates se penchaient, affairées, vers des oreilles que dissimulaient des boucles. Des colliers d'émeraudes et des résilles ornées de perles lançaient des reflets éblouissants.

– Savez-vous ce qu'on dit, maman? chuchota la marquise à l'oreille de sa mère, comme pour imiter la pose des autres dames de la galerie. Nulle part, sauf en Angleterre et dans le sultanat de Turquie, le mariage n'est moins respecté qu'à Milan. On dit qu'un mari milanais, sachant qu'il sera forcément cocu, préfère servir de maquereau à sa femme : il l'accompagne au logis de l'amant dans sa propre voiture et l'embrasse sur le seuil. Les passants de la rue ôtent leur chapeau en hommage à cet étalage de dévouement conjugal. Ensuite, bien entendu, le cocu se rend chez sa propre maîtresse.

Béatrice ne pouvait se résoudre à regarder les dames de Milan, mais leurs parfums déversés avec libéralité – ambre gris, cannelle, myrrhe et aloès – joints aux senteurs du lierre et des rameaux de citronnier, donnaient à l'atmosphère la densité d'une serre par un après-midi torride. Les danseuses qui exécutaient la *moresca* à l'espagnole dans la salle au-dessous d'elle, simples paysannes en jupe et corsage rouge, bleu et blanc, compensaient par leur abandon sensuel leur absence de précision artistique. Béatrice regarda par-dessus la balustrade et regretta de ne pouvoir les accompagner. A une époque, elle aimait la danse plus que tout, parce qu'elle croyait encore qu'elle serait belle un jour. Chaque fois qu'elle se levait sur la pointe des pieds en suivant le bâton de messer Lavagnolo, elle croyait hâter le jour où ses cuisses lourdes s'étireraient en longues tiges minces ainsi que du verre soufflé. Mais à présent, quand elle dansait, elle oubliait complètement l'élégance fluide à laquelle messer Lavagnolo tenait tant; comme ces paysannes, elle pirouettait et bondissait en mouvements brusques, pour punir ses jambes courtes et musclées en les forçant à danser dans un style pour lequel elles étaient mieux adaptées.

La musique s'arrêta et les jupes des danseuses retombèrent;

les jeunes filles se tournèrent à l'unisson vers la galerie et firent la révérence.

– Béatrice, chuchota Éléonore, c'est le moment de recevoir les dames de Milan.

Le corps de Béatrice était tendu de douleur sous l'effet de la peur. Elle se força à se retourner. La duchesse de Milan baissa les yeux vers elle, et ses narines étroites frémirent légèrement; ses yeux gris-vert, au-dessus de ses pommettes hautes, semblaient aussi froids que des lacs alpins. Non sans un étrange regret, Béatrice s'avoua qu'elle n'avait pas plus de chance ici, à Milan, qu'autrefois à Naples de gagner l'amitié de sa belle et impérieuse cousine. En tout cas, ici, elle ne se rendrait pas ridicule en faisant de maladroites avances non sollicitées. Elle regarda Isabelle dans les yeux. « Je te hais moi aussi, je te hais moi aussi », répéta-t-elle en silence ainsi qu'une litanie, pour se donner du courage.

Les regards des nobles dames de Milan n'étaient pas plus chaleureux que ceux d'Isabelle. Béatrice imagina leurs iris faits de verre : des yeux de poupées sinistres. Au début, elle n'entendit rien de leurs salutations. Elle voyait simplement des lèvres laquées remuer, et des *camore* de brocart aux reflets métalliques se courber en révérences. Chaque fois, inlassablement, elle inclinait la tête. Chaque visage n'était qu'un masque, non une vraie femme.

La femme qui retint la main de Béatrice était grande, avec un nez aquilin pointu; un diamant en forme de poire scintillait juste au-dessus de ses seins. On venait de la présenter : Giulia Landriano, dame de compagnie de la duchesse de Milan.

– ... ravissantes, n'est-ce pas, madame?

Les mots pénétrèrent dans la conscience de Béatrice et s'organisèrent en phrases.

– D'une telle fraîcheur, simple et piquante. Adorable.

Béatrice eut du mal à croire que les yeux acerbes de Giulia aient jamais trouvé quoi que ce soit « adorable ».

– Mais tout ce qui se rapporte à Votre Altesse a été adorable. La *dolcezza* est si rare ici.

Béatrice, accoutumée aux discours obliques des courtisans et des diplomates, commença à entendre également les sous-entendus de Giulia. *Dolcezza* – douceur – était le mot clé. Doux, adorable, simple... Cela signifiait en réalité que les Milanais jugeaient Béatrice et les gens de Ferrare provinciaux et vulgaires, comme les danseuses.

– Vous apportez de la *dolcezza* à Milan, madame.

La marquise fit un demi-pas vers l'interlocutrice de sa sœur.

– Quant à nous, nous avons rarement vu autant d'art qu'ici même, ce soir, dame Giulia. Un art de si habile facture qu'au premier regard on se demande s'il se cache quoi que ce soit sous d'aussi extravagants ornements. Un peu comme si l'on avait recouvert de glaçage doré des pâtisseries défraîchies.

Les conversations autour d'elles semblèrent vaciller ; la foule se resserra. Giulia inclina légèrement la tête, comme pour indiquer qu'elle acceptait l'escalade des hostilités lancée par la marquise.

– Ceux dont le goût se limite aux pâtisseries risquent effectivement d'être émerveillés par les ornements que l'on voit ici.

Giulia caressa ostensiblement la chaîne d'or piquetée de diamants qui ornait son décolleté ; les maillons d'or formaient une guirlande miniature admirablement ciselée.

– Votre Altesse reconnaît-elle l'œuvre de maestro Caradasso ?

L'orfèvre milanais Caradasso del Mundo était réputé dans toute l'Europe.

– Bien entendu, il faut être en mesure de payer un tel talent pour pouvoir l'apprécier.

La marquise rougit à cette allusion aux moyens relativement modestes de la famille d'Este ; bon nombre de simples nobles milanais étaient plus riches que la famille régnante de Ferrare. Elle porta la main à son collier de perles, séparées par de savantes rosettes d'or.

– Je préfère le travail de notre Enrico da Fidele. Maestro Enrico est le genre d'artiste qui privilégie la subtilité plutôt que les artifices. Il suppose que ses clientes sont à même de rehausser ses créations par leurs charmes personnels.

Giulia s'inclina sèchement devant la marquise, puis regarda Béatrice. La lumière des torches donnait à ses iris pâles des reflets d'or.

– Le charme de votre sœur est d'avoir conservé sa simplicité naturelle. Mais je vois que la duchesse de Bari apprécie déjà l'élégance milanaise.

Giulia s'avança et feignit d'admirer la chaîne d'or du pendentif en rubis que le More avait offert à Béatrice.

– J'ai reconnu sur-le-champ le travail de notre Caradasso. Il a fait un pendentif presque identique pour Cecilia Gallerani.

Giulia avait négligemment prononcé le nom, mais elle recula aussitôt, comme surprise par sa propre voix, et ses yeux s'agrandirent de crainte. Elle s'empressa de faire la révérence.

– Pardonnez-moi, Votre Altesse, balbutia-t-elle. Je ne...

Les conversations cessèrent soudain. La marquise se tourna brusquement vers sa mère : Éléonore semblait avoir le souffle coupé, ses yeux étaient devenus aussi intenses que des émeraudes.

Béatrice plissa le front, puis parut comprendre. Elle se tourna vers sa mère.

– Maman ? demanda-t-elle d'une petite voix frêle.

Mais elle savait déjà.

– Maman...

Cette fois le mot n'était plus une question, mais il ne formulait pas encore d'accusation. Elle se tourna vers Giulia.

– Qui est Cecilia Gallerani ?
Giulia fit de nouveau la révérence.
– Votre Altesse...
Sa bouche resta ouverte, rien d'autre n'en sortit. On n'entendit plus dans la salle entière que quelques toux ici et là, le glissement des chaussures et le froissement des robes.

Le regard de Béatrice se tourna vers la jeune fille debout à côté de Giulia. Elle lui avait été présentée quelques minutes plus tôt : Catherine, une des dames de compagnie d'Isabelle. Elle devait avoir seize ou dix-sept ans, et ses beaux seins ronds remontaient presque sur ses clavicules. Elle s'était mise à pleurer, ses épaules nues étaient agitées sous l'effet des sanglots aussi perçants que des cris dans le silence. Elle se mit à crier :
– Pourquoi personne ne veut le lui dire ? Dites-le-lui donc ! C'est tellement cruel ! Je ne peux pas croire que personne ne le lui ait dit.
Et elle joignit les mains en un geste émouvant de supplication.
– Béatrice !
Éléonore saisit le bras de Béatrice et voulut l'entraîner.
– Me dire quoi ? demanda Béatrice, en résistant à sa mère. Eh bien, parlez.
Elle se dégagea et prit Catherine par les épaules.
– Parlez donc.
Catherine leva les yeux vers Béatrice. Ses sanglots étaient aussi réguliers que des hoquets. Éléonore saisit de nouveau Béatrice.
– *Parlez !*
Les mots s'échappèrent de la bouche de Catherine comme des vomissures.
– Cecilia Gallerani est la maîtresse de votre mari. Elle va avoir un enfant de lui. Ce que tout le monde vous fait est horrible.
Elle posa les mains sur ses genoux et son corps pencha sur le côté. Puis ses traits se détendirent et elle s'écroula sans connaissance.
Instinctivement, Béatrice chercha à s'accrocher à quelque chose avant d'être emportée dans les cieux comme une plume par un cyclone. L'atmosphère parfumée lui parut soudain étouffante. Sa mère la fit pivoter vers elle. Une ombre tomba devant ses yeux. Elle s'écarta de sa mère, et n'eut plus dans le champ de sa vision, ainsi qu'au bout d'un tunnel de lumière, que le visage de sa cousine : Isabelle avec ses yeux verts de chat, et ses lèvres sinueuses qui dissimulaient mal son amusement. Puis le cercle noir se referma.

CHAPITRE 4

– Maman, elle ne dormira sûrement pas toute la nuit, et à son réveil, elle refusera certainement les potions de messer Ambrogio.

La marquise arpentait la petite salle qui séparait sa chambre de l'antichambre de sa sœur; toutes ces pièces feraient partie des appartements de Béatrice quand les invités s'en iraient. La salle était meublée de quelques fauteuils et d'une armoire sculptée de motifs héraldiques complexes : lions, aigles, fleurs entrelacées et l'omniprésent symbole de la maison des Sforza, souverains de Milan – une vipère bleue tenant dans sa gueule le corps d'un homme écorché.

– Je vous avais prévenue. Il fallait le lui dire. Je vous ai mise en garde pas plus tard qu'hier. Maman, je suis hors de moi. Vraiment. J'espère simplement qu'elle n'est pas en train d'ourdir une vengeance contre nous deux en ce moment. Elle s'y connaît, en vengeances. Vous rappelez-vous ce qu'elle a fait à Eugenia Casella? Très habile. Eugenia a dû se faire raser entièrement la tête. Ses cheveux ont repoussé d'une autre couleur, et elle n'a jamais pu les tresser depuis ce jour-là...

La marquise fut interrompue par un bruit provenant de la garde-robe de Béatrice, pièce réservée aux vêtements et aux bijoux, où l'on avait entassé les cadeaux de noce.

– Maman, je vous ai dit que Polissena était trop âgée pour lui être d'une quelconque utilité ici. Je préférerais confier le rangement de ma vaisselle à un centaure ivre.

Un fracas de vaisselle brisée, puis un autre suivirent, trop violents pour être le fait de la maladresse d'une vieille femme arthritique.

– Par ma foi, maman...

Éléonore se leva de son fauteuil avec une agilité surprenante. Il y eut encore trois autres bruits de casse, pareils à des boulets de verre tirés contre les murs du Castello, avant qu'elle n'atteigne la garde-robe. Des éclats de faïence jonchaient le sol. Elle crut voir un enfant se précipiter vers elle et s'accrocher à ses jupes : c'était Fritello, le nain de Béatrice. A la lueur vacillante de la lampe, le visage de Béatrice semblait presque violet de rage. Elle avait méthodiquement dégagé de leurs cadres de bois au moins deux douzaines de grands plats de majolique, décorés de scènes mythologiques et religieuses, puis les avait alignés sur le couvercle de plusieurs coffres. Avec des gestes saccadés de marionnette, elle prit un autre plat, le souleva au-dessus de sa tête et le lança par terre. Éléonore enjamba les morceaux des plats de noce, saisit les bras raides de sa fille et la souleva du sol comme si elle n'était vraiment qu'une grande poupée.

– Rappelle-toi qui tu es et ce que tu représentes, lui intima Éléonore. Tu n'es pas un enfant à qui l'on peut céder des caprices. Tu es un symbole de l'État, la mère de l'État...

Béatrice répondit d'une voix si grave et si dure qu'Éléonore en tressaillit.

– Maman, vous m'avez menti...

– Je t'ai protégée d'une vérité déplaisante qui constitue la première grande épreuve du mariage, parce que je ne te jugeais pas prête à l'accepter comme une femme accomplie et une duchesse. Et je constate à présent que je ne me trompais pas...

– Vous constatez? Vous constatez? C'est moi, qui constate, maman! Je constate! Je constate! Je constate que vous avez entassé mensonge sur mensonge. Je constate que vous me demandez de me conduire en duchesse alors que vous m'avez ridiculisée aux yeux du monde!

Béatrice s'arrêta, mais ses lèvres continuèrent de s'agiter, comme à la recherche d'un juron imprononçable.

– Maman, je vous hais.

La gifle retentit dans toute la pièce, et la tête de Béatrice roula comme si elle était ivre.

– Jamais, tu entends? Ne dis jamais cela à ta mère. Tu pourrais me détester pendant mille ans, sans que cela modifie le moins du monde l'amour que je ressens pour l'enfant que j'ai portée dans mon ventre, l'enfant que j'ai portée...

Éléonore se tut brusquement, mais le souvenir explosa dans sa tête : elle portait d'un bras Alfonso âgé de six semaines, Béatrice s'accrochait à son cou comme si elle voulait l'étrangler, la petite main d'Isabelle tremblait dans la sienne, les pleurs des enfants dans le couloir de pierre sombre pouvaient passer pour les gémissements des âmes en enfer... Aussitôt, comme chaque fois, elle chassa le souvenir de ce coup d'État manqué par une image rapide, violente : l'éclair de l'épée du bourreau sous le soleil, et le sang qui jaillissait du cou décapité de son neveu Nicolas.

Les épaules de Béatrice se soulevèrent et son corps se pencha en avant; les larmes jaillirent littéralement de ses yeux. Éléonore l'enveloppa de ses gros bras rassurants.

– Je suis sûre que cela va changer, mon enfant, murmura-t-elle en caressant les cheveux de sa fille. Je te le promets. Il t'aimera de plus en plus chaque jour, et elle de moins en moins. Je te le promets. J'ai connu les mêmes larmes que toi en ce moment, et je peux t'assurer qu'avec le temps cette amertume vient à se transformer en la plus indescriptible douceur.

Mais Éléonore savait qu'elle n'avait jamais goûté à ce genre d'amertume. Jamais elle n'oublierait le regard d'Hercule lors de leur première rencontre, son visage arrogant qui semblait sculpté dans la glace, ses yeux durs comme du diamant. Son peuple l'appelait *Diamante*, le Diamant. Dur, brillant et froid. Et pourtant quand ce visage l'avait vue pour la première fois... Ce soir-là, dans les bras virginaux d'Éléonore, c'étaient ces yeux durs de diamant qui avaient pleuré dans l'émotion du désir comblé.

Béatrice renifla bruyamment.

– Maman, quand va-t-elle avoir son enfant?

– Ceci ne te concerne pas. Si cet enfant vit, ce ne sera jamais que le bâtard d'une catin, rien d'autre. Tu es l'épouse du More devant Dieu et ton fils sera son héritier.

– Maman, ce n'est pas une simple prostituée. Elle vit ici, dans ce château, dans des appartements privés exactement comme une épouse. Dans les pièces dont on nous a dit qu'elles se trouvaient en cours de rénovation.

Le silence se prolongea.

– Maman... commença la marquise d'un ton menaçant.

– Isabelle, coupa Éléonore, ferme toutes les portes! Ordonne aux gardes d'interdire l'accès aux appartements de la duchesse de Bari jusqu'à ce que la duchesse de Ferrare en décide autrement. Viens me rejoindre ensuite dans la chambre de ta sœur.

Éléonore fit signe à Béatrice de s'asseoir près d'elle sur le lit. Béatrice refusa. La marquise referma la porte de la chambre derrière elle, passa devant Béatrice sans lever les yeux, puis se mit à lisser nerveusement sa jupe en prenant place près de sa mère.

La voix d'Éléonore s'éleva, aimable mais ferme.

– Béatrice, Cecilia Gallerani continuera d'occuper ses appartements dans ce château. Ton père et moi l'avons accepté dans les conditions de ton contrat de mariage.

Le cœur de Béatrice se serra. Son père savait donc, lui aussi. Ils l'avaient tous trahie. Ils l'avaient vendue comme concubine, comme une prostituée de plus dans le harem d'un Maure.

Le silence glacé de Béatrice indiqua à Éléonore à quel point elle était blessée.

– Béatrice, Isabelle, aucun moment dans les bras d'un

homme ne surpassera jamais l'émotion que vous ressentirez la première fois que votre enfant prendra votre sein. Mais c'est une étrange passion, car pour être assouvie, elle exige des renoncements. Ce renoncement commence à l'instant où vous arrachez l'enfant à votre sein endolori pour le confier à sa nourrice sèche. Et il ne cesse jamais. Te souviens-tu, Isabelle, du jour où je t'ai envoyée sous la férule de messer Guarino ? Tu n'avais que trois ans – mon premier enfant. Crois-tu que je me lassais de tes babillages de fillette et que je te punissais en te condamnant à apprendre le latin ? Mon Dieu, l'écho de ta voix enfantine valait plus pour moi que tous les discours de Cicéron. J'ai sacrifié ma joie et ta... jeunesse pour que tu deviennes une femme accomplie, sans rivale sur le plan de l'intelligence. Et ce qui nous a causé du chagrin à toutes les deux sur le moment a fini par nous valoir un plus grand bonheur.

– Je sais, maman, répondit la marquise avec respect.

– Béatrice, je ne t'ai pas aimée moins parce que tu n'étais pas avec nous, et si je ne t'ai épargné aucune peine, c'était pour que tu deviennes une femme capable de porter fièrement le blason de la famille d'Este. Crois-tu qu'à ton retour de Naples mon cœur ne me suppliait pas de te tenir par la main jour et nuit, de me promener avec toi le long du Pô et de te raconter tout ce que je n'avais pu te dire pendant les années de ton absence ? Chaque jour, quand je te confiais à tes précepteurs, je déchirais des fibres de mon cœur. Et je redoute plus qu'un homme sur l'échelle de l'échafaud le moment où, dans deux jours, il me faudra te laisser seule ici. Tu es ma dernière fille. Sais-tu à quel point le silence de notre château sera angoissant sans un rire de jeune fille ?

Pendant un instant, les yeux d'Éléonore parurent hantés par le silence de la chambre vide de sa fille. Puis elle s'assit très droit et bomba sa poitrine étouffée par le brocart.

– Je sais que vous n'aimez ni l'une ni l'autre entendre parler de la guerre avec Venise. Vous étiez enfants à l'époque, et vous ne pouvez donc pas vous souvenir, ce dont je me félicite. Et Dieu sait que je me félicite aussi de la paix qui règne depuis lors. Si nous bénéficions de cette paix, c'est uniquement parce que ton père, mon père, le More et la seigneurie de Venise ont reconnu que l'Italie ne pourrait survivre à une autre guerre comme celle-là. Les Français sont devenus trop puissants, trop ambitieux. Si nous nous trouvons divisés par nos propres querelles, les Français traverseront les montagnes avec leur armée et détruiront nos États l'un après l'autre. Mais cette paix dont nous jouissons est une construction fragile et complexe. Pour pouvoir durer, elle a besoin de fondements à toute épreuve.

Béatrice plissa les lèvres. Elle comprenait les grands mouvements de l'histoire évoqués par sa mère ; toute sa vie elle avait été témoin de négociations, à la table de son père et de son grand-père.

– Les fondements de cette paix, continua Éléonore, c'est nous, les femmes de la maison d'Este. Par notre sang et celui de vos enfants, toute l'Italie se trouvera unie. Naples, Milan, Mantoue et Ferrare. Le mari d'Isabelle est capitaine général des armées de Venise. Florence est un aussi fidèle allié de Milan que de nous, en tout cas tant que vivra le More. La seule grande puissance dont nous ne sommes pas sûrs est Rome, mais quand le Saint Père mourra, ce qui ne saurait tarder...

Éléonore se signa.

– ... ton oncle le cardinal Sigismond et le frère du More, le cardinal Ascanio, seront en mesure de faire élire un pape soumis à leurs ordres. Nous sommes toutes les trois la base sur laquelle s'élèvera la puissance de l'Italie. Mais le socle que nous constituons est comme un trépied. Si l'une de nous disparaît, tout s'écroule. Et l'Italie ne se relèverait pas de ces ruines. Ni de votre vivant ni du vivant de vos enfants.

Béatrice releva la tête.

– Maman, vous dites que je suis l'un des pieds du trépied et que je ne dois pas être faible. Mais comment pourrais-je paraître forte quand la catin de mon époux est à tous égards, sauf en titre, la duchesse de Bari ?

– Béatrice, nous avons dû faire un choix difficile. Ton époux n'a accepté le mariage qu'à cette condition, et nous avons décidé que rompre le contrat pour cette seule raison ne servirait les intérêts de personne.

– Dans ce cas, vous allez perdre ma dot. Parce que je ne vivrai pas sous le même toit que la catin de mon époux.

– Béatrice, tu ne sais pas tout le mal que nous avons eu à conclure ce mariage...

– Je ne le sais pas? coupa Béatrice, d'un ton mordant d'incrédulité. N'ai-je pas attendu chaque fois qu'il repoussait la date de la noce, sans savoir ce qu'il pouvait trouver à redire en moi ? J'étais là le soir où l'envoyé du More est venu reprendre le contrat. J'ai vu le visage de père...

Elle le revoyait : sa mâchoire contractée par la rage, ses lèvres amincies comme le tranchant d'une épée, ses yeux noirs meurtriers.

– Père l'a forcé à m'épouser. Je le sais. Si père demande maintenant au More de chasser sa catin de ma résidence, il le fera.

Éléonore écouta le ton plein de défi de sa fille et étudia son visage rouge de colère. De tous les enfants, Béatrice était la moins proche d'Hercule d'Este, mais c'était elle qui lui ressemblait le plus. Comme Isabelle, Béatrice possédait l'intelligence vive d'Hercule et son sens pratique, mais à l'inverse d'Isabelle et des quatre garçons (si seulement Dieu avait pu leur donner autant d'intelligence qu'aux filles), elle était d'un tempérament très émotif, irrationnel, souvent mystique – c'était ce paradoxe qui rendait Hercule si difficile à sonder. Surtout, songea Éléonore, Béatrice combinait le caractère farouchement ambitieux d'Isabelle à l'absence de scrupules d'Hercule. Si la Fortune ne lui souriait pas suffisamment, Béatrice semblait déterminée à la houspiller. C'était ce goût du risque qui avait fait d'elle un excellent cavalier : ses chevaux sentaient qu'elle n'avait pas peur d'être jetée à terre, et ils la respectaient. Mais pour une femme aussi proche des leviers du destin que la duchesse de Bari serait appelée à l'être, ce mépris des conséquences constituait une faiblesse. Cet aspect du caractère de Béatrice la portait sans doute à sous-estimer l'importance de Cecilia Gallerani dans l'équation : négligée par son mari et loin du pouvoir, Béatrice ne représentait pour ainsi dire aucun danger. Les risques ne surviendraient que si le More tombait amoureux d'elle.

– Béatrice, dit Éléonore avec une impitoyable fermeté, jamais ton père n'insistera pour que le More chasse Cecilia Gallerani de ses appartements. Parce que jamais je ne conseillerai à ton père de prendre ton parti sur ce point.

– Je veux rentrer chez nous, maman, déclara Béatrice.

Éléonore ne répondit rien.

– Je ne vivrai pas ici, maman. Je m'en irai. Je prendrai les bijoux qu'il m'a donnés et j'irai voir mon grand-père à Naples. Mon grand-père me donnera une ville. Avec des murailles imprenables.

Aussitôt Béatrice s'envola sur ces murs, d'anciens bastions de brique couverts de lierre verdoyant et de papillons moirés ; elle était debout sur les remparts, protégée par ses poupées en robe de taffetas et ses oiseaux tropicaux aux énormes becs de couleurs vives. Et quand le More, à genoux au pied des fortifications, la supplierait de revenir, les oiseaux l'invectiveraient de leurs cris perçants.

Éléonore retint un soupir. Ses sentiments étaient trop complexes pour qu'elle les démêle : chagrin, culpabilité, pitié, soulagement de voir que l'obstination de sa fille avait tourné au fantasme. Elle se leva, prit Béatrice dans ses bras et embrassa ses joues encore humides.

– Je sais que tu vas rester ici et nous représenter fièrement, parce que tu as toujours fait ce que ton père et moi t'avons demandé, dit-elle. Messer Ambrogio t'a préparé une potion. Bois-la, tu dormiras bien toute la nuit. Tu verras les choses sous un jour meilleur après du repos. Ces fêtes de noces portent sur les nerfs de tous. Je ne comprends pas pourquoi elles s'éternisent de la sorte.

Elle embrassa de nouveau Béatrice, croisa le regard de la marquise et se dirigea lentement vers la porte.

– Maman, jamais plus je ne le laisserai me toucher. Je ne lui donnerai même pas la main.

Éléonore ne se retourna pas vers Béatrice ; elle ne voulait pas que sa fille voie le sourire contraint gravé sur son visage triste et las.

***

Un lévrier glissa sur les dalles de marbre et heurta les genoux d'Isabelle, un deuxième chien enfonça le museau dans sa jupe. Sur le lit à baldaquin, quatre corps dont les chairs luisaient à la lumière des lampes étaient entrelacés dans une communion amoureuse difficile à déchiffrer. Une femme haletait, un des chiens aboya.

– Je vois que vous avez des invités?

Jean-Galéas Sforza, duc de Milan, n'avait pas levé les yeux quand sa femme était entrée dans la pièce. Il ne répondit pas non plus à sa question. Il se pencha en avant dans son fauteuil et trempa furtivement sa langue dans le vin de sa coupe en verre de Murano. Ses cheveux d'un blond platiné tombaient sur le col d'hermine de son manteau de satin. Ses yeux bleus brillants ne quittaient pas le couple nu en silhouette devant la cheminée. La femme, assez forte, était à genoux, la tête en appui sur ses bras, les seins effleurant le tapis de zibeline; à genoux derrière elle, l'homme donnait des coups de boutoir en cadence. Comme Jean et les couples sur le lit, les amants semblaient indifférents à la présence de la duchesse de Milan, peut-être même l'un à l'autre.

La coupe glissa des mains de Jean et tomba sur le tapis de Perse. Le pied se brisa.

– Va te coucher, Jean.

La duchesse parut n'accorder aux couples en train de faire l'amour pas plus d'attention que s'ils faisaient partie de l'ameublement.

Jean leva brusquement la tête et regarda sa femme. Un rire amer tordait ses lèvres brûlantes. Il y avait en lui une beauté étrange, à la fois gracile et robuste; sa peau pâle était si délicate qu'elle semblait translucide, mais il avait des pommettes larges, anguleuses, et une mâchoire puissante.

– Va te coucher. Le fardeau de ton titre doit t'avoir fatigué.

Jean se leva brusquement, tituba et leva le bras comme pour rétablir son équilibre. Son poing toucha Isabelle juste au-dessous de l'oreille, et elle bascula. Elle tomba sur les genoux. Le couple devant la cheminée se sépara et se hâta de sortir de la pièce.

Isabelle se releva d'un bond et courut vers la lampe à huile placée à côté du lit. Le groupe commença à se dénouer; une femme se mit à la recherche de sa chemise. Isabelle s'empara de la lampe et s'avança à grands pas vers son mari, en brandissant la mèche enflammée ainsi qu'un poignard.

– Je vais mettre le feu à ton *cazzo*. Pour ce qu'il te sert...

Les derniers invités, vaguement identifiables comme deux femmes, un homme et un adolescent à peine pubère, s'esquivèrent en une sorte de ballet muet. Jean, les mâchoires contractées, regarda ses compagnons s'en aller. Puis toute résolution s'effaça de ses traits, comme si ses muscles et ses os s'étaient ramollis. Un instant plus tôt, c'était un homme, maintenant, il avait l'air d'un gamin.

Isabelle lança la lampe dans la cheminée. Le globe de verre éclata et les flammes jaillirent.

– Veux-tu essayer ce soir, Jean ? Défais mes lacets.

Après un instant d'hésitation, Jean se mit à délacer le corselet de la *camora* de son épouse. Ses doigts élégants faisaient de ses hésitations tout un art. Isabelle fit glisser la robe par-dessus la tête et ôta sa chemise. Aucune trace ne restait de sa grossesse récente, hormis une légère lourdeur de ses seins. La tache noire entre ses jambes formait un large triangle qui tranchait sur la blancheur de ses cuisses.

– Tu n'as pas essayé depuis longtemps, Jean.

Isabelle l'aida à enlever sa ceinture, sa tunique et ses chausses. La chemise cachait son membre. Elle l'entraîna sur le tapis de zibeline devant la cheminée.

Pendant une demi-heure, Isabelle caressa, lécha, haleta, gémit, frotta et tordit ; rien n'éveilla le désir flasque de son époux. Elle se résigna à laisser Jean lui téter le sein jusqu'à ce qu'il s'endorme.

CHAPITRE 5

La fumée et les flammèches des fonderies de la via degli Armorai s'élevaient en nuages bas, couleur d'ardoise. Au bout de l'avenue, la silhouette inachevée du Duomo semblait dessinée à grands traits sur le ciel. Le vent est chargé de neige, avait dit son frère Alfonso; on la sent déjà. Béatrice se rendit compte que même Alfonso allait lui manquer.

– Maman, s'il se remet à neiger, je vais mourir. L'idée d'aller à Pavie par ce temps me met hors de moi.

La marquise leva les yeux vers la façade du Castello di Porta Giovia; l'énorme tour centrale semblait percer le ventre du ciel lourd. L'escorte réunie devant le château faisait un bruit considérable; le More avait ajouté deux cents hommes d'armes milanais au contingent de Ferrare. Les chevaux piaffaient et hennissaient, les cochers des voitures invectivaient leurs équipages. Les dames de compagnie d'Éléonore et de la marquise, emmitouflées dans leur manteau de fourrure, se lançaient des regards navrés. Alphonse blottit son visage boutonneux contre la joue de Béatrice. Sans la regarder, il lui dit « au revoir » d'un ton digne.

La marquise ôta son manchon de zibeline et prit les mains nues de Béatrice entre les siennes. Des larmes noyèrent ses yeux.

– Rappelle-toi que tu dois engager un secrétaire dès que tu en trouveras un qui convient. On te présentera sans doute un flatteur courbé sous le poids des ans, mais il y a trop de jeunes gens brillants sans emploi pour que tu te contentes d'un vieillard édenté qui a passé sa vie à écrire des sonnets sur les courses de chevaux et les chasses au loup. Quand tu auras réuni ta chorale, demande-moi les compositions à la manière flamande que Girolamo da Sestola a réunies pour père et moi. Et de toute manière, tu dois m'écrire une fois par semaine, *de ta propre main*, et envoyer la lettre par messager spécial. Je me meurs de douleur, tu le sais, n'est-ce pas?

La marquise enveloppa Béatrice dans son immense *cioppa* de zibeline et l'embrassa quatre fois sur chaque joue.

– Ma très chère sœur, ma sœur bien-aimée.

Elle recula brusquement et s'essuya le nez dans son manchon.

– Messer Niccolò donne l'ordre du départ, dit Éléonore en prenant les mains de Béatrice.

Ses yeux verts étaient si brillants que Béatrice imagina le soleil prisonnier derrière eux. On lui avait toujours dit : « Si tu crois que ta sœur est belle, c'est que tu n'as pas vu ta mère au temps de sa jeunesse. » Béatrice ne se souvenait pas vraiment de sa mère avant Naples ; et à son retour à Ferrare, Éléonore était déjà grosse et vieillie.

Éléonore regarda, au-dessus de la tête de Béatrice, la tour sinistre du Castello. D'un geste réflexe, elle releva le col de fourrure du manteau de sa fille.

– Assure-toi que les feux brûlent toute la journée jusqu'à fin avril, même si le temps se réchauffe considérablement. Cela chasse l'humidité des murs. Tu ne veux pas tomber malade pendant les premiers mois de ton mariage, tu n'aurais plus assez de forces pour ton premier bébé. C'est toujours la naissance la plus épuisante.

Elle serra Béatrice contre elle.

– Je reviendrai pour ton premier enfant. Je te promets d'être là pour ça.

Béatrice fixa d'un œil vide l'épaule de sa mère. Elle avait l'esprit si lent, ce matin ; comme si la neige dont le vent était chargé, déjà tombée, jetait un linceul sur ses pensées et l'enfermait dans un silence ouaté. Les pensées qui se débattaient au milieu des rafales semblaient étranges, pareilles à des visages surgissant soudain d'une tempête.

– Maman, murmura-t-elle, quand on coupera les branches de mai, cette année, vous en couperez une pour moi...

La cérémonie du premier jour de mai envahit son esprit d'images vivantes : la cour entière, ou presque, galopait dans la campagne parfumée ; les hommes en armure, le vent dans les oreilles, la sève collante des branches coupées sur leurs gants... Elle aurait juré qu'on ne coupait pas les branches de mai à Milan.

Éléonore la serra davantage dans ses bras, et Béatrice se sentit plus proche de sa mère que jamais auparavant. Ce fut sans doute la raison pour laquelle elle posa la question qui se dissimulait derrière toutes ses questions ainsi qu'une litanie sans cesse réitérée.

– Maman, pourquoi m'avez-vous laissée seule à Naples ?

– Pourquoi me questionner après tant d'années ? Et pourquoi maintenant ?

Éléonore lâcha Béatrice et s'écarta d'elle, soudain sur ses gardes.

– Il n'est pas rare qu'un enfant soit élevé dans une autre cour. Et ton père avait de nombreux ennemis à l'époque. Je savais qu'avec ton grand-père tu serais en sécurité.

– Mais pourquoi Isabelle et Alfonso sont-ils repartis avec vous, et pas moi ?

– C'est une question ridicule et déplacée. Tu es la duchesse de Bari, à présent. Une des femmes les plus importantes d'Italie. Tout ce que ton père et moi avons fait pour toi dans ton enfance avait pour but de te préparer aux charges qui sont devenues maintenant les tiennes, dit Éléonore en remontant de nouveau le col de Béatrice. Tu comprendras quand tu auras des enfants à ton tour. Nous t'avons toujours aimée comme notre fille, que tu sois avec nous ou non. Et nous t'aimerons toujours. Maintenant, embrasse-moi, messer Niccolò attend.

– Je vous aime, maman, dit Béatrice en embrassant les joues froides, presque sans vie, de sa mère.

Mais sa mère se détourna sans un mot et se dirigea vers son cheval ; elle monta en selle avec l'aisance d'une femme deux fois plus jeune et deux fois moins lourde qu'elle.

Comme la mer se retire au jusant, l'escorte s'éloigna : les trompes retentirent, les mains gantées s'agitèrent, les visages giflés par le vent se forcèrent à sourire, les bannières claquèrent. Il ne resta bientôt sur la place vide, auprès de Béatrice, que Polissena et quelques gardes du Castello. Sans se rendre compte de leur présence, sans voir les premiers flocons glacés qui fondaient avant de toucher terre, elle regarda au loin jusqu'à ce que la via degli Armorai ait avalé les derniers étendards de l'escorte de sa mère. Elle se retourna enfin et leva les yeux vers les murailles de sa nouvelle demeure. Les trois tours à l'air malveillant qui donnaient sur la via degli Armorai lui firent l'effet de plaies sur le ciel gris. Mais l'esprit engourdi de Béatrice se détourna de l'avenir qu'elle appréhendait derrière ces murs de pierre. A la place, sa conscience alanguie entreprit un pèlerinage solitaire dans son enfance. Et comme le poète Dante confronté au visage monstrueux de Satan dans le centre glacé de l'Enfer, elle se trouva en face du doute central, horrible de son existence : sa mère l'avait-elle laissée à Naples parce qu'elle ne l'avait jamais aimée ?

***

– Bonjour, messeigneurs.

Le More indiqua d'un geste les sièges vides, recouverts d'un velours framboise sur lequel se détachait la vipère d'or des Sforza, puis il prit place dans son fauteuil, décoré de la même manière mais avec un haut dossier sculpté, ainsi que des pieds et des accoudoirs dorés. Derrière lui, trois secrétaires se tenaient devant des lutrins, et leurs trois plumes d'oie couraient déjà sur le parchemin comme des oiseaux engagés dans un frénétique rituel de pariade. Un grand tapis persan dissimulait en partie les motifs du dallage de marbre; les murs venaient d'être repeints : le motif de losanges rouges, blancs et bleus était ponctué par des rangées de vipères Sforza d'un bleu vif. Deux immenses fenêtres arquées donnaient sur le parc ducal, mais les flocons de neige masquaient la vue.

Le plus petit des deux hommes qui prirent place en face du More était le comte Carlo Belgioioso, ambassadeur de Milan à la cour de France. Sa jeunesse et sa constitution robuste – il n'avait guère plus de trente ans – étaient des atouts pour un poste qui l'obligeait à faire sans cesse la pénible traversée des Alpes. L'autre homme était le *condottiere* Galeazzo di Sanseverino, capitaine général des armées de Milan. Messer Galeazzo, comme on l'appelait, ressemblait à Apollon tel que les Anciens l'ont sculpté – grâce et symétrie – mais en plus grand que nature, avec une tunique brodée d'une coupe parfaite drapée sur des épaules et une poitrine d'une largeur impressionnante. Ses traits également étaient grecs, mais plus doux, plus juvéniles : c'était le visage que le sculpteur florentin Donatello avait donné à son svelte David adolescent. Avec une désinvolture d'athlète, il allongea une jambe musclée, gainée de laine bleue, et se massa le mollet.

Galeazzo et les hommes sous ses ordres combattaient pour qui les payait, comme il était de coutume en Italie. Mais le More s'était assuré une allégeance plus durable, et non moins mercenaire, en mariant Galeazzo à sa bâtarde Blanche. Blanche n'avait que neuf ans à l'époque du mariage, et dans un monde où les jeunes filles étaient couramment fiancées dès la tendre enfance et où des jeunes mariées à peine pubères servaient de sceaux à des traités – toute leur vie engagée pour une alliance fragile souvent rompue au bout de quelques mois – une union de ce genre était jugée de bonne politique, et non comme le sacrifice d'une innocente. D'ailleurs le mariage de Blanche restait pour le moment uniquement politique : personne ne s'attendait à ce qu'elle le consomme, ou même aille vivre dans la maison de son époux avant l'âge de quinze ans au moins.

Le More leva le bras pour bien montrer le parchemin scellé qu'il tenait à la main; le gros rubis à son troisième doigt brilla. Il regarda le comte Belgioioso dans les yeux. Ses iris semblaient des éclats d'obsidienne.

– Voici une lettre pour le roi de France, dit le More d'une voix lente, prudente mais pleine d'assurance. Je demande à Sa Majesté Très Chrétienne d'investir le duc de Milan des privilèges du duché de Gênes.

Belgioioso dut faire appel à tous ses dons de diplomate pour ne pas trahir sa surprise. Galeazzo se redressa, et son fauteuil craqua. Un certain nombre de cités-États d'Italie étaient considérées en principe comme des fiefs dépendant soit du roi de France, soit de l'empereur d'Allemagne. Ces relations féodales anachroniques n'avaient que peu de rapports avec l'équilibre réel des pouvoirs dans l'Italie moderne, mais on les réinvoquait rituellement pour sceller une alliance entre un État italien et les Français ou les Allemands. Le port prospère de Gênes était le plus grand fief français parmi les villes soumises à l'autorité de Milan. Le More faisait donc un geste manifeste d'amitié.

– Votre Seigneurie... commença Belgioioso, comprenant qu'on attendait son opinion.

– Parlez en toute sincérité, monsieur.

– Votre Seigneurie, je ne comprends pas du tout cette initiative. Vous avez virtuellement réussi à unir toute l'Italie, et voici que vous risquez de briser les alliances en sollicitant l'amitié d'un État dont l'attitude est devenue de plus en plus menaçante. Vous connaissez aussi bien que moi les progrès accomplis par les Français : leur bronze est d'une telle qualité qu'ils sont déjà en mesure de fondre des canons assez légers pour franchir les Alpes, mais assez puissants pour réduire des murs de six brasses d'épaisseur.

Belgioioso s'interrompit et fronça les sourcils pour donner plus de poids à sa remarque.

– Il n'y a actuellement en Italie aucune fortification de plus de six brasses d'épaisseur. Nous devrions envoyer à Paris un témoignage de l'unité italienne, et non un geste indépendant de conciliation.

Les traits du More ne trahirent rien, hormis la complexité de ses pensées. Il avait trente-neuf ans, mais ses cheveux épais, d'un noir lustré, le faisaient paraître plus jeune. Les ambassadeurs qui lui rendaient visite attribuaient souvent ses succès de négociateur à sa surprenante imperturbabilité, d'autant plus troublante que son visage impassible exprimait simultanément plusieurs possibilités : à la dureté de son nez romain s'opposait la douceur de sa bouche fine, presque féminine. Et cette ambiguïté était d'autant plus dangereuse que même l'observateur le plus circonspect pouvait y trouver une indication trompeuse.

Il prit un temps de réflexion avant de répondre.

– Oui. Je suis bien entendu au courant des progrès accomplis dans leurs fonderies. Mais il leur faudra encore trois ans pour mettre au point des chariots capables de transporter ces canons sur des routes de montagne. Trois ans, répéta-t-il d'un ton absent, lointain.

Ses yeux cherchèrent de nouveau le regard du comte Belgioioso.

– Que pensez-vous de la situation de Mme de Beaujeu?

Anne de Beaujeu, sœur aînée du roi Charles VIII, gouvernait la France depuis huit ans en qualité de régente de son frère.

– Son pouvoir est encore grand, mais elle attend un enfant pour le mois de mai.

Belgioioso tendit ses deux larges mains en un geste dubitatif.

– Elle est frêle. L'accouchement risque d'être difficile. Si la régente devait se trouver dans l'incapacité d'assumer pleinement sa charge, je crois que les factions les plus belliqueuses saisiraient l'occasion. Raison de plus pour nous montrer très prudents.

– Vous êtes un diplomate, comte Belgioioso, un excellent diplomate certes, et je ne vous enseignerai point votre métier. Mais n'oubliez pas que le premier devoir d'un homme d'État avisé consiste à persuader ses adversaires qu'il a l'intention de faire une chose, puis d'en faire une autre.

Le More tendit la lettre scellée à son ambassadeur.

– Pardonnez-moi de vous envoyer sur les routes par si mauvais temps. Mais il faut s'attendre à une amélioration. Le temps que vous arriviez à Asti, tout aura dégelé.

Belgioioso se leva, prit la lettre, s'inclina et sortit. Galeazzo se leva en même temps que l'ambassadeur, mais le More lui fit signe de rester. Le *condottiere* se rassit et se pencha en avant, les mains jointes.

Les plumes des secrétaires grattaient, la neige continuait de tomber en silence derrière les fenêtres.

– Le comte Belgioioso est un homme très prudent, dit le More, comme s'il sollicitait de Galeazzo une remarque critique.

– Tout comme Mme de Beaujeu est une femme très prudente.

Galeazzo parlait d'un ton recherché, conscient de sa propre importance, sa prononciation des mots français était impeccable.

– Je crois cependant que nous aurions tout à gagner si certaines factions exerçaient davantage d'influence à Paris. Le fait que les Français aient l'intention de traverser les Alpes ne signifie pas que leur objectif est de nous conquérir.

Galeazzo n'avait nul besoin de préciser sa pensée. Si l'armée de France se proposait une autre conquête, c'était manifestement celle de Naples. Les Français régnaient encore à Naples cinquante ans plus tôt, avant d'en être chassés par le prince espagnol et soldat de fortune Alphonse d'Aragon. La perte de Naples n'avait pas seulement blessé l'orgueil des Français : les revenus annuels de Naples et de ses dépendances étaient supérieurs à ceux du royaume de France. La reconquête de Naples demeurait un objectif latent des souverains français, mais depuis peu un groupe de nobles italiens, exilés par Ferrante d'Aragon, l'actuel roi de Naples, s'était installé à Paris et avait lancé une campagne bien organisée et généreusement financée pour mobiliser les têtes chaudes à la cour de Charles VIII. Le meneur de cette cabale italienne n'était autre que le prince de Salerne en exil, Antonello di Sanseverino, oncle de Galeazzo.

– L'audace. C'est ce que j'admire le plus en vous, Galeazzo.

Le More se permit soudain un sourire, pincé mais aimable.

– Quand la passion vous inspire, vous n'hésitez pas. L'Italie a besoin de davantage d'hommes comme vous. Mais permettez qu'une tête plus prudente que la vôtre considère ce que vous avez suggéré. Tout d'abord, je suis lié plus étroitement que jamais à la maison d'Aragon.

Le sang d'Alphonse d'Aragon coulait dans les veines des familles régnantes d'une grande partie de l'Italie : son fils Ferrante était roi de Naples; ses petits-enfants comprenaient Éléonore d'Este, duchesse de Ferrare, et Alphonse d'Aragon, duc de Calabre et héritier du trône de Naples; la marquise de Mantoue, la duchesse de Milan et la jeune épouse du More étaient ses petites-filles.

– Ensuite, vous devez vous rappeler que notre illustre duchesse mère est la tante du roi de France. Apparemment, le roi Charles aime beaucoup la duchesse Bonne.

Le More marqua un temps.

– Toutefois, pour le plaisir de discuter, supposons un instant que j'aie tout de même envie de trahir ma famille – et le roi Charles la sienne. Quel avantage tirerais-je de la présence des Français à Naples?

La question était sournoise. Le More entretenait des relations respectueuses quoique circonspectes avec le roi Ferrante vieillissant, mais Galeazzo savait que le More méprisait l'héritier de la couronne de Naples, Alphonse, duc de Calabre. Galeazzo décida de ne pas aborder ce point et se lança sur un thème plus aventureux : le More l'avait clairement invité à aller au fond de ses pensées.

– Vous savez, monseigneur, que notre illustre duc de Milan n'a pas de plus fidèle serviteur, hormis vous-même, que le capitaine général de ses armées. Mais je ne suis ni aveugle ni sourd. Il suffit de vous accompagner dans les rues pour remarquer que le peuple de Milan vous considère comme son duc.

Les traits de Galeazzo exprimaient une gravité si naïve qu'il en devenait ridicule : la tête de l'humble David sur le corps de Zeus olympien.

– Je crains que ces acclamations populaires n'atteignent un degré alarmant de fièvre : notre peuple exigera que vous preniez le titre de duc de Milan et si nous ne lui cédons pas, Milan se trouvera menacé d'insurrection civile. Je ne voudrais pas me trouver dans l'obligation d'attaquer le peuple de Milan, simplement pour lui refuser le droit d'exprimer sa dévotion au régent qui le gouverne avec tant de compétence.

Galeazzo haussa les épaules, avec la grâce d'une panthère menaçante.

– Mais bien entendu, si nous accédions à ce désir populaire, le royaume de Naples nous déclarerait la guerre. Et Venise, malgré nos liens étroits, se joindrait probablement à Naples contre nous. Dans cette éventualité, seuls les Français seraient en mesure de nous sauver.

Les propos de Galeazzo étaient transparents : il suggérait au More de prendre le titre de duc de Milan sans que le peuple l'y invite. Les yeux du More restèrent impénétrables. Il ne cilla même pas.

– Je vais instituer un nouvel impôt sur le sel, je pense donc que dans les mois qui viennent le peuple ne réclamera dans les rues que la démission du régent de notre illustre duc.

Galeazzo se redressa. Le More se leva brusquement et se dirigea vers une des fenêtres. La neige tombait en tourbillons si denses que le Castello semblait irréel sous le ciel qui glissait au-dessus de lui.

– Galeazzo, la Fortune est une femme. Pour profiter vraiment du plaisir d'une femme, un homme ne doit jamais la forcer. Il doit la séduire de façon qu'elle s'offre, et même qu'elle le force. Plus la femme est redoutable, plus les manœuvres de séduction doivent être difficiles et savantes. Et la Fortune est la plus redoutable de toutes les femmes. Qu'est-ce que Dante nous a appris ? « Aucune connaissance mortelle ne peut arrêter sa roue. Une nation triomphe, l'autre est vaincue, l'une et l'autre soumises à son décret. »

Il se retourna vers Galeazzo, ses yeux n'étaient plus durs et distants, mais si ouverts et lumineux que Galeazzo crut y voir briller, tout au fond, les flammes de l'ambition.

– Galeazzo, je fais la cour à la Fortune. Pas pour la tenir dans mes bras pendant un bref instant, comme la plupart des hommes, mais pour sentir son parfum se prolonger le reste de ma vie et pour la supplier de repasser sur mon chemin. Je veux conquérir la Fortune, conquérir son adoration, je veux qu'elle cesse ses éternels caprices et se soumette à moi sans réserve. Je veux faire de la Fortune ma maîtresse.

Les yeux du More brûlèrent encore pendant un instant, puis devinrent brusquement ternes, et Galeazzo comprit que le moment d'intimité était terminé. Il se leva pour prendre congé. Le More parut remarquer à peine son départ. Il s'assit et se mit à lire un des documents empilés sur la petite table près de son fauteuil.

Au bout de quelques minutes, un bruit lui fit lever les yeux : un homme en longue cape de velours entrait dans la pièce. Grand et dégingandé, il avait le ventre rond d'une femme sur le point d'accoucher et des sourcils en broussaille ; on eût dit un Méphistophélès comique envoyé en mission par le destin.

– Messer Ambrogio...

Le More se leva pour accueillir avec respect l'astrologue de la cour.

– Monseigneur, déclara messer Ambrogio de son étrange

voix sans timbre, je crois que vous trouverez cette soirée propice pour la conception d'un fils.

***

Regarde-moi bien! Oui, c'est elle, je suis Béatrice.
Par quelle effronterie as-tu gravi cette montagne?
Ne sais-tu pas qu'ici l'homme est heureux?

Béatrice leva les yeux de son exemplaire du *Purgatoire* de Dante, cadeau de sa mère. Les pages, imprimées à Venise sur du parchemin très fin, avaient été reliées en cuir rouge de Damas par des artisans hollandais; les angles et les fermoirs étaient décorés de perles et de grains d'or. Elle s'imagina comme son homonyme, en face du poète parvenu en haut de la montagne du Purgatoire. Sauf que dans sa version, le More était le pénitent humilié contemplant l'éternelle beauté de la femme qu'il avait négligée dans cette vie, et il avait le cœur soudain aussi glacé que la neige des Alpes en comprenant à quel point il s'était mal conduit envers elle. D'amères larmes de remords coulaient sur ses joues tandis qu'il avouait sa faute : il avait été séduit par les attraits trompeurs d'une autre femme...

Cette image ne parvint pas à calmer sa nausée. Elle ferma le livre et s'adossa au coussin de duvet posé droit contre la tête du lit. Les flammes dans la cheminée éclairaient les lions de céramique qui la décoraient : dans la pénombre on croyait les voir soulever les pattes et agiter leurs gueules farouches. A regret, Béatrice reconnut qu'elle n'était pas l'héroïne de Dante en train d'attendre son amoureux errant pour le tourmenter de sa divine beauté. Elle était une femme appelée maintenant duchesse de Bari, qui attendait son époux. Au moment du départ, maman l'avait prévenue qu'elle devait s'attendre à ce qu'il vienne dans ses appartements dès la fin des festivités; et en début de soirée, Polissena avait précisé que la visite était imminente.

Elle se mit à tortiller nerveusement le col de dentelle de sa chemise de laine blanche : elle détestait l'acte dénué de sens, mécanique, auquel elle était forcée de se soumettre parce qu'il représentait le droit détenu par son mari d'envahir sa chambre, son corps, ses pensées. Elle entendit de nouveau l'écho des *cacarelle*, les tambourins qui leur avaient donné la sérénade, la première fois, à Pavie; elle revit les yeux graves, d'un noir minéral, qui semblaient refuser sa propre image aussi efficacement qu'un miroir recouvert de noir de fumée; elle sentit encore la trace de parfum sur la chemise de nuit qu'il portait. Il avait effectué l'acte avec plus de compétence que de brutalité; l'avoir en elle ne lui avait pas paru plus étrange que l'avoir contre elle, avec la forte poitrine qui l'écrasait, et les larges mains qui attiraient ses fesses vers le haut. Rien de commun avec Tristan et Iseult, s'était-elle dit pendant tout le temps, les yeux fixés sur les caissons dorés du plafond, et cette pensée banale ne cessait de tourner dans sa tête au rythme des tambourins dans le couloir. Voilà ce que c'était...

Mais aujourd'hui, ce serait pire. La première fois, Cecilia Gallerani n'était pas présente – Cecilia Gallerani pour qui il avait retardé deux fois le mariage, puis essayé de rompre le contrat, Cecilia Gallerani qui avait volé toutes les incantations magiques de l'amour du More, Cecilia Gallerani qui était responsable de l'humiliation impardonnable infligée à Béatrice. Elle avait déjà conçu mille façons ingénieuses de se venger de Cecilia Gallerani, mais sa mère l'avait mise en garde : si elle faisait ou disait quoi que ce soit, père l'enfermerait dans un couvent. Surtout, sa sœur lui avait recommandé la prudence et conseillé d'attendre, de consolider sa position à la cour et de s'informer sur les points faibles de Cecilia Gallerani. Facile à dire, de la part de sa sœur : son époux le marquis de Mantoue lui envoyait des lettres d'amour depuis l'âge de dix ans. Les calculs et la ruse suggérés par la marquise correspondaient bien à un aspect du caractère de Béatrice, mais elle était également très impulsive.

Elle regarda la poupée grandeur nature assise sur le coffre décoré de couleurs vives, au pied du lit. Ce qu'elle pourrait faire de plus spectaculaire serait de ne rien faire. Rien du tout. Elle ne mangerait pas, ne boirait pas, ne quitterait pas le lit. Elle resterait là, sans vie comme sa poupée, elle s'étiolerait et mourrait, tandis que tous à son chevet, comme le chœur d'une tragédie antique, la supplieraient de vivre. Elle crut voir d'immenses foules en train de pleurer près de son cercueil noir; mille cierges formant une auréole autour de son visage, si beau dans son repos éternel que le More accablé de remords portait la main à son cœur glacé...

Deux coups frappés à la porte : Polissena entra. Elle traversa la chambre à petits pas rageurs, et ses semelles de bois claquèrent sur les dalles de marbre.

– Sa Seigneurie va venir.

D'un geste véhément, Polissena arracha la poupée du coffre.

– Vous n'aurez pas besoin d'elle cette nuit, coassa-t-elle. Vous aurez la compagnie qui convient. Souvenez-vous de ce que votre sainte mère vous a recommandé, et nous verrons le duc de Bari plus souvent. Le fait qu'il ne se soit pas passionné pour vous la première fois ne signifie rien. C'est une chose qu'il faut apprendre. Comme monter à cheval. J'ai vu plus d'un homme de l'expérience de Sa Seigneurie tomber tellement amoureux d'une jeune fille de votre âge qu'il ne lui laissait plus un seul instant de répit.

Polissena hocha la tête d'un air entendu.

– Vous ne trouvez peut-être pas que c'est très agréable en ce moment, mais vous renforcez vos parties féminines, et vos accouchements en seront facilités. La douleur que vous payez aujourd'hui est de l'argent qu'on ne vous réclamera pas plus tard.

Talons claquants, Polissena rangea la poupée et les livres de Béatrice dans le coffre, vérifia que l'éteignoir de cuivre se trouvait bien à côté de la lampe à huile fixée au mur, et s'assura qu'il y avait de l'eau dans le pichet de majolique sur la table basse. Elle revint ensuite près du lit et fit glisser la chemise de Béatrice par-dessus sa tête. Béatrice se soumit, très raide, et lança un regard noir à son bourreau.

– Vous êtes son épouse, expliqua Polissena. Si vous vous sentez pudibonde, remontez les couvertures.

Elle lui adressa un sourire édenté.

– Mais je peux vous garantir qu'à la vue de vos seins nus, votre mari se mettra à son affaire plus vite.

Les claquements des semelles se dirigèrent vers la porte, qui resta entrebâillée. Béatrice remonta les couvertures sous son cou. Elle sentit dans sa bouche l'amertume de la peur et crut entendre son cœur exploser.

– Monseigneur le duc de Bari, annonça Polissena en revenant presque aussitôt.

Elle fit une révérence arthritique, puis referma la porte derrière elle.

– *Cara sposa*, dit le More, grandiloquent, comme si ses mots étaient destinés à un public.

Il portait une tunique de brocart bleu pâle et or, avec des hauts-de-chausses bleus; il tenait entre ses mains un paquet de velours vert à rayures d'or. Il s'assit sur le lit et déplia une robe magnifiquement coupée et brodée.

– Ce tissu n'est arrivé de Gênes qu'il y a deux jours. Je crois n'avoir jamais vu un *riccio sopra riccio* aussi ravissant. J'ai mis aussitôt nos couturières à l'ouvrage pour pouvoir vous l'offrir ce soir en témoignage du plaisir que j'éprouve : je ne cesse de recevoir de merveilleux compliments à votre sujet. J'en ai d'ailleurs fait part à l'ambassadeur de votre père...

– Vos couturières ont-elles fait aussi une robe dans le même tissu pour Cecilia Gallerani?

Les mots étaient sortis de sa bouche presque automatiquement, comme les vers latins qu'elle récitait dans son enfance.

Il n'y eut aucun changement perceptible dans l'expression du More. Après un temps d'immobilité absolue, il tourna légèrement la tête vers Béatrice, comme pour une infime mise au point de son regard opaque.

– Ma très chère, je pense que vous devriez comprendre. Quand un homme attend aussi longtemps que moi pour se marier, il est bien naturel qu'il prenne des distractions avec...

– Elle va avoir un enfant de vous.

– Je crains que ce ne soit une conséquence inévitable de ce genre de distractions. Je sais que vous avez un demi-frère et une demi-sœur. Les soins dont votre père et votre mère ont entouré ces deux enfants honorent la maison d'Este.

Deux bâtards d'Hercule avaient été effectivement élevés avec les enfants légitimes; Béatrice aimait sa demi-sœur Lucrèce presque autant que sa sœur Isabelle.

– Je me plais à penser que les Sforza sauront faire preuve d'une égale charité à l'égard d'enfants de leur sang, même si ne doivent jamais leur être reconnus les mêmes droits que la descendance née avec la sanction de Dieu. Voyez-vous à présent pourquoi je ne peux chasser dame Cecilia de ses appartements? Après la naissance, nous prendrons bien entendu d'autres dispositions pour elle et son enfant.

Béatrice se sentit partagée. Ses rêves puérils de vengeance, et sans doute un instinct pénétrant qu'elle possédait sans en avoir clairement conscience, l'incitaient à rejeter complètement cette explication absurde. N'étant pas parvenu à lui dissimuler l'existence de Cecilia, le More prétendait maintenant qu'il s'agissait d'une simple passade. Mais pour la jeune épouse qui s'efforçait de consolider son mariage, les propos qu'elle venait d'entendre avaient une apparence de raison, de logique et même d'honneur. Une habile position de négociation, sans doute, mais qu'est-ce qu'un mariage sinon une négociation? Et derrière le comportement froid et détaché du More, elle devinait un côté grave qui ne manquait pas d'attrait, et qui lui donnait envie de le croire – presque comme si, en le croyant, elle ferait venir sur les lèvres de son époux les mots d'amour qu'elle souhaitait ardemment entendre...

– *Carissima*, dit-il en lui effleurant la joue.

Il se rapprocha d'elle et son pouce traça légèrement le contour de la joue de Béatrice. La lueur du feu faisait briller ses cheveux noirs.

– *Carissima sposa*, lui murmura-t-il à l'oreille.

Ses lèvres étaient sèches et douces sur la joue de Béatrice, pareilles à de la soie chaude. Il la fit glisser contre les coussins et s'allongea à côté d'elle. Elle sentit les lèvres qui effleuraient doucement sa peau et sa tête devint si légère qu'elle eut l'impression de flotter.

– Je crains de vous avoir un peu brusquée, la première fois, *amatissima*, murmura-t-il en lui caressant le cou et les épaules de ses doigts chauds et lisses.

Et enfin, les mots. Il lui murmura à l'oreille les mots qu'elle avait toujours rêvé d'entendre, les mots que Tristan avait dits à Iseult et que Pétrarque avait écrits à Laure, des mots qui coulèrent dans la conscience de Béatrice comme des torrents d'or étincelant.

– *Amore, amore, amore...*
Du bout du doigt, il lui effleura le sein, et elle sentit tout son corps frissonner quand il glissa la main sous la couverture pour lui caresser la cuisse. De la langue, il lui chatouilla l'oreille.
– Je veux que vous ayez mon fils, murmura-t-il, l'haleine chaude.
De même qu'elle pouvait déceler une fausse note au milieu d'un orchestre entier de lyres et de luths, Béatrice entendit le léger changement dans le timbre de voix de son mari. Impossible de s'y méprendre. Elle comprit, et ce fut comme un coup de vent glacé : « Ce qu'il vient de me dire est ce qu'il désire vraiment. Tout le reste n'était que mensonges. »
La sentant se raidir soudain, il devint impatient, et son baiser se fit si agressif qu'elle en eut le souffle coupé pendant un instant. Il s'allongea sur elle de tout son poids et glissa de force la main entre ses cuisses. Elle dégagea un bras et lui repoussa le visage. Elle sentit la main la palper sans douceur. Elle lui enfonça les ongles dans la joue et serra.
Le More s'écarta d'un bond et porta nerveusement la main à sa joue, puis l'en retira et examina ses doigts. Pour la première fois, Béatrice vit une expression sincère sur le visage de son mari. Il regardait ses doigts comme s'ils étaient couverts de sang. Mais il n'y en avait pas une goutte ; il ne restait que des marques rouges sur sa joue.
– J'avais prévenu votre père que vous manquiez de maturité pour les devoirs que l'on attend de vous.
Le More se leva et baissa les yeux vers elle. Sa poitrine se gonfla et Béatrice entendit qu'il expirait l'air par le nez.
– Tout ce que je vous demanderai, c'est de vous comporter comme une épouse aux yeux de tous, dans l'intérêt de votre famille et du peuple de Milan. Si vous l'acceptez, nous pourrons oublier cette soirée et la perspective qu'elle se renouvelle. Complètement.
Béatrice eut l'impression qu'une pierre glacée lui bloquait la gorge. Elle se hâta d'acquiescer d'un signe, en espérant qu'il partirait avant qu'elle ne se mette à pleurer. Elle ferma les yeux et les larmes qui perlaient déjà coulèrent sur sa joue. Quand elle rouvrit les yeux, il n'était plus là.

***

– Il a faim, madame.
La nourrice plongea un regard fier dans les yeux brillants de François Sforza, l'héritier du duché de Milan, âgé de six semaines. François tétait goulûment, sa petite bouche aplatie contre l'aréole sombre. Ses mâchoires ne cessaient d'aspirer.
– J'aimais bien, dit Isabelle, assise sur un simple tabouret de bois près de son enfant et de la nourrice. J'aurais aimé conti-

nuer. Mais bien entendu, messer Ambrogio et la duchesse mère n'ont pas voulu en entendre parler.

– Vous avez tant d'autres soucis, Votre Altesse. Vous savez qu'il m'épuise avec son appétit ? Ce sera un sacré bonhomme. Pas vrai, *bello puttino* ? C'est un réel plaisir de le regarder, il est si mignon.

– J'aime le regarder moi aussi. Je ne m'en lasse jamais.

Elle leva brusquement les yeux. Une vieille femme venait d'entrer dans la pièce et faisait la révérence.

– Madame, dit la femme, Cecilia Gallerani continue d'occuper ses appartements.

– Je ne m'attendais à aucun changement de ce côté-là, dit Isabelle d'un ton absent.

Les lèvres de la vieille se plissèrent sur sa mâchoire édentée.

– Le duc de Bari s'est rendu dans les appartements de son épouse hier soir. Il n'est resté avec elle que quelques minutes.

Isabelle souleva son enfant, le posa contre son épaule et lui tapota le dos. Les fenêtres derrière elle donnaient sur la place d'Armes, la vaste cour centrale du Castello. Le soleil perçait à travers une mince nappe de nuages gris. La neige étincelante reflétait la lumière avec une telle intensité que de l'endroit où se trouvait la vieille, la duchesse de Milan n'était qu'une silhouette noire entourée d'une auréole d'un blanc éblouissant.

– Il n'existe aucun moyen d'obliger un homme à regretter un pari qu'il n'a pas encore fait. Mais à présent, le More a fait son choix, dit Isabelle. Et la Fortune se plaît toujours à se moquer de nos choix.

DEUXIÈME PARTIE

CHAPITRE 6

Paris, château du Louvre, février 1491

– Tenez!

Le chapon rôti trop cuit du prince de Salerne prit miraculeusement son vol en une trajectoire tendue qui se termina au milieu du lit du roi de France. Le volatile carbonisé et sans tête, les pattes encore attachées et les ailes déployées, formait sur le satin rouge de la courtepointe une sorte d'étrange emblème héraldique.

Antonello di Sanseverino, prince de Salerne, baissa les yeux vers son assiette d'étain soudain vide puis, avec une élégance saturnienne, tourna la tête vers le roi de France. Antonello avait presque soixante-dix ans; ses cheveux blancs avaient reculé sur son haut front basané par le soleil du sud de l'Italie, mais ses traits fins et sa poitrine de taureau attestaient la tendance héréditaire des Sanseverino à conserver leur belle allure et leur robuste santé jusqu'à la fin. Aux obsèques d'un Sanseverino, disait-on, l'homme qui avait la meilleure mine était toujours le cadavre.

– Quand je dis « Tenez! », monseigneur, cela signifie que j'ai l'intention de mettre la balle en jeu. J'espère que vous n'en avez point pris ombrage?

Sa Majesté Très Chrétienne Charles VIII de France, la raquette de paume à la main, s'excusa d'un haussement d'épaules – épaules qui auraient été presque inexistantes sans le volumineux rembourrage de son pourpoint de velours rose.

– Ma foi, majesté, si vous visiez mon chapon, vous pouvez vous vanter d'avoir réussi un beau coup.

Charles émit un bref bruit de jars en colère, qui se serait mué en caquetage de tout un troupeau d'oies s'il avait trouvé la saillie du prince Antonello vraiment amusante. Il se dirigea vers le lit, révélant des jambes maigres d'adolescent, ornées des chausses à neuf couleurs en faveur à la cour, les pieds agrandis de façon vraiment absurde par ses pantoufles françaises à la dernière mode, dont la pointe remontait en forme de coquille. Son dos bossu faisait écho à sa bedaine. Il avait la tête trop grosse, avec d'immenses yeux louches et pleureurs. Son nez semblait un promontoire osseux. Sa barbe rousse au poil dur remontait jusque dans ses narines et descendait dans son cou, mais refusait de couvrir ses joues pâles et son menton fuyant.

Cette collection d'erreurs anatomiques s'assit sur le bord de son lit, près de sa maîtresse de la semaine – une prostituée vêtue, remarqua Antonello, d'un de ces costumes anachroniques peu élégants que de nombreuses Françaises préféraient encore : manches larges comme une tente et hennin de toile à la pointe duquel voletait une pièce de soie. Antonello regarda la femme assez longtemps pour voir la main de Sa Majesté disparaître sous sa jupe ample. Elle gloussa et Antonello se tourna vers la fenêtre, par ennui plutôt que par pudeur – le roi lui avait montré des dessins de la fille dans une posture sans équivoque. Sa Majesté Très Chrétienne avait engagé plusieurs peintres pour faire ce genre de portraits de ses conquêtes.

Un chaland recouvert de toile brune maculée glissait sur la Seine, que les immondices et les reflets du ciel plombé rendaient de la même couleur sale. Sur l'autre rive, les tours et les clochers, hérissés de girouettes et de crucifix, formaient comme les lances d'une vaste armée. Paris est une ville affreuse, songea Antonello, avec un climat affreux, dans un pays affreux peuplé d'*oltramontani* barbares qui dédaignent les bains aussi systématiquement qu'ils refusent la culture. Le mois précédent, il avait accompagné le roi à Amboise, et ils avaient croisé en chemin peut-être plus de mille paysans sans logis, épaves pitoyables avec pour tout bien un sac de toile pour couvrir leur torse, et qui s'estimaient heureux quand ils se mettaient sous la dent un quignon de pain deux fois par semaine. Il pleuvait ces jours-là. La route n'était qu'un bourbier couleur d'excréments, et les haillons des malheureux se confondaient avec la boue dont étaient couverts leurs membres dénudés; souillés, ils pataugeaient dans cette bauge qu'était la France... « Ah, Naples, rêva Antonello, avec sa baie de la couleur des yeux d'Éléonore d'Aragon, et les citronniers embaumant les collines... Je donnerais mon âme pour être à Naples en cet instant. »

Antonello se leva. Il était si grand que le haut des colonnes du lit du roi se trouvaient au niveau de son nez.

– Majesté, dit-il, je m'aperçois que vous avez fait l'emblème de l'empereur d'Allemagne.

Il montra le chapon trop cuit, qui ressemblait vraiment à une version sans tête et contrefaite de l'aigle noire impériale, symbole de l'ancien Saint Empire romain germanique, qui avait cessé d'être romain et qu'on commençait à appeler simplement Allemagne.

– Remarquable.

Sa Majesté Très Chrétienne retira le bras de sous la jupe de sa maîtresse et se leva d'un bond. Il pencha au-dessus du chapon ses lèvres molles et son nez en lame de couteau comme s'il examinait la tête d'un saint décapité en train de parler.

– Vous vous rendez compte de ce que j'ai fait, mon bon prince? J'ai donné naissance à un présage. Absolument. C'est un présage. Je prendrai la tête de notre multitude chrétienne pour combattre les Turcs païens. Je libérerai Constantinople du joug du Sultan. Ô Roland et Olivier, ressuscitez, preux chevaliers chrétiens! Les infidèles assassins attendent notre sainte vengeance.

Charles pirouetta, le bras en l'air comme s'il brandissait une épée, puis se figea brusquement.

– Je ne crois pas que je veux faire de *ceci* mon présage, dit-il. Après tout, c'est *son* emblème.

Charles faisait allusion à Maximilien, archiduc d'Autriche et héritier imminent du titre de saint empereur romain que portait son père malade. En fait, la présence de Maximilien et de ses hordes allemandes à l'affût sur les frontières de la France empêchait Charles de lancer l'armée française dans sa grande croisade.

– Majesté, je crois que le sens du présage, c'est que vous mettrez bientôt les Allemands à la broche.

– Oui, c'est évident. Et nous aurons alors les mains libres pour notre chrétienne entreprise.

Charles parcourut la pièce des yeux – le sol était jonché de raquettes de paume, de fouets, d'épées, de flèches, d'arquebuses – jusqu'à ce qu'il aperçoive une de ses lourdes lances de tournoi.

– Nous chevaucherons avec tous les grands paladins de la chrétienté, cria-t-il en se préparant à charger.

Il fonça vers le lit et pourfendit habilement le chapon.

– Ma foi, vous semblez déjà à mi-chemin de Constantinople, majesté. Mais il faut d'abord que vous vous empariez de Naples. Ce sera votre point d'appui, à distance favorable des forteresses turques. Voulez-vous voir les cartes?

– Les cartes? Oui, oui, les cartes.

D'un geste distrait du bras, il balaya le dessus de la table et les assiettes d'étain tombèrent. Le prince de Salerne déroula deux parchemins : une carte de Naples et un plan plus détaillé du Castel Nuovo, l'énorme forteresse imprenable de la ville, construite au bord de l'eau. Antonello n'avait nul besoin de rappeler à Charles qu'il avait autant d'intérêt que lui à s'emparer de la troisième ville d'Europe, surpassée en population et en richesse, sinon en magnificence et en élégance, seulement par Venise et Milan. Le roi de France avait hérité de la rancœur de son pays contre la maison d'Aragon, qui avait chassé de Naples la maison d'Anjou cinquante ans plus tôt, tandis que le prince Antonello comptait se venger du roi Ferrante qui l'avait exilé et s'était emparé de ses vastes domaines dans le sud de l'Italie.

Charles étudia les plans d'invasion avec des grognements d'admiration, et Antonello ne put s'empêcher de songer que devant une carte de campagne militaire, Sa Majesté Très Chrétienne faisait figure de Titan. Car les impôts qui avaient réduit la France à l'état de bourbier puant avaient financé la plus splendide machine de guerre existant en Europe : une armée permanente, disponible à tout moment, dont la loyauté ne pouvait être mise en cause, à l'inverse des bandes de mercenaires qu'employaient les princes d'Italie. Une cavalerie d'élite, une infanterie bien entraînée, et surtout une artillerie remarquable. Les Français savaient à peine faire du pain mangeable, mais ils fondaient des canons aussi efficaces que s'ils possédaient les forges de Vulcain. Des canons assez légers pour passer les Alpes, mais assez puissants pour abattre même les murailles du Castel Nuovo de Naples. Antonello était persuadé que les canons français allaient changer la face de l'Europe. Et il entendait se trouver parmi les bénéficiaires de ces changements.

– Monseigneur...

La voix était sèche et légèrement stridente.

Charles lâcha sa lance qui tomba avec un bruit sourd ; la carcasse empalée du chapon glissa de la pointe. Antonello se hâta d'enrouler ses cartes et se leva.

La femme qui venait d'entrer en coup de vent dans la pièce avec une autorité implacable était un peu plus grande que le roi et vêtue dans le nouveau style discret, venu d'Italie : robe de soie noire à manches étroites, corselet de velours blanc à décolleté carré. Sa coiffure tirée vers l'arrière soulignait la pointe de cheveux avançant sur son front ; elle portait sur la tête une sorte de coiffe noire enrichie de deux rangs de perles. Son visage allongé, aux traits acides, était dominé par un nez si mince qu'il semblait un os nu. Ses lèvres charnues dessinaient une moue angoissée qu'on devinait habituelle. Bien que sa robe fût ajustée, il fallait regarder à deux fois pour se rendre compte qu'elle était enceinte de six mois.

– Madame, murmura le prince Antonello en s'inclinant profondément.

Anne de Beaujeu, que l'on appelait simplement Madame, jeta un regard sans complaisance de ses yeux perçants sur la scène qu'elle venait d'interrompre. A la mort de son père Louis XI, huit ans auparavant, Madame avait arraché de haute lutte à sa mère, Charlotte de Savoie, le titre de régente de son frère, alors âgé de treize ans. Le pays dont elle avait pris la tête n'était plus qu'un cadavre de nation, mais contre toute attente, elle l'avait ramené à la vie, en lançant sa magnifique armée (l'unique legs de valeur que lui avait laissé son père) d'un bout de la France à l'autre pour réduire à l'obéissance les seigneurs féodaux et les provinces rebelles.

Madame n'accorda à Antonello qu'un regard distrait : la « campagne » de Naples du prince enflammait l'imagination des oisifs de la cour qui lisaient des romans de chevalerie et rêvaient de conquêtes grandioses – son frère le roi étant le plus bel exemple – et cela lui fournirait peut-être un jour quelque atout utile dans ses négociations avec les Italiens. Madame tolérait donc la présence du prince.

– Messire, dit-elle à son frère, j'ai reçu une lettre du More.

– Le More, le More, le More, geignit Charles, et une grosse goutte tomba de son nez. Vraiment, je n'entends parler que du More toute la journée dès qu'un ambassadeur ouvre la bouche. L'ambassadeur de Venise, l'ambassadeur de Rome, et même ce gentilhomme de Naples : toujours le More! Même les Anglais ne jurent que par lui. Vraiment! Pourquoi tout tourne-t-il autour du More?

– Parce que, messire, le More a réussi à s'allier à la maison d'Este de Ferrare et se trouve maintenant en mesure d'unir l'Italie entière autour d'une politique commune. Je me soucie de prévoir si le More engagera l'Italie dans une alliance avec nous contre les Allemands, ou s'associera aux Allemands contre nous.

Madame tourna brusquement la tête vers Antonello.

– Vous êtes bien informé de ce qui se passe à la cour de Milan, messire Antonello. Quel est votre sentiment sur les intentions du More?

En fait, Madame en savait autant qu'Antonello. Le neveu d'Antonello, Galeazzo di Sanseverino, était capitaine général des armées de Milan, mais Madame interceptait toutes les lettres de Galeazzo à son oncle, et aucune n'avait révélé le moindre secret d'État. Il était cependant possible que Galeazzo ait utilisé un code.

– Aucun homme n'est plus habile à dissimuler ses intentions que le More, répondit Antonello avec un sourire amer.

Madame haussa ses sourcils, déjà très hauts.

– Le More nous a écrit pour demander à mon frère d'investir le duc de Milan des privilèges du duché de Gênes.

Les lèvres plissées de Madame se détendirent un peu.

– N'est-il pas curieux, messire Antonello, que chaque question posée par le More exige une douzaine de réponses? Par cette requête, le More me prévient qu'il pourrait également s'adresser à l'empereur allemand, pour lui demander d'accorder à son neveu les privilèges du duché de Milan, qui est un fief impérial. Peut-être a-t-il l'intention de le faire de toute manière, même si j'accepte. Ou peut-être désire-t-il sincèrement notre amitié, et entend-il solliciter notre aide pour écraser Naples, au cas où il usurperait le titre de son neveu. Quand ce serait fait, le More inviterait l'empereur allemand à l'investir, *lui*, en tant que nouveau duc de Milan, et il retournerait toute l'Italie contre notre armée encore occupée à Naples, pendant que les Allemands marcheraient sur Paris. Ou peut-être le More a-t-il l'intention d'asseoir la paix en Europe en se servant de son considérable trésor pour en modifier la carte à sa convenance.

Elle s'interrompit et ses yeux durs brillèrent.

– La vraie question n'est pas : dans quelle mesure le More cherche-t-il à nous abuser? mais : dans quelle mesure s'abuse-t-il lui-même? J'ai l'intention de réfléchir longuement à ce sujet, monseigneur, lança-t-elle en se tournant soudain vers son frère éberlué. Quand j'aurai rédigé une réponse au More, je vous la donnerai à signer.

Elle lui tourna le dos et sortit de la pièce.

Sa Majesté Très Chrétienne ramassa sa lance, se mit à larder le chapon de petits coups dénués d'enthousiasme. Puis il adressa à Antonello un regard morose.

– Peut-être pourrions-nous intéresser le More à notre croisade, balbutia-t-il.

Puis il se dirigea vers le lit en traînant les pieds et posa son visage disgracieux sur les genoux de sa maîtresse.

CHAPITRE 7

Extraits d'une lettre de Polissena Romei, dame d'honneur de la duchesse de Bari, à Éléonore d'Este, duchesse de Ferrare.

Milan, 2 mars 1491

... Son époux fait preuve à son égard d'une bénignité extrême et de la meilleure volonté du monde. Aucun effort n'a été épargné pour lui fournir distractions et plaisirs. Aujourd'hui, messer Galeazzo l'a emmenée pêcher à Cussago... Tout le monde ici, Votre Altesse, se confond en louanges sur les qualités de cavalière de votre fille...

***

Extraits d'une lettre de Giacomo Trotti, ambassadeur de Ferrare à la cour de Milan, adressée à Hercule d'Este, duc de Ferrare.

Milan, 10 mars 1491

... lorsqu'il rend visite à la Gallerani dans ses appartements, c'est aussi imprudemment que s'il se rendait au Duomo le dimanche de Pâques. La situation demeure acceptable pour le moment, mais je suis très réservé sur ce qui risque de se passer après la naissance de l'enfant. Je soupçonne le More de vouloir faire baptiser son bâtard publiquement, ce qui serait une occasion de le reconnaître. Il est également possible que votre fille crée un incident sous les yeux de tous. Elle semble souvent mélancolique, mais elle est sujette à de soudaines et violentes éruptions de colère. Elle a frappé le pauvre Fritello, le nain. La compagnie de la fille du More soulage sa tristesse, mais cette jeune fille est trop frêle pour accompagner madonna Béatrice dans ses nombreuses excursions. Le duc et la duchesse de Milan se trouvent à Pavie depuis le début de février, mais madonna Béatrice ne s'y rendra que demain. Nous ne devons cependant espérer aucune chaleur dans leurs relations...

Le More n'a reçu aucune réponse des Français.

***

Pavie, 11 mars 1491

Les flèches et la coupole de la chartreuse de Pavie s'élevaient au-dessus des arbres, cônes de brique rose et colonnes de marbre blanc se détachant sur le bleu lumineux du ciel. Un chemin droit, bordé de peupliers, conduisait à l'immense monastère des pères chartreux, encore en construction malgré un siècle de dépenses princières. Ce chemin avait la consistance d'une bouillie de gruau, il avait plu toute la semaine.

Béatrice baissa les yeux vers les taches de boue projetées sur sa jupe par les chevaux de ses dames de compagnie, qui s'éloignaient en trottant. Débarrassées de leur duchesse, les dix jeunes femmes se regroupèrent pour caqueter et glousser tout à loisir. Béatrice en était venue à les considérer comme le fardeau le plus insupportable du mariage. Épouses et filles des gentilshommes les mieux nés et les plus puissants de Milan, elles n'étaient guère, pour la plupart, que des prostituées de haute volée envoyées à la cour pour défendre les intérêts des familles, prêtes à vendre leur corps contre faveurs et passe-droits. Non seulement elles ne servaient pas Béatrice (elle avait pour cela une armée de pages et de servantes), mais elle, ne témoignaient que mépris pour la petite duchesse étrangère avec qui son époux ne voulait même pas faire l'amour. Béatrice était ravie qu'elles la laissent seule : jamais elle ne se sentait plus esseulée qu'au milieu d'elles. En réalité, tout le rituel associé à son nouveau statut de duchesse de Bari était la routine la plus affreuse et la plus absurde qui se puisse imaginer. L'unique fonction de ce tourbillon d'amusements était de lui faire oublier le fait douloureusement évident que personne à la cour ne se souciait vraiment de savoir si elle était heureuse ou non.

Un chœur de rires de gorge éclata derrière elle, suivi par une autre giclée de boue : les dames d'honneur de la duchesse de Milan passèrent au trot, le torse couvert de brocart penché en avant, les jupes flottant sur la croupe de leurs haquenées, les chapeaux de velours à plumes posés de travers, l'air désinvolte. Après avoir éclaboussé Béatrice, les dames de la duchesse de

Milan poursuivirent leur chemin vers les dames de la duchesse de Bari et les aspergèrent de boue. Piquées au vif, celles-ci réagirent et les deux groupes se mirent à trotter aussi vite que le leur permettaient leurs selles d'amazone.

Béatrice, les deux jambes sur l'épaule gauche de son cheval, regarda vers sa droite. La duchesse de Milan arrivait à sa hauteur. Isabelle la regardait de ses yeux mauvais, comme si elle lui reprochait le manque de courtoisie de ses propres dames de compagnie. De petites taches de boue maculaient ses joues rougies par le vent.

Les paroles que Béatrice eut envie de crier à tue-tête résonnèrent dans ses oreilles. « Moi aussi, je te déteste ! Moi aussi, je te déteste ! Excepté Blanche et Blanche-Marie, je déteste tout le monde à Milan. » Sans savoir, au début, ce qu'elle allait faire, elle leva sa cravache et en cingla la croupe du cheval. L'animal s'élança au galop, mais Béatrice resta bien droite sur sa selle. Elle se rapprocha très vite des dames, et arrivée à la hauteur de la dernière, elle la frappa soudain à l'épaule et la fit basculer de sa selle. Les quatre fers en l'air, la dame de compagnie s'étala sur le sol comme un oiseau de soie fauché en plein vol.

Béatrice parvint à désarçonner deux autres dames avant que l'alarme ne soit donnée. Les dames de la duchesse de Milan se retournèrent et se mirent à cravacher leurs montures pour échapper à la charge de Béatrice, qui ne cessait de gagner du terrain. Elle sursauta : une cavalière la dépassait. C'était Isabelle, les yeux plissés contre le vent.

Béatrice fouetta son cheval et rattrapa Isabelle au moment où elle arrivait à la hauteur de la double file des dames de la duchesse de Milan. Les deux duchesses se partagèrent instinctivement les proies : chacune s'occupa d'une file. Quatre autres dames de compagnie mordirent la boue.

Abandonnant leurs suivantes à leurs gémissements, les duchesses continuèrent côte à côte sur le chemin, de plus en plus vite, cravaches levées, chevaux écumants. Le cheval de Béatrice trébucha, et elle sentit qu'il allait soit glisser et s'effondrer dans la boue, soit s'arrêter brusquement et la désarçonner. Mais seule une main du Ciel aurait pu l'obliger à ralentir en cet instant. Le vent sifflait dans ses oreilles, l'effort contractait ses membres. La colère l'avait comme privée de pesanteur. Elle semblait prête à s'envoler.

Ce fut Isabelle qui ralentit la première. A regret, Béatrice retint les rênes de son cheval et les deux animaux se mirent au pas côte à côte. En entendant son cheval haleter, Béatrice s'aperçut soudain qu'elle était elle aussi à bout de souffle : son haleine montait par bouffées froides, libératrices.

Isabelle fit pivoter son cheval pour faire face à Béatrice. Elle avait perdu son chapeau dans la poursuite, et ses cheveux d'un brun roux formaient une auréole cuivrée de fils tressés par le soleil. Elle inclina la tête à l'adresse de Béatrice, qui en fut aussi étonnée que si une statue de la Madone lui avait adressé soudain un clin d'œil.

– J'ai pris plaisir à chevaucher avec vous, madame, lui dit Isabelle.

***

Extraits d'une lettre de Léonard de Vinci, ingénieur à la cour de Milan, adressée à Benedetto Dei, conteur en voyage à l'étranger.

Milan, 28 mars 1491

Connaissant votre penchant et désir de rester informé des événements de notre cour, et de connaître les circonstances capables d'influer sur lesdits événements, je vous soumets mes observations sur les duchesses de Milan et de Bari. Songez, mon cher Benedetto, aux semaines et aux années que de doctes esprits tels fra Pacioli et maestro Vincenzo auraient pu consacrer à l'étude de la vraie science et aux merveilles de la nature, si leurs bons offices n'en avaient été débauchés pour éduquer la progéniture des familles régnantes de nos États italiens. Des intelligences capables de découvrir les causes et les méthodes de la nature condamnées à enseigner, à des enfants à peine sortis des langes, l'éloquence de Cicéron ou le lyrisme de Virgile! Et la plupart du temps, ces gamins ne parviennent même pas à maîtriser suffisamment la langue de la Rome antique ne serait-ce que pour converser avec les ossements de cette race défunte, qui continuent de moisir dans notre sol sans cesser de détourner des hommes de science de plus utiles objets d'étude. Et les rares enfants ayant assez de cervelle pour apprendre ces discours antiques, que font-ils? On invite ces affreux prodiges à des assemblées de la cour, où ils récitent leur charabia d'une énervante voix de fausset, à l'émerveillement de tous, quoique leur exploit ne réclame pas plus de raison raisonnante que le carillon mécanique d'une horloge quand il sonne l'heure. O, idolâtres des textes anciens! Ne croyez pas que je déplore ce gaspillage et ce gâchis parce que je suis un homme sans lettres, sachez au contraire que je m'efforce sans cesse de trouver la vraie lumière.

Ainsi, mon cher Benedetto, songez à la façon dont les duchesses de Bari et de Milan emploient l'éducation pour laquelle tant de doctes esprits ont gaspillé leur savoir. Pas une journée ne se passe sans que ces deux jeunes femmes ne montent sur le dos d'étalons rapides, invariablement accompagnées par une suite digne du train d'un despote oriental.

Croyez-vous qu'elles profitent de nos parcs et de nos forêts pour étudier les créations de la nature ? Non, ces duchesses ne cessent de faire la course, de rivaliser d'adresse et de tourner en rond comme les cavaliers du *palio*. Quand leurs malheureuses bêtes sont fourbues, les duchesses se consacrent à la distraction douteuse du jeu de paume. Et lorsqu'elles ont vidé un tonneau de balles, elles font venir des hommes versés dans les plus subtiles harmonies musicales pour accompagner leurs danses. Pendant tout ce temps, pas un seul mot de latin (ni d'ailleurs d'aucune autre langue humaine) n'est échangé entre elles. S'agit-il d'une amitié ou d'une rivalité s'exprimant de curieuse manière, je ne saurais le dire...

CHAPITRE 8

Milan, avril 1491

– Sa Seigneurie, annonça le chambellan en un murmure respectueux, comme s'il se trouvait dans un lieu saint.

Il s'inclina souplement et sortit sans que l'on entende le bruit de ses pas. Le secrétaire assis près du lit de Cecilia Gallerani prit ses plumes et son encrier et s'en fut à son tour.

Le More se dirigea directement vers la grande fenêtre dont l'arcature s'ouvrait sur le parc ducal. La forêt de pins, d'ormes et de chênes était déjà sombre, et le ciel d'un bleu profond, satiné. Les sommets des Alpes se dressaient en dents de scie presque roses à l'horizon. Le More resta immobile un moment, les bras derrière le dos, un parchemin à la main. Un sceau d'or de la taille d'un ducat, fixé à un cordon violet, pendait du document.

Le More se retourna enfin vers le lit. Des colonnes de cuivre soutenaient un dais de lourd tissu d'or; la courtepointe de satin blanc était décorée d'appliqués blancs représentant des scènes d'une épopée médiévale. Cecilia semblait compléter cette étude en blanc sur blanc : sur le drapé de sa chemise de soie ivoire, son visage pâli et ses mains étaient presque diaphanes dans la lumière du crépuscule. Son rire était aérien, musical.

– J'imagine que vous avez reçu votre réponse du roi de France, mon bien-aimé. Vous désirez la partager avec moi?

Le More s'assit sur le lit et tendit le parchemin à Cecilia. Les yeux gris piquetés d'or de la favorite parcoururent rapidement le texte, puis s'immobilisèrent, méditatifs.

– Ils ont donc accepté l'investiture. La Fortune vous a adressé un signe, mon bien-aimé.

– Nous avons notre commencement. Maintenant, il faut attendre, répondit le More en entrelaçant ses doigts à ceux de Cecilia.

Elle se tourna pour l'embrasser. Elle avait des lèvres minces et une petite bouche subtile; embrasser n'était pas son moyen d'expression favori. Son baiser trahit cependant une étrange inquiétude. Elle s'écarta soudain, en soulevant son ventre gonflé pour entraîner le reste de son corps, encore svelte. Elle se leva au prix d'un effort presque brutal.

– Je me lève aussi souvent que je peux, dit-elle, devançant les protestations du More. Quand messer Ambrogio aura eu son premier enfant dans son ventre, je ferai tout ce qu'il me prescrira.

Elle se dirigea vers le tableau qui ornait le mur en face de la fenêtre.

– Regardez comme j'ai changé.

Le portrait datait de dix ans; Cecilia avait posé pour Léonard de Vinci quelques mois seulement après l'arrivée du peintre à Milan. Il s'était présenté en donnant une liste en dix points qui vantait ses talents d'ingénieur militaire, ajoutant à la dernière ligne : « De même en peinture mon œuvre peut égaler celle de n'importe qui. » Cecilia considérait Léonard comme un très bon peintre. Le More n'en était pas si sûr. Il trouvait que le portrait donnait à Cecilia un air maigre, bossu et grognon. Léonard lui avait placé une hermine sur le bras, et elle caressait la fourrure grise de l'animal de ses doigts souples, d'une longueur hors du commun; on disait que le More ressemblait à l'hermine, et il n'appréciait pas la plaisanterie. Cecilia estimait que le peintre avait bien exprimé sa force, son intuition et ses doutes. Elle savait qu'elle aurait encore le tableau quand elle n'aurait plus le More.

Regardant son image comme si elle scrutait les traits d'une sœur dont elle aurait été séparée pendant dix ans, elle murmura :

– J'avais seize ans. Je n'étais pas jeune et belle, mais belle seulement parce que j'étais jeune. Et aussi parce que je vous aimais. Toutes les jeunes filles possèdent cette grâce; elles l'acquièrent en naissant. La nature la donne sans réserve, puis la reprend inexorablement.

Elle se retourna et sourit, d'un sourire chaud et triste que la jeune fille fragile et tendue du portrait n'aurait pu offrir.

– J'aimerais passer cette nuit avec vous, dit le More comme s'il supposait qu'elle avait besoin d'une confirmation de ses charmes.

– C'est très aimable à vous. Mais je vous tiendrais éveillé toute la nuit. Je ne peux rester immobile dans aucune position, dit-elle en posant les mains sur son ventre.

– Vous n'avez pas de doutes au sujet de l'enfant?

– Oh, non, je ne saurais vous dire toute la joie qu'il m'a apportée. N'ayez crainte.

– Je supposais que ma nouvelle vous réjouirait, elle aussi. Mais elle semble vous plonger dans la mélancolie.

Cecilia sourit de nouveau et ses yeux brillèrent. Elle revint vers le lit et prit le visage du More entre ses mains, encadrant de ses doigts élégants la mâchoire puissante.

– Votre nouvelle m'a apporté une très grande joie. Mon Dieu, Ludovic, vous êtes sur le point de réaliser le rêve que j'ai toujours caressé au fond de mon âme. Mais peut-être les rêves sont-ils comme des enfants dans notre sein. Pour les mettre au monde, il faut s'en détacher. Comment appelle-t-on l'accouchement? Parturition : à chaque naissance, il se produit une séparation, un départ. C'était sans doute à cela que je songeais.

***

– *Gloria in excelsis Deo.*

– *Et in terra pax hominibus bonae voluntatis.*

Les échos du chœur de la maison ducale résonnaient sous les voûtes anciennes de la basilique Sant'Ambrogio. Le chant était accompagné par une voix supplémentaire : le bourdonnement incessant des conversations, ponctué de temps à autre par de bruyants saluts, de petits cris polissons et les piaillements d'une douzaine de singes apprivoisés, dont plusieurs, libérés de leur laisse, grimpaient sur les stalles comme autant de petits démons en costume. Outre les duchesses de Milan et de Bari, leurs dames de compagnie et leurs serviteurs, un certain nombre de courtisans ainsi que des dizaines de prostituées, joueurs et autres opportunistes venus se frotter aux dignitaires de Milan assistaient à l'office matinal. Sur plusieurs centaines de personnes, probablement moins de deux douzaines s'agenouillaient au bon moment et écoutaient le service. Le reste formait des cliques qui chuchotaient ou des couples qui se contaient fleurette; certains courtisans se contentaient d'aller et venir, regardaient les chapelles latérales ou grignotaient une pâtisserie en attendant qu'un importun les aborde. La crypte au-dessus de l'autel était un endroit propice aux rendez-vous d'affaires, car le client pouvait y jeter un coup d'œil sur la marchandise avant d'effectuer le paiement. Mais il arrivait que la transaction tout entière soit réalisée là, sur le sarcophage de marbre blanc de saint Ambroise, le grand évêque de Milan qui avait fondé la basilique treize siècles plus tôt.

Isabelle donna un coup de coude à Béatrice.

– Regarde. Catherine et Giulia sont en train de négocier avec une *meretrice*, une prostituée. Je ne vois pas du tout ce qu'elles ont derrière la tête. Peut-être veulent-elles faire ménage à trois et se glisser dans la crypte pour redonner vie à saint Ambroise.

Béatrice sourit, quoique légèrement choquée par l'irrévérence de sa cousine. Isabelle avait manifestement hérité des convictions de son père Alphonse, duc de Calabre, qui n'assistait jamais à une messe, même pour la forme, et avait assiégé deux fois le pape dans Rome. Élevée dans l'atmosphère relâchée de Naples, Béatrice avait été surprise, à son retour à Ferrare, par la piété discrète mais fervente de sa mère et par le mysticisme presque fanatique de son père. Elle avait adopté une sorte de compromis : elle considérait Dieu comme la version spirituelle d'un seigneur féodal – on Lui devait l'obéissance dans Sa maison, mais ceci mis à part, on ne pensait guère à Lui.

Une vieille se glissa soudain à côté de la duchesse de Milan. Béatrice reconnut Lucia, une des femmes qui élevaient le fils d'Isabelle. Le capuchon de laine de Lucia était auréolé de pluie; elle arrivait tout droit du château. Béatrice ne comprit rien du murmure édenté de Lucia. Au bout d'un instant, Isabelle lança :

– Tu en es sûre?

Puis elle pivota brusquement et prit Béatrice par le bras.

– Nous partons.

Béatrice hésita, et Isabelle tira plus fort.

– Il faut partir de suite. Il y a du nouveau.

Béatrice hésita un instant entre les exigences opposées de Dieu et de la duchesse de Milan, mais comme la duchesse de Milan lui avait parlé en personne, ce fut elle qui l'emporta.

Une pluie fine embrumait la petite place entourée d'arcades. Les joueurs – surtout des jeunes gens vêtus de pourpoints courts et de culottes moulant les contours de leurs fesses – ne s'étaient pas donné la peine de rentrer leurs dés et leurs tarots sous les voûtes. Ils avaient simplement étalé des couvertures sur les pavés humides. Un arracheur de dents avait installé sa pratique sous une des arcades, sous le regard d'une bande de curieux, dont un qui se proposa pour tenir la tête du patient. L'arracheur brandit sa tenaille d'acier d'un air menaçant, et son public ricana, enchanté.

Isabelle tira de son manteau une longueur de méchant tissu noir et le déchira par moitié. Elle tendit un morceau à Béatrice et noua l'autre sur sa tête. A Naples, on portait un fichu sur la tête les jours de pluie, mais à Milan cette coiffure n'était pas jugée respectable.

– Tout le monde va savoir que nous sommes des étrangères. A Milan, jamais une dame ne marche sous la pluie. Elle aurait trop peur que l'eau enlève le masque qu'elle peint chaque matin sur son visage.

Un hurlement terrifiant s'éleva de l'arcade. L'arracheur de dents montra son trophée à la foule ébahie : une molaire couverte de sang, serrée dans les mâchoires des tenailles.

Béatrice et Isabelle sortirent sous la pluie fine. Un jeune joueur les lorgna, porta la main à sa braguette et lança :

– En voulez-vous, mesdames?

– *Cacastecchi!* répliqua Isabelle. Ton machin ne pourrait même pas boucher un trou de serrure.

Elle se tourna vers Béatrice et dit d'un ton dégoûté, auquel se mêlait pourtant une certaine satisfaction :

– Parce que nous sommes seules et trop bien habillées, il nous prend pour des *meretrice*.

La rue conduisant au Castello était bordée de palais de trois et quatre étages. En général, le rez-de-chaussée formait une arcade abritant une ou plusieurs boutiques : une parfumerie avec sa vitrine de fioles de verre de couleur; une confiserie qui exposait un château en sucre, peuplé de dragons et de chevaliers en armure; un potier qui vendait des objets de majolique, des vases et des chaufferettes en céramique. Un orfèvre régnait sur son arcade du haut d'un fauteuil rembourré, entouré de ses gobelets, de ses reliquaires et de ses plats ciselés comme un sultan turc exhibant son trésor. Des chaînes tendues entre les colonnes des arcades empêchaient le bétail et les gros chiens de se heurter aux étalages; les apprentis des boutiques attrapaient les chats et les petits chiens, qu'ils relançaient dans la rue.

De lourds nuages gris amoncelés à l'est annonçaient davantage de pluie, et le vent violent transportait un curieux mélange d'odeurs : parfums, ordures et déchets humains. Des *bravi*, jeunes brutes engagées par les commerçants pour faire la police dans la rue, s'adossaient aux colonnes et se donnaient des airs arrogants, la dague à la ceinture de leur pourpoint de couleur vive. Quand des jeunes gens vêtus de la même manière flânaient trop longtemps à leur gré, les *bravi* les chassaient avec des insultes. Au passage de Béatrice et d'Isabelle, ils les reluquèrent en ricanant – si les deux prétendues *meretrice* n'avaient pas été si bien habillées, ils les auraient chassées elles aussi, ou auraient sollicité leurs services gratuitement contre le privilège de racoler dans la rue.

Deux voitures à quatre roues, aux fenêtres pourvues de rideaux de soie, étaient garées devant une boutique de tissus de luxe. Une demi-douzaine de dames milanaises à la dernière mode, escortées par deux gardes, se pressaient autour du comptoir tandis que le marchand et ses apprentis présentaient un coupon de *velluto alluciolato*, velours de soie avec de minuscules boucles de fils d'or et d'argent mêlés à la trame. Les étagères étaient garnies de gros rouleaux de damas satiné, de brocart lamé et de taffetas de Gênes, de toile de lin de Reims, de soie grège de Chine, de soie moirée de Damas. Aucun brocart n'était semblable : les motifs qui les décoraient allaient de la tourterelle au lion.

Une jeune femme richement vêtue d'une orgie de velours multicolore et criard regarda passer d'un œil dégoûté les deux femmes en fichu.

– Putains étrangères, lança-t-elle entre ses dents, retournez donc à Rome, en Allemagne ou Dieu sait où l'on porte des torchons sur la tête. Et cessez de répandre vos maladies parmi nos hommes.

Isabelle brandit son poing et, le pouce glissé entre les deux premiers doigts, lui dit la « figue ».

– Pour qu'un homme couche avec toi, il faut qu'il ait déjà une maladie.

– Sortez de notre rue, ou je vous ferai balayer par nos gars avec le reste des ordures.

– Je veux acheter du velours de soie, dit Isabelle à Béatrice.

La femme fit signe à l'apprenti de ne pas baisser la chaîne; Isabelle releva sa jupe et l'enjamba. Une autre jeune femme, habillée comme la première et lui ressemblant comme une sœur, sortit de derrière le comptoir et bloqua le passage d'Isabelle.

– Dehors, putain!

– Tu crois que mes ducats ne sont pas en or, c'est ça? répliqua Isabelle.

Elle était décidée de jouer le rôle jusqu'au bout.

– C'est à elles qu'il faut le demander, dit-elle en montrant les dames milanaises. Leurs maris et leurs pères sont mes meilleurs clients. Des hommes aussi respectables ne s'abaissent pas à payer leurs catins avec du cuivre doré, comme le font sans doute les hommes qui couchent avec toi.

La première femme se retourna vers Béatrice.

– Vous allez coucher avec le geôlier à l'œil, toi et l'autre garce.

Elle s'empara d'un balai et le brandit d'un air menaçant.

– *Cacapensieri*, s'exclama Béatrice, si tu fais un pas vers moi, ce manche à balai sera ton prochain amant.

Un des gardes s'avança vers Isabelle. Elle le toisa pendant un instant, puis recula derrière la chaîne.

– Nous n'avons pas le temps de régler le compte de ces petites putes, dit-elle à Béatrice. Nous devons régler celui de la plus grande pute de Milan.

Sans laisser à Béatrice le temps de se demander à qui elle faisait allusion, Isabelle se mit à lancer à coups de pied les ordures de la rue sur le marbre impeccable de la boutique. Le garde enjamba la chaîne, mais Isabelle avait déjà pris le poignet de Béatrice et l'entraînait à toutes jambes.

Les duchesses se retournèrent au coin de la rue; le garde ne les avait pas poursuivies. Isabelle prit Béatrice par les épaules. Elle avait le souffle court et ses yeux gris-vert semblaient opalescents. Pour la première fois, Béatrice eut l'impression que ce regard la transperçait.

– Ton mari a obtenu le consentement du roi de France, il investira mon mari des privilèges du duché de Gênes. Tu comprends ce que cela signifie?

Béatrice était transportée de joie. Jusqu'ici, dans son amitié inattendue avec Isabelle, elle s'était contentée du rôle muet de partenaire au jeu de paume et de compagne de promenade à cheval. Le simple fait de se trouver auprès de sa cousine semblait lui conférer cette confiance en soi qu'elle admirait tant en Isabelle, dont la civilité rachetait en quelque manière les cruautés du temps de leur enfance. Mais Isabelle proposait à présent une amitié d'un autre genre, une relation de femmes et non de jeunes filles, un avenir de murmures conspirateurs et d'intrigues d'adultes.

– Cela signifie que mon époux fait des avances aux Français, répondit Béatrice en baissant la voix.

– Et sais-tu pourquoi?

– Peut-être pour les apaiser. Ma mère dit que la France a toujours convoité l'Italie. Ou bien mon époux désire engager le roi de France comme il a engagé messer Galeazzo.

La perspicacité de Béatrice surprit Isabelle, et ses yeux félins s'agrandirent légèrement.

– Alors tu comprends aussi à quoi ton époux utiliserait l'armée française. Si le More usurpait le titre de mon mari, les armées de mon père seraient aux portes de Milan en moins de quinze jours.

Béatrice éprouvait un pincement d'angoisse chaque fois qu'elle songeait à son oncle Alphonse et revoyait son visage bouffi devenir presque bleu de rage; il giflait les serviteurs et leur lançait des coups de pied à la moindre erreur. Mais Alphonse était vraiment un grand *condottiere*; elle se souvenait très bien des fêtes données à l'occasion de sa victoire sur les Turcs à Tarente, des feux d'artifice tirés de bateaux dans la baie et des hommes à la peau sombre qu'on avait conduits, chargés de chaînes, dans la salle du banquet...

– Mais si le roi de France attaquait Naples, poursuivit Isabelle, mon père ne pourrait pas défendre les droits de son petit-fils.

Béatrice, pour que sa cousine ne croie pas un seul instant qu'elle s'associerait à ce genre de complot, balbutia le premier argument rassurant qui lui vint à l'esprit.

– Mais c'est ton époux qui va être investi des privilèges de Gênes. C'est lui qui profite de la situation, pas le mien.

– Là n'est pas la question, lança Isabelle avec un geste d'impatience. Ce que la Fortune nous offre avec cette investiture, c'est l'occasion de nous débarrasser de Cecilia Gallerani une fois pour toutes.

Béatrice releva le front. Peu lui importait à présent que Cecilia Gallerani lui eût volé les mots magiques qu'elle avait rêvé d'entendre dans la bouche d'un homme. Mais Cecilia Gallerani l'avait rendue ridicule, et Béatrice la détestait pour cela avec une telle violence que son nom suffisait à lui nouer la gorge. Jamais elle n'avait imaginé qu'Isabelle puisse partager cette haine.

– Pourquoi es-tu surprise? demanda sèchement Isabelle. Cette garce arrogante et rusée est la honte de ma maison depuis plus longtemps qu'elle n'insulte la tienne.

Elle serra davantage l'épaule de Béatrice comme pour mieux cimenter leur alliance farouche.

– La Fortune est la plus capricieuse de toutes les garces. Quand elle passe à portée, il faut la jeter à terre car il est peu probable qu'elle repassera aussi près une autre fois.

Elle plissa les yeux.

– Es-tu prête à attaquer la Fortune pour te débarrasser de Cecilia Gallerani?

***

– Entrez, messer Giacomo.

Giacomo Trotti, ambassadeur de Ferrare à Milan, était un homme mince à la calvitie naissante qui regardait le monde avec des yeux las et résignés. Malgré l'invitation, il hésita un instant, apparemment intimidé par les scintillements de la salle du trésor du More. Des corbeilles pleines de ducats d'or, empilées comme des olives dans un pressoir à huile, occupaient presque tout l'espace; dans un angle, des ducats étaient entassés en vrac jusqu'au plafond à caissons. Le long des murs s'alignaient des crédences révélant un stupéfiant amoncellement de bijoux, de garnitures d'autel, de crucifix, de calices, d'aiguières et de vases. Des étagères étaient chargées de centaines d'assiettes d'or ciselé, d'argent repoussé et de vaisselle de majolique somptueusement décorée.

Debout devant l'une des crédences, le More examinait l'architecture d'un reliquaire, semblable à un temple en miniature; les petites portes, encadrées de colonnes et d'arches en or massif, étaient des plaques d'ivoire décorées de scènes de la vie du Christ. Il se tourna vers Trotti. Son sourire était triste, presque malheureux, et Trotti se sentit immédiatement plus à l'aise. Il savait que si le More avait eu l'intention de négocier sérieusement, son visage serait resté impénétrable.

– Avez-vous la moindre idée de ce qui se passe, messer Giacomo?

– La duchesse de Bari m'a fait savoir qu'elle désirait ma présence, Votre Seigneurie.

En fait, Trotti n'avait pas accédé sans réserves graves à la requête de Béatrice. D'un côté il considérait la situation de Cecilia Gallerani comme une insulte à Ferrare et accueillait avec plaisir l'occasion d'enregistrer une protestation. Mais Béatrice avait refusé d'indiquer à Trotti le genre de protestation qu'elle comptait faire. Il l'avait prévenue qu'un éclat ne ferait qu'envenimer les choses, mais étant donné l'obstination de Béatrice et son caractère impulsif, il redoutait le pire.

– Eh bien, il vous faudra rapporter au duc et à la duchesse de Ferrare tous les efforts que je fais pour assurer le bonheur de leur fille à Milan. Si vous le désirez, mon premier secrétaire, messer Bartolommeo, vous fournira la liste des fêtes, pièces de théâtre et chasses que nous avons organisées pour la distraire. Et quand je ne peux pas m'occuper de Béatrice, je charge messer Galeazzo de veiller à ce qu'elle ne soit pas négligée. Si vous le désirez, je peux également demander à Galeazzo de dicter pour vous les itinéraires du grand nombre de promenades où il l'a escortée.

D'un geste spontané, le More tendit à Trotti un énorme rubis rectangulaire.

– Je vous ai demandé, ainsi qu'à Béatrice, de me rejoindre ici parce que j'ai l'intention de lui offrir ceci, ainsi qu'un autre objet de son choix. Un agent qui a refusé de me révéler le nom de son client m'en a offert deux cent mille ducats, ajouta le More tandis que Trotti examinait la pierre, de la grosseur du pouce.

La somme représentait trois fois le revenu annuel de Ferrare.

– J'ai jugé l'offre trop basse.

En silence, Trotti félicita le More de l'habileté avec laquelle il avait déjà établi sa position : « J'ai amplement compensé la maison d'Este pour notre alliance, et je continuerai de le faire tant qu'on me laissera gouverner ma propre maison comme je l'entends. »

– Ah, voici mon adorable épouse.

Béatrice marchait d'un pas si raide, dans sa *camora* de brocart ajustée, qu'on l'aurait prise pour une poupée mécanique. Elle tenait les mains serrées devant elle pour les empêcher de trembler. Elle inclina la tête d'un geste nerveux, saccadé. Le More lui effleura la joue d'un baiser.

– *Tanta bellezza*, dit le More, puis il se tourna vers Trotti. Vous pourrez également dire au duc et à la duchesse de Ferrare que leur fille devient de plus en plus belle chaque jour qu'elle passe avec nous. Et bien entendu, elle est déjà la cavalière la plus accomplie de Milan. Je suis immensément fier et enchanté de tout le bien qu'on me dit d'elle sans cesse.

Dans le silence qui suivit, le More adressa à Béatrice un sourire si convaincant qu'elle eut envie de croire ses paroles. Mais elle connaissait trop bien le timbre de ses mensonges. Trotti se racla la gorge, pour l'inviter à soumettre sa requête. Elle sentit la peur soulever son estomac. Elle se vit renvoyée chez elle en disgrâce, humiliée par ses parents puis bannie dans la cellule sombre d'un couvent. Une fois engloutie par un cloître silencieux, plus personne ne la reverrait...

Sa voix tremblait quand elle commença à parler, mais elle se força, songeant qu'elle n'oserait plus revoir sa cousine si elle se taisait. Sa voix semblait étouffée et désincarnée, comme si elle s'écoutait parler du fond d'un lac.

– Je n'ai pas l'intention d'accompagner mon époux à la cérémonie où le duc de Milan sera investi des privilèges du duché de Gênes, et je ne serai pas non plus présente à la réception des ambassadeurs de France. Je... J'ai le sentiment de ne pouvoir représenter dignement ni mon époux ni la famille d'Este tant que je me trouve humiliée par les honneurs singuliers rendus à la maîtresse de mon époux. La présence ostentatoire de Cecilia Gallerani dans ce château tourne en dérision les liens matrimoniaux qui unissent les maisons d'Este et Sforza.

Trotti dissimula sa réaction. Il ne pouvait qu'admirer le courage de Béatrice et reconnaître son habileté ; elle avait trouvé le point sensible. Malheureusement, elle avait surestimé sa propre force et sous-estimé celle de son adversaire. Le More pouvait trouver une dizaine d'expédients pour esquiver le refus de son épouse d'assister aux cérémonies. Mais l'absence de Béatrice éveillerait les soupçons des ambassadeurs français, et cela affaiblirait la position du More ; Ferrare était la clé de l'union de l'Italie sous l'égide du More. Trotti décida qu'il fallait éviter le pire et forcer le More à une concession qui permettrait à Béatrice de battre en retraite sans perdre sa dignité.

– Votre Seigneurie, murmura Trotti, il est peut-être temps de trouver à madonna Cecilia un logement situé ailleurs.

Trotti haussa les épaules, indiquant dans son code de diplomate que ce changement de logement pourrait n'être que temporaire, jusqu'à l'investiture. Il n'avait pas besoin de préciser que le More pourrait se rendre à cet autre logement aussi librement qu'il le désirerait.

– La personne en question est actuellement alitée, elle est à la veille de mettre au monde un enfant.

Le visage du More demeura insondable, ses yeux pareils à des perles noires.

– J'ai du mal à croire que la contraindre à quitter ses appartements dans ces circonstances ferait honneur à la maison des Sforza ou à celle d'Este. Les ambassadeurs de France seraient scandalisés par notre mépris de la charité chrétienne.

Trotti se maudit en silence. Il allait être obligé de céder lui aussi, ou bien de demander au duc Hercule d'Este de l'aider à obtenir une concession mineure. Il regretta de s'être laissé entraîner dans cette histoire de gamine.

– Je crois que c'est moi, et non le duc de Bari, qui suis responsable de ce qui constitue la charité chrétienne dans la maison des Sforza. J'en suis la tête.

Oubliant tous les principes diplomatiques, Trotti se retourna brusquement vers la porte. La duchesse de Milan s'avançait dans la salle du trésor comme une machine de siège, les épaules droites, les mains jointes à la hauteur de sa taille fine. Elle portait une *camora* de Naples en satin noir, fendue sur l'épaule pour révéler la soie bouffante d'une chemise blanche.

Son front était ceint d'un mince bandeau de satin noir, et un rang de perles d'onyx pendait à son cou.

– J'ai informé l'ambassadeur de mon père que la duchesse de Milan n'assistera pas non plus aux cérémonies d'investiture, dit Isabelle au More.

Trotti regarda les deux jeunes duchesses avec un nouveau respect. Un instant plus tôt, le More avait pour adversaire une épouse adolescente contrariée; il se trouvait maintenant avec un incident diplomatique en perspective. Jamais le More ne pourrait fournir une excuse pour l'absence des deux duchesses à l'investiture, aux réceptions et aux banquets donnés à cette occasion; on pouvait même se demander si le duc de Milan survivrait à la semaine de réjouissances sans sa femme à ses côtés pour le surveiller constamment. Si le More tenait à ce que les Français le considèrent comme l'homme fort de l'Italie, il fallait qu'il accorde une concession à ces deux jeunes femmes.

Le More adressa à Isabelle un sourire aimable.

– Je vois que même un acte de charité peut être présenté comme offensant. Souhaitez-vous également, Votre Seigneurie, que l'on demande à madonna Cecilia de quitter ses appartements dans ce château?

Isabelle acquiesça d'un signe hautain.

Le More présenta à la lumière un diamant taillé gros comme un œuf de rouge-gorge, et en examina attentivement l'eau et les reflets.

– En ce cas, je veillerai à ce que madonna Cecilia s'installe immédiatement dans des appartements au Palazzo del Verme.

Trotti eut du mal à dissimuler son indignation, tout en reconnaissant l'habileté implacable du More dans la négociation. Le More pouvait se montrer si simple et aimable qu'on oubliait parfois qu'il serait sans doute bientôt le maître de l'Europe entière. Le Palazzo del Verme était la plus vaste demeure privée de Milan. Vide depuis un an, l'immense palais médiéval situé sur la place du Duomo venait d'être rénové après avoir été acheté par un mystérieux acquéreur. Trotti comprit que le More avait de longue date prévu d'y installer Cecilia Gallerani. Il pourrait y afficher leur liaison au grand jour tout en esquivant les critiques suscitées par la présence de la jeune femme au Castello. Ce geste donnerait satisfaction du même coup aux deux personnes qu'il importait d'apaiser dans cette affaire : Cecilia Gallerani et le duc Hercule d'Este. Quant aux deux duchesses, elles auraient mieux fait de...

– Cela ne comblera pas pleinement nos exigences.

Alarmé par le ton autoritaire, parfaitement inhabituel de Béatrice, Trotti crut un instant avoir entendu la voix d'Hercule d'Este – volonté de fer, mais avec la fêlure qui accompagne le fanatisme. Il se demanda ce que Béatrice pouvait encore espérer gagner...

– Il ne serait guère charitable aux yeux de tous, poursuivit Béatrice, d'abandonner madonna Cecilia et son bâtard sans s'assurer qu'ils seront pourvus comme il convient et protégés du scandale. Nous tenons à ce que votre charité s'étende au-delà du simple expédient qui consiste à placer un toit au-dessus de la tête de cette dame.

Le More fixa son épouse d'un regard curieux, comme s'il ne l'avait jamais entendue parler auparavant. La duchesse de Milan pencha la tête d'un air intrigué. Trotti en déduisit que Béatrice n'avait même pas discuté avec la duchesse de ce qu'elle allait proposer maintenant, et il se prépara au pire.

– Nous tenons à ce que l'on donne à madonna Cecilia un époux.

Le visage du More devint livide. Il fit tourner le somptueux diamant entre ses longs doigts gracieux comme s'il était entièrement captivé par ses reflets éblouissants.

Bien joué, pensa Trotti, en résistant à la tentation d'adresser un hochement de tête approbateur à Béatrice. Il se considérait comme un membre de la maison d'Este, et il éprouva un élan de fierté paternelle. La petite duchesse avait mis en jeu une balle intéressante. Bien entendu, les mariages de raison étaient plus fréquents que les mariages d'amour, à Milan comme ailleurs : un homme pouvait marier sa maîtresse à son fils pour pouvoir la garder près de lui sans attirer les soupçons ; ou bien il pouvait marier à un garçon d'écurie une servante qu'il mignotait, pour que sa femme ne puisse pas la chasser de la maison ; les variations sur ce thème étaient sans fin. Mais Trotti doutait que le More puisse traiter Cecilia Gallerani de façon si cynique. Il trouverait sans doute une solution habile, mais Béatrice avait en tout cas formulé une requête que le More ne pouvait aisément esquiver.

Décidant que, dans l'intérêt de Ferrare, il importait de soutenir vigoureusement l'initiative de Béatrice, Trotti intervint :

– Voilà vraiment une solution pleine d'humanité à un problème qui, je dois l'avouer, continue de jeter une ombre sur les relations entre Milan et Ferrare. J'ai l'intention d'envoyer par courrier rapide une lettre au duc Hercule, pour lui faire l'éloge du bon jugement de sa fille, de sa magnanimité et de sa charité chrétienne. Je suis certain que le duc Hercule trouvera la requête de la duchesse de Bari aussi raisonnable que moi.

Le More fit de nouveau tourner entre ses doigts l'énorme pierre qui renvoya des reflets de toutes les couleurs de l'arc-en-ciel. Il ne dit rien.

CHAPITRE 9

Le regard de Cecilia Gallerani se perdait au-delà des douves. Le parc reprenait ses verts de printemps ; vers le nord, les Alpes fermaient l'horizon, ruban cranté de satin blanc sous un ciel de cobalt.

– Le comte Bergamini a accepté toutes mes conditions, dit le More à mi-voix, debout à deux pas derrière Cecilia. Il estime que ce mariage ne peut que faire honneur à sa famille et il fera l'impossible pour nous complaire. Il a même accepté de payer une partie des aménagements du Palazzo del Verme. Et je n'ai pas besoin de souligner qu'il m'a fait le serment inviolable de ne jamais présenter d'exigences conjugales d'aucune sorte...

– Ce qui me privera d'une merveilleuse aventure, lança Cecilia en se retournant face au More. Après tout, vous êtes le seul homme avec qui j'ai couché. En couchant avec mon mari, je jouirais de tous les plaisirs de l'adultère tout en ayant mon péché sanctionné par les liens du mariage.

Le More ferma les yeux.

– Que veux-tu que je fasse ?

– Sincèrement, je me demande parfois si tu me connais vraiment.

Elle s'arrêta et regarda son portrait sur le mur.

– Ou bien ai-je tellement changé que je ne me connais plus moi-même ?

Elle haussa les épaules comme si la réponse n'avait aucune importance pour elle en ce moment.

– Ce que je veux ? Je veux que tu soumettes les contrats à l'approbation de mon père. J'épouserai le comte Bergamini et je vivrai avec lui et mon enfant au Palazzo del Verme. Je coucherai peut-être avec le comte Bergamini, ou peut-être pas, selon mon bon plaisir. Mais de toute manière, je ne le ferai jamais cocu. Ce serait indigne de toi, et de l'amour que nous avons partagé.

– Je t'assure que c'est seulement un arrangement temporaire. Après l'investiture...

– Après l'investiture, il se produira une autre circonstance qui permettra à ta femme de t'extorquer des concessions. Et après celle-là, encore une autre...

– Très bien. Je vais te dire ce que tu tiens manifestement à entendre, répondit le More en relevant le menton. Je ne donnerai pas suite à l'investiture. Je renoncerai à ma charge de régent du duc de Milan. Nous partirons ensemble à Bari.

Bari était le petit duché des Pouilles dont le More avait hérité à la mort d'un de ses frères.

Les épaules de Cecilia se raidirent.

– Cela aurait été beaucoup plus facile l'été dernier.

– Si j'avais su l'été dernier que tu porterais cet enfant, jamais je n'aurais cédé au duc Hercule d'Este. J'aurais renoncé à ma charge à ce moment-là, dit le More en posant la main sur le ventre gonflé de Cecilia. Je t'aurais faite duchesse de Bari.

– Je le crois, mon bien-aimé, je le crois sincèrement.

Pendant un instant les yeux gris de Cecilia semblèrent plus durs, et se contractèrent en une étrange expression indéfinissable.

– Mais je ne t'aurais pas permis de renoncer à la régence.

Sa voix se fit plus aiguë et résonna comme des cordes de lyre pincées avec rage.

– Vois-tu, Ludovic, je n'ai jamais désiré devenir duchesse de Bari. Maîtresse du duc de Milan, oui, je l'ai toujours voulu. Ne serait-ce que parce que j'ai toujours souhaité cela pour toi. Duc de Milan, mon bien-aimé. Duc de Milan. Tu vois, je connais la vérité : ce qui te guide depuis le début, la vérité que tu n'oses même pas encore t'avouer à toi-même, mon merveilleux, mon adorable *fanciullo*. Ne le sais-tu pas ? Réponds-moi.

Le More garda le silence. Cecilia posa tendrement la main sur sa joue.

– La vérité, c'est que Béatrice peut te faire duc de Milan, et pas moi. Marié à moi, tu n'es qu'un usurpateur avec sa catin et son bâtard. Avec Béatrice d'Este et son enfant, tu fondes une dynastie. Depuis le début et même à présent, Béatrice est mon alliée, pas mon ennemie.

L'expression sur les traits du More suggérait qu'il observait le déroulement d'une fantastique apocalypse sous son crâne.

– Nos choix peuvent devenir des maîtres cruels, n'est-ce pas, mon bien-aimé ?

La question ne trahissait aucune amertume, seulement un sentiment de remords partagé. Cecilia se tourna de nouveau vers la fenêtre et, les yeux fixés sur le paysage, resta silencieuse. Le More demeurait perdu dans ses pensées.

Quand Cecilia reprit la parole, sa voix sonna haut et clair.

– Nous vivons une époque tellement remarquable, n'est-ce

pas ? Nous ne servons plus ni les dieux ni Dieu ; nous allons de l'avant, plus vite encore que ce que les dieux auraient pu imaginer. Chaque jour surgit quelque chose de nouveau. Un nouveau style de peinture, une nouvelle architecture, une poésie différente, une musique qui surprend. Des îles inconnues au large de l'Afrique... Pas une année ne s'écoule sans que des marins découvrent de nouvelles terres. Et nos nouvelles récoltes, nos nouvelles machines... Songe à celles que Léonard de Vinci a dessinées. C'est l'âge du nouveau, un âge qui se réinvente sans cesse, et ce que nous tenons pour acquis un jour s'envole le lendemain. Nous vivons une époque adonnée à l'instant. Nous ne regardons plus la vie avec les œillères de la mort, nous ne la tenons plus pour un voyage vers des ténèbres éternelles, mais comme notre instant dans la lumière de la raison.

Elle se retourna.

– Ce qui rend la passion et la jeunesse si merveilleuses, c'est leur évanescence même : elles glissent comme un rayon de lumière sur l'eau. On ne peut garder un être, le tenir vraiment, que pendant un des instants de l'instant qui constitue notre vie. Quand cet instant s'est achevé, on ne peut s'avancer sur la côte de la mer assombrie pour le rappeler. On ne peut qu'en garder précieusement le souvenir. Jamais je ne reverrai cette lumière dans tes yeux, mon bien-aimé. Je savais depuis longtemps – longtemps avant l'arrivée de Béatrice ici – que ce moment viendrait. Mais chaque fois que je regarderai les yeux de notre enfant, je me rappellerai cette lumière et je la chérirai. Mon instant est passé. L'instant suivant appartient à Béatrice. Et à toi.

Le More secoua la tête et sa poitrine se gonfla.

– Je ne peux supporter l'idée que tu sois...

– Avec un autre homme ?

Les traits de Cecilia semblaient de marbre.

– J'épouserais le diable si je croyais que cela puisse faire de toi le duc de Milan.

Elle le regarda fixement, puis s'élança vers lui sans relever sa robe et lui saisit les bras avec une violence étrange.

– Duc de Milan ! Duc de Milan ! Il te suffit de le vouloir ! N'hésite pas...

Le More ne put croiser son regard. Sa réaction se réduisit à un murmure presque machinal.

– Tu sais mieux que personne ce qui devra se passer avant...

D'un geste raide, Cecilia le gifla en pleine figure.

– Galéas-Marie est mort, Ludovic. Ton frère est mort.

Sa voix avait des intonations apaisantes, comme si elle raisonnait un enfant réveillé en sursaut par un cauchemar.

– Je ferai soulever la dalle de son tombeau et j'embrasserai le cadavre moi-même, s'il le faut, pour te convaincre. Il n'est plus qu'ossements et poussière, comme tous les hommes qu'il avait réduits à l'état de poussière et d'ossements. Son esprit mauvais ne survit pas dans son fils débile. Il ne sortira pas de sa tombe pour t'étrangler de ses mains de squelette si tu déposes son lamentable héritier.

Mais tel était le pouvoir de Galéas-Marie sur son frère Ludovic, que son cadavre parut revivre au fond du regard du More : une taie de terreur voila ses iris sombres. De la sueur perla à son front et il respira plus vite.

– Ludovic ! s'écria Cecilia. Écoute-moi !

Quand elle trouva enfin son regard, elle réduisit sa voix à un murmure.

– Il n'est plus de ce monde, Ludovic.

Le More avala sa salive et sa respiration se calma.

– Tu sais que mon frère n'a pas seulement laissé à sa mort son esprit du mal.

– Ludovic, Bonne de Savoie n'est en France rien de plus que Bonne Sforza à Milan : un sac de vent ratatiné et faible d'esprit incapable d'ordonner à l'armée française de contourner un tas de crottin, encore moins de lui faire traverser les Alpes. L'armée de France n'entrera en Italie que sur l'invitation du More. Tu sais que je dis vrai. Et quant à la femme du fils de ton frère...

– La duchesse de Milan a manipulé ta... *Béatrice*, lança le More avec une rage d'enfant frustré.

Cecilia ne put se retenir. Elle éclata d'un rire cristallin, presque dénué de toute ironie.

– Béatrice est la femme que *tu* as épousée, et non une maladie que *je* t'aurais transmise.

Le More adressa à Cecilia un regard surpris et malheureux, puis sourit lentement. D'un sourire nerveux et douloureux, mais qui prouva à Cecilia qu'il pourrait surmonter la mort inévitable de leur amour. Elle respira mieux.

– Ludovic, souviens-toi de ceci. *Ta* Béatrice a déjà prouvé qu'elle est beaucoup trop intelligente pour se laisser manipuler longtemps par cette garce fourbe et rusée. Elle apprendra la vérité sans l'aide de personne, et ce sera plus efficace que si l'on tentait de la mettre en garde contre sa cousine. Alors, quand Béatrice se retournera contre la duchesse de Milan, ton heure sera venue, Ludovic. Ne l'oublie jamais, parce que je ne serai plus là pour te le rappeler.

Cecilia leva les deux mains et referma les poings comme si elle avait trouvé dans le vide une barre à laquelle s'accrocher.

– Ce sera l'instant offert par la Fortune.

***

Extrait d'une lettre de Giacomo Trotti, ambassadeur de Ferrare à la cour de Milan, adressée à Hercule d'Este, duc de Ferrare.

Milan, 20 avril 1491

Altesse et illustrissime seigneur duc,

Vous serez soulagé d'apprendre qu'hier Cecilia Gallerani a quitté ses appartements du Castello di Porta Giovia et a été installée au Palazzo del Verme, où elle attend son enfant. J'ai relu personnellement les contrats de mariage, signés par le comte Bergamini et le comte Gallerani, puis revêtus de leurs sceaux. Ne songez pas un instant que le More temporise jusqu'à l'investiture : je vous assure que son chagrin s'est étalé avec si peu de retenue que je ne peux que le croire sincère. Pendant six jours il s'est enfermé seul dans ses appartements, les volets fermés dans la journée, les lampes éteintes pendant la nuit. Ceux qui l'ont approché le disent tellement prostré qu'il parvient à peine à parler. Je suis certain qu'il se remettra tout de même à temps pour accueillir les délégués français, que l'on attend, paraît-il, dans une semaine environ...

***

Au cours de son isolement volontaire, le More ne cessa d'errer dans ses appartements sombres comme un fantôme flottant dans le silence, persuadé que la douleur ne le quitterait pas, mais que son corps quitterait plutôt la douleur.

Au bout de quelque temps, il se sentit en compagnie d'autres fantômes – son père et sa mère, la mère de Blanche, son plus jeune frère Ottaviano. Ce n'étaient au début que de vagues images, mais elles devinrent bientôt aussi réelles que le corps auquel il était en train de renoncer. Il ne pouvait pas leur parler, mais leur présence devint une distraction.

Le septième jour, la porte apparut : ce n'était ni une porte imaginaire ni le contour sombre des doubles portes qu'il avait fait fermer une semaine plus tôt. Cette porte était si réelle qu'il pouvait sentir le chêne moisi, et voir la vipère de cuivre des Sforza clouée au battant de bois noir. Et il comprit que de l'autre côté son frère aîné Galéas-Marie l'attendait, entièrement réincarné.

Sa substance corporelle lui revint en un frisson glacé. Il regarda la porte, les pieds paralysés et le cœur battant, et comprit en un terrifiant éclair ce que signifiait vraiment l'absence de Cecilia Gallerani. Elle était le gardien à la porte, la sentinelle qui maintenait ses souvenirs enfermés à l'intérieur. Elle seule l'avait empêché d'ouvrir la porte et de rejoindre son frère de l'autre côté.

A présent, il était libre d'entrer, le couloir sombre de cette éventualité s'ouvrit devant lui. Ses bras tremblèrent et sa joue frémit. Pendant un instant, il envisagea de céder à la folle impulsion, d'aller jusqu'au bout de la négation de sa propre personne que lui demandait son chagrin. Puis il comprit qu'il ne suffirait pas de franchir le seuil. Une fois à l'intérieur, il faudrait affronter de nouveau le regard de son frère. Ce fut seulement cette peur viscérale, plus forte que la peur de la mort, qui le retint.

Il regarda la porte pendant un instant de plus et murmura d'une voix fêlée : « Je ne suis pas comme toi. Je ne suis pas un monstre. »

Il posa ensuite les paumes de ses mains contre ses yeux douloureux. La porte disparut. Il se dirigea vers la double porte de sa chambre, ordonna au chambellan qui attendait d'allumer toutes les lumières, et fit mander ses secrétaires.

***

Béatrice rampait dans le noir, envahie par le froid et l'odeur de moisi des dalles humides, attirée par les sanglots et les cris de douleur. Elle trouva enfin l'endroit et regarda par un minuscule trou dans la maçonnerie, probablement percé par un mari ou un amant jaloux. Elle vit très clairement la pièce, pleine de sages-femmes et de médecins. La femme qui criait se trouvait sur le siège de travail. La violence de ses convulsions soulevait du sol à intervalles réguliers le lourd fauteuil de chêne.

Le siège pivota vers Béatrice. Elle comprit que la femme était Cecilia Gallerani, bien qu'elle ne l'eût jamais vue auparavant. Du sang jaillit entre les jambes de Cecilia, elle enfonça la main en elle et en sortit une créature aux membres bleus cotonneux, au visage de poupée et au crâne difforme. Elle tendit le bras pour brandir l'horrible monstre sous le nez de Béatrice.

Cecilia avait traversé le mur au même instant. Elle se tenait devant Béatrice au milieu d'une flaque de son sang. Ses yeux (mais c'étaient à présent les yeux d'Isabelle) éclairaient tout le souterrain. Elle tendit l'index vers le nombril de Béatrice, et le ventre de Béatrice enfla soudain de façon grotesque. Béatrice sentit quelque chose de liquide entre ses jambes et regarda, horrifiée, le torrent écarlate qui jaillissait. Cecilia éclata de rire, la tête rejetée en arrière, les dents pareilles à des crocs.

– Maman ! hurla Béatrice. Maman...

Elle s'assit brusquement dans son lit. Elle était glacée; les tisons dans la cheminée semblaient à une distance infranchissable, pareils à la lanterne d'un voyageur sur une colline lointaine. Elle se souvenait parfaitement de son rêve. Elle se demanda si elle avait vraiment crié « Maman ! » et si quelqu'un l'avait entendue.

Elle posa les mains sur son ventre. Était-il possible que la semence soit déjà plantée? Sa sœur lui avait assuré qu'il fallait de nombreux essais et que consulter les étoiles ne garantissait pas le succès. Sa mère lui avait expliqué que cela peut arriver à la première fois, et qu'on pouvait souvent compter sur les étoiles. L'opinion commune des cuisinières du château de Ferrare, principale source d'éducation amoureuse dans la maison d'Este, soutenait que c'était toujours possible, sauf quand on avait ses menstrues, mais, de toute manière, quel homme voudrait de vous à ces moments-là? Béatrice avait toujours eu des règles normales depuis sa puberté, deux ans auparavant, mais depuis les négociations de son mariage, l'été précédent, elles s'étaient réduites à presque rien, et ne tombaient jamais à la date. Elle ne pouvait donc pas savoir si... c'était en elle. Elle avait également eu des nausées depuis l'été, même quand elle n'avait pas trop mangé. Le seul signe certain serait son poids. Tant qu'elle ne prenait pas de poids...

Elle entendit faiblement des pas dans l'antichambre fermée. Elle enfouit son visage sous le duvet et se mit à prier pour sa délivrance. Au bout d'un long moment, elle dut reconnaître qu'elle avait probablement imaginé le bruit. Mais sa frayeur demeura, et elle avait un goût de sang dans la bouche. Le prix de sa victoire sur Cecilia Gallerani restait encore impayé. Une nuit, aussi inévitablement que tourne la roue de la Fortune, il viendrait.

CHAPITRE 10

Vigevano, 28 avril 1491

Léonard de Vinci, sur la crête de la colline, balaya la vallée du Tessin en un geste du bras si élégant et majestueux qu'on eût dit un dieu répandant une poignée de rayons de soleil sur le paysage. Mais ce que Léonard avait vraiment répandu dans la vallée du Tessin, c'était de l'eau. La preuve de ce miracle était partout : dans le vaste réseau argenté de canaux creusés à travers la campagne; dans la trame plus fine des innombrables fossés d'irrigation scintillants. Nourris par des écluses que l'on ouvrait et fermait en fonction des besoins, les centaines de champs exactement carrés formaient un damier d'une remarquable diversité. Certains étaient entièrement submergés, miroirs reflétant le ciel bleu pâle, pommelé de nuages, qui avait succédé à la pluie du matin, ceux où les premières herbes commençaient à dresser la tête au-dessus de l'eau avaient pris une teinte citron iridescente, qui rappelait le brocart. D'autres formaient des tapis émeraude, agités par le vent, de blé, d'orge, de riz et de luzerne. Certains étaient en jachère, et la couleur brune de leur sol trahissait leur extraordinaire fertilité.

Bernard Stuart d'Aubigny, que Sa Majesté Très Chrétienne Charles VIII, roi de France, avait nommé à la tête de son ambassade, s'avança aux côtés de Léonard, suivi par le More et par l'interprète, Galeazzo di Sanseverino, le capitaine général des armées de Milan. D'Aubigny, qui n'avait guère plus de trente ans, était un homme de taille moyenne, avec une barbe rousse et des yeux bleus.

La main puissante de Léonard parut battre de l'aile en un geste du poignet, comme pour indiquer quelque chose au-delà de l'horizon. Le menton relevé, les longs cheveux gris flottant de son front haut, il semblait prêt à affronter une tempête cosmique. Sa voix musicale contribuait à l'impression de miracle.

Et toutes les deux ou trois phrases, Galeazzo traduisait les paroles de Léonard, à son propre rythme.

– ... le Tessin, à deux lieues d'ici. Le long des rives, je propose la construction de dix villes séparées, chacune limitée à cinq mille habitations qui ne logeront pas plus de trente mille habitants. Chaque cabinet se viderait dans un conduit souterrain qui se déverserait dans le canal communiquant avec le fleuve, et donc la mer. Nous construirions en outre des cabinets publics pour décourager les habitudes infectes qu'ont les gens d'uriner et de déféquer dans les rues. La fumée des cheminées, qui prive nos villes de lumière et contamine l'air que nous respirons, serait entraînée par un système de girouettes opéré par la convection de la chaleur du feu, au-dessous, si bien que les vapeurs nocives seraient expulsées très haut dans l'atmosphère...

– Excellent, maître Léonard, interrompit le More. Pardonnez-moi, mais il faut que nous partions si nous voulons visiter Vigevano avant la tombée de la nuit.

Vigevano, ancienne ville romaine à une douzaine de lieues à l'ouest de Milan, avait été récemment restaurée sur l'initiative du More.

– Vous serez surpris par ce que nous avons fait, annonça le More à d'Aubigny. Nous avons reconstruit l'ancien forum *all'antica*, et maestro Donato Bramante, dont vous avez vu le travail à Milan et qui est sans égal pour ressusciter la gloire de l'Antiquité, nous construit une tour.

Le groupe remonta en selle. Des dizaines de grands bâtiments s'élevaient à l'horizon vers l'ouest, et le soleil de la fin d'après-midi enflammait leurs toits de tuiles. Au centre s'élevait la laiterie, tour cylindrique en briques, semblable au donjon d'un château fort franc. La route conduisant à la laiterie était encombrée de charrettes à bœufs chargées de jarres de terre cuite. Les visiteurs avaient déjà passé une bonne partie de l'après-midi à parcourir la vaste ferme, appelée Sforzesca, où étaient expérimentées, sur ordre du More, les techniques de modernisation agricole.

D'Aubigny chevauchait en silence, tirant distraitement sur les poils de sa barbe. Il croyait s'être préparé à découvrir Milan... Mais quelle découverte ! Paris avait peut-être été la première ville d'Europe deux ou trois siècles plus tôt, âge d'or encore manifeste dans les splendides sanctuaires de Notre-Dame et de la Sainte-Chapelle. Mais les Anglais, pendant plus de cent ans de guerres continuelles, avaient massacré la noblesse provinciale. Le pouvoir central des souverains s'en était peut-être trouvé renforcé, mais l'énergie et l'esprit du peuple avaient été écrasés, et le déclin était aussi évident à Paris que dans les campagnes dévastées. Oisive, incestueuse et frivole, la capitale avait rejoint Babylone, Athènes, Rome,

Alexandrie et Constantinople dans la litanie des gloires défuntes. Paris se mourait depuis deux cents ans. Paris appartenait à une époque révolue. Et Milan représentait l'avenir. Paris était tortueux, surpeuplé, malsain. Milan était propre, avec de larges avenues pavées, des rangées bien ordonnées de belles boutiques, des places spacieuses. A Milan, d'Aubigny avait vu un hôpital aussi grand que le château du Louvre, construit dans le style italien – moderne, rationnel, élégant. Toute personne qui nécessitait des soins y était admise; il y avait des lits pour mille cinq cents malades, et l'on avait assuré à d'Aubigny qu'il existait un second lazaret aussi vaste dans un autre quartier de la ville. Quant à l'énergie déployée par Milan pour la destruction, elle lui avait fait autant d'effet : en remontant la via degli Armorai, avec ses innombrables forges, d'Aubigny n'avait pu s'empêcher de frissonner.

Après les merveilles de Milan, d'Aubigny s'attendait à voir des campagnes étranglées par les collecteurs d'impôts – champs en friche ou dévastés, paysans pressurés comme en France. A la place, il découvrait des entreprises agricoles d'une importance inconnue où que ce soit en Europe. D'Aubigny ne put qu'admirer les rangées d'étables et d'écuries s'étendant au nord : les vaches et les chevaux étaient nourris dans des stalles du rez-de-chaussée, et les balles de foin s'entassaient au premier étage. D'Aubigny songea qu'on lui avait montré en un seul après-midi davantage de bétail qu'il n'en avait vu en France depuis cinq ans. Les travailleurs des champs étaient logés dans des rangées de maisons au toit de tuiles, blanchies à la chaux, et ils portaient des tuniques de toile propres, des guêtres blanches et des chaussures de cuir montant jusqu'à la cheville. Pour un homme habitué aux haillons immondes et aux pieds nus et fangeux des paysans français, c'était peut-être le plus remarquable des miracles de Milan.

Et pourtant, à entendre le More et ses conseillers, ce n'était que le commencement. Le More... Deux jours plus tôt, d'Aubigny ne voyait en lui qu'un aventurier parmi tant d'autres, un nom à l'éclat éphémère, entre l'anonymat et l'éternel oubli. Mais il comprenait maintenant que le More n'était pas simplement un pèlerin en quête de gloire factice. Il comptait parmi les rares hommes qui construisent les chemins de l'histoire, et il tracerait lui-même son propre itinéraire à travers les continents du temps.

Le groupe de soixante secrétaires, diplomates et hommes d'armes se dirigea vers le nord. La pluie avait détrempé la route principale de Vigevano et les charrettes de l'après-midi avaient laissé de profondes ornières, qui ralentissaient les chevaux. D'Aubigny regarda le More à la dérobée. Il semblait royal, insouciant, avec son nez de César et ses yeux noirs intenses. Qui es-tu? se demanda d'Aubigny. Tu es le plus fieffé menteur de la chrétienté, et pourtant chacun désire croire tes paroles. Tu ne nous parles que de paix, mais tes fabriques d'armes ne font que crier à la guerre. Tu te prétends l'humble serviteur du duc de Milan, mais ce que tu m'as montré aujourd'hui prouve ton ambition de gouverner le monde.

D'Aubigny lâcha les rênes et laissa son cheval choisir son passage dans le bourbier. Mme de Beaujeu accoucherait certainement avant qu'il ne rentre à Paris, songea-t-il. Il ne s'attendait pas à un effondrement du pouvoir de Madame pendant qu'elle serait immobilisée; Pierre de Beaujeu, le mari de Madame, était certainement capable d'empêcher les diverses factions de circonvenir le roi. Mais les risques demeuraient grands. Madame était trop âgée pour un premier accouchement – trente ans. Même si tout se passait bien, sa santé serait compromise. Et la maternité émousserait sans doute le tranchant du caractère de Madame. Avec le temps, les partisans de la guerre prendraient de l'ascendant sur un roi déjà impatient de se lancer dans n'importe quelle aventure militaire; ils gagnaient imperceptiblement du terrain depuis plusieurs mois. Mais ce qui semblait inévitable n'était peut-être pas indésirable. D'Aubigny parcourut des yeux le damier plat des champs irrigués, d'un vert étincelant. Il y avait davantage à gagner ici que les aventuriers de Paris ne l'imaginaient – la richesse et les ressources nécessaires pour construire une nation française capable de régner sur le monde pendant des siècles.

Membre de l'entourage royal bénéficiant à la fois de l'amitié du roi et de la confiance de Madame, d'Aubigny savait que ses avis pouvaient mettre en branle les chars de la destinée. Que devait-il conseiller? Une France mourante pouvait renaître sur ces plaines verdoyantes. Mais l'Italie pouvait également devenir le tombeau de la France.

– Ah, messire Bernard Stuart, regardez devant, lança le More à ses côtés. On aperçoit déjà le haut de la tour de Bramante.

Les Alpes, enveloppées de brume pourprée, fermaient l'horizon ainsi que la muraille d'une cité mythique. D'Aubigny distingua l'immense croix de bronze, réduite par la distance à un minuscule crucifix doré par le soleil, gravé dans le massif alpin. Machinalement, d'Aubigny traça rapidement sur sa poitrine ce même symbole étincelant – de mort, de résurrection et de jugement dernier.

CHAPITRE 11

Milan, 30 avril 1491

– Blanche-Marie, ne lance pas vers Béatrice!

La balle s'éleva vers les hautes voûtes de la Sala della Palla et se perdit un instant dans les ombres. La jupe de Béatrice dissimulait des jambes puissantes : elle courut devant Blanche, la fille du More. Ses pieds nus se bloquèrent soudain et elle brandit sa raquette, frôlant la fenêtre de gauche. La balle rebondit sur les boyaux de chat et fila droit vers Blanche-Marie, la sœur du duc de Milan, qui plongea au sol pour éviter une douloureuse rencontre avec la sphère de laine compressée enveloppée de cuir dur.

– Blanche-Marie, lui cria Isabelle, je t'avais dit de ne pas lancer vers Béatrice!

Blanche-Marie resta prostrée à terre, bras et jambes en étoile.

– Je n'ai pas lancé vers elle. Elle n'était pas là-bas quand j'ai joué.

Elle frappa le sol avec sa raquette.

– On ne joue plus. Quelle que soit la partenaire de Béatrice, c'est toujours elle qui gagne. Elle court aussi vite qu'un homme.

– Blanche-Marie, lança Isabelle exaspérée, il y a une demi-heure, tu te plaignais de n'avoir personne avec qui jouer à la paume quand tu es dans la maison de campagne de ta mère à Abbiategrasso.

– Il n'y avait personne avec qui jouer à Abbiategrasso, déclara Blanche-Marie, comme si sa belle-sœur mettait en doute ses paroles et non la qualité de son jeu.

– Que faisais-tu à Abbiategrasso, Blanche-Marie? demanda Blanche gentiment.

– Rien, répondit Blanche-Marie, toujours sur le dos, et ses

lèvres se plissèrent en une grimace tandis qu'elle répétait le mot de plus en plus fort. Rien, rien, rien. Il n'y a jamais rien à faire à Abbiategrasso.

Elle s'assit par terre et regarda autour d'elle.

– Je veux un faucon. Si j'avais un faucon, je pourrais chasser le héron avec lui. Je lui ferais faire un capuchon d'or avec une crête de paon.

Elle fronça les sourcils, releva sa jupe entre ses genoux et regarda ses longues jambes splendides.

– Il n'y a rien à faire ici, dit-elle d'un ton sans réplique.

– Si ta mère te trouve les jambes ainsi découvertes, tu auras quelque chose à faire.

Renonçant à continuer la partie, Isabelle s'assit par terre à côté de sa belle-sœur.

Blanche-Marie se mit à singer sa mère en faisant avec la bouche des grimaces muettes de carpe. Puis leva les yeux au ciel, à la recherche d'une autre inspiration.

– Je veux vraiment un mari, conclut-elle, sur le même ton que si elle avait décidé de commander un gâteau pour son petit déjeuner.

Elle réfléchit à la question pendant un instant, puis sourit avec un enthousiasme radieux.

– Je veux un singe. Tout le monde a un singe, à présent. Je lui achèterai un chapeau... et une flûte... et un tambour. Et puis un miroir pour qu'il puisse se regarder.

Isabelle prit sa belle-sœur par l'épaule et l'embrassa sur la joue.

– Demain, après l'investiture, nous dînerons avec les ambassadeurs français, dit-elle pour lui faire prendre patience. Et l'on donnera la comédie après le repas.

Béatrice refusait de songer à la façon dont elle pourrait survivre à une soirée entière en compagnie de son époux. En raison de l'activité fébrile occasionnée par l'arrivée de l'ambassade française, elle n'avait vu le More que quatre fois depuis le départ de Cecilia Gallerani. La première fois, ses yeux voilés de chagrin s'étaient détournés d'elle. Mais par la suite, il l'avait regardée droit dans les yeux, sans que son regard trahisse quoi que ce fût, comme si ses traits vides formaient un miroir révélant, à Béatrice et à toute personne présente, que son épouse avait cessé d'exister pour lui.

– Mesdames !

La voix stridente emplit la Sala della Palla, et Blanche-Marie fit aussitôt le visage de carpe. Bonne, la duchesse mère, s'avança en traînant des pieds, battant des mains comme une paysanne qui chasse un lièvre de son jardin.

– Mesdames ! Sont-ce là des manières de cour ? Que vont penser de vous nos visiteurs ?

Elle se pencha vers Isabelle et Blanche-Marie en roulant des yeux dégoûtés.

– De mon temps, une jeune femme ne permettait pas à son postérieur de se poser sur autre chose qu'un matelas ou des coussins de velours. Mais faut-il s'étonner que ma fille veuille manger ses repas par terre, ou que vous passiez toutes plus de temps à cheval qu'un courrier de l'État, quand on voit l'exemple que la duchesse de Milan vous donne ? Dieu aurait dû vous envoyer toutes dans une famille de bohémiens : vous auriez pu vous allonger par terre toute la nuit et passer la journée à califourchon sur le dos d'une mule.

Bonne battit des mains de nouveau.

– Blanche-Marie et Blanche sont en retard pour leur précepteur de latin.

Blanche-Marie se leva d'un air soumis. Blanche adressa un regard suppliant à Béatrice. Celle-ci se pencha vers l'oreille de la jeune fille et lui murmura :

– Il faut aller étudier ton latin, ma très chère. Quand tu auras fini, je t'apprendrai une chanson polissonne sur une vieille femme et le jeune homme qui devait fendre ses vieux reins coriaces.

Les joues rouges de Blanche se gonflèrent d'un rire qu'elle avait du mal à retenir. Sitôt assassiné l'ancien duc, Galéas-Marie, sa veuve Bonne s'était consolée avec un des jeunes gens qui découpaient les rôts à la table ducale ; Bonne avait banni tous les conseillers de son défunt mari hostiles à la liaison. Le découpeur de rôts avait pris la fuite peu de temps après, emportant presque tous les bijoux de Bonne, et créant par son départ une vacance de pouvoir dont le More s'était empressé de profiter.

La duchesse Bonne fit claquer ses doigts pour hâter les deux jeunes filles. Blanche embrassa joyeusement Béatrice sur les deux joues et prit Blanche-Marie par la main. Bonne fixa son regard sur Isabelle qui resta assise par terre pour la narguer, sans en voiler la méchanceté. Puis elle adressa le même regard à Béatrice, comme pour ajouter : « Nous connaissons la vraie raison pour laquelle ces jeunes filles n'ont plus de morale. » Enfin, elle tourna les talons. Aussitôt, Isabelle lui fit la figue.

– Tu te rends compte ? lança Isabelle quand les échos des pas furieux de Bonne s'estompèrent. Je crois que nous devrions écrire à Sa Sainteté que les Français ont ressuscité la duchesse mère. Lucia m'a dit que la vieille catin est restée deux heures aux cuisines ce matin pour expliquer ce qu'un Français mange et ne mange pas, et comment il faut lui préparer les plats. Elle est incapable de lire deux mots de latin et elle ne se souciait même pas la semaine dernière de savoir si sa fille parlait italien, mais voici qu'elle se met en chasse pour amener des élèves à maestro Vincenzo. La duchesse mère n'a plus assez de tête pour se rappeler que ce n'est pas elle qui a invité les Français à Milan. Ils sont ici sur l'initiative du More.

Béatrice se mordilla la lèvre inférieure. Elle détestait toute cette histoire des Français et des ambitions de son mari. Ces discussions et ces hypothèses étaient devenues à ses yeux un sombre labyrinthe d'une affolante complexité, qui la détournait de son unique objectif personnel : gagner l'amour de sa cousine. Mais elle craignait en ne répondant pas qu'Isabelle pense qu'elle approuvait les manigances du More.

– Tu crois vraiment qu'il demandera aux Français d'attaquer Naples ? demanda-t-elle d'un ton morose.

– Ce serait de sa part la pire des idioties. Les Français s'intéressent autant à Milan qu'à Naples. Le duc d'Orléans revendique Milan, du fait que sa grand-mère était une Visconti, de la dynastie qui régnait sur Milan avant les Sforza. Et Louis d'Orléans exerce une telle influence sur le roi de France, que Mme de Beaujeu a dû l'emprisonner depuis quatre ans. La faction des Orléans demeure cependant puissante à Paris, ce que ton époux et la duchesse mère semblent oublier.

Isabelle ramassa soudain la balle de paume et la lança de toutes ses forces contre le mur de la Sala della Palla. Quand elle se retourna, la colère qui se peignait sur ses traits fit reculer instinctivement Béatrice – elle crut voir pendant un instant Alphonse d'Aragon, le père d'Isabelle.

– Des idiots. Tous, dit Isabelle. Si les Français traversent les montagnes, il ne restera en Italie plus rien pour personne.

Elle fendit l'air de sa raquette.

– Rien.

***

– Dites-leur que vous prendrez la femme plus tard.

Bernard Stuart d'Aubigny fit signe au jeune Jean Roux de Visque de s'éloigner de la porte entrouverte. De Visque essaya de s'expliquer dans son italien hésitant et mal prononcé. Des rires féminins lui répondirent, et il referma la porte.

– Ah, les Italiennes, dit-il en secouant la tête. Une pute italienne est aussi raffinée qu'une duchesse française. Et même leurs duchesses s'habillent comme des putes. Comment s'appellent leurs robes ? *Gamoura ?* On ne voit pas autant de viande à l'étalage même chez un boucher allemand.

– Voilà qui amusera Sa Majesté, dit d'Aubigny en éclatant de rire.

Mais la gaieté quitta rapidement son visage.

– J'ai décidé ce que je dois conseiller à Paris.

De Visque reprit son sérieux sur-le-champ et se rapprocha.

On entendait une voix italienne faire des trilles dans le couloir. D'Aubigny entraîna de Visque dans le cabinet attenant et referma la porte. Les deux hommes s'assirent sur la planche laquée, de part et d'autre du couvercle de forme anatomique. Les murs s'ornaient du blason rouge, blanc, bleu des Sforza.

D'Aubigny regarda fixement une des vipères.

– La France se meurt, dit-il. Si l'on offre à un mourant un remède qui peut soit le sauver, soit hâter sa mort, il ne court pas un grand risque en le prenant.

– Je pense comme vous, murmura de Visque dans un souffle.

– Cela implique sans doute qu'il faudra s'opposer à Madame.

De Visque caressa sa courte barbe brune et hocha la tête.

– Il nous faut d'abord convaincre le Conseil de traiter avec les Allemands. La présence des Allemands qui guettent le départ de notre armée pour pouvoir marcher sur Paris ne nous laisse pas d'issue.

– Et si le More se propose d'acheter les services de l'armée allemande ?

– Raison de plus pour traiter avec eux. Ensuite, il nous faudra réclamer la libération du duc d'Orléans, qui se trouve encore dans sa tour de Bourges. Non seulement Louis d'Orléans enflammera les passions à Paris, mais il fournira à l'expédition un second objectif : Milan. C'est essentiel. Parce que nous ne pouvons pas laisser Milan dans notre dos si nous attaquons Naples.

– Mais la duchesse mère Bonne ? C'est la tante de Sa Majesté, et le duc de Milan le cousin de Sa Majesté. Croyez-vous que Sa Majesté autorisera une attaque contre sa famille ?

– Vous oubliez que Louis d'Orléans est aussi le parent de Sa Majesté. Le parent préféré de Sa Majesté. Et je crois que le parent italien de Sa Majesté ne sera plus duc de Milan quand nous traverserons les montagnes. En fait, nous pouvons compter sur la duchesse mère Bonne pour nous fournir le prétexte de notre marche sur Milan : elle nous appellera au secours de son fils, dont son oncle le More cherche à usurper le titre. Quand nous serons dans la place, nous n'aurons plus besoin ni de la duchesse mère ni de son fils.

– Et si les Vénitiens se portent au secours de Milan ? L'épouse du More est la belle-sœur du capitaine général de Venise. Nous ne pouvons guère espérer vaincre une alliance Milan-Venise.

– Je crois que Venise ne fera pas confiance au More, répondit d'Aubigny en plissant les lèvres d'un air songeur. Mais cependant... je vais solliciter un entretien avec l'épouse du More. Peut-être me révélera-t-elle quelque chose par inadvertance. Vous avez toutefois raison, c'est le point faible, délicat de notre plan : nous ne savons pas ce que fera Venise.

– Il me vient à l'esprit que le More a lui aussi un point faible non négligeable. Nous supposons que son premier objectif est de devenir duc de Milan. Il ne peut guère espérer gouverner l'Europe s'il n'est pas en mesure de gouverner légalement son propre État. Mais pour le moment, il n'a pas d'héritier. Le peuple de Milan n'a pas oublié les souffrances subies quand le dernier des Visconti est mort sans héritier direct légitime. Maintenant que le duc actuel a un héritier, il est improbable que le peuple de Milan encouragera un usurpateur qui ne peut lui promettre la stabilité offerte par une succession légitime.

– Je suis certain que le More s'attend à ce que son épouse lui donne un héritier.

– Un homme peut donner ça, dit de Visque en faisant un geste obscène, à sa femme tant qu'il veut, mais seul Dieu peut lui donner un fils.

– En ce cas, nous demanderons à Dieu d'attendre pour donner un fils au More que nous ayons construit les chariots capables de transporter nos canons dans les Alpes. Parce que si nous laissons la duchesse de Bari donner un héritier au More avant que nous ayons les moyens de l'arrêter, il enterrera la France.

De Visque se frotta la barbe, et regarda d'un œil vague les vipères Sforza des murs ; il chassa enfin ses pensées en secouant la tête.

– Ma foi, dit-il, étant donné que nous ne reviendrons peut-être jamais ici, j'aurais tort de manquer cette occasion de coucher avec une Italienne.

D'Aubigny ébaucha un sourire amer et se leva.

– Quant à moi, il faut que je séduise la duchesse mère Bonne.

***

– Va-t'en, Hermès.

Le lévrier continua de flairer la jupe d'Isabelle, et elle le frappa sur le museau.

– Dois-je demander au chambellan de faire sortir le chien, madame ?

Giovanna da Maino, une des dames de compagnie les plus âgées de la cour – et la seule assez habile pour manœuvrer la duchesse mère –, adressa à Isabelle un regard qu'elle voulait aimable. Le visage las et anguleux de Giovanna, durci et aigri par l'âge, dissimulait de bonnes intentions sinon de la gentillesse ; une femme gentille n'aurait pas survécu quarante ans à la cour de Milan.

– Hermès est le chien le plus mal élevé que Jean ait jamais eu, et ce n'est pas un mince exploit, dit Isabelle en essayant de masquer sa contrariété.

Elle attendait dans l'antichambre de sa belle-mère depuis au moins une demi-heure, tandis que Bonne s'était enfermée avec Jean et Bernard Stuart d'Aubigny. La faire attendre ainsi était une insulte délibérée, mais plus qu'à l'insulte personnelle, elle réagissait à son angoisse. Car, de l'autre côté de la porte c'était de son enfant, de son François, qu'ils parlaient. Pas simplement en ce sens que tout ce qui concernait l'avenir de Milan impliquait son fils, mais de façon directe. Elle pouvait sentir leurs paroles comme des pointes de glace enfoncées dans sa peau.

Hermès tourna autour de la pièce en un circuit frénétique, puis revint flairer les pieds d'Isabelle. La porte de la chambre de Bonne s'ouvrit et Giovanna se précipita à l'intérieur. Elle ressortit un instant plus tard et fit la révérence.

– Madame, Son Altesse va vous recevoir maintenant.

La duchesse mère, assise dans son lit, portait une robe noire à col haut, dont les épaules carrées faisaient paraître son visage ridiculement rond, comme tracé par un de ces peintres modernes florentins, tellement obsédés par les cercles et les sphères qu'ils représentaient toute vie à l'image de leur géométrie. Mais les traits de Bonne conservaient quelques vestiges de beauté. Sa peau, quoique trop généreusement blanchie à la céruse, semblait plus tendue que de coutume, et elle avait l'œil alerte et vif. Isabelle dut reconnaître qu'un homme aurait peut-être pu aimer autrefois cette vieille sorcière. Mais Bonne se mit à sourire (Pourquoi ? se demanda Isabelle. De quoi se rengorge-t-elle ?) et ses dents noires détruisirent l'illusion.

Jean, allongé à côté de sa mère, accoudé à la romaine, faisait tourner entre ses doigts un gobelet à moitié plein de vin rouge. Il serrait les mâchoires comme s'il était en colère, mais au lieu de résolution virile, son attitude suggérait un caprice d'enfant.

Dans son pourpoint français aux épaules larges et à la taille fine, Bernard Stuart d'Aubigny se tenait debout à deux pas du lit. L'ambassadeur s'inclina profondément en traçant de la main une arabesque sans élégance et murmura « Altesse » dans un italien à peine reconnaissable. Isabelle leva les yeux vers le portrait du mur opposé, éclairé par des cierges. De l'endroit où elle se trouvait, les yeux méchants, noirs comme du charbon, de Galéas-Marie Sforza semblaient la fixer.

Bonne adressa à Isabelle un regard chargé d'une haine aussi intense que si l'esprit maléfique de son défunt mari avait pénétré dans son crâne et passait maintenant à travers ses orbites vides.

– J'ai demandé à Jean s'il pouvait jurer devant Dieu, messire Bernard Stuart et moi-même qu'il avait couché avec vous.

Jean bondit du lit – en répandant du vin rouge sur la courtepointe. Il regarda son épouse dans les yeux pendant un instant et ses narines palpitèrent, puis il passa à grands pas devant elle. Les paupières d'Isabelle frémirent légèrement. Jean s'arrêta, se retourna et affronta de nouveau sa femme.

– Jean, vous avez intérêt à dire à votre mère et messire Bernard Stuart la vérité que Dieu connaît déjà, dit Isabelle sans sourciller.

Le front pâle de Jean devint écarlate.

– Je suis un homme, cria-t-il. Oui, j'ai baisé cette garce! Vous voulez savoir comment je l'ai baisée? Je l'ai baisée à la façon des chiens. Je lui ai fait enlever tous ses vêtements, elle s'est assise sur mon cheval, et je l'ai baisée sur le dos de mon cheval.

Isabelle se tourna vers la duchesse mère avec un sourire de modestie affectée, presque béat.

Les mains de Bonne tremblèrent de rage et elle parut sur le point de se lever; sa robe de damas brillant frémissait comme la peau d'un reptile noir.

– Il t'a laissée le souiller seulement parce qu'une catin comme toi ne se calme qu'après avoir grimpé tous les valets d'écurie, lança-t-elle soudain.

– Je n'ai jamais couché avec les adolescents qui découpent la viande à la table de mon mari.

– Putain! Ordure! Comment oses-tu insulter la duchesse mère devant l'ambassadeur de Sa Majesté Très Chrétienne! Dieu m'a maudite le jour où il a fait ton âme! Tu es aussi infâme que les diables d'Aragon qui ont semé ta graine. Tu as souillé mon enfant, mais le tien, maudit soit-il, ne deviendra jamais duc de Milan.

Isabelle fit un pas en avant et menaça de toute sa taille sa petite belle-mère.

– Misérable vieille! Mon fils François est la seule raison pour laquelle le More n'est pas déjà duc de Milan. Tu as déjà abandonné ce qui appartenait à Jean.

– Jure-moi, ainsi qu'à Dieu et à messire Bernard Stuart, que tu es le seul avec qui cette catin ait couché, demanda Bonne à son fils.

Jean lança son gobelet contre le mur. Son visage était aussi blême que celui d'un cadavre.

– Arrêtez, mère! murmura-t-il, d'une voix qui sifflait de sa gorge nouée.

– Ne comprenez-vous pas que Jean tuerait de sa propre main tout homme qui essayerait ne serait-ce que de me toucher?

Bonne se convulsa sur le lit, comme une orchidée noire.

– Jean ne peut pas tuer ton père, dit-elle sans véhémence. Et c'est lui qui a été ton premier amant.

– Ne comprenez-vous pas ce que vous êtes en train de faire, madame? répondit Isabelle d'une voix douce et maternelle, avec un sourire généreux affiché sur les lèvres. En essayant de détacher Jean de sa femme et de son fils, vous jouez le jeu du More. Vous croyez que vous pouvez offrir Naples aux Français en échange de leur aide contre le More. Mais si les Français traversent les montagnes, ils ne se contenteront pas de Naples. Ils voudront aussi Milan.

Les dents noires apparurent soudain, et l'orchidée noire sembla revivre. La voix stridente de Bonne retentit comme un chant triomphal.

– Messire Bernard Stuart m'a déclaré ce soir que Sa Majesté Très Chrétienne, mon neveu Charles, garantira avec toute la puissance de la France les honneurs dont il investira Jean demain.

– Il garantit Gênes? Après tout, Jean ne sera investi que de Gênes. Qu'en sera-t-il de Milan? Milan est un fief impérial, et ne peut être garanti que par l'empereur d'Allemagne.

– Je vais parler dans une langue que tu peux comprendre, tête de linotte. Sa Majesté Très Chrétienne ne permettra jamais que le More devienne duc de Milan. Jamais! Jamais! Jamais!

Isabelle scruta le visage de Bonne, puis celui d'Aubigny. Elle était certaine que l'ambassadeur de France ne comprenait pas un mot d'italien : l'accord entre Bonne et d'Aubigny – s'il y en avait eu un – ne pourrait donc pas être vérifié. Elle inclina légèrement la tête à l'adresse de d'Aubigny et continua de le regarder tout en parlant à la duchesse mère.

– Merci, madame. Dites à messire Bernard Stuart que nous sommes reconnaissants des assurances de Sa Majesté Très Chrétienne. Et souhaitez-lui le bonsoir.

Isabelle se dirigea vers Jean et effleura la mèche blonde qui tombait sur son front.

– Mon bel époux, lui chuchota-t-elle.

Elle lança un dernier regard à Bonne, assise sur son lit, puis entraîna Jean hors de la chambre.

CHAPITRE 12

Milan, 1er mai 1491

La cérémonie d'investiture conférant à Jean-Galéas Sforza, duc de Milan, les honneurs du duché de Gênes, eut lieu en plein air, sous le porche central du Duomo. Des colonnes de bois peint et un dais de brocart vermillon décoré de colombes et de lions, de vipères Sforza et de fleurs de lis françaises, formaient un portique pour la circonstance. Le More et Jean, portant des *vestiti* identiques tombant jusqu'au sol, en brocart blanc de Lyon piqueté d'or et bordés de zibeline noire au col et aux poignets, étaient à genoux devant l'archevêque et Bernard Stuart d'Aubigny, qui devait être considéré comme le roi de France le temps de la cérémonie. Un clerc français en manteau de soie mal coupé se tenait derrière messire Bernard Stuart, les yeux baissés vers le diplôme d'investiture, document de parchemin richement enluminé. On s'était aperçu seulement le matin même que d'Aubigny, comme la plupart des nobles français, ne savait pas lire le latin et aurait besoin d'un traducteur.

Les femmes appartenant aux familles ducales étaient agenouillées sur les marches du Duomo et les traînes de leurs longues *cioppe* de brocart s'étalaient en cascade sur la pierre blanche. Des représentants des familles nobles de Milan se tenaient sur des rangées de bancs placés en bas des marches. Derrière les bancs, sur la place, se pressaient des milliers de Milanais, tête nue en signe de respect – ils étaient venus presque aussi nombreux que pour la procession nuptiale du More. La foule observait un silence tel que, depuis la via degli Armorai, on entendait claquer les drapeaux sur le toit inachevé de la cathédrale – et le rythme haché de la voix de Bernard Stuart d'Aubigny qui répétait, phrase par phrase, ce que lui soufflait le clerc dans son dos.

– Combien de temps cela va-t-il encore durer ? chuchota Isabelle. J'ai l'impression qu'il décrit l'une après l'autre toutes les boutiques de Gênes.

– Si l'on m'avait dit que messire Bernard Stuart ne savait pas lire, j'aurais réclamé un matelas pour faire la sieste, au lieu d'un coussin pour m'agenouiller, répliqua Béatrice.

Elle se tourna vers Blanche-Marie, à côté d'elle sur les marches. Curieusement, Blanche-Marie semblait captivée par l'interminable cérémonie; ses yeux doux et rêveurs demeuraient aussi fixes que le regard farouche de la duchesse mère Bonne, agenouillée comme une statue de bois à la gauche de sa fille.

Les yeux de Bonne se braquèrent vers les deux duchesses. Et sa gorge émit un grondement étouffé, apparemment pour les prévenir de cesser leurs bavardages. L'ambassadeur français leva le sceptre d'ivoire couronné d'une fleur de lis d'or assez haut pour que la foule puisse le voir du fond de la place, puis le plaça dans la main de Jean. Il posa ensuite sur l'épaule de Jean une épée à pommeau incrusté de pierreries, dans son fourreau décoré. Les deux ducs et d'Aubigny s'avancèrent solennellement vers l'avant du dais.

D'Aubigny se plaça résolument entre Jean et le More. Il leur prit la main et les leva ensemble au-dessus de sa tête. Les dignitaires assis en bas des marches se levèrent en même temps. A ce signal, la foule silencieuse explosa soudain :

– *Duca! Duca! Duca!*

D'Aubigny sourit, sincèrement enchanté, et l'on aperçut ses dents de travers derrière sa grosse barbe rousse.

Les premiers « *Moro! Moro!* » furent criés par des groupes isolés de quelques dizaines d'hommes, probablement des armuriers qui s'étaient donné le mot avant la cérémonie. Au début, leurs cris demeurèrent vagues et lointains au milieu du tonnerre d'acclamations adressées au duc de Milan. Mais les armuriers continuèrent, et de nouvelles voix se joignirent aux leurs. Bientôt les cris de « *Duca!* » diminuèrent. Pendant un instant, les deux forces parurent à égalité. Puis l'équilibre se rompit soudain, à une vitesse effarante. Les cris « *Moro! Moro! Moro!* » jaillirent de milliers de gorges et roulèrent sur la place du Duomo ainsi qu'une salve de canons. D'Aubigny continua de lever les mains des deux ducs, mais on ne voyait plus ses dents de travers.

***

– Puisque tout s'est passé selon nos désirs, cher frère, reprenons le chemin de notre pays natal...

La voix qui retentit jusqu'aux voûtes de la Sala della Palla était celle d'un comédien de métier.

Ménechme d'Épidamne prit par l'épaule son frère jumeau

perdu, Ménechme de Syracuse, et lança d'une voix vibrante de baryton :

– Frère, je ferait tout ce que tu voudras. Je vendrai à l'encan les biens que je possède. En attendant, frère, rentrons.

Ménechme d'Épidamne tendit le bras vers sa « maison », petit édifice de bois placé sur le côté jardin de la scène. La maison, peinte en fausses pierres, n'avait pas de mur du côté des spectateurs assis dans la Sala della Palla, ce qui permettait de voir l'intérieur. Derrière la maison, on avait peint sur des portants une vue en perspective, très élaborée, d'un ancien port de l'Adriatique tel que l'imaginait Léonard de Vinci. Des arcades en trompe l'œil conduisaient à un arc de triomphe donnant sur les eaux scintillantes du port d'Épidamne, où plusieurs galères étaient ancrées. Le décor était si réaliste que l'on pouvait imaginer les acteurs en train de traverser l'arc pour monter dans l'un des bateaux au loin.

Les deux Ménechme baissèrent la tête pour franchir le linteau de bois et entrèrent dans la maison, suivis par Messenio, l'esclave de Ménechme de Syracuse; il se précipita avec des gestes de bouffon qui provoquèrent quelques éclats de rire.

– Savez-vous ce qui me plairait, messieurs? dit Messenio de sa voix geignarde. Permettez-moi d'organiser les enchères.

– Je te l'accorde.

Ménechme d'Épidamne s'inclina avec grâce.

Messenio se frotta les mains en faisant des mines de grippe-sou, laissa les jumeaux au bonheur de leurs retrouvailles et courut dans la fausse rue. Il s'arrêta brusquement, comme s'il lui venait une idée, et se tourna face au public.

– Vente aux enchères des biens de Ménechme, dans une semaine! lança-t-il de la voix chantante d'un crieur public. Nous vendons les esclaves, ce que contient la maison, les terres, les bâtiments, tout! A vendre! A vendre! Nous prendrons ce que vous voudrez bien nous donner, votre prix sera le nôtre du moment que vous payez en espèces sonnantes. Mais si vous désirez du crédit, il faudra payer notre prix. A vendre! Nous vous offrons même une épouse ayant peu servi, s'il y a preneur pour l'article.

Messenio mit ses deux mains en porte-voix et se pencha vers le public.

– Je ne crois pas que ce lot partira à plus de trois sous, déclara-t-il *sotto voce* en ricanant, ce qui suscita les rires de la plupart des hommes et de quelques vieilles dames. Et maintenant, spectateurs, bonsoir, lança-t-il avec un geste grandiloquent de la main. Mais ne nous quittez pas sans nous applaudir chaleureusement.

Le rideau rouge, blanc, bleu tomba devant Messenio, les tambourins retentirent, les théorbes et les luths égrenèrent des accords et les chanteurs de la cour, en pourpoint rouge et bleu, entonnèrent le chœur final. Quand la musique se tut, les centaines de spectateurs, assis sur des rangées de bancs en amphithéâtre, se levèrent et applaudirent – sans doute moins par enthousiasme pour les péripéties de la farce que pour faire circuler de nouveau le sang dans leurs membres.

Béatrice, assise avec la suite ducale juste devant la scène, se leva avec un désir plus ardent : celui d'échapper au More. Les efforts qu'elle avait faits pour garder son calme lui nouaient l'estomac. Elle avait dû rester à ses côtés pendant l'interminable banquet officiel, puis pendant cette comédie misogyne qui n'en finissait pas (il y avait eu une scène gênante, dans laquelle le beau-père de Ménechme de Syracuse ridiculisait sa propre fille parce qu'elle se plaignait au sujet de la maîtresse de son mari).

Tout au long de la soirée, le More s'était montré courtois envers son épouse, mais sans les effusions ironiques qu'il affectait pendant les premiers jours de leur mariage ; il avait simplement donné aux délégués français le spectacle d'un couple normal. Mais sous les manières douces de son époux, Béatrice avait senti du nouveau : quelque chose couvait sous l'apparence glacée de sa haine, quelque chose de si terrifiant qu'au moindre contact avec lui, ne serait-ce que l'effleurement de leurs coudes, Béatrice tressaillait. Que désirait-il ? Qu'attendait-il d'elle ?

– ... madame ?

Béatrice se retourna : Galeazzo di Sanseverino baissait vers elle des yeux d'Apollon inquiet. La tête de Galeazzo, couronnée de boucles blondes, se trouvait si haut au-dessus d'elle qu'elle se tordait le cou à le regarder. Il voulait savoir si elle avait aimé la pièce.

Elle se força à sourire, puis remarqua, soulagée, que son époux avait disparu.

– Je trouve Plaute un peu bête. Je suppose que je n'aime pas les pièces de théâtre où tout le monde est sot. Aimeriez-vous prendre part à un dîner dont tous les autres convives seraient des bouffons ? Vous vous en lasseriez vite.

Galeazzo observa Béatrice pendant un instant, ses yeux bleus plissés par la concentration.

– Il faut que j'aille m'occuper de nos invités. Quand les représentants de Sa Majesté Très Chrétienne s'en iront, nous ferons une longue promenade à cheval, vous et moi, pour décider si nous préférons Plaute ou Térence.

Il s'inclina avec grâce, battit en retraite vers Jean Roux de Visque et engagea avec lui une conversation animée en français.

S'apercevant que Béatrice était seule, Isabelle se dirigea vers elle. Quand elle passa à la hauteur de messer Galeazzo, celui-ci fit un si grand geste que son coude heurta le bras de la duchesse. Il se retourna, ses joues rondes devinrent écarlates et il se confondit en excuses. Isabelle lui lança un regard noir et se retourna sans le laisser finir.

– Tu vas bien ? demanda Isabelle en arrivant près de sa cousine.

Elle lui posa la main sur le front.

– Tu es peut-être malade. Toutes ces corvées pour amuser les Français durent trop longtemps et ruineraient la santé de n'importe qui.

Elle prit Béatrice par la main.

– Je vais présenter mes excuses aux Français et me retirer. Je crois que tu devrais faire de même.

– Je... Je n'ai pas encore la permission de partir, répondit Béatrice. Mon mari m'a demandé de rester pour parler à messire Bernard Stuart d'Aubigny. Je crois que c'est mon tour d'être inspectée comme une oie sur l'étal d'un boucher.

– Tu as raison, lui chuchota Isabelle à l'oreille. Ces Français ne me plaisent pas du tout. Ils nous regardent comme des juments dans l'écurie d'un éleveur. Et comme ils n'ont pas les moyens d'acheter, je suppose qu'ils ont l'intention de voler. Si ce Bernard Stuart demande à voir tes dents, montre-lui qu'elles sont saines en lui mordant le bout de son nez tordu.

Béatrice éclata de rire, prit Isabelle dans ses bras et lui souhaita bonne nuit. Elle la regarda s'éloigner, puis sentit aussitôt une présence derrière elle. Elle se retourna. Son estomac se souleva.

– L'envoyé de Sa Majesté Très Chrétienne aimerait vous parler maintenant, dit le More d'une voix neutre.

Il passa la main derrière le coude de Béatrice et l'entraîna vers messire Bernard Stuart et son interprète, un professeur de l'université de Pavie au visage tavelé de petite vérole. Le More s'excusa et laissa Béatrice en compagnie des deux hommes. La conversation débuta par des remarques sur la pièce de Plaute et sur les danseuses à peine vêtues qui avaient occupé la scène pendant les entractes. Béatrice expliqua longuement à d'Aubigny les différents rythmes de la musique de danse, de la *bassa danza* lente à la *moresca* aussi rapide qu'une gaillarde.

D'Aubigny s'adressa enfin directement à Béatrice.

– Vous êtes si jolie et si jeune, Votre Seigneurie... Et pourtant, maintenant que la duchesse de Milan nous a souhaité bonne nuit, vous voici la reine de cette grande cour. N'est-ce pas une très grande responsabilité ?

Ce que tu essaies de faire, se dit Béatrice, est aussi évident que le nez cassé au milieu de ta figure. Crois-tu vraiment que je vais laisser un barbare couvert de taches de rousseur semer la zizanie entre ma cousine et moi ? Elle regarda d'Aubigny dans les yeux – des yeux très bleus piquetés de gris, qui conservaient leur ambiguïté de diplomate.

– Il faut me pardonner, messire, mais jamais je ne me considérerai comme la reine de cette cour. Je remplacerais fort mal ma très chère cousine et encore plus chère amie, la duchesse de Milan.

Pendant la traduction de sa réponse, Béatrice remarqua qu'un léger tremblement des sourcils troubla l'expression imperturbable de d'Aubigny. Ce petit triomphe fit plaisir à Béatrice, et elle attendit avec impatience la question suivante.

– Oui, on m'a dit que vous vous étiez liée très vite à la duchesse de Milan. Êtes-vous aussi proche de votre sœur?

– Ma sœur est la moitié de moi-même.

Mais pourquoi, se demanda Béatrice, un Français s'intéresse-t-il à mes relations avec ma sœur?

– C'est pour elle une chance d'avoir une sœur si dévouée. Et l'on entend dire que son époux, le marquis de Mantoue, est l'homme qui a le plus de chance de toute la chrétienté, puisqu'il a épousé une si jolie femme. Exception faite de votre époux, bien entendu.

– Non, je suis certaine que même mon cher époux conviendrait que le marquis de Mantoue est l'homme qui a le plus de chance de toute la chrétienté, messire Bernard Stuart.

D'Aubigny regarda la jeune duchesse de Bari. Peut-être les Français étaient-ils moins expérimentés que leurs hôtes dans l'art de la ruse diplomatique, mais ils comprenaient l'art de l'amour. L'étalage d'égards courtois dont le More avait fait preuve envers son épouse n'avait pas abusé d'Aubigny. L'observation de la petite duchesse de Bari, si surprenante d'esprit, ne faisait que confirmer ce qu'il soupçonnait déjà. La duchesse de Bari, se demanda-t-il, pourrait-elle devenir une épée entre les mains des Français?

– C'est uniquement pour ne pas vous contredire, madame, que je pourrais admettre que l'époux de votre sœur a plus de chance que le duc de Bari. Mais le marquis de Mantoue ne peut pas estimer qu'il a de la chance, puisque ses devoirs de capitaine général de Venise l'obligent à passer beaucoup de temps loin de son épouse. Même s'il passe ce temps dans une ville aussi belle que Venise. Êtes-vous déjà allée à Venise?

Béatrice comprit aussitôt l'objectif des palabres de messire Bernard Stuart. Venise. Bien entendu. Quand le lion de Saint-Marc se mettait à rugir, le monde entier tremblait. Même le More considérait Venise avec un respect craintif.

– Messire Bernard Stuart, lança brutalement Béatrice, que désirez-vous savoir sur Venise?

D'Aubigny faillit s'étouffer de surprise. Il remarqua le pétillement d'intelligence dans les yeux sombres de Béatrice et se souvint qu'il avait déjà noté cette vivacité pénétrante en Mme de Beaujeu quand elle avait dix-huit ou vingt ans, avant que le pouvoir ne l'oblige à concentrer son énergie bouillonnante et son intellect tranchant. Cette adolescente précoce serait de toute évidence une lame à manipuler avec précaution.

– J'ai le sentiment que Votre Seigneurie en sait davantage sur Venise qu'elle ne juge prudent de le révéler, dit-il. J'aurai donc la sagesse de ne rien demander.

Béatrice, ravie pendant un instant de l'avoir aussi facilement emporté sur messire Bernard Stuart, comprit vite son erreur. Elle aurait dû le laisser parler pour découvrir ce que les Français avaient tellement envie d'apprendre sur Venise. La prochaine fois qu'elle jouerait ce jeu, elle s'en souviendrait.

D'Aubigny se réfugia dans la conversation diplomatique habituelle. Quelques remarques banales sur la beauté des femmes italiennes firent perdre tout intérêt à Béatrice, et ses regards se mirent à errer. Elle remarqua Berdardino da Corte, le gouverneur du Castello di Porta Giovia, debout à l'angle gauche de la scène. Bernardino porta brusquement la main à ses lèvres. Presque aussitôt, le More apparut à côté de son homme de confiance comme s'il s'attendait à un message urgent. Bernardino chuchota quelques mots à l'oreille du More. Le message était bref et le messager repartit sur-le-champ. Le More resta figé, le regard perdu sur le rideau de scène – un regard terne, sans vie. Un petit muscle de sa mâchoire inférieure se contracta plusieurs fois.

– ... vous m'avez convaincu, poursuivit d'Aubigny par le truchement de son interprète, que les femmes italiennes sont les créatures les plus remarquables de la création. Sa Majesté Très Chrétienne sera fasciné.

D'Aubigny s'inclina et prit congé.

Quand Béatrice se retourna, le More se trouvait à ses côtés. Ses yeux étaient de nouveau vivants, d'un noir d'obsidienne et brillants de férocité contenue. Il lui prit le bras avec une violence qui lui arracha des larmes.

– Il est temps que la duchesse de Bari souhaite une bonne nuit à tout le monde, dit-il entre ses dents serrées. Prenez congé de l'assemblée, Béatrice, et allez vous coucher. Mais ne vous endormez pas, parce que le rêve que vous aurez cette nuit sera mon rêve.

***

– Jean?

Isabelle s'assit sur son lit et remonta la courtepointe de duvet sur ses seins nus. Les tisons de la cheminée répandaient des reflets orangés sur les dalles de marbre et emplissaient la chambre de formes sombres et vagues.

– Jean, il m'a semblé que vous ne vous sentiez pas bien. Venez, je vais vous masser les tempes.

Une ombre nette se projeta sur la lueur orange du sol. Isabelle retint son souffle.

– Je vais appeler mes gardes, dit-elle d'une voix basse qui tremblait.

– Vous ne le ferez pas. A cause de François.

– N'approchez pas. Que voulez-vous?

– Vous savez ce que j'ai toujours voulu. Vous pouvez voir de quels yeux je vous regarde, mais vous ne pouvez savoir à quel point mon corps s'enflamme chaque fois que je pense à vous. Ce désir ne sera jamais étanché. Jamais.

– Vos sentiments sont aussi vulgaires que vos paroles. Sortez.

– Je vous aime.

– Vous? Aimer? Vous n'êtes même pas capable de vous aimer vous-même. Seulement votre reflet. Votre image telle qu'elle se reflète sur tous leurs visages. Et seules vous aiment celles qui ne vous connaissent pas.

L'intrus suivit son ombre jusque devant le lit et s'agenouilla, enfonçant la tête dans la couverture ainsi qu'un pénitent.

– Je vous en prie, supplia-t-il en un murmure tragique. Je vous en prie, prenez-moi simplement la main. Je vous en prie, faites-le pour notre fils.

– Mon fils! répliqua Isabelle d'une voix sifflante. *Mon* fils! Il ne sera jamais le fils de personne d'autre! Je suis son père et sa mère. Dès l'instant où j'ai senti sa vie dans moi, je n'ai plus jamais eu envie de vous toucher. C'est *mon* fils!

L'homme leva lentement la tête, puis bondit ainsi qu'un fantôme vengeur. Il arracha les couvertures et cloua Isabelle sous le poids de son corps. Elle se débattit, voulut libérer un bras pour le repousser. Puis tout son corps se convulsa, comme frappé par la foudre. D'un geste fébrile, elle tira sur les chausses de son agresseur et déchira sa chemise de toile. Elle releva les hanches vers lui, sa bouche chercha les lèvres de l'homme et elle fit passer ses jambes autour des reins cambrés. De ses ongles, elle lui griffa les cuisses, et elle sentit tout son corps se convulser de nouveau quand il la pénétra. Elle le repoussa, le fit s'asseoir et enjamba ses cuisses.

– Mords mes seins, ordonna-t-elle d'une voix haletante, hystérique.

Elle se mit à se balancer en râlant, et saisit à deux mains ses longs cheveux blonds, d'une prise si sauvage que les yeux bleu pâle de l'homme brillèrent de douleur.

Il ne put se contenir plus longtemps et gémit, comme blessé à mort. A cet instant, Isabelle lui donna enfin l'offrande qu'il désirait vraiment : elle prononça son nom. Seulement son nom. Elle le murmura comme un grognement sourd tandis qu'il la soulevait de ses hanches cambrées, puis elle lui enfonça le doigt dans l'anus. Il la maintint soulevée, raidi par le soulagement, et elle frissonna en sentant la chaleur vague de la semence en elle. Elle se sentit emportée vers la lumière, arrachée sans effort par ses propres ailes, des ailes aussi vastes que le grand dais doré au-dessus d'elle. Quand elle eut atteint la lumière, elle répéta doucement son nom.

Enfin, seulement pour elle-même, tandis qu'elle s'élevait au-dessus d'un horizon infini, elle pensa : « Donne-moi un autre enfant, Galeazzo »

***

Mais si ton amour pour la plus haute sphère
Dirige ton désir vers le haut,
Ta poitrine ne connaîtra plus jamais telle peur.

Béatrice referma son exemplaire du *Purgatoire* de Dante. Depuis plusieurs heures ses yeux ne faisaient que relire la même page. Puis il arriva.

Le More titubait légèrement. Il avait déjà ôté son *vestito*. Auprès du lit, il enleva son pourpoint et ses chausses avec des gestes brusques, puis se redressa au-dessus d'elle dans sa chemise de toile. Sa poitrine se souleva, et elle entendit son souffle rauque. Jamais auparavant elle n'avait senti l'odeur de vin dans son haleine, et ce relent redoubla sa frayeur.

La voix du More monta du creux de sa poitrine.

– Madonna Cecilia Gallerani a mis au monde un enfant en parfaite santé ce soir.

Il marqua un temps, et un tic fit battre sa tempe et le haut de sa joue.

– Un fils.

A ces mots, elle crut perdre son âme. Elle n'eut même pas la volonté ni l'énergie de détourner la tête de la rancune infinie qu'elle lut dans les yeux de son mari. « Dieu me sauve ! » entendit-elle murmurer sa conscience chancelante, mais les mots s'effilochèrent ainsi qu'un cri lointain par grand vent. Personne ne l'écoutait plus – pas même Dieu.

Il ne se donna pas la peine d'éteindre la lampe. Il écarta les couvertures et monta sur elle. Il fit remonter la chemise qu'elle portait au-dessus de ses seins, puis enleva la sienne et appuya sa lourde poitrine contre elle. Elle crut perdre le souffle. Les relents aigres du vin lui soulevèrent le cœur. Pendant un instant elle résista et tenta de repousser, avec des muscles dont elle ignorait l'existence, la chose qu'il introduisait de force en elle. Il poussa avec plus de violence.

Elle perdit l'équilibre et commença de plonger dans d'affreuses ténèbres, toute seule, abandonnée par sa mère, son père et tout ceux par qui elle s'était crue aimée, accablée par sa propre impuissance et son humiliation. Son agresseur était la seule présence vivante dans cet univers sombre, et dans son délire de souffrance et d'écœurement, elle imagina qu'elle ne pourrait se libérer qu'en pleurant et en le suppliant de cesser...

Non. Elle ne se laisserait pas dépouiller de ce qu'il lui restait de dignité. Elle se mordit la lèvre pour chasser la douleur et elle ravala ses sanglots. Puis, en un instant de pleine lucidité, elle comprit que la douleur n'était pas sa malédiction mais son salut : ne fallait-il pas que l'âme accepte la souffrance pour s'élever de l'abîme vers la rédemption ? Je souffrirai, mais jamais je ne le laisserai entendre mes pleurs, se répéta-t-elle sans cesse. Je souffrirai, mais je ne pleurerai pas.

Il explosa en elle, mais elle n'en eut pas conscience. Elle sentit seulement sa douleur salvatrice se retirer dans les hauteurs d'où elle était descendue – mais elle avait laissé un résidu de sa force, comme si son âme avait été trempée par l'épreuve. Le More la regarda, encore haletant, et elle croisa son regard avec la volonté, dure comme un diamant, qui se trouvait au fond de son cœur. Je t'ai vaincu, pensa-t-elle en silence, la bouche pleine de venin. Je t'ai dérobé ta victoire. Quand ton enfant commencera à grandir en moi, je le vaincrai aussi, et je te déroberai également cette victoire.

CHAPITRE 13

Paris, juin 1491

Le berceau se balançait sans bruit. On n'entendait que la toux hoquetante d'un nouveau-né.

– Maman est là, murmura Mme de Beaujeu. Maman est là.

La porte craqua, aussi doucement qu'un crissement d'insecte. Des pantoufles effleurèrent le sol. La lumière venant de la pièce voisine éclaira le visage de Madame. Elle parut contrariée d'être dérangée.

Le visiteur importun, une dame de compagnie habillée avec élégance, se pencha vers l'oreille de Madame.

– Pardonnez-moi, Madame. C'est très urgent. M. de Beaujeu désire vous parler sur-le-champ.

Pierre de Beaujeu attendait dans l'antichambre. C'était un homme de petite taille avec un gros nez, un menton fendu par une fossette profonde et un regard chaleureux et intelligent.

– Je crois qu'elle va dormir pendant longtemps, lui dit Madame comme si cette nouvelle prenait le pas sur n'importe quelle crise.

Leur fille Suzanne était un bébé chétif et au cours de ses trois premières semaines, on avait craint que ses poumons ne puissent soutenir son petit corps ridé. Mais depuis quelques jours, Suzanne avait pris du poids, et sa peau avait perdu les reflets bleus qu'elle avait jusque-là. Madame continuait cependant de la veiller sans relâche : elle prenait encore ses repas et passait ses nuits à côté du berceau de sa fille.

Pierre adressa à son épouse un sourire entendu.

– Elle est aussi forte que sa mère. Elle a envie de vivre. Elle vivra. Nous pouvons en remercier Dieu.

Sa bouche se durcit.

– Hier matin, Bernard Stuart d'Aubigny s'est rendu à Bourges, où il a ordonné, au nom de votre frère Charles, que

Louis d'Orléans soit mis en liberté. Louis a été conduit ensuite au Pont de Baragon, où il a rencontré Charles. Je crois qu'il est encore temps d'arrêter de Vesc et l'évêque de Montauban, avant qu'ils ne se joignent à Louis et à Charles.

Étienne de Vesc et l'évêque de Montauban étaient les deux plus puissants partisans d'Orléans encore tolérés à la cour.

Le visage las de Madame ne révéla aucune réaction. Mais ses yeux menaçants parurent se livrer à mille calculs en même temps. Puis tout s'arrêta et elle prit les deux mains de Pierre.

– Non, non, dit-elle à mi-voix. Il est temps. Il est temps.

Elle attira son mari dans ses bras.

– Ceci ne nous met en danger ni l'un ni l'autre. D'une main Dieu nous a donné Suzanne, de l'autre Il a mis Louis en liberté. Si tel est le marché que Dieu désire conclure, félicitons-nous de Sa générosité.

Madame posa la tête sur l'épaule de Pierre. Pour la première fois depuis l'âge de quinze ans, elle se permit de pleurer.

TROISIÈME PARTIE

CHAPITRE 14

Naples, 25 décembre 1491

– Je veux savoir pourquoi on nous a amenés ici.

La requête était formulée par une voix rauque, désespérée. Le garde frappa le nez de l'homme qui l'interrogeait ainsi avec le pommeau de son poignard. L'os se brisa et le prisonnier s'effondra sur les dalles humides; avec sa cape sale, ses cheveux en broussaille et ses membres émaciés, ce n'était guère qu'un tas de haillons et d'ossements exhumés à la hâte d'une tombe.

Les autres prisonniers, une trentaine d'hommes, réagirent à ce geste de violence en chuchotant des prières. Ils ressemblaient à des spectres : visages livides et décharnés, bouches crispées et sans dents. On les avait conduits de Naples à l'île d'Ischia la veille, pendant la soirée de Noël. Certains, supposant que les Français avaient payé leur rançon, avaient cru qu'on les libérait. En fait, ils avaient simplement échangé leurs cellules du célèbre château Saint-Elme, pour des lieux aussi lugubres dans une ancienne forteresse sinistre.

Un autre prisonnier rassembla la force et l'audace de demander :

– Pourquoi sommes-nous ici?

Le garde qui avait frappé le premier prisonnier s'avança, à la recherche du coupable. Mais son supérieur, un homme au visage grave enveloppé dans une belle cape de laine, le retint par le bras.

– Vous êtes les invités de la maison d'Aragon, dit l'homme à la cape.

Son ironie ne passa pas complètement inaperçue de son auditoire hébété par la faim. C'était pour la plupart des nobles napolitains pouvant se flatter d'une longue histoire d'opposition, parfois violente, aux souverains aragonais de Naples; plus d'un était le fils d'un gentilhomme qui avait activement soutenu les prétentions des Français à la couronne de Naples un demi-siècle plus tôt. Cinq ans auparavant, Ferrante d'Aragon, le roi de Naples, avait proposé la paix aux barons. Pour sceller l'accord, Ferrante avait organisé le mariage de sa nièce à l'un de ses principaux adversaires et avait invité le reste des rebelles à un banquet de fête dans la grande salle du Castel Nuovo. (Un seul gentilhomme de marque avait décliné l'invitation : Antonello di Sanseverino, prince de Salerne, qui avait répondu « Le vieux moineau ne vole pas dans une cage », et s'était enfui à Paris.) Peu après le quatrième plat, Ferrante avait ordonné qu'on ferme les portes ; les invités avaient été arrêtés et emprisonnés sans jugement, tous leurs biens confisqués. On avait libéré rapidement les femmes et les enfants, mais les hommes avaient passé les années suivantes dans les cellules sans lumière des caves du château Saint-Elme. On ne leur avait permis aucun contact avec le monde extérieur. Leurs familles les croyaient déjà morts.

– L'anniversaire du Seigneur, murmura une de ces épaves. Nous verrons Jésus aujourd'hui...

La peur se répandit très vite parmi les prisonniers : n'était-il pas logique qu'on les tue ici, où l'on pourrait se débarrasser de leurs cadavres en secret ? Les questions angoissées et les murmures de désespoir se muèrent en un chœur affolé. Plusieurs hommes se mirent à répéter en litanie le nom de saints. Une voix se détacha :

– Dieu nous soit témoin que nous vous avons demandé un prêtre.

– Que le diable vous regarde mourir ! répondit l'homme à la cape de laine.

Il se retourna et fit signe à l'un des gardes d'ouvrir la porte de bois noircie par l'humidité. Un courant d'air glacé s'engouffra dans la pièce et l'on entendit le vent gémir dans le corridor. L'homme à la cape de laine baissa la tête pour passer sous le linteau et disparut.

Un instant plus tard, le sifflement du vent se fit encore plus strident, comme si un cyclone faisait rage au-dehors. Comme propulsée par la bourrasque, une silhouette voûtée, presque nue, franchit la porte. L'homme se redressa : c'était un grand Noir vêtu d'un pagne ; ses épaules et ses bras ruisselaient de pluie. Il tenait à la main un marteau de forgeron, dont un des côtés avait été affûté comme un fer de lance.

Les protestations et les prières redoublèrent d'intensité, tandis que les gardes forçaient les prisonniers à se serrer les uns contre les autres. Deux gardes firent avancer un homme pris au hasard : il était de grande taille, avec un nez qui semblait occuper la moitié de son visage complètement décharné. Ses yeux enfiévrés scrutèrent les traits impassibles du Noir. D'un mouvement si rapide qu'il ne parut pas réel, le Noir frappa le visage du prisonnier de la pointe du marteau, puis dégagea l'arme presque avant qu'on entende le bruit – un craquement de melon qui se fend. Du sang jaillit de la plaie grotesque, rouge vif sur la peau blafarde, et l'homme tomba comme un sac vide.

Les gardes durent tenir par les cheveux la deuxième victime. Il cracha, manqua le Noir et cria :

– Jésus maudisse les diables d'Aragon jusqu'à ce que tous ces fils de salopes brûlent en enfer! Jésus maudisse ce fils de pute de Ferrante! Jésus maudisse Alphonse, le...

La pointe du marteau pénétra son orbite droite.

Quelques minutes plus tard, tous les prisonniers gisaient en un tas de chiffons et de membres squelettiques, éclaboussés de sang en train de noircir et de sérum gris jaunâtre, misérables témoins d'espoirs encore vivants peu de temps avant. Le vent hurla. L'homme à la cape de laine rentra dans la salle et se glissa derrière le bourreau. Le Noir ne parut pas l'entendre, et il roula des yeux surpris quand l'homme, levant brusquement le bras, lui trancha la gorge.

***

Le vent d'est soulevait d'énormes vagues couronnées d'écume dans la baie généralement paisible de Naples. Le ressac déferlait contre le môle empierré du port et giflait les murailles massives du Castel Nuovo. Alphonse d'Aragon, duc de Calabre et héritier du trône de Naples, se tenait à sa fenêtre, très haut au-dessus de l'eau, et regardait les embruns phosphorescents s'élever vers lui. Nul à Naples n'avait souvenance d'une tempête aussi violente. Elle avait débuté juste après minuit, et cette matinée de Noël était aussi sombre qu'un crépuscule.

– C'est fait, murmura Alphonse entre ses dents, et il se détourna de la fenêtre.

Il ne portait rien sur lui – sauf deux grosses bagues d'or, qui s'ornaient l'une de saphirs et de diamants, l'autre de rubis. Ses cuisses musclées, massives, étaient un nécessaire soutien pour sa panse bedonnante et ses larges épaules. Une crinière brune et bouclée tombait sur sa nuque et révélait un front étroit de la largeur d'un doigt. Ses joues rondes et fermes suggéraient à la fois de l'indolence et de la brutalité. Mais sa bouche semblait affable, délicate, comme modelée par la récitation constante de poèmes. Ses yeux loucheurs – défaut congénital – donnaient l'impression qu'il était toujours sur le point de pleurer.

– Qu'en penses-tu?

Alphonse s'adressait à une femme jeune et bien en chair, aux larges mamelons sombres et à la chevelure noire et luxuriante.

Assise sur le lit à baldaquin jonché de coussins de soie brodés, elle étudiait une liasse de croquis d'architecte; parmi eux, des plans détaillés de la ville, reportés sur une grille à l'échelle.

La femme leva les yeux.

– Comment dit-on? Symétrie. Tout est exactement pareil. Trop de symétrie.

– Mais c'est la beauté du projet. Symétrie. Ordre. Crois-tu que nous puissions interdire par ordonnance au peuple de Naples de vider les pots de chambre dans les rues? Mais si toutes les rues descendent en ligne droite des collines jusqu'à la mer, la merde sera lavée à chaque pluie.

– Alors c'est ce que tu as dit à tes architectes? De songer avant tout à la merde?

Les épaules massives d'Alphonse tressautèrent légèrement comme s'il riait.

– Ma beauté, ce n'est pas parce que tu es experte dans ton art que tu es apte à donner des leçons à ces maîtres dans le leur.

– Si je ne faisais pas preuve de plus d'inventivité dans mon art que ces maîtres dans le leur, je coucherais avec des vilains et des valets.

Alphonse s'agenouilla sur le lit et lui présenta son pénis.

– Voyons jusqu'où va ton inventivité avec ça.

La femme se mit à rire et caressa la cuisse d'Alphonse. Quand le pénis commença à se raidir, elle leva vers lui des yeux bleus pleins de défi, avec sur les lèvres un sourire ambigu.

Elle se retourna brusquement : la double porte au fond de la chambre avait grincé. Deux hommes, l'un mince et somptueusement vêtu, l'autre bedonnant et accoutré avec une grotesque extravagance, entrèrent le plus naturellement du monde.

L'homme mince déclama :

– Votre Altesse, Sa Majesté votre père.

Alphonse adressa à la femme un léger signe de tête. Elle rangea la liasse de dessins, se leva – entièrement nue – et se dirigea en sautillant vers la porte. A chaque pas de sa démarche insouciante, ses hanches généreuses frémissaient. Elle fit la révérence au roi de Naples et disparut dans le couloir. L'homme mince, le chambellan du roi, s'inclina et se retira, en refermant les portes derrière lui.

Ferrante d'Aragon, roi de Naples, se dirigea vers la fenêtre et regarda la mer déchaînée. C'était une caricature vieillie de son fils : les épaules musclées s'étaient atrophiées, la panse avait pris du volume et s'était affaissée, les bajoues dissimulaient presque le cou. Le caractère vaguement efféminé que suggérait la bouche d'Alphonse était encore plus prononcé chez son père. Les cheveux gris de Ferrante entouraient son visage de boucles qui avaient du mal à friser naturellement. Il avait joint sur sa poitrine ses mains blanches aux doigts boudinés. Avec sa taille énorme corsetée dans une tunique bleu clair brodée de motifs floraux luxuriants et ses épaules tombantes décorées d'un gros collier de fruits d'or, le roi de Naples ressemblait à la caricature qu'aurait pu faire le bouffon de la cour d'un homosexuel vieillissant. On devinait cependant un certain degré de force et d'intelligence – que ne possédaient pas les traits plus fermes de son fils. Le nez agressif de Ferrante jaillissait de son front entre des yeux verts rusés, perspicaces et d'une vivacité effrayante. Il tourna le dos à la fenêtre, et son regard posa une question.

– Je les ai fait partir hier soir.

La voix d'Alphonse avait un timbre clair, mais il parlait d'un ton étrangement calme, presque un murmure.

– J'ai donné l'ordre, ajouta-t-il. Nous n'aurons évidemment de nouvelles d'Ischia que dans un jour ou deux.

Ferrante inclina imperceptiblement la tête. Ses yeux indiquèrent ensuite qu'il changeait de sujet.

– As-tu parlé à Camillo?

Camillo de Scorziatis était un ambassadeur de Naples qui venait de revenir de Milan.

– A quoi bon? demanda Alphonse d'un ton irrité, en rejoignant son père près de la fenêtre. Il ne fait que confirmer tes opinions.

– Peut-être parce que mes opinions sont justes, répliqua Ferrante en riant doucement. Sais-tu ce qu'il dit? Ta fille et Béatrice sont devenues amies. J'ai toujours cru que cela se produirait. Elles étaient tellement douées toutes les deux.

– Et vous vous imaginez que l'amitié entre deux femmes va inquiéter le More? Même si le More baisait la Mère de Dieu, Elle n'exercerait aucune influence sur sa politique. En fait, Béatrice est encore moins une épouse pour le More que le duc de Milan n'est un mari pour ma fille.

Ferrante se tourna vers son fils et fit une moue délicate.

– Je dirais que c'est un des avantages de la situation. Camillo assure que le More couche avec elle une fois par mois, à la date déterminée par son astrologue. Il est dans notre intérêt que Béatrice et le More ne soient pas plus intimes et n'aient guère de chance de faire un héritier. Tu n'es pas de cet avis?

– Peut-être devriez-vous être plus attentif à ce qui se passe à Paris et moins aux coucheries de Milan, répondit Alphonse. Ils viendront. Reste seulement à savoir quand.

– Ils viendront s'ils peuvent faire franchir les Alpes à leurs canons et si le More les invite. Ils sont encore incapables de réaliser la première condition, et je juge la seconde invraisemblable. En ce moment, ce sont les partisans d'Orléans qui font le plus de bruit à Paris – et c'est Milan qu'ils veulent attaquer, pas Naples. Le More possède les meilleures oreilles d'Europe. Il entend ces cris. Il sait que sa tête se trouve sur le même billot que la nôtre.

– La tête du More est trop grosse pour qu'il partage un billot avec quiconque. Il nous a déjà trahis une fois. Il nous trahira encore.

Alphonse faisait allusion à la guerre contre Venise, huit ans auparavant : le More avait négocié une paix séparée, sans même consulter ses alliés napolitains.

– C'était une décision sage de sa part. Je ne l'ai pas appréciée plus que toi, mais il a agi dans l'intérêt de son État et de son peuple. Je fais plus confiance à un scélérat avisé qu'à un sot honnête. Et le More est trop malin pour laisser les Français franchir les montagnes.

– Et s'il négocie un accord secret avec les Vénitiens ? Il n'aura plus à craindre les Français.

Ferrante regarda la mer et secoua la tête.

– La Seigneurie de Venise permettra au More d'unir toute l'Italie, mais ne permettra pas au More de devenir duc de Milan, dit-il doucement. Le seul véritable allié du More est une chimère, le même animal imaginaire que tu as tendance à poursuivre. Sa force n'est pas dans ce qu'il est capable de faire – bien qu'il soit vraiment capable – mais dans ce que les autres craignent qu'il fera.

Un coup de vent plus violent que les autres fit vibrer la fenêtre. Une des vitres se fendit avec un crissement ; un instant plus tard, elle explosa dans la pièce et la pluie glacée s'engouffra par l'ouverture. Les deux hommes reculèrent, alarmés. Puis le vent se réduisit à un sifflement surnaturel, et Ferrante se mit à rire. Mais Alphonse d'Aragon, le vainqueur des Turcs à Tarente, l'homme qui avait conduit deux fois ses armées jusqu'aux portes de Rome, fixa les éclats de verre blanc qui jonchaient le sol avec des yeux agrandis par la terreur.

CHAPITRE 15

Milan, avril 1492

– Éléphant, François. É-lé-phant...

Isabelle montra du doigt l'animal. Enchaîné par la patte à l'une des colonnes entourant la cour de la ménagerie du More, l'animal agitait sa trompe comme un encensoir au-dessus des dalles de pierre jonchées de paille.

Béatrice tenait le fils d'Isabelle dans ses bras. A seize mois, François était encore langé jusqu'à la taille, mais il portrait une chemise de soie blanche et une petite veste de brocart rouge brodée d'or.

– Éléphant, dit Béatrice à son tour. Éléphant...

– Fao... bredouilla François d'un air grognon.

Un lion gronda. Les deux duchesses sursautèrent et se retournèrent vers la cage, derrière elles. Le lion rugit si fort qu'à douze pas elles sentirent son haleine aux relents de charogne. François poussa un cri et se mit à pleurer comme si on l'égorgeait. Son visage passa à l'écarlate, en contraste frappant avec ses beaux cheveux presque transparents. L'éléphant tapa du pied et barrit, les oiseaux tropicaux piaillèrent dans leurs cages et les singes hurlèrent. Les duchesses et Lucia, la gouvernante de François, traversèrent la cour au pas de course et sortirent de la ménagerie par le péristyle de l'entrée, en marbre blanc.

François continuait de pleurer, ses protestations dominaient le vacarme de la ménagerie. Isabelle le prit des mains de Béatrice, l'embrassa avec passion et caressa ses cheveux soyeux. Incapable de le calmer, elle le donna à Lucia, qui n'eut pas plus de succès.

– Il est fatigué, dit Isabelle.

Elle fit signe aux cochers qui attendaient d'amener sa voiture.

– Qu'Angela lui donne à manger, dit-elle à Lucia. Vous le coucherez tout de suite après.

Elle embrassa le bébé hurlant, lui murmura des mots tendres, puis elle aida Lucia à monter dans le ventre doré de la *carrozza* à quatre roues.

– Ne revenez pas, lança-t-elle au cocher. La duchesse de Bari et moi allons chercher des chevaux.

Les écuries du duc de Milan se trouvaient à proximité de la ménagerie. Entouré de pins, de chênes et de hêtres, le bâtiment ressemblait à un grand palais dans le style antique ; le rez-de-chaussée était entouré par une arcade classique de colonnes de marbre blanc. Les stalles des chevaux passaient pour les plus belles d'Europe. Des colonnes surmontées de chapiteaux décorés de guirlandes sculptées dans la pierre soutenaient des voûtes à nervures et de splendides fresques de chevaux grandeur nature décoraient les murs. Puisque les occupants humains du Castello aimaient voir les portraits de leurs glorieux ancêtres, pensait sans doute le duc de Milan, les occupants chevalins seraient certainement stimulés par la vue des glorieux représentants de la race équine. Les aménagements étaient les plus modernes de l'époque : de l'eau dans chaque stalle et un système de tuyaux d'argile pour l'évacuation des eaux usées.

Les garçons d'écurie en livrée se hâtèrent de seller et de brider les chevaux des deux duchesses. Béatrice et Isabelle traversèrent le parc ducal en direction du nord. L'après-midi était beau, et elles poussèrent leurs bêtes jusqu'à ce que leur encolure se couvre d'écume.

– Rentrons par le lac, dit Isabelle quand elles décidèrent enfin de laisser souffler leurs chevaux. Nous pourrons les desseller et les faire boire.

Le More avait fait creuser un lac artificiel non loin des écuries et de la ménagerie. Le parc aménagé autour du lac était désert, hormis un groupe de cygnes blancs ; on avait apparemment envoyé ailleurs les ouvriers attelés à la construction d'une balustrade de marbre. Les chevaux s'abreuvèrent à l'eau du lac et les duchesses à une fontaine de marbre récemment installée. Elles étalèrent sur l'herbe un des tapis de selle et s'allongèrent côte à côte, en plissant les yeux pour se protéger du soleil. Les chevaux reniflaient, soufflaient, secouaient leurs crinières.

Isabelle tourna la tête vers Béatrice.

– Au soleil, je vois les reflets roux de tes cheveux. J'ai les mêmes. C'est notre sang espagnol. Mais je préfère tes cheveux, sombres en épaisseur, avec un halo roux transparent. Vraiment beaux.

– Je ne suis pas belle, Ich.

Ich, surnom datant de leur enfance que les duchesses avaient de nouveau adopté, était en fait la prononciation espagnole enfantine du monogramme latin d'Isabelle : IX.

– Toi, tu es belle, ajouta Béatrice.

– J'aimerais l'entendre dans la bouche de mon époux. Je ne suis pas près d'obtenir de lui ce compliment.

– Jean va peut-être changer. Maman m'a écrit que le mariage est comme le luth. Il ne faut pas se désoler si on n'en joue pas bien au début. On doit régler les cordes chaque jour pour parvenir à l'harmonie. En tout cas, c'est ce que dit ma mère.

– Jean n'est pas un luth, répondit Isabelle sèchement. C'est une *cacarella.*

De sa main fermée elle fit un geste obscène de masturbation. Béatrice éclata de rire, ce qui déchaîna la même hilarité chez sa cousine. Les duchesses s'esclaffèrent et se prirent par les épaules.

Leur rire calmé, elles restèrent enlacées. Isabelle regarda Béatrice dans les yeux.

– Ne t'es-tu jamais demandé ce que tu ressentirais si tu étais ainsi avec un homme? murmura-t-elle. Je veux dire, pas dans un lit, quand ils se hâtent de procéder à leur affaire. Comme ça. Tenir un homme dans ses bras sans penser à... Même si on le fait ensuite.

Pendant un instant, Béatrice ne put rien imaginer de plus désirable que son intimité avec Isabelle. Mais elle n'avait pas oublié les nuits de velours de la Villa Belriguardo sur le Pô, où elle écoutait, captivée, sa demi-sœur Lucrèce rêver à haute voix de son futur mari, et où sa sœur lisait les lettres de son fiancé en embellissant ses ardentes déclarations d'amour par des visions anticipées de leurs corps mêlés. Et les cent nuits, les mille nuits que Béatrice avait passées à lire et relire les grands romans d'amour à la lueur vacillante des lampes à huile; elle apprenait par cœur les paroles de Roland et de Tristan, celles de Pétrarque, puis les entendait de nouveau dans le noir et sentait la main chaude d'un galant chevalier ou d'un poète dans la sienne et s'endormait avec ses paroles étincelant comme un feu d'artifice dans sa tête.

– Des paroles, murmura-t-elle. J'aimerais qu'un homme me dise des choses.

– J'aimerais seulement qu'un homme m'embrasse. Pas comme les hommes embrassent, comme ça...

Les lèvres d'Isabelle effleurèrent celles de Béatrice aussi doucement que son haleine. Les baisers se déplacèrent imperceptiblement d'un coin à l'autre de la bouche de Béatrice, sans la moindre pression, seulement de la chaleur et une douceur parfaite.

Béatrice sentit que sa tête se mettait à tourner, ce qui la surprit et l'alarma. Mais elle éprouva une étrange déception quand sa cousine s'arrêta.

– Oh, mon Dieu, dit Isabelle.

Elle laissa sa tête retomber en arrière.

– Embrasser Jean, c'est comme enfoncer la tête dans un tonneau de vin plein d'anguilles fumées.

Elle se tourna vers Béatrice.

– Je te raconterai comment c'est avec Jean si tu me dis comment c'est avec le More.

Les deux duchesses ne purent se retenir de rire.

– Je commence, annonça Isabelle. Jean ne peut rien faire s'il n'a pas assez bu, et il ne peut rien faire s'il a trop bu. Au début, il s'intéresse surtout à mes seins, ce que j'aime bien. J'adore qu'on me suce les seins. Il aime me voir complètement nue, et il y a toujours une lampe allumée, à moins que ce ne soit pendant la journée. Si je parviens à le surprendre sans lui laisser le temps de penser, il peut vraiment s'exciter beaucoup. Une fois, j'ai même pu le persuader pendant une promenade à cheval. Ce sont ces moments-là que je préfère : quand Jean devient... excité.

Béatrice songea qu'un des rêves de son enfance était en train de se réaliser. Elle n'était pas assise à côté d'Ich sur son lit, comme dans son rêve de Naples, mais elle lui parlait de façon aussi intime qu'à une sœur.

– Mon époux boit un peu lui aussi, dit-elle. Je peux toujours le sentir. Mais jamais il ne... C'est comme s'il me donnait un des remèdes de messer Ambrogio. Une fois par mois, il me fait dire de l'attendre. Il ne parle jamais. Il relève ma chemise, il relève la sienne, et il commence. Je sais que ce sera fini plus vite si je me détends, alors je pense à des choses que j'aime. Je m'imagine en train de flotter sur le Pô par un après-midi d'été, avec des musiciens qui jouent ; je lance des pétales dans l'eau et je les compte. Ça ne dure pas très longtemps.

– Tu n'y prends jamais plaisir ?

– Ça ne me fait plus mal. Je sais qu'il essaie de ne pas me faire souffrir.

– As-tu envie d'un enfant ?

La question surprit tellement Béatrice qu'elle se redressa et s'assit. Le ton d'Isabelle était faux : sans spontanéité ni franchise. Mais Béatrice se dit qu'Isabelle ne cherchait qu'à cacher un souci qu'elles avaient en commun. Si elle donnait un héritier au More, tout changerait. Si... La crainte lui noua la gorge, et elle essaya de chasser la vérité qu'*elle-même* dissimulait. Quand elle parla, sa voix était trop aiguë et hésitante.

– Ich... Ich... N'as-tu pas eu peur quand tu as eu ton enfant ?

Isabelle s'assit, remonta l'ourlet de sa robe jusqu'à ses genoux et caressa ses jambes fines. Ses yeux semblèrent se rétrécir et briller davantage, mais cela ne dura pas. Elle secoua la tête.

– Tu auras peur si tu écoutes toutes les fables des bonnes

femmes. Que si tu vois un lézard sur le seuil de ta porte le jour de la conception, tu as un monstre à queue de lézard. Ou que pour arrêter une hémorragie, il faut avoir appris par cœur la veille de Noël : « La nuit de Noël Jésus est né, et la nuit de Noël il a été perdu. La nuit de Noël il s'est rétabli. Sang reste dans tes veines comme le sang du Christ est resté dans les siennes. » Comme si on pouvait répéter ça quand on est en train de perdre tout son sang...

Les lèvres d'Isabelle se plissèrent en une moue ironique.

– Tu sais que quand on est duchesse, il doit y avoir des témoins présents. Ils sont convoqués dès qu'on te met dans le fauteuil de travail. Et tu es assise là, pendant qu'ils regardent entre tes jambes, pour s'assurer que tu ne triches pas; ils craignent que tu sortes de sous un torchon le nouveau-né d'une pute. Messer Ambrogio n'a pas cessé de me faire sortir du lit et de me placer sur le fauteuil, longtemps avant que je ne sois prête – je le sentais bien. Cela m'a fatiguée davantage que l'accouchement lui-même : me lever, rester sur le fauteuil pendant une heure, me recoucher parce que l'enfant ne venait pas, me relever... à n'en plus finir.

Isabelle secoua la tête avec mépris.

– Même si tu n'avais pas un bébé dans le ventre, toutes ces manœuvres t'épuiseraient. As-tu déjà eu une fièvre si forte que tu sens la douleur dans tes os? Eh bien, c'est ce que j'ai ressenti. Comme si du poison coulait dans mes veines. Comme si j'avais en moi un boulet de canon brûlant en train d'écraser ma colonne vertébrale. Et quand le bébé est venu, j'ai cru que si je baissais les yeux, je verrais toutes mes tripes sortir de mon ventre.

Isabelle se tut, plissa le front, puis articula plusieurs mots en silence.

– J'ai vu un chemin conduisant hors de la douleur, dit-elle enfin. Une lumière. Et j'ai pu fuir à travers elle. C'était... J'avais d'immenses ailes, je me suis envolée loin de tous ces gens, et au même moment j'ai poussé mon enfant dans la lumière. Soudain, je me suis sentie libre. Je me trouvais au-dessus d'eux, je flottais dans la lumière et le bébé était avec moi. Et quand j'ai regardé le visage de mon enfant pour la première fois, j'ai bien vu que ce n'était pas l'enfant de Dieu ou l'enfant de son père, mais le mien, à moi seule. Ce qui lui avait donné la vie, c'était ma volonté, ma force, une force que personne d'autre ne pourrait jamais posséder.

Elle prit ses genoux entre ses bras.

– Je suis impatiente d'en avoir un autre.

Béatrice se tourna vers le lac; deux cygnes glissaient sur l'eau, pareils à des statues de marbre blanc sur une nappe de lapis-lazuli.

– Ich, crois-tu qu'il y a en nous des choses que tout notre

être sait, mais qu'il cache à notre esprit parce que si nous en prenions conscience, nous ne pourrions plus vivre ?

– Tu veux parler de pressentiments ? Tu as intérêt à te taire. Les sorcières sont encore brûlées vives, par ici. Et même à Florence !

– Non, Isabelle, je ne plaisante pas. Je ne songe pas à des visions comme en ont les saintes. Quelque chose que l'esprit cache, une... image qui n'atteint pas l'œil, mais qui reste dans notre esprit comme... comme une peinture attendant qu'on enlève son voile. Et si l'on essayait d'enlever le voile, le reste de notre être nous préviendrait aussitôt du danger... Crois-tu que ce soit possible ?

– Oui. Je ne me moquais pas. Oui. Je crois comprendre ce que tu veux dire. Tu parles d'une intuition profonde, capable de...

Isabelle sentit sa propre intuition fondre sur elle comme un corbeau croassant, et elle la chassa.

– C'est une mise en garde implantée dans ton âme le jour où tu es venue au monde, dit-elle, mais tu ne peux pas voir ce qui te fait peur, seulement sentir que tu en es tout près.

– Ich, te rappelles-tu quand Giovanna est... morte ? demanda Béatrice, puisant dans les insondables profondeurs de sa peur.

Giovanna était l'une des dames de compagnie de la deuxième épouse de leur grand-père, qui portait le nom de Giovanna elle aussi.

– Tu te souviens de ça ? Je devais avoir dix ans, à l'époque, et on m'a interdit d'aller près d'elle. Mais j'ai entendu ce qui se disait. Comment l'as-tu découvert ?

– Je l'ai vu, Ich. Je te jure que je n'invente rien. Je n'aurais pas dû voir, mais je savais où me cacher.

Elle s'était glissée dans l'un des couloirs secrets aménagés dans les murailles du Castel Nuovo de Naples pour s'enfuir en cas de danger, espionner les invités et faciliter les liaisons clandestines.

– Je les ai vus... Je les ai vus sortir le bébé.

– Au nom de Dieu ! Cela s'est vraiment passé... comme on l'a raconté ?

Béatrice se sentit comme prise de vertiges.

– Oui. Je l'ai vu, Ich. Ils n'ont pas pu faire passer sa tête, alors ils ont dû... Je l'ai entendu.

Elle l'entendit de nouveau : le bruit de mâchoires en train de craquer au moment où la lancette du chirurgien broyait le crâne de l'enfant irrévocablement coincé dans le pelvis, dans l'espoir de sauver au moins la mère.

– Le médecin s'est servi d'un crochet pour retirer le bébé. Il avait la tête...

Elle pouvait encore voir aussi nettement que ce jour-là la chose horrible qu'ils avaient sortie du corps de Giovanna – la masse pulpeuse du crâne déchiqueté, les membres inertes, gluants. On aurait dit un poulpe planté sur un harpon.

– Ich, j'ai également vu Giovanna mourir.

Les images la submergèrent soudain, en succession rapide comme les vagues d'un cauchemar. Pendant quelques jours Giovanna avait paru sur le point de se rétablir. Puis l'infection s'était répandue dans tout son corps – une effrayante gangrène gazeuse qui lui pourrissait les organes en la faisant enfler de façon grotesque.

– On aurait dit une peau de porc remplie d'eau. Elle ne cessait de grossir. Et elle hurlait si fort...

Les cris écorchèrent de nouveau Béatrice, comme une lame raclant ses os.

– Quand elle a fini par mourir, du pus sortait de sa bouche et de son nez, et elle a continué de gonfler. Incroyable qu'elle n'ait pas éclaté.

– Ce genre de chose n'arrive même pas une fois tous les dix ans, protesta Isabelle en secouant énergiquement la tête. Je me souviens qu'une des sages-femmes disait que Giovanna avait les hanches si étroites que c'était un miracle qu'elle puisse même pisser. Alors faire passer un enfant...

Cela ne calma pas les angoisses de Béatrice. Son estomac se noua et elle eut l'impression que sa tête enfiévrée s'emplissait de gaz brûlant; elle s'imagina en train de gonfler comme Giovanna, puis d'exploser. Elle crut que la vérité allait jaillir d'elle.

– Isabelle, je sais que si j'ai un enfant, j'en mourrai. Mon enfant me tuera. Je le sais comme je sais que si je me coupe la peau je saignerai.

Isabelle, songeuse, se signa.

– Est-ce que tu es...

– Non. Non, Ich, j'en suis sûre, répondit Béatrice d'une voix hachée. Je n'ai pas envie de l'être. Je n'ai pas envie d'un enfant de lui. François est le seul enfant dont j'ai envie. Je te le promets, Ich.

Elle fut saisie de sanglots et une idée étrange lui traversa l'esprit : elle venait de trahir sa mère. Et sa mère méritait d'être trahie.

– Oh, ma chérie, murmura Isabelle, et elle prit Béatrice dans ses bras.

CHAPITRE 16

Lettre d'Isabelle d'Este de Gonzague, marquise de Mantoue, à Éléonore d'Este, duchesse de Ferrare.

Pavie, 1er août 1492

Illustrissime mère bien-aimée,

Je suis arrivée hier à Pavie sans encombre. Béatrice et la duchesse de Milan m'attendaient sur les quais et nous avons traversé la ville ensemble jusqu'aux portes du Castello, où j'ai été accueillie par le More et tous les ambassadeurs présents, au son de deux douzaines de trompettes. Si vous voyiez Béatrice et la duchesse de Milan, vous n'en croiriez pas vos yeux. A se demander si Roland et Olivier étaient aussi dévoués l'un à l'autre. Elles se donnent des petits noms et échangent des regards complices. L'une finit la phrase commencée par l'autre. Avec le bébé de la duchesse de Milan, quelle belle petite famille! Le More traite Béatrice avec le plus grand respect et une cordialité extrême. Et, maman, la garde-robe de Béatrice n'est rien moins qu'un spectacle! J'y ai compté soixante-trois *camore*, et c'est seulement ce qu'elle garde dans le Castello de Pavie – elle m'a assuré qu'elle en avait davantage à Vigevano, sans parler de Milan. Je les ai bien regardées, et je peux jurer sur la tunique de la Vierge Marie qu'aucune n'a été faite dans un tissu coûtant moins de vingt ducats l'aune. Je n'ai pas eu le temps de compter tous les livres qu'elle a commandés. Je sais maintenant pourquoi on doit attendre si longtemps pour obtenir du beau parchemin à Venise! Quant aux relations conjugales du More et de Béatrice, je n'ai encore aucune certitude. Il n'y a aucun signe de grossesse, mais cela ne veut rien dire – regardez le mal que nous nous sommes donné, François et moi. (J'ai eu mes fleurs jeudi dernier. Je dois me forcer à ne pas m'abandonner au découragement. Je ne renonce pas à avoir un bébé, maman.) La duchesse de Milan n'a elle non plus aucun résultat de ce côté.

On ne parle ici que de l'élection du nouveau pape, dominée à ce qu'on dit par les manœuvres du frère du More, le cardinal Ascanio, qui sera paraît-il le prochain vice-chancelier de la Curie. Tous les ambassadeurs sont ici – Naples, Florence et, comme vous le savez, messer Giacomo, qui me prie de vous transmettre ses vœux de bonne santé. Bien entendu les discussions sérieuses ne commenceront pas avant l'arrivée de père. Il doit nous rejoindre ce jeudi à Vigevano – nous en tremblons de plaisir. Je crois que tout le monde ici, y compris le More, se rend compte que nous devons parvenir à un accord si nous voulons que les Français restent de leur côté des Alpes.

Demain, nous allons à la chasse. Nous nous rendrons à Vigevano mercredi. La perspective de voir les travaux qu'y a effectués maestro Donato Bramante me met l'eau à la bouche.

En dépit de la joie que j'éprouve à revoir ma chère sœur, et de celle que me donnera la présence imminente de père, votre absence jette une ombre sur mes moments de gaieté.

Votre fille aimante, à qui Votre Altesse manque beaucoup,

Isabelle d'Este de Gonzague, de sa propre main.

***

Pavie, 2 août 1492

– Je sens qu'ils se rapprochent.

La marquise pencha légèrement la tête; avec sa plume de paon décorée de pierreries plantée sur sa toque de velours bleu, elle fit songer pendant un instant à un oiseau tropical aux aguets.

– Je les entends.

Elle tendit le bras vers l'orée du bois de peupliers et de pins, à environ une portée de flèche de distance de l'autre côté de la prairie à flanc de coteau.

– Les lévriers du duc de Milan sont là-dedans. Tout près.

Une douzaine de pavillons de toile blanche, échelonnés sur la pente, protégeaient les chasseurs de l'ardeur du soleil d'août; une charmante tonnelle de branches de pin donnait de l'ombre à la marquise, aux duchesses de Milan et de Bari et à leurs dames de compagnie. Les deux duchesses plissèrent les yeux pour lutter contre la lumière éblouissante. Isabelle haussa ses épaules décolletées, rosies par le soleil. Béatrice imita son geste.

– On ne peut pas encore les entendre, dit-elle.

– N'ai-je pas toujours eu de meilleures oreilles que toi? répliqua la marquise.

– Oui, oui, absolument, dit Béatrice en prenant sa sœur dans ses bras et en l'embrassant dans le cou et sur l'oreille. Je reconnais ta supériorité en tout... Je suis tellement contente de te voir ici. Mais si tu as l'oreille si fine, j'aimerais savoir de quoi mon époux discute avec les ambassadeurs.

La marquise se tourna vers le pavillon voisin pendant un instant, comme si elle pouvait vraiment déchiffrer le bourdonnement discret des voix. Dans leurs pourpoints de chasse en brocart et leurs chausses de couleurs vives, les quatre hommes – le More, Giacomo Trotti et les ambassadeurs de Naples et de Florence – ressemblaient à des *condottieri* en train de discuter d'une campagne. Les yeux du More brillaient et ses mains soulignaient avec autorité le sens de ses déclarations.

– Je vais te dire de quoi ils discutent, commença la marquise. Avec le roi de France béat aux pieds du duc d'Orléans et du prince de Salerne, personne en Italie ne se sent plus en sécurité. Heureusement, les intentions des Français crèvent les yeux. Si nous leur montrons que nous sommes unis, ils resteront chez eux. Remercions Dieu que le pape ne soit pas un partisan des Français.

– Tu peux remercier Dieu de l'élection du cardinal Borgia, ma chère sœur, répondit Béatrice; mais lui, c'est le cardinal Ascanio qu'il doit remercier.

Le bruit courait que jamais le cardinal Rodrigue Borgia ne serait devenu le pape Alexandre VI s'il n'avait soudoyé le frère du More.

– Ma petite sœur a étudié l'art du gouvernement, je vois. Ou en tout cas les derniers ragots de Rome. Par ma foi! Regarde.

La marquise montra la ligne des arbres.

Une biche au ventre blanc, suivie par son faon, bondissait dans les buissons à l'orée du bois. Un instant plus tard, quatre ou cinq lévriers lancés à leur poursuite apparurent.

– Une biche! cria Isabelle. Rappelez les chiens!

Comme sur son ordre, deux valets de chiens, à pied, sortirent du bois en courant. Leurs fouets claquèrent, ils crièrent des ordres et les lévriers se rassemblèrent en un cercle jappant. La biche et le faon filèrent vers l'est et une colline les dissimula.

– Voilà le cerf, s'écria la marquise, tout excitée.

Un grand cerf au poitrail puissant surgissait dans le sous-bois en suivant les arbres, suivi par une demi-douzaine de lévriers épuisés et un cavalier chevauchant un étalon blanc.

Les dames dans les pavillons voisins le reconnurent en même temps.

– Galeazzo! Galeazzo!

Même les ambassadeurs interrompirent leur discussion. Galeazzo dépassa vite les chiens, arriva à la hauteur du cerf au moment où il gravissait la colline, brandit sa lance – il chevauchait avec une telle souplesse que sa tête et son torse restaient aussi fermes que ceux d'une statue équestre – et empala l'animal juste derrière l'épaule. Des flots de sang coulèrent sur le ventre du cerf, qui trébucha puis tomba. Les dames poussèrent des cris d'enthousiasme.

– On dirait que Galeazzo vient de percer le flanc de vos dames, dit la marquise aux duchesses, les lèvres plissées en une moue vaguement érotique. Peut-être cela leur rappelle-t-il des souvenirs précis.

Un garde-chasse apparut à l'orée du bois et cria :

– Sanglier !

Béatrice serra les poings et tourna la tête à gauche et à droite, comme animée par une mécanique qui s'emballe.

– Il faut faire venir les chevaux. Il faut nous joindre à la chasse. Vite ! Sus au sanglier !

Elle ordonna aux écuyers de faire avancer les chevaux. Puis elle se calma soudain et regarda Isabelle d'Aragon comme si elle venait de commettre une gaffe. Isabelle répondit en secouant presque imperceptiblement la tête.

Les valets en livrée rouge blanc bleu amenèrent les chevaux des dames et resserrèrent les sous-ventrières des selles. Le More le remarqua, interrompit brusquement sa discussion et se dirigea vers la tonnelle de branches de pin. Son regard passa de l'une à l'autre des trois femmes, puis se fixa sur la marquise.

– J'ai renoncé depuis longtemps à mettre en garde la duchesse de Milan et la duchesse de Bari. Il est simplement impossible d'obtenir qu'elles se soucient de leur santé, et encore moins des règles attachées à leur sexe et à leur rang. Elles sont tellement déterminées à se faire du mal que la plupart des gentilshommes de ma cour refusent de monter avec elles.

Le More récitait sa plainte avec un sourire bon enfant, mais il y avait du dépit dans sa voix.

– Je n'ai absolument aucune influence sur les duchesses, mais je vous supplie, marquise, de rester ici et de m'épargner la colère de votre époux si quoi que ce soit vous arrivait.

– Voulez-vous m'aider à monter en selle ? répondit la marquise en accompagnant sa requête d'un sourire ambigu.

– En ce cas, ces messieurs et moi vous accompagnerons, dit le More en montrant les ambassadeurs et les notables des pavillons voisins.

Une fois en selle, les duchesses et la marquise partirent au galop, jupes au vent. La marquise perdit sa toque à plume et cria à quelqu'un de la ramasser. Les gentilshommes se hâtèrent d'appeler leurs pages et leurs écuyers.

La forêt happa les trois femmes. Les fougères et les buissons du sous-bois ralentirent les chevaux, qui se mirent au pas.

– Regardez, murmura Béatrice.

Juste devant elles, deux rangées de chênes dont les hautes

branches se rejoignaient formaient une clairière abritée. De fins rayons de soleil perçaient le dais de végétation. Les trois femmes retinrent leurs montures, réduites au silence par la beauté de ce petit enclos. Non loin, le fourré parut s'agiter.

– Je pense que nous devrions attendre le reste de la chasse, dit la marquise.

– Attendez toutes les deux, murmura Béatrice. Moi, j'y vais.

Elle donna à son cheval un coup de badine et se glissa dans la clairière revêtue d'herbe. Des fragments de lumière parsemèrent d'argent sa *camora* de brocart.

– C'est beau, lança-t-elle. Venez donc.

Isabelle fit avancer son cheval à travers le rideau d'arbres. La marquise resta en arrière, le menton levé comme si elle écoutait quelque chose. Des branches craquèrent.

– Béatrice ! hurla Isabelle, si fort qu'elle crut s'arracher la gorge.

Un énorme animal hirsute, couvert de boue, jaillit des arbres juste sur sa droite ; ses petits yeux se braquèrent vers Béatrice. Le cheval se cabra. Béatrice fit la grimace, tira brusquement sur les rênes et parvint à rester sur sa selle d'amazone, les jambes tendues comme une marionnette assise sur ses hanches de bois. Le sanglier passa juste sous ses jambes et ses défenses arrachèrent l'ourlet de la volumineuse jupe qui pendait.

L'esprit d'Isabelle se vida complètement : Béatrice allait être tuée sous ses yeux, et la scène se déroulait au rythme lent et silencieux d'un rêve. Le bras gainé de soie de Béatrice se leva plusieurs fois tandis qu'elle frappait de sa cravache la croupe de son cheval devenu fou. L'animal vira enfin et son corps protégea les jambes de Béatrice.

Le sanglier, après avoir foncé droit, fit un brusque demi-tour et chargea tête baissée. Il toucha le cheval sous les côtes puis il releva la tête et son garrot puissant arracha du sol Béatrice et sa monture.

– Non ! cria Isabelle.

Elle cravacha son cheval, pour le lancer sur le sanglier et détourner l'attaque. Elle cria de nouveau, la gorge à vif, le cheval affolé ne fit que tourner sur lui-même en piaffant. En un éclair, elle comprit que Béatrice n'allait pas être tuée par le sanglier, mais par son propre cheval, qui l'écraserait dans sa chute. Incapable d'intervenir, elle vit, horrifiée, Béatrice commencer de glisser, presque avec grâce, de sa selle... Il n'y avait aucune frayeur dans le regard sombre et dur de Béatrice ; seulement de l'excitation.

Puis les jambes de marionnette de Béatrice se tendirent brusquement, comme si une main divine tirait soudain sur les ficelles qui les animaient. Elle se remit en selle et se redressa, en position correcte, comme si son cheval venait simplement de faire un petit écart. Elle reprit l'animal en main et Isabelle vit ses dents briller. Le cheval se redressa tant bien que mal, et le sanglier, dégagé de son poids, fonça, s'arrêta, tourna sur lui-même et se prépara à attaquer de nouveau.

Isabelle crut voir un oiseau rapide fondre à travers la clairière, aussitôt suivi par un double claquement et l'apparition presque surnaturelle de deux flèches dans le flanc pantelant du sanglier. Un fer de lance scintilla dans le soleil, puis une immense silhouette apparut, sur un cheval blanc, géant lui aussi. Le sanglier émit un gémissement plaintif sous la lance de Galeazzo qui lui perçait la poitrine. L'animal secoua plusieurs fois la tête, incrédule, fit quelques pas, et tomba sur les genoux. Ses yeux rouges s'agrandirent et du sang sortit de sa bouche.

Un autre cavalier pénétra dans la clairière : Jean, monté sur son étalon blanc, Neptune. Cinq ou six de ses lévriers allaient et venaient entre les pattes du cheval en jappant furieusement. Les fauconniers de Jean le suivaient, avec des autours encapuchonnés qui criaient et battaient des ailes, enchaînés à leurs poings. Galeazzo avait déjà aidé Béatrice à mettre pied à terre. Des écuyers se précipitèrent vers Isabelle et la marquise. Les deux femmes coururent vers Béatrice et la prirent dans leurs bras. Cavaliers et montures affluèrent, les caparaçons de soie multicolores et les pourpoints de chasse rehaussant de couleurs vives l'ambiance bruyante dans la clairière. Le More mit pied à terre et donna une tape dans le dos de son épouse comme pour s'assurer que sa précieuse marchandise n'avait pas subi de dommages. Béatrice rit, découvrant ses dents tels des crocs. L'espace d'un instant, le vacarme assourdissant des chiens, des faucons et des chevaux sembla comme l'écho de son rire.

Le More regardait la tache sombre de sang près du sanglier. Il semblait figé : ses yeux noirs restaient fixes au centre de cette agitation. Puis tout son visage se modifia. Le coin de ses yeux trembla, sa mâchoire se contracta et vibra, comme s'il se hâtait de passer furtivement à travers une succession de passions aussitôt réprimées. Un instant plus tard, il était aussi neutre et impassible que jamais. La cacophonie des animaux s'estompa. Le More se retourna et s'adressa à tous.

– Si nous voulions la preuve que la duchesse de Milan et la duchesse de Bari s'offrent imprudemment aux coups de la Fortune...

D'une voix métallique, Béatrice lui coupa la parole.

– J'ai lutté contre la Fortune et messer Galeazzo contre le sanglier. Nous sommes sortis tous les deux vainqueurs du tournoi.

– J'ai vu des hommes deux fois plus grands que vous tués par des sangliers deux fois plus petits, madame, fit observer Galeazzo gravement.

Béatrice sourit d'un air farouche.

– Mais pourquoi chassons-nous si ce n'est pour connaître les joies et les dangers de la guerre, sans pour autant incendier les cabanes de nos paysans et violer leurs femmes?

– Jamais je n'ai vu chose pareille, lança Jean en s'avançant au milieu du groupe.

Avec ses cheveux platinés volant dans le vent, il avait vraiment grande allure.

– La duchesse de Bari, sur un cheval soulevé par un sanglier, non seulement est restée en selle, mais a conservé la position correcte.

– Oh, mon Dieu! cria la marquise. Que quelqu'un m'aide!

Les hommes se retournèrent. La marquise s'efforçait de soutenir le corps inerte de la duchesse de Milan, qui venait de s'évanouir dans ses bras, pâle comme un cadavre.

CHAPITRE 17

François, pieds nus, trottina ves le lit de sa mère d'un pas confiant.

– Ma-ma, dit-il en tendant les bras.

Les vieilles dames de la cour faisaient souvent remarquer qu'il ressemblait à son père, avec ses cheveux d'un blond platiné et ses lèvres roses.

– Ma-ma malade.

– Ma-ma va bien, lui répondit Béatrice, et elle est contente que son *bello fanciullo* soit là.

Elle souleva l'enfant et l'embrassa avant de le placer dans les bras d'Isabelle, adossée à la tête de lit sculptée, au milieu de coussins. Une vipère Sforza planait au-dessus de sa tête. Elle murmura quelques mots dans l'oreille de François, puis l'embrassa bruyamment dans le cou jusqu'à ce qu'il se mette à gigoter en riant aux éclats.

– Te sens-tu assez bien pour souper avec nous ? demanda Béatrice.

Elle s'assit sur le lit et posa la main sur le front de sa cousine.

– Je meurs de faim.

Isabelle paraissait complètement rétablie de son évanouissement. Le soleil avait donné des couleurs à ses pommettes hautes, ses yeux ressemblaient à du jade poli.

On frappa à la porte, et Béatrice se leva.

– Ma sœur tenait à te rendre visite, expliqua-t-elle.

– Vous m'avez fait une peur bleue, madame, s'écria la marquise en entrant.

Elle s'avança vers le lit d'Isabelle et fit une grimace drôle à François.

– Mais quelle que soit votre maladie, ajouta-t-elle, je constate qu'elle vous va bien.

Le regard qu'échangèrent Béatrice et Isabelle n'était pas assez discret pour échapper à la marquise.

– Que vous arrive-t-il pour que... ? commença-t-elle, mais elle parvint à la réponse au milieu de sa question. Ne me dites pas que vous êtes... Ne me dites pas que vous êtes... répéta-t-elle. Je suis furieuse contre vous. Vraiment. Vous me rendez malade d'envie. Mon Dieu, Béatrice, comment peux-tu ne pas l'envier ?

La voix de la marquise témoignait de sa colère.

– Combien de mois ? demanda-t-elle.

– Un peu plus de trois, je pense, dit Isabelle, les yeux brillants de fierté.

– Seigneur, soupira la marquise, j'aurais déjà ordonné à mes tailleurs de pierre de construire un arc de triomphe pour mon petit. Pourquoi gardez-vous le secret ?

– Je ne veux pas subir les sermons de messer Ambrogio. Il ne sait qu'ordonner « repos, repos, repos ». C'est le problème quand les médecins sont vieux. Ils se figurent que nous sommes en aussi mauvaise santé qu'eux. Et dans leur absurdité, ils voudraient nous faire croire qu'avoir un enfant est une maladie mortelle.

– Je suis ravie de vous l'entendre dire. Dieu sait si je m'inquiète pour une personne frêle comme ma belle-sœur Élisabeth, mais pour des femmes robustes comme vous ou moi, c'est le harcèlement incessant des médecins et de vieilles femmes qui nous rend malades. Malheur à nous, si Béatrice vient à tomber grosse, on entendra les cris de Polissena jusqu'à Londres.

– Vous n'avez jamais entendu croasser si vous n'avez pas subi les sermons de ma belle-mère sur la grossesse, dit Isabelle. Comparés à ceux de la duchesse mère, les conseils de Polissena sont une musique à l'oreille aussi douce que les chants de messer Cristoforo. Cette femme peut à peine bouger de son lit, mais le vent qu'elle fait pousserait une caraque de Gênes jusqu'à la pointe de l'Afrique.

La marquise éclata d'un rire malicieux. Béatrice s'écarta du lit.

– Je tiens à m'allonger avant le dîner, dit-elle.

La marquise se pencha pour prendre François dans ses bras.

– Je n'en crois pas mes yeux, murmura-t-elle. Vous parlez comme si vous n'aviez toutes les deux qu'une voix, vous avez donné deux mères à ce charmant enfant, et je m'aperçois que si l'une de vous garde le lit, il faut aussitôt que l'autre se couche.

La marquise effleura le bout du nez de François avec la pointe de sa langue et s'adressa à lui.

– Je m'attends maintenant à ce que ta sotte de mère me dise que cette sotte de Béatrice va s'asseoir à côté d'elle dans le fauteuil de travail.

***

Les pages vêtus des trois couleurs, omniprésents, se précipitèrent pour desservir les restes du cinquième plat – des chapons à la sauce au persil, une anguille rôtie à la sauce jaune, une truite à la sauce d'argent, des aspics de la forme du blason des Sforza et des faisans entiers placés dans une méticuleuse reconstruction de leur plumage, avec de petits saphirs à la place des yeux. On débarrassa la table des coupes d'argent repoussé, des salières d'or représentant des divinités romaines et des couverts d'or niellé, puis on enleva la nappe de lin blanc, aussitôt remplacée par une autre. Les pages s'affairèrent à servir le dessert : pâtisseries, tartes, amandes et oranges confites dans une croûte de sucre doré solidifié, et des milliers de *confetti* – figurines de sucre en forme d'oiseaux, d'animaux mythologiques, avec même un château entouré de chevaliers et de machines de siège. On versa un vin doux sirupeux dans des gobelets en verre de Murano décorés aux armes des Sforza.

Le More fit signe au maître de chœur, qui fit aussitôt sortir ses chanteurs. Les pages les suivirent et refermèrent les portes de la salle derrière eux. Des soixante personnes qui avaient dîné ce soir-là, le More n'avait invité que son épouse, le duc et la duchesse de Milan, la marquise et messer Galeazzo à rester pour le dessert.

– Cette lettre est arrivée de Rome aujourd'hui. Elle a été écrite par le nouveau vice-chancelier du pape, dit le More avec un sourire pincé. Mon frère Ascanio.

Galeazzo battit des mains avec enthousiasme et Jean l'imita, ce qui incita les trois femmes à applaudir discrètement à leur tour.

– Je désire partager avec mes proches les paroles d'Ascanio.

Le More lut la liste des promesses extravagantes que le pape Alexandre avait faites à son frère. Outre sa nomination au poste de vice-chancelier qui plaçait Ascanio à la tête de tous les biens temporels de l'Église, le pape Borgia reconnaissant lui avait offert un palais à Rome, entièrement meublé et contenant une fortune en antiquités et œuvres d'art. Il lui avait également concédé les bénéfices d'une ville importante des États pontificaux, au nord de Rome.

Jean leva son verre de vin et ricana de plaisir pendant cette lecture, comme s'il était lui-même le bénéficiaire de ces avantages; son oncle le cardinal Ascanio était son parent préféré.

D'une même voix unie, le More continua sa lecture :

– « Ensuite, Sa Sainteté m'a parlé de sa grande admiration pour toi, mon frère, et m'a assuré que sa politique serait de maintenir invariablement les relations cordiales qui existent déjà entre lui et le duc de Bari. Sa Sainteté m'a dit qu'il considère le More comme le plus grand homme d'État d'Italie, et qu'il souhaite te consulter pour toute affaire importante, que le duché de Milan soit directement impliqué ou non. Il a ajouté pour terminer que son seul regret était que tu ne partages pas le trône papal avec lui... »

Les yeux de Béatrice se fixèrent sur Jean, puis sur le More, qui s'était levé pour lire et les dominait, impassible, son teint plus sombre et son nez plus aquilin que jamais. Jean, le visage rouge sous l'effet de l'alcool, hochait de la tête avec la hautaine assurance d'un sot. La lettre ne citait pas une seule fois le duc de Milan. Elle ne respectait pas non plus les usages diplomatiques en précisant que tous ces avantages avaient été offerts au nom de l'illustrissime souverain. Béatrice sentit la tension lui brûler l'estomac comme des orties. En silence, elle pria pour que son mari dise quelque chose au sujet de Jean.

Quand le More posa le parchemin, Galeazzo applaudit de nouveau. Jean tapa sur la table en secouant énergiquement la tête, et un sourire de satisfaction stupide déforma ses traits.

– Le pape est mon chapelain, dit le More.

Il leva son verre et sourit comme pour faire croire à une plaisanterie, mais la profondeur terrifiante de son regard révélait la vérité.

– L'empereur d'Allemagne sera mon général, la Seigneurie de Venise me servira d'écuyer et le roi de France deviendra mon courrier.

Galeazzo sourit comme pour complaire au More, mais Jean se tordit de rires aigus, renversa son gobelet et tacha la nappe blanche. Les yeux d'Isabelle se rétrécirent comme ceux d'un chat qui regarde dans la direction du vent.

Les pieds d'une chaise grincèrent sur le marbre du sol. Béatrice s'élança en courant vers les portes, frappa pour signaler sa présence aux pages, et se glissa dehors dès que les énormes portes s'entrouvrirent. Un instant plus tard, Isabelle la suivit.

***

– Donne-la à une de tes servantes, dit Isabelle.

Elle jeta par terre la *camora* que Béatrice portait pendant le dîner, souillée par les vomissures. Sa cousine était arrivée à temps près d'un parterre de soucis de la cour du Castello pour y rendre les cinq plats du banquet.

Isabelle s'assit sur le lit. Béatrice, sous les couvertures, avait la tête relevée par un coussin de satin.

– Ce n'est pas de ta faute, ma chérie, murmura Isabelle.

– Je croyais que cela s'arrangeait, Ich. Je croyais qu'il avait décidé d'accepter les choses telles qu'elles sont. Pourquoi ne peut-il vous laisser en paix, François et toi?

– Il ne peut rien faire pour le moment. Tout le monde sait que nous devons nous unir contre les Français, répondit Isabelle en caressant les cheveux de Béatrice.

– Je n'arrive pas à croire qu'il ait dit ce qu'il a dit sur Venise, en présence de ma sœur.

– C'est parce que ta sœur était présente qu'il l'a dit. Il sait que ce sera rapporté directement aux oreilles de la Seigneurie. Il a besoin que les Vénitiens se joignent à sa ligue contre les Français, mais il doit aussi leur montrer qu'il se sent maintenant assez puissant pour les insulter. Il joue sa partie.

Béatrice plissa les lèvres, et parut plus grave, plus âgée.

– Ich, je te jure que je te préviendrai si j'ai le moindre soupçon sur les menées de mon mari... Je viendrai te voir à l'instant même.

– Je sais, ma chère. C'est notre plus grand réconfort, à François et moi.

Elle effleura du doigt la joue de Béatrice.

– Tu sais mieux que personne que je n'ai jamais eu une seule vraie amie pendant mon enfance. J'étais toujours fourrée avec les garçons.

Elle rit de bon cœur à ce souvenir.

– Mon frère Ferrantino était mon meilleur ami. Je n'avais pas de sœur, et ma mère...

Elle secoua la tête.

Béatrice comprit le sens de la phrase inachevée. Isabelle avait toujours détesté sa mère. Elle se rappelait un dîner de famille où Ich, le visage aussi rouge que du vin de Sicile, avait crié des insultes à sa mère et éclaté en sanglots. A l'époque, la maîtresse de son père figurait presque toujours aux repas de famille, et Isabelle, qui adorait son père en dépit de tout, semblait reprocher à sa mère les infidélités de son père.

– Ensuite, je suis venue ici, et Bonne, la vieille putain sans vergogne, est devenue ma belle-mère.

Elle fit une moue.

– J'aime bien Blanche-Marie, mais c'est tout juste une amitié. Jamais dans ma vie je ne me suis sentie assez proche d'une autre femme pour lui faire confiance.

Elle posa la main sur le front de Béatrice.

– Mais à présent, tu es là, dit-elle.

– Je t'aime aussi, Ich.

– Il nous faut dormir maintenant, dit Isabelle.

Elle embrassa Béatrice et se leva.

– Nous devons nous reposer si nous voulons mettre notre santé en péril demain.

Elle fit la grimace et ajouta, en singeant la voix de messer Ambrogio :

– Repos, repos, repos.

Puis elle gagna la porte en imitant la démarche lente et solennelle du vieux médecin.

Béatrice regarda la lourde porte se refermer sur Isabelle et essaya de conserver en son cœur, le plus longtemps possible, la chaleur née de son intimité avec sa cousine. Mais la masse froide qui l'habitait se mit à grossir, tellement palpable qu'elle serra de toutes ses forces ses bras devant son torse, les muscles contractés comme pour tout broyer en elle. Ses joues rougirent sous l'effort. Puis elle renonça et le soupir qu'elle poussa ressemblait à un sanglot. Elle resta ainsi longtemps, vaincue, puis se glissa hors du lit avec des gestes de somnambule. Debout près du lit, elle fit passer sa chemise au-dessus de sa tête et regarda son ventre. Ses doigts tremblaient. Elle posa les deux mains à plat sur l'abdomen et appuya très fort, retenant sa respiration, essayant de faire rentrer son ventre dans ses reins.

Elle avait toujours supposé – et craint – qu'elle deviendrait un jour aussi grosse que sa mère : elle se réveillerait un matin la taille ronde comme un tonneau de vin. Cependant, l'exercice physique quotidien – le cheval, la danse, le jeu de paume – avait gommé la couche de graisse de son adolescence. Elle avait les bras minces et souples, et ses cuisses semblaient aussi dures que celles d'une statue de bois. Mais son ventre avait grossi. Chaque jour depuis un mois, elle avait refusé l'évidence : elle avait continué de chevaucher plus sauvagement que jamais et de danser avec plus d'énergie. Mais la chair rebelle n'avait pas fondu.

Ses seins également avaient grossi. Elle posa le doigt sur les mamelons élargis, puis elle prit au creux de ses mains la peau douce, qui lui faisait mal. Un instant plus tard, elle sentit la même douleur dans son ventre. Tout son corps semblait détraqué. Elle était sujette aux aigreurs et à la constipation depuis plusieurs semaines; elle avait parfois l'impression que des mains malignes pétrissaient quelque chose en elle, tordaient et déplaçaient ses organes. Il fallait qu'elle urine trois fois plus souvent qu'avant. Chaque fois qu'elle se promenait à cheval avec sa cousine, et qu'Ich devait relever ses jupes derrière un arbre, il fallait qu'elle fasse de même. Et bien entendu, cela faisait trois mois qu'elle n'avait pas été indisposée, mais cela n'avait rien d'exceptionnel dans son cas...

Béatrice prit son exemplaire du *Purgatoire* de Dante, s'assit sur le bord du lit et feuilleta d'une main nerveuse les pages lisses du parchemin. Au Chant XXV, ses doigts ralentirent et se mirent à suivre les lignes. Dante, accompagné par le vertueux poète païen Virgile et le poète chrétien Stace viennent de commencer l'ascension de la montagne du Purgatoire, et Stace satisfait l'insatiable curiosité de Dante avec une explication scientifique de l'origine de l'âme humaine. Selon Stace, un enfant conçu depuis peu n'est pas encore humain, mais un être si primitif qu'il demeure à moitié animal, à moitié végétal, « comme une éponge de mer ». A l'état embryonnaire, on peut remuer et avoir des sensations, mais ni sentiment élevé, ni volonté, ni but. C'est seulement quand le cerveau du fœtus a atteint son plein développement, au bout de plusieurs mois de grossesse, que Dieu décide d'accorder Sa faveur à l'être qu'Il a créé, et de lui insuffler une âme vivante capable de contempler le miracle de sa propre existence.

Elle relut le passage à la lueur vacillante de la lampe, jusqu'à en avoir mal aux yeux. Une créature de la mer. A moitié bête, à moitié algue. Impossible de fermer les yeux plus longtemps. Elle le savait, mais elle avait refusé de l'admettre pendant déjà trop de jours et de nuits. La chose était en elle – une excroissance animale, une mauvaise herbe qui l'étouffait. La chose existait-elle depuis assez longtemps pour avoir déjà un but? Peu importait. Jamais elle n'aurait d'âme humaine. Conçue sans amour, formée par le sang d'un homme qui menaçait tout ce que Béatrice aimait vraiment, la chose ne pourrait que devenir de plus en plus monstrueuse. Et elle tuerait Béatrice, bien entendu, puis elle tuerait Ich, et ses monstrueux tentacules finiraient même par détruire le petit François.

Béatrice rangea le livre dans sa bibliothèque et ouvrit le coffre de bois au pied de son lit. L'odeur douceâtre de l'eau de rose dont on avait aspergé les vêtements l'écœura. Son couteau de chasse se trouvait au-dessus d'une pile de chemises bien pliées. Elle referma le coffre et s'allongea sur le lit. Elle prit le couteau dans sa main droite, mais en tenant le pommeau à l'envers. Avec le bout du pommeau, sculpté en forme de pyramide, elle frappa son ventre nu. Le premier coup fut hésitant, mais elle se mit à frapper avec une férocité de plus en plus grande, jusqu'à ce que la douleur lui brûle les entrailles. Et elle continua, avec une rage croissante, espérant perdre conscience à force de souffrir, puis s'éveiller triomphante, une fois le More vaincu...

Un reste de bon sens lui fit enfin comprendre la futilité de sa tentative, et vida son bras de ses dernières forces. Elle renonça, puis, en un dernier sursaut, planta le poignard dans le matelas. Elle enfouit son visage dans un oreiller et hurla jusqu'à perdre le souffle sous l'effet de sa propre rage.

Puis elle se mit à pleurer. Elle reconnut qu'en fait elle essayait déjà de tuer le monstre en elle depuis des semaines; mais il possédait un pouvoir de résistance qui l'avait vaincue. Il acquerrait bientôt une âme, il prendrait conscience du but de son existence et il se mettrait à tuer.

Béatrice resta un long moment allongée sur le ventre; ses pensées tourbillonnaient, et il y avait dans ses oreilles un grondement horrible – comme une douzaine de trompes jouant sans cesse la même note discordante.

Quand elle fut incapable de le supporter plus longtemps, elle se dirigea vers la grande fenêtre qui donnait sur Pavie. La ville s'étendait à ses pieds, éclairée par un croissant de lune. Des dizaines de tours rectangulaires s'élevaient au-dessus des toits des maisons comme les troncs d'une forêt géométrique. Des torches brûlaient sur le toit en terrasse de certaines tours, probablement pour permettre aux voyageurs de s'orienter, car la fonction défensive de ces tours de brique, qui appartenaient chacune à une famille noble différente, avait été depuis longtemps rendue vaine par l'hégémonie des ducs de Milan sur toute la région. Béatrice entendit de vagues cris venant du quartier de l'université, mais ces bruits, plus oniriques que réels, ne firent que souligner le vide de la ville endormie.

Elle écarta le visage de la vitre. Son reflet lui fit face – fantôme vacillant sur les taches claires des feux servant de repères. Ses yeux semblaient des trous noirs avec une minuscule flamme en leur centre.

Il faut que la chose meure, décida-t-elle, même si je dois mourir avec elle.

CHAPITRE 18

Les cuisines du Castello Visconteo de Pavie étaient une énorme fabrique à nourriture de deux étages, où s'affairaient des dizaines de cuisiniers, de servantes et de bouchers, parmi le va-et-vient incessant, entre les repas, de forgerons, de laquais, d'écuyers, de gardes-chasse, de clercs et de valets de pied, à la recherche de faveurs culinaires et amoureuses. Les murs étaient entièrement garnis de placards de chêne contenant ustensiles et provisions : des centaines d'assiettes en majolique et en étain gravé sur les étagères supérieures ; ensuite, la céramique et les aiguières de verre, les chandeliers et les gobelets ; au-dessous, les couverts d'argent, les coquetiers, les flacons à vin, les corbeilles à fruits. La cheminée était immense ; des valets manœuvraient de gros soufflets de cuir, et sur plusieurs rangées de broches que faisait tourner un appareil mécanique, des carcasses entières rôtissaient. Les tables longues au centre de la pièce étaient entourées de femmes en train de découper des fruits, de rouler de la pâte ou de plumer des volailles. Sur une petite table dans un angle, deux serviteurs pliaient méticuleusement des serviettes de lin blanc avec des centaines de petits plis pour les transformer en paons.

Scappi, le boucher, petit bonhomme avec des avant-bras aux muscles saillants et une voix de fausset éraillée, concentrait sur lui l'attention. D'un geste machinal, il prenait un chapon des mains de son aide, lui tranchait la tête d'un coup et tendait l'amputé battant des ailes à un autre gamin, qui recueillait le sang dans une terrine puis remettait la bête à la servante qui le plumerait.

– Un homme se rend à l'église pour confesser ses péchés, dit Scappi en élevant la voix comme si tout le monde dans la cuisine s'intéressait à ses paroles (ce qui était presque le cas). Il confesse au prêtre qu'il a volé quelque chose à un homme, mais que cet homme lui avait volé quelque chose de plus précieux. Le prêtre lui répond : « Un péché compense l'autre. Je vous donne l'absolution. » L'homme continue. Il confesse au prêtre qu'il a frappé un homme avec un bâton, mais que l'homme lui a rendu la pareille. « Un péché compense l'autre, lui dit le prêtre, je vous donne l'absolution. » Et la confession continue ainsi : l'homme énumère ses péchés, explique comment ils ont été compensés, et le prêtre lui donne chaque fois l'absolution.

Scappi leva le chapon qu'il tenait à bout de bras et brandit son tranchoir.

– « Il ne me reste plus qu'un péché, dit l'homme, mais j'en ai très honte, mon père, car c'est un péché contre vous. » L'homme avait presque trop honte pour avouer son péché, mais le prêtre l'encouragea à terminer sa confession, et l'homme se soumit. « Mon père, dit-il, j'ai couché avec votre sœur. »

Le tranchoir tomba sur le billot et Scappi reprit, un ton plus haut :

– « Ne vous en faites donc pas, mon fils, lui répondit le prêtre. Un péché compense l'autre. J'ai couché avec votre sœur une demi-douzaine de fois. Je vous donne l'absolution. »

Les rires fusèrent de toutes parts, suivis de quolibets sur les paillardises des prêtres. Béatrice avait écouté l'histoire du fond du couloir, et attendu que les rires se calment, sachant que son arrivée mettrait soudain un terme à la bonne humeur. Dès qu'elle entra, la chaleur dégagée par l'immense cheminée ajoutée à celle d'une journée étouffante faillit la faire suffoquer. Aussitôt, les plaisanteries cessèrent. Les femmes firent la révérence, et les hommes posèrent un genou à terre.

Béatrice agita les mains comme elle avait vu sa mère le faire dans les mêmes circonstances plus de cent fois, pour signifier qu'on ne devait pas faire cas de sa présence et reprendre normalement son travail. Les conversations reprirent, mais sur un ton plus voilé. Elle se dirigea vers un groupe de servantes qui vidaient des truites et mettaient des anguilles en conserve dans des tonnelets de vin. Elles étaient cinq – des adolescentes, mais aussi une grosse femme de l'âge de sa mère. De la sueur perlait à leur front et tachait la toile blanche de leur corsage. Elles firent de nouveau la révérence quand Béatrice s'arrêta près d'elles.

En baissant les yeux vers le seau encore à moitié plein d'anguilles noires vivantes, Béatrice murmura :

– Ce Scappi est un malin...

Les servantes acquiescèrent en inclinant respectueusement la tête et continuèrent leur tâche, mais Béatrice les vit impressionnées par le fait qu'elle connaissait le nom d'une personne des cuisines. La femme la plus âgée, dont la poitrine immense faisait presque craquer le tablier, leva les yeux vers la duchesse tandis que ses mains fendaient le ventre d'une truite. Elle avait le nez camus, et sur la lèvre supérieure, l'ombre d'une moustache.

– Je ne vois pas pourquoi tout le monde s'offense des excès des prêtres, commença Béatrice d'un air pincé. Vous savez sans doute que la rumeur de ces scandales est montée jusqu'aux oreilles de notre Père Céleste, et qu'Il a aussitôt envoyé un ange pour s'informer. L'ange a choisi un prêtre connu pour ses péchés – peut-être celui dont parlait Scappi –, lui est apparu tandis qu'il prenait son dîner et lui a demandé de fournir la preuve de bonnes œuvres capables de compenser ses nombreuses fautes. Le prêtre, qui était malin, répondit à l'ange : « Venez, je vais vous montrer les milliers d'actes de charité que j'ai accomplis dans cette ville. » Il conduisit donc l'ange dans les rues et le fit s'arrêter au milieu d'un groupe de joueurs de dés sur la grand-place. Quand les joueurs eurent salué le prêtre en ami, celui-ci leur apprit que la personne près de lui était un ange du Seigneur et leur demanda de dire à l'ange si leur prêtre était oui ou non un homme de charité. Aussitôt, les joueurs tirèrent leur chapeau, et l'un d'eux répondit : « Mon père, je peux jurer devant Dieu qu'aucun homme ne nous a donné autant de ducats d'or que vous. »

La grosse servante ricana en hochant la tête.

– Le prêtre conduisit alors l'ange au marchand de vin de la ville, au boucher de la ville et au marchand de tissus de la ville. Il posa chaque fois la même question et obtint la même réponse : « Mon père, personne ne nous a donné autant de sequins et de ducats que vous. »

Toutes les servantes s'esclaffèrent.

– L'ange fit le compte précis de ces milliers d'actes de charité, et quand le prêtre l'eut conduit ainsi dans toute la ville, il lui annonça que, si considérables que fussent ses bonnes œuvres, elles ne suffisaient pourtant pas à compenser la pénitence requise pour ses péchés. Dans ces conditions, le malheureux prêtre pécheur ne pouvait espérer aucune clémence de la part du Seigneur.

Tout le monde dans la cuisine semblait suspendu à ses lèvres.

– Au lieu de joindre les mains et de supplier que le Seigneur lui fasse grâce des tourments de l'Enfer, le prêtre sourit et dit : « Ah, Excellence, j'ai gardé mon œuvre la plus importante pour la fin. » Il conduisit l'ange au bordel de la ville, où il fut aussitôt accueilli par la tenancière. La maquerelle écouta attentivement la question du prêtre, puis montra l'immense palais où elle tenait son commerce. « Non seulement vous avez donné du pain, des œufs et des chapons pour nourrir une bonne douzaine de jeunes femmes, mon père, mais vous avez construit un toit sur leurs têtes. » A ces mots, l'ange fut tellement ému par la compassion du prêtre, qu'il s'envola sur-le-champ et laissa le prêtre se livrer à ses activités comme par le passé.

La grosse servante mit ses mains boudinées sur ses hanches et s'étouffa de rire. Elle fit un clin d'œil à Béatrice :

– Ma foi, Votre Altesse, il doit y avoir une douzaine de prêtres de ce genre à Pavie, parce qu'il y a une douzaine de bons bordels.

– Quel est le plus grand? demanda Béatrice.

La femme lui adressa un regard curieux.

– J'ai entendu le légat du pape poser la question à mon mari, expliqua Béatrice avec un sourire espiègle.

Les femmes éclatèrent de rire. Rome avait une nombreuse population de prostituées, en grande partie à cause du grand nombre de prêtres résidant à Rome.

– Le plus grand est *le Sarrazin*, répondit une jeune femme. Elle devait avoir une dizaine d'années de plus que Béatrice; son visage aurait été avenant sans une grosse tache couleur lie-de-vin qui s'étendait sur une de ses joues jusqu'à l'œil.

– Il y a des bagarres devant la porte tous les soirs, ajouta-t-elle. Tous les étudiants de l'université y vont.

– J'imagine qu'un ambassadeur préférerait un établissement plus discret, dit Béatrice d'un air absent. Je me demande où il pourrait aller s'il veut passer inaperçu.

La grosse femme baissa la voix.

– A Santa Margareta, le couvent près de San Teodoro. *Tutte meretrice.*

Béatrice plongea le doigt dans le seau d'anguilles. Puis elle prit par la manche la jeune femme à la tache de vin et dit à la grosse servante :

– Prévenez l'intendant que la duchesse de Bari a besoin de cette fille pendant un moment.

Elle entraîna la servante étonnée dans une petite réserve voisine de la cuisine et referma la porte. Il y avait dans la pièce une odeur de farine.

– Je désire jouer un bon tour à quelqu'un, dit Béatrice. J'ai besoin de tes vêtements. En échange, tu pourras garder ma *camora*.

La jeune femme inclina la tête, de plus en plus surprise. La robe brodée d'or de Béatrice valait plus qu'elle n'aurait gagné aux cuisines pendant toute sa vie; elle lui ferait une dot suffisante pour acheter un bon mari.

– Et je vais te demander un autre service, ajouta Béatrice en délaçant son corselet. Dis-moi comment je peux me rendre à ce couvent de Santa Margareta.

***

La nouvelle cathédrale de Pavie, en construction depuis quatre ans, s'élevait déjà au niveau des fenêtres dans le haut de la nef, mais l'extérieur en briques nues était encore enfermé dans le vaste échaufaudage de bois. Des maçons torse nu travaillaient tout en haut, emplissant l'air encore brûlant en cette fin d'après-midi de poussière, de cris et de tintements de truelles.

La place, du côté ouest de l'église, était dominée par une énorme statue équestre en bronze, appelée le Regisole. Béatrice s'arrêta au pied de cette œuvre ancienne, dont on ne savait si elle représentait un empereur romain ou un roi goth, et leva les yeux vers les toits du côté sud, triangles de tuiles rouges ponctués par des cheminées de briques construites en forme de maisonnettes. Elle aperçut le point de repère suivant : la coupole de l'église San Teodoro : trois colonnades octogonales superposées, de hauteur moindre à chaque rangée. Jusqu'ici, elle n'avait eu aucun mal à trouver son chemin. Les rues de Pavie suivaient une grille régulière dessinée par des urbanistes romains deux siècles avant la naissance du Christ.

En quittant la place, Béatrice s'engagea dans une étroite rue pavée. Des chiens faméliques gisaient le long des murs. Les maisons, de deux et de trois étages, se serraient les unes contre les autres... Ici et là, des passages couverts reliant un côté à l'autre transformaient la rue en tunnel. Ces voûtes envahies par les ombres réservaient des surprises peu agréables : un gros porc noir en train de pourrir sur un tas d'ordures, un rat qui fuyait, un ouvrier en train d'uriner. La rue se déroulait maintenant en méandres. Malgré la chaleur étouffante, Béatrice serra autour de ses épaules le châle de laine de la servante, usé jusqu'à la corde.

La rue tourna à angle droit devant un grand mur de brique. Béatrice comprit qu'elle était perdue.

– *Meretrice*, murmura une voix du fond d'un porche sombre.

Un vieillard aux cheveux blancs, qui tenait dans ses bras une outre de vin, lui fit un signe de tête. Un homme barbu dévoré sur le côté du visage par un furoncle énorme s'était assis sur le seuil d'une maison pour partager un morceau de pain avec deux enfants ; près de lui, une femme nue jusqu'à la taille allaitait un nouveau-né émacié. Un autre enfant en bas âge, nu et sale, s'accrochait à sa jupe. La femme leva vers Béatrice un regard las et complètement vide. Trois gamins la dépassèrent en courant, le dernier lui donna au passage un coup de bâton sur la cuisse. Elle sentit des larmes lui monter aux yeux, et pendant un instant d'accablement, elle regretta de ne pas être restée au Castello. Jamais elle n'était allée dans une ville toute seule.

Elle se força à avancer, tourna vers la droite et s'engagea dans une longue section de la rue qui était couverte. La première chose qu'elle vit dans l'ombre lui coupa les jambes : un nouveau-né mort dans un tas de chiffons. Elle eut envie de fuir, mais ses muscles ne répondirent pas, et la chose resta sous ses yeux. Son cœur se souleva. Ce n'était que le cadavre en décomposition d'un singe, que quelqu'un avait jeté après l'avoir écorché, sans doute pour l'empailler.

A la sortie du tunnel, ses yeux clignèrent sous la lumière intense. Elle vit enfin le repère que la jeune servante lui avait indiqué : une niche de plâtre surmontée par un fronton triangulaire, qui avait apparemment abrité jadis une statue de la Vierge. Il ne restait que les pieds. Un peu plus bas dans la rue se trouvaient les deux portes cloutées d'une écurie. Juste en face de l'écurie, Béatrice reconnut le porche que la femme lui avait décrit : une arche brisée en briques, encadrée par une seule bande de rosettes en terre cuite.

Une petite porte était aménagée dans le lourd portail de bois, mais il n'y avait pas de judas. Béatrice frappa et attendit. Elle entendit enfin une voix de femme.

– Qu'est-ce que vous voulez?

– Je désire voir la mère supérieure.

Pas de réponse. Béatrice attendit, et la panique commença à bourdonner dans ses oreilles. La petite porte s'ouvrit. Elle hésita une fraction de seconde avant d'entrer.

La pièce, très fraîche, sentait le moisi. Il y faisait si sombre qu'elle n'y distingua rien, sauf une autre porte sur sa droite.

– Qu'est-ce que vous voulez?

Quoique aussi désincarnée, la voix n'était pas la même – plus âgée et si frêle qu'elle semblait émaner d'un esprit.

– Qu'est-ce que vous voulez?

Quelque chose bougea sur le mur de gauche. Béatrice plissa les yeux. Un petit panneau de bois venait de s'entrouvrir et la voix en sortait.

– Qu'est-ce que vous voulez?

– Je désire voir la mère supérieure.

Le panneau tourna – c'était l'arrière d'une étagère tournante. Béatrice n'aurait pu se procurer de pièces d'or sans engendrer des soupçons, car elle payait tous ses achats avec des lettres de crédit, et elle avait apporté de petits bijoux. Elle posa les pendants d'oreilles en cloisonné sur la petite étagère, et le panneau tourna dans le mur.

La porte sur sa droite s'ouvrit. De la lumière entra à flots dans l'antichambre aux murs de plâtre nus, Béatrice passa dans la salle voisine. La fenêtre de gauche donnait sur une cour verdoyante, où une religieuse en robe grise soignait un parterre de fleurs. Au fond s'élevait la chapelle du couvent. La porte ouverte permettait d'entrevoir les décorations d'or de l'autel, un tableau qui venait d'être verni, et de merveilleux bouquets de fleurs.

Juste après la fenêtre s'ouvrait un couloir faiblement éclairé. Béatrice s'y engagea et passa devant des rangées de cellules. Chaque fenêtre avait une grille de fer. Au fond du couloir, une femme attendait. Elle était jeune et ne portait qu'une chemise de soie, échancrée presque jusqu'à son nombril; ses seins tendaient le tissu léger. Béatrice admira sa peau blanche et ses lèvres pleines; on eût dit une Madone de Botticelli.

La femme conduisit Béatrice le long d'une autre rangée de cellules, mais des parfums émanaient de celles-ci, et les grilles de fer avaient été recouvertes par des rideaux de damas. Un rire de femme s'éleva derrière une des portes. Une autre porte s'ouvrit et une femme nue sortit dans le couloir et les croisa d'un pas nonchalant. Ses seins lourds ballottaient. Un homme l'appela de l'intérieur de la cellule et lui demanda de rapporter du vin. Il s'agissait donc vraiment d'un bordel, et Béatrice en fut légèrement alarmée, bien que le choix des lieux pour établir ce commerce ne la surprît nullement. Les couvents étaient des dépotoirs où les pères larguaient leurs filles quand ils n'avaient pas les moyens – ni le désir – de les doter. Dans tous les couvents, un grand nombre de sœurs éprouvaient les appels de la chair à la place de la chaste dévotion requise des épouses du Christ. Certains couvents opéraient virtuellement comme des maisons de prostitution. Plus souvent, la prostitution constituait seulement une activité annexe, qui permettait à toutes les religieuses de mener une vie plus confortable. Cela semblait le cas à Santa Margareta.

La femme en chemise s'arrêta et ouvrit une porte fermée à clé au fond du cloître. Elle fit signe à Béatrice d'entrer. La pièce était éclairée par une lampe murale à huile, qui répandait une odeur suave. On avait disposé des bouquets de fleurs dans des vases de céramique posés par terre devant une icône de la Sainte Vierge, peinture ancienne de style byzantin, sur fond d'or. Le seul meuble était un tabouret placé au-dessous d'une grille de bois aménagée dans le mur opposé à l'entrée. La femme fit signe à Béatrice de s'asseoir, puis sortit de la pièce et referma la porte.

Quelqu'un toussa derrière la grille.

– *I fiori*, entonna une voix stridente.

Pendant un instant, Béatrice, effarée, crut que la femme assise de l'autre côté du mur était Polissena.

– Les fleurs, répéta la voix.

Béatrice, la bouche sèche de peur, répondit d'une voix qui tremblait.

– Elles sont belles.

– Je suis la mère abbesse. Que désirez-vous?

– Je voudrais faire quelque chose au sujet d'un enfant.

Pas de réponse. Béatrice posa les mains sur son ventre.

– Je voudrais savoir ce que je peux faire pour me débarrasser d'un bébé.

– Êtes-vous mariée?

– Oui, murmura Béatrice.

– Alors ayez cet enfant. Vous direz à votre mari que c'est le sien.

– Non.

– Alors, allez le mettre au monde ailleurs. Vous payerez une famille pour s'occuper de lui. Si c'est un beau bébé, vous trouverez peut-être quelqu'un qui vous payera pour le garder.

– Je ne peux pas avoir cet enfant.

Le silence se prolongea.

– C'est très dangereux, dit enfin la voix. Pour chaque femme qui survit après avoir perdu l'enfant, il y en a deux qui en meurent. Et même si vous survivez, vous risquez d'être si malade que vous ne quitterez plus le lit de votre vie. Vous le comprenez?

La voix de la vieille femme ressemblait à l'écho d'une grotte. Béatrice hésita.

– Oui, dit-elle.

– Nous employons la rue et la sabine. On les utilise depuis l'époque d'Hippocrate et de Pline l'Ancien, expliqua la mère supérieure. Nous en cultivons dans notre jardin. Cela nous permet de connaître leur force exacte. Si la dose est insuffisante, cela ne fait qu'affaiblir la femme, et l'enfant grossit pendant qu'elle se repose pour essayer de nouveau; et la dose suivante la tue avant qu'elle puisse rejeter le bébé. Vous aurez plus de chance si vous prenez une dose forte la première fois.

Nouveau silence. Béatrice écouta battre son cœur et entendit un chuchotement assourdi derrière la grille. Des pensées folles se mirent à tourbillonner dans sa tête; elle crut voir Blanche à genoux devant son cercueil entouré de cierges.

Quand la porte s'ouvrit, Béatrice, surprise, bondit presque de son tabouret. La jeune femme en chemise entra. Elle remit à Béatrice une petite fiole bleue, comme celles qu'utilisent les parfumeurs.

La voix de derrière la grille fit de nouveau sursauter Béatrice.

– Videz entièrement la fiole dans un verre de vin et buvez-le aussitôt. Le vin vous empêchera de vomir. Vous vomirez plus tard, bien entendu, mais les principes actifs auront déjà fait leur effet.

Dans la main de Béatrice, la fiole parut aussi froide que du fer glacé, aussi lourde qu'une enclume. Son estomac se noua.

La voix de la mère supérieure résonna comme une porte qui se referme, et scelle derrière elle tout ce qui vit.

– Que Notre doux Seigneur vous pardonne et prenne votre âme en pitié.

La femme en chemise escorta Béatrice jusqu'à la chapelle, mais la laissa devant le seuil, comme s'il était naturel qu'elle y entre pour prier. Dès les premiers pas, Béatrice se sentit sous le charme de la lumière douce qui émanait des vitraux. Le triptyque de l'autel, que l'on avait ouvert, représentait une scène de Nativité dans le style moderne, d'un réalisme méticuleux. L'autel était couvert de fleurs au parfum délicieux.

Le sol était dallé de marbre; les inscriptions gravées révélaient que la plupart des corps enterrés sous les pierres étaient des sœurs du couvent. Béatrice s'engagea dans l'abside et sentit son univers se remettre en ordre. Plus qu'en l'existence de Dieu, elle croyait en Son système de récompenses et de châtiments, en la vaste harmonie sphérique sur plusieurs couches superposées que Dante avait décrite avec tant de détails frappants. Elle regarda les lumières jouer sur les noms des morts et entendit la musique de ces vastes sphères, comme un orgue de cathédrale jouant des notes dans un pur éther d'or. Elle n'était pas une meurtrière. Si l'âme du monstre n'était pas encore formée, elle n'avait pas plus péché qu'une marchande de poisson napolitaine offrant sa corbeille de poulpes sans vie. (Elle revit l'enfant mort de Giovanna.) Elle ne désirait pas mourir, elle ne voyait donc pas comment on pourrait la condamner au Bois des Suicidés, où son corps serait transformé en un arbre dont des harpies hurlantes arracheraient sans cesse l'écorce. Et si elle ne détruisait pas la mauvaise graine semée par son époux, on pourrait très bien l'accuser d'avoir trahi sa famille, et elle passerait l'éternité dans le lac noir et glacé du Cocyte, qui se trouve dans le neuvième et dernier cercle de l'Enfer. Pour sa trahison beaucoup moins grave, elle ne serait sans doute condamnée qu'à attendre plusieurs siècles sous les falaises nues qui précèdent le Purgatoire. Mais elle recevrait tout de même la permission de commencer son ascension vers la plus haute sphère.

Béatrice s'agenouilla sur le sol dur et joignit les mains, soulagée. Elle n'avait plus besoin que d'une absolution. Non, même pas d'une absolution, seulement d'un témoin de sa tragédie et de son triomphe. Et ce témoin devait arriver deux jours plus tard.

– Père, murmura-t-elle, en levant les yeux vers la lumière céleste (mais ce n'était pas au Seigneur du Paradis qu'elle s'adressait). Père arrivera jeudi.

CHAPITRE 19

Vigevano, 5 août 1492

La marquise aida le vent d'est qui soufflait en rafales à soulever la jupe de sa *camora*.

– C'est le seul moyen de se rafraîchir, dit-elle à Béatrice. A la hauteur où nous sommes, personne ne peut voir ce qu'il y a sous ma robe. Tu te souviens de l'époque où nous avions peur que Diodato se glisse sous la grande tribune du tournoi pour se régaler du spectacle ?

Béatrice et la marquise se trouvaient sur la plate-forme, juste au-dessous de la coupole de cuivre de la tour de maestro Bramante, d'où une vue dégagée de la ville de Vigevano et des plaintes environnantes s'offrait à leurs yeux. Le centre de la ville, dont l'ordre romain s'était dégradé au cours du Moyen Age en un ramassis chaotique de masures, avait été entièrement rasé et reconstruit quelques années plus tôt. La tour de Bramante couronnait un château polygonal, dont il avait également tracé les plans, plus vaste que de nombreuses villes. L'immense cour intérieure abritait un labyrinthe impeccablement taillé, et une gloriette dessinée par Léonard de Vinci s'élevait au centre du dédale complexe de haies, de parterres floraux et d'allées de gravier. Mais le joyau de Vigevano demeurait la majestueuse reconstitution par Bramante de l'ancien Forum romain. Le rectangle allongé de la place était entouré sur trois côtés par des arcades que rehaussait le répertoire habituel des motifs classiques, simples et élégants, chers à Bramante : arches arrondies, colonnes ioniques, rangées d'oculi.

L'ordre nouveau du More s'arrêtait aux faubourgs de la ville, où les toits de tuile rouge se dispersaient en un chaos médiéval. La géométrie parfaite recommençait juste au-delà des murs. Le système de canaux et de fossés d'irrigation constituait une grille d'argent sur des dizaines de lieues dans toutes les directions. Plusieurs vingtaines de centres agricoles et de clochers de village se dressaient sur la campagne ainsi que des pièces sur un vaste échiquier verdoyant. Vers le sud et l'est, les champs s'étendaient à perte de vue. Vers le nord et l'ouest, le grand mur des Alpes fermait l'horizon. Les crêtes enneigées rosissaient dans la lumière du matin.

Béatrice aurait voulu être emportée par le vent à la découverte du paysage. Mais ce qui restait gravé dans son esprit c'était la fiole bleue dans le coffre au pied de son lit – le destin inévitable qui l'attendait. Depuis deux jours elle passait de grandioses visions de martyre à des frayeurs intenses qui l'étouffaient. Mais elle n'avait jamais remis en question ce qu'elle ferait. Il faudrait que ce soit dans la nuit, quand tout le monde se trouverait dans le château. Boire la potion fatidique serait alors aussi simple que sauter de cette tour et s'envoler dans le vent.

– Béatrice! Ne les vois-tu pas? s'écria la marquise en tendant le bras vers le sud, où la route de Pavie longeait un canal. Les voici! Je suis absolument certaine que ce sont eux.

De minuscules reflets du soleil sur une armure scintillèrent au milieu du halo de poussière soulevé par les chevaux.

– Béatrice, c'est père! Et il vient avec *tout le monde*! Il faut descendre, faire seller nos chevaux et nous porter à leur rencontre. Non. Nous allons plutôt les accueillir sur le Forum de manière solennelle, comme César et ses légions à leur retour de Gaule. Non. Je suis trop impatiente pour attendre...

Escortées par une demi-douzaine de gardes, la marquise et Béatrice allèrent au-devant de leur père, qu'elles rencontrèrent en vue des portes de la ville. Le duc Hercule d'Este, sur un étalon blanc au harnais de cuir rehaussé d'or, chevauchait à la tête de son escorte d'hommes d'arme, qui précédait « tout le monde », selon l'expression de la marquise : une quarantaine d'acteurs, de poètes, de chanteurs et de musiciens vêtus de tuniques bariolées et coiffés des chapeaux les plus excentriques, le plus souvent ornés de plumes. Plusieurs centaines d'écuyers, de pages et de valets de chiens, qui marchaient au milieu d'une meute de lévriers en laisse, fermaient la marche.

Béatrice estimait qu'aucun homme n'avait jamais eu plus belle allure à cheval que son père. La poitrine et les épaules puissantes du duc Hercule tendaient le brocart jaune clair d'une tunique brodée de fils d'or. Ses jambes musclées étaient gainées dans des chausses marron. Les traits de son visage, doré par le soleil d'été, ressortaient sur l'argent de ses cheveux qui flottaient sous un bonnet de velours. Il se tenait si droit qu'il semblait debout sur ses étriers et non assis sur sa selle.

Dans son enfance, Béatrice n'avait jamais eu une notion exacte de l'image de son père. Son grand-père Ferrante, avec ses bajoues et ses yeux porcins, raffolait d'elle et jouait avec elle en toute simplicité comme si le rire de la fillette était sa distraction préférée; mais il n'avait pas suscité en Béatrice plus d'admiration que les bouffons de la cour comme Diodato. Son oncle Alphone, diabolique et menaçant, lui avait fait l'effet inverse; elle ne se rappelait pas qu'il se soit adressé directement à elle une seule fois, et s'il l'avait fait, elle se serait probablement enfuie en hurlant de terreur. A son retour à la maison, elle avait découvert cet inconnu de grande taille, au visage austère taillé dans le granit. Elle le voyait très rarement, car il assistait à d'interminables messes le matin et à vêpres l'après-midi, tous les jours de la semaine. Et quand il n'était pas à l'église, Hercule organisait des mystères de la Passion, distribuait de la nourriture aux pauvres ou conduisait des pèlerins en robe blanche dans les rues. Pour voir son père, Béatrice se mettait à la fenêtre de la cour chaque matin et le regardait se rendre à la messe à cheval, avec ses beaux cheveux sortant de son bonnet comme un rayon de lune surpris par l'aurore. Ce rituel de la fenêtre était devenu pour elle son acte quotidien de dévotion. On lui avait enseigné à Naples, mais sa sœur de Ferrare l'avait détrompée plus tard, que les femmes étaient des orantes aux genoux douloureux devant l'autel de l'amour, et les hommes de simples images plates et dorées qu'elles imploraient, ni plus réelles ni plus matérielles que les personnages en silhouette sur fond d'or des peintures anciennes. Pendant ces premiers matins, il avait donc suffi à Béatrice que le duc Hercule, raide sur sa selle, avec les chanteurs de son chœur qui le suivaient à dos de mulet comme les douze apôtres, ressemble de loin à un père.

– Père!

La marquise cravacha la croupe de son cheval et galopa vers son père. Elle se pencha, et l'embrassa, mais il resta si droit et immobile sur sa selle qu'elle aurait pu embrasser de la même manière une statue équestre.

– Père, que de divertissements! Je n'arrive pas à le croire. Vous avez amené *tout le monde*...

Elle se tourna vers le groupe de baladins.

– Quel spectacle allez-vous nous offrir? S'agit-il du *Cefalo* auquel travaillait messer Niccolò?

Les lèvres du duc Hercule ébauchèrent un mince sourire.

– Plaute. *Casina*. Dans une traduction de maestro Matteo. Comment allez-vous?

– Merveilleusement bien. Mon mari me manque, bien entendu. Béatrice a été malade. Père, vous avez fière allure. C'est la première fois que je vois ce tissu. Avez-vous appris que je vais à Gênes à la fin du mois?

Béatrice chassa les larmes qui lui montaient aux yeux. Elle se dit que quand son père apprendrait la vérité sur l'ambition folle du More, il comprendrait pourquoi elle avait agi ainsi. Il la pleurerait, et tant qu'il vivrait, des cierges brûleraient dans toutes les églises de Ferrare en souvenir de son sacrifice.

– Monsieur mon père, dit-elle, en approchant sa monture d'Hercule d'Este.

Sa voix frêle semblait aussi cristalline que le verre de Murano le plus fin en train de se briser. Hercule lui offrit son sourire grimaçant.

– Votre sœur m'apprend que vous avez été souffrante.

– Je vais bien, père. Je crois que j'avais mangé de la venaison mal cuite.

– Vous devez faire plus attention. Votre mère m'a donné des lettres pour vous.

Le duc Hercule se retourna vers l'arrière de sa colonne. Deux charrettes de légumes avaient rejoint les Ferrarais, qui bloquaient la route.

– Nous encombrons la voie. Avancez à mes côtés. Nous entrerons à Vigevano ainsi, cela fera grand effet.

Béatrice fit avancer son cheval. Il est fier de nous, se dit-elle, et elle éprouva un chagrin si intense qu'elle avait du mal à respirer.

***

Hercule d'Este s'avança dans la nef de la chartreuse de Pavie. Il boitait légèrement des suites d'une blessure au pied reçue sur le champ de bataille trente ans plus tôt. En hiver, il lui fallait souvent une canne. Des rayons de soleil tombaient en oblique des petits vitraux en rosace. La voûte à nervures, très haute, peinte en bleu foncé et piquetée d'innombrable étoiles d'or, formait au-dessus des têtes un faux ciel scintillant. En passant devant les chapelles latérales, toutes encadrées par une arche décorée et éclairées par des centaines de cierges, Hercule s'inclinait comme pour saluer individuellement les images de la Vierge, des saints et du Christ, enfant ou crucifié. A la cinquième chapelle, Hercule s'arrêta pour admirer un des grands tableaux. Saint Sirus, disait l'inscription sur le trône de marbre. Le saint, qui semblait vivre sur la toile, était entouré par quatre autres saints vêtus de robes d'or scintillantes aussi splendides.

– De quel maître? demanda Hercule.

– Bergognone, répondit aussitôt le More, empressé comme un bon élève.

Il croisa les mains derrière son dos et se balança légèrement sur ses talons.

– Je crois que de tous nos peintres, c'est le plus fidèle à la nature. Et il est également fidèle à Dieu.

Hercule inclina de nouveau la tête et se remit en marche, suivi par le More, Galeazzo di Sanseverino et plusieurs notables de Milan. L'abside en demi-lune était bloquée par les échafaudages des peintres. Deux artisans travaillaient aux stalles du chœur : ils installaient le panneau décoré de l'appuie-tête d'un siège. Le More leur fit signe de s'éloigner, et renvoya également sa suite. Hercule et lui se retrouvèrent seuls au-dessous de la coupole.

Le More attendit que le duc Hercule ait admiré les stalles, dont les panneaux s'ornaient de scènes réalisées en marqueterie d'essences variées; le travail était si fin que l'on aurait cru des lavis au sépia. Hercule en étudia plusieurs, puis se retourna vers le More.

– Un chœur splendide.

Les yeux d'Hercule n'étaient ni aussi sombres ni aussi opaques que ceux du More, mais ils semblaient encore plus durs, comme scellés sous des diamants.

– Croyez-vous que Naples puisse être un allié loyal?

– Pourquoi refuseraient-ils une alliance? Ce sont eux que les Français convoitent le plus.

– Je n'ai aucune confiance en ce pape Borgia que votre frère et vous avez couronné. Avez-vous songé que Naples pourrait rechercher une entente séparée avec Rome? Si Naples et Rome y parvenaient, Pierre se joindrait à elles.

Pierre de Médicis présidait aux destinées de Florence depuis la mort de son père Laurent, en avril. Laurent de Médicis était le meilleur allié du More, mais son héritier était un incompétent dont la loyauté à l'égard de tout ce qui n'était pas son intérêt personnel pouvait être mise en doute.

– Naples, Rome et Florence pourraient alors se liguer contre la France et laisser Milan en pâture aux ardeurs martiales des Français.

Le More balaya l'objection d'un geste.

– Vous avez certainement raison pour Pierre. Mais Ferrante et Borgia ne parviendront jamais à un accord.

– Rien n'empêche que le fils de Ferrante et Borgia aient des visées communes, en dépit de leur animosité personnelle. Satan, dans sa fosse, n'exige pas que les complices s'apprécient.

– Ferrante est en bonne santé, dit le More en levant de nouveau la main. Je pense que le duc de Calabre n'a aucune chance d'accéder au trône avant plusieurs années.

– La Fortune peut en décider autrement. Si Ferrante mourait, une alliance avec Naples n'aurait plus de raison d'être.

– Bien entendu. Mais alors, tout changerait...

La dernière phrase du More, prononcée d'un ton léger en laissant la fin en suspens, souligna ses intentions au lieu de les atténuer.

Hercule acquiesça d'un signe de tête raide.

– Oui. Si Ferrante mourait, l'équation à résoudre serait autre.

Le More fit un pas vers son beau-père et baissa la voix.

– Il pourrait alors être dans notre intérêt d'encourager le roi Charles à tenter son aventure.

Les deux hommes se regardèrent dans les yeux. La voix d'Hercule ne fut qu'un murmure.

– Que feriez-vous au sujet de Louis d'Orléans?

– Je pourrais, avec l'encouragement approprié, obtenir que l'empereur d'Allemagne écarte le duc d'Orléans. Bien entendu, il me faudrait donner des garanties à l'empereur.

Hercule acquiesça.

– Continuez.

Les yeux du More brillèrent d'une opalescence étrange.

– Il faudrait que je scelle tout accord avec l'empereur en lui permettant de m'investir duc de Milan.

Les lèvres fines d'Hercule restèrent serrées et ses yeux ne cillèrent pas. Sa réaction ne s'exprima que par la longueur du silence contraint qui précéda sa réponse.

– Le peuple de Milan ne le permettra pas tant que votre succession ne sera pas assurée. Le duc actuel a offert à Milan un héritier de la dynastie des Sforza. Pour le moment, vous ne pouvez offrir au duché que le chaos qui a suivi la mort de Philippe-Marie.

Philippe-Marie, le dernier duc Visconti de Milan, avait marié sa fille bâtarde à François Sforza, mais celui-ci n'avait pu faire valoir ses droits qu'après avoir assiégé et reconquis la ville. Le fait que François Sforza se soit révélé par la suite un souverain éclairé et même visionnaire n'avait que renforcé les Milanais dans leurs craintes de tout changement dynastique.

Le More releva le menton comme si l'on avait mis en doute sa virilité.

– Je peux vous assurer que messer Ambrogio et moi avons fait le nécessaire. Il a effectué les calculs les plus précis et j'ai suivi rigoureusement ses indications. Si Béatrice prenait plus grand soin de sa santé, la conception serait sans doute plus facile.

Le visage d'Hercule se contracta légèrement. Il n'oubliait pas que son autre fille légitime, la marquise, n'était pas encore enceinte après deux ans de mariage et que le More trouvait là une raison valable de suggérer qu'Hercule lui avait bradé une marchandise défectueuse.

– Oui. Béatrice ne m'a pas paru très bien ce matin, quand elle est venue à ma rencontre. Ne prend-elle pas trop d'exercice?

– Absolument, répondit le More en faisant la moue. Messer Ambrogio ira la voir. Je l'ai plusieurs fois mise en garde contre les dangers de l'activité immodérée, mais elle n'en a tenu aucun compte. Peut-être pourriez-vous lui parler. Elle n'a certainement pas pris ces habitudes à Ferrare, et nous n'avons rien fait pour les encourager depuis son arrivée à Milan.

Le sous-entendu était évident : la source de la corruption était Naples.

Hercule souleva légèrement l'épaule gauche – sa version personnelle d'un haussement d'épaules. Il n'était pas exceptionnel qu'un père fasse des remontrances à une fille mariée ; plus d'une union – et plus d'une alliance – avait été sauvée par ce genre d'intervention. Puis il leva les yeux vers les voûtes parsemées d'étoiles d'or.

– J'envie les architectes, dit-il. Quand ils ont surmonté la résistance de la pierre brute, ils sont certains que leur création ne variera jamais de leur vision première. Mais les bâtisseurs d'États que nous sommes construisent leurs édifices avec des vertus et des faiblesses humaines, matériaux beaucoup plus difficiles à manier et beaucoup moins fiables.

Le More prit son beau-père par le bras. Ses lèvres se décrispèrent en un sourire aimable.

– C'est la raison pour laquelle, monsieur mon père, l'art de gouverner est sublime entre tous.

***

– Ne la tenez pas éveillée toute la nuit avec vos bavardages et Dieu sait quoi.

La vieille tête de Polissena dodelina frénétiquement de la marquise, debout près du lit de sa sœur, à Béatrice, allongée entre les draps de satin, la tête soutenue par plusieurs coussins de soie.

– C'est un scandale pour le duché, rien moins. Les duchesses de Milan et de Bari chevauchent du matin au soir, et le fait qu'elles soient tombées toutes deux malades n'est autre que la mise en garde de Notre Seigneur quand on se livre à ce genre d'excès. J'ai vu plus d'une belle dame s'effondrer et mourir sous mes yeux à la suite d'efforts beaucoup moins violents.

La tête de Polissena dirigea ses hochements uniquement vers la marquise.

– Et ne croyez pas que vous y échapperez. Vous aviez naguère une très belle peau d'un blanc de lait, mais depuis que vous suivez votre sœur dans ses escapades, le soleil vous a donné plus de couleurs que n'en a une prostituée romaine peinturlurée. Quand votre mari vous reverra, il croira avoir épousé une négresse de Libye.

La marquise se tourna vers Béatrice.

– As-tu appris ce qui s'est passé quand Polissena est passée à côté du Regisole la semaine dernière ?

Elle marqua un temps pour accuser l'effet comique.

– Dès qu'il a aperçu Polissena, le grand empereur de bronze, qui n'avait pas bougé depuis des siècles, a eu tellement peur qu'il a sauté de son cheval. On ne l'a pas revu. Tout le monde essaie de se consoler en disant que le cheval est vraiment bien sculpté, mais je trouve que, sans l'empereur, la statue n'est plus la même.

Béatrice ébaucha un sourire timide; elle avait à peine entendu la plaisanterie. Elle avait vomi dans l'après-midi, puis de nouveau dans la soirée. Elle se rappela les recommandations de la mère abbesse : prendre la potion abortive avec du vin pour ne pas la vomir. Comment la potion pourrait-elle faire effet alors qu'elle ne pouvait pas garder la moindre nourriture dans l'estomac?

La tête de Polissena dodelina de plus belle.

– Vous serez la prochaine à vous aliter, madame, et ne croyez pas que votre sainte mère ne sera pas mise au courant de mon opinion sur la sottise qui a corrompu la santé de ses deux filles. J'ai déjà rédigé des lettres qui partiront en même temps que monseigneur votre père.

Sur ces mots, Polissena tira sa révérence et sortit de la chambre d'un pas sonore. On l'entendit croasser au page l'ordre de refermer la porte.

– Je veux savoir, lança la marquise, debout au-dessus de Béatrice, les mains sur les hanches exactement comme sa mère. Je veux savoir tout de suite.

Béatrice rentra la tête dans les épaules comme si elle avait été giflée, et ses lèvres se mirent à trembler. Elle souhaitait de tout son cœur que sa sœur sache, mais jamais elle ne pourrait faire ce qu'elle avait décidé si sa sœur découvrait la vérité...

– Tu pourras pleurer autant que tu voudras, je ne sortirai pas d'ici tant que tu ne m'auras pas tout dit.

Béatrice rassembla son courage. Des larmes perlèrent sur ses yeux, pourtant elle serra les mâchoires et fit vœu de résister.

La marquise modéra ses exigences.

– Je sais que quelque chose ne va pas, je veux savoir ce que c'est. Dès mon arrivée ici, je me suis rendu compte que ton attitude était étrange, et depuis ces derniers jours, tout le monde l'a remarqué.

Elle s'assit sur le lit et prit la main de Béatrice.

– Si cela a à voir avec ton mari, tu ne trouveras pas meilleur moment pour en parler. Père interviendra. Il est clair que ton mariage n'est pas celui d'Orphée et d'Eurydice. Père se fait déjà du souci à ce sujet, mais il pense que ton époux fait de louables efforts et que c'est toi qui te montres capricieuse. Si ton mari fait quelque chose que nous ignorons, il faut que tu nous le dises.

Béatrice secoua légèrement la tête.

– Il couche avec toi, n'est-ce pas? Il l'a dit à père. Il est violent? Il te demande des choses contre nature?... Dieu me pardonne, Béatrice, j'ai appris récemment, et de source sûre, une histoire que tu vas avoir du mal à croire. Figure-toi que, d'après mon mari, un des membres de la Seigneurie de Venise s'habille en femme, s'épile même les sourcils et racole les marins de passage. Il les ramène chez lui et oblige non seulement sa femme mais ses *fils* à... Je te raconterai la suite quand tu te sentiras mieux. C'est vraiment tout à fait étonnant.

Béatrice semblait très loin derrière son regard voilé. La marquise se rapprocha d'elle et la prit dans ses bras.

– Qu'y a-t-il, mon bébé?

– Je t'aime tant...

Elle se mit à sangloter en s'accrochant à sa sœur, certaine qu'elle la voyait pour la dernière fois.

La marquise la berca doucement, et l'embrassa.

– Ma petite sœur, mon petit amour, murmura-t-elle.

Puis elle redressa soudain la tête comme si elle venait de découvrir qu'elle embrassait un imposteur. Ses yeux s'agrandirent et elle fronça les sourcils. Elle posa la main sur la poitrine de Béatrice et, sans laisser à sa sœur le temps de réagir, la fit glisser sur le ventre. Elle se leva d'un bond.

– Non! Comment ne m'en suis-je pas aperçue plus tôt?

Elle n'avait rien vu parce qu'elle n'avait pas imaginé un seul instant que Béatrice pourrait être enceinte avant elle.

– Mais c'est évident, c'est évident, c'est évident. La nausée, la mélancolie... Oh mon Dieu, oh mon Dieu! Tu ne le savais donc pas? Mais si, tu le savais, et tu nous l'as caché à tous. Je suis furieuse! C'est inadmissible! Mon Dieu, je vais avoir un petit neveu... Mais comment pourrai-je encore marcher la tête haute si ma petite sœur a un enfant avant moi?

La marquise songea un instant que Béatrice n'aurait peut-être qu'une fille, et qu'elle serait tout de même la première à donner un petit-fils à leur père. Elle embrassa tendrement sa sœur.

– Bon Dieu, tu vas avoir un enfant! Je t'envie tant que j'en pleurerais.

Béatrice pleura pour toutes les deux. La marquise mit un certain temps à s'apercevoir que ce n'étaient pas des larmes de joie.

– Mais pour l'amour de Dieu, qu'est-ce qui ne va pas, encore? Béatrice, je suis la seule qui devrais pleurer. Je devrais me battre la poitrine et m'arracher les cheveux comme les chevaliers francs à la mort de Roland. Je devrais faire étalage de mon chagrin. Il faut que tu me dises tout.

Béatrice renifla puis lança:

– Si j'ai un enfant, mon époux prendra le duché de Milan à Isabelle et à François. Il ne craint plus personne, à présent. Tu l'as entendu parler l'autre soir au dîner.

Les joues pleines de la marquise se tendirent, ses traits affichèrent la dureté glacée des Este. Et sa voix était en harmonie avec son expression.

– Béatrice, regarde-moi. Tu seras la seule à le savoir. Même Isabelle ne peut pas être au courant. J'ai fait serment à mon mari de n'en parler à personne, même pas à père. Mais je te le confie. Ce que tu crains ne se produira jamais. La Seigneurie de Venise a pris en secret la décision, si le More essaie d'être investi duc de Milan, d'attaquer avec toutes les forces dont elle dispose. La question ne sera plus discutée, ni repoussée. Même si Sa Sainteté le couronne, si Jean lui pose le manteau ducal sur les épaules en présence de l'empereur d'Allemagne, jamais la Seigneurie de Venise ne laissera le More devenir duc de Milan.

La révélation de la marquise pénétra dans la citadelle des craintes de Béatrice ainsi qu'une puissante machine de guerre ; les grands murs sombres s'abattirent et elle entrevit un horizon lumineux. Elle laissa le soulagement la soulever comme une marée tiède. Puis la peur que sa sœur ne parviendrait jamais à calmer la saisit de nouveau. Même si son enfant ne pouvait plus faire aucun mal à Isabelle et à François, il allait la tuer.

– Et encore faut-il que tu aies un fils, reprit la marquise en essuyant les joues de sa sœur avec la manche de son corsage. Tu peux très bien avoir une fille.

Elle hocha la tête d'un air d'envie.

– Pour l'instant, à ta place, je me dirais que ce sera une fille. Sincèrement. Mais, Seigneur, lança-t-elle en levant les yeux vers le ciel, si Vous entendez mes paroles, soyez témoin que je préférerais un garçon. Béatrice, tu sais quoi ? Père va venir te voir. Dans toute cette émotion, j'avais oublié. Il m'a dit qu'à son retour de la chartreuse, il passerait voir comment tu vas.

Rien n'aurait pu surprendre davantage Béatrice. Pendant toutes les années vécues à Ferrare, jamais son père n'avait pénétré dans l'intimité de son appartement, sauf un jour où, atteinte d'une forte fièvre, l'on avait craint pour sa vie.

– Il faut que tu l'apprennes à père ce soir, absolument. Je ne le laisserai pas sortir de cette pièce avant que tu ne le lui aies dit. Je reste avec toi jusqu'à son arrivée. Et si tu ne le lui dis pas, je le ferai.

La marquise se lança aussitôt dans une extraordinaire litanie de contes paillards sur la vie à Venise, Paris, Rome, Gênes et Florence. Béatrice n'en entendit rien. Sa détermination morbide avait cédé la place à une mélancolie à peine supportable. Le démon dans son ventre, agent de l'ambition odieuse de son mari, avait disparu – remplacé par un petit objet triste qui viendrait en hurlant dans un monde où il se découvrirait seul. Elle sentit soudain, beaucoup plus fort que jamais, le pressentiment de sa mort en couches, comme un courant glacé qui la fit claquer des dents. Elle demanderait à Isabelle et à Blanche de veiller sur son enfant. Elle espéra que ce serait une petite fille qui leur rappellerait toujours sa mère...

Le page frappa à la porte et annonça le duc de Ferrare. Hercule entra, élégamment vêtu d'une tunique brodée et d'un bonnet de velours. Les émotions de Béatrice tourbillonnèrent : le respect, la honte d'avoir envisagé de le priver de son petit-enfant, la tristesse qu'il éprouverait du fait qu'il ne verrait jamais sa fille tenir le bébé dans ses bras, l'espoir qu'en regardant l'enfant il songerait à elle.

Hercule s'arrêta, très raide, à deux pas du lit. Son visage semblait une splendide statue de pierre. Il inclina légèrement la tête pour regarder Béatrice. Ses yeux d'une dureté de diamant exprimèrent une vague curiosité.

– Votre époux s'inquiète de votre santé. Il a l'intention de vous envoyer son médecin.

La marquise se mit à gigoter comme si elle était envahie de puces. Elle tenta de serrer les lèvres, mais ne put résister plus d'un instant.

– Béatrice, pourquoi ne mets-tu pas père au courant de ton état ?

Hercule adressa un regard interrogateur à la marquise, qui se tortilla de plus belle.

– Bé-a-trice... Oh, père, je n'y tiens plus ! Béatrice va avoir un enfant ! Père, Béatrice va vous donner un petit-fils ! Ou au moins une petite-fille. Père, je suis si jalouse que c'est moi qui devrais être au lit. Je meurs d'envie. Je meurs vraiment d'envie...

Hercule resta impassible pendant encore un instant. Puis le miracle se produisit. Ce fut comme si son visage, ce massif alpin glacé, était animé par le soleil à son lever. Béatrice, émerveillée, vit la montagne se rapprocher d'elle et s'incliner comme pour l'implorer. Son père s'assit près d'elle, la prit dans ses bras puissants et l'embrassa sur une joue puis sur l'autre, et de nouveau sur la première. Elle sentit qu'elle perdait toute pesanteur, comme si elle quittait complètement la Terre et s'élevait vers le Paradis incandescent de Dante. Son père s'écarta d'elle un instant. Il avait les yeux brillants de larmes, mais ne s'en cachait pas. Puis il l'embrassa sur les lèvres, et à cet instant elle imagina qu'il lui était accordé, comme au poète, une ineffable vision de la face de Dieu.

– Je suis si fier de vous, dit Hercule. Tellement, tellement fier. Il faut que vous l'annonciez tout de suite à votre époux.

Son époux. Pendant un instant de bonheur sans réserve, le More avait cessé d'exister dans le nouvel univers de Béatrice. Son époux...

– Père, dit-elle. Je crois qu'il vaudrait mieux que vous le lui annonciez vous-même. Il y a une autre personne à qui je dois le dire en premier.

***

– Duc Hercule, quelle agréable surprise!

Le More fit au chambellan qui escortait Hercule signe d'apporter du vin.

– J'étais en train d'examiner avec messer Galeazzo le merveilleux travail de maestro Dondi. Savez-vous qu'il a consacré seize ans à cet instrument?

Hercule fit le tour de l'énorme horloge de cuivre et de bois, qui arrivait à la hauteur du menton de Galeazzo. Celui-ci avait enlevé une plaque de cuivre pour étudier le fantastique labyrinthe de rouages et de tambours. Ce mécanisme mettait en mouvement une couronne complexe de signes du Zodiaque sculptés en bronze, de cartes célestes et de sphères gravées et peintes qui tournaient au rythme même de l'univers.

Galeazzo leva les yeux vers Hercule et inclina la tête en un salut distrait; le léger dédain était instinctif, habituel plus que calculé.

– Cet appareil donne en plus de l'heure la position du soleil, des étoiles et des planètes, dit Galeazzo d'un ton aussi important que s'il avait mis en mouvement non seulement cette réplique en miniature du cosmos, mais le cosmos lui-même.

Hercule se pencha pour examiner les rouages, aussi finement ciselés que de la dentelle, et il inclina la tête en cadence, comme s'il suivait le rythme d'une musique suggérée par les tic-tac du mouvement d'horlogerie. Il leva enfin les yeux vers le More.

– J'ai découvert la maladie de ma fille.

Il marqua un temps, qui parut désagréablement long.

– Elle attend votre enfant.

Galeazzo se redressa brusquement.

– Sang Dieu! C'est fantastique.

Les lèvres sombres, sensuelles du More se serrèrent puis se détendirent. Son regard était perdu entre les deux hommes.

– Ma mère était la femme la plus sage que j'aie connue. Elle avait fait graver sur le frontispice de tous ses livres la devise *Merito et Tempore*. Faites de votre mieux et soyez patient, vos efforts seront récompensés. J'ai fait patiemment ce que messer Ambrogio me conseillait, bien que la méthode soit fort critiquée, et j'en reçois maintenant la récompense.

Il s'avança vers Hercule et lui prit les deux mains dans un élan du cœur.

Le page entra avec trois verres de vin sur un plateau d'argent. Galeazzo prit aussitôt le sien.

– Buvons à la santé de la mère, dit-il. Offrons une prière à sa santé.

Le More et Hercule prirent leur verre.

– Oui, dit le More, buvons à ma Béatrice.

Il adressa un coup d'œil rapide à Galeazzo, puis offrit à Hercule un sourire franc et ouvert.

– Et prions que ce soit un fils.

***

Béatrice trouva sa cousine dans la chambre de François, en train de lui chanter une berceuse napolitaine. Elle attendit qu'Isabelle ait terminé sa chanson et recouché son fils dans le berceau.

– Il a fait un mauvais rêve, chuchota Isabelle.

Béatrice se pencha et effleura des lèvres le front de François.

– Je suis contente que tu sois venue. J'ai parlé avec ta sœur... Nous savons que quelque chose te tracasse. Elle tenait à te parler la première.

Isabelle regarda par la fenêtre qui donnait sur la cour sombre.

– Pourquoi n'irions-nous pas faire un tour dans le labyrinthe?

Elle prit Béatrice par la main et lui fit traverser ses appartements jusqu'à une arcade s'ouvrant sur la cour centrale. Le labyrinthe n'était éclairé que par le croissant de la lune. Il ne datait que de quelques années mais paraissait cependant ancien et mystérieux, l'œuvre d'une puissance supérieure qui avait résidé en ces lieux autrefois. Les duchesses trouvèrent une entrée du côté sud du grand cercle et se mirent à tourner en suivant les allées de gravier. Isabelle posa le bras sur l'épaule de Béatrice, et celle-ci prit sa cousine par la taille. Elles se promenèrent ainsi pendant un moment, sans se soucier de se rapprocher du centre, revenant sur leurs pas quand elles tombaient sur un cul-de-sac.

– Es-tu encore troublée par ce que le More a dit l'autre soir au dîner? demanda enfin Isabelle. Tu sais, ta sœur m'a appris que la Seigneurie de Venise s'opposerait certainement à lui s'il essayait de contraindre Jean à abdiquer. Elle m'a vraiment rassurée. Je suis ravie de sa présence. Vous vous ressemblez tellement toutes les deux. Mais à d'autres égards, vous êtes si différentes...

Béatrice s'écarta et se tourna vers sa cousine; en ce moment difficile, elle fit appel à toute la volonté qu'elle avait rassemblée pour se débarrasser de son enfant.

– Isabelle...

Son cœur battait à se rompre, elle s'imagina en train de se noyer.

– Oh! Ich, je vais avoir un enfant.

La poitrine d'Isabelle se souleva comme si elle avait le

souffle coupé, puis elle se figea complètement. Son visage parut plus pâle, mais ce n'était peut-être qu'un caprice de la lune. Elle fit ensuite un pas en avant, si lentement qu'elle semblait glisser dans la lumière liquide, à travers la viscosité du temps. Avec une extrême délicatesse, elle prit Béatrice dans ses bras.

– Je m'en rends compte, à présent, murmura-t-elle. Tu as changé si progressivement que jamais je n'aurais cru... Je me demandais vraiment pourquoi tu allais derrière les arbres aussi souvent que moi. Mais cependant...

Ses lèvres se rapprochèrent de l'oreille de Béatrice.

– Ma chérie, je ne te mentirai pas : à une époque, j'aurais craint ce qui t'arrive plus que toute chose. Mais en toute sincérité, maintenant... je ne ressens que la... joie de savoir que tu... que nous pourrons partager ce... miracle. Ma chérie, nous ne sommes pas seulement des réceptacles vides que les hommes peuvent emplir de leurs rêves. Ce que nous créons dans notre corps est le seul vrai miracle du monde. Et il nous appartient, nous sommes les seules à pouvoir le partager. Bientôt, tu comprendras par toi-même : tu sentiras la nouvelle âme remuer en toi, et personne ne pourra plus jamais te convaincre que cet enfant peut appartenir à quelqu'un d'autre que toi.

Les larmes de Béatrice glissèrent sur ses joues. Elle aurait été secouée de sanglots, mais elle était si épuisée que ses tremblements glissaient sur elle comme les rides du vent sur un étang.

– J'ai peur, Ich...

– Non, non, ma chérie, il ne faut pas. Tu es tellement forte. Tu le sais. Tu n'as rien à craindre.

Isabelle la serra très fort dans ses bras comme pour lui prouver que son corps pourrait supporter l'épreuve de l'accouchement. Béatrice l'embrassa avec ferveur. Elle était si proche de sa cousine, plus proche que d'aucun autre être humain, leurs ventres et leurs poitrines aussi serrés que ceux de deux amants. Elle crut entendre le cœur d'Isabelle battre contre le sien. La passion que Béatrice n'avait jamais même imaginée dans les bras de son mari frémit dans son corps, sensation qu'elle pouvait voir, sentir et entendre en même temps et qui l'entourait d'arpèges prêts à éclater en auréoles de lumière. Son âme perçut une éclatante révélation : elle venait de concevoir son enfant à l'instant. La conception n'avait rien à voir avec les accouplements furtifs qui avaient planté la semence de son mari, c'était une union plus élevée : le don d'une âme humaine. A présent, son enfant avait été conçu dans l'amour. A présent, elle pouvait l'aimer.

Elle s'accrocha à sa cousine et la nuit s'étendit sans limites en ondes de son et de lumière. Son cœur battait maintenant au rythme de quatre âmes unies. Puis quelque chose bougea dans son sein, comme une note isolée, à la fois discordante et plus belle que tout autre son magique. Elle s'écarta d'Isabelle et posa sur son ventre ses doigts qui tremblaient. Elle leva les yeux vers sa cousine, surprise, et l'univers entier fit silence.

Les yeux d'Isabelle brillèrent à la lueur de la lune, et elle murmura :

– Ton enfant a bougé.

QUATRIÈME PARTIE

CHAPITRE 20

Alpes françaises, près de Grenoble, septembre 1492

Sa Majesté Très Chrétienne Charles VIII se pencha sur la gueule de l'énorme canon de siège. Ses épaules étroites se voûtèrent, son nez busqué parut plus long, et ses yeux vagues plus écarquillés. Le roi de France ressemblait à la victime pétrifiée d'un serpent de bronze deux fois plus long que sa taille et capable de l'avaler tout entier. La gueule béante du canon pouvait loger un boulet de la grosseur du crâne disproportionné de Charles.

– Je propose d'atteler et de le tirer en haut du col, annonça Louis, duc d'Orléans.

Son regard passa rapidement sur l'équipage de trois douzaines de chevaux que l'on venait d'amener devant le canon et remonta vers un ensellement couvert d'herbe, entre deux pics se détachant sur un ciel presque violet, à quelques centaines de pas au-dessus de la route étroite, en forte pente.

Charles regarda Louis pendant un instant, bouche bée. Puis il fit un signe de la main au peloton des artilleurs. Les hommes en uniforme se mirent aussitôt à atteler les chevaux au lourd chariot de bois à deux roues cerclées de fer qui portait la pièce de siège en bronze brillant.

– Vous croyez que cela marchera? demanda le roi à Louis.

Louis haussa ses épaules athlétiques. Un vague sourire de sa bouche nonchalante et sensuelle suggéra que de toute manière ce n'était qu'un jeu. Louis avait une mine curieuse, toujours à mi-chemin entre l'ironie et le mépris. A son menton droit et à son beau nez, s'opposaient un front bas et des tempes étroites qui semblaient prendre au piège ses yeux vifs et espiègles, et les forçaient à voleter en tous sens comme deux oiseaux en cage.

– Croyez-vous que cela marchera?

L'amiral Louis Malet de Graville, sexagénaire dont la tête

s'appuyait sur un collet de multiples mentons, fit écho à la question du roi en un aparté discret avec Antonello de Sanseverino, le prince de Salerne en exil, devenu le plus omniprésent des conseillers militaires de Charles.

– Il montera gentiment jusqu'en haut, répondit Antonello.

Avec sa grande taille et ses cheveux d'argent volant au vent comme ceux d'un prophète, il tranchait sur les autres courtisans en bonnet de velours.

– Je crois cependant que, dans sa sagesse, Sa Majesté décidera de revenir à un modèle de chariot à quatre roues. Ils sont moins maniables sur le terrain, mais beaucoup plus sûrs dans la montagne.

– Ne devriez-vous pas... parler tout de suite? suggéra l'amiral Graville. Nous avançons avec une telle précipitation...

Graville, l'une des voix les plus prudentes du Conseil du roi, faisait allusion à l'ensemble de la croisade de Charles autant qu'à l'essai de ce nouveau modèle de chariot.

– L'ardeur de Sa Majesté Très Chrétienne est l'arme la plus efficace que nous emporterons de l'autre côté des montagnes. Je ne vois aucune raison d'émousser cette lame par des mises en garde injustifiées.

Antonello regarda le roi et Louis d'Orléans monter en selle. Il fit signe à son page d'aller chercher son cheval et se tourna vers Graville.

– L'ardeur de Sa Majesté Très Chrétienne ne peut être qu'affermie par les dernières nouvelles d'Italie.

– Ah bon?

L'amiral Graville prit une inspiration profonde et son pourpoint brodé se gonfla, comme s'il se préparait à avaler les derniers renseignements secrets du prince Antonello. Opportuniste comme toujours, l'amiral était à l'affût du moindre changement de vent, pour prendre éventuellement un cap plus agressif.

– La ligue de Milan avec Rome, Florence et Naples s'est dissoute.

Antonello s'élança sur son cheval et glissa les pieds dans les étriers; ses éperons d'argent brillèrent.

– Pierre de Médicis s'en est retiré et a persuadé Ferrante de Naples de faire comme lui. Le More va s'apercevoir bientôt que la France est un allié beaucoup plus sûr que tous ses faux frères italiens. Ce jour-là, ces montagnes seront le seul obstacle restant entre ici et Naples.

Le prince Antonello éperonna pour rejoindre le roi, et Graville marmonna sa réponse dans sa barbe.

– Et peut-être le More payera-t-il en ce cas les trois cents bateaux nécessaires pour assurer l'approvisionnement de Naples quand notre armée aura pris la ville.

Les trente-six chevaux, fouettés par les artilleurs arc-boutés au chariot, entamèrent la forte pente à une allure surprenante, au même pas que les conseillers du roi et le corps d'archers écossais montés de Sa Majesté Très Chrétienne. Le roi Charles, triomphant, fit tournoyer au-dessus de sa tête son bonnet de zibeline blanche et cria :

– Montjoie ! Montjoie ! Nos canons de siège avanceront aussi rapidement que notre cavalerie. Est-il vrai que les Italiens doivent utiliser des bœufs pour traîner leurs canons ? ajouta-t-il en se tournant vers Antonello.

– C'est un fait, Majesté. Ils se déplacent à la vitesse d'un cortège funèbre. Si ce canon était italien, il serait encore à Amboise.

Charles émit son habituel rire nasal et cria de nouveau « Montjoie ! » Le chariot du canon traversa une petite prairie alpestre parsemée de fleurs d'automne, et enjamba rapidement la crête. La descente en lacets était taillée dans la paroi verticale du rocher. Les chevaux prirent de la vitesse et le chariot grinça. Charles, accompagné par deux archers écossais à cheval, se mit à trotter à la hauteur du canon.

– Montjoie !

Le bonnet blanc du roi tourbillonna devant le fond gris du rocher.

Les fers des roues dérapèrent. Un chœur de hennissements s'éleva des chevaux attelés au chariot, plusieurs d'entre eux trébuchèrent. Le chariot pencha soudain du côté du roi, et un des artilleurs sauta.

Les yeux exorbités, très droit sur sa selle, la tête à quelques centimètres du mur de rocher derrière lui, Charles regarda le monstre de bronze tomber vers lui. Un instant plus tard, des étincelles jaillirent. L'énorme canon heurta le rocher une fois, deux fois. Canon et chariot culbutèrent sur eux-mêmes, envoyant les artilleurs dans les airs et réduisant les chevaux à un chaos de hurlements et de jambes agitées. La gueule du canon s'éleva à la verticale, parut défier la pesanteur, puis retomba sur la route et ne bougea plus.

Les artilleurs affolés se hâtèrent de couper les harnais des chevaux, tandis que les conseillers et les gardes du roi se précipitaient au secours de leur souverain. Charles était encore en selle, penché sur le côté, les yeux fixés sur la route. Juste à ses pieds gisait un artilleur en pourpoint jaune et chausses noires. Pas une égratignure sur le corps, mais la tête... Un seul œil semblait regarder, au milieu d'une bouillie sanglante – comme un œil de mouton posé sur un tas d'entrailles saignantes.

– Je crois que je n'ai jamais rien vu d'aussi... d'aussi... dit le roi, ne trouvant pas de mot assez fort. Sa tête entière...

Les yeux toujours en mouvement de Louis glissèrent sur le cadavre puis sautèrent sur le rocher à sa hauteur. Il montra une tache rouge brillante, qu'aurait pu faire une éponge pleine de sang frottée contre le roc.

– Il a dû être coincé contre la paroi quand le canon est tombé, dit-il sans émotion.

– Le pauvre homme, murmura Charles.

– Je suis certain que Votre Majesté voudra mettre à l'essai un autre modèle de chariot, suggéra le prince Antonello. A quatre roues, mais avec l'essieu arrière détachable pour augmenter la maniabilité quand le terrain le permet.

– Nous veillerons à ce que la veuve de ce brave ne soit pas oubliée, dit Charles sans quitter des yeux la tête broyée de l'artilleur. Et nous mettrons à l'essai un chariot à quatre roues.

– Nous n'avons pas assez d'argent pour construire les bateaux nécessaires, murmura à Antonello l'amiral Graville, où en trouverons-nous pour verser des pensions à toutes les veuves que nous ferons quand nous traverserons les montagnes ?

Le prince Antonello regarda Graville comme si la réponse allait de soi.

– En Italie, dit-il.

***

Milan, 7 janvier 1493

La douleur, comme des serres griffant son ventre, tira Béatrice de son demi-sommeil. Elle releva les jambes et attendit, la tête bourdonnante de crainte. Isabelle et Polissena l'avaient prévenue qu'elle aurait ces contractions ; le travail ne commencerait vraiment qu'au moment où elles se reproduiraient à moins d'un quart d'heure d'intervalle. Mais ce début était déjà terrifiant...

Rien ne succéda au premier coup de poignard. Au bout d'un instant, Béatrice souleva les couvertures et se dirigea vers la fenêtre. Dans la pénombre de ce début de soirée, la forêt ressemblait à un nuage d'encre en train d'avancer. Les douves au-dessous de la fenêtre reflétaient des lueurs ternes, fantomatiques. Des hirondelles, spectres plus sombres dans le noir, passèrent devant la fenêtre.

Réclusion – qui avait inventé ce rituel prénatal cruel ? Suivant la coutume, messer Ambrogio avait ordonné qu'elle ne quitte plus la chambre – ni le lit, s'il fallait suivre ses instructions à la lettre – jusqu'à la naissance de l'enfant. Isabelle avait promis de demander à messer Ambrogio pour quel crime au juste les femmes étaient punies de réclusion pendant le mois précédant l'accouchement et les quatre semaines suivantes. Une femme pouvait forniquer autant que le diable l'en tentait, avait-elle plaisanté, tant qu'elle ne s'engageait pas dans l'œuvre divine de procréation, elle pouvait aller et venir de son gré... Mais maintenant, Isabelle était entrée en réclusion, elle aussi, et Béatrice ne pouvait plus la voir ni lui parler.

L'odeur de moisi de la pierre froide chassa le parfum des bûches de pin de la cheminée. Les appartements de Béatrice ne donnaient plus sur la cour ducale, claire et aérée : on l'avait installée à la Rochetta, la citadelle fortifiée du Castello di Porta Giovia. Les énormes murailles de pierre retenaient le froid de l'hiver comme des blocs de glace. Elle pouvait sentir le poids de cette prison autour d'elle, aussi oppressant que celui d'une pierre tombale. Les journées plus courtes se refermaient sur elle, et chaque nuit l'enveloppait comme d'un linceul.

Elle se glissa de nouveau sous les couvertures et attendit . Au bout d'environ une heure, son enfant s'éveilla et lui donna un coup de pied. Mais pour Béatrice, cette douleur était un antidote de tout le reste, une blessure si tendre, si délicieuse qu'elle imagina du miel en train de couler dans ses veines. Elle posa les mains sur son ventre et caressa doucement le nœud dur créé par un petit poing ou un petit pied. En une communion chuchotée, elle parla à son bébé :

– J'aimerais que tu restes ainsi en moi pour toujours.

CHAPITRE 21

Extraits d'une lettre d'Éléonore d'Este, duchesse de Ferrare, à Hercule d'Este, duc de Ferrare.

Milan, 16 janvier 1493

Illustrissime seigneur et époux,

... Je suis arrivée ici cet après-midi et... j'ai été accueillie avec beaucoup de générosité et de cérémonie, ainsi que par de nombreux cris « *Moro! Moro!* »... Béatrice ne se repose pas bien dans sa réclusion, ce que j'attribue à des angoisses sans fondement, maintenant que la naissance est imminente. Je prie pour que le travail commence vite, car sa constitution a été affaiblie par ces appréhensions. Mais je suis fermement persuadée que dans une semaine tout ceci appartiendra au passé et que je porterai notre premier petit-fils dans mes bras...

Le More m'a révélé que Sa Sainteté a suggéré la création d'une nouvelle ligue qui comprendrait Rome, Milan et Venise. Le More m'a laissé entendre qu'il accepterait d'oublier ses différends avec Venise si vous pouviez vous résoudre à faire de même, car il désire fort que nous participions à cette ligue. Je lui ai répondu que vous étiez le seul à pouvoir prendre cette décision, mais qu'à mon sens vous préféreriez sans doute accepter la main tendue d'un ancien ennemi pour en empêcher un nouveau, beaucoup plus puissant et agressif, de prendre pied en Italie...

***

Milan, 25 janvier 1493

– Est-ce que tu sens? Est-ce que tu sens?

Les yeux de la sage-femme étaient vitreux de peur, ses cris perçaient au travers des hurlements de Béatrice.

– Je ne sais... répondit l'aide de la matrone, livide de détresse, à genoux sur le lit de Béatrice et son bras, caché presque jusqu'à l'épaule par la chemise remontée, qui disparaissait entre les jambes de Béatrice.

– Cherche le nez! Cherche les cheveux! gronda la sage-femme. Trouve la tête et tire-la vers le bas.

La tête de Béatrice se redressa brusquement, les tendons du cou raidis sous la peau exsangue, les lèvres retroussées sur des dents jaunies et des gencives violacées en une grimace de tête de mort. Ses yeux se posèrent un instant sur la jeune aide de la sage-femme. Elle dégagea une de ses jambes de la poigne d'un des assistants de messer Ambrogio et en frappa le dos fluet de la fille jusqu'à ce que l'homme la réagrippe et l'immobilise sur le lit.

– Alors, tu tiens la tête?

La fille tourna vivement ses yeux voilés de larmes et affolés.

– Elle ne cesse de bouger! Elle a manqué me casser le bras! cria-t-elle.

Messer Ambrogio prononça quelques mots à l'oreille de la mère de Béatrice. Éléonore d'Este acquiesça. La cape rouge du médecin tournoya en direction de la porte. Il revint un instant plus tard, suivi de deux pages aux épaules larges. Il leur ordonna de remplacer les hommes accrochés aux jambes de Béatrice, puis demanda à ces derniers de s'avancer pour maintenir les hanches de l'accouchée aussi fermement que possible. Béatrice cambra les reins dans un dernier effort désespéré pour se libérer, et sa chemise remonta davantage, révélant le bras de la jeune aide enfoui dans son vagin presque jusqu'au coude.

La tête de Béatrice frappa le matelas et ses cris continus, changeant de ton, parurent plus étranges, comme des râles inhumains. L'aide recula brusquement en retirant d'un geste convulsif son bras taché de sang.

– Tu l'as retourné? lui cria la sage-femme.

– Je crois, dit la jeune fille, mais sa réponse fut étouffée par le long gémissement bestial de Béatrice.

Les yeux de la fille débordaient de larmes, et elle se mit à pleurer. Personne n'y prit garde.

Messer Ambrogio entraîna Éléonore dans l'antichambre et fit signe au chirurgien, à la sage-femme et à son aide de les suivre. Il referma la porte, et il parla d'une voix aussi assourdie que s'il annonçait un oracle, avec un calme qui contrastait de façon sinistre avec les bruits d'animal provenant de la chambre.

– L'a-t-on retourné ? demanda-t-il à la sage-femme sans la regarder en face.

La sage-femme prit sa jeune aide par les épaules et chercha son regard. La fille devait avoir à peine treize ans. Elle continuait de sangloter.

– J'ai senti la tête, pleurnicha-t-elle. Je l'ai tournée vers le bas.

– Connaît-elle seulement la différence entre la tête et le derrière ? demanda le chirurgien à messer Ambrogio, sans daigner s'adresser à la sage-femme, encore moins à l'aide. N'est-ce pas une trahison que de confier la santé de la duchesse de Bari à une gamine qui assiste sans doute à un accouchement pour la première fois de sa vie ?

Soulevant d'un geste furieux le bras encore sanglant de la fille, la sage-femme répliqua :

– Le conduit de la duchesse est si étroit que je n'aurais pas pu passer le pouce. Il est rare de trouver une fille qui ait en même temps le bras aussi fin et assez de cervelle pour suivre les instructions. Surtout qu'après avoir fait ça une fois, elle ne veulent plus jamais le refaire.

Éléonore l'interrompit, et s'adressa à tous.

– Supposons que la tête soit maintenant dans la bonne position, dit-elle en s'inclinant légèrement pour remercier l'adolescente. Que pouvons-nous espérer ?

– *Si* le retournement a été effectué, l'accouchement devrait se dérouler normalement, répondit messer Ambrogio, visiblement sceptique.

Le chirurgien fit une moue hautaine.

– Si l'on avait suivi mon conseil et procédé au retournement il y a quelques heures, quand je l'ai proposé, nous pourrions espérer que l'accouchement se poursuive normalement, dit la sage-femme, en faisant une révérence à Éléonore en guise d'excuses. Mais à présent... Elle est épuisée. Elle est en travail depuis une nuit et un jour. Elle a beaucoup souffert.

Les yeux d'Éléonore ne cillèrent pas.

– Et si l'accouchement ne se poursuit pas normalement ?

– Le massage des parties concernées serait peut-être plus efficace à présent, suggéra messer Ambrogio.

La sage-femme, hésitante, fit une nouvelle révérence.

– Il y a des simples, des onguents. Mais, Votre Altesse, elle est tellement épuisée...

– Il est donc probable que massages et potions ne feront pas plus d'effet que la nuit dernière et toute la journée, coupa Éléonore, en se tournant vers le chirurgien. Je n'ai pas l'intention de laisser ma fille mourir avec un enfant dans le ventre. Avez-vous les instruments nécessaires pour enlever l'enfant ?

La mâchoire inférieure de messer Ambrogio s'affaissa, et il pâlit.

– Il serait préférable de consulter le duc de Bari avant de procéder à...

– Le duc de Bari n'est pas en train de souffrir le martyre depuis des heures et des heures pour mettre un enfant au monde, lança Éléonore en tendant le bras pour indiquer d'un doigt menaçant la porte de la chambre. Avez-vous les instruments?

Le chirurgien avala sa salive et inclina la tête.

– En ce cas, ne perdons pas de temps, et prions que le Seigneur ait décidé que cet enfant vienne au monde, dit Éléonore en regardant droit dans les yeux le chirurgien tremblant.

***

Béatrice les vit revenir. Non comme plusieurs personnes distinctes, mais comme une présence menaçante – un démon-bourreau à plusieurs têtes. Elle connaissait sa douleur comme si elle la ressentait depuis le premier jour de sa vie : l'acide brûlant qui mordait les plus infimes de ses veines, la bile amère qui lui remontait à la gorge et emplissait ses poumons, le poids énorme qui écrasait ses entrailles, pareil à un torrent de plomb bloqué en elle. Elle avait fini par connaître assez bien sa douleur pour négocier avec elle, pour lui faire une concession ici ou là en échange d'un peu de soulagement ailleurs. La douleur finirait peut-être par la tuer, mais ce serait à la façon d'un bourreau habile, Béatrice en était certaine, d'un seul coup net et rapide. Au contraire, il n'était pas question de raisonner avec ce nouveau monstre de souffrance aux nombreux bras qui tournait maintenant autour d'elle; il allait la déchirer lambeau par lambeau. Il avait déjà commencé.

Elle regarda le monstre, mais ne put voir clairement que des dizaines d'yeux. Les massages, les onguents, les palpations et les innombrables allées et venues sur le fauteuil de travail l'avaient rendue folle, mais le souvenir de ces tourments s'était déjà dégagé de sa conscience, comme un nuage de flocons noirs tombant dans un puits sans fond. Elle ne se souvenait plus maintenant que du retournement, coup de foudre d'une aveuglante clarté, en chacun de ses instants. Le bras en elle, le moindre mouvement comme un coup de couteau, de plus en plus profond. Puis les doigts qui fouillaient dans son ventre, chaque contact engendrant un nouveau frisson d'agonie, qui naissait dans ses entrailles et explosait dans sa tête en une cacophonie obscène, trompe démoniaque qui lançait des poignards à la place des notes. Elle se jura que s'ils essayaient encore de retourner l'enfant, elle se libérerait, se jetterait sur le monstre et lui trancherait la gorge à coups de dents.

Mais le monstre cessa de s'avancer. Béatrice oublia bientôt ses yeux avides et se remit à parler à sa douleur, qu'elle trouva plus raisonnable; elle sentit ensuite plusieurs parties de son corps glisser à la dérive dans le puits sombre au-dessous d'elle – parcelles brillantes de son âme, étincelles fugitives bientôt tombées dans l'oubli. Pendant un instant elle vit sa mère, debout devant elle; elle vit ses yeux verts et voulut leur parler. Peut-être parla-t-elle. « Je rentre à la maison, maman. »

Elle imagina que ses yeux voyaient chacun une chose entièrement différente. L'un d'eux somnolait, rêvait d'immenses ténèbres éclairées par des poupées en robe de dentelle blanche et des saintes drapées de brocart brillant. Les poupées éblouissantes et les saintes scintillantes défilèrent devant elle ainsi qu'une armée de lanternes oscillant de-ci de-là, bannières flottant au vent. Mais son autre œil regardait la bête qui la lorgnait; et cet œil voyait sa mère au milieu du monstre, sans qu'elle en fasse tout à fait partie. « Je rentre à la maison, maman. J'ai un enfant avec moi. Je veux que tu voies mon enfant. »

Puis la créature aux yeux multiples remua de nouveau. Sa mère la ranimait. « Pourquoi, maman? Pourquoi me fais-tu encore souffrir? » Mais elle comprit pourquoi sa mère avait ramené le monstre à la vie, et la douleur de cette vérité ressembla à la main qui remontait dans ses entrailles pour lui arracher le cœur. Les poupées et les saintes filèrent, disparurent, et elle vit le chirurgien glisser la main dans sa sacoche et en retirer des objets de métal brillant. Elle se souvint alors de l'endroit où elle avait déjà vu les mêmes instruments, elle se rappela à quoi ils servaient... Le monstre était venu tuer son enfant.

Béatrice engagea avec le chirurgien un combat au ralenti, pour lequel elle rassembla les forces de tout son corps, mais elle ne put que bouger au rythme de la *bassa danza*. Il avança vers elle, avec à la main le marteau, la pique et le crochet. Au prix d'un effort infini, elle se souleva pour l'affronter. Des mains lui saisirent les bras, mais elle les écarta. Elle se redressa complètement puis tout commença à s'effacer dans un tourbillon noir. Elle posa les mains sur ses genoux et leur ordonna d'apporter le fauteuil de travail. Elle s'accroupit. Ils se mirent à lui parler tous en même temps, mais elle décida de n'écouter que sa propre respiration. Elle connaissait déjà les conditions simples de l'accord qu'elle venait de négocier, elle se demanda seulement avec qui elle l'avait négocié. Avec la Fortune? Avec sa mère?

La vie montait et descendait en elle en puissants sursauts réguliers, avec un bruit qui rappelait le ressac au loin. Elle s'imagina à l'intérieur d'une cathédrale, aussi décorée que le Duomo mais mille fois plus longue, un grand tunnel avec, au bout, un cierge unique dont la lumière vacillait. Elle se mit en marche, sans cesser de se répéter qu'elle en aurait la force. Des saints la regardaient de leur niche ou des chapelles latérales, statues vivantes, ou s'inclinaient pour l'encourager de leurs voix monocordes. D'un clignement d'yeux, elle les chassait. Ici et là, le sol basculait et formait une pente de montagne : elle devait faire appel à toutes ses forces pour avancer jusqu'à ce qu'il s'aplanisse de nouveau. Chaque fois, elle était plus faible.

Mais elle continuait de marcher. L'autel était plus clair, et entouré de mille cierges. Elle cessa de remarquer les saints qui l'exhortaient. Elle se mit à courir et de violentes bouffées d'air brûlèrent ses poumons. La fatigue lui torturait les jambes. Elle courait si vite... L'enfant reposait sur l'autel, nu, langé seulement de pure lumière. Le sol bascula en pente encore plus raide, mais progresser devint plus facile. En arrivant au sommet, n'allait-elle pas basculer à la renverse et glisser plus loin que son point de départ, glisser jusqu'au fond? Cela ne l'inquiétait plus, maintenant. La chaleur des cierges était comme le soleil, et il y avait l'enfant, dont les yeux scintillaient ainsi que des pierres précieuses. En un dernier effort qui la laissa sans pesanteur, libérée de toute douleur, elle tendit les bras vers lui. Il était si lisse, si parfait, avec une peau pareille à des pétales de rose. Les mots « Je t'aime » brillèrent comme des étincelles au bout de ses doigts, et elle sut que c'était son enfant, et que peu importait à présent qu'elle retombe dans les ténèbres. Elle entendit son enfant crier, vit les notes cristallines des premiers cris glisser derrière elle ainsi que de la poudre d'or, et la dernière chose qu'elle se dit fut : « A présent, je peux m'en aller n'importe où. »

***

Le comte Girolamo da Tuttavilla ôta ses lunettes et se frotta les yeux. Il regarda le More. Tuttavilla, l'ambassadeur le plus compétent de Milan, avait quinze ans de plus que le More, ses cheveux étaient blancs; il avait autrefois fidèlement servi le père du More, François Sforza. Il était en train d'étudier des dépêches provenant de l'important service de renseignements que le More avait mis en place à Venise – réseau de marchands, d'envoyés, de banquiers et même de courtisanes, comme le More en avait organisé dans chaque grande capitale d'Europe.

– Vous connaissez le problème, dit Tuttavilla. La Seigneurie de Venise comprend aussi bien que nous qu'il ne faut pas permettre aux Français de traverser les Alpes. Les Vénitiens ont sans doute l'intention d'entrer dans la ligue proposée par Sa Sainteté. La vraie question, c'est : « Dans quelle mesure soutiendront-ils cette ligue si cela exige plus que des paroles? »

Le More s'appuya au dossier de son fauteuil. La lumière que répandaient dans la pièce de grands globes de verre fixés au mur par des appliques de cuivre, étrangement stable en cette époque de bougies et de lampes à huile, accusait les traits royaux du More.

– C'est précisément ce qui me préoccupe. La Seigneurie espère que cette manifestation de l'unité italienne persuadera le roi Charles de rester chez lui. Mais si l'armée française traverse tout de même les montagnes... Je suis certain que la Seigneurie ne nous enverrait que ses prières, conclut le More en hochant la tête avec mépris.

– En ce cas, nous ne devrions accepter d'entrer dans cette ligue que si chaque État membre s'engage publiquement à assister tout autre État membre attaqué par les Français. Cela obligerait les Vénitiens à affronter leurs responsabilités et ils prendraient mieux conscience de l'influence des têtes chaudes dans le conseil du roi Charles.

– Jamais la Seigneurie n'acceptera, objecta le More. En ce moment, Venise craint l'Allemagne plus que la France. Et tant que les Français sont en mesure de contrer la menace de l'Allemagne sur Venise, la Seigneurie ne prendra jamais une position aussi agressive contre la France. Venise essayera de mener une politique plus subtile. Bien entendu, si la France et l'Allemagne en venaient à résoudre leurs différends, la politique vénitienne deviendrait plus aventureuse.

– Est-ce possible ?

– Le comte Belgioioso vient de m'apprendre que le roi Charles essaie de lancer des pourparlers avec Maximilien, le fils de l'empereur d'Allemagne. La paix entre la France et l'Allemagne éliminerait l'obstacle le plus important à la croisade du roi Charles. Et ce serait un vrai malheur.

Le More passa l'index sur le buste de César, taillé dans le rubis monté sur sa bague.

– Pour le moment, j'estime qu'une alliance vague avec Venise vaut mieux que pas d'alliance du tout. C'est un premier pas. Nous pourrons ensuite augmenter les pressions sur la Seigneurie pour qu'elle donne plus de corps à notre traité.

Il regarda Tuttavilla d'un air songeur.

– Il me vient à l'esprit que nous devrions faire grand bruit autour de cette ligue. Pour confirmer l'accord, je vous enverrai à Venise à la tête d'une très nombreuse délégation, et je demanderai au duc Hercule et à Sa Sainteté de faire de même. J'aimerais m'y rendre en personne avec le duc Hercule, mais nous avons trop d'ennemis au sein de la Seigneurie.

– Peut-être votre épouse ? Et l'épouse du duc Hercule. Avec une nombreuse suite de dames de compagnie. Cela montrerait bien l'importance que nous attachons à cet accord.

Le More acquiesça, enchanté. Il resta assis en silence pendant un instant, puis se leva brusquement et se dirigea vers une des lampes. Il la regarda et tapa du doigt le globe de verre, qui était plein d'eau ; la mèche brûlait dans un cylindre de verre au centre du globe.

– Avez-vous remarqué, pendant que vous lisiez ?

Tuttavilla se retourna vers la lampe.

– Absolument. On peut lire près de la lampe pendant deux heures sans avoir les yeux fatigués ; la seule limite qui reste est le besoin de sommeil. Nous ne sommes pas encore capables de rendre la vue aux aveugles, dit-il en brandissant ses grosses lunettes cerclées de fer, mais notre science a vraiment prolongé l'utilité des personnes âgées.

– C'est Léonard qui les a faites, dit le More en tapant de nouveau sur le globe. Il m'envoie des listes de dix idées, et chaque fois l'une d'entre elles s'avère utile. C'est un homme hors du commun. Il ne cesse de tempêter contre les humanistes, sans doute parce qu'il ne sait pas le latin. Mais il y aurait beaucoup à dire sur sa vision du monde dégagée des entraves du passé pour se concentrer uniquement sur l'avenir. Bien entendu, dès qu'un de mes érudits a traduit un texte du grec dans notre langue, Léonard se jette dessus, commenta le More en souriant d'un air entendu. Il aurait beaucoup amusé mon père. Il lui aurait opposé Filarete... Filarete aurait dessiné ses villes parfaites en forme d'étoiles, et Léonard aurait imaginé des routes se croisant l'une au-dessus de l'autre avec des voitures tirées par la seule force de rouages et de ressorts. Mon père avait le don de discerner le génie là où les autres ne voyaient que des folies.

Il se rassit et un souvenir subtil de son sourire demeura sur ses lèvres. Il ne leva pas les yeux vers Tuttavilla. Celui-ci regarda le More à la dérobée sous ses sourcils noirs pendant un moment, puis rompit le silence.

– Vous avez toujours été le fils favori de votre père. Il ne pouvait évidemment pas faire état de sa préférence pour un quatrième fils, si loin de la succession, mais nous le savions tous. Vous rappelez-vous cette fête de mai près de Binasco, quand vous aviez quinze ou seize ans ? Vous avez participé au tournoi de lutte des jeunes costauds du village, et vous les avez tous battus. Quand je l'ai appris à votre père, il s'est écrié : « *Stupendissimo*, Ludovic », en tapant du poing comme il faisait toujours, puis il m'a dit : « Savez-vous comment il les a battus, messer Girolamo ? Pas avec ses reins bien qu'il soit assez fort. Avec son esprit. Par ses calculs et son habileté. Il a toujours cinq ou six coups d'avance sur son adversaire. C'est pour cette raison qu'il sera un homme plus fort que moi. Personne ne peut vaincre l'esprit de Ludovic-Marie. »

Tuttavilla sourit, le visage ouvert, sans la moindre trace de flatterie dans son expression, et il ajouta :

– Je suis sûr que l'âme de votre père est soulagée de savoir que Milan se trouve sous votre autorité.

Le More releva la tête. Ses yeux noirs opaques suggéraient, quoique sans méchanceté, que Tuttavilla s'éloigne de la frontière qu'il semblait sur le point de franchir. Puis il regarda d'un air absent la lumière sans scintillement de Léonard de Vinci.

– La lumière de la raison, dit-il, non sans une pointe d'ironie. On nous demande de croire que cette lumière éclairera un jour le monde entier. Et pourtant n'importe quel peintre sait bien que sans ombres en contraste avec la lumière, on ne peut créer l'apparence des formes et des volumes. Le clair-obscur. Lumière et ombres. Plus éclatante est la lumière, plus profonde doit être son absence. Regardez les œuvres des peintres florentins. La limite de la lumière et des ombres y est aussi tranchante qu'une lame.

Comme pour confirmer ses dires, le More regarda les ombres nettes derrière les écritoires de ses secrétaires. On frappa à la porte, et ses épaules tressaillirent légèrement de surprise.

Le messager était Bernardino da Corte. Celui qui veillait à la sécurité du More était un homme anguleux avec des traits aquilins milanais et un teint sombre du Sud. Il posa un genou à terre et serra son bonnet contre sa poitrine.

– Messer Ambrogio vous mande que votre épouse vous a donné un fils, sans défaut, sans marques inhabituelles et d'une santé robuste.

Le visage et la voix du More restèrent parfaitement impassibles.

– J'ai dicté à messer Calco les détails des fêtes et des cérémonies. Demandez-lui de passer à l'exécution.

Contre toute attente, Bernardino ne se releva pas, et ses doigts se crispèrent sur son bonnet.

– Votre Seigneurie, messer Ambrogio vous supplie de lui accorder un entretien au sujet de la situation qui s'est développée concernant la duchesse de Bari.

Un étrange reflet parut glisser sur les yeux du More, comme si la lampe de Léonard avait soudain brillé plus fort puis s'était éteinte.

– Où se trouve messer Ambrogio ? demanda-t-il d'une voix égale.

CHAPITRE 22

C'était un lieu de lumière opalescente, une mer claire et profonde. A de très longs intervalles passait une étrange statue flottante, peut-être une effigie tombale, et ses robes de brocart se gonflaient pour la faire avancer, ainsi qu'une énorme méduse dont la surface perlée luisait jusqu'à ce qu'elle disparaisse au loin.

La douleur la ramena plus près de la surface. De temps à autre, elle pouvait apercevoir les gens sur la grève ; ils apparaissaient brièvement, pareils aux personnages peints sur les cartes du tarot, puis se dissolvaient dès que les nuages recouvraient le soleil. Une fois elle vit sa mère et se dit : « Maman n'est pas morte – pourquoi se trouve-t-elle ici ? »

Les élancements dans son ventre déchirèrent les voiles vaporeux de son rêve. La lumière de la pièce rappelait celle des peintres flamands : elle rendait tout plus dur et plus réel. Elle sentit que ses mains et ses pieds étaient froids. Elle se savait en vie, et la panique qui s'empara aussitôt d'elle fut la pire de toutes les douleurs : « N'ai-je pas rêvé mon enfant ? » Il fallait qu'elle se lève.

Sa mère était là, et pendant un instant sa vie entière ne fut que haine pour sa mère qui l'empêchait de se lever. Mais ses forces s'épuisèrent.

Quand elle ouvrit de nouveau les yeux, elle entendit sa propre voix au milieu du bourdonnement qui emplissait ses oreilles.

– Maman, où est mon enfant ? Où est...

Sa mère s'éloigna. Quand elle revint, le paquet de velours couleur framboise qu'elle tenait dans ses bras traversa pendant un instant le rayon de soleil tombant des volets entrouverts. Un peu de peau rose et de beaux cheveux noirs. Béatrice s'attendit à quelque chose de magique quand sa mère posa le bébé près d'elle, mais il ne se passa rien ; elle fut simplement surprise par le côté fripé de ses petits traits.

– Ton petit garçon, ma petite fille, murmura sa mère.

Béatrice toucha la joue de l'enfant. Elle était beaucoup plus douce qu'elle ne paraissait – aussi chaude et veloutée qu'elle l'avait imaginé. Il plissa les lèvres et tourna la tête vers sa poitrine. Instinctivement, elle délaça sa chemise.

– Non, mon enfant, dit sa mère. Tu es trop faible. Et il vaut mieux que tu ne commences pas. Si tu ne commences pas, tu n'auras pas besoin d'interrompre.

Béatrice, furieuse contre sa mère et ses doigts froids, gourds et sans vie, se demanda si une partie d'elle-même n'était pas encore morte. Puis son enfant ouvrit les yeux et la regarda. Elle n'entendit qu'une seule note, mais c'était le son le plus clair, le plus pur qu'elle entendrait jamais. Il avait les yeux d'une couleur imprécise, et il s'y reflétait une étrange omniscience que Béatrice comprit aussitôt : non seulement l'enfant comprenait son âme, entendait lui aussi son âme chanter, mais il était son âme.

Peut-être le More se trouvait-il dans la chambre depuis un certain temps quand Béatrice prit conscience de la présence de son époux ; il ne lui vint pas à l'esprit que cet homme était aussi le père de son enfant. Il parlait avec animation à sa mère – Béatrice se demanda de quoi – puis il s'assit à côté d'elle sur le lit. Il l'embrassa et embrassa l'enfant, mais ces baisers n'avaient pas plus de sens que ceux de Mariolo, le bouffon, lorsque dans une de ses pitreries il faisait semblant d'être amoureux d'elle.

– Mon fils fait connaissance avec sa mère, dit le More.

Billevesées, songea Béatrice. Je n'ai pas besoin de faire connaissance avec ma propre chair, ma propre âme. Dans cent années, vous ne pourriez pas le connaître aussi bien que je le connais déjà. Pendant un instant, elle s'étonna de ressentir une telle fureur alors qu'elle tenait son enfant dans ses bras, puis elle comprit que cette même fureur avait sauvé la vie de son fils. Et le protégerait en toute circonstance.

Le More se leva et se remit à parler à Éléonore, tandis que Béatrice continuait sa communion totale avec son enfant. Jamais je ne te ferai mal, jura-t-elle en silence, et jamais je ne laisserai personne te faire souffrir. Jamais je ne laisserai personne te faire ce que maman m'a fait.

***

– Il est presque arrivé, Votre Altesse. Presque arrivé.

La sage-femme s'écarta du fauteuil de travail et se tourna vers sa jeune aide, l'adolescente qui avait retourné l'enfant de Béatrice.

– En trois jours, tu as réussi à voir l'accouchement le plus difficile auquel j'aie assisté en vingt-six ans de pratique, et tu es en train de voir un des plus faciles. Tu ne peux pas imaginer à quel point cette naissance est plus facile pour Son Altesse que la première...

Isabelle entendit les réflexions de la sage-femme, et elles renforcèrent l'instinct de compétition qu'elle éprouvait depuis le début de son bref travail : compétition avec elle-même, pour mettre au monde l'enfant le plus vite possible; et surtout compétition contre le More, pour lui opposer un second fils et conserver l'avantage du nombre. Ne fallait-il pas songer aux risques d'empoisonnement et de complot, ainsi qu'aux maladies naturelles qui fauchent tant d'enfants dans leurs jeunes années? Ce second fils serait sa sécurité. Son aîné, François, n'aurait plus à assumer tout seul le poids du destin. A tout le moins, un deuxième fils serait un talisman, un symbole de la faveur que continuait de lui accorder la Fortune.

Elle sentit que l'enfant était tout près de naître, et elle cessa soudain de vouloir que ce moment s'achève. Elle s'abandonna à lui, s'éleva doucement dans la lumière intense, faisant effort de temps en temps pour monter plus haut, mais se contentant presque toujours de planer en tournoyant lentement dans la voûte scintillante de ses espoirs. « C'est cela, l'amour; c'est cela faire l'amour, se dit-elle. Le moment sexuel le plus délicieux de la vie, la confirmation la plus haute de mon pouvoir. »

Elle continua de planer au milieu des cris de son enfant. Elle les regarda le sortir d'elle, la tête la première, ensanglantée mais parfaite, déjà sa propre image. Il se tourna; elle frissonna et poussa davantage pour que le torse sorte, toute à la joie de sentir la chair du bébé à travers elle. Le cordon ombilical se tordait sur ses jambes ainsi que la vipère bleue des Sforza...

Un cri d'alarme résonna en elle, et elle cessa de planer. L'enfant était mal formé. Frappée de stupeur, l'esprit vide, les membres sans force, elle tomba d'un ciel où ne brillerait jamais plus le soleil. Il est...

L'instant suivant, elle comprit ce qu'elle avait vu, avant même d'entendre les témoins murmurer : « C'est une fille. » Son fils n'était pas mal formé, mais le bourgeon de puissance qu'elle s'attendait à trouver entre ses jambes n'existait pas. Son fils n'avait jamais existé.

Les témoins sortirent gravement de la chambre. La sage-femme lava la petite fille et la montra à la duchesse de Milan.

– Vous avez eu un accouchement vraiment facile cette fois, Votre Altesse. Vous n'aurez aucun mal à l'allaiter si vous le désirez.

Isabelle secoua la tête.

– Vérifiez que la nourrice prévue est arrivée.

***

Extraits d'une lettre de Teodora degli Angeli, dame de compagnie de la duchesse de Ferrare, à Isabelle d'Este de Gonzague, marquise de Mantoue.

Milan, 20 février 1493

... et pendant un certain temps, j'ai craint pour la santé de madame votre mère, qui a passé tellement de temps à genoux sur le sol glacé de la chapelle ducale à prier Notre Doux Seigneur de délivrer madame votre sœur. Cela n'a certainement fait aucun bien aux difficultés de digestion de madame votre mère, dont vous êtes déjà au courant. Mais madame votre sœur a recouvré sa santé de façon presque miraculeuse, et à présent madame votre mère assure qu'à l'avenir madame votre sœur n'aura plus que des accouchements faciles. Madame votre sœur se repose paisiblement presque toute la journée (ce qui ne lui ressemble guère), mais elle devient aussi rayonnante que l'autel du Duomo dès qu'on pose dans ses bras son *bello puttino*...

Les ambassadeurs, comtes, cardinaux, magistrats et autres dignitaires ont été invités à voir les cadeaux et les décorations dès que l'on a jugé madame votre sœur suffisamment rétablie. Comme vous me l'avez demandé, j'ai essayé de tout noter dans le plus grand détail et d'évaluer ce que cela a dû coûter... Un service de flacons de cristal sur des socles d'or en forme de griffons, satyres et dauphins, évalués 3 500 ducats chacun... Une grande urne en or repoussé décorée *all'antica*, plus de 15 000 ducats... Le dais du lit de madame votre sœur est rouge foncé, en *velluto riccio sopra riccio*... avec une frange de petites sphères d'or qui doit valoir à elle seule 8 000 ducats... Le berceau [a] quatre colonnes dorées [et] un dais de soie *tabi* bleue à franges, orné de dentelles d'or, et votre neveu Hercule y somnole sous une toile d'or évaluée à 1 500 ducats l'empan... Madame votre mère juge cet étalage excessif et craint qu'il ne provoque inutilement le duc et la duchesse de Milan, car ces offrandes ont largement surpassé celles qui ont salué la naissance de l'héritier du duc. Nous avons déjà appris qu'il y a eu des commentaires dans ce sens dans les appartements de la duchesse de Milan...

Madame votre sœur sera libérée de sa réclusion dans quatre jours, ainsi que la duchesse de Milan. C'est messer Ambrogio da Rosate qui a déterminé la date. (A tous les égards que l'on accorde aux déclarations de cet individu, vous croiriez vraiment, Votre Altesse, que c'est lui et non madame votre sœur qui a mis au monde *il bello puttino*.)

CHAPITRE 23

Milan, 24 février 1493

– Il a été si gentil ce matin, madame.

La nourrice regarda les yeux vitreux, repus, d'Hercule Sforza, âgé de quatre semaines. L'enfant lâcha le mamelon du sein avec un petit bruit mouillé ; il avait les lèvres colorées sous la pellicule translucide de lait.

Béatrice prit le paquet de langes et appuya son fils contre son épaule. Il blottit sa tête couverte de duvet dans le creux du cou nu de sa mère. Son odeur propre était plus exquise pour Béatrice que le parfum le plus élaboré de Milan. Elle lui caressa la tête, et quand il émit soudain un rot sonore, elle échangea un sourire avec la nourrice. Au début, Béatrice avait été jalouse de la nourrice de son enfant, qui avait deux ans de plus qu'elle, mais qui paraissait plus jeune à cause de ses manières frustes. Puis elle s'était prise d'affection pour la jeune femme – qui avait accouché d'un enfant mort-né le jour de la naissance d'Hercule – et lui avait déjà donné une fortune en robes qu'elle ne porterait plus.

– S'il se met à cracher, tu vas salir ta belle *camora*, il te faudra en choisir une autre dans ta garde-robe et nous n'en aurons pas le temps si tu veux quitter tes appartements à l'heure indiquée par messer Ambrogio, dit Éléonore d'Este du seuil de la chambre, impressionnante silhouette en satin noir brillant, que rehaussait une énorme broche de diamants perchée sur sa volumineuse poitrine. Et même si tu te moques des horaires de messer Ambrogio, tu ne dois pas faire attendre la duchesse de Milan. Tu sais que tout le monde t'observera attentivement, à l'affût du moindre geste témoignant d'un manque de respect à l'égard de la duchesse de Milan et de sa fille.

– Écoutez bien votre sainte mère, renchérit Polissena en entrant dans la chambre à la suite d'Éléonore, et sa tête encapuchonnée dodelina de plus belle. Vous aurez du mal à rester sur vos jambes jusqu'à ce soir, Votre Altesse, avec ce *Te Deum* à Santa Maria delle Grazie dans la matinée et la réception au palais du comte della Torre cet après-midi. Et après la frayeur que vous nous avez faite, votre sainte mère et moi n'aurons plus la force de vous porter dans nos bras si vous vous fatiguez, comme nous le faisions quand vous étiez bébé.

Béatrice regarda le couple ridicule : sa plantureuse mère en tenue de deuil et sa dame d'honneur desséchée qui hochait sans cesse la tête derrière Éléonore comme un squelette dansant la gigue. Béatrice se détourna vers les brumes lumineuses du matin, visibles par la fenêtre de la chambre de son fils. Sa mère lui semblait toujours si lointaine, à présent... Béatrice s'imagina sur un promontoire ensoleillé et battu par le vent, avec la voix de sa mère si vague dans la distance qu'elle appartenait sans doute à une autre vie. Mais bien entendu sa mère ne comprenait pas qu'elle s'adressait à un fantôme – la Béatrice que sa mère pouvait gronder et conseiller était morte le jour de la naissance de l'enfant. Non pas parce qu'elle avait failli perdre la vie, mais au contraire, parce que ce jour-là elle l'avait trouvée. Personne d'autre ne pourrait comprendre que son voyage à travers la nuit avait commencé le jour de sa naissance et s'était achevé le jour de la naissance de son enfant.

Quand elle rendit son fils à la nourrice, Béatrice éprouva comme un vestige de peur, un peu comme lorsqu'on tire sur la peau d'une cicatrice. Les premiers jours après la naissance d'Hercule, chaque fois qu'elle le redonnait aux nourrices, elle avait ressenti une indicible terreur de ne plus le revoir ; il fallait encore qu'elle fasse effort sur elle-même pour se convaincre que les séparations n'étaient que temporaires. Quand elle retourna dans sa garde-robe, ses dames de compagnie l'accueillirent avec une cascade de révérences profondes. Elles se précipitèrent vers elle avec une férocité d'oiseaux de proie, en se disputant ouvertement l'honneur de draper sur les épaules de la duchesse de Bari son manteau de satin bordé de zibeline blanche ou de remettre en place les rubans de sa tresse. Béatrice entendit la rumeur de l'ambition derrière le froissement de la soie de leurs robes, et lut de la crainte derrière leurs sourires obséquieux. Elle détesta leurs prévenances soudaines encore plus que leur mépris calculé au moment de son arrivée à Milan. C'était comme si elles s'attendaient à ce que son époux se déclare duc de Milan avant la fin de la journée.

Béatrice tourna le dos à ses dames de compagnie et alla embrasser Blanche, la fille illégitime du More, qui attendait timidement à l'écart du troupeau, les joues éclatantes comparées à la pâleur de Béatrice. Escortée par sa suite haute en couleur, Béatrice prit la main de Blanche, traversa sa chambre, puis quitta ses appartements pour se rendre à la Sala della

Palla. Des applaudissements l'y accueillirent : les habitués de la cour ducale, dont elle avait presque oublié l'existence, attendaient sa venue – bouffons et nains, diplomates et prélats, clercs et hommes d'armes. Elle eut l'impression qu'elle venait de remporter un des grands tournois, et pendant un instant tout son corps se serra en une boule de glace : « Il l'a déjà fait. Il a déjà utilisé mon enfant pour se faire duc. » Sa raison écarta aussitôt cette idée (jamais il n'oserait faire une chose pareille alors que la mère de Béatrice était encore à Milan), mais le reste de son angoisse augmenta l'étrange allégresse qu'elle ressentait pour la première fois – et qu'elle n'eut pas le temps d'analyser.

La duchesse de Milan et sa suite attendaient sous le portique ouvert de la cour. Le groupe était moins nombreux que l'escorte de Béatrice, essentiellement limité aux dames de compagnie. Les dames d'Isabelle, aussi rutilantes que des tableaux vernis la veille, avec leurs soies et leurs satins, leurs fards sur le visage et leur gomme arabique sur les cheveux, attendaient les diverses réjouissances prévues à l'occasion des relevailles avec l'indifférence tendue de guépards en chasse. Mais leurs regards froids et leurs sourires de circonstance trahissaient qu'elles n'avaient rien à célébrer. Le contraste avec l'entourage de Béatrice était si évident que même Béatrice dut en convenir : « Tout le monde pense que j'ai gagné et qu'Isabelle a perdu. »

Jamais elle n'avait vu Isabelle aussi richement vêtue. Sa *camora* de velours *appicciolato* à rayures vert et or était rehaussée de fils d'argent et de soie écarlate ; un filet piqueté de diamants retenait ses cheveux ; elle avait posé négligemment sur ses épaules un manteau de velours cramoisi, qui laissait voir sur son décolleté un pendentif de rubis aussi brillant qu'une tache de sang. Elle adressa à Béatrice un sourire sans joie, presque soucieux. Les plis au coin de ses yeux trahissaient sa tension. Béatrice se demanda de nouveau : « Qu'a-t-il fait que j'ignore, et que peut-être même maman ne sait pas ? »

Béatrice s'empressa de faire la révérence, embrassa sa cousine sur la joue et murmura :

– Vous m'avez tellement manqué, Votre Altesse.

Isabelle la retint dans ses bras – le dos tendu d'Ich lui parut une armure sous la robe de velours doux.

– Le premier mois de réclusion passe comme une semaine, dit Isabelle de son ton désinvolte habituel, et le second mois semble durer deux ans. La prochaine fois que je serai enceinte, j'exigerai que messer Ambrogio soit enchaîné à son lit pendant tout ce temps. Il admettra vite que deux ou trois jours au lit suffisent à assurer la santé d'une accouchée.

– Je suis tellement impatiente de te montrer Hercule, Ich. Jamais je n'aurais imaginé que je pourrais l'aimer tant. Et je suis impatiente de voir ta fille. Tout le monde me dit qu'elle est si belle.

– Jean a tenu à ce que nous l'appelions comme la duchesse mère, elle est donc affligée du nom de Bonne.

Isabelle s'écarta de Béatrice et salua Éléonore.

– Peut-être devrions-nous nous diriger vers les carrosses, proposa cette dernière. La journée sera longue.

Isabelle acquiesça. Elle croisa de nouveau, involontairement, le regard de Béatrice, mais se détourna aussitôt.

Béatrice se rapprocha de Blanche et lui prit la main ; la sympathie innocente de la jeune fille la réconforta. Deux préoccupations s'agitaient en elle – les premières vérités désagréables de sa vie nouvelle. Tout d'abord, le trouble et le ressentiment manifestes d'Isabelle, peut-être à cause d'une chose que le More avait faite pendant leur réclusion et que sa mère lui avait cachée. Ou bien Ich était-elle simplement vexée parce que le More avait désormais un héritier. La pensée qu'Ich et elle devraient reconstruire leur confiance mutuelle désarçonna Béatrice, mais quelle que fût la cause du malentendu, elle était certaine qu'il serait vite éclairci. La deuxième chose que Béatrice avait remarquée la troubla plus profondément, et l'idée se fixa dans son esprit comme le souvenir de l'enfant mort-né qu'elle avait vu déchiqueter à Naples. Elle dut se forcer à le formuler : « Isabelle n'aime pas sa fille. »

***

– Je parierais mon retable de Bergognone qu'elle a grandi de deux pouces, commenta la comtesse della Torre. Je m'en suis aperçue dès qu'elle a fait son entrée. Quand une femme a un enfant à son âge, elle grandit toujours un peu.

La comtesse, âgée de trente-trois ans, était l'épouse du comte della Torre, hôte de la première fête de relevailles. Elle regarda par-dessus une de ses salières dorées – une Diane nue armée d'un arc et allongée en une pose provocante – Béatrice assise en bout de table avec le More et le duc et la duchesse de Milan. La comtesse se considérait comme un des plus solides piliers de la noblesse milanaise, aguerrie, expérimentée et vénérable en comparaison des femmes autour de la table, presque toutes âgées de quinze à vingt-cinq ans. Avec leurs visages et leurs décolletés d'un blanc éclatant, la plupart étaient la deuxième, troisième ou même quatrième épouse dont faisait étalage tel ou tel seigneur de Milan aux tempes argentées – celles qui les avaient précédées étaient mortes en couches ou de maladie, et certaines pour avoir bu du poison administré par le mari (les maris plus humains forçaient simplement leurs épouses vieillissantes à entrer dans un couvent pour laisser la voie libre à une remplaçante).

– Elle porte des chaussures à talons comme les Flamandes, j'en suis certaine. C'est la vraie raison, et puis elle est beaucoup plus mince. Élégamment... amaigrie, dirais-je.

Madonna Anna da Casate, vingt-cinq ans, était la seconde épouse de Francesco da Casate, membre du conseil privé du More. Elle pencha son charmant nez lombard vers l'oreille de la comtesse. Encore assez attirante pour exploiter ses appas, elle possédait comme la comtesse une intelligence cynique qui prolongerait sans doute son utilité longtemps après qu'une succession de maîtresses et de courtisanes auraient usurpé sa place dans le lit de son époux.

– Vous savez qu'elle a failli mourir. J'ai appris de source sûre qu'on lui avait administré les sacrements. Je suppose que toutes ses promenades à cheval avaient renforcé sa constitution. Elle n'a jamais eu plus belle allure.

– *Cara amica*, gardez-vous de gaspiller les flatteries quand la personne n'est pas à portée de voix.

– En tout cas, j'ai eu le bon sens de ne pas ricaner chaque fois que la petite épouse du More passait à cheval. Mon père me l'a toujours dit : « Si tu combles une femme de gentillesses, elle l'oublie aussitôt ; si tu la combles de mépris, elle s'en souvient toute sa vie. »

Le regard de madonna Anna, aussi perçant qu'un poignard, parcourut l'immense table de banquet jonchée de plats d'or, de gobelets de cristal, de friandises recouvertes d'argent et de centaines de chérubins roses en sucre. Les échos des conversations entre les quatre douzaines de dignitaires présents avec leurs épouses révélaient une certaine tension, presque de l'anxiété.

– Regardez les dames de compagnie de la duchesse de Bari, maintenant : elles complotent comme des brigands pour obtenir sa faveur. Les sottes ! Songez à tout le temps qu'elles ont perdu à essayer d'attirer le More dans leur lit. Elles auraient pu s'assurer davantage d'influence avec quelques démonstrations de courtoisie envers la duchesse de Bari.

– Ou en couchant avec messer Galeazzo.

– Oh, ça... Ce serait vraiment trop facile. Vous vous souvenez de la pièce de théâtre, pendant le dernier carnaval, cette histoire de Grecs qu'ils ont représentée au Castello ? Je suis sortie pendant le premier *intermedo* et il m'a suivie...

– Par Dieu, voilà un galant bien pressé qui n'a su attendre la fin du spectacle.

Le regard de la comtesse se posa un instant sur Blanche, qui conversait joyeusement avec Éléonore d'Este.

– Je me demande quand on le laissera saigner la petite bâtarde du More.

– Je me demande si le More va songer de nouveau à son plaisir, maintenant qu'il a assuré sa succession.

– N'espérez pas que Galeazzo vous recommande auprès de

lui. Le More préfère les idylles durables. Il est resté fidèle à Cecilia Gallerani tout le temps de leur liaison.

– Un amant fidèle à Milan ? Ce serait presque aussi remarquable qu'un mari fidèle. Pourquoi n'a-t-on pas signalé ce miracle au Saint Siège de Rome ?

– A Rome, le miracle serait de trouver une femme avec qui le pape n'a pas couché.

La comtesse se tut et observa le More, les yeux fixés sur les gestes fluides et harmonieux de son épouse comme s'il essayait de déchiffrer un langage par signes – Béatrice parlait avec animation au duc de Milan.

– Le plus curieux, c'est que le More s'est également montré un mari fidèle, reprit la comtesse. Fidèle en tout cas au calendrier de messer Ambrogio.

Le More détourna brusquement le regard de Béatrice, comme s'il s'était surpris en train de rêver.

– Savez-vous que c'est la première fois que je vois le More lancer à son épouse plus qu'un coup d'œil en passant ? Il est vrai, ainsi que vous le disiez, qu'elle n'a jamais eu plus belle allure.

– Je voulais dire que si vous enleviez les bijoux et les robes, vous auriez devant vous une jolie fille de marchand. Mais elle possède une certaine vivacité, des manières enjouées qui s'avèrent charmantes maintenant qu'elle les a tempérées par un soupçon de maturité et une touche de pâleur. Avant sa réclusion, ce n'était qu'une gamine agitée aux joues trop rouges. On peut passer toutes ses matinées à se laver au suc d'orties ou se poser sur le visage des escalopes de veau trempées dans du lait, rien ne donne un teint charmant de porcelaine comme deux mois au lit.

Madonna Anna fut distraite de ses propos par le genre de nuance dans le comportement qu'elle se plaisait à observer : la duchesse de Milan, assise à côté du More, se tourna vers lui et fit un geste avec son couteau pour souligner ses paroles.

– Pensez-vous que la duchesse de Milan soit jalouse ?

– Sûrement pas...

– Jalouse du More, je veux dire.

Madonna Anna se pencha en avant pour ne rien perdre des gestes d'Isabelle, qui continuait de parler au More en agitant son couteau à manche d'or comme pour marquer chaque terme d'une énumération.

– Oh, silence, tous, murmura madonna Anna entre ses dents, tout en levant les épaules pour mieux voir. Je crois que nous allons assister à un échange d'opinions.

Mais Isabelle avait déjà dit ce qu'elle avait à dire. Elle se leva brusquement, les yeux brillants de colère, inclina la tête dans la direction de leur hôte et se dirigea d'un pas rapide vers la porte. Ses dames de compagnie, étonnées, jacassèrent entre elles et avec leurs cavaliers un instant, puis se levèrent nerveusement, presque d'un même geste, et suivirent la duchesse.

Madonna Anna se tourna vers la comtesse, sourcils haussés, lèvres luisantes en un sourire d'ironie.

– Êtes-vous prête à parier votre retable de Bergognone sur la date à laquelle nous aurons un nouveau duc de Milan ?

***

Éléonore d'Este renvoya la femme de chambre et la dame d'honneur, puis se mit à délacer le corselet de la lourde *camora* de brocart de Béatrice.

– Une robe si adorable.

Elle caressa les rangées d'étroits rubans de soie qui recouvraient les manches de Béatrice comme le plumage d'un oiseau des tropiques.

– Tout est si différent du temps de ma jeunesse. Je me rappelle qu'une vieille m'a accusée de mauvaise conduite parce que ma robe noire avait des manches rouges. Je suppose que je suis une vieille à présent. J'avoue que les décolletés des *camore* que j'ai vues ce soir m'ont choquée. Doux Jésus, quand certaines de ces femmes respiraient, on pouvait voir le haut de leurs mamelons.

Éléonore continua de caresser les rubans d'un air absent, apparemment aussi troublée par la perte de sa jeunesse que par les excès de la jeune génération.

– Maman, qu'a-t-il dit ?

– J'ai d'abord parlé à notre ambassadeur, et messer Trotti m'a confirmé que rien ne se prépare. Ce ne sont que des rumeurs, répondit Éléonore en regardant Béatrice dans les yeux, les doigts toujours occupés à délacer le corselet de sa fille. Ton époux consacre tous ses efforts à empêcher les Français de franchir les montagnes.

– Mais, maman, il essaie de convaincre la Seigneurie de Venise de s'allier à lui.

Éléonore soupira.

– Depuis que Pierre de Médicis a persuadé mon père de retirer Naples de la ligue contre le roi de France, ton mari n'a pas le choix. Il a besoin d'un rapprochement avec Venise. Même ton père en convient.

Béatrice ne pouvait croire que le More sollicitait l'alliance de Venise pour dissuader les Français d'entrer en Italie. Était-il possible qu'il ait déjà convaincu la Seigneurie d'annuler sa résolution secrète de l'attaquer s'il tentait de devenir duc de Milan ?

– Maman, lui avez-vous parlé ?

– Je ne lui ai pas caché mes craintes. Il m'a assuré qu'il n'avait pas le moindre désir d'usurper la couronne ducale de son neveu. Il ne souhaitait que maintenir la paix, qui a permis à toute l'Italie, et notamment à Milan, de connaître la prospérité.

– Mais maman, Isabelle a raison. Les cloches n'ont sonné que pendant trois jours à la naissance de François, et le More les a fait sonner pendant cinq jours pour annoncer la naissance d'Hercule. Et il y a eu toutes sortes d'autres choses, comme les présents et les décorations. Au banquet, personne n'a paru se soucier de la petite fille d'Isabelle.

– C'est absurde. Toutes les fêtes sont données pour les deux enfants, le tien et celui de la duchesse de Milan, répondit Éléonore en soupirant de nouveau. Béatrice, il faut que je te dise une chose : ta cousine n'est pas seulement injuste pour le More, mais aussi pour toi. Ton époux et toi avez parfaitement le droit de vous réjouir de la naissance de votre fils, et même si Isabelle n'est pas capable de partager votre joie, elle devrait avoir honte de te demander de partager son envie. Il n'y a aucun déshonneur à mettre au monde une fille. J'ai donné naissance à deux filles, et je t'assure que vous êtes, ta sœur et toi, aussi chères à mon cœur que les héritiers de ton père.

– Je sais qu'à ma naissance les cloches n'ont pas sonné.

– Ce n'est pas vrai.

Béatrice secoua légèrement la tête, une de ses paupières trembla.

– Maman, des personnes qui étaient présentes me l'ont dit. Des gens qui ne me mentent pas.

Éléonore finit de délacer le corselet et fit passer à petits coups la robe lourde et raide par-dessus la tête de Béatrice. Elle la posa avec soin sur le lit et lissa les plis avant de répondre.

– Je pense que si ces personnes t'aimaient, elles ne t'auraient pas dit ça. Les sujets de ton père étaient consternés – et cela se comprend – que ses deux premiers enfants soient des filles. Tu as de la chance de ne pas avoir connu l'angoisse qui survient quand la succession n'est pas assurée.

Éléonore faisait allusion à l'histoire sinistre de leur famille. Le duc Hercule, son époux, avait dû mener une lutte contre son neveu Nicolas, à la mort du demi-frère d'Hercule, le duc Borso d'Este. Cinq ans plus tard, Nicolas avait tenté le coup d'État auquel Éléonore et ses trois enfants n'avaient échappé que de justesse. Pendant plusieurs années, les exécutions publiques des partisans de Nicolas avaient fait partie de la vie normale de Ferrare. Puis Nicolas avait enfin été décapité par un matin de printemps, si clair et lumineux qu'Éléonore pouvait encore voir les reflets du soleil dans ses yeux à l'instant où l'épée était tombée. Hercule avait fait recoudre la tête de Nicolas à son corps et célébrer de somptueuses obsèques, puis avait élevé sous son propre toit les neuf bâtards de Nicolas.

Béatrice ne bougea pas : épaules raides, menton têtu, regard fixé sur le feu dans la cheminée.

– Béatrice, je sais à quel point tu aimes ta cousine. Je suis sa tante, et Dieu sait que je l'aime aussi. Mais elle a toujours été une enfant difficile, beaucoup trop gâtée par son père. Je crains que si elle t'entraîne dans une sorte de révolte, vous ne parveniez toutes les deux qu'à provoquer précisément ce que vous désirez éviter. La Fortune vous a favorisées quand vous vous êtes dressées contre Cecilia Gallerani, parce que le bon droit était de votre côté – et à cause de l'intervention judicieuse de messer Trotti. Mais tu n'es absolument pas en situation de te mêler de ce genre de chose. Si tu es vraiment l'amie d'Isabelle, tu lui conseilleras la même prudence que je te conseille.

Béatrice se mit à délacer sa fine chemise de soie; l'émotion qu'elle réprimait faisait trembler ses doigts. Son mari mentait, c'était évident; sa mère mentait aussi. Mais Béatrice s'était mise à douter également de la bonne foi d'une autre personne, bonne foi qu'elle avait crue insoupçonnable jusqu'à ce jour. Si Isabelle n'aime pas sa propre fille, peut-elle aimer sincèrement une autre personne?

***

Le More regarda par une des meurtrières carrées de la galerie supérieure qui reliait la cour ducale à l'énorme tour ronde de l'angle nord-ouest du Castello. Sur sa droite, Milan dormait dans les ténèbres qui précèdent l'aube; aucun signe de vie en dehors de quelques lanternes et du rougeoiement constant qui montait des forges de la via degli Armorai. Il enfonça le menton dans le col de sa cape de fourrure et regarda, vers le nord, les ombres indistinctes du parc ducal. Il attendit, en changeant de pied de temps en temps, comme s'il essayait de mettre sa patience à l'épreuve contre celle de la nature. Au bout d'une heure environ, le ciel s'éclaira et les bruits du petit matin percèrent le silence. Les Alpes se matérialisèrent, d'abord comme des ombres nettes, puis ainsi qu'un mirage nacré au-dessus de l'horizon. Le More releva le menton et attendit encore un peu. Quelques minutes plus tard, les sommets se parèrent d'un rose doux brillant qui donnait à leurs contours anguleux, masculins, la souplesse d'une chair de femme. Presque aussitôt l'illusion curieusement érotique disparut et les cimes enneigées brillèrent d'un éclat vif et dur. Le More se retourna et se dirigea vers la cour ducale. Derrière lui, les rues de Milan gisaient encore dans une pénombre mauve, mais les innombrables toits de tuile rouge renvoyaient les feux du soleil matinal.

CHAPITRE 24

Milan, 27 février 1493

– Je vous demande humblement pardon, Votre Seigneurie, dit le marquis Stanga, gentilhomme chargé des travaux et des monuments de Milan, en s'inclinant devant Béatrice sur ses jambes flageolantes. J'ai bien peur que cet excellent vin de Malvoisie ait aggravé la maladresse de mes pas, alors que j'essayais de vous faire apprécier ma grâce. Je suis vraiment désolé.

– Mais, marquis, vous m'avez marché sur le pied avec une grâce parfaite, répliqua Béatrice.

Elle lui tendit la main, pour que le marquis, ami et contemporain de sa mère, la conduise au milieu du cercle de danseurs qui tournaient avec plus ou moins de compétence autour d'un groupe de musiciens en livrée rouge, blanc, bleu. Le marquis n'était pas le plus chancelant des invités qui se pressaient dans la grande salle de réception du Palazzo da Pusterla, une des plus vastes résidences privées de Milan. De nombreux couples virevoltaient et s'inclinaient encore avec assurance, mais un nombre croissant titubaient de façon comique; le duc de Milan, en se livrant à une extravagante pirouette *fioretta*, venait de tomber sur le derrière.

Béatrice avait bu assez de vin elle aussi pour s'amuser de l'atmosphère détendue et oublier que, depuis deux jours, Isabelle l'ignorait. Elle commençait à envisager tous les avantages de sa nouvelle situation. D'un côté, elle s'était déchargée de ses obligations envers le peuple – et envers son époux. Mais elle avait subi du même coup une transformation miraculeuse : la petite étrangère dont personne ne voulait était devenue la mère de l'héritier de l'homme le plus riche – et peut-être le plus puissant – d'Europe, si bien qu'elle ressentait enfin l'étrange impression de faire partie de Milan. Peut-être n'était-elle devenue que l'axe autour duquel tournait un immense tourbillon de flatteurs et de sycophantes, mais la force qui attirait ces gens vers elle, si intéressée que fût leur dévotion, donnait à Béatrice un sentiment de sécurité : elle avait trouvé un point d'ancrage pour la première fois de sa vie.

La musique mélodieuse et cadencée de la *bassa danza* s'acheva et le cercle des danseurs cessa de tourner. Gaspare Visconti, le poète de cour, apparut sur la mezzanine dominant la grande salle. Il demanda à la foule de faire silence, puis annonça, en traçant une arabesque de la main :

– En l'honneur du fils du duc de Bari, une *canzione alla piffarescha* originale, avec trombone ajouté, par le maestro Franchino Gafori.

Les danseurs applaudirent. Pendant l'interlude qui suivit, les musiciens, auxquels se joignirent les joueurs de trombone et plusieurs chanteurs, jetèrent un dernier regard à leur partition.

Béatrice, sur des charbons ardents, se concentra pour mémoriser chaque note; elle voulait pouvoir chantonner la mélodie au petit Hercule à son retour au Castello. Des notes de joie s'égrenaient déjà dans sa tête, et elle se rendit compte que toutes les cérémonies de la cour, jusque-là sans intérêt à ses yeux, allaient désormais prendre un sens parce qu'elles seraient associées à son fils...

– Accompagne-moi dehors.

La voix entra dans la rêverie de Béatrice comme un cri dans un cauchemar. Elle se retourna avec un frisson de crainte. Isabelle était près d'elle, et ses yeux ressemblaient tellement à ceux d'un chat sous l'effet de la colère, que pendant un instant on aurait pu croire qu'elle portait un masque de carnaval.

– La première chanson aurait dû être dédiée à l'enfant du duc de Milan. C'est le dernier affront que je supporterai de la part du More.

Le visage d'Ich était si près du sien que Béatrice sentit l'odeur de vin dans l'haleine de sa cousine.

– Je m'en vais, et je veux que tu sortes avec moi. Nous devons lui signifier clairement que cette façon insidieuse d'afficher des prétentions auxquelles il n'a aucun droit ne peut continuer.

– Ich...

Pendant un instant, elle songea à la mise en garde de sa mère au sujet de protestations de ce genre, et elle faillit inviter Isabelle à la prudence, mais elle se rendit compte aussitôt que ce n'était pas la vraie raison pour laquelle elle ne pouvait pas quitter la salle.

– Ich, supplia-t-elle. C'est pour mon fils, sa première chanson. Ce serait... Ce serait comme si je me retournais contre mon enfant.

– As-tu jamais songé que ton fils pourrait dépouiller mon fils de tout ce qui lui appartient de droit? Et même nous coûter la vie?

– Ich, c'est injuste...

Béatrice s'interrompit brusquement, outrée qu'Isabelle ne puisse pas voir qu'Hercule était *son* enfant, l'amour de sa nouvelle vie, et non l'agent sinistre des ambitions du More. L'ancienne colère jalouse qu'elle avait ressentie envers Isabelle à son arrivée à Milan bouillonna en elle, si forte que cela lui fit mal. Mais ce premier réflexe fit place aussitôt à quelque chose de plus froid, de plus calculé, et ce fut cela qu'elle exprima.

– Tu as tort, Ich. Tu as tort de détester mon fils simplement parce que tu ne peux pas aimer ta fille.

Isabelle recula comme si elle avait reçu une gifle, stupéfaite et au bord des larmes. Ses joues et son front devinrent écarlates.

– Il se servira de ton fils pour te retourner contre moi, dit-elle.

Sa voix n'était plus rageuse, ni même résolue, seulement lasse et triste.

La musique commença, les bois et les cuivres étaient si gais et sonores qu'ils en devenaient ridicules. La colère de Béatrice se dissipa soudain. Elle n'éprouva plus qu'une sorte d'écœurement, comme si elle plongeait à la suite de ses paroles pour les rattraper et les ravaler. Mais Isabelle lui tourna le dos brusquement et traversa la foule si vite que presque personne ne remarqua son départ.

***

On entendait les pleurs de l'enfant du cabinet voisin de la chambre. Un page se précipita pour ouvrir la porte à l'instant où la duchesse de Milan apparut. Les pleurs devinrent aussitôt plus présents.

La nourrice sèche, debout près du berceau, secouait rapidement le lourd cadre de bois doré. Elle s'arrêta, se hâta de saluer Isabelle d'une révérence, et tenta de dominer les cris du bébé.

– Votre Altesse...

Le revers de la main d'Isabelle frappa la grosse femme sur la joue et l'envoya à terre, les quatre fers en l'air. Elle releva la tête, et ses iris n'étaient que deux minuscules reflets de terreur. Elle se redressa tant bien que mal et fit plusieurs révérences comme une poupée mécanique cassée.

– Dehors! lui cria Isabelle. Le diable t'emporte... Dehors!

La nourrice plongea pour deux autres révérences, s'enfuit et referma la porte.

Isabelle resta devant le berceau pendant un instant, les yeux clos. Son visage pensif prit une étrange beauté à la suite de sa crise de rage. Elle se pencha comme pour embrasser l'enfant qui hurlait de plus belle.

– Garce! cria Isabelle au visage de sa fille.

L'enfant se tortilla, comme si ses langes la gênaient; ses petits traits écarlates se déformèrent davantage et parurent inhumains, ses pleurs redoublèrent.

– Garce! Garce! répéta Isabelle, presque aussi rouge que sa fille. Garce! Garce! Garce!

Au bout d'un instant, les larmes vinrent. Elle se mit à sangloter, debout près de l'enfant, et ses épaules s'agitèrent, comme si elle mimait en silence la fureur toujours aussi violente de sa fille.

***

Béatrice remonta le col de fourrure du manteau autour des oreilles de Blanche, prit la main gantée de la jeune fille et la posa sur ses genoux. Les torches placées sur le toit du carrosse lançaient des lueurs vagues à travers les rideaux de soie des portières. Les hennissements, l'écho des sabots des chevaux sur les pavés et les rires des derniers invités marquaient l'exode général du Palazzo da Pusterla. Béatrice s'adossa aux coussins, supposant que l'embouteillage des carrosses sur la Piazza del Duomo retarderait quelque peu leur départ pour le Castello.

– Béatrice, lui demanda Blanche, as-tu connu quelqu'un qui est mort?

Béatrice trouva parfaitement logique cette question directe; l'esprit de Blanche fonctionnait souvent comme le sien. Elle fut ravie d'être distraite ainsi de sa colère – contre elle-même et contre Isabelle. Isabelle avait vraiment manqué de discernement et de cœur dans le choix du moment pour s'élever contre le More. Mais Béatrice savait qu'elle aussi avait manqué de cœur en accusant sa cousine de ne pas aimer sa fille...

Elle réfléchit un instant. Aucune personne qu'elle avait aimée n'était morte. Elle se rappelait la messe de requiem du second mari de Polissena : elle s'était forcée à regarder le visage du mort, exposé à vingt pas – masque cireux entrevu à la lueur de centaines de cierges. Il lui avait paru moins réel qu'un buste de marbre. Elle ne pouvait pas imaginer père, ou sa sœur, ou même Blanche ainsi. Les gens que l'on a aimés ne meurent jamais.

– Songeais-tu à ta mère? demanda-t-elle à Blanche. Tu sais, ce n'est pas parce que j'ai mon enfant que tu as cessé d'être mon amie la plus chère.

Blanche serra très fort la main de Béatrice. La portière du côté de Blanche grinça et s'ouvrit.

– *Carissima*, murmura une voix.

Puis l'homme se pencha vers Blanche et lui chuchota quelque chose. Béatrice avait reconnu la voix, le ton sifflant, et elle dut se forcer à ne pas s'accrocher à la main de Blanche.

– Je vais rentrer dans le carrosse de mon père. Il dit qu'une surprise m'y attend.

Blanche embrassa Béatrice en riant.

– Je t'aime, murmura-t-elle, puis elle disparut dans la nuit en un froufrou de brocart et de fourrure.

Béatrice mesura ses craintes aux battements de son cœur. Voilà pourquoi Isabelle était si bouleversée ; il a l'intention de le faire cette nuit...

Le carrosse pencha quand le More monta. Ses traits sombres semblaient sinistres dans la pénombre. Son odeur parvint à Béatrice : une virilité légèrement parfumée. Il s'assit, s'adossa aux coussins et frappa à la portière. Le carrosse démarra.

– J'ai été touché par la composition de maestro Gafori, dit le More. Ce fut pour moi une surprise totale.

Béatrice lui en voulut de l'assurance calme de sa diction, si contraire au rythme frénétique qui battait en elle-même. Elle garda le silence, regrettant maintenant de ne pas avoir accepté l'invitation de rentrer au Castello avec sa mère.

– Me tenez-vous grief parce que votre cousine a quitté la salle ce soir ?

– Je sais ce que vous êtes en train de faire.

Le More changea légèrement de position avant de répondre.

– Quoi donc ?

– Vous avez l'intention de vous nommer duc de Milan.

Béatrice éprouva soudain un immense soulagement et se demanda pourquoi elle n'avait jamais songé auparavant à sauter dans la fosse et à lancer son défi au visage ignoble de Satan.

– Vous êtes mon épouse... dit le More sans conviction, comme s'il mettait à l'essai les premiers mots d'un discours dont il n'était pas encore entièrement satisfait.

Béatrice sentit les yeux noirs se poser sur elle ; des puits de ténèbres insondables au milieu des ombres mouvantes. Le cliquetis des sabots des chevaux lui parut un roulement de tonnerre.

Quand le More reprit la parole, son ton était plus familier.

– Votre cousine vous a-t-elle dit qu'elle a l'intention de pousser son époux à se déclarer majeur et à me retirer le titre de régent ?

C'est absurde, songea Béatrice. Elle ne pouvait imaginer qu'Isabelle envisage une chose pareille. Sans doute les ambitions du More avaient-elles besoin d'être freinées, mais c'était lui qui tirait le char de l'État, et sa présence au pouvoir était essentielle ; le chasser aurait été aussi stupide qu'abattre les murailles de la ville ou démanteler le Castello. D'ailleurs Jean attachait peu de prix à son titre de duc de Milan, et s'intéressait encore moins aux responsabilités dont le déchargeait le More. Béatrice voulut répondre par un rire hautain qui tournerait en dérision l'argument de son époux, mais il ne sortit de sa gorge qu'un grincement craintif.

– Vous avez manifestement réfléchi à mes ambitions, dit le

More. Il me paraît tout aussi évident que vous n'avez absolument pas réfléchi aux motifs de votre cousine.

– Je comprends fort bien que ma cousine la duchesse de Milan désire protéger les droits de naissance de son mari et de son fils.

– Vous êtes beaucoup trop intelligente pour ne comprendre que cela.

Il marqua un temps comme s'il déplorait en silence la courte vue de Béatrice.

– J'aimerais vous faire observer que j'ai pris soin de mon neveu Jean plus que quiconque en Italie, y compris son épouse et sa mère. J'ai protégé le duc de Milan de ses ennemis, je l'ai diverti, je l'ai enrichi et je ne puis être blâmé s'il n'a pas su se rendre utile. Votre cousine a tort de réclamer pour Jean un pouvoir dont Jean s'est déjà déchargé. Peut-être veut-elle pour elle-même ce qu'elle m'accuse de convoiter.

– Ma cousine sait très bien quelles fonctions son époux désire ou ne désire pas remplir. Quant à elle-même, elle désire qu'à sa majorité son fils puisse hériter du titre qui lui appartient de droit.

Le More se retourna si violemment que Béatrice crut qu'il allait la frapper.

– Le fils de votre cousine n'a même pas une goutte de sang Sforza dans les veines.

« Il essayera de te retourner contre moi... » Elle crut entendre la voix d'Isabelle. Puis elle s'entendit rire aux éclats, d'un rire aussi sonore qu'un coup de cymbales. Elle eut soudain très peur de lui ; il était manifestement fou. Son allégation était si absurdement favorable à ses ambitions que même un enfant ne s'y serait pas laissé prendre. Elle rassembla autant de mépris qu'elle put et lança :

– Si vous êtes assuré de ce fait remarquable, pourquoi ne vous en servez-vous pas à vos fins ? C'est au Duomo, en présence de tous les nobles et des ambassadeurs, qu'il vous faut porter cette accusation calomnieuse sur la duchesse de Milan.

– Je n'ai pas utilisé ce que je sais être vrai, parce que mon ambition est d'assurer la paix et la prospérité à l'Italie entière, et non de devenir duc de Milan. Votre oncle Alphonse a déjà menacé une fois de conduire son armée aux portes de Milan pour défendre l'honneur de sa fille. Je suis certain que vous le savez.

Une note agaçante de lucidité ponctua soudain la mélodie démente de son mari. Elle se rappela ce que sa mère, sa sœur, tout le monde et même père disaient : Jean n'avait consommé le mariage avec Isabelle qu'au bout d'un an, Alphonse avait demandé qu'on rende la dot de sa fille, et il avait même été question d'une guerre entre Milan et Naples. Lorsque la grossesse d'Isabelle avait désamorcé la crise, les commérages à ce sujet n'avaient pas cessé.

Il se recula légèrement, dans un bruissement de velours.

– Je suis certain que vous comprenez pourquoi votre cousine a été contrainte de trouver un père pour son... ambition.

– Allez-vous-en !

La voix de Béatrice était si perçante qu'elle semblait jouée sur le registre le plus aigu d'une flûte.

– Si vous ne descendez pas, c'est moi qui le ferai, je rentrerai à pied et il vous faudra expliquer pourquoi la duchesse de Bari a sauté de son carrosse au milieu de la nuit. Je croirai Judas dans la gueule de Satan avant d'accorder foi à une seule de vos paroles. Partez !

Le More frappa à la portière, et le carrosse s'arrêta en grinçant. Il attendit que le cocher ouvre la portière, puis il descendit. Il repassa presque aussitôt la tête dans l'ouverture. Le cocher, derrière lui, tenait une torche à la main et pendant un instant Béatrice imagina que son époux portait une couronne de flammes.

– Je comprends fort bien que vous ne m'accordiez pas votre confiance, murmura le More. Mais avant de prétendre éclairer mes mensonges avec la lumière de la vérité, demandez donc à votre cousine qui est le père de son fils.

CHAPITRE 25

Extraits d'une lettre de Teodora degli Angeli, dame de compagnie de la duchesse de Ferrare, à Isabelle d'Este de Gonzague, marquise de Mantoue.

Vigevano, 1er mars 1493

... hier le duc de Bari nous a tous conviés ici, à Vigevano, pour chasser et participer à d'autres festivités. Ce matin, notre occupation a été la visite de la garde-robe de madame votre sœur, mais il nous aurait fallu jusqu'à Pâques pour tout voir. Vous pourriez fouiller toutes les boutiques de la via Torino de Milan, madame, vous n'y trouveriez jamais autant de belles choses que sur les étagères de la duchesse de Bari...

Madame votre sœur s'est montrée de méchante humeur ces jours-ci, et madame votre mère craint qu'elle ne prenne pas assez de repos. Mais la duchesse de Milan, qui a eu un accouchement beaucoup plus facile, fait preuve d'une semblable disposition d'esprit, et je n'ai pas vu ladite duchesse adresser à madame votre sœur ne serait-ce qu'un signe de tête en deux jours. Je ne peux donc m'empêcher de songer que toutes les rumeurs concernant les honneurs rendus à leurs enfants ont jeté un froid sur l'amitié de ces nobles dames...

***

Vigevano, 2 mars 1493

– Ich!

Béatrice donna un coup de cravache sur la croupe de son cheval; il sentit qu'elle avait les mains faibles et changea d'allure dans une timide tentative de la désarçonner. Dès que son cheval ne galopait pas à une allure régulière, Béatrice éprouvait des douleurs internes, comme si ses organes étaient encore meurtris par son accouchement. Elle remarqua à peine les arbres qui défilaient, avec leurs bourgeons pareils à de petites décorations vert émeraude.

– Ich! cria-t-elle de nouveau.

La poursuite avait commencé dès qu'Isabelle, à son habitude, s'était séparée du groupe principal des chasseurs. Depuis deux jours, sa cousine avait agi comme si elle n'existait pas, et Béatrice avait senti que cette partie de chasse serait sa meilleure occasion de lui parler sans détour et d'obtenir ce qu'elle désirait le plus au monde, leur réconciliation.

Elle vit la cravache d'Isabelle fouetter, et des flocons d'écume volèrent de l'encolure de son cheval quand il parvint sur la crête de la colline. Isabelle ne se retourna pas, et sa tête, couronnée par un bonnet de velours vert orné d'une seule plume de paon rabattue par le vent comme une girouette, s'enfonça presque aussitôt derrière l'horizon.

Béatrice galopa jusqu'en haut. Isabelle l'attendait dans un creux boueux, piqueté du vert tendre des herbes jeunes du printemps. Elle fit pivoter son cheval et se campa à la façon d'un chevalier en armure. La plume de son bonnet de velours, toute droite à présent, soulignait sa grande taille.

Béatrice ralentit et essaya de reprendre son souffle. Son cœur battait à tout rompre et elle avait le regard flou. Elle entendit son haleine rauque au milieu du bruit mou des sabots de son cheval dans la boue.

– Ich...

Elle avala une gorgée d'air.

– Ich. Je suis tellement désolée. Je veux que tout soit comme avant.

Le cheval d'Isabelle sautilla, et elle tira brusquement sur la bride brodée.

– Ich, que veux-tu que je fasse? Je ferai n'importe quoi. Ich, il essaie de dire des choses horribles sur toi.

La bouche d'Isabelle se plissa, comme si elle hésitait entre plusieurs réponses.

– Dieu en soit loué, dit-elle enfin. Personne en Italie, à part Mariolo son bouffon, ne croit un mot de ce que dit ton mari. Si je voulais échapper à l'Inquisition, je payerais le More pour qu'il m'accuse d'hérésie.

– Je le déteste, Ich. Il m'a dit que tu voulais lui enlever son titre de régent pour que Jean puisse gouverner Milan.

La sonnerie d'un cor fit tressaillir le cheval d'Isabelle, qui se pencha pour lui flatter l'encolure. Elle adressa à Béatrice un demi-sourire.

– Je vois à présent pourquoi ton mari a un si grand nombre

de poètes à son service. Il les occupe à écrire ce genre de fable, dit-elle de son ton enjoué habituel. Si Jean soupçonnait que je désire vraiment qu'il gouverne Milan à la place du More, il enfourcherait Neptune, s'élancerait vers les montagnes, et nous ne le reverrions plus. Mon Dieu!

Elle secoua la tête en feignant l'étonnement, puis adressa à Béatrice un de ses sourires innocents de fillette.

Les sourires et le ton léger d'Isabelle furent un baume souverain pour l'âme de Béatrice. Les choses ne seraient pas comme dans le passé : elles seraient mieux qu'avant. Leur amitié serait plus profonde et plus riche. Elle brûlait d'impatience de montrer à Isabelle son petit garçon... Mais il fallait d'abord qu'elle élimine le fantôme qui hantait leur amitié.

– Ich, nous devons trouver le moyen de l'arrêter. Il est fou. Ich, ce n'est pas tout, il dit des choses vraiment affreuses.

Isabelle plissa les yeux.

– Quel genre de chose?

A la périphérie de la vision de Béatrice, un faucon de chasse fondit dans le bosquet voisin. Un instant plus tard un lièvre hurla – son cri de douleur ressemblait à s'y méprendre à celui d'un enfant. Elle savait ce qu'elle devait dire à Isabelle; c'était le seul moyen d'arrêter le More.

– Ich, il essaye de dire que François n'est pas le fils de Jean. Tu te rends compte?

Pendant un instant, le visage d'Isabelle parut aussi cireux et figé que celui d'un cadavre. Puis elle sourit – d'un sourire froid qui rappela à Béatrice une Vierge au visage auréolé d'or qu'elle avait vue dans une église de Naples, dans l'ancien style des Grecs, si menaçante dans sa sérénité archaïque stylisée que ce sourire involontairement méchant avait hanté les rêves de la fillette pendant des semaines par la suite.

– Si quelqu'un d'autre que toi avait répété cette ignoble calomnie, je l'aurais fait juger et exécuter pour trahison.

Isabelle leva sa cravache, frappa violemment la croupe de son cheval et partit.

A travers un halo scintillant de soleil et de larmes, Béatrice regarda sa cousine disparaître derrière la crête de la colline. Elle ne fit aucune tentative pour la suivre. Ses yeux ne voyaient plus que des détails – l'eau boueuse qui remplissait les marques laissées par les sabots du cheval, un faucon en train de tournoyer dans le ciel d'un bleu de cobalt, n'importe quoi plutôt que de laisser les aiguilles glacées de son intuition pénétrer dans ses veines. Oh, mon Dieu, songea-t-elle, n'ayant pas de sauveur plus proche. Faites que ce ne soit pas vrai.

***

Isabelle quitta la chasse et rentra directement au château de Vigevano. Moins d'une heure plus tard, ses enfants et leurs nourrices étaient dans des voitures et sur la route. Elle laissa un message à son époux, s'entoura de quelques gardes et partit à cheval le long du canal vers le sud, en direction de Pavie. Pendant presque tout le trajet, elle força ses chevaux de relais à un galop furieux, et son escorte eut beaucoup de mal à la suivre.

Elle arriva au château de Pavie à la tombée de la nuit. Elle passa de pièce en pièce, à grands pas, tandis que le personnel du château se hâtait d'allumer les lampes et les feux. Puis elle leur ordonna de sortir.

Elle continua d'arpenter ses appartements, comme si elle supportait mal d'être enfermée ; les murs froids la chassaient d'une pièce dans l'autre. Tant de pensées s'agitaient dans son esprit – mille corbeaux croassants lâchés en même temps d'une cage. Et ils criaient :

– Garce !

Oui, c'étaient des garces. Des garces : la Fortune ; Béatrice, à qui elle n'aurait jamais dû faire confiance ; sa fille, qui aurait dû être un fils ; sa mère, la première de toutes les garces. Sa mère, cette désolante garce desséchée. Les larmes, les pâmoisons, les mois où elle disparaissait dans une ville thermale des Abruzzes pour pouvoir « se reposer ». Et l'odeur qu'elle avait à son retour – puante de parfums milanais. Pourquoi se serait-elle étonnée que son père ne couche jamais avec sa mère ?

Soudain, les corbeaux hurlants se turent. Un silence lourd de menaces, comme si tous les rouages du destin s'étaient arrêtés et attendaient. Attendaient qu'elle intervienne. Car elle était forte. Oui, très forte en dépit de tout.

Elle cria pour appeler une servante, impatiente d'agir. Elle lança rapidement ses ordres et la servante revint une minute plus tard avec plusieurs feuilles de parchemin, des plumes et un encrier. Elle posa le tout, ainsi qu'une lampe, sur une petite table près du lit. Isabelle trempa la plume dans l'encrier, retint son souffle et attendit, l'oreille aux aguets, pour s'assurer que le silence du destin n'était pas encore troublé. Puis, dans ce silence, elle se mit à griffonner en toute hâte.

« Illustrissime et bien-aimé père... »

***

Béatrice chuchota à l'oreille de la nourrice d'Hercule d'aller s'allonger un moment ; elle resterait au chevet de son fils et l'appellerait s'il se réveillait. Elle posa sa bougie sur la table du coin de la chambre et retourna près du berceau pour regarder son fils dans la pénombre. Elle décida qu'Hercule ressemblait beaucoup à sa propre sœur, la marquise de Mantoue ; il aurait le teint clair et les cheveux blonds. La délicatesse de ses traits l'émerveilla; si minuscules, et pourtant si parfaits. Dans le monde soudain pris de folie qui l'entourait, il représentait la raison dont elle avait tant besoin.

– Je crois en toi, murmura-t-elle à son fils endormi. Et tu pourras toujours croire en moi.

Il plissa les lèvres et les entrouvrit comme s'il avait entendu.

Elle songea à l'univers de Dante où la lumière de l'amour divin faisait tourner toutes les sphères, chacune d'elles agissant sur la sphère inférieure, en transmettant cette lumière comme une série de lentilles. Elle songea que Dieu, quel qu'il fût, concentrait en cet instant tout Son amour sur son enfant.

Le mouvement des lumières et des ombres la fit se retourner brusquement, alarmée. Le More se trouvait derrière elle. Ses cheveux noirs formaient une sorte de cagoule et son visage restait indistinct. Elle eut envie de fuir, mais elle eut peur de laisser son enfant avec lui.

Le More s'avança vers le berceau et pencha la tête pour regarder son fils. Il garda la silence pendant un moment qui parut très long. Puis il murmura :

– « Les sphères, dans leur succession, prennent l'amour de la plus haute et accomplissent leur œuvre au-dessous. »

C'était un tercet du *Paradis* de Dante. La coïncidence effraya Béatrice, et elle eut plus que jamais envie de partir. Mais ses jambes ne lui obéissaient plus.

Il lui parla d'une voix douce, amicale, naturelle et intime.

– Votre cousine a décidé de nous quitter pour se rendre à Pavie. J'ai essayé de convaincre Jean de rester ici, mais cela risquerait d'offenser son épouse, et il a l'intention de la rejoindre demain matin.

Béatrice ignorait le départ d'Isabelle. Elle lui en voulut d'élargir le gouffre de doutes qui les séparait désormais. Mais elle en voulut davantage à son époux de l'apprendre de sa bouche.

– Avez-vous eu l'occasion de poser à votre cousine la question que je vous avais suggérée ?

Béatrice sentit de nouveau ses jambes. Elle le détesta encore plus de détruire ainsi ce moment d'intimité qu'elle avait avec son enfant endormi. Elle jeta un dernier regard à Hercule et passa rapidement dans les ombres de la garde-robe.

Le More la rattrapa, lui saisit le bras et la força à se retourner. Elle regarda avec dégoût la main qui la retenait.

– Messer Ambrogio vous a-t-il donné des instructions pour ce soir? dit-elle d'un ton acerbe. Je vous ai déjà donné le fils dont vous avez besoin. Si vous essayez de revenir dans mon lit, vous recevrez un coup de poignard dans les côtes.

Il lui lâcha le bras.

– Si vous avez posé la question à votre cousine, vous devez savoir la vérité...

– Je sais que vous êtes le menteur le plus habile de la chrétienté.

Ce n'est pas vrai, se répéta Béatrice, furieuse contre ses propres doutes. Ce que j'ai lu dans les yeux d'Isabelle n'était pas un aveu.

– Dites-moi donc le nom du père, lança-t-elle.

– Je n'ai aucun désir de compromettre le père, pas plus que je ne souhaite compromettre la paix en révélant la trahison de la duchesse de Milan.

Cette réponse lui fit mal physiquement, comme un coup de pied de son enfant quand elle était enceinte. S'il mentait, se dit-elle, il serait ravi de m'offrir cette preuve.

– Alors, pourquoi me l'avoir dit? demanda-t-elle.

Mais elle répondit elle-même à sa question dès qu'elle l'eut formulée.

– Je vois...

Elle hocha la tête.

– Mais vous avez révélé votre secret en vain. Parce que même si le fils de la duchesse de Milan avait pour père un sauvage de Guinée, jamais je ne vous aiderais à devenir duc de Milan.

– Vous avez fait une étude passionnée de mes ambitions. Mais cette étude vous a-t-elle révélé pourquoi j'aurais envie de devenir duc de Milan?

Elle se rendit compte qu'elle avait seulement supposé qu'il voulait devenir duc de Milan parce qu'il en avait envie; qu'il espérait simplement ajouter le sceptre du duc de Milan au reste de ses hochets dans la Sala del Tesoro. Le fait que dans toutes ses répétitions imaginaires de cette confrontation elle avait oublié ce point essentiel la mit en fureur.

Il se détourna d'elle, et ce changement de position modifia le timbre de sa voix. Jamais elle ne l'avait entendu parler ainsi.

– Vous êtes issue d'une famille qui règne sur Ferrare depuis deux siècles. Le père de mon père était né dans un minuscule village de Romagne; le jour de sa mort, il ne savait pas signer son nom. C'était un apprenti cordonnier, devenu le plus grand *condottiere* de son temps. Il s'appelait Muzio Attendolo, mais c'est sa force – sa *sforza* – qui a donné son nom à notre famille. Il a livré des centaines de batailles, sans jamais oublier les devoirs de l'humanité. Il s'est noyé en essayant de sauver son page, un simple garçon, tombé dans une rivière en crue.

Le More se mit à parler plus vite, comme animé par une pression contenue, une véhémence subtile.

– Mon père, qui avait commencé à se battre à l'âge de douze ans, avait vingt-trois ans à la mort de son père, et il prit la tête de ses troupes. Il avait toutes les qualités de son père et quelques autres. Une légende plus qu'un homme. Jamais il ne portait de casque au combat et l'on disait que souvent, en reconnaissant son visage, les soldats qui l'attaquaient abandonnaient aussitôt et déposaient leurs armes. Il a combattu presque toute sa vie. Il approchait de la cinquantaine quand il a combattu pour devenir duc de Milan, et il a continué de combattre pendant des années contre les Vénitiens pour conserver son État. Mais il a eu cependant la sagesse de construire. Des châteaux, des églises, le premier hôpital de charité de Milan. Il a engagé l'architecte Filarete, un des plus grands esprits de sa génération. La moitié de ce que vous avez vu à Milan a été construit par mon père.

Il baissa de nouveau la voix.

– J'étais le quatrième fils de mon père. Je ne m'attendais jamais à lui succéder. Mais je ne m'attendais pas non plus à ce qui s'est produit après sa mort.

Une nuance de regret modula cette dernière phrase, aussi simple et triste qu'un sanglot de pleureuse au milieu de la polyphonie subtile d'un requiem.

– Je n'ai jamais rien fait pour devenir le guerrier qu'était mon père. Et même si je faisais tout ce qui est en mon pouvoir, jamais je n'arriverais à la cheville de l'homme qu'il était, y compris pour les qualités qui n'ont rien à voir avec la guerre. Mais je construirai l'État que mon père nous a laissés plus haut que tout ce dont il rêvait, ne serait-ce qu'à cause de la solidité des fondations qu'il avait établies. Et je prie pour que notre fils le mène encore plus haut et voie plus loin que je ne rêverai jamais.

Il se retourna, les épaules voûtées comme celles d'un maçon à la fin de la journée.

– Je ne suis pas un homme mauvais, *cara sposa*. Peut-être, comme vous le pensez, ne suis-je pas un homme parfaitement bon, mais je m'efforce de faire le bien, d'assurer la prospérité de Milan afin que tout notre peuple soit prospère. Je vis dans un monde d'hommes qui respectent le bien beaucoup moins que le pouvoir de réduire les bonnes choses en poussière. Des hommes comme votre oncle Alphonse. Comme le roi de France et le duc d'Orléans. Demandez à votre mère le bien qu'a fait à Ferrare la Seigneurie de Venise. Et tant que mon neveu est duc de Milan, nous ne sommes pas les otages des intrigues de Naples et de la France, ni à la merci des caprices de la Seigneurie. Toute l'Europe proclame les dangers de mon ambition. Mais qui signale le danger que court Milan livrée à un jeune homme ivrogne et de courtes vues, manipulé par une épouse infidèle capable d'escorter l'armée de son père jusqu'aux portes de la ville pour réaliser sa propre ambition? Et même si vous supposez que l'épouse de Jean est la meilleure des femmes, que direz-vous de sa mère, aussi méchante que stupide, qui a tout fait sauf supplier ouvertement les Français de venir délivrer son fils de l'oppression du More?

Ce ne furent pas ces paroles qui la touchèrent, mais le ton sur lequel elles étaient prononcées. Le menteur le plus habile de la chrétienté croyait vraiment ce qu'il disait. Ou bien n'était-ce encore qu'une partie de son jeu complexe, dans lequel tous ses mensonges précédents devaient être présentés comme des mensonges, pour que le dernier mensonge crucial puisse prendre le masque de la vérité.

– Vous avez donc l'intention de le faire, dit Béatrice. De vous proclamer duc de Milan.

Il baissa les yeux et porta la main à sa bague.

– Je ne sais pas, répondit-il d'une voix lasse, légèrement hésitante. Et même si j'étais certain de le vouloir, je ne suis pas sûr que je le pourrais.

Elle fut stupéfaite de découvrir que son époux puisse douter de quelque chose. L'opacité qui lui avait toujours servi de bouclier parut se dissiper, devenir translucide et révéler ce qui se trouvait sous la carapace dure de son âme.

Mais quand il releva les yeux, ce fut comme si cette brève révélation n'avait jamais eu lieu – une simple illusion dans la lumière vacillante.

– Je vous ai dit ce que je désirais que vous sachiez, dit-il avec une assurance renouvelée. Bonne nuit, mon épouse.

Il s'inclina, se retourna et s'éloigna dans les ombres.

CINQUIÈME PARTIE

CHAPITRE 26

Naples, 28 mars 1493

– Nous devrions convoquer tous les ambassadeurs et leur permettre de l'étudier.

Alphonse d'Aragon, duc de Calabre, chevauchait son énorme destrier; ses jambes et son torse étaient si musclés qu'il semblait faire corps avec l'animal, tel un centaure.

Le roi de Naples, Ferrante d'Aragon, caressa nonchalamment de son doigt boudiné la poitrine du faucon encapuchonné posé sur son poing.

– Où se trouve la lettre en ce moment? demanda-t-il à son fils, tout en s'éloignant du groupe bigarré de musiciens et d'hommes d'armes qui les accompagnait dans leur inspection des fortifications de la ville.

Alphonse leva les yeux vers une arche de pierres de taille neuves, coincée entre deux tours énormes : la porte percée du côté de la mer dans la muraille orientale de Naples, qui venait d'être terminée. Une équipe de maçons, perchés sur un grand échafaudage, installaient non sans mal un panneau décoratif en marbre sur la partie plate du mur, au-dessus du passage voûté. Les yeux de Ferrante se réduisirent à de petites fentes d'un vert vitreux, tandis que son fils observait les ouvriers tout à plaisir. Quand Alphonse répondit enfin, ce fut de façon vague.

– Je l'ai mise sous clé.

Ferrante, surpris, souffla à travers ses narines pincées, évents ridiculement petits pour son visage bouffi.

– Bien. Et je tiens à ce qu'elle y reste. Quand nous aurons une idée plus claire de ce que les Français se proposent de faire, nous pourrons discuter du meilleur moyen de l'utiliser.

Sans mouvement perceptible de ses éperons d'argent ou des rênes brodées dans ses mains crispées, Alphonse fit reculer son cheval à la hauteur de celui de son père. Son cou de taureau, qui semblait éclater du col de brocart, fit pivoter sa tête de rustre.

– Quand le More aura entraîné Venise dans sa ligue contre la France, l'occasion sera perdue. Si nous utilisons cette lettre tout de suite pour justifier un blocus du port de Gênes, la Seigneurie de Venise restera à l'écart. Ce que la Seigneurie redoute le plus, ce sont les impôts que devra payer la noblesse vénitienne en cas d'entreprise militaire. C'est le point le plus faible, parmi bien d'autres, de toute forme républicaine de gouvernement. Il est absurde de supposer que des hommes vont décréter des impôts dont ils seront les victimes.

Ferrante continua de caresser la poitrine du faucon, mais son geste était devenu machinal.

– Nous ne savons même pas si les allégations de ta fille sont défendables. Tu l'as encouragée à se sentir insultée si le More ne fournit pas une escorte de cinq cents chevaliers et des dais de soie chaque fois que son mari et son enfant se rendent au Duomo. Si le mari de ta fille se faisait connaître du peuple de Milan autant que des sangliers et des cerfs de Pavie, peut-être serait-il plus souvent acclamé par la foule. Ce serin de Jean-Galéas n'est même pas capable de trouver son *cazzo* pour pisser, encore moins pour le brandir au visage du More.

– Ma fille a supporté ces indignités et bien d'autres pendant des années sans protester. Tout autre duchesse d'Italie aurait crié des insultes par sa fenêtre comme une catin de Rome. Parce qu'elle a gardé le silence jusqu'à maintenant, les ambassadeurs la croiront. Et c'est pourquoi il faut leur montrer cette lettre.

Les paupières lourdes d'Alphonse se resserrèrent et son regard se fit menaçant.

– Ce n'est pas seulement l'honneur de ma fille qui est en jeu. Il s'agit d'une insulte à *notre sang*.

– Oui. Si nous utilisons la lettre contre le More, les ambassadeurs la croiront certainement, et la nouvelle ligue du More s'effondrera. Isolé, avec son port de Gênes bloqué, il sera pour l'armée française une proie facile. N'oublie pas que les Français sont sans doute sur le point de régler leur différend avec les Allemands, et que Louis d'Orléans peut se faire écouter du roi de France encore plus facilement que cet *impicatto* de prince de Salerne. Mais quand ils auront pris Milan, les Français n'auront même pas besoin d'emprunter de l'argent pour financer leur marche vers le sud jusqu'à nous ; le trésor du More sera le leur. En revanche, si nous continuons de laisser le More et la Seigneurie de Venise se flairer le cul comme des chiens, les Vénitiens accepteront d'empêcher les Français de traverser les Alpes, et ce sera pour nous un tracas de moins. Et comme de toute manière jamais la Seigneurie ne tolérera que le More se proclame duc de Milan, cet autre tracas nous sera également épargné.

Ferrante se détourna brusquement du faucon, et ses yeux brillèrent autant que les pierreries de ses bagues.

– Nous aurons alors les mains libres pour consacrer notre trésor à vaincre l'homme le plus dangereux d'Europe : ce pape Borgia que le More a créé. Et quand nous envahirons Rome, nous pourrons nous servir de la lettre de ta fille pour empêcher le More de voler au secours de l'enfant de putain qu'il a placé sur le trône papal.

Le visage de Ferrante devint brusquement écarlate, comme si l'on avait placé un morceau de verre pourpre entre lui et le soleil. Il continua de parler entre ses dents serrées, et ses bajoues se mirent à trembler.

– J'ai l'intention d'embaumer le cadavre de Rodrigue Borgia et de le ramener à Naples. Je le mettrai au pied de mon lit et je l'obligerai à regarder pendant que sa fille me sucera le *cazzo*.

Alphonse trahit son amusement par un léger haussement d'épaules.

– Bah, Sa Sainteté a déjà vu la tête de sa fille entre ses propres cuisses.

Réfléchissant visiblement au plan de son père, Alphonse observa les maçons pendant un moment, puis se retourna et regarda le long mur qui s'étendait sur sa droite. A une centaine de pas de lui, plusieurs abris de branchages s'appuyaient à la muraille neuve, sans doute construits par des paysans pauvres pour demander l'aumône aux voyageurs qui entraient dans la ville. Alphonse lança un chapelet de jurons, puis envoya ses hommes d'armes. Ils galopèrent au milieu des cabanes improvisées et, en quelques secondes, les réduisirent à du bois de feu. Du nuage de poussière jaillirent plusieurs petites silhouettes hurlantes, si sombres qu'on les aurait prises pour des singes affolés. Quand ils s'arrêtèrent, toujours braillants, il devint évident qu'il s'agissait d'enfants – maigres, sales et nus.

Alphonse s'était déjà retourné vers Ferrante. Ses dents blanches luisaient.

– Quand nous embaumerons le pape Borgia, il faudra veiller à ce que son *cazzo* soit encore assez raide pour toutes les putes de l'Enfer. Ensuite, je ferai venir le More ici et je lui enfoncerai dans le cul la queue de son pape.

CHAPITRE 27

Extraits d'une lettre de Léonard de Vinci, ingénieur à la cour de Milan, adressée à Benedetto Dei, conteur en voyage à l'étranger.

Milan, 4 avril 1493

... que la duchesse de Bari ait survécu a simplement renforcé le prestige du magicien Ambrogio da Rosate, si bien que la plupart des officiers de la cour ont hypothéqué leur santé au profit du premier nécromancien et alchimiste de passage qui se soucie de les soulager de leur bourse... Ces médecins sont des destructeurs de vie, mon cher Benedetto, et leurs remèdes un fléau pour lequel il n'y aura jamais de cure...

Les dames de la cour, dont les lubricités feraient scandale dans un bordel, assurent que la duchesse de Bari a refusé à son époux l'accès de son lit depuis la naissance de leur enfant. Ce que je sais, c'est que la duchesse de Bari n'accompagne pas le More quand il inspecte les projets que nous avons actuellement en cours. Mais ladite duchesse accorde cependant de l'intérêt à ces entreprises, pour sa propre gouverne, et vient souvent étudier nos travaux, escortée par notre ami messer Galeazzo di Sanseverino. Hier, je les ai accompagnés à cheval le long des nouveaux canaux que nous avons creusés près de Val Seria, et ils ont constaté notre succès. Nous y cultivons diverses céréales, dont du riz, ainsi que des mûriers pour les vers à soie, alors que ces terres étaient aussi arides qu'un désert avant que nous y aménagions des barrages et des canaux d'irrigation. La duchesse de Bari a posé d'innombrables questions au sujet de ces travaux, et je lui ai répondu avec plaisir, car elle a une intelligence vive, et ne fait pas de bruyants refrains des questions les plus élémentaires. Elle a reçu en ses appartements de nombreux hommes d'esprit, et la plupart sont ravis de l'attention qu'elle leur accorde; ils espèrent qu'elle remarquera les œuvres de mérite et contribuera à les faire accepter à la cour. Bien entendu, les médiocres commencent déjà à protester... Du duc et de la duchesse de Milan, on n'entend plus un mot, car ils se sont retirés à Pavie, où le duc trouve du gibier en abondance – c'est bien la seule chose qui l'intéresse...

***

Extraits d'une lettre d'Isabelle d'Este de Gonzague, marquise de Mantoue, à François Gonzague, marquis de Mantoue et capitaine général des armées de Venise.

Mantoue, 9 avril 1493

Mon illustrissime seigneur et époux,

Mère m'a écrit que le More et ma sœur ont accepté de se rendre à Ferrare en mai, et elle m'a envoyé la liste des personnes qui devront les accueillir, liste que je joins pour que vous en preniez connaissance (quoiqu'il me faudra trouver un ducat de plus pour payer le courrier). Pouvez-vous le croire? Quant à moi, j'y renonce. Même si je mettais en gage tout ce que nous possédons, je n'aurais pas la moitié des dames de compagnie requises pour ma suite, ni la moitié des bijoux nécessaires pour les parer. Et je suis certaine que ma sœur peut habiller chacune de ses dames dans des tissus plus coûteux que ceux que j'ai les moyens de porter moi-même. Plaise à Dieu que nous eussions leur argent, nous qui savons si bien le dépenser!

... Mère se rendra ensuite à Venise, mais elle m'a déjà assuré qu'elle s'installerait au palais de père sur le Grand Canal et n'exigerait pas que vous la receviez en grande cérémonie. Les ambassadeurs qui accompagneront le More se rendront également à Venise pour confirmer la nouvelle ligue, mais mère n'a pas pu convaincre Béatrice de l'accompagner – ce que je considère comme une bénédiction, car il est probable que Venise s'enfoncerait dans la mer sous le poids de la suite de ma sœur...

***

Extrait d'une lettre d'Isabelle d'Este de Gonzague à François Gonzague.

Mantoue, 22 avril 1493

... Pouvez-vous le croire? Mère assure que la ligue avec Venise est d'une importance si cruciale que Béatrice doit représenter son époux à la confirmation de l'accord. Bien que je partage l'avis de mère sur l'importance de cette alliance, les bras m'en tombent quand je songe aux interminables comparaisons que produiront inévitablement l'extravagance de la suite de Béatrice et la modestie de la mienne. Rien au monde ne pourra me persuader d'aller à Venise en même temps que ma sœur! Si Béatrice et mère ne changent pas leurs plans, je changerai les miens...

***

Dépêche secrète décodée du comte Carlo Belgioioso, ambassadeur de Milan en France, à Ludovic Sforza le More, duc de Bari et régent du duché de Milan. (L'original était codé et portait la mention « Cito ! Cito ! » – *Urgent ! Urgent !)*

Amboise, 27 avril 1493

[Votre] Altesse : C. [le roi Charles s'en va] à Senlis pour conclure [le] traité avec M. [l'archiduc Maximilien]. [Selon] toute attente, accord en vue. C. ne parle plus maintenant que [de] traverser [les] Alpes. O. [Louis, duc d'Orléans] pousse [de] toutes [ses] forces [pour que] Milan [soit le] premier objectif. Situation ne pourrait [être] plus dangereuse pour nous. [Je pars] à Senlis avec C. Essaierai exercer influence sur Allemands pour dissuader O. Mon opinion : [les] Français s'attendent [à ce que] Venise [nous] fasse faux bond. Mon opinion : devons immédiatement faire proposition requise pour amener M. de notre côté. – B.

CHAPITRE 28

Près de Vigevano, 1er mai 1493

Galeazzo di Sanseverino se redressa sur ses étriers. Son bonnet de velours touchait presque les branches qui ombrageaient l'allée cavalière le long du canal.

– Qu'est-ce que c'est? demanda-t-il.

Le vent qui glissait sur les champs verdoyants apportait un bruit. Ce pouvait être un son de la nature, une bande de sauterelles poursuivies par un vol d'oiseaux voraces.

– Des *cacarelle*, répondit Béatrice.

Le bruit discordant lui rappelait toujours sa nuit de noces.

– Avec une guimbarde, des tambours et au moins deux luths.

Galeazzo ôta son couvre-chef en hommage comique à l'oreille extraordinaire de Béatrice.

– Un orchestre campagnard. Bien sûr. C'est le premier mai. On l'oublie parce qu'à Milan le premier mai passe pour une fête rustique, tout juste bonne pour des rustres couverts de sueur.

– A Ferrare, tout le monde ramasse les rameaux de mai.

Le premier mai était la fête préférée de Béatrice, et le fait qu'elle l'ait presque oubliée cette année lui donna du regret – mais aussi la joie de s'apercevoir que sa jeunesse désœuvrée appartenait désormais au passé. Elle décida de rapporter quelques rameaux pour Hercule et fit vœu de l'emmener l'année suivante cueillir des rameaux dans le parc ducal.

Galeazzo montra le clocher d'une église à quelque distance au-delà des champs irrigués – tour rectangulaire datant de plusieurs siècles, couverte d'un simple toit de tuiles, dans le vénérable style lombard omniprésent dans les environs de Milan.

– Ne pourrions-nous assister à leur fête?

– Oh oui! s'écria Béatrice.

Puis elle songea, déçue, à l'escorte de deux douzaines d'hommes d'armes et d'ingénieurs qui l'accompagnaient.

– Nous la gâcherons dès que les paysans verront qui nous sommes.

– En ce cas, nous irons tous les deux déguisés, répondit Galeazzo en ôtant son pourpoint de riche brocart. Il vous faudra enlever vos bijoux et nous prendrons les tapis de selle de deux de nos soldats. Ils me prendront pour un marchand aisé qui a dépensé trop d'argent pour la robe de sa femme.

– Ne croyez-vous pas qu'on vous reconnaîtra quand même? Galeazzo avait une tête de plus que la plupart des hommes et remporté une demi-douzaine de tournois dans la région, en présence de milliers de spectateurs.

– Ils m'ont toujours vu en armure. A leurs yeux, Galeazzo di Sanseverino est deux fois plus grand que moi et possède une tête de fer.

Galeazzo et Béatrice terminèrent leurs préparatifs et renvoyèrent leur escorte à Vigevano. Ils chevauchèrent perpendiculairement au canal, le long d'une des conduites d'irrigation. Des haies, des rangées d'arbres et les levées herbues des fossés d'irrigation formaient un damier précis. Ils ne traversèrent qu'une seule fois un ruisseau naturel, bordé d'arbres, le lit presque à sec envahi de prêles et de liserons. Chemin faisant, ils aperçurent ici et là des fermes prospères avec des galeries à colonnes et des hangars de brique garnis de foin. On reconnaissait l'emplacement des vignes de chaque ferme aux rangées de gaules servant de tuteurs. Plus souvent, ils passaient devant les maisonnettes de fermiers à bail, avec leurs volières bruyantes et leurs jardinets de fines herbes.

Bientôt leur chemin croisa une route de terre sillonnée d'ornières et bordée de cyprès. La musique devint de plus en plus forte. Ils dépassèrent un paysan à la tunique tachée de vin qui avançait comme un somnambule; il voulut ôter son chapeau pour saluer les voyageurs, s'aperçut qu'il n'en avait pas, et se mit à insulter d'un ton rageur un compagnon imaginaire.

Le village se réduisait à l'église et à quelques échoppes groupées autour d'une minuscule place. Plusieurs centaines de personnes s'entassaient sur la route, sur la place et sous les arcades des boutiques comme si elles essayaient d'écarter le petit groupe de bâtiments. La plupart étaient des fermiers, vêtus de leurs plus belles chausses et de tuniques de laine teintes; les propriétaires des fermes portaient des pourpoints de soie et de damas ainsi que des souliers de cuir façonné. Des joueurs, des diseurs de bonne aventure et des musiciens ambulants se mêlaient à la foule – leurs chausses multicolores et leurs jaquettes courtes ajoutaient une note joyeuse à la fête. Les vieilles portaient des robes de laine modestes et des tabliers blancs à l'ancienne, mais un grand nombre de jeunes étaient habillées comme des prostituées milanaises ordinaires : décolletés plongeants et bijoux bon marché. La plupart avait remplacé dans leur main le rituel rameau de mai par une outre ou une bouteille remplie aux tonnelets mis en perce tout autour de la place.

Les nouveaux venus furent accueillis par les cris des vendeurs qui offraient des chapons à la broche et des pigeons rôtis, des gâteaux disposés sur des tréteaux, des tranches de melon, des fromages, des anguilles au vinaigre, des truites au four, une huile médicinale pour guérir les brûlures et soulager les embarras gastriques, et un aphrodisiaque à base de cervelles de moineaux. Mais l'aphrodisiaque le plus efficace semblait être le vin. Des jeunes hommes et des jeunes femmes dont le visage rougeaud trahissait un état d'ébriété avancé s'étreignaient sans vergogne comme s'ils se trouvaient au lit avec la lampe éteinte, et non debout sur une place publique.

Les garçons de ferme déshabillèrent Béatrice du regard quand elle s'avança au milieu d'eux, et elle trouva leur franchise un peu ivre plus sympathique que l'hypocrisie de rigueur à Milan. Elle regarda un jeune homme à la beauté rustique, chaussé de ridicules pantoufles françaises à bout relevé, glisser la main dans le corsage d'une jeune fille osseuse ayant à peu près son âge – et à l'émotion qui vibra en elle, elle n'éprouva ni surprise ni honte. Depuis que Béatrice avait été témoin, à l'âge de douze ans, des premières expériences amoureuses de sa sœur aînée, ses rêves d'amour s'étaient peuplés d'images de plus en plus précises de passion physique. Le mariage avait détruit tout cela, ainsi que ses aspirations romantiques, mais la maternité (et bien entendu sa libération du calendrier de messer Ambrogio) avait ravivé en quelque manière les feux du désir. Elle avait un enfant, et cela comptait beaucoup pour elle, mais l'amour même qu'elle éprouvait pour son bébé lui faisait ressentir davantage que quelque chose lui manquait. Elle désirait un homme. Quelqu'un qui la prenne dans ses bras. L'amour d'un homme rendrait son amour pour son enfant plus complet.

Galeazzo acheta à Béatrice une bouteille de vin, et elle ne tarda pas à se sentir légère dans la chaleur du soir. Les notables du village se mirent à brailler des discours, essayant mais en vain de dominer le brouhaha de la fête. La plupart des orateurs commençaient par boire à la santé du More, architecte de la prospérité locale ; n'ayant pas à respecter le protocole de la cour, ils ne disaient mot du duc de Milan. Béatrice le remarqua avec beaucoup moins de surprise et de chagrin qu'elle n'en aurait éprouvé quelques mois plus tôt. Au début de ses visites aux grands projets agricoles – en général escortée par Galeazzo – elle comptait bien dénoncer les maigres résultats des « grands travaux » dont son mari ne cessait de se rengorger. A la place, elle avait découvert à quel point elle ignorait la transformation en train dans la campagne autour de Milan. Les canaux et les projets d'irrigation avaient rendu la vie à des dizaines et des dizaines de bourgs et de villages – ce dont elle ne pouvait se rendre compte quand elle se promenait dans le parc ducal avec Isabelle.

A la fin des discours, l'orchestre de fortune tenta d'interpréter une danse rapide, sur un rythme de *moresca*. Trois joueurs de luth exposèrent courageusement la mélodie, leurs notes habiles plus ou moins bien secondées par le tambour ivre et la bande de gamins du village agitant leurs *cacarelle*. Le son affreux de la *cacarella* se produit en jouant d'une corde passée à travers une membrane tendue sur un pot. Les bras des jeunes gens s'agitaient frénétiquement comme s'ils essayaient d'imposer une harmonie à coups de poing.

Béatrice entraîna Galeazzo dans le cercle tourbillonnant des danseurs et trouva un embryon de rythme dans la cacophonie de l'orchestre. Elle se sentait légère et aérienne – bien plus que sous la férule de son maître à danser de Ferrare – soudain libérée de ses jambes lourdes de fillette et de ses inhibitions. Le style élaboré de ses pas attira bientôt l'attention, et pendant un moment, tous les regards se tournèrent vers elle. « *Che bellezza* », entendit-elle ; et : « Elle danse comme une déesse. » Puis ses admirateurs furent distraits par un combat particulièrement acharné entre deux lutteurs. Mais Béatrice avait déjà accepté une chose qu'elle ne se serait jamais permis de croire quand elle était jeune fille : Je suis belle. Surtout quand je danse.

Pas si belle que Galeazzo. Elle serra sa main puissante et élégante, en se disant : Dommage qu'il appartienne à Blanche, que je ne trahirai jamais... Prendrait-elle vraiment un tel risque ? Elle se rappela une des expériences les plus marquantes de son enfance. Le père de son père, Nicolas, décédé presque un demi-siècle avant sa naissance, avait engendré tellement de bâtards qu'il avait inspiré un dicton local : « *Di qua e di la del Po, tutti figli di Niccolò* » (Sur les deux rives du Pô, tous sont les fils de Nicolas). Dans sa vieillesse, Nicolas s'était remarié avec une femme plus jeune, qui s'était sentie beaucoup plus attirée par le fils aîné de Nicolas. Trahis par une dame de compagnie, les amants avaient été confondus et condamnés à une dernière nuit dans les souterrains du château d'Este. Le lendemain matin, Nicolas en larmes avait virilement appliqué sa justice, et regardé le bourreau décapiter son épouse et son héritier. Une nuit, Béatrice et sa sœur étaient descendues dans les souterrains, qu'on n'utilisait plus ; une légende prétendait que si l'on gardait le silence, on pouvait encore entendre les pleurs et les chuchotements des amants condamnés attendant leur dernière aurore. Béatrice et sa sœur étaient restées dans le noir, main dans la main, en essayant de ne pas troubler le silence lugubre même avec le bruit de leur souffle. Au bout d'un moment, elles entendirent un sifflement, semblable au ressac dans le lointain. Les murmures fantomatiques se muèrent en soupirs, qui glissaient ainsi que des esprits dans les ombres animées de remous surnaturels. Et quand elles n'avaient pas pu le supporter plus longtemps, les deux sœurs s'étaient enfuies en hurlant du souterrain des amants maudits...

Mais Isabelle ? se demanda-t-elle. Ich avait-elle vraiment couché avec un autre homme ? Si c'était le cas, Béatrice l'enviait.

Béatrice s'arrêta pour vider un verre de vin, puis se joignit de nouveau au tourbillon désordonné de la danse. Les couleurs s'estompaient dans le crépuscule et le mouvement lui-même semblait se réduire à une trace d'or pâle. Libre, se dit-elle, plus libre que je ne l'ai jamais été. J'ai appris davantage de choses au cours des deux derniers mois que dans toute mon ancienne vie. Elle vit le visage de son enfant et ses premiers sourires sans dents, comme il lui arrivait cent fois par jour quand elle n'était pas près de lui. Mon enfant est le centre. Mais autour de lui, tout le reste tourbillonnait.

Isabelle... Pourquoi ne s'était-elle pas simplement rendue à Pavie pour se réconcilier avec Ich ? Peut-être parce qu'elle avait peur de trouver confirmation de ce qu'elle soupçonnait au fond de son âme. Connaissait-elle Ich mieux que son mari ? De même que le More était capable de grandes choses – ne serait-ce que pour servir sa vanité et son ambition – Ich n'était-elle pas capable des pires mensonges et trahisons ? Pendant un instant d'étourdissement, elle crut voir Ich et son époux tournoyer autour d'elle comme une ronde de danseurs, tout en proclamant leurs vertus et criant leurs accusations réciproques.

Isabelle ou le More ? Serait-elle obligée un jour de faire ce choix pour découvrir la vérité au sein de leur ronde hurlante de mensonges ? Pas tout de suite. Aujourd'hui, elle était incapable de choisir... Et elle n'en avait pas besoin parce que, dans son nouveau monde de possibilités tourbillonnantes, la vérité était un nuage flou. Peut-être un amant... A mon tour de mentir. Sa robe se releva et elle pirouetta dans la pénombre, la vitesse de son mouvement accélérée par le cercle de danseurs autour d'elle... Elle s'imagina comète traversant le ciel dans l'orbite de la roue de la Fortune.

CHAPITRE 29

Naples, 14 mai 1493

Les deux hommes trouvèrent des prises glissantes dans les joints entre les énormes pierres grises, au pied du Castel Nuovo du côté de la mer. Ils se retournèrent vers la baie de Naples, d'un noir d'encre sous le dais d'étoiles. Des vagues d'eau sombre giflaient la pierre, soulevant à chaque fois leur corps et les forçant à dépenser de l'énergie simplement pour retrouver leur souffle. Excellents nageurs, ils étaient entrés dans l'eau plus d'une heure auparavant, largués par une petite barque au milieu de la baie.

Les nageurs se concentrèrent sur la muraille de pierre qui s'élevait encore à une vingtaine de coudées au-dessus d'eux. Le front de mer de l'énorme palais-forteresse était entièrement entouré de cette jupe de pierre. Au-dessus de cette bordure, s'élevait la haute façade du Castel Nuovo, tournée vers la baie. Juste au-delà de la ligne où la pente de la jupe de pierre rejoignait la façade verticale, se trouvait une petite fenêtre, pourvue de grilles et de volets.

– Nous allons découvrir maintenant si notre or a été bien employé, dit l'un des hommes. Si cette fenêtre n'est pas ouverte...

– Elle le sera, coupa l'autre. Si nous avons été trahis, ils nous attendront à l'intérieur.

Les deux hommes firent silence, songeant sans doute dans le noir aux tortures prolongées et à la mort qu'ils subiraient s'ils étaient découverts. En même temps, ils glissèrent sous leur ceinture le poignard qu'ils avaient fixé par des sangles autour de leur poitrine. Ils avaient nagé torse nu. Puis le premier murmura :

– L'âme de notre père ne connaîtra jamais la paix tant que nous n'en aurons pas fini.

Ils reprirent leur ascension sur la pente abrupte, en trouvant pour leurs doigts et leurs orteils des prises précaires sur les légères inégalités des pierres, taillées presque à la perfection. Les deux hommes étaient frères. Le premier avait vingt-deux ans, l'autre dix-neuf. Leur père était du nombre des barons napolitains qui avaient disparu le soir de l'infâme banquet de réconciliation de Ferrante. Les deux jeunes gens n'avaient pas attendu les rumeurs qui s'étaient répandues après le massacre de Noël pour prendre leur décision. Leur mère avait également été arrêtée lors du banquet de Ferrante et libérée quelques jours plus tard – après avoir été violée et torturée. Tous les biens de la famille avaient été saisis, et les membres survivants exilés. Comme la plupart des proscrits qui ne s'étaient pas réfugiés en France, les deux jeunes gens avaient disparu dans les montagnes du sud de l'Italie. Ils avaient consacré le peu d'or et de bijoux qu'ils avaient pu emporter à payer des espions à l'intérieur du Castel Nuovo. Ils avaient notamment acheté un des secrétaires du duc de Calabre, qui les avait mis au courant – en échange d'une somme folle – de la prime qu'ils étaient venus chercher ce soir-là.

Les verrous des volets avaient été ouverts. Les frères se signèrent. L'aîné, que ses amis et sa famille appelaient Giovann, se glissa entre les barreaux, puis s'arrêta pour inspecter la pièce. La faible lumière des étoiles fit luire le métal de petites armes à feu et de piques. Giovann se laissa tomber sur le sol et attendit. Un instant plus tard les pieds nus de son frère claquèrent sur les planches du sol à ses côtés.

L'ouverture de la galerie se trouvait là où on leur avait dit. Après avoir forcé le panneau de bois, Giovann s'avança de nouveau le premier. Le noir était si total qu'il semblait avoir de la densité, et rendait l'air humide encore plus difficile à respirer. Accroupi, la tête effleurant les pierres du plafond bas et les coudes frottant les murs suintants, Giovann imagina que le boyau était sans issue, et qu'à son retour il trouverait l'entrée murée. Il se demanda combien de jours son frère et lui pourraient survivre, en grattant les murs comme des rongeurs pris au piège.

On leur avait dit que le passage aboutissait à une vaste pièce. Après avoir perdu plusieurs minutes à forcer un autre panneau de bois, Giovann entra dans la pièce en rampant. Sans se relever, il leva les yeux. La peur le saisit comme une main glacée et il essaya d'étouffer un cri involontaire. Les yeux, très rapprochés et animés de reflets rougeoyants par une faible lumière indirecte, semblaient en suspens juste devant son visage. Il saisit son poignard, et les yeux brillèrent. Il sentit le feu sur son crâne et sa joue. Ce fut seulement quand il reçut le poids de son agresseur qu'il comprit qu'il n'était pas humain, et il se souvint vaguement des bruits qui couraient sur les guépards dont

Alphonse se servait pour décourager les voleurs et supprimer les rats. Il libéra enfin son poignard et frappa cinq fois de suite dans le corps souple, d'une puissance effrayante. Le guépard hurla et ne bougea plus. Giovann se releva, le visage et le dos en feu, et son frère le dépassa. La porte parut exploser et la lumière les éblouit.

Son frère se jeta sur le premier garde et envoya la chandelle allumée voler contre le mur. Le deuxième garde portait une torche; Giovann bondit vers lui et lui enfonça son poignard dans le ventre. Le garde cria : « *Gesù! Gesù!* » et Giovann dut le réduire au silence d'un coup de poignard en travers de la gorge. Puis il se tourna vers le garde qui se battait contre son frère, et lui plongea le poignard dans les reins. Le garde s'écroula en gémissant, puis se tut.

Pendant un instant, le seul bruit fut le sifflement et le gargouillis de la trachée artère tranchée du second garde. Giovann ramassa la torche, qui continuait de brûler, et se pencha vers son frère, qui ne s'était pas relevé. Dès que la lumière éclaira les yeux de son frère, il comprit que s'il ressortait du Castel Nuovo, ce serait sans lui.

Le jeune homme crispait ses doigts couverts de sang contre ses intestins, qui sortaient, luisants, de l'énorme plaie de son abdomen. Il secoua la tête.

– Je suis un homme mort, dit-il, comme s'il assistait à un miracle. Notre doux Jésus va m'emporter d'ici ce soir.

Giovann, immobile, releva la torche.

– Prends-la, murmura son frère, haletant. Prends-la et sauve-toi!

Giovann s'agenouilla et embrassa tendrement son frère, puis posa le tranchant du poignard contre sa gorge.

A la question tacite, son frère répondit aussitôt par un hochement de tête.

– Pour père, pour mère et Jé...

Il fut secoué d'un frisson quand le poignard glissa sur son cou. Le sang jaillit sur sa clavicule. Il regarda Giovann dans les yeux et lui adressa un faible sourire. Il ne serait plus en vie quand les gardes de Ferrante le découvriraient.

Giovann passa dans la pièce attenante. Il entendit un cri, qui lui parut lointain. La pièce était un trésor qui l'aurait émerveillé pendant des heures en d'autres circonstances; il entrevit des vases de majolique, des statues d'or et des quantités de colliers ornés de diamants. Il ne cherchait que la cassette d'argent. Où se trouvait-elle? Des chandeliers dorés en forme de satyres. Un service de couteaux à manche d'argent niellé. Des plateaux décorés de scènes champêtres. Enfin! Quatre boîtes d'argent, splendidement gravées. Deux d'entre elles étaient trop petites pour contenir des lettres. Les deux autres, assez grandes pour contenir de petits documents, étaient identiques. Sur le couvercle de l'une, des nus enlacés. Pas le temps de les ouvrir pour trouver ce qu'il était venu chercher. Il décida de prendre les deux.

Il coinça les cassettes maladroitement sous son bras. C'était son frère qui portait le petit sac étanche. Il se maudit de ne pas avoir emporté un sac plus grand.

Les cris montaient à présent de la pièce voisine. Giovann hésita. Puis il s'élança en direction des voix. Les gardes, pris au dépourvu, ne réagirent pas. Il passa devant eux comme une flèche.

Un long couloir, avec une fenêtre au bout. Des volets entrebâillés. Dans ses oreilles, le bruit de ses pieds nus et les échos de semelles de cuir derrière lui. Si la fenêtre s'ouvrait sur une cour intérieure, il était mort. D'un même geste, il repoussa les volets, grimpa sur l'appui de la fenêtre et prit son élan pour éviter la jupe de pierre entourant la façade. Puis il s'envola dans l'abîme. Les étoiles défilèrent, brillantes et nettes, comme s'il traversait le ciel exactement à la même vitesse qu'elles.

Au moment de l'impact, il crut pendant un instant effrayant qu'il avait sauté dans la cour intérieure. Mais de l'eau envahit ses narines, et ses membres commencèrent à se débattre contre le liquide libérateur. Il remonta à la surface, prit une gorgée d'air et se mit à nager sous l'eau.

Le sel sur ses blessures semblait de l'huile bouillante. Il continua de nager sous l'eau, en refaisant surface une dizaine de fois avant de s'arrêter pour se retourner vers le Castel Nuovo. Il y avait de la lumière à plusieurs fenêtres et des torches se déplaçaient le long de la jetée qui protégeait le port. Mais il savait que même s'ils lançaient une douzaine de barques à sa recherche, ils avaient peu de chances de le trouver désormais. Il s'aperçut seulement à ce moment-là qu'il avait perdu une des cassettes d'argent.

Tout en essayant de maintenir la cassette glissante hors de l'eau, Giovann continua de nager, et son esprit se mit à jongler avec mille pensées – des images de sa mère torturée et de son frère éventré, non sans effort son père la dernière fois qu'il l'avait vu, puis une observation sur les choix que fait la Fortune : son frère était mort, lui-même avait survécu, une cassette gisait au fond de la baie de Naples. Il continua d'avancer puis se retourna de nouveau vers la façade éclairée du Castel Nuovo, en se demandant si la cassette d'argent qu'il avait conservée contenait la lettre qui provoquerait la ruine de la maison d'Aragon.

CHAPITRE 30

Extraits d'une lettre d'Éléonore d'Este, duchesse de Ferrare, à Isabelle d'Este de Gonzague, marquise de Mantoue.

Ferrare, 19 mai 1493

... Ta sœur et son époux ont été accueillis aux cris de « *Moro! Moro!* », ce qui m'a surprise de la part de notre peuple, mais telle est sa popularité dans toute l'Italie aujourd'hui... Ta sœur portait une *camora* de brocart rouge cramoisi avec, brodés en or, des motifs représentant la tour du phare de Gênes, ce qui passe pour la dernière mode... Ta sœur avait une allure superbe; sa grâce et son maintien se sont vraiment améliorés, et j'en suis si fière qu'il me faudra aller à confesse! Je le pense sincèrement : bien que vous n'habitiez plus sous le même toit, ce sont les années où Béatrice t'a prise pour modèle qui lui ont permis d'acquérir la dignité et le charme qu'elle possède actuellement... Tu ne peux imaginer la quantité de robes et de bijoux que les dames de compagnie de ta sœur ont reçus pour leur voyage à Venise. Pour que mes dames ne soient pas en reste, il m'a fallu donner à chacune un rosaire de perles et une *camora* verte de *velluto alluciolato* à rayures de satin noir. Je tiens en réserve un certain nombre de pendentifs et de broches pour mes dames, au cas où il prenne envie à ta sœur d'offrir à ses dames d'autres parures quand elle verra ce que j'ai fait pour les miennes... Ton père a organisé une semaine de divertissements, dont trois journées de tournois et trois soirées théâtrales, d'innombrables fêtes et une course de chevaux à laquelle participera ton frère. Aujourd'hui sera cependant une journée de détente pour ta sœur et son époux : ils sont allés seuls au Palazzo Schifanoia, que Béatrice a toujours beaucoup aimé...

***

Ferrare, 20 mai 1493

Debout dans la salle principale du Palazzo Schifanoia, Béatrice se souvint d'un autre retour à Ferrare, sept ans auparavant. Comparé au colossal Castel Nuovo de Naples, avec ses panoramas merveilleux sur la baie de saphir et la ville fleurie étagée sur les collines, le château d'Este à Ferrare semblait une forteresse médiévale exiguë donnant sur une ville plate dénuée de tout pittoresque, et un parc récemment réalisé sur des marécages malsains. Mais le Palazzo Schifanoia, lieu de détente de la famille (Schifanoia signifie « Sans Souci ») au milieu d'une forêt fraîche à l'est de la ville, lui avait révélé un passé auquel elle était liée, bien qu'il lui parût curieusement étranger. Elle avait alors dix ans, et elle avait erré dans ces élégantes pièces, garnies de statues romaines et de tapisseries françaises. Dès ce jour-là elle avait ressenti l'impression d'intangible assurance que donnait ce domaine, résultat de plusieurs siècles de raffinement, alors que la maison d'Aragon n'avait derrière elle que quelques années frénétiques de luxe ostentatoire.

Lors de ce premier retour à Ferrare, rien ne lui avait fait plus d'effet que cette grande salle, appelée Salone dei Mesi (Salon des Mois) à cause de la magnifique série de fresques qui recouvraient entièrement les murs, extraordinaire déploiement d'imagination débridée et d'extravagance représentant la vie de cour et l'existence quotidienne, avec pour toile de fond un paysage de collines aux formes fantastiques, de châteaux de contes de fées et de ruines romaines. Chaque mois était personnifié par un dieu ou une déesse défilant en procession triomphale au milieu de scènes dépeignant les travaux et les distractions de la saison. En mars, Minerve, sur son char tiré par des licornes blanches, passait entre des vignerons en train de tailler et un groupe de nobles qui chassaient en campagne, avec des meutes de chiens jappant aux sabots des chevaux. Vénus couronnée de roses, assise sur un trône flottant tiré par des cygnes, présidait à une fête champêtre où des musiciens donnaient la sérénade à des amoureux en goguette. Béatrice s'était sentie d'abord gênée puis intriguée par l'érotisme explicite de plusieurs de ces scènes : les Trois Grâces, entièrement nues, dans des poses plus lascives que classiques; des couples en train de s'embrasser et de se caresser dans les jardins; surtout l'image d'un homme et d'une femme en train de s'étreindre dans un lit, avec leurs vêtements en tas par terre dans le désordre d'une passion hâtive. Elle se rappela le récit que lui avait fait sa sœur de ce qui se passait sous les draps.

Maintenant, elle trouvait les personnages peints un peu raides et conventionnels comparés aux tableaux de Léonard ou même de Bergognone. Et les toilettes des dames n'étaient plus à la mode. Mais le reste était encore extrêmement sensuel. Elle se tourna vers le More. A quelques pas d'elle, il regardait gravement le mois de septembre, avec sa vignette mythologique représentant un Cyclope en train de forger une armure sur l'enclume de Vulcain. Béatrice se demanda s'il lui arrivait d'imaginer une femme (peut-être Cecilia Gallerani), de prendre un oreiller dans ses bras et de faire comme si c'était elle.

Elle ne l'imaginait jamais en train de faire l'amour avec elle. Depuis leur explication à Vigevano il s'était conduit comme s'il avait pris au sérieux sa menace de le recevoir à coups de poignard dans les côtes s'il essayait d'entrer dans sa chambre. Le respect qu'il lui avait témoigné avait incité Béatrice à baisser ses défenses, et elle s'était aperçue qu'elle pouvait se sentir détendue près de lui, et même plaisanter et le taquiner quand il leur arrivait de dîner ensemble. Elle s'étonnait encore de découvrir à quel point il lui était plus facile de jouer le rôle de la mère du fils du More que simplement celui de l'épouse du More.

Mais ce voyage avait mis en danger leur fragile rapprochement. A Milan, ils pouvaient s'éviter la plupart du temps; ici, on escomptait presque à tout moment qu'ils se comportent en couple. Pour le moment, il n'y avait eu aucune friction; ils avaient même eu plusieurs conversations animées à propos de littérature, de divers personnages de la cour et de plusieurs grands projets que Béatrice avait visités. Elle espérait que la trêve pourrait se prolonger jusqu'à son départ pour Venise.

– *Copiosità*, dit le More, admirant la surabondance de l'imagerie des fresques. *Grandezza*.

Il se tourna vers Béatrice.

– Irons-nous jeter un coup d'œil au jardin avant l'invasion des moustiques?

– Les moustiques ne sont pas aussi mauvais à Schifanoia qu'à Ferrare.

Sans qu'elle puisse définir pourquoi, l'idée de se promener dans le jardin lui parut de mauvais augure, mais elle chassa aussitôt son pressentiment.

Il lui offrit le bras pour descendre les marches. Les jardins s'étendaient à l'arrière du palais, plusieurs arpents impeccablement entretenus d'arbres fruitiers, de tonnelles recouvertes de plantes grimpantes, de statues de marbre et de parterres de fleurs en terrasse entourés d'allées géométriques de gravier.

Rien ne semblait avoir changé. Ils se dirigèrent vers le petit zoo, et Béatrice salua le tigre et la girafe comme de vieux amis. Ils entrèrent dans la volière, pavillon construit en grillage de fils de cuivre au-dessus de plusieurs grands arbres. Béatrice reconnut aussitôt le grand perroquet d'Afrique, Almanzor, l'appela et essaya de lui faire répéter son nom. Il ne parut pas s'en souvenir et elle en fut attristée. Elle aperçut un éclair couleur de soufre, mais n'aurait su dire qu'il s'agissait de son canari, Gia, à qui elle avait confié tant de secrets. Elle avait même envisagé d'emmener Gia à Milan, mais il n'y aurait pas été heureux puisqu'elle-même n'y était pas la bienvenue.

– Béatrice, articula enfin le perroquet.

Reconnaissante, elle l'applaudit. Elle décida qu'elle reviendrait avec son fils pour lui faire connaître Gia.

Ils sortirent de la volière et se promenèrent dans les allées. Certaines choses avaient tout de même changé : un bosquet d'orangers à la place du parterre d'iris violets ; deux jeunes buis taillés en forme de cygne. Mais les rosiers se trouvaient exactement où elle les avait laissés. Tordus et noués par des décennies de taille, ils portaient des fleurs d'un blanc crémeux, à peine rosé, ou bien d'un rouge si écarlate que les gouttes de rosée sur les pétales semblaient des rubis. Elle les avait toujours admirés : vieux et couverts de cicatrices, ils demeuraient la source d'une beauté perpétuellement renouvelée.

Elle sentit la colère monter en elle avec une violence soudaine, comme si, en un seul battement, son cœur avait injecté du venin dans tout son corps.

– Je vous ai tellement détesté, dit-elle d'un ton farouche.

Le More la regarda, manifestement déconcerté.

Elle comprit qu'elle allait tout lui dire, que les mots couleraient aussi inévitablement que le sang d'une blessure à vif.

– Je ne suis pas rentrée de Naples parce que ma mère désirait ma présence, mais parce que j'étais déjà fiancée à vous et qu'il était temps de me préparer à devenir votre épouse. Je me promenais souvent dans ce jardin en rêvant de vous : vous étiez un galant chevalier comme les héros de mes livres, le genou ployé pour me supplier de vous donner mon gant parfumé que vous porteriez contre votre cœur. La première fois que vous avez différé le mariage, je suis venue sous cette tonnelle et j'ai pleuré jusqu'à ce que mes paupières gonflées m'empêchent de voir. La deuxième fois, j'ai coupé une rose de ce rosier et je lui ai laissé une goutte de mon sang en échange, image de mon cœur blessé, certaine que mon chevalier ne viendrait plus jamais.

Béatrice s'interrompit. Elle avait les lèvres pincées de colère et ses mains tremblaient.

– Nous étions ici, à Schifanoia, le soir d'été où vous avez envoyé votre émissaire pour rompre le contrat. Le visage de père... Jamais je n'oublierai le visage de père. Le lendemain matin, je ne pouvais même plus supporter la vue de ce jardin. Je suis allée sur les chemins le long du Pô dans l'intention de me jeter à l'eau. Je pensais que mon père était furieux contre *moi*, et qu'il me fallait mourir pour épargner à ma famille une humiliation de plus.

Elle s'arrêta de nouveau et regarda vers le passé.

– Je suis venue ici la veille de mon départ à Milan pour aller enfin vivre avec vous. Il y avait de la neige sur le sol, et il avait fallu faire du feu pour empêcher les oiseaux et les fauves de mourir. J'ai dit à Gia, mon canari, à quel point je vous détestais. C'était vraiment sot de ma part : je ne savais pas encore à quel point j'en viendrais à vous détester vraiment.

Elle se trouva à court de mots. La douleur avait cessé. Le venin s'était écoulé de ses membres. Elle éprouvait une sorte d'ivresse étrange, comme si elle venait de courir contre un vent violent.

– Croyez-vous que je ne vous ai pas détestée? demanda doucement le More, avec un curieux tremblement contenu dans la voix.

Un tic fit vibrer son œil droit.

– J'aimais Cecilia Gallerani plus que je peux croire que j'aimerai un jour une autre femme. Pas d'un amour tel qu'on l'imagine à la lecture de contes de fées et de romans français. D'un amour nourri et enraciné si profondément dans l'âme que lorsque vous l'arrachez, tout le reste se trouve amputé du même coup. Et il ne reste rien, sinon un esprit sans vie dont la seule substance est de la douleur. Quand vous m'avez arraché Cecilia, j'ai souffert comme jamais depuis la mort de ma mère...

Il resta en suspens, comme si ces derniers mots étaient venus par hasard sur ses lèvres. Puis il les répéta :

– Ma mère...

Et il les laissa de nouveau en suspens.

On ne pouvait se méprendre sur le sentiment qu'exprimaient ses yeux, si invraisemblable que cela parût : c'était de la peur. Sa joue se mit à trembler. Mais le tremblement cessa au bout de quelques secondes et il sembla se ressaisir.

– Au cours des dix années que j'ai vécues avec Cecilia Gallerani, je n'ai jamais fait l'amour avec une autre femme, dit-il avec une tristesse qui paraissait sincère. Jusqu'à notre nuit de noces. Quand je vous ai possédée pour la première fois, je me suis senti... violé.

– C'est moi qui ai été violée, rappelez-vous. Et pas seulement la nuit de nos noces. Je peux certes comprendre que nos liaisons précipitées sur les ordres de messer Ambrogio ne m'ont guère rendue experte dans les arts de l'amour, mais je ne vois vraiment pas comment j'aurais été capable, moi, de vous forcer.

– Votre père m'a forcé.

C'est vrai, se dit-elle, et cette pensée entra dans sa conscience soudain vide, tel les trilles d'un oiseau effrayé dans le silence qui suit la tempête. Il est sincère, il a ressenti ce qu'il dit. Il a aimé Cecilia, il l'aime encore. Peut-être a-t-il pleuré pour elle, peut-être pleure-t-il encore. Le More et Cecilia avaient-ils également été des victimes, dans cette tragédie? Aime-t-il notre fils? se demanda-t-elle brusquement, comme il aime Cecilia, et pas simplement comme un instrument de son ambition? De la sueur monta soudain à son front et elle rougit, honteuse d'avoir forcé son époux et elle-même à mettre leurs âmes à nu.

Il la regarda, et ses épaules puissantes se voûtèrent.

– Je suis désolé. Désolé pour tout. Pour ce que je viens de dire. Désolé pour vous. Je regrette de n'avoir pas pu être le galant chevalier de vos rêves. Je suis désolé pour moi et pour Cecilia. Et de voir qu'il y aura toujours entre vous et moi cette mer sombre infranchissable...

Il avança faiblement les deux mains, comme un malade tendant les bras, et Béatrice songea, émerveillée, que le jardin de Schifanoia conservait sa magie. Peut-être ne pourraient-ils jamais traverser la mer dont il venait de parler, mais elle avait lancé un appel par-delà les eaux sombres, et elle avait découvert qu'il y avait sur la grève opposée une autre âme humaine.

***

Extraits d'une dépêche du comte Carlo Belgioioso, ambassadeur de Milan en France, adressée à Ludovic Sforza le More, duc de Bari et régent du duché de Milan, portant la mention « Cito! Cito! Cito! »

Milan, 22 mai 1493

Illustrissime seigneur duc de Bari,

J'avais l'intention de remettre à Votre Seigneurie en personne ce compte rendu des délibérations de Senlis, mais après avoir effectué le voyage de six cents lieues en sept jours, et n'étant pas certain que Votre Seigneurie soit encore à Ferrare, j'adresse également des copies par courrier à Toriaga et à Mantoue, au cas où Votre Seigneurie se trouverait en ces lieux...

Sa Majesté Très Chrétienne Charles VIII et Maximilien, archiduc d'Autriche, sont convenus d'un traité de paix entre la France et l'Allemagne... L'étendue des territoires cédés à l'empire par Sa Majesté Très Chrétienne démontre amplement l'urgence avec laquelle les Français ont recherché cette alliance...

Aussitôt après la signature, Sa Majesté Très Chrétienne m'a convoqué en audience privée et m'a informé qu'il avait à présent résolu de traverser les Alpes et qu'il avait l'intention de solliciter l'appui de Votre Seigneurie dans son entreprise. Il n'a pas manqué d'assurer que les prétentions de son cousin Louis d'Orléans sur Milan seraient écartées en raison de la valeur supérieure que Sa Majesté Très Chrétienne accorde à l'amitié de Votre Seigneurie. Sa Majesté Très Chrétienne désirerait également que vous dépêchiez en France messer Galeazzo di Sanseverino, qu'il appelle le premier paladin de la chrétienté, pour le conseiller sur les tactiques requises pour l'attaque de Naples...

Je suis certain de faire simplement écho au jugement personnel de Votre Seigneurie en suggérant que les assurances de Sa Majesté Très Chrétienne concernant Louis d'Orléans doivent être considérées comme un appât dans la nasse des Français, et rien d'autre...

***

Ferrare, 24 mai 1493

Hercule, duc de Ferrare, tendit la dépêche de Belgioioso à son épouse. Avec sa fourchette à deux brins, à manche d'or, il piqua un autre morceau de faisan rôti et le mâcha avec application. Éléonore avait fini de lire avant qu'il ne chasse sa bouchée d'une gorgée de vin, puis n'essuie méticuleusement ses lèvres avec une serviette de lin. Le More et Béatrice étaient assis à sa droite, les deux couples seuls au centre de la longue table. Même les pages avaient été congédiés.

Avant d'offrir ses commentaires, Hercule regarda par la fenêtre qui donnait sur le parc ducal, du côté nord du château d'Este. Des rangées de lampes posées sur des piquets marquaient l'emplacement des futures rues et des principaux bâtiments d'un vaste quartier en projet, dont le plan était dessiné dans tous ses détails avant que la première brique ne soit posée. Les rangées de lumière esquissaient l'image d'une ville fantôme dans la nuit.

– Nous avons discuté de la question allemande à Vigevano, dit Hercule en se tournant vers le More pour lui adresser un regard dur comme le diamant. (Ses lèvres étaient si serrées qu'elles semblaient se réduire à un seul trait.) Il serait temps de faire des avances.

– Je les ai faites.

Le More présenta sa révélation sans hésiter plus d'une seconde, et d'un ton parfaitement neutre.

– Il y a deux semaines, le comte Belgioioso m'a prévenu que les Allemands et les Français avaient l'intention de régler leurs différends à Senlis. En réponse, j'ai écrit il y a dix jours à l'archiduc Maximilien d'Autriche, le fils de l'empereur, pour lui offrir la main de la sœur de notre duc, Blanche-Marie, avec une dot de quatre cent mille ducats. Je m'attends à une réponse vers la Saint-Jean. A ce moment-là, le père de Maximilien, que l'on dit gravement malade, sera probablement mort et Maximilien deviendra le prochain souverain du Saint Empire romain germanique.

Béatrice imagina aussitôt l'infortunée Blanche-Marie impératrice, sur un énorme trône clinquant dans une immense salle glaciale d'Innsbruck ou d'Anvers. Elle avait cru au début que la dépêche urgente de Belgioioso signalait simplement une nouvelle manœuvre diplomatique abstraite, sans plus de conséquences qu'un sonnet récité pendant le dîner par un poète de cour. Mais l'image de Blanche-Marie en train d'emballer son trousseau avant de disparaître au-delà des Alpes contraignit Béatrice à reconnaître que ce traité de Senlis allait changer leur vie à tous.

– Et l'investiture? demanda Éléonore au More de sa voix de soprano. Milan est un fief impérial, mais aucun Sforza n'a jamais demandé à l'empereur de l'investir comme duc de Milan. Il ne faut guère s'attendre à ce que les princes électeurs d'Allemagne autorisent le mariage de leur prochain empereur à la sœur d'un simple duc qui n'a même pas été légitimé par l'investiture impériale. De toute évidence, vous n'avez pas manqué d'offrir à Maximilien l'occasion d'investir le duc de Milan lorsqu'il deviendra empereur.

Le More, impassible, le confirma d'un signe de tête.

– Et qui sera investi duc de Milan? Jean-Galéas?

Éléonore marqua un temps, mais ses yeux ne clignèrent pas.

– Ou vous?

Béatrice envia son époux de pouvoir croiser le regard de sa mère avec le même calme imperturbable.

– Ne serais-je pas ridicule de demander à l'empereur allemand ma propre investiture? dit-il le plus naturellement du monde. Comme vous le savez peut-être, la Seigneurie de Venise a voté une résolution secrète ordonnant une invasion immédiate de nos territoires et mon assassinat si je tentais de me proclamer duc de Milan.

Il est au courant, songea Béatrice. Il a toujours été au courant de la résolution secrète. Il faisait allusion à la résolution quand il m'a dit qu'il n'était pas certain de pouvoir être proclamé duc de Milan.

– En ce cas, vous allez permettre à la Seigneurie de Venise de vous détruire d'une façon plus économique pour elle, dit Hercule, avec la diction élégante d'un homme qui a appris à parler en public dès l'enfance. La Seigneurie n'aura pas à dépenser un seul ducat pour se débarrasser du More. Parce que le jour où Alphonse d'Aragon deviendra roi de Naples, il le fera à la place des Vénitiens.

Éléonore adressa à son époux un regard chargé de colère.

– Ce danger n'existe pas pour l'instant. Mon père continue de jouir d'une santé...

– Votre père a eu une très longue vie, coupa Hercule. Sans doute plus longue que Dieu n'a envie de supporter son impiété. Plus longue que la patience du diable qui attend son âme.

– Il ne vous appartient pas de compter les péchés de mon père, répliqua Éléonore en se signant. C'est l'affaire de Dieu. Quant à mon frère Alphonse, je crois que les États d'Italie pourront le retenir quand le moment sera venu.

– Les États d'Italie ne feront rien si Jean-Galéas, après avoir été investi par l'empereur d'Allemagne, désire exercer son pouvoir personnel sur le duché de Milan – et il est certain que le beau-père de Jean-Galéas, votre frère Alphonse, tiendra absolument à ce qu'il le fasse. Le More perdra son titre de régent et Milan deviendra une province de Naples.

Éléonore bomba le torse et se tourna vers son époux d'un air de menace.

– Vous avez passé trop de temps avec vos architectes à tracer sur du papier des choses qui n'existent pas.

Hercule continua de regarder le More, mais ses mâchoires se contractèrent comme s'il mâchait une autre bouchée de faisan. Il s'essuya de nouveau la bouche et posa sa serviette.

– Si vous n'insistez pas pour recevoir vous-même l'investiture de l'empereur, vous ne survivrez pas, votre famille ne survivra pas et l'Italie ne survivra pas, dit-il au More.

– Sottises, lança Éléonore en frappant la table de son gros poing. Qui vous a dit ça? Le sorcier avec lequel vous vous enfermez chaque jour, et qui se prétend capable de conjurer les morts?

Béatrice eut l'impression de dégringoler dans un escalier sans fin. La prévision apocalyptique de son père la stupéfiait, mais elle était encore plus surprise de voir que son père et sa mère, qu'elle croyait unis dans une même foi en l'unité de l'Italie, pouvaient avoir des opinions si différentes.

– Vous savez, seigneur, que je partage vos inquiétudes, dit le More à Hercule, en joignant le bout de ses doigts. Mais je ne me préoccupe pour le moment que de contenir les Français au-delà des Alpes, et dans ce but il me faut garder absolument notre alliance avec Rome et Venise. Nous ne pouvons pas nous permettre une défection opportuniste qui convaincrait les Français que nous ne sommes pas capables de nous unir contre eux.

Hercule lui adressa son sourire sec qui ressemblait à une grimace.

– Si la Seigneurie se trouve contrainte de choisir entre lever un impôt pour la défense commune de l'Italie ou abandonner ses alliés, elle nous offrira aux Français déjà tout troussés, farcis et embrochés.

D'un geste rageur, Hercule prit la dépêche de Belgioioso restée sur la table.

– Montrez ceci à la Seigneurie. Dites-leur que si l'on permet aux Français de conquérir Milan, la Seigneurie se réveillera un beau matin avec des soldats français en train de pisser dans le

Grand Canal. La seule chose capable de consolider une alliance mieux que l'argent est la peur. Dites à la Seigneurie que si Venise ne s'engage pas publiquement à se joindre à notre défense mutuelle, notre seul recours sera de nous allier au roi de France et d'aider son armée à franchir les Alpes.

– De la folie, grommela Éléonore.

Béatrice regarda par la fenêtre et se demanda pourquoi cette soirée de printemps était devenue soudain si étouffante. Les lumières dans le parc parurent vaciller comme si elles étaient peintes sur une toupie tournant au ralenti. Elle se sentit baignée de chaleur et comprit que si elle ne quittait pas la pièce elle allait s'évanouir.

– Seigneur père, dit-elle en se levant et en esquissant une révérence. Veuillez m'excuser, j'ai besoin d'un peu d'air.

***

Le balcon, suspendu trois étages au-dessus des douves par une rangée de petits éperons de pierre, donnait sur le parc ducal. Béatrice s'accouda à la balustrade de marbre. La ville de lumière de son père scintillait dans le silence de la nuit de printemps. Le nouveau quartier s'appellerait Terra Nova.

Elle regarda fixement les rangées de lampes, tout en essayant de donner un sens à ce qu'elle venait d'entendre à la table de son père. Elle se rappela ce que Dante avait écrit de la Fortune : de saison en saison et de lieu en lieu, elle change sans fin ce qu'elle a changé. Elle est donc extrêmement rapide par sa nature même. Béatrice avait l'impression de courir à la poursuite de la Fortune dans une sorte de Terra Nova, un pays neuf où des lanternes d'espoir éclairaient faiblement un désert d'incertitude et de peur.

Elle entendit des pas sur les dalles de pierre. Elle ne se retourna pas; elle savait que c'était son époux. Il s'arrêta à un pas d'elle et regarda la nuit sans parler.

– Votre père le construira. J'ai vu les plans. Un quartier magnifique. Ce que vous voyez à présent en lumière s'élèvera encore en pierre dans mille ans.

Il parut satisfait par cette certitude et se tut.

Béatrice conjura la ville devant ses yeux. Ce serait un monument à la gloire de son père longtemps après sa disparition. Mais curieusement, elle ne pouvait pas imaginer que son père meure; elle ne se voyait jamais condamnée à le pleurer et à porter son deuil.

– La lumière de la raison, dit le More presque pour lui-même. Peut-être ces lampes dans le noir sont-elles la lumière de la raison.

Il s'interrompit, apparemment surpris par sa propre révélation.

– Et peut-être cette lumière est-elle également visible dans la vallée du Tessin, quand les canaux d'irrigation éclairés par le soleil deviennent une grille d'argent liquide à perte de vue.

Il se retourna vers Béatrice.

– Voilà ce que votre père et moi essayons de construire. Nous lançons la lumière de la raison, de la paix et de la prospérité dans toute l'Europe. Ce n'est pas l'aube soudaine d'un nouveau soleil, mais nous accrochons l'une après l'autre les lampes de la raison dans un bois sombre.

Pendant un instant, elle se laissa entraîner à sa suite dans ce bois sombre, avec pour seuls guides les feux de ses paroles. Il la prit par les épaules, d'un geste tendre mais ferme, et la força à se tourner vers lui. Elle se demanda s'il n'avait pas l'intention de l'embrasser. Elle se demanda quel effet cela lui ferait...

– Votre père et moi désirons que vous remettiez en personne la dépêche de Belgioioso à la Seigneurie de Venise, et que vous leur demandiez une déclaration publique de défense mutuelle. Vous parlez aussi bien que n'importe lequel de nos ambassadeurs, et en tant que fille du duc Hercule d'Este et épouse du More, votre présence proclamera à toute l'Italie l'urgence de la situation. Et bien entendu, en tant que jeune mère, vous ne manquerez pas d'attirer la sympathie de la Seigneurie. Certainement davantage qu'ils n'en accorderaient au comte Tuttavilla.

Menteur! songea-t-elle. Ou peut-être ne révélait-il qu'une partie de la vérité.

– Vous voulez autre chose, affirma-t-elle, butée.

– Oui.

Il avait l'air confus, surpris par sa propre candeur. Puis son regard se fit agressif.

– Je veux que vous posiez à la Seigneurie une question en mon nom. Je suppose que vous savez maintenant que la Seigneurie a voté une résolution secrète ordonnant mon...

Les mots « résolution secrète » firent jaillir la vérité du bois sombre. Elle se vit en train de sortir de Terra Nova en courant comme une folle, serrant dans la sienne la petite main de son fils, pour tenter de distancer d'impitoyables ténèbres. Quand elle parla, elle était aussi haletante que si elle avait vraiment couru.

– Si vous désirez que je demande à la Seigneurie de Venise d'annuler la résolution secrète qui vous empêche de devenir duc de Milan, sachez que je ne le ferai jamais.

– Non, ce n'est pas ce que j'attends de vous. Je voudrais seulement que vous leur demandiez dans quelles circonstances ils envisageraient d'annuler...

– Je ne suis pas un ambassadeur stupide que vous pouvez abuser en jouant sur les mots.

– N'avez-vous rien entendu de ce qu'a dit votre père?

– Mon père m'a vendue à vous. Je suis certaine que vous avez également les moyens d'acheter ses paroles.

La facilité avec laquelle elle pouvait retourner sa colère contre son père la surprit; elle avait tellement l'habitude de rendre sa mère responsable de tout.

Il lui adressa son regard « Vous ne comprenez vraiment rien à rien », qui la mettait tellement en fureur.

– Vous ne vous rendez manifestement pas compte que cette alliance repose uniquement sur moi. Votre père se prépare déjà à envoyer votre frère en France pour offrir à l'armée de Sa Majesté Très Chrétienne le libre passage sur le territoire de Ferrare, au cas où je ne pourrais pas obtenir des Vénitiens un engagement ferme et public de défense mutuelle.

Elle rit, et les notes dures de son rire s'égrenèrent dans la nuit.

– Vous vous imaginez que la paix de l'Italie dépend uniquement de vous?

Les yeux du More brillèrent d'une juste colère. Il se détourna de Béatrice et posa les deux mains sur la balustrade de pierre du balcon. Pendant un moment il regarda les douves sombres du château, et ses cheveux dissimulèrent ses traits.

– Jamais je n'ai passé une nuit entière à vos côtés, vous ne pouvez donc pas savoir que je rêve, dit-il. Je rêve de sang. Pas du sang doux du Christ, couleur de vin, qui nettoie le monde. Je rêve du sang qui devient noir et puant quand il se coagule, et qui attire les mouches. Le sang que j'ai vu.

Ses mains se crispèrent sur la balustrade, et les muscles de ses doigts se nouèrent.

– J'ai signé de ma propre main la mort d'un homme dont le seul crime était ses loyaux services à notre État, et j'ai regardé le sang jaillir de son cou. J'ai... J'ai été témoin de choses que mon frère a faites, dont je ne vous dirai rien parce que vous ne me pardonneriez jamais si je vous en parlais. Des choses si horribles...

Il serrait la balustrade avec tant de violence que ses bras tremblaient.

– Je peux encore entendre les hurlements. Les hurlements d'innocents qui ne pouvaient pas comprendre le mal... Je peux aussi sentir encore l'odeur. L'odeur d'un village après le passage des mercenaires, qui avaient éventré les laboureurs. L'odeur de sang et de merde. Toujours la même odeur.

Il soupira.

– Le jour où je suis devenu le régent de mon neveu, je me suis juré de ne jamais verser de sang dans le creuset de notre État, et j'ai subi la colère de nombreux princes d'Italie, dont votre grand-père et votre père, pour avoir recherché une paix que personne d'autre ne souhaitait. Je n'ai nul besoin de prouver ma passion pour la paix à une enfant qui imagine la guerre comme trois journées de tournoi.

Il se tourna vers elle.

– Je ne peux vous dire que ceci : si mon neveu reste duc de Milan, nous aurons certainement la guerre, parce que votre oncle Alphonse utilisera la haine de votre cousine Isabelle envers moi pour justifier son agression. Et tout ce que j'ai édifié sera pillé et détruit.

Mais Isabelle ne ferait pas une chose pareille, se dit Béatrice. Isabelle ne lui avait pas vraiment menti, bien qu'elle eût semé le doute en elle. Et même si elle lui avait menti, qu'est-ce que cela avait à voir avec le fait que Jean soit ou ne soit pas duc de Milan ? Béatrice savait que le vrai menteur, c'était son mari ; ainsi que son père et sa mère. Elle avait la preuve de leurs mensonges : des cicatrices sur son cœur. Ils l'avaient déjà trahie et ils la trahiraient de nouveau. Mais pas Isabelle. L'amour était la seule vérité qui comptait vraiment. Et en dépit des mois de doute et de séparation, Béatrice se rendait compte qu'elle aimait toujours sa cousine.

– Si je vous aidais à devenir duc de Milan, je trahirais ma cousine, dit-elle avec ferveur, comme si sa dignité s'en trouvait offensée. Jamais je ne ferai une chose pareille.

Il fit un pas vers elle, et elle crut pendant un instant qu'il allait éclater de fureur et la jeter par-dessus le balcon. Quel glorieux martyre, songea-t-elle. Mais il la regarda simplement avec mépris.

– Vous êtes fidèle. C'est une chose que je respecte.

Il la dévisagea attentivement.

– Quand je vous ai épousée, il y a deux ans, vous n'étiez qu'une enfant. A présent, vous devenez une femme. Une femme séduisante et très intelligente. Je ne sais pas si vous souhaitez également devenir sage. Je sais qu'à votre âge, je n'y songeais pas. Je ne suis jamais tombé amoureux d'une femme qui était sage quand j'ai fait sa connaissance. A croire qu'elles acquéraient la sagesse à force de me supporter.

Pourquoi emploie-t-il le mot *amour* ? se demanda Béatrice. Il ne m'aime pas et n'a pas l'intention de m'aimer...

Il leva la main et lui caressa la joue du bout des doigts. Sans savoir pourquoi, elle lui prit la main et la porta à ses lèvres. Il se rapprocha et lui embrassa les doigts. Elle le regarda dans les yeux, puis baissa la tête. Un instant plus tard, elle sentit ses lèvres qui lui effleuraient la bouche. Quelque chose vibra en elle, la note hésitante d'une lyre aux cordes tellement tendues qu'elle comprit que si l'extravagante mélodie était jouée en entier, jamais plus elle ne pourrait déceler la discordance subtile de ses mensonges.

Il s'écarta.

– Vous devez vous embarquer sur le fleuve demain de bonne heure. Et je sais que vous avez envie de passer cette soirée avec votre fils. Je vous demanderai seulement de remettre la dépêche de Belgioioso à la Seigneurie et de solliciter une déclaration publique de défense mutuelle. Rien de plus.

Il lui caressa de nouveau la joue et s'éloigna.

Elle le regarda partir et tout se mit à tourbillonner dans sa tête : le mécanisme de la Fortune offrait d'étranges permutations nouvelles. A l'idée d'abandonner son fils pendant dix jours, elle fut soudain prise de panique – n'était-ce pas faire au petit Hercule ce que sa mère lui avait fait ? Puis elle vit son époux s'arrêter sous le porche de la tour et jeter un dernier regard vers les lumières dans le lointain. Pour la première fois depuis son mariage, elle se demanda avec un frisson de curiosité ce qu'elle ressentirait s'ils faisaient l'amour.

***

Peut-être dormait-il, peut-être pas, mais il pouvait entendre les murmures des fantômes dans l'air étouffant. Il ne fut certain d'être éveillé qu'au moment où ils se mirent à hurler.

Le More bondit de son lit et s'élança vers la fenêtre comme s'il cherchait à s'enfuir. D'une main qui tremblait il écarta les volets déjà entrouverts. Quelques torches brûlaient encore à Terra Nova, simples points lumineux dans le vide.

Les cris avaient cessé, mais l'horreur de ce qu'il avait entendu se prolongeait en un bourdonnement continu. La jeune fille avait hurlé la première, pendant que Galéas-Marie la violait, et la souillait avec une perversité indicible. Ensuite le père de la jeune fille avait hurlé : protestation étouffée, hystérique d'un homme déjà enfermé dans son cercueil. Il avait entendu ces cris des années plus tôt et ne les oublierait jamais. Mais le troisième cri, c'était la première fois qu'il l'entendait. Ce n'était pas un hurlement aigu de crainte et de douleur mais la terrifiante lamentation funèbre d'une âme qui vient de perdre toute dignité et toute espérance. Le hurlement d'une femme qui a eu en face d'elle le visage de Satan et y a reconnu le rictus dément du premier enfant qu'elle a porté dans son sein.

Le More porta les mains à ses tempes, que les hurlements faisaient vibrer, et leur ordonna de faire silence. Il accueillit le vide profond qui suivit avec un sanglot convulsif, plein d'amertume.

– Mère, pardonnez-moi, murmura-t-il.

CHAPITRE 31

Extraits d'une lettre de Béatrice d'Este da Sforza, duchesse de Bari, à Ludovic Sforza le More, duc de Bari et régent du duché de Milan.

Chioggia, 26 mai 1493

... et comme j'ai promis d'envoyer à Votre Seigneurie un compte rendu complet et exact de ma mission à Venise, je commence par mon succès au *scartino*, pendant notre voyage aujourd'hui... Le temps que nous arrivions ici, cet après-midi, j'ai gagné cinq cents ducats à mes dames de compagnie, qui ont jeté leurs cartes de dépit et se sont querellées sur le point de savoir si mes victoires étaient dues à mon habileté ou à la faveur de la Fortune. En toute sincérité, j'ai gagné tellement de donnes que je dois attribuer mon succès aux deux, et j'ai jugé que c'était de bon augure pour le reste de mon voyage...

***

Extraits d'une lettre de Béatrice d'Este da Sforza à Ludovic Sforza.

Venise, 27 mai 1493

... A l'île de San Clemente, Sa Sérénité le doge Agostino Barbarigio nous a fait monter à bord de son bucentaure, une galère de dimensions énormes avec des rangées d'avirons semblables à de grandes ailes, de nombreuses décorations dorées et des dais rouge cramoisi. Cent trente dames vénitiennes étaient assises en rangs derrière le doge sur l'avant-pont du bucentaure, et le doge m'a invitée, ainsi que madame ma mère, le comte Tuttavilla, les autres ambassadeurs et autant de personnes de notre suite qui pourraient s'asseoir, à prendre place en face. Puis nous avons quitté l'embarcadère. Après être passés entre les îles de la Giudecca et San Giorgio, nous avons croisé des galères, des chalands, des gondoles et des caraques en si grand nombre que la ville de Venise elle-même semblait le prolongement de cette île flottante de bateaux de toute sorte, certains armés de rangées de canons, qui tirèrent des salves en notre honneur (à chaque coup, le comte Tuttavilla rentrait la tête dans les épaules), d'autres fleuries comme des jardins. Les gondoles étaient merveilleusement décorées de verdure et de dais de soie aux couleurs vives... Au milieu de ces vaisseaux, nous avons croisé un vaste radeau sur lequel se trouvaient des personnages représentant Neptune et Minerve, assis au pied d'une montagne de bois et de toile peinte, couronnée par la vipère Sforza et le lion de Saint-Marc, emblème de Venise. Neptune s'est mis à danser et à jongler avec des balles, sur un air scandé par des tambours et des tambourins... Ensuite, Minerve a frappé la montagne avec sa lance, et un olivier est sorti de la montagne comme par magie, apparemment sous l'effet d'un mécanisme semblable à ceux de maître Léonard de Vinci. Quand Neptune a frappé la montagne à son tour avec son trident, un cheval vivant en est sorti. Aussitôt, des personnages de toute sorte ont apparu de l'intérieur de la montagne, des livres ouverts à la main : ils cherchaient le nom qu'ils donneraient à la ville qui serait fondée sur la montagne, honneur qui fut accordé à Minerve aux dépens de Neptune. Minerve choisit le nom d'Athènes, berceau de tout savoir. Ceci signifiait, nous a-t-on expliqué, que les grands États se fondent sur l'arbitrage pacifique...

Outre cette brève représentation théâtrale, de nombreux chalands décorés, avec des acteurs et des personnages, représentaient les différentes guildes de Venise, tous très ingénieux et fort plaisants à voir. Nous sommes entrés ensuite dans le Grand Canal, où le doge, qui nous a parlé de façon très familière et animée malgré son âge vénérable, a pris plaisir à nous montrer les principaux palais, dont les rangées de fenêtres forment comme des dentelles blanches aux motifs charmants. Des tapis de Perse étaient suspendus à tous les balcons et des guirlandes ornaient les colonnes de toutes les loggias. Tout Venise était sur les quais pour admirer notre cortège, même des esclaves nègres, perchés sur des pilotis près des portes des cuisines. Le doge nous fit voir les belles dames, à leur fenêtre et sur leur balcon, parées de tous leurs bijoux, entourées de leurs caniches, singes et paons. Il nous montra aussi, discrètement, les nombreuses courtisanes, aussi bien habillées que les dames des nobles familles. Sa Sérénité n'éprouvait aucune honte à nous signaler ces femmes, nous dit-il, parce qu'elles contribuent grandement à la prospérité de la Sérénissime République, étant donné les lourds impôts auxquels elles sont soumises – les taxes sur la prostitution suffisent à équiper entièrement la marine vénitienne! Enfin, nous sommes arrivés au palais de mon père, et le doge a tenu à nous accompagner jusqu'à nos appartements, bien que madame ma mère et moi l'ayons supplié d'épargner cet effort à sa santé. Nous avons trouvé le palais entièrement décoré de tapisseries et de tentures aux couleurs des Sforza; les lits eux-mêmes étaient recouverts de satin portant l'emblème des Sforza... Ce soir, trois gentilshommes de la Seigneurie se sont présentés au palais, et j'en ai profité pour solliciter une audience de cette assemblée.... Je vous écrirai demain si l'audience a eu lieu... Je me recommande à Votre Seigneurie...

***

Venise, même jour

– Si vous voulez bien m'excuser, je vais envoyer cette lettre à monseigneur votre époux et commencer le tri des messages que vous avez reçus ici. Je suis certain que Votre Seigneurie a besoin de repos.

Vincenzo Calmeta, le nouveau secrétaire de Béatrice, jeune poète de belle allure aux manières policées mais sincères, tenait dans une main une liasse de billets cachetés et d'invitations, et dans l'autre la lettre que Béatrice venait de dicter. Il lui adressa un regard interrogateur.

Béatrice donna congé à Calmeta, bien qu'elle appréciât sa compagnie : il était plein d'esprit et n'éprouvait que dévotion pour elle. Elle n'avait pas sommeil malgré les fatigues de cette longue journée. Elle sentait encore sous son pas le pont du bateau qui tanguait, mais au lieu de lui soulever le cœur, l'impression de flotter avivait son allégresse. Il lui suffisait de fermer les yeux pour tout revivre : la mer couverte de bateaux aux couleurs de fête, la ville ancienne, presque orientale, se découpant sur le ciel bleu éblouissant, le tonnerre des canons, les sonneries des trompettes et les vivats, qui l'avaient tellement surprise : « *Moro! Moro!* » Avec le moment où elle avait pris le petit Hercule dans ses bras pour la première fois, c'était le plus grand jour de sa vie. Venise, la cité la plus puissante du monde. Le centre du monde. Et aujourd'hui, se dit-elle, j'ai été le centre de ce centre du monde.

Elle abandonna à regret ces images de triomphe et prit le paquet de documents qu'elle avait posés sur la petite table près de son lit. Elle les parcourut rapidement une dernière fois, pour vérifier qu'elle avait en mémoire les points que le More lui avait donné pour mission de souligner lorsqu'elle présenterait la dépêche de Belgioioso à la Seigneurie. Elle n'avait aucune réserve concernant son ambassade, tout ce que son époux proposait était calculé pour assurer la défense de l'Italie. L'œil le plus sceptique n'aurait pu trouver dans ses recommandations la trace de ses ambitions personnelles.

On frappa à la porte. Elle posa ses papiers tandis qu'Éléonore entrait sans se faire annoncer, inspectait la chambre d'un coup d'œil rapide et renouait l'un des cordons dorés retenant les rideaux du lit à colonnes. Béatrice planait trop haut pour que l'agitation futile de sa mère, qui allait et venait comme une femme de chambre, puisse encore l'agacer. Ce n'était pas de la faute de maman si elle demeurait irrémédiablement terre à terre.

– Montre-toi très prudente devant la Seigneurie demain, dit Éléonore lorsqu'elle accorda enfin son attention à Béatrice. Nous sommes dans une situation très délicate, il faut donc que tu prononces ton discours exactement comme ton mari te l'a recommandé. Plaise à Dieu que ton mari ne t'ait pas chargée de cette responsabilité, cela t'aurait permis de profiter pleinement de ce premier séjour à Venise.

– Maman, le comte Tuttavilla m'a dit que notre réception cet après-midi a été la plus grandiose que Venise ait connue depuis de nombreuses années. Je doute fort que les Vénitiens aient l'habitude d'accueillir ainsi leurs ennemis.

Béatrice se considérait déjà comme une intime du doge.

– Souviens-toi que le symbole de Venise est le lion de Saint-Marc, répondit Éléonore. Ce n'est pas quand le lion de Saint-Marc rugit qu'il faut s'inquiéter, mais quand il vous invite à placer votre tête dans sa gueule.

– Maman...

On frappa à la porte, et Béatrice fut ravie de l'interruption.

– Maman, si vous voulez bien m'excuser...

Elle ouvrit la porte et introduisit Calmeta qui s'inclina et se confondit en excuses à la vue d'Éléonore. Béatrice le retint par la manche.

– Non, non, maestro Vincenzo, dit-elle à l'intention de sa mère, nous devons absolument terminer la lettre à mon époux.

Calmeta, assez fin pour avoir déjà deviné la nature des relations de Béatrice avec sa mère, comprit pourquoi la jeune femme avait besoin de finir une lettre qu'il venait d'envoyer. Il prit ses tablettes et feignit de se préparer à écrire sous la dictée. Béatrice souhaita bonne nuit à sa mère et referma la porte sur elle.

– Votre Seigneurie, je ne sais trop que faire de ceci, dit Calmeta en prenant sous ses tablettes un billet décacheté. L'auteur de ce pli, qui ne l'a pas signé de son nom, prétend qu'il possède une lettre importante pour votre illustrissime époux, et propose que vous la lui remettiez vous-même.

Calmeta baissa les yeux vers le billet et ne put dissimuler une réaction d'incrédulité.

– A l'en croire, la lettre qu'il souhaite que vous transmettiez au duc de Bari serait de la main de la duchesse de Milan.

Béatrice haussa les sourcils.

– Ce correspondant inconnu vous demande d'envoyer une personne de confiance demain matin à Saint-Marc, avec cette broche piquée sur un manteau rouge. Le messager devra attendre près de la Madone de l'aile ouest.

Calmeta ouvrit sa main gauche : elle contenait une broche bon marché décorée, curieusement, de l'emblème du roi de France, une fleur de lis.

– Votre Seigneurie croit-elle qu'il s'agit d'une machination des Français pour faire échouer votre mission ?

Béatrice réfléchit un instant, et le battement de son cœur parut ramener sur terre la partie d'elle-même qui flottait encore dans les nuages. De toute évidence, jamais Isabelle n'aurait écrit au More – et si elle lui avait écrit, pourquoi aurait-elle fait parvenir sa lettre par des voies aussi tortueuses ? En tout cas, une chose lui parut certaine.

– Non, Vincenzo, ce n'est pas un complot des Français. Ils ne sont pas assez maladroits pour se trahir de si évidente manière.

– Ni sans doute assez subtils pour nous envoyer cette broche avec l'espoir que nous reconnaîtrons leur main dans cette affaire, ajouta Calmeta en souriant.

– Quelle que soit cette personne, je suis persuadée qu'elle s'est donné toute cette peine pour des raisons personnelles.

Elle avait l'intuition que ce petit mystère en présageait un plus grand. Si un autre nom que celui d'Isabelle avait été cité, elle n'aurait donné aucune suite. Elle se rappelait la tactique qu'elle utilisait pour battre ses dames de compagnie au *scartino* ; un bon joueur sait quand il faut se défausser des mauvaises cartes... Mais il demeurait possible qu'Isabelle soit à l'origine de ce billet : ne tentait-elle pas une réconciliation de cette manière détournée ?

– Madame, je suis prêt à me rendre à Saint-Marc demain, ne serait-ce que pour satisfaire votre curiosité.

– Non, Vincenzo.

Elle prit le billet et la broche, qu'elle examina.

– Cette histoire ne me plaît pas. Ce serait peut-être dangereux.

– Quel risque puis-je courir à Saint-Marc, hormis perdre ma bourse entre les mains d'un voleur ou ma vertu entre les bras d'une courtisane ? Je regrette seulement que cette mission ne soit pas plus dangereuse, pour avoir une occasion plus digne de vous prouver mon dévouement.

Elle se rendit compte que Vincenzo était parfaitement sincère. Peut-être, se dit-elle, émue, est-il même en train de tomber amoureux de moi – de la manière courtoise et chaste des troubadours. Elle n'avait nulle envie de l'envoyer à Saint-Marc, mais si elle le lui interdisait, elle éteindrait la joie dans ses doux yeux gris.

– Je crois que ce sera très dangereux, Vincenzo, mais je crois aussi que vous m'êtes assez dévoué pour m'épargner le chagrin que j'éprouverais s'il vous arrivait malheur. Il faudra prendre des précautions extrêmes.

***

Les cinq vastes coupoles byzantines de la basilique Saint-Marc renvoyaient les échos de trois sortes de bruits. Le plus fort était la psalmodie des prêtres qui chantaient matines devant l'énorme masse d'or et d'albâtre du grand autel. Les courtisanes qui paradaient dans la nef ajoutaient la charmante polyphonie aiguë de leurs bavardages; leurs boucles blondes tombant sur leurs épaules, leurs décolletés éclatants et les rangs concentriques de colliers de perles et d'or, semblaient en parfaite harmonie avec l'extraordinaire décoration de la basilique – avec ses resplendissantes mosaïques du VIIe siècle, ses panneaux de marbre sculpté, ses autels d'or et d'émaux, ses candélabres et ses icônes byzantines, Saint-Marc ressemblait à un énorme coffret à bijoux.

Le troisième bruit était un bourdonnement grave, continu, émanant de conversations furtives dans une douzaine de dialectes italiens et autant de langues étrangères. Car Saint-Marc n'était pas seulement un grand bazar de la chair, mais la bourse d'échange de l'un des produits marchands les plus précieux de Venise : les secrets. Diplomates, agents, proscrits et assassins de toute l'Europe s'y rassemblaient pour troquer des renseignements, des mensonges et des vies.

Deux hommes, dissimulés comme la plupart de leurs collègues sous d'anonymes capes vénitiennes de velours noir, les cheveux tombant sur les épaules, s'étaient installés dans l'aile gauche de la basilique en forme de croix grecque; ce transept formait pour ainsi dire une cathédrale à lui seul, avec sa haute coupole et ses chapelles latérales richement décorées. Une lumière douce filtrait des fenêtres percées à la base de la coupole, et l'un des deux hommes inclinait légèrement la tête pour que ses cheveux dissimulent quatre cicatrices parallèles sur sa joue gauche.

– Et que ferez-vous si personne ne vient? demanda l'homme au visage balafré.

– Giovann, vous devez comprendre que vous n'êtes plus en train de vous cacher dans un village des Pouilles, lui répondit son compagnon. Si j'ai appris une chose ici, c'est qu'à Venise il y a toujours un acquéreur.

– Nous ne devrions pas la vendre. Si quelqu'un vient, nous devrions nous assurer qu'il représente bien la duchesse de Bari, et en finir. Cette lettre a été achetée avec du sang, et ne peut être revendue que dans cette monnaie, dit Giovann amèrement.

– Rien ne nous garantit que le More ou la Seigneurie utiliseront cette lettre, peut-être la jetteront-ils au feu, murmura l'autre homme d'un ton pressant. Mais si nous pouvons inciter le More et la Seigneurie à renchérir l'un sur l'autre, nous gagnerons en tout cas assez d'or pour partir en France et contribuer aux efforts du prince Antonello.

– Comment comptez-vous entrer en rapport avec la Seigneurie ? demanda Giovann.

– J'ai déjà amorcé des pourparlers avec leur représentant. J'ai donné quelque idée sur la nature de notre marchandise, et nous sommes convenus de nous revoir quand il aura consulté la Seigneurie. Nous serons donc à même de savoir ce que le More est prêt à payer avant de négocier avec la Seigneurie. Maintenant, attention au manteau rouge.

Une demi-heure s'écoula. Giovann donna un coup de coude à son compagnon.

– Ce prêtre en soutane noire, là-bas, à côté de l'icône de la Vierge. Il n'est là ni pour demander des aumônes ni pour assister à la messe. Il ne fait rien et il nous observe.

Un groupe d'une trentaine de personnes dissimulait l'icône byzantine au cadre surchargé de pierres précieuses, placée au centre d'un autel de marbre. Le deuxième homme parcourut la foule des yeux et hocha la tête.

– Je ne vois pas de prêtre.

– Il a disparu, répondit Giovann. Il a remarqué que nous l'observions. Je crois qu'il est ici pour administrer les sacrements de la Seigneurie. Nous étions vraiment idiots de supposer que la Seigneurie payerait une chose qu'elle peut si facilement voler. Il faut partir immédiatement...

– Il y a quelqu'un avec un manteau rouge près de...

Le deuxième homme s'interrompit et ses yeux se dilatèrent de terreur et de souffrance. Le prêtre se tenait derrière lui : il lui avait saisi le bras d'une main tandis que l'autre s'enfonçait dans son dos.

– File, Giovann, haleta-t-il.

Puis ses yeux s'éteignirent, du sang coula sur son menton et son corps s'écroula dans les bras du prêtre.

Giovann ne fit qu'entrevoir les traits typiquement vénitiens du prêtre avant de se retourner pour s'élancer dans la foule. Il glissa la main sous sa cape pour saisir son poignard, puis se retourna. Le prêtre venait de bousculer une courtisane qui tomba en lançant un juron. Il comprit soudain que fuir ne suffirait pas : s'il ne tuait pas l'homme de main de la Seigneurie, son signalement serait communiqué dans quelques minutes aux sbires de Venise, dont l'efficacité était proverbiale.

Son erreur fut de s'arrêter pour attendre le prêtre, au lieu de ralentir pour se laisser rattraper. Quand il le comprit, il était trop tard. Il n'y avait plus aucune trace du prêtre à l'endroit où la courtisane venait de se relever : elle époussetait d'un geste hautain les volants de soie blanche qui dépassaient des crevés des manches de sa robe, en grommelant contre les prêtres qui sodomisent les petits garçons.

***

– Votre Seigneurie, il est bien entendu que vous vous adresserez aux six membres du Petit Conseil dans la Sala del Collegio.

Le comte Girolamo da Tuttavilla, chef de l'ambassade milanaise, plissa le front. Il se demandait si Béatrice écoutait vraiment ses recommandations.

– Ces hommes sont choisis parmi les trois cents membres de la Seigneurie, eux-mêmes élus par les douze cents nobles appartenant de droit au Grand Conseil. En vous adressant à ces six hommes, vous vous adresserez en fait à tout Venise.

Béatrice hocha la tête ; elle pouvait pardonner à Tuttavilla de la croire distraite. Elle regarda la cheminée de marbre, devant elle, qui portait encore les traces noires de l'incendie qui avait ravagé le palais des Doges, siège du gouvernement de Venise, dix ans plus tôt. L'extérieur du palais avait été somptueusement reconstruit, mais la Seigneurie, dans son avarice, avait décidé de surseoir aux réparations de l'intérieur. On avait simplement replâtré les murs à la hâte et installé des tentures. La peinture des fresques et la dorure des plafonds avaient été ajournées indéfiniment. L'antichambre dans laquelle attendaient Béatrice et les envoyés de Milan était simple et exiguë, semblable à celle du moindre marchand milanais. Dans son imagination, Béatrice avait répété une plaidoirie passionnée pour des centaines de galants gentilshommes réunis dans une vaste salle splendide. Elle se préparait maintenant à parler sous le nez d'une demi-douzaine de représentants de la République dans une pièce qui ne serait guère plus grande, et certainement moins splendide, qu'un de ses placards.

– Que Votre Seigneurie ne s'offense pas de la durée de l'attente, ajouta Tuttavilla. Plus une mission est urgente et vitale, plus la Seigneurie la prolonge. Si vous étiez venue demander le prix d'une aune de toile de mauvaise qualité à la Merceria, on vous aurait reçue il y a une demi-heure.

La porte donnant sur l'extérieur s'entrouvrit. Tuttavilla alla s'informer. Il se tourna vers Béatrice.

– Votre secrétaire désire vous parler, Votre Seigneurie.

Béatrice était si impatiente de recueillir des nouvelles de la mission clandestine de Calmeta qu'elle lui avait ordonné de lui rendre compte au palais des Doges quand il sortirait de la basilique de Saint-Marc, toute proche. Elle s'élança à la rencontre de Calmeta et l'entraîna dans la pièce brillamment ensoleillée qui servait de salle d'attente aux bureaux du Sénat et du Conseil des Dix. Calmeta secoua la tête.

– J'ai mis le manteau rouge et la broche et j'ai attendu près de l'icône pendant presque toute la durée des matines. Personne ne s'est adressé à moi. Une mission d'une décevante simplicité. Je n'ai même pas été importuné par une courtisane. Rien à signaler, hormis un vacarme juste à mon arrivée. Un homme s'est évanoui et une dame a insulté un prêtre qui avait sans doute gêné son commerce en quelque manière.

Il lui adressa un sourire charmant et haussa les épaules.

– Je crains d'avoir été victime d'un bon tour, que vous aviez eu la sagesse de me conseiller d'éviter.

Tuttavilla apparut à la porte et fit signe à Béatrice. Elle remercia Calmeta pour son courage et gagna l'antichambre. Un page ouvrit la porte de la Sala del Collegio, et Tuttavilla encouragea Béatrice d'un signe de tête. Elle entra.

La pièce était plus longue que l'antichambre et plus brillamment éclairée, mais aussi étroite et aussi hâtivement décorée. On avait accroché aux murs des tentures de velours cramoisi, et le sol était couvert de marbre fendu et noirci par les flammes. Sous un dais de chêne ciré, au fond de la pièce, sept hommes étaient assis côte à côte sur un banc, séparés les uns des autres par des accoudoirs plats recouverts de satin pourpre. Le long du mur sur la droite se trouvaient deux secrétaires, devant une sorte de lutrin de bois.

Béatrice se dirigea d'un pas vif vers le dais et s'arrêta à portée de main des conseillers. Ils se levèrent poliment, mais ne s'inclinèrent pas. Elle n'eut des visages des membres de la Seigneurie qu'une impression générale, en partie parce qu'elle n'osa pas les dévisager individuellement, mais aussi parce que les siècles de prestige politique et social dont jouissait la noblesse vénitienne avaient engendré des hommes qui se ressemblaient beaucoup – et pensaient de la même façon. Ce visage collectif était puissant, rigide, ombré par une barbe brune soigneusement rasée et marqué par des rides aussi nettes que des coups de couteau. Des lèvres pincées, un nez aquilin proéminent et des yeux bleus inflexibles complétaient un portrait de dureté, de sens pratique et d'indifférence.

La seule présence humaine accueillante était le vieux doge resté assis au centre du banc ; ses yeux humides clignaient sous ses paupières tombantes. Son immense cape de damas blanc brodé d'or et d'argent contrastait vivement avec les robes à longues manches amples des autres hommes, en velours écarlate, onéreux mais uni et simple. Le bonnet de damas assorti que portait le doge avait une protubérance en forme de corne à l'arrière, et cette bosse, associée à sa longue barbe et ses cheveux blancs, lui donnait l'aspect d'un sorcier amical capturé dans un pays lointain. Béatrice comprit soudain que le décor spartiate exprimait précisément ce que la Seigneurie désirait : le visiteur négociait avec des hommes dont la seule préoccupation était l'exercice le plus efficace d'un pouvoir pratique et brutal.

Le doge fit signe à Béatrice de prendre le siège qui se trouvait à sa droite, et qui l'empêcherait de regarder directement les hommes (sauf les deux secrétaires); il lui vint à l'esprit que cette disposition des sièges convenait parfaitement au style d'hommes qui accordaient une plus grande valeur au secret et à la discrétion qu'aux effusions diplomatiques. Très bien, se dit-elle. Elle pourrait en apprendre plus en les écoutant qu'en observant leurs visages résolus et impassibles.

Le doge lui souhaita la bienvenue en un discours fleuri, comme s'il avait droit (ou était condamné) à toutes les courtoisies que dédaignait si manifestement la Seigneurie. Béatrice surmonta un premier moment de panique et répondit avec la compétence rhétorique qui lui avait été inculquée dès ses premiers balbutiements. Le trac avait accompagné chaque déclamation en latin de son enfance – la première à l'âge de quatre ans –, elle avait donc appris non seulement à bien s'exprimer devant un public de personnes plus âgées, mais à bien parler alors que les battements de son cœur menaçaient de l'interrompre et que sa gorge cherchait à lui couper le souffle.

Après les échanges de politesses, Béatrice remit la dépêche de Belgioioso. Elle fut forcée d'attendre, dans un silence qui la mit au supplice, que chacun des sept hommes ait lu le document. Mais tandis que le parchemin passait de main en main, elle sentit l'atmosphère se charger, presque comme si le plafond à caissons s'abaissait lentement et comprimait l'air.

Enfin, une voix sur sa gauche demanda :

– Il apparaît que le roi de France a l'intention de demander à votre époux de l'assister dans son entreprise italienne. Comment le duc de Bari entend-il répondre à cette requête?

Béatrice nota de l'autorité et de la suffisance, mais aussi de la sournoiserie, dans la voix aigre, nasale de l'homme qu'elle ne pouvait pas voir. Il avait l'intention de la mettre à l'épreuve, peut-être de l'entraîner dans un aveu involontaire de la duplicité de son mari. Elle eut soudain envie de croiser le fer avec cet adversaire anonyme.

– Mon époux a fait tout ce qui était en son pouvoir pour s'opposer à toute venue des Français en Italie. Il ne voit aucune raison de modifier sa politique maintenant que la traversée des Alpes est devenue un objectif avoué du roi de France.

– Vraiment ? On pourrait croire au contraire le moment bien choisi pour changer de politique, répliqua la voix nasale d'un ton légèrement agacé qui donna à Béatrice un pincement de cœur. Les Français vont presser votre époux, par des promesses et des menaces, d'abandonner ses alliés italiens et de les rejoindre dans leur aventure.

Tel était donc le jeu : la Seigneurie cherchait à excuser ses tergiversations en prétendant que le More avait plus d'intérêts que les autres à rompre l'alliance. Béatrice décida d'esquiver en retournant l'accusation contre l'accusateur.

– Mon époux prétend que Venise, comme Milan, fera l'objet de ces promesses et de ces menaces.

Dans le feu du débat, Béatrice ne remarqua pas l'orgueil agressif avec lequel elle avait brandi l'expression « mon époux ». Mais dans cette pièce exiguë, face à ces hommes les plus puissants du monde, elle avait commencé à sentir que Milan, son mari et leur fils ne formaient en réalité qu'une seule et même cause.

– Selon les termes actuels de notre accord, la Seigneurie s'est engagée à une alliance d'amitié réciproque, qui implique des consultations en matière de défense, avec les États de Rome, Milan, Ferrare et Mantoue. Votre époux ne remet certainement pas en question la garantie qu'offre l'engagement officiel de la Seigneurie ?

Béatrice réprima sa joie, exactement comme elle le faisait quand elle se voyait une main victorieuse au *scartino* ou au *buttino*. Sa contre-attaque avait fait tomber la Seigneurie dans son piège.

– Mon époux estime que la clause de « consultation en matière de défense mutuelle » ne suffira pas à dissuader le roi de France. Mon époux propose donc que Venise, Milan, Rome, Ferrare et Mantoue rédigent et publient un accord révisé prévoyant l'assistance immédiate de la ligue entière au cas où l'un des États membres serait attaqué. Mon époux propose en outre que la ligue énonce une mise en garde spécifique au roi de France, précisant que toute incursion de son armée en Italie serait considérée comme une attaque simultanée de la ligue entière.

Il s'ensuivit un silence de tombe. Au bout d'un instant, un des hommes assis à la gauche de Béatrice se mit à chuchoter, tandis que sur sa droite des mains s'agitaient, comme si ces messieurs communiquaient aussi par signes. Les murmures devinrent un bourdonnement grave général ; Béatrice ne put distinguer aucun mot, encore moins discerner un sens dans cette inhabituelle discussion politique. Le doge se tourna vers elle et lui adressa un sourire ambigu.

Au bout de quelques minutes, le silence se fit de nouveau, et la voix nasale parla à Béatrice.

– Votre époux comprendra certainement que nous désirons consulter Sa Sainteté sur ce point.

Béatrice eut envie de crier : « Sa Sainteté appartient à mon époux ! » A la place, elle lança sèchement :

– Mon époux a déjà obtenu le consentement de Sa Sainteté. C'est de votre consentement qu'il désire s'assurer.

La voix nasale répondit d'un ton presque las.

– La Seigneurie évaluera elle-même les opinions et les désirs de Sa Sainteté en cette affaire.

Béatrice n'imagina pas un instant que cet homme puisse supposer qu'elle n'avait pas compris ce que sa réponse signifiait en fait : la Seigneurie serait encore en train d' « évaluer la situation » quand Louis d'Orléans marcherait sur Milan.

Le doge lui sourit de nouveau ; ses yeux bleus n'étaient que de minces fentes de couleur. Puis il se leva pour signifier la fin de l'entretien. Quand elle se leva à son tour, la prise de conscience de ce qui venait de se passer lui coupa les genoux, et elle crut qu'elle allait s'écrouler. Puis la panique disparut, et une voix glacée, cuivrée retentit – dans son ventre plus que dans ses oreilles. Tu as perdu cette manche, disait-elle, et dans le jeu que tu es en train de jouer, le prix de la défaite est la guerre.

***

Béatrice resta éveillée tard dans la nuit. Elle avait ouvert les fenêtres pour entendre le merveilleux murmure des gondoles et des barques, et parfois des bribes de conversation et des rires lui parvenaient aussi clairement que si les bateaux glissaient au pied de son lit.

Elle ne cessait de se répéter mentalement chaque mot de son entrevue avec la Seigneurie. Le comte Tuttavilla lui avait dit que la réponse de la Seigneurie à l'appel du More en faveur d'une défense mutuelle était à peu près ce qu'il avait escompté ; il estimait qu'elle avait bien fait de dénoncer la politique dilatoire de Venise. Sa mère n'avait rien dit, elle considérait donc manifestement que l'audience était une erreur et un échec cuisant – elle l'avait fait sentir en haussant les sourcils et en se hâtant de parler d'autre chose.

Béatrice partageait l'opinion de sa mère sur ce point. Elle s'attendait à beaucoup mieux ; la veille, elle se voyait déjà sous les traits de la plus éminente « femme d'État » de toute l'Italie, arbitre reconnu de l'unité et de la concorde. Maintenant, elle avait envie de ravaler chacune de ses paroles – pour refaire ses phrases en mettant l'accent sur d'autres points, en répondant à la réserve glacée de la Seigneurie par le même calme implacable. La Fortune lui avait offert une occasion, mais elle ne s'était pas montrée assez habile pour l'exploiter comme il aurait fallu. Elle avait attaqué de front et avait trébuché sur ses propres pieds.

Elle s'endormit enfin et rêva – mais nullement de diplomatie et de vieillards intransigeants. Elle se trouvait sur l'eau, sur un fleuve qui ressemblait au Pô, chez elle à Ferrare, allongée au fond d'une des petites barques en forme de gondole dans lesquelles elle se promenait souvent avec sa sœur. La barque dérivait le long de la berge, parfois sous un soleil vif, parfois dans l'ombre de grands arbres en surplomb. L'eau était jonchée de pétales de fleurs, et elle y laissait traîner sa main. Elle portait une chemise ample et la brise soulevait le tissu fin pour lui caresser la peau. Puis un homme se trouvait avec elle, et ses doigts glissaient là où la brise était passée. A chaque contact, elle devenait plus fluide, comme une rivière tiède, vibrante de sensations...

Quelque chose tomba sur elle et la jeta dans l'eau. L'odeur saumâtre, suffocante monta dans ses narines. Elle était déjà en train de se noyer, l'eau était devenue une boue collante dans sa bouche. Elle redressa la tête : des yeux blancs luisaient dans la pénombre... la peau sombre d'un homme... Elle ne rêvait pas! Elle cria, mais le son parut étouffé comme dans un cauchemar. Non! Ce n'était pas un rêve! Puis, calmement, elle se dit : « Je suis morte. Je ne reverrai plus jamais mon enfant. »

L'homme qui la tenait était jeune. De la sueur luisait sur son visage, et sa chemise blanche était ouverte. Il coinçait les bras de Béatrice sous ses genoux et lui fermait la bouche avec une main. Elle pouvait encore respirer par le nez.

– Écoutez-moi bien, Votre Seigneurie, chuchota le jeune homme d'une voix qui tremblait de peur, d'épuisement et de détermination. J'ai en ma possession une lettre écrite par la duchesse de Milan, et votre époux a intérêt à en prendre connaissance.

Béatrice cessa de se débattre. L'homme fouilla dans sa chemise et en sortit un parchemin dont le sceau était brisé.

– Reconnaissez-vous son écriture?

Béatrice ne distingua dans le noir qu'un vague griffonnage, puis vit le monogramme sous la signature : IX – Ich, Isabelle... Impossible de confondre les arabesques des deux lettres majuscules.

– Me jurez-vous, madame, de ne pas crier si je vous permets d'allumer une lampe pour que vous puissiez examiner cette lettre?

Béatrice acquiesça d'un signe, et il enleva sa main. Il recula rapidement vers la fenêtre, la lettre toujours à la main, et Béatrice hésita: ne ferait-elle pas mieux de crier? La Fortune n'était-elle pas en train de se moquer d'elle? Elle se leva et alluma la lampe, sans se soucier du fait qu'elle ne portait qu'une chemise.

– Qui êtes-vous? demanda-t-elle.

Sa joue gauche était striée de trois ou quatre cicatrices récentes, parallèles, comme s'il avait été griffé par un grand félin. Il devait avoir une vingtaine d'années.

– Je suis un homme qui ne quittera pas Venise vivant, dit-il lentement. J'ai échappé aux sbires de la Seigneurie toute la journée, mais je crains d'avoir épuisé la générosité de la Fortune. Il faut que vous remettiez cette lettre à votre époux.

Il lui tendit le parchemin à bout de bras, comme s'il avait peur d'elle.

Le fait que l'intrus fuyait la police de la Seigneurie augmenta considérablement la confiance de Béatrice. Elle examina le sceau brisé : si ce n'était pas celui d'Isabelle, la contrefaçon était vraiment habile. Mais l'écriture, rapide et serrée, effaça tous ses doutes; le document était bien authentique. Datée du 2 mars, la lettre commençait par les mots « Illustrissime et bien-aimé père... »

Le reste de la lettre raviva la douleur que Béatrice avait ressentie quand l'aide de la sage-femme avait retourné l'enfant dans son ventre, chaque phrase était une main malveillante qui lui déchirait le corps.

« Vous m'avez mariée à Jean-Galéas dans la perspective naturelle qu'il monterait le jour venu sur le trône de ses ancêtres Visconti et Sforza. Jean-Galéas est désormais majeur et père d'un héritier; il devrait donc exercer les pleins pouvoirs afférents à son titre de duc de Milan. Or ces pouvoirs demeurent entre les mains du More, qui s'est constamment efforcé d'empêcher Jean d'assumer les devoirs et privilèges inhérents à sa naissance... L'épouse du More se conduit comme si elle était duchesse de Milan, et la cour la traite comme si tel était le cas. Tout le monde ici présume que le fils du More héritera du duché, et à cette fin, tous les honneurs d'un héritier du trône ont été réservés à cet enfant lors de sa naissance, tandis que nos enfants et nous-mêmes avons été traités avec mépris. On nous accorde à peine les plus simples nécessités de l'existence, et nous avons dû fuir au château de Pavie parce que nous avions peur pour nos vies... Si vous éprouvez la moindre compassion paternelle, et si l'amour pour moi et la pensée des larmes que je verse peuvent encore émouvoir votre âme, je vous implore de lancer votre armée à notre secours et de délivrer votre fille et votre beau-fils de leur servitude en mettant fin à la méprisable régence du More et en confirmant Jean-Galéas dans les pouvoirs qui lui reviennent en toute légitimité... Si vous ne venez pas à notre aide, j'aimerais mieux mourir de ma propre main que supporter plus longtemps le joug du More et de sa femme... »

Les épaules de Béatrice se voûtèrent à mesure qu'elle lisait. Quand elle eut terminé, elle était sur le point de s'écrouler. Elle avait envie de vomir. La blessure profonde – la mort brutale de l'amour d'Isabelle – avait été aussi rapide qu'une amputation, et elle n'était pas encore capable de la surmonter. Elle eut devant les yeux l'image de son oncle Alphonse, le démon de son enfance au visage noir toujours renfrogné, en train de s'élancer à l'assaut de Milan à la tête de son armée. « Lancez votre armée à notre secours... » Tout ce que son père et son mari lui avaient dit était vrai; tout ce qu'Isabelle lui avait assuré n'était que mensonges... Elle regarda de nouveau la lettre. Elle n'aurait pas été plus horrifiée si cet homme lui avait apporté la tête d'Isabelle sur un plateau. Elle leva enfin les yeux et demanda, en un gémissement de victime :

– Pourquoi? Pourquoi avez-vous fait ça?

– Je l'ai fait pour l'âme de mon père. Et celle de mon frère. Et pour ma mère. Je l'ai fait pour libérer mon peuple.

Il n'avait plus peur, semblait-il.

– Vous avez un fils. Jurez sur la tête de votre fils que votre époux lira cette lettre.

Elle acquiesça, incapable de lui dire que cette lettre ne surprendrait nullement son mari, qu'elle était la seule personne dans toutes les cours d'Europe pour qui cette lettre était un coup de poignard dans le cœur.

Il l'observa pendant un instant, et elle dut croiser son regard. Elle se demanda pourquoi et comment la Fortune avait ourdi cette collision de destins. Puis, sans adieu, sans même une lueur dans le regard, il se retourna et enjamba la fenêtre. Elle entendit le bruit sourd de ses pieds lorsqu'il tomba dans sa gondole, puis le glissement doux d'une coque qui fend l'eau calme.

L'univers entier n'était plus le même, les sphères tournoyaient dans la confusion, l'harmonie était rompue. Et dans ce nouvel univers, il n'y avait qu'un seul point fixe, un cristal dur de terreur, pareil à un diamant qui reflétait les ténèbres au lieu de la lumière : « Qu'adviendrait-il de son enfant quand Alphonse viendrait? »

CHAPITRE 32

Venise, 29 mai 1493

– J'avoue que votre demande d'audience m'a surpris, dit le doge Agostino Barbarigio en indiquant à Béatrice le fauteuil en face de lui. Mais je suis certes enchanté de cette nouvelle occasion de vous voir. Je vous imaginais lasse de tous ces doctes sires et de leurs airs affligés. Une jeune femme charmante comme vous emploierait mieux son temps à profiter des beautés de notre cité. Sa beauté même contribuerait à celle de Venise.

Béatrice s'assit sur le bord du fauteuil et accepta le compliment du doge en inclinant la tête avec grâce. Les appartements de Sa Sérénité se trouvaient au premier étage du palais, au-dessous des salles officielles. Son bureau – décoré aussi chichement que le reste du palais – occupait une sorte de loggia et profitait pleinement de la belle lumière du matin que réfléchissait le croissant du canal Saint-Marc et la lagune au-delà. Sur ce panorama de mer calme et de ciel, se détachait le symbole de la puissance destructrice de Venise : l'Arsenal, au milieu d'une forêt de mâts – immense chantier naval capable d'armer des galères aussi rapidement qu'un potier tourne une cruche.

Après un silence contraint, le doge reprit la parole.

– L'élégance de vos propos a fait beaucoup d'effet sur ces messieurs de la Seigneurie. Ils ont tous apprécié votre intervention et la clarté avec laquelle vous avez exposé la position de votre époux.

Oui, se dit Béatrice, la rapidité avec laquelle j'ai abaissé mes cartes leur a fait de l'effet. Elle garda le silence. Cette fois, Venise devrait patienter.

Le doge sourit et fit un geste de ses doigts blancs desséchés.

– Je comprends que la réponse plutôt ambiguë de ces messieurs de la Seigneurie vous ait déçue. Mais attendons... Nous verrons bien. Sa Sainteté aura sans doute une opinion personnelle sur la question de la défense mutuelle.

Béatrice s'adossa à son fauteuil et adressa au doge un regard qui signifiait clairement : « Ne vous donnez pas la peine de répéter ce mauvais prétexte. »

Ne recevant toujours pas de réponse, le doge pencha sa tête chenue, sans dissimuler sa curiosité.

– Pourquoi êtes-vous venue, mon enfant?

– Me permettez-vous d'être franche? Je crois que Votre Sérénité, étant le plus sage des hommes, a une oreille plus attentive aux craintes de mon époux que ces messieurs de la Seigneurie.

Le doge hocha la tête.

– J'accorde sans nul doute une grande valeur à l'amitié de votre époux.

Il sourit, ce qui révéla ses dents gâtées.

– Savez-vous ce qu'on dit souvent, mon enfant? Les deux qualités que la Seigneurie apprécie le plus pour l'élection du doge sont d'abord la sagesse d'un âge vénérable, puis l'absence d'ambition personnelle, qualité qui apparaît souvent elle aussi avec le grand âge. Je suis certain de satisfaire mes électeurs au moins sur ce second point. Je n'essaie jamais de convaincre ces messieurs de la Seigneurie d'une seule chose dont ils ne seraient pas déjà enclins à se convaincre eux-mêmes.

– Et ils ne sont pas enclins à se convaincre que Venise est, comme Milan sans la menace des Français?

Le doge sourit patiemment.

– Mon enfant, les Français n'ont pas les moyens de traverser les Alpes sans puiser auparavant dans le trésor du More. Si votre époux ne lui prête pas d'argent, jamais le roi de France ne pourra payer son armée au-delà de Grenoble. Et votre époux ne me paraît guère porté à financer la destruction de son État. En outre, s'il était assez fou pour cela, Venise n'aurait aucun intérêt à s'enchaîner à la folie de Milan.

– Mon époux se trouvera contraint de financer l'aventure des Français en Italie s'il est menacé d'une agression par Naples.

– Cette menace n'existe pas. Et n'existera jamais tant que le gendre d'Alphonse d'Aragon sera duc de Milan.

Béatrice avait décidé que présenter la lettre d'Isabelle comme preuve de la situation délicate où se trouvait son époux la contraindrait à négocier sur une position de faiblesse – et elle avait compris que c'était fatal quand on traitait avec la Seigneurie. Elle avait donc résolu de feindre une position de force, comme au jeu de *scartino*, lorsqu'elle bluffait avec rien dans les mains. Sauf que ce n'était plus un jeu.

– Alphonse d'Aragon attaquera Milan dès que mon mari se nommera duc.

Le doge resta aussi immobile qu'un mort. Ses yeux avaient cessé de briller, ils se contentaient de refléter la mer et le ciel au-dehors. Il dit enfin :

– La Seigneurie considérerait l'usurpation du duché de Milan par votre époux comme un outrage, et les conséquences seraient fort graves.

– Vous voulez sans doute dire que vous feriez appliquer la résolution secrète qui prévoit l'intervention de Venise pour empêcher mon époux de devenir duc de Milan. Mais ne peut-on douter de l'efficacité de cette résolution de la Seigneurie, continua Béatrice, si mon époux était investi duc de Milan par l'empereur d'Allemagne ?

– Nos agents n'ont signalé aucun engagement de ce genre de la part de l'empereur, dit le doge d'un ton léger.

– Je suis certaine que vos agents seront bientôt mieux informés.

Béatrice était persuadée que les négociations de son époux avec les Allemands étaient en bonne voie ; même si elles ne prévoyaient pas l'investiture du More, la Seigneurie soupçonnerait une clause secrète.

– Et quand l'empereur acceptera d'investir mon époux duc de Milan, le choix de la Seigneurie sera clair. Ou bien vous annulerez la résolution secrète et permettrez à mon époux d'utiliser la menace d'une intervention française pour forcer Alphonse d'Aragon à accepter sa nomination ; ou bien vous appliquerez la résolution secrète et vous vous allierez à Alphonse d'Aragon – avec pour conséquence immédiate l'entrée des Français et peut-être des Allemands en Italie pour assurer la défense de mon époux.

Le doge replia ses mains à l'intérieur de sa cape blanche et posa le menton sur sa poitrine comme s'il se préparait à une petite sieste. Au bout d'un moment, il sourit et dit :

– Votre visite m'a fait grand plaisir, mon enfant. Mais vous devez maintenant excuser un vieillard dont la santé ne permet pas de prolonger cet entretien.

***

Extrait d'une dépêche du comte Girolamo da Tuttavilla, chef de la délégation de Milan à Venise, à Ludovic Sforza le More, duc de Bari et régent du duché de Milan.

Venise, 31 mai 1493

... notre dernière soirée ici sera consacrée au banquet en l'honneur de la ligue, qui aura lieu au palais des Doges dans la vaste salle du Grand Conseil. Comme les fastes et la durée de la fête seront inversement proportionnels à la sincérité de l'engagement de la Seigneurie avec ses alliés, je crains que nous ayons à subir une épuisante et interminable nuit de divertissements et de ripailles, sans doute exacerbées par la chaleur...

***

Même date

Les gondoles se bousculaient le long du quai devant le palais des Doges; des pages attendaient au débarcadère pour escorter dames et gentilshommes. Béatrice faillit trébucher en descendant de l'embarcation. Elle gravit les marches conduisant à la place avec la même crainte désincarnée qu'un condamné montant à l'échafaud. La façade du palais avait une luxuriance gothique : de la dentelle de pierre blanche d'Istrie se détachant sur une marqueterie de marbre rose de Vérone. Cela lui rappela les décors surchargés des spectacles de marionnettes de Naples, où des chevaliers en papier mâché tapaient à bras raccourcis sur de farouches Maures.

Dans le palais, elle monta une autre volée de marches, puis pénétra dans la salle du Grand Conseil, vaste comme une cathédrale. La chaleur y était suffocante et la lumière qui tombait des fenêtres donnant sur l'eau, étrangement vive. Le regard de Béatrice ne s'attarda pas sur les rangées de tables, mais suffit à la convaincre de la splendeur de l'assemblée : hommes à la mine sévère, femmes ou maîtresses tout or et perles, soie blanche et poitrines décolletées. Elle se dit que chacun d'entre eux devait connaître sa pathétique tentative de convaincre le doge d'annuler la résolution secrète.

Plus encore que d'humiliation, Béatrice souffrait de peur. Jamais elle n'aurait agi aussi témérairement s'il ne s'était agi de sauver son fils. Pour se venger d'Isabelle, elle aurait attendu. Mais elle s'était convaincue que le seul moyen d'obtenir quelque chose de la Seigneurie était de menacer et d'exiger plus qu'on ne voulait. Elle s'était persuadée que si elle donnait à penser que le More était prêt à abattre Alphonse d'Aragon, la Seigneurie proposerait un arbitrage entre Milan et Naples. Elle avait imaginé un traité qui lierait définitivement les mains d'Alphonse et laisserait Isabelle hurler à tous les vents jusqu'à ce que tout le monde la croie folle. Elle s'était trompée une fois de plus. La Seigneurie se rangerait probablement du côté d'Alphonse, et l'encouragerait même peut-être à attaquer. Deux jours plus tôt, elle se voyait déjà sous les traits du sauveur de l'Italie; à présent elle était certaine d'avoir détruit l'Italie, sa famille, elle-même et son enfant.

Elle monta de nouveau quelques marches, celles de l'estrade

placée sous le dais au fond de la salle. Un dessin à la craie rouge recouvrait le mur replâtré derrière l'estrade, esquisse d'une fresque tracée par la main d'un Titan ; elle représentait le trône céleste du Christ entouré de chœurs d'anges. Deux longues tables, déjà occupées par plusieurs centaines de membres de la Seigneurie et leurs épouses, se trouvaient sous le dais, de chaque côté d'une seconde estrade, plus haute et semblable à une scène de théâtre. On y fit asseoir Béatrice avec sa mère, l'archevêque de Côme (vieillard goutteux appartenant à la délégation milanaise) et le comte Tuttavilla. Béatrice baissa les yeux vers les couverts d'argent, d'or et de cristal, et essaya de ne regarder personne. Elle supposa – et redouta – que le doge prendrait place dans le fauteuil vide à sa gauche. Mais son voisin de table ne fut autre que l'homme qui lui avait indiqué sa place : un gentilhomme de grande taille, au visage impérieux couronné de cheveux gris acier, qui devait avoir à peu près l'âge de son père.

– Votre Seigneurie, je suis le *nobiluomo* ser Constantino Privolo, lui dit son voisin en s'asseyant.

Béatrice dut se cramponner aux accoudoirs pour ne pas vaciller. Depuis son audience, elle avait cru entendre cent fois la voix nasillarde et arrogante qui lui râpait les sens; elle n'avait pas reconnu l'homme parce qu'elle n'avait pu le voir clairement pendant l'audience.

– Sa Sérénité regrette de ne pouvoir se joindre à nous ce soir, poursuivit Privolo. Sa Sérénité vous présente ses excuses les plus sincères et espère que vous comprendrez que seule sa mauvaise santé l'a contraint à se priver de ce plaisir.

Béatrice sentit la brûlure de la défaite et de l'humiliation. C'était normal : le doge se refusait à la rencontrer de nouveau, même pour une simple réception officielle. Il avait envoyé à sa place l'exécuteur des basses œuvres.

Une musique de danse, jouée par des instruments à vent et des luths, anima l'atmosphère étouffante; des couples montèrent sur la scène pour quelques tours de *bassa danza* lente. Béatrice regarda pendant un moment le cercle des danseurs compassés, mais sa tête tournait comme si elle pirouettait au rythme d'une *moresca*. Elle lutta contre l'étourdissement, mais quand elle sentit la nausée nouer sa gorge, elle comprit qu'elle devait quitter la table d'urgence. Elle était si désorientée qu'elle eut l'impression que quelqu'un d'autre se levait et présentait des excuses.

Elle ne vit même pas la personne qui l'accompagna à l'étage supérieur, puis dans un corridor jusqu'à une petite chambre donnant sur l'eau. Une délicieuse brise de mer arrivait des fenêtres. Elle s'allongea sur le lit et sa mère lui posa une serviette humide sur le front.

– C'est une fête vraiment mal organisée, dit Éléonore irritée.

Trop de monde dans la salle, et trop de divertissements prévus, ce qui nous a obligées à commencer trop tôt dans la soirée, quand la chaleur est encore excessive. Les Vénitiens n'ont pas de meilleures manières que les Allemands.

– Maman, je vous demande de redescendre là-bas. J'ai seulement besoin de silence et de solitude.

Béatrice craignait plus que tout la réaction de sa mère quand elle découvrirait ce qui s'était passé. Sa mère avait raison : Béatrice n'était pas prête pour ce genre de responsabilité.

Elle fit semblant de dormir, et au bout d'un moment sa mère la quitta. Puis la brise fraîche l'apaisa et elle se laissa glisser dans le sommeil.

A son réveil, la chambre était dans le noir. Elle entendit la musique de la salle du banquet. Elle referma les yeux et vit son fils... Si seulement elle avait pu le serrer dans ses bras. Elle songea à ce dont ser Privolo menaçait son enfant, et elle résolut soudain de regagner le banquet pour l'affronter. Ou au moins lui montrer qu'elle n'avait pas peur de lui, ni des fourberies de la Seigneurie.

La salle, éclairée par des centaines de torches de cire, était aussi étouffante que la mère de Béatrice l'avait dit. Un cortège d'acteurs représentant des allégories – des serpents Sforza, des lions de Venise, la Justice sur un char doré – serpentait entre les tables. Béatrice trouva sa place, sans susciter d'attention excessive. Sa mère lui fit les gros yeux comme si elle lui reprochait son retour. Ser Privolo s'inclina devant elle et lui adressa un regard étrange.

Les acteurs continuaient de défiler dans toute la salle avant de se présenter sur la scène; des éclairs de poudre marquaient parfois leurs entrées et leurs sorties : géants chargés de cornes d'abondance, chimères chevauchées par des Maures à demi nus battant tambourins et cymbales, Diane et Méléagre représentant la mort de ce dernier. De temps à autre, d'énormes boules dorées, portées sur des brancards comme des sultans turcs, explosaient en volutes de fumée et déversaient d'autres acteurs, costumés en serpents et en lions.

Enfin les trompettes annoncèrent le début du banquet. On apporta les mets dans de grands plats d'argent à la lumière des torches, en un cortège aussi interminable que celui des acteurs : volailles et porcs entiers ornés de bijoux, de plumes et de feuilles d'or, cerfs, agneaux, chevreaux et un aussi grand nombre d'animaux de la mer que si Venise avait entièrement dépeuplé l'océan. Les desserts comprenaient une incroyable diversité de gâteaux avec toute une population de *confetti*, figurines de sucre colorées avec des teintures et du sirop d'or, qui représentaient pour la plupart les personnages allégoriques qui s'étaient produits sur la scène, bien qu'il y eût aussi des portraits ressemblants de personnes réelles : le pape et ses cardinaux, le doge, le More, le duc et la duchesse de Milan, Béatrice elle-même.

Comme les plats principaux, les *confetti* défilèrent dans la salle sur de petits plateaux d'argent. Béatrice, enfermée dans ses pensées, regarda comme dans un rêve la lumière des torches danser sur les visages des personnes réelles et sur leurs minuscules images de sucre, aussi vivantes que des elfes. Elle imagina une table où elle était elle-même servie comme un de ces *confetti*, destinée à finir dans l'assiette d'un Titan. Peut-être le Titan se contenterait-il de la regarder, et elle se dévorerait elle-même...

Des torches s'allumèrent soudain derrière elle, et elle en sentit la chaleur. Deux *confetti* apparurent dans son assiette. Elle fut tellement surprise par l'exactitude avec laquelle les traits avaient été reproduits que pendant un instant, elle ne songea pas à leur sens symbolique. On lui avait servi le duc et la duchesse de Milan. Jean et Isabelle.

Telle était donc l'allégorie finale : on la prévenait, ainsi que son époux – et d'une forte humiliante façon – d'accepter Jean comme duc de Milan ; la résolution secrète ne serait jamais annulée. Elle fut soudain si furieuse qu'elle se mit à trembler. Elle eut envie de jeter les *confetti* par terre.

Ser Privolo se rapprocha de son oreille, et elle eut une envie presque irrésistible de le jeter au sol lui aussi.

– En voulez-vous encore ? murmura-t-il.

L'ambiguïté de la phrase la stupéfia. Que voulait-il dire ?

Il se tourna vers elle avec la quintessence d'un sourire et se pencha si près qu'elle sentit son haleine contre son oreille.

– La Seigneurie a délibéré sur l'ultimatum de votre époux, et nous avons conclu que, dans les circonstances présentes, nous devions le rejeter. Mais bien entendu les circonstances sont sujettes à des changements, et nous avons envisagé également ce point. Comprenez, je vous prie, que nous ne pouvons rendre notre décision publique. Nous ne l'avons même pas mentionnée dans les minutes de notre réunion. Mais je peux vous indiquer, au nom de la Sérénissime République, les conditions dans lesquelles nous annulerons la résolution secrète. Si Alphonse d'Aragon succède à son père comme roi de Naples, ou si le roi Ferrante permet à Alphonse d'envoyer des troupes contre Milan, non seulement nous accepterons, mais nous encouragerons l'investiture de votre époux comme duc de Milan.

***

– Pouvez-vous imaginer l'évêque de Côme en train de marmonner sans fin comme une *cacarella* sur la chaleur intenable et les douleurs de ses jambes, en demandant quand la fête se terminerait, mais sans cesser d'enfourner les plats comme une armée en train de pelleter des tranchées, et de les arroser avec assez de vin pour mettre à flot tous les bateaux de Venise? Et quand nous nous sommes enfin levés de table, je l'ai vu qui remplissait son aumônière de noix dorées et prenait une poignée de fruits confits dans chaque main.

La voix de tête de Béatrice et son rire perlé glissèrent sur l'eau comme de la musique. Le reste de sa suite, qui occupait derrière elle une douzaine de gondoles, gardait en revanche un silence accablé après l'épreuve de l'interminable banquet.

A leur accostage au palais d'Este, on aida les passagers à sauter de leur gondole sur l'escalier conduisant à la loggia du rez-de-chaussée. Béatrice écarta d'un geste les pages et bondit sur les marches, si légère qu'elle se demanda pourquoi elle n'avait pas avancé sur les eaux au lieu de prendre la gondole. Un chœur d'angelots chantait dans sa tête : « *Vittoria! Vittoria!* Victoire à Béatrice, qui l'a emporté sur la puissante Seigneurie, le redoutable Alphonse et la traîtresse Isabelle. Elle a sauvé l'Italie! Elle a sauvé son enfant. »

– Béatrice...

Béatrice se retourna vers sa mère, arrivée avant elle dans un autre bateau et campée dans la loggia comme une sentinelle, les mains sur les hanches.

– Béatrice, il faut que tu prennes quelque chose avant de te coucher. Tu n'as presque rien mangé au banquet et bu trop de vin pour un estomac vide. J'ai fait dresser une table sur mon balcon.

Un escalier en colimaçon conduisait à la petite loggia du deuxième étage attenant à la chambre d'Éléonore. Béatrice s'élança dans l'escalier; Éléonore la suivit d'un pas lourd. La table était simplement dressée, avec des bols d'argent contenant du potage et des gobelets en verre de Murano à moitié pleins de vin et d'eau. Les fenêtres étroites n'étaient pas fermées et Béatrice regarda le canal, sur sa droite. Des lanternes brûlaient encore dans la plupart des loggias et des balcons des bâtiments voisins, mettant en valeur les colonnettes délicates couronnées par des arches triples de forme presque moresque.

Éléonore remua sa soupe puis posa sa cuillère.

– Quand nous sommes entrés en guerre contre Venise, cette maison a été confisquée par la Seigneurie. Quand nous avons négocié la paix, elle nous a été rendue. Je n'ai pas vraiment cru la guerre finie tant que je n'ai pu revenir ici. Pourtant Venise n'a plus jamais été la même pour moi. Certaines parties de cette maison sont vieilles de plus de cinq cents ans, mais après la guerre, cette maison m'a paru changée. Je n'ai jamais pu me résoudre à aimer comme avant la seule chose de Venise qui nous appartienne.

La voix de sa mère trahissait une lassitude, et même une fragilité, à laquelle Béatrice n'était pas accoutumée. Elle avait toujours jugé maman aussi solide et durable que la maison elle-même.

– Que t'a promis ser Privolo ce soir?

Béatrice entendit sa cuillère cliqueter dans son bol.

– J'ai vu les *confetti* qu'on t'a servis. Il aurait pu aussi bien faire un discours devant le Grand Conseil.

Malgré elle, Béatrice se sentit soulagée que sa mère ait compris.

– Maman, j'ai dupé la Seigneurie.

Au fond d'elle-même une voix suppliait : « Maman, je vous en prie, soyez fière de moi. » Et une voix encore plus profonde : « Je vous en supplie, aimez-moi. »

Éléonore se signa.

– *Nostro Signore*, tu es aussi folle que ton père. Que veux-tu dire?

– Maman, en leur assurant que mon mari a l'intention de se faire investir par l'empereur d'Allemagne, je les ai forcés à accepter qu'il devienne duc de Milan si Alphonse intervient avec son armée. Je leur ai demandé plus que je ne voulais, et j'ai obtenu exactement ce que je voulais. J'ai obtenu la paix pour nous, maman.

Éléonore regarda sa fille avec un mélange d'horreur et d'étonnement, les yeux fixes et bouche bée.

– Au nom de Dieu, qu'est-ce qui t'a poussée à faire une chose aussi...

– Maman, Isabelle a demandé à Alphonse de nous attaquer, et j'ai une lettre pour le prouver. Je peux vous montrer la lettre d'Isabelle, maman.

– Où est cette lettre?

Béatrice se rua dans l'escalier menant à sa chambre. Elle prit la lettre dans son coffret à documents en argent et remonta quatre à quatre, le cœur battant de plaisir. Sa mère allait comprendre.

Éléonore examina le sceau. Elle lut rapidement, en hochant légèrement la tête, puis elle leva les yeux vers Béatrice.

– Je n'en attendais pas moins de ta cousine. Mais ce que tu as fait est imprudent et stupide. Tu n'as aucune idée des forces avec lesquelles tu es en train de jouer. Tu peux très bien nous avoir menés au bord d'une guerre. Je veux que tu me jures solennellement que tu ne révéleras jamais à ton époux ce que ser Privolo t'a dit ce soir.

Le mot « stupide » avait claqué comme une gifle, et les lèvres de Béatrice se mirent à trembler. Puis tout se réduisit à de la colère.

– Non, maman, c'est vous qui êtes stupide. Parce que si mon grand-père Ferrante meurt, le seul moyen d'éviter la guerre est que mon mari devienne duc de Milan.

Éléonore détourna la tête et regarda au loin. Une gondole noire glissait sur l'eau sombre ainsi qu'un cercueil flottant.

– La paix est l'épouse de chaque homme, dit-elle enfin, et la guerre est sa maîtresse. Si les *condottieri* comme mon frère Alphonse aiment tellement la guerre, c'est parce qu'ils ne sont pas obligés de vivre avec ses conséquences. Pour eux, la guerre n'est qu'une grande chasse ou un tournoi. Ils galopent dans la campagne avec leur armure, et poursuivent gaiement les armées de l'ennemi, tout en s'efforçant de ne jamais les rencontrer en bataille rangée. Mais si un bourg ou une ville sont trop faibles pour leur résister, ils les mettent à sac et les pillent, ou bien se contentent d'extorquer leur subsistance à la population terrifiée. Ils incendient et saccagent au passage tous les villages. Au cours des guerres qui ont été livrées en Italie depuis ma naissance, pour chaque soldat mort, cent femmes et enfants ont été assassinés par des soldats. Les soldats ne meurent jamais que d'accidents pendant qu'ils essaient d'éviter les batailles.

– Maman, je crois vraiment que mon époux ne souhaite pas la guerre.

Un doute demeurait cependant dans son esprit, comme un murmure au fond d'un puits.

– Oui, je le crois aussi. Et ton époux est encore plus dangereux que mon frère. Il imagine qu'il peut brandir la menace de guerre pour assurer la paix. Il menacera Naples avec la France, Venise avec l'Allemagne, et Florence avec Rome, tout en protestant que c'est au nom de la paix. Il se figure qu'il peut faire traverser les Alpes au roi de France, puis le renvoyer chez lui aussi facilement que s'il s'agissait d'un *condottiere* à la tête de cinquante hommes.

– Maman, le roi de France n'entrera jamais en Italie tant qu'Alphonse n'attaquera pas...

– Cela, c'est le rêve de ton mari pour soumettre mon frère Alphonse par des menaces, exactement comme mon frère rêve de soumettre Milan avec son armée. Les hommes qui gouvernent l'Italie vivent dans les châteaux de leurs rêves, paradent en armure à leurs tournois, ordonnent à leurs architectes de dessiner des villes aux rues toutes droites, et donnent la sérénade à leurs maîtresses avec des sonnets composés par leurs poètes.

Éléonore secoua la tête.

– Mais toi, ma chère enfant, tu es condamnée, comme l'épouse du premier laboureur venu, à vivre dans le monde réel. Tu connais comme toutes les femmes les violences et les souffrances qui sont nécessaires à la venue d'un seul enfant dans ce monde réel. A chaque instant de chaque jour, quelque part, une femme livre un combat avec la mort pour donner la vie. Et à chaque instant de chaque jour, nous devons lutter pour nourrir et protéger cette vie que nous donnons avec *nos* douleurs et *notre* sang. C'est notre poitrine que l'agneau de la paix doit téter, car la poitrine sèche des hommes n'a rien à offrir.

Éléonore se signa et sa main dodue glissa sur sa poitrine avec la grâce que confère l'habitude.

– Si tu savais ce que j'ai vu de la guerre, Béatrice... Je te jure que je prie la Vierge chaque jour que mes filles ne voient jamais ces horreurs.

Elle se signa de nouveau.

– Et je remercie Dieu chaque jour de n'avoir perdu aucun de mes enfants. Je me souviens du siège des Vénitiens. Aucune nourriture n'entrait dans la ville. L'eau croupie. Puis la peste. Il y eut tant de morts que les cadavres conduits chaque jour au Duomo emplissaient la place entière. Chaque jour. La maladie les rendait tout noirs. Tant de jeunes enfants, alignés par terre, leur petit visage tout noir, comme des statues fauchées d'anges abyssins. Chacun d'eux avait naguère été porté dans le ventre d'une femme et s'était nourri à son sein. Tous morts, tout ce bon lait, ces murmures d'amour et ces douces caresses, transformés en pourriture et décomposition. Je supplierai le doux Jésus de me prendre, plutôt que de m'obliger à revoir une chose pareille. Je supplie Notre doux Seigneur de me prendre si ma mort doit sauver un seul enfant de ce malheur. La guerre, ce n'est que cela. Des enfants morts.

Béatrice resta un instant le regard fixe, comme si ces rangées de petits cadavres noirs se trouvaient sous ses yeux. Puis elle secoua violemment la tête.

– Vous êtes une menteuse et une hypocrite, maman. Oui, je connais la souffrance et la peur que m'a coûtées la venue au monde d'Hercule, et je sais que je les revivrais mille fois pour la joie de le tenir dans mes bras ne serait-ce qu'une fois. Je mourrais pour lui, maman. J'ai failli mourir.

Elle se leva brusquement.

– Vous m'avez abandonnée à Naples, maman. Pendant huit ans, je n'ai pas su ce qu'étaient les bras d'une mère. Comment pourriez-vous aimer les enfants de toutes ces autres femmes alors que vous ne m'aimez pas, maman ?

Éléonore bondit de son fauteuil.

– Je ne te permettrai pas de prétendre que je...

Puis ce fut comme si son visage alourdi se dépouillait du masque de la persuasion. Elle baissa la tête vers sa soupe et ses bajoues se mirent à frémir au moindre mouvement de sa tête. Elle tendit le bras et posa les doigts sur la nappe. Ses bras tremblaient. Elle dit enfin :

– Sans doute voulais-je que tu ne saches jamais à quel point ton père méprisait mon père. Bien entendu, depuis le dîner de l'autre jour, je suis certaine que tu l'as compris. Leur rivalité remonte à l'enfance de ton père.

Il y avait dans sa voix une étrange résignation, comme si ses paroles l'entraînaient vers la mort.

– J'ai emmené mes enfants à Naples, parce que Nicolas, le neveu de ton père, venait de tenter de nous renverser. Ton père a accusé mon père de soutenir Nicolas, et une autre guerre semblait imminente. La guerre... J'avais déjà vu trop d'atrocités – et ce n'était pourtant qu'une faible partie de ce que je devais voir par la suite. J'ai donc accepté de rentrer à Ferrare pour négocier une paix entre mon père et ton père.

Éléonore s'interrompit, et ses paupières lasses se contractèrent.

– Mon père, mon propre père, m'a forcée à laisser un de mes enfants en otage pour garantir cette paix.

Le ton d'Éléonore était tellement chargé de venin que Béatrice comprit aussitôt une chose qu'elle n'aurait jamais imaginée : « Maman hait son père. » Et elle sentit la haine de sa mère nourrir sa propre haine et les dresser l'une contre l'autre ainsi que deux serpents face à face, prêts à cracher.

– Et pourquoi m'avez-vous choisie, maman?

– Il fallait naturellement que ton frère Alphonse revienne. C'est l'héritier de ton père. Et tu n'étais pas l'aînée...

Béatrice fut tellement surprise par le calcul simple du choix de sa mère qu'il lui fallut plusieurs secondes pour comprendre que ce n'était pas la vérité non plus. Son cri explosa dans la loggia et le canal le renvoya en écho.

– Vous mentez, maman! Vous mentez!

Éléonore se pencha par-dessus la table en un geste pathétique, la main en avant, comme si elle essayait d'échapper à son corps pesant.

– Tu ne sais pas à quel point ça me fait mal, mon enfant. Aussi mal que si tu venais d'être arrachée de mon ventre. Au nom de Dieu, Béatrice, si tu ne crois qu'en une seule chose, crois que je t'aimais et que je t'ai toujours aimée.

– Je ne vous aime pas, maman.

Béatrice se redressa, triomphante, et parut soudain plus grande en face de l'attitude vaincue de sa mère.

– Et peu m'importe que vous m'ayez aimée ou non.

Elle passa devant sa mère en un froissement de satin et disparut dans la maison.

Éléonore se retourna, leva de nouveau le bras, encore plus faiblement, puis le laissa retomber. Elle regarda le canal. Juste en face se trouvait une des plus récentes églises de Venise, d'une pureté géométrique extrême, avec une façade pour ainsi dire sans ornement, aussi simple qu'une pierre tombale.

Les images qu'elle avait refoulées pendant si longtemps apparurent dans le noir, spectacle d'ombres sur le mur nu de l'église. Son père qui s'avançait vers le lit où elle était couchée, incube lourd et sombre qui sentait le vin. Le squelette calciné d'un village et des rangées de petites tombes sur la terre rouge de Campanie. Des exécutions en masse, des processions de cous sans tête qui crachaient du sang... Ensuite, elle examina sa propre culpabilité – le registre mental qu'elle tenait avec un soin méticuleux. Béatrice. Dieu savait qu'elle aimait Béatrice. Mais sa fille aînée, Isabelle, avait toujours été l'enfant dont rêvent toutes les mères, si blonde et si douée qu'on eût dit un ange envoyé sur la terre. Aujourd'hui encore, elle revivait le chagrin qui l'avait abattue le jour où Isabelle était partie à Mantoue pour se marier : elle avait erré dans les appartements vides de sa fille comme si elle entrait dans sa tombe, et le lendemain elle avait fait sceller les portes pour n'être plus obligée de revoir la chambre d'Isabelle sans elle. Que Dieu lui pardonne. A Naples, la question du choix de l'enfant qu'elle laisserait ne s'était même pas posée. Que Dieu lui pardonne, parce qu'au fond de son cœur elle avait remercié Dieu d'avoir Béatrice à abandonner.

Non sans effort, elle se leva. Elle s'appuya à la balustrade de marbre et chassa toutes les images d'horreur qu'elle avait conjurées. Je ne peux pas te rendre ton enfance, avoua-t-elle en silence à Béatrice. Je ne peux que te donner, ainsi qu'à l'Italie, la paix pour laquelle ton enfance a été saccagée. Même s'il me faut sortir de ma tombe, je veillerai à ce que ton enfant et toi goûtiez cette paix. Peut-être alors comprendras-tu que je t'aimais.

***

Béatrice se réveilla brusquement dans la pièce sombre et se rappela qu'elle était à Venise. Un singe couina quelque part, puis un chien aboya. Les cris étaient si lointains qu'ils semblaient provenir d'un autre temps. Elle n'entendit rien sur le canal au-dessous de sa fenêtre.

Son rêve était encore présent. Elle se trouvait dans la nef sombre d'une cathédrale, sauf que cette cathédrale était ronde comme une roue, avec pour circonférence les murailles d'une ville. La cathédrale s'était mise à tourner et Béatrice était restée en son centre : elle regardait les chapelles latérales glisser autour d'elle, illuminées tour à tour pendant un bref instant par un éclair de lumière, comme si des feux d'artifice explosaient. Pendant cet instant de clarté, le contenu de chaque chapelle se matérialisait, puis disparaissait. Des choses étranges. Son grand-père sur son cercueil, comme sculpté dans de la cire. Isabelle vêtue de noir en train de sangloter, les traits aussi tirés que ceux d'un cadavre. Un des enfants morts dont avait parlé sa mère, statue de terre cuite couverte d'un vernis noir avec d'horribles yeux de rubis. Un portrait de son oncle Alphonse entouré de couronnes mortuaires et de saints à genoux, le visage bleu. Son propre enfant, le petit Hercule, mais avec un autre nom sur la plaque de marbre au-dessous de lui. Une madone nue, les jambes écartées, avec le sexe peint en rouge...

La cathédrale s'était mise à tourner de plus en plus vite ; le vent de son mouvement sifflait dans les oreilles de Béatrice et les images se succédaient à un tel rythme qu'il n'y avait plus un seul instant d'obscurité entre elles. « Arrête la roue, avait soupiré le vent au milieu de son rugissement, arrête la roue. » Mais Béatrice savait que si elle le faisait, la force qui la retenait au centre l'enverrait voler dans une des chapelles, où elle resterait à jamais, figée dans l'éternité, tandis qu'un autre pénitent prendrait sa place au centre et regarderait passer son destin.

Elle s'assit dans son lit. Elle avait dormi nue cette nuit-là, à cause de la chaleur. Elle posa les mains sur sa poitrine pour sentir son cœur. Le contact de sa main éveilla en elle un délicieux mélange de peur et de désir. Sa peur, c'était l'importance terrifiante du secret qu'elle avait enfermé dans sa poitrine, connu seulement d'elle-même, de sa mère et de la Seigneurie. Mais elle n'était pas obligée de dévoiler ce secret. En tout cas, tant qu'elle n'en aurait pas besoin pour sauver son enfant. Elle ne le révélerait à son époux qu'à ce moment-là. Peut-être son grand-père Ferrante vivrait-il éternellement, peut-être ne permettrait-il jamais à Alphonse de faire quoi que ce soit...

Son désir était plus complexe que sa peur. Il s'y mêlait une question de pouvoir. Bien entendu, elle avait le pouvoir de se venger d'Isabelle. Quand elle le désirerait. Mais à présent elle possédait également un certain pouvoir sur son époux. Le pouvoir de lui donner ce à quoi il tenait le plus. Le pouvoir de l'élever ou de le rabaisser. Le pouvoir de jouer le jeu du destin.

Béatrice se caressa légèrement les seins, et ses mamelons durcirent. Elle frissonna et sentit dans tout son corps le frémissement de l'excitation.

– Caresse-moi, murmura-t-elle à son amant imaginaire. Tiens-moi dans tes bras. Écoute battre mon cœur et imagine que tu comprends sa musique, que tes caresses ont composé chacune de ses mélodies. Parce que tu n'entendras jamais la musique de mon cœur secret. Tu ne sauras jamais pendant tes caresses que se trouve juste sous tes doigts la clé que tu ne pourras jamais saisir, la clé qui libère tous les destins. Le choix silencieux de mon cœur secret.

SIXIÈME PARTIE

CHAPITRE 33

Extraits d'une lettre de l'érudit Ponzone da Cremona à Isabelle d'Este de Gonzague, marquise de Mantoue.

Ferrare, juin 1493

... Je viens d'apprendre qu'un Génois appelé Colomb a découvert pour le roi d'Espagne une île où se trouve des hommes de notre taille, mais avec la peau couleur de cuivre et des nez de singe... Ils se promènent tout nus, les femmes comme les hommes. Les navigateurs ont ramené au roi d'Espagne douze hommes et quatre femmes, mais deux d'entre eux ont contracté une maladie que les médecins n'ont pas su reconnaître, et en sont morts... On a donné des vêtements aux autres... Ils semblent intelligents et pas du tout sauvages, mais doux. Personne ne comprend leur langue...

***

Pavie, 1er juin 1493

– Jean, ordonne aux écuyers de bouchonner Neptune.

Isabelle se redressa sur sa selle. Ses épaules se soulevaient à chaque respiration. Sa peau était très pâle, sous l'effet de la chaleur de cette fin d'après-midi et de l'effort qu'elle avait dû faire pour chevaucher à la même allure que son mari.

Jean-Galéas Sforza, duc de Milan, mit pied à terre et tendit à l'écuyer les rênes de son étalon blanc favori. Il s'abrita à l'ombre de l'arcade des écuries et plissa les yeux dans la direction de sa femme. Mû par une inspiration soudaine, il retourna dans le soleil ardent et aida Isabelle à descendre de cheval.

– Il fait tellement chaud, Jean, chuchota-t-elle à son oreille. L'eau de la piscine sera si fraîche...

La piscine intérieure du château de Pavie se trouvait dans l'aile nord, en face du parc ducal. C'était un bassin circulaire de marbre blanc avec, au centre, une colonne cannelée couronnée par quatre *putti* nus ; chaque chérubin joufflu tenait une liane de marbre de laquelle s'écoulait en permanence un filet d'eau. Maître Léonard de Vinci avait installé des robinets d'eau chaude pour les bains d'hiver, mais en été le marbre épais conservait la fraîcheur agréable de l'eau.

Isabelle prit des mains des pages une poignée de linges et leur ordonna de fermer les portes. Elle ôta sa robe avant même d'entendre les verrous glisser, et se débarrassa du reste de ses vêtements alors que Jean était encore penché pour enlever les éperons d'argent ciselé qu'il portait sur sa tenue de cheval.

– Délace seulement tes chausses, Jean. Garde tes éperons.

Complètement nue, sa poitrine lourde vibrante, elle s'avança vers lui et l'entraîna sur les marches de marbre entourant la piscine jusqu'à ce que l'eau lui arrive au genou.

– N'est-ce pas bon pour tes pieds, Jean ? Assieds-toi et laisse-moi enlever ton pourpoint.

Jean s'assit lentement, et l'eau monta sur son aine. Isabelle plongea des marches, glissa sous l'eau pendant un instant, puis en ressortit, pareille à Vénus, les cheveux rejetés en arrière et la peau pâle luisante. Elle remonta les marches, une jambe de chaque côté des jambes de Jean, puis elle s'accroupit au-dessus de lui. Elle avait les mamelons fermes et dressés. Elle délaça le pourpoint de Jean, puis sa chemise. Elle prit ensuite une poignée d'eau et la répandit doucement sur la poitrine nue, sans poils de Jean. Elle croisa les mains derrière son cou et se rapprocha pour lui effleurer la peau du bout de ses seins. Elle fit glisser ses longs doigts élégants dans ses cheveux blonds et sur son visage mi-ironique mi-angélique.

– *Gesù*, tu es beau, Jean.

Elle fit glisser les chausses au-dessous de ses genoux. Il était déjà presque en érection, et il durcit dès qu'elle lui caressa les bourses. Il se tendit vers elle. Elle se félicita de sa tactique : la promenade à cheval l'avait détendu, et le fait de passer si brusquement de son cheval à sa femme ne lui avait pas laissé le temps de s'affoler. Surtout, jamais Jean n'avait été en meilleure santé et plus heureux : depuis leur arrivée à Pavie, Isabelle avait mis un frein à ses beuveries et renvoyé à Milan ses compagnons les plus débauchés.

– Embrasse-moi d'abord, Jean. Comme j'aime.

Avec une tendresse soumise, il lui donna des baisers lents, caressants. Elle ferma les yeux pour dissimuler pendant un instant l'éclat de son désir, et prit un air innocent de jeune fille.

Puis elle parut s'éveiller et elle le dirigea en elle. Les yeux grands ouverts, elle se souleva, puis se détendit et le laissa glisser profondément. Il posa les mains sur ses seins et se mit à les pétrir. La douleur initiale se mua en sursauts de plaisir. Faut-il que je le lui dise maintenant? se demanda-t-elle. Elle décida qu'elle était trop heureuse pour compromettre cet instant.

Il avait le corps à la fois souple et dur. Un corps d'amant, se dit-elle.

– C'est bon, Jean, bon... murmura-t-elle. Si bon. Si bon pour moi.

La lumière brillait au-dessus d'elle, et dans le feu de sa passion elle fit glisser Jean des marches dans la piscine. Elle songea un instant à Pygmalion, amoureux de la statue qu'il avait sculptée, et elle se demanda si elle ne commençait pas à aimer le mari qu'elle était en train de créer.

Jean se redressa, dans l'eau jusqu'à la poitrine, et elle l'entoura de ses jambes. Elle avait perdu toute pesanteur, son seul contact avec la terre était la pression de ses lèvres et la présence de Jean en elle. Il y a un enfant au fond, dit-elle en silence à son mari. Ton enfant, Jean, j'en suis certaine. Cette fois, ce sera vraiment ton fils.

CHAPITRE 34

Sur le Pô, près de Pavie, 11 juin 1493

Le pilote se tenait à côté de Béatrice sur la proue surélevée de la galère. Il montra du doigt une plate-forme de bois qui s'avançait au-dessus du fleuve sur la rive droite.

– C'est le dernier bac avant Pavie, Votre Seigneurie. Nous accosterons dans moins d'une heure.

Béatrice porta la main à son front pour abriter ses yeux. Un groupe de cinq ou six cavaliers, dans une clairière sur la berge bordée d'arbres, attendait d'embarquer sur le petit chaland plat qui les mènerait à l'autre rive. La galère arrivée à portée de voix, un des cavaliers monta sur le bac. Même à cette distance il avait belle allure : cheveux noirs, peau sombre, élégant pourpoint de chasse blanc et or, splendide cheval blanc. Les taches blanches étaient irréelles, plus brillantes que le soleil.

Quand Béatrice se rendit compte que ce cavalier de rêve était son époux, sa première pensée fut : « Il s'est produit quelque chose de grave. » Aux dernières nouvelles, Isabelle et Jean se trouvaient toujours à Pavie. Peut-être les hostilités s'étaient-elles déclarées entre Milan et Naples ; son mari était venu à sa rencontre pour la prévenir...

Mais la silhouette sur le bac lui adressait des signes si enthousiastes que Béatrice resta sans théorie pour expliquer la présence de son époux.

– Pilote, cria le More. Je suis venu enlever la belle duchesse de Bari ! Je te somme de me la livrer, sinon je ferai tirer les canons que j'ai cachés derrière les arbres.

Le pilote éclata de rire et dirigea la galère vers un appontement voisin de celui du bac. Il ordonna aux deux autres galères et aux cinq chalands qui transportaient la suite de la duchesse et ses bagages de continuer leur route vers Pavie. Des hommes d'équipage sautèrent par-dessus le bastingage pour amarrer le bateau.

– Il y a un petit garçon est très impatient de voir sa mère! cria le More à Béatrice.

Elle eut peine à croire que c'était le même homme qui avait pris congé d'elle sur les quais de Ferrare trois semaines auparavant, et surtout celui qui l'avait reçue avec une politesse si glaciale au terme de son voyage nuptial dans la glaçure, deux ans et demi plus tôt. Peut-être n'avait-il pas beaucoup changé, bien que son visage fût plus mince et sa peau si hâlée par le soleil que ses dents brillaient comme de l'ivoire. Frais et dispos, il paraissait dix ans de moins que son âge. Mais ses yeux n'étaient plus les mêmes. Au lieu du regard vide d'obsidienne auquel il avait fallu qu'elle s'habitue, ces yeux avaient pris une douceur de velours, et une profondeur étrangement sensuelle.

Le More cria un ordre et l'un des écuyers conduisit au bac un gros étalon barbe pommelé, le cheval préféré de Béatrice.

– Imaginez-vous à quel point ma femme a souffert à Venise, où les seuls chevaux sont en bronze, et où l'on passe pour expert en matière d'équitation si l'on sait vers quel bout du cheval on se tient quand on est en selle? lança le More aux dames de compagnie de Béatrice qui se pressaient contre le bastingage. J'ai apporté à ma femme les moyens de lui faire recouvrer ses compétences à cheval.

– Sa Seigneurie n'a pas perdu ses compétences au *scartino*, répliqua une des dames de Béatrice. Au cours de ce voyage, elle nous a gagné mille ducats à l'aller et autant au retour. L'insensée qui accepte de jouer avec elle se rend vite compte que votre illustre épouse est la favorite de la Fortune.

Béatrice se rendit dans sa cabine pour prendre ses gants de cheval – et la lettre d'Isabelle dans sa cassette. Elle avait juré de la remettre et ne voulait pas tarder d'un seul instant. A son retour, le More l'aida à enjamber le bastingage, en la soulevant d'un geste large. Il l'embrassa sur les lèvres, comme il faisait souvent en public, mais ce baiser était étrangement intime, avec un contact brûlant qui noua l'estomac de Béatrice. Était-il possible qu'il soit déjà au courant de la décision de la Seigneurie? Ser Privolo avait-il également communiqué au comte Tuttavilla les conditions auxquelles Venise laisserait le More devenir duc de Milan?

– Nous arriverons au château une heure avant vous, cria le More au pilote quand Béatrice et lui furent en selle.

Ils s'élancèrent sur le chemin le long du Pô, et l'escorte les suivit à distance, hors de portée de voix.

Au bout de quelques centaines de pas, Béatrice dit:

– Voici une lettre que j'ai promis de vous remettre. Je suppose qu'elle a été volée à un courrier.

Elle se demanda ce qu'il était advenu du jeune homme à qui elle tenait ainsi parole.

Elle observa le visage du More pendant qu'il lisait. Les commissures de ses lèvres frémissaient légèrement, comme s'il répétait ironiquement pour lui-même les arguments d'Isabelle. Quand il leva les yeux, son expression était neutre.

– J'espère que vous comprenez, maintenant : votre cousine n'est pas digne de la loyauté que vous lui témoignez.

– Est-elle ici ? demanda Béatrice, ne sachant trop quelle réponse elle souhaitait entendre.

– Non. Votre cousine et Jean ont quitté Pavie deux jours avant mon arrivée. Elle a décidé de dresser Jean contre moi, ce qui est triste car j'ai pour lui la plus grande affection. Heureusement, ajouta-t-il en montrant la lettre, nous n'avons pas à craindre que le père d'Isabelle lance son armée à son secours tant que votre grand-père est en vie. Je peux vous l'assurer. Et nous avons reçu d'Allemagne d'excellentes nouvelles. Les fiançailles de Blanche-Marie à l'archiduc Maximilien devraient être annoncées dans quinze jours.

Il lui adressa un sourire charmeur.

– Je pense que nous n'entendrons pas tonner le canon en Italie cet été.

Cette assurance surprit Béatrice ; la dernière fois qu'elle l'avait vu, il considérait que les *oltramontani* barbares étaient déjà aux portes du pays.

– Le fait que la Seigneurie ait refusé de s'engager publiquement à notre défense mutuelle ne vous inquiète pas ?

– Alors que le prochain empereur d'Allemagne me sera tout acquis ? Sûrement pas. Je dois vous dire, Béatrice, que je serais beaucoup plus alarmé si la Seigneurie s'était publiquement engagée à nous défendre tout en n'en ayant nulle intention. Leurs hésitations prouvent qu'ils prennent au sérieux leur alliance avec nous. Je suis très fier de la façon dont vous avez négocié. Vous vous êtes montrée directe comme je m'y attendais. Si j'avais confié la mission à Tuttavilla, il serait encore en train de réfléchir à la façon de formuler la question. Vous avez obtenu immédiatement une réponse.

Il s'interrompit et baissa les yeux vers le buste de Béatrice, presque comme s'il regardait ses seins.

– Le comte Tuttavilla m'a appris que vous aviez sollicité et obtenu une audience privée du doge. Pourquoi ?

Il ne sait rien, se dit-elle. Le ton de sa voix est trop sincèrement soupçonneux. Elle fut ravie qu'il semble se demander s'il pouvait lui faire entièrement confiance.

– Il m'a semblé que le doge penchait davantage en notre faveur que la majorité de la Seigneurie. J'espérais que même si le doge ne pouvait imposer ses vues à ses collègues, cela diviserait davantage la Seigneurie.

– Absolument.

Il la regarda de nouveau dans les yeux, apparemment satisfait par son explication.

– Béatrice, vous devenez un diplomate habile. Mais je vous ai toujours soupçonnée de posséder des dons hors du commun.

Son sourire était trop condescendant, comme si c'était lui le plus habile, comme s'il était lui-même l'architecte du dialogue de Béatrice avec les Vénitiens. Mais Béatrice perçut autre chose – peut-être à cause de l'éclat sensuel de ses dents sur ses lèvres sombres – et elle sentit son cœur battre plus vite. Pendant un instant, elle l'imagina sous les traits d'un ardent prétendant des romans de son adolescence, prêt à déclarer son amour. Puis elle se rendit compte qu'à Venise, même ses fantasmes avaient changé : elle avait à présent des rêves plus importants à réaliser, des jeux plus complexes à jouer. Toute sa vie, elle avait attendu de l'amour. Maintenant, elle suivrait son désir.

Ils avancèrent, éclaboussés par la lumière vibrante qui filtrait par plaques à travers les feuillages. Des libellules voletaient dans l'air étouffant. Tu ne sais pas, dit Béatrice à son mari dans son silence intérieur. Tu crois que tu joues avec moi pour tes propres fins, alors que je détiens le secret qui peut t'élever ou t'abattre. Tu crois que tu es en train de me séduire, et tu ne t'es même pas aperçu que je t'ai déjà séduit.

***

– Voici le premier volume des œuvres de Pline, que messer Minuziano entend imprimer dans son intégralité. Il m'a également promis Cicéron et Tacite.

Le More tendit au comte Girolamo da Tuttavilla le livre relié en maroquin rouge ciré à miroir. Tuttavilla feuilleta d'un doigt respectueux le vélin neuf immaculé; le texte imprimé était si net et noir qu'il paraissait gravé. Le More l'observa, visiblement satisfait.

– Il n'y a pas d'imprimeries égales aux nôtres dans toute l'Europe, dit-il. Savez-vous que la grammaire de Lascari commandée par mon frère l'année de sa mort a été le premier livre imprimé en Italie?

Tuttavilla leva les yeux, arraché à sa rêverie.

– Votre frère était un homme complexe... Ce que vous m'avez dit il y a quelques mois au sujet du *chiaroscuro*, le contraste entre la lumière et l'ombre, s'applique certainement à lui.

La bouche détendue du More se contracta et sa lèvre inférieure frémit légèrement.

– Oui.

Il marqua un temps.

– Pourquoi supposez-vous que mon épouse ait sollicité et obtenu une audience privée avec le doge sans en informer un seul des membres de mon ambassade?

Tuttavilla écarta la question d'un petit geste de la main.

– Je pense qu'elle n'entend pas se laisser défaire ; elle a eu l'impression que la Seigneurie l'avait emporté sur elle au cours de l'audience, et elle souhaitait, si je puis dire, avoir une seconde occasion de lancer la balle.

– Elle prétend qu'après avoir constaté l'hostilité de la Seigneurie à une proclamation de défense mutuelle, elle a espéré qu'une entrevue improvisée avec le doge contribuerait à alimenter des doutes au sein de la Seigneurie sur la fermeté de leur politique.

Tuttavilla acquiesça.

– C'est aussi ce qu'elle m'a dit. Et elle ne s'est sans doute pas trompée. Au cours de mes conversations à bâtons rompus avec des membres de la Seigneurie pendant le banquet d'adieux, j'ai perçu un certain fléchissement dans leur position.

– Vous croyez donc que l'audience de Béatrice avec le doge a servi les intérêts de notre État ?

– Absolument. Je vous l'ai écrit : elle s'est comportée de façon admirable tout au long de notre mission. C'est un porte-parole accompli, avec un esprit percutant et un charme naturel qui emportent la conviction. Aucun des Vénitiens à qui j'ai parlé n'a manqué de louer en toute sincérité son excellente nature, ajouta Tuttavilla. Mais nous n'avons pas attendu la confirmation des Vénitiens pour découvrir les charmes de la duchesse de Bari, n'est-ce pas ?

Le More regarda dans le vide à mi-chemin entre Tuttavilla et lui-même, puis hocha la tête d'un air songeur.

– Oui, dit-il, vous avez certainement raison sur ce point.

***

Béatrice écouta le faible écho de la respiration du More, à côté d'elle ; il n'y avait aucun autre bruit. La passion dont elle avait toujours rêvé était une musique extérieure délicieuse, une chorale d'anges sensuels. La passion qu'elle venait de vivre avait été silencieuse, une poésie inexprimable du toucher. Les doigts et les lèvres du More avaient glissé sur elle avec la patience d'un sculpteur, l'avaient modelée, l'avaient transformée, avaient poli sa peau avec l'opalescence de la nuit. Rien au cours de leurs précédentes relations amoureuses ne lui avait permis d'imaginer que son grand savoir-faire, qu'elle prenait pour un jeu trompeur, était en vérité le jeu de sa sensualité.

Elle essaya de reconstruire la succession des événements qui avaient abouti à cela, d'analyser le moment où elle avait perdu le contrôle d'elle-même, mais elle s'aperçut que même sa mémoire avait changé au cours de ces dernières heures. Cette nuit avait modifié à jamais toutes ses perceptions, exactement comme naguère la naissance de son enfant. Après avoir couché le petit Hercule, elle avait dîné seule avec son époux dans les appartements de celui-ci. Au début, le jeu avait paru égal, plein d'esprit et de sous-entendus : toute l'ironie du jeu de la séduction après plus de deux ans de mariage et un enfant. Elle avait clairement pris conscience de ce qu'elle désirait, et ne s'était pas dissimulé que cela comportait un élément de vengeance. Contre Isabelle, bien entendu : ne prenait-elle pas pour amant l'ennemi mortel de sa cousine ? Mais aussi contre lui : en le forçant à la désirer ainsi, elle lui reprenait de haute lutte le pouvoir dont il l'avait dépouillée chaque fois qu'il s'était servi d'elle comme d'une jument poulinière. Elle comptait bien qu'un jour il se trouverait à la merci de son pouvoir...

Il se retourna et le clair de lune fit luire sa peau. Du bout des doigts, il effleura la poitrine de Béatrice, et ce fut comme un coup d'éclair qui la paralysa presque. Mon Dieu, songea-t-elle. Chacun de ses pores était un nerf à vif. Ses cheveux se dressèrent et elle eut l'impression qu'ils flottaient autour d'elle.

– Je veux te faire encore l'amour, *amore*.

Amore. Le mot sonna l'alarme en elle.

– Attends, murmura-t-elle en se redressant pour lui saisir les deux mains. Attends.

Elle le regarda dans ses yeux noirs brûlants.

– Ne m'appelle pas *amore*. Ne me dis pas que tu m'aimes tant que tu ne m'aimeras pas autant que tu as aimé Cecilia. Ne me le dis pas tant que tu ne pourras pas m'appeler *anima mia*, mon âme. Tant que je ne serai pas tout pour toi, tant que tu ne renonceras pas à tout pour moi. Tu ne peux pas me dire que tu m'aimes si tu n'es pas prêt à descendre en enfer comme Orphée, pour me ramener.

Il lui prit les mains et les serra très fort.

– Je ne peux pas te dire cela maintenant, murmura-t-il. Je ne peux pas te promettre d'être capable de te le dire un jour.

Elle se pencha pour lui embrasser les mains.

– C'est tout ce que je demande. La vérité. Peu m'importe que tu ne puisses le dire maintenant, ni même que tu ne puisses le dire jamais. Je ne tiens qu'à une seule chose : que tu respectes la vérité.

Elle le regarda dans les yeux pour sceller leur accord tacite, puis elle s'allongea sur le drap de soie frais et attendit qu'il la touche.

***

Extraits d'une lettre de Léonard de Vinci, ingénieur à la cour de Milan, à Benedetto Dei, conteur en voyage à l'étranger.

Milan, 1er septembre 1493

... Je vous envoie ce bref inventaire sans ajouter de considérations ni opinions personnelles, car vous comprendrez que nous sommes fort pressés de terminer, à notre satisfaction et à celle des autres, les entreprises ci-dessus mentionnées :

Appris ici la nouvelle que l'empereur Frédéric est mort en août. Son fils Maximilien, archiduc d'Autriche, lui succède. Grandes réjouissances, car le 10 juillet la sœur du duc de Milan a été fiancée à Maximilien. Mariage par procuration en notre Duomo en novembre, et l'épouse sera envoyée en Allemagne après.

La nouvelle de ces fiançailles a grandement soulagé en France les partisans de la prudence, qui n'ont ni les moyens de financer ni le désir de sanctionner l'aventure de leur roi. Ils ont maintenant une raison convaincante de le décourager.

Le duc de Bari fait une cour ardente à la femme à laquelle il est marié depuis près de trois ans. Il est toujours dans ses appartements, et il a les cernes d'un homme marié depuis peu à une femme beaucoup plus jeune que lui.

La duchesse de Bari est devenue la muse de Milan. Les projets sous son égide sont trop nombreux et variés pour que je les énumère, c'est d'ailleurs la raison de ma hâte. Les poètes proclament que Milan est la nouvelle Athènes.

Le duc et la duchesse de Milan restent invisibles, on dit qu'elle attend un enfant.

Le bruit court que le duc de Bari sera investi duc de Milan dès que le nouvel empereur allemand épousera sa fiancée milanaise. Si c'est le cas, pourquoi faire une impératrice de la sœur du duc actuel ?

Mon assistant, le jeune Salai, m'a encore volé...

CHAPITRE 35

Ferrare, 11 octobre 1493

Ses enfants se trouvaient dans la pièce voisine et elle ne pouvait aller les rejoindre. Des cris montaient de la cour, aussi vagues que s'ils provenaient de l'intérieur d'une crypte de pierre. Elle se retourna et dit :

– Je n'en ai pas fini.

La lumière, blanche comme de la neige sous le soleil, la conduisit dans une autre pièce. A son entrée, elle ne reconnut pas aussitôt le visage de l'autre femme; il flottait dans la lumière. La femme, vêtue de brocart blanc étincelant, était assise dans un fauteuil de satin blanc.

– Mère?

C'était sa mère, et sa joie et sa colère la frappèrent de stupeur, l'éblouirent comme au sortir de l'ombre absolue dans la lumière la plus intense.

– Maman, vous êtes vivante.

Elle tendit le bras et toucha le visage de sa mère.

– Oh! maman.

Puis elle se retourna et regarda derrière elle.

– Maman, je ne peux pas rester ici. Je n'ai pas terminé. J'ai tant de choses à faire.

Sa mère la ramena vers elle, et elle eut de nouveau dix ans – son âge à la mort de sa mère. Elle appuya la tête contre la cuisse immatérielle de sa mère.

– Éléonore, *mia fanciulla*, dit sa mère en lui caressant les cheveux.

Ses mains lumineuses les soulevèrent comme des fils de la Vierge.

– Regarde-moi, *fanciulla*.

Éléonore regarda sa mère dans les yeux et se rendit compte que maman savait tout.

– Maman, pourquoi père m'a-t-il fait mal après votre départ?

Sa mère la fit taire, et la colère revint.

– Laissez-moi repartir. Je n'ai pas terminé, maman.

– Nous ne terminons jamais, dit sa mère. C'est la tragédie de la vie. Mais c'est aussi la raison pour laquelle nos vies ne se terminent pas. Leur as-tu laissé ton rêve?

Elle se débattit soudain de toutes ses forces, et la panique devint un poids énorme sur sa poitrine. Ils étaient en danger. Elle ne le leur avait pas dit...

– Oui, tu l'as fait. Tu leur as laissé ton rêve. C'est la seule chose importante qu'on peut laisser derrière soi : une créature d'air, impalpable, qui conduira tes enfants jusqu'à leurs propres rêves.

Puis le poids accablant disparut et ses paroles devinrent lumière blanche.

– Maman, ne m'abandonnez plus jamais.

Sa mère la prit dans ses bras.

***

Milan, 11 octobre 1493

Comme autant d'étourneaux en vastes vols criards
Poursuivis par le froid et l'orage d'hiver,
Ainsi sont ballottées ces tristes âmes mortes...

Ser Antonio Grifo, le plus grand érudit en études dantesques à Milan, interrompit sa lecture et leva les yeux pour voir si le duc ou la duchesse de Bari désiraient faire un commentaire.

– Ce sont les âmes de ceux qui ont commis le péché de la chair, dit Béatrice en lançant à la dérobée un regard à son époux.

Le More était assis à côté d'elle sur la banquette recouverte de coussins, en face de la chaise de ser Antonio.

– Dans la vie, ils ont sacrifié leur volonté à leur concupiscence, et ils sont donc condamnés à être ballottés de-ci, de-là comme des sansonnets dans une tornade. Le poète exprime ainsi que si nous abandonnons notre volonté dans cette vie, nous n'aurons dans l'autre ni volonté ni choix.

– A moins, répondit le More sèchement, que les amants soient encore emportés par la tempête de leurs désirs et soient éternellement condamnés à répéter leur péché.

Béatrice éclata d'un rire moqueur, et ser Antonio dut baisser la tête pour dissimuler son amusement.

– Continuez, ser Antonio, dit Béatrice d'un ton plaisant. Nous demanderons à Francesca da Rimini et à son amant si l'interprétation de mon époux est correcte.

Ser Antonio se remit à lire. Sa voix exercée donnait aux images stupéfiantes de Dante un réalisme déchirant ; la tornade noire des âmes tourmentées semblait gémir juste de l'autre côté de la fenêtre de la chambre de Béatrice. Au cours du récit, deux des pécheurs ballottés par la tempête s'arrêtaient dans leur vol éternel pour se présenter au poète. C'étaient Francesca da Rimini et Paolo Malatesta, le frère de son époux, tous deux assassinés par le mari jaloux et désormais inséparables dans leur châtiment. La voix de ser Antonio prit des accents chantants pour réciter la lamentation de Francesca :

Amour, qui à l'aimé ne saurait pardonner,
M'a tant fort possédée de sublimes délices
Qu'encor partageons-nous notre premier baiser.

Amour nous a conduits tous deux à même mort...

– Vous voyez, dit le More, ils s'embrassent encore. Et je suis sûr qu'au milieu de tous ces tourbillons dans l'air, ils peuvent varier leurs positions et profiter de nombreuses *invenzione*.

Béatrice rougit et se mit à rire, en songeant aux *invenzione* de son mari.

– Continuez, ser Antonio, dit-elle. Mon époux s'apercevra bientôt que la situation des deux amants n'est pas du tout enviable.

Ser Antonio reprit la voix de Francesca. Dante lui avait demandé les circonstances de sa faute, et elle répondait par un émouvant préambule :

Nul douloir n'est plus vif en cette longue peine,
Que parmi le souffrir, mémoire du bonheur...

Béatrice prit un air triomphant, et ser Antonio termina le récit. Alors qu'ils se distrayaient innocemment à la lecture d'un roman français retraçant la légende du roi Arthur, Francesca et Paolo étaient tombés sur le passage où Lancelot embrasse Guenièvre. Impulsivement, ils s'étaient embrassés eux aussi. Puis, selon l'expression pleine de sous-entendus de Francesca : *De tout le jour durant, avons cessé de lire*. Et ser Antonio, d'un ton sombre, termina le chant en prenant la voix narrative de Dante :

Et comme l'un parlait ainsi, l'autre pleurait,
Par pitié, comme mort, connaissance perdis,
Comme tombe carcasse sans vie, je tombai...

Béatrice semblait au bord des larmes, et le More lui prit la main.

– Aujourd'hui, nous ne lirons plus, dit-il. *Mille grazie*, ser Antonio. Quand vous lisez, il nous semble coudoyer Dante et Virgile, et nous avons envie de chasser les cendres chaudes de nos cheveux.

La porte refermée sur ser Antonio, le More releva le lourd damas de la jupe de Béatrice et lui caressa la cuisse.

– Ferons-nous comme si vous étiez Francesca da Rimini?

– En ce cas, il vous faudra faire comme si vous n'étiez pas mon époux.

Le More la souleva dans ses bras et l'emporta vers le lit. Il l'y laissa tomber sans cérémonie, mais s'allongea ensuite près d'elle, la caressa tendrement et lui enleva ses vêtements. Ils firent l'amour en une harmonie complexe de passion et d'habitude, tantôt avec violence et abandon, tantôt avec une application délicieuse. Mais chaque répit était suivi par des élans plus enfiévrés, et leur respiration devint haletante.

– Non! Arrête!

Le More s'écarta aussitôt.

– T'ai-je fait mal? Comment?...

Béatrice, allongée sur le dos, serra les bras autour de son buste.

– Je ne sais pas... Non. Ce n'était pas... Ce n'était pas toi. C'était dans moi, mais ce n'était pas toi. Un instant de froid si glacial... Jamais je n'avais ressenti cela.

– Je te rappelle qu'en tant que mari et femme nous ne commettons pas le péché de la chair, dit le More d'un ton léger. Mais peut-être devrions-nous limiter au *Paradis* nos lectures vespérales de *La Divine Comédie*.

Elle esquissa un sourire.

– J'en suis encore glacée.

Il remonta sur eux la courtepointe de duvet; elle s'endormit dans ses bras.

***

Extraits d'une lettre d'Hercule d'Este, duc de Ferrare, à Béatrice d'Este da Sforza, duchesse de Bari.

Ferrare, 12 octobre 1493

Ma fille bien-aimée,

... Ayant appris de votre illustrissime mère que ce malaise l'avait encore affaiblie, je suis revenu de Belriguardo dans la nuit du 8 octobre et j'ai découvert que ses douleurs gastriques s'étaient également portées aux poumons, où elles avaient occasionné une pleurésie et une très grave toux... Le soir du 11 octobre, Notre Seigneur Dieu a dépêché les cohortes de ses anges pour conduire votre illustrissime mère à Son Trône Céleste. Notre seul réconfort est de savoir qu'au Tribunal Suprême, Notre Seigneur Dieu accordera à votre illustrissime mère les récompenses que ses vertus exemplaires lui ont assurément values... Ses dernières pensées furent pour ses enfants... Je sais que cette nouvelle complètement inattendue vous plongera dans la plus profonde affliction, mais votre mère se joindrait sans doute à moi pour vous prier de vous conduire avec une dignité et une maîtrise de vos émotions qui feront honneur à la fois à la maison d'Este et à la mémoire bénie de votre mère...

***

Lettre d'Isabelle d'Aragon da Sforza, duchesse de Milan, à Béatrice d'Este da Sforza, duchesse de Bari.

Pavie, 17 octobre 1493

Illustrissime Altesse,

Nous venons de recevoir la nouvelle de la mort prématurée et imméritée de madame votre mère, mon illustrissime tante. Le fait que je l'aimais plus que ma propre mère ne saurait sans doute vous apporter un grand réconfort, mais c'était une femme d'une force, d'une vertu et d'une compassion peu communes, et l'Italie souffrira douloureusement du caprice du sort qui nous l'a enlevée. Je sais que mon chagrin n'est qu'une faible fraction de celui que vous éprouvez, et je prie pour que les mains charitables du temps vous consolent et vous guérissent.

Isabelle d'Aragon da Sforza, duchesse de Milan, de sa propre main.

***

Milan, 25 octobre 1493

– *Carissima,* murmura le More, je ne peux rien voir.

Un instant plus tard, la pièce se matérialisa à la lueur d'une seule bougie, vacillante hallucination de lumières et d'ombres courant à travers les ténèbres. Les murs et les fenêtres étaient revêtus de tentures noires et indigo. Le lit de Béatrice ressemblait à un catafalque : la courtepointe était noire et les colonnes drapées de crêpe noir. Le corps immobile allongé sur le lit était entièrement vêtu de noir.

Le More s'assit près de son épouse.

– Ma bien chère, il faut que vous sortiez d'ici. Ne serait-ce que pour un quart d'heure, venez. Nous monterons à la galerie voir le coucher du soleil.

Il ne put caresser les cheveux de Béatrice, retenus par une coiffe de soie noire. Son doigt glissa sur sa joue, elle était glacée et sèche.

– Oh, *carissima*, ne restez pas ainsi. Il faut que vous mangiez.

– J'ai mangé.

La voix de Béatrice était celle d'une vieille femme sur son lit de mort.

– Laissez-moi ouvrir les rideaux. Il fera jour pendant encore une heure.

Béatrice secoua la tête d'un geste las.

– Très bien, mais il faut que vous me parliez. Vous devez permettre à une autre personne que notre fils de vous consoler. Le petit Hercule vous aime, mais il ne peut comprendre votre chagrin.

Béatrice se tourna sur le côté, pour éviter la lumière de la petite bougie posée sur la table de chevet. Après un long silence, elle leva enfin la tête vers son époux, et la bougie se refléta dans le coin de ses yeux.

– Je lui ai dit que je ne l'aimais pas. Ce sont les derniers mots que je lui ai adressés. Avant notre départ de Venise. J'ai refusé de lui parler pendant le reste de notre voyage.

Le More s'allongea près d'elle et la serra dans ses bras.

– Oh, ma très chère, je ne le savais pas. A présent, je comprends.

– Vous ne pouvez pas. Personne ne peut.

Le More s'assit sur le bord du lit, la tête et les épaules basses. Il porta les deux mains à son front.

– Si. Peut-être puis-je comprendre...

Sa voix était si étrange que Béatrice se tourna vers lui.

– Je ne vous ai jamais dit comment ma mère était morte. Je ne l'ai jamais avoué à personne. Ma mère... Savez-vous que je lui ai écrit une fois par semaine depuis l'âge de cinq ans jusqu'à ce que... En latin. Que je sois à la maison, près d'elle, ou ailleurs. Chaque soir jusqu'à ma douzième année, elle est venue dans ma chambre choisir les vêtements que je mettrais le lendemain. Quand je suis devenu trop grand pour ça, elle a continué de venir me parler. De politique. De littérature. Même des femmes. Je n'ai pas eu de meilleur ami qu'elle. Elle n'a jamais dit un mot sur les maîtresses de mon père, et il y en a eu beaucoup, pour que je ne pense pas mal de lui. Il est mort dans les bras d'une autre femme, et elle s'est cependant reproché de ne pas avoir été une épouse assez soumise. Il a fallu l'arracher au cercueil de mon père pour l'enterrer. Blanche-Marie Visconti da Sforza.

Le More hocha la tête en prononçant ce nom avec autant de vénération que s'il invoquait la Sainte Vierge.

– Ma mère fut la première à découvrir quel monstre mon frère était devenu. Elle essaya de le raisonner, de le sauver. Il commença par de petites choses : il supprima sa pension, ce qui la contraignit à s'installer dans des appartements plus petits et à vendre ses bijoux et ses livres. Puis il l'accusa d'infidélité à mon père, et de crimes encore plus graves. Rien de tout cela n'était vrai, bien entendu, mais ces mensonges la firent souffrir davantage que n'importe quelle vérité. Il connaissait les points faibles de chacun ; c'est pour cela qu'il excellait dans les tortures. Il l'exila enfin dans une petite maison de Crémone, loin de tous ceux qui l'aimaient, avec une seule servante, une inconnue. Une semaine après, elle est morte. Aucun d'entre nous n'était près d'elle. Mon frère nous l'avait interdit. Les médecins n'ont pas découvert la cause de sa mort. A l'époque, je m'étais dit qu'elle était morte de chagrin, mais c'était une femme d'une telle force, d'une telle foi, que cela semblait impossible.

Son bras droit se mit à trembler violemment. Il ne reprit la parole qu'après un long silence.

– Plus tard, j'ai... découvert ce qui l'avait tuée. Comment... il...

Le tic qui faisait vibrer sa joue tordit ses lèvres en une grimace. Ses iris n'étaient plus que des perles noires de terreur. Son souffle saccadé semblait se bloquer dans sa gorge. Quand il parvint enfin à parler, sa voix frémissait.

– Je n'ai jamais dit un mot à mon frère sur ce qu'il avait fait à ma mère. Le jour où je l'ai enterrée, j'ai accueilli mon frère avec une claque dans le dos et un baiser. Il l'a assassinée aussi sûrement que s'il avait versé du poison dans son verre. Et je n'ai rien dit. J'ai avalé mon chagrin, mon honneur, et je n'ai rien dit. Jusqu'au jour où il a fini par m'exiler, je ne me suis pas permis d'aimer une femme parce que j'avais peur...

Son bras se mit à trembler de nouveau.

– J'avais peur de ce qu'il pourrait lui faire.

Un rire sinistre lui échappa.

– La seule femme avec qui j'ai fait l'amour à cette époque était la maîtresse de mon frère. Il nous forçait, pour satisfaire je ne sais quel désir malsain. Il nous regardait. C'est seulement après sa mort que je me suis avoué que je l'avais laissé profaner et détruire la seule femme que j'avais aimée : ma mère. C'est seulement quand j'ai cessé d'avoir peur de lui que j'ai pu connaître la honte.

Il resta immobile un long moment, puis se retourna vers Béatrice.

– Quelle que soit la culpabilité ressentie, même si vous pensez que vous avez tourmenté l'âme de votre mère, et si douloureuse que soit cette blessure dans votre âme, vous ne pouvez connaître le remords qui continue de me hanter au bout de vingt-cinq ans.

Béatrice bondit du lit et arracha le satin noir de la grande fenêtre. La lumière du soir explosa dans la pièce. Elle resta immobile, toute noire à contre-jour, les mains crispées sur le tissu.

– Vous ne comprenez rien!

Son cri était assourdissant.

– Personne ne comprend rien!

Le More se ressaisit et se dirigea vers elle.

– Je la déteste! Je la hais plus que je ne l'ai jamais haïe!

Le More la prit dans ses bras, mais elle se débattit avec rage.

– Je la hais! Je la hais! Je la hais!

Elle se raidit, au paroxysme de sa fureur; elle ouvrit la bouche mais aucun son n'en sortit. Puis un sanglot déchirant monta de sa poitrine, elle fut secouée de tremblements convulsifs et elle éclata en pleurs hystériques. Le More la serra dans ses bras comme pour la bercer.

Une seule pensée tourbillonnait dans le chagrin de Béatrice comme une âme hurlante entraînée dans la ronde infernale des damnés : Elle n'avait pas le droit de m'abandonner. Maman n'avait pas le droit de m'abandonner une seconde fois.

CHAPITRE 36

Milan, 30 novembre 1493

Bonne de Savoie, duchesse mère de Milan, repoussa d'un coup sec les mains de la dame d'honneur de sa fille. De ses doigts tordus qui picoraient comme de petits oiseaux, elle ajusta elle-même l'aigrette garnie de perles et de diamants qui couronnait la cascade de cheveux d'or de la jeune mariée.

– Comme ça. Exactement comme ça, caqueta la duchesse Bonne gaiement.

Elle sourit, et ses dents gâtées se détachèrent comme des traits de fusain sur l'ovale recouvert de céruse de son visage.

– Tout doit être exactement comme ça pour Son Altesse Sérénissime l'impératrice du Saint Empire romain germanique.

Blanche-Marie, qui allait échanger son aigrette dans quelques heures contre la couronne impériale, restait figée, ses yeux splendides ouverts tout grands et perdus dans son rêve. Son élégante silhouette mettait en valeur sa robe de satin cramoisi, généreusement parsemée de pierres précieuses et brodée d'aigles impériales au fil d'or sur toute sa surface. Ses manches immenses, pareilles à des ailes, retombaient jusqu'au sol et sa traîne était trois fois plus longue que sa taille. Elle avait l'air d'un magnifique oiseau mythique prêt à être sacrifié sur l'autel de la diplomatie transalpine.

– Personne n'a jamais rien vu de pareil, piaula la duchesse Bonne sans s'adresser à personne en particulier bien qu'elle fût entourée de dames de compagnie. Absolument tous les États ont envoyé un représentant, même la Russie, et chaque maison de la ville a été décorée spécialement pour la circonstance. Le marquis Stanga m'a appris que le trousseau de Son Altesse Sérénissime est évalué à deux cent mille ducats et sera la gloire de toute l'Europe. Nous l'exposerons ici, au Castello, avant son départ; et bien entendu, il sera de nouveau exposé à son arrivée à Innsbruck. Les Allemands reconnaîtront alors la qualité de la dame que le Seigneur leur a accordée comme impératrice.

– Et n'oubliez pas, madame, que l'époux de Blanche-Marie sera bientôt l'homme le plus généreusement doté d'Europe, lança Isabelle en écartant les dames de compagnie groupées autour de la future impératrice. Il aura la beauté et la virginité de notre Blanche-Marie, la couronne de son père, l'amitié du roi de France et la bourse du More. Il sera devenu quelqu'un à partir de rien, grâce à la générosité de la Fortune et des ennemis de mon père.

Bonne se retourna vers sa belle-fille comme une chouette à tête blanche défendant sa couvée.

– Qui se soucie de vos *impicatti* de Naples. Ils ne sont rien. Vous n'êtes rien.

La balafre noire de son sourire réapparut.

– Rien, rien, rien, caqueta-t-elle comme si elle lui faisait la nique.

– Vous aurez tout de même assez d'esprit pour vous en soucier, quand vous saurez ce qu'on raconte.

Isabelle lança un coup d'œil à Blanche-Marie, dont les yeux fixes avaient commencé à errer légèrement mais qui ne semblait par ailleurs nullement troublée par la querelle.

– Venez avec moi dans la garde-robe, ordonna Isabelle.

La duchesse Bonne la suivit avec une série de « Ah-ah », comme si elle se préparait à révéler au monde entier la démence de sa belle-fille.

Les deux femmes se firent face dans l'espace étroit entre les tapis persans roulés et les piles de beau linge que Blanche-Marie emporterait dans sa nouvelle demeure. Trois miroirs dorés qui lui étaient également destinés étaient appuyés contre des selles de cuir doré et des tapis de selle décorés de fils d'or. Les miroirs reflétaient plusieurs images de Bonne et d'Isabelle, la première dans sa robe de soie noire de veuve, la seconde en *camora* cramoisie, la couleur ducale. Le profil d'Isabelle révélait la rondeur de sa grossesse, bien qu'elle fût remarquablement mince pour une femme dans son septième mois.

– Je ne peux concevoir que vous soyez dans l'ignorance. Ou, si vous l'avez appris, que vous vous en préoccupiez si peu, dit Isabelle.

Bonne battit plusieurs fois des paupières.

– Tous les ambassadeurs présents sont persuadés que le More compte profiter de l'occasion pour forcer l'empereur à l'investir lui-même duc de Milan. Les rumeurs sont si denses dans les rues qu'on peut aller d'ici au Duomo sans poser le pied sur les pavés. Vous ne vous figurez tout de même pas que le More verse à l'empereur quatre cent mille ducats simplement pour bien marier votre fille!

Bonne sourit à l'un de ses reflets.

– Fous. Vous êtes tous fous. Même le More l'est devenu. Il a fait de ma fille une impératrice. Comment peut-il s'imaginer que l'époux de Blanche-Marie lui permettra de voler le trône de Jean? Jamais, jamais, jamais. Seule une sotte comme vous peut croire que c'est possible.

– Ce sera possible parce que les Français et le More le souhaitent. Parce que les Français et le More veulent la guerre en Italie.

– Mon neveu le roi Charles m'a déjà juré qu'il ne permettra jamais au More de devenir duc de Milan.

Bonne se tourna vers l'un des miroirs et fit bouffer les boucles teintes qui entouraient son cou épais, bouffi.

– Vous ne comprenez rien du tout, dit-elle. Je suis la femme la plus importante d'Europe. Personne au monde, y compris le sultan de Turquie, ne se risquerait à me faire offense. Mon neveu est roi de France, mon fils est duc de Milan et mon gendre est empereur d'Allemagne...

– Votre fils ne sera plus duc de Milan si vous laissez le More échanger votre fille contre le titre de votre fils. Et votre neveu permettra au More de devenir roi du Paradis si le More accepte de financer une campagne française contre Naples. Et après avoir conquis Naples, votre cher neveu se retournera contre Milan, dont il ne fera qu'une bouchée. Et ensuite, contre l'Allemagne. Vous ne serez plus qu'une vieille guenon dans un lit vide.

Bonne se retourna brusquement.

– La seule menace contre mon fils est la putain qui couche dans son lit, et dans le lit du premier homme qui lui plaît. Si vous envisagez d'émettre quelque protestation que ce soit aujourd'hui, je vous préviens que j'inciterai personnellement les puissances de France et d'Allemagne à détruire votre grand-père et votre père. Et quand Naples sera écrasée, je vous ferai envoyer dans un couvent, où des prêtres puants et leur vermine pourront satisfaire votre immonde concupiscence.

Isabelle s'avança si près du visage de sa belle-mère qu'elle sentit l'odeur de ses dents gâtées.

– Quand mon père entrera à Milan, je vous ferai monter à la tour du Castello, je vous planterai sur la girouette et je vous ferai tourner à tous les vents.

Bonne lui adressa un sourire stupide, puis éclata en sanglots aussi brusquement et inexplicablement qu'un enfant.

Frappée de stupeur, Isabelle regarda les larmes rouler sur le masque de peinture blanche de sa belle-mère. Au bout d'un instant, elle leva la main, très lentement, vers l'épaule de Bonne. Mais quand elle fut sur le point de la toucher, elle laissa retomber son bras et sortit dans un crissement de soie.

***

D'un bout à l'autre de la ville, le carillon des cloches annonça qu'il était dix heures du matin. Le carrosse d'apparat qui transporterait la mariée au Duomo attendait au pied du pont-levis reliant la cour ducale à la place d'Armes, vaste cour extérieure du Castello di Porta Giovia.

Béatrice suivit ses dames de compagnie dans l'escalier à droite de la grille. Le carrosse l'émerveilla : c'était un énorme trône drapé de soie, couvert d'émaux et d'or, tiré par quatre chevaux d'un blanc de neige. Elle chercha des yeux son époux au sein de l'escorte. Debout à côté de Jean-Galéas, il souriait et faisait de grands gestes ; il devait raconter une bonne histoire à son neveu. Comme le More était beau... Elle éprouva un délicieux pincement au cœur, mais ne s'arrêta pas pour croiser son regard. Elle devait rejoindre la duchesse de Milan.

Elle n'avait pas vu sa cousine depuis neuf mois. A certains égards, c'était dans une autre vie qu'Isabelle s'était éloignée d'elle au galop dans la plaine de Vigevano ; et pourtant, elle avait parfois l'impression qu'elle se trouvait encore dans ses bras la veille, dans le labyrinthe, avec quatre cœurs battant au même rythme. Quatre cœurs... Si l'enfant d'Isabelle avait été un garçon et celui de Béatrice une fille, peut-être cet amour parfaitement symétrique existerait-il encore. Mais l'amour ne suit pas les plans des architectes. L'amour, c'était son enfant. Son fils. Et son époux. Elle ne pouvait pas encore le lui dire, mais c'était la vérité.

Pourtant, même si son amour pour Isabelle était mort, elle ne pouvait se résoudre à l'idée qu'Isabelle était son ennemie. Peut-être – non, sans doute – la lettre d'Isabelle à son père était-elle un acte irréfléchi, qu'elle avait regretté ensuite, et qu'elle avait dissimulé comme Béatrice gardait secrète la capitulation de la Seigneurie de Venise au sujet de l'investiture de son époux. L'autre lettre – les condoléances d'Isabelle à la mort de la mère de Béatrice – témoignait des véritables sentiments de sa cousine. Peut-être Isabelle était-elle moins parfaite que Béatrice ne l'imaginait quand elle l'aimait, mais son cœur était bon à coup sûr. Isabelle avait probablement accepté sa petite fille ; elle devait l'aimer autant que son fils sinon plus...

Le taffetas de jupes crème et argent apparut en haut des marches des appartements ducaux. Le palier couvert dissimulait encore le visage des dames. Le cœur de Béatrice battit plus vite, ce qui la surprit. Puis les visages peints apparurent, lèvres couleur de sang sur le blanc de la céruse. Ensuite l'ourlet d'une jupe cramoisie, un ventre gonflé, et enfin Isabelle. Ich... L'Ich que Béatrice avait aimée, d'une beauté surprenante dans son état, le menton toujours légèrement dressé, les yeux verts doux, à la forme vaguement orientale... Comme si rien ne s'était passé. Mais Isabelle ne tourna pas la tête et disparut aussitôt derrière le carrosse.

Des pas précipités à l'aile opposée du palais ducal annoncèrent l'arrivée de l'escorte de la mariée : deux cents courtisans en tunique longue de brocart, or et argent. Enfin Blanche-Marie parut. Trois gentilshommes en armure de cérémonie la suivaient; deux d'entre eux tenaient ses immenses manches et le troisième sa traîne. Le dos légèrement voûté en une courbe élégante, la tête parfaitement immobile, Blanche-Marie glissait ainsi qu'une statue, et son allure demeura irréprochable lorsqu'elle monta les marches étroites de son trône portatif.

Béatrice se prépara à prendre sa place à la gauche de Blanche-Marie; la duchesse de Milan serait à sa droite. Elle rassembla ses jupes et se concentra sur le marchepied. Le carrosse oscilla un peu; en dépit de son opulence apparente, ce n'était qu'une carcasse de bois et de toile. Béatrice s'assit avec précaution sur son perchoir garni de coussins. Puis elle regarda vers sa droite. Le gros accoudoir sculpté du trône de Blanche-Marie lui cachait la vue, elle ne pourrait absolument pas voir Ich pendant le trajet jusqu'au Duomo.

– Béatrice?

Béatrice leva les yeux. La future impératrice essayait de lui lancer un regard en coin sans tourner la tête, en roulant les yeux de façon comique.

– Béatrice, chuchota Blanche-Marie d'un ton pressant, ma mère va me permettre d'emmener un singe en Allemagne. Aide-moi à lui trouver un nom d'ici à la cathédrale.

Le cortège de la mariée était si long que la tête était passée sous l'énorme tour centrale, au fond de la place d'Armes, avant que la queue ne soit sortie de la cour ducale. En quittant le Castello, le magnifique serpent rampa sous un dais de toile rouge, blanc et bleu, soutenu par des rangées de colonnes de bois blanc garnies de lierre, qui s'étendait de la poterne du Castello jusqu'au parvis du Duomo, le long de la via degli Armorai. Une foule énorme, composée non seulement d'armuriers mais d'artisans et de boutiquiers, se pressait sous les portiques, pour acclamer la dernière conquête de Milan par les armes du mariage.

A l'intérieur du Duomo, d'immenses tentures recouvraient les murs, et les reflets des cierges sur le brocart alternaient avec la transparence polychrome des vitraux. Le grand autel était garni de vases d'argent, de chandeliers, d'icônes dans des cadres d'or, de reliquaires, d'encensoirs précieux, et de milliers de cierges. Au centre de la nef, sous la coupole inachevée, s'élevait un grand arc de triomphe dans le style romain, couronné par une colossale statue équestre en plâtre de Léonard de Vinci, haute de trois étages, représentant François Sforza.

Ce serait la huitième merveille du monde quand on la coulerait dans le bronze. L'odeur de parfum et d'encens était suffocante; la musique des chœurs, des trompettes, des flûtes et de l'orgue semblait flotter dans cette atmosphère alourdie.

Le service se déroula avec la splendeur magistrale d'un rêve. A la fin de la messe chantée, la cérémonie du mariage et du couronnement commença. Béatrice joua son rôle en spectatrice émerveillée; elle accompagna Blanche-Marie au grand autel avec son époux, le duc et la duchesse de Milan, les ambassadeurs d'Allemagne et le représentant de l'empereur – l'évêque de Brixen, prélat fluet qu'écrasaient ses vêtements sacerdotaux et sa mitre. Isabelle ne tourna pas une seule fois la tête vers Béatrice; elle semblait aussi absorbée que Blanche-Marie.

Enfin, l'évêque de Brixen prit la couronne impériale – deux arches croisées d'or, de rubis, de perles et de diamants surmontées par un globe et une croix. Il la posa avec précaution sur la tête parfaitement immobile de Blanche-Marie. Aussitôt cloches et trompettes retentirent dans la cathédrale, et des coups de canon, à l'extérieur, leur répondirent.

Les salves continuèrent à intervalles réguliers pendant que la foule sortait lentement de la cathédrale. Le dais de toile donnait de l'ombre aux marches du Duomo. Un groupe de gentilshommes en cape de satin bordée de fourrure se forma pour escorter Blanche-Marie à son cheval. Il était prévu que Béatrice et Isabelle suivraient, mais on eut du mal à mettre en place le vaste baldaquin de damas blanc qui devait être porté au-dessus de la mariée et de son cheval. Béatrice se trouva soudain arrêtée en haut des marches, juste à côté de sa cousine. Elle ne put s'empêcher de tourner la tête.

Isabelle était si proche, et elle la connaissait si bien... Le grain de beauté au coin de sa bouche, les reflets roux de ses cheveux, son long nez droit... Le cou puissant, élégant et pâle, qui battait légèrement, si près... Son parfum, benjoin avec une trace de citron. Mais elle semblait hors d'atteinte, derrière du verre parfaitement transparent mais d'une épaisseur infinie. Béatrice eut l'impression étrange que si elle touchait Ich, tout volerait en éclats; même les étoiles exploseraient et tomberaient en pluie de paillettes sur la terre.

Elle se demanda si le silence n'était pas préférable à tout ce qu'elle pourrait dire puis, sur une impulsion, elle murmura :

– Merci pour votre lettre au sujet de ma mère.

Isabelle se raidit comme si un coup de canon lui avait fait peur.

– Je suis désolée, répondit-elle sèchement, sans tourner la tête. Pour votre mère.

Prise soudain de dépit, Béatrice eut envie de lui dire : « J'ai lu la lettre à votre père. » Puis Isabelle se tourna et la regarda.

Ses yeux avaient le brillant, la clarté cristalline que donne la grossesse. Ses lèvres pleines, innocentes, frémirent comme si elle songeait à des mots. Mais après une longue attente, elle ne dit rien. Les canons tonnèrent de nouveau, ses épaules se figèrent instinctivement et elle se détourna.

Les gentilshommes vêtus de capes avaient enfin réussi à placer le baldaquin au-dessus de Blanche-Marie. Deux nobles milanais s'avancèrent pour aider Béatrice et Isabelle à monter en selle. Les deux duchesses revinrent au château à cheval sans s'adresser un seul regard.

***

Le More assit son fils sur le large appui de pierre de la croisée dominant la ville. Le petit Hercule, qui portait pour le mariage une veste de satin bleu et or avec un bonnet assorti, mais avait encore les jambes prises dans des langes, agita joyeusement les bras et regarda son père avec de grands sourires et un flot continu de babillage.

– Je n'aime pas le voir là, dit Béatrice.

Ils se trouvaient au dernier étage de la tour centrale du Castello. Milan, éclairée par des dizaines de milliers de torches, s'étendait au-dessous d'eux comme une immense roue de lumière.

– Ta maman est la femme la plus téméraire que j'aie jamais connue, dit le More à son fils d'un ton rieur. Chaque fois qu'elle monte à cheval je crains pour sa vie, mais elle tremble de peur à l'idée de laisser son grand garçon s'asseoir ici dans les bras de son père. Ta maman est sotte.

Hercule répondit par une belle phrase de gazouillis, et le More répliqua dans la même langue incompréhensible.

Par décision ducale, Hercule reçut la permission de rester sur son perchoir le temps que son père lui montre les principaux quartiers de la ville illuminée. Soudain, toutes les cloches sonnèrent, et Hercule cria à l'unisson en agitant les bras. Quand les carillons se turent, un silence presque surnaturel régna sur la ville. Puis, quelque part en dehors de la roue de lumière, plusieurs coups de feu retentirent. Un instant plus tard, un sifflement sourd, pareil au bruit d'une immense porte qui se referme, glissa au-dessus de la ville.

Le ciel noir se remplit d'étincelles de lumière puis explosa de mille couleurs. Rafale sur rafale, les feux d'artifice partirent vers le ciel au milieu de coups de tonnerre, puis retombèrent en pluie d'étincelles. Béatrice n'avait jamais rien vu de tel ; les feux d'artifice de son père ne consommaient pour toute une soirée que le centième de ce qui éclatait au-dessus de Milan toutes les trois secondes.

Hercule demeura captivé pendant un moment, les bras figés

par l'émerveillement. Puis, brusquement, il se mit à pleurer. Son visage écarlate, éclairé par le ciel en feu, brillait d'un éclat étrange. Il poussa des cris hystériques et le More le retira aussitôt de la fenêtre ouverte et essaya de le consoler. L'enfant continua de gigoter et de crier même quand Béatrice le prit dans ses bras. Il ne s'arrêta, encore secoué de hoquets, qu'à l'arrivée de sa nourrice.

– Il veut descendre, dit Béatrice à la nourrice. Je suis sûre qu'il s'endormira dès qu'il aura mangé.

Hercule, la nourrice et les deux gardes du More disparurent dans l'escalier; le More et Béatrice restèrent seuls. L'orage de feu continuait. Béatrice regarda son époux. Il était complètement absorbé, ses yeux luisaient de toutes les couleurs de l'arc-en-ciel d'étincelles. Une série d'explosions semblables à un roulement de tonnerre annonça le bouquet final, et le ciel resplendit d'un éclat si intense que Béatrice s'écarta de la fenêtre comme en une réaction de peur physique.

Dans un silence profond le ciel s'assombrit, et un dernier voile d'étincelles glissa au-dessus des toits de Milan. D'un bout à l'autre de la ville, les torches s'éteignirent progressivement. Béatrice crut entendre la Fortune chuchoter à son oreille pour la mettre en garde.

Elle passa le bras autour de la taille de son mari et se demanda s'il répondrait à sa question.

– On m'a demandé au moins une douzaine de fois aujourd'hui, et pas toujours de façon discrète, vos intentions à propos de l'investiture. Des bruits courent. Avez-vous pris des dispositions avec les ambassadeurs de l'Empire?

Le More continua de regarder la ville, son image lumineuse en train de disparaître. Béatrice accepta son silence; elle se rendait compte qu'elle avait déjà obtenu de lui les vérités dont elle avait vraiment besoin. Mais l'ancienne souffrance réapparut pendant un instant, avec une trace de crainte.

Elle fut surprise par sa voix.

– Le nouvel empereur ne désire investir personne duc de Milan tant qu'il n'a pas réglé les problèmes internes qui accompagnent habituellement une succession. Nous n'avons pas l'intention de discuter de la question de principe avant le printemps prochain, et encore moins d'envisager une date et de préciser qui sera investi.

– Désirez-vous encore l'être?

– Bien entendu. Mais si les Vénitiens ne veulent pas le permettre...

Il haussa les épaules et s'écarta de la croisée. Pendant un instant, saisie de panique, elle crut qu'il allait l'interroger de nouveau sur son audience avec le doge. Elle était amoureuse de lui, mais elle demeurait plus que jamais résolue à garder son secret: c'était la seule défense de son cœur mis à nu, le seul pouvoir qu'elle pourrait toujours exercer sur lui. Elle ne dit rien.

– Ne vaudrait-il pas mieux, en ce cas, démentir toutes les rumeurs ? demanda-t-elle. Pourquoi contrarier Naples et donner aux Français un prétexte pour attaquer Milan ?

Il se tourna vers elle en souriant.

– Parce que je veux contrarier Naples. Je veux faire peur au roi Ferrante pour le pousser à conclure avec nous un traité de paix qui le liera vraiment et mettra fin aux rêves stupides d'Alphonse, qui espère marcher sur Milan pour que Jean-Galéas assume pleinement le pouvoir ducal. Quand j'aurai obtenu ce traité, nous n'aurons plus à nous inquiéter des Français ni de Naples. En tout cas, du vivant de Ferrante.

– Et cela satisfera votre ambition ?

Il se retourna vers la ville qui retombait dans l'ombre.

– Ambition, répéta-t-il d'un ton indécis, comme s'il ne savait pas très bien ce que ce mot signifiait. Ambition... Que faut-il que je vous dise de mon ambition ?

Il marqua un temps, perdu dans ses pensées.

– Deux fois dans ma vie, je me suis trouvé dans une impasse d'où je croyais qu'aucune ambition ne pourrait me tirer. La première fois quand mon frère m'a exilé de Milan. Je pense à présent que, d'une certaine façon grotesque, il m'aimait et ne voulait pas me tuer – ce qu'il aurait immanquablement fait si j'étais resté. J'ai erré dans toutes les cours d'Italie, de France, d'Espagne et d'Allemagne. Le quatrième fils de François Sforza était accueilli partout de la même manière : les yeux des femmes brûlaient de désir, et ceux des hommes n'exprimaient qu'un mépris glacé pour un vagabond sans avenir. Des années sans but, mes plus belles années perdues à boire, à jouer et en étreintes dénuées de sens. Puis la Fortune s'est débrouillée pour faire de moi le régent de mon neveu. Je ne vous mentirai pas : Cecilia a fait partie de cette deuxième naissance. Quand je l'ai... quand elle est partie, j'ai cru que ma vie était finie de nouveau. Elle était ma force.

Il ébaucha un sourire tendre.

– Cecilia voulait que je devienne duc de Milan plus que je ne l'ai jamais souhaité moi-même.

Il se tourna légèrement vers elle.

– J'ai quarante et un ans. J'ai appris qu'il se produit quelque chose dans l'homme à cet âge de la vie. Le cercle de personnes et de possibilités autour de lui est peut-être plus vaste que jamais, et pourtant jamais il n'est aussi isolé, jamais il ne se sent aussi emprisonné dans ce qu'il a fait de sa vie. La solitude, voilà ce qu'il redoute, encore plus qu'il ne craint la mort et l'échec. Il est terrifié à l'idée de ne trouver, en tendant la main dans le noir, personne à ses côtés. Je ne parle pas seulement d'un corps. Il peut toujours acheter un corps. Il voudrait le contact d'une autre âme. Sans cela, son ambition n'a aucun sens. Ce n'est qu'un fou en train de bâtir une tour pour atteindre Dieu, alors que Dieu est seulement quelqu'un près de lui dans la nuit, quelqu'un qui connaît son âme.

Il la regarda dans les yeux.

– Après le départ de Cecilia, je croyais que je ne pourrais plus jamais aimer. Même quand nous sommes devenus amants tous les deux.

Elle se sentit complètement vidée, comme si ce qu'il allait dire ensuite devait occuper son âme entière.

– Je sais quelles conditions vous mettez à l'amour. Peut-être ne pourrai-je jamais être l'amant dont vous avez toujours rêvé. Mais je veux essayer. Je désire essayer de vous aimer ainsi. Je vous imagine en train de foncer la tête la première dans le labyrinthe obscur de ma vie, pour y découvrir des passages où je ne me suis jamais engagé dans le passé, et qui me conduiront vers un centre que je n'ai jamais pu trouver. Vous et Hercule. Vous serez la dernière et la meilleure de mes vies. Mon ambition, c'est vous.

Elle avait parfois imaginé la joie comme l'explosion d'un feu d'artifice, ou la musique des sphères éclatant en immenses cercles de lumière en expansion continue. Mais cette joie était silencieuse et paisible, comme une promenade dans une vaste cathédrale dans la pénombre, en attendant l'aube qui la révélerait dans son inimaginable splendeur.

Elle le prit dans ses bras, et la façon dont il la regarda lui coupa les genoux. Quand il l'embrassa, la roue des possibilités tourbillonna. Elle voulut crier « Arrête ! » au destin qui l'avait mise en marche. « Arrête la roue. C'est ce que je veux. »

Comme si le More avait entendu son ordre, il la garda simplement dans ses bras, sans lui parler ni la caresser. La ville audessous d'eux était maintenant si sombre et silencieuse qu'ils pouvaient se croire seuls au monde.

***

Extraits d'une dépêche d'Antonio Stanga, ambassadeur de Milan à Naples, adressée à Ludovic Sforza le More, duc de Bari et régent du duché de Milan.

Naples, 1er janvier 1494

... A la suite des discussions sur les points que vous m'avez demandé de soulever, Sa Majesté le roi Ferrante de Naples a laissé entendre que, comme preuve de sa détermination à parvenir à un accord garantissant la paix, il était prêt à se rendre à Milan pour négocier. Dans ce but, et pour hâter son départ quand il recevra votre réponse, il commence à réunir ses bateaux pour la traversée jusqu'à Gênes... Le roi Ferrante est animé par le désir de trouver un compromis... et la cause de l'unité italienne connaît en ce début d'année de plus belles perspectives d'avenir que depuis de longs mois...

***

Extraits d'une lettre d'Isabelle d'Este de Gonzague, marquise de Mantoue, à sa sœur Béatrice d'Este de Sforza, duchesse de Bari.

1er janvier 1494

Illustrissime et chère sœur,

Sache que j'ai mis au monde une fille le 31 décembre, et que nous nous portons bien toutes les deux, quoique je sois désolée de n'avoir pas eu un fils. Mais telle est la décision de la Fortune, et je l'aime donc déjà de tout mon cœur... Je lui ai donné le nom d'Éléonore en mémoire de notre chère mère. Quelle amertume de savoir que maman n'est plus ici pour la prendre dans ses bras... Mais si étrange que cela puisse paraître, j'ai senti la présence de maman pendant toute la durée de l'épreuve...

CHAPITRE 37

Naples, 2 février 1494

Le grand autel de l'église San Domenico Maggiore évoquait une constellation de cierges. La lumière vive rendait les visages blafards, et les suivants du cortège funèbre, vêtus de gris et de noir, ressemblaient à des cadavres, alors que le visage bouffi exposé dans le cercueil au pied de l'autel avait des couleurs étrangement vives, accentuées par le crêpe noir qui drapait le cadavre et le catafalque. Ceux qui se pressaient autour supposèrent avec raison qu'il s'agissait en réalité d'une effigie de cire, et que les restes de Sa Majesté Ferrante d'Aragon, roi de Naples, avaient déjà été enterrés. Mais ces personnes étaient trop proches du nouveau pouvoir en place pour permettre à leurs visages blêmes d'exprimer le moindre soupçon sur les raisons de l'enterrement précipité de l'ancien roi.

La messe de requiem se poursuivit en sourdine. Le plus proche parent, qui serait bientôt couronné Alphonse II de Naples, penchait fréquemment sa grosse tête pour recevoir les messages chuchotés transmis par un relais d'aides de camp; les messagers ne cessaient d'aller et venir par une chapelle latérale fermée pour travaux. Enfin, Alphonse lui-même se dirigea d'un pas lourd vers la chapelle. Deux hommes d'armes portant des armures pectorales d'acier argenté l'escortèrent dans une petite pièce attenante, où les peintres rangeaient leurs pigments, leur plâtre et leurs outils.

Un homme d'une trentaine d'années, musclé et de grande taille, se tenait dans la lumière de l'unique lampe. Vêtu d'une riche tenue de cheval, il avait un visage juvénile et un regard qui exprimait sa confiance en lui. Il ôta son bonnet de velours; ses cheveux blonds étaient coiffés à la dernière mode.

Alphonse renvoya les gardes d'un geste. La porte refermée, il dévisagea l'homme pendant un moment.

– L'homme qui a assassiné mon père, murmura-t-il sur un ton étrange qui se confondit avec le chant de requiem entonné par le chœur.

Les yeux de l'homme perdirent leur éclat.

Alphonse, son visage lourd encadré par un capuchon noir, avança d'un pas.

– Savez-vous que la peau a complètement changé de couleur? Il a fallu l'enterrer au bout de quelques heures.

Seule la lamentation assourdie des prêtres emplit le silence qui suivit. Quand l'homme répondit enfin, il n'y avait aucune trace de confiance dans sa voix.

– Je... Altesse... Votre Altesse se rappellera que je... Pour un résultat assuré, une telle conséquence est prévisible.

– Une conséquence vous menace, vous aussi. La maladie de mon père engendre déjà des soupçons, je peux difficilement vous permettre...

Il s'interrompit et leva les deux mains, paumes ouvertes, comme un saint donnant sa bénédiction.

– ... de rester à Naples.

L'homme parut vieillir soudain de dix ans, et un masque de frayeur tira ses traits.

– Mais vous pouvez m'être utile ailleurs.

L'homme inclina la tête, de plus en plus inquiet. Les yeux d'Alphonse, qui louchaient de naissance comme ceux de son père, se réduisirent à des fentes étroites.

– A Milan, précisa-t-il d'une voix à peine audible. J'ai besoin à présent que vous vous rendiez à Milan.

***

Vigevano, 10 février 1494

On avait entassé dans la grande cheminé de pierre assez de bûches pour toute la soirée; la chaleur et la lumière irradiaient dans toute la pièce. Le petit Hercule s'extasia un moment devant le spectacle, bouche bée, puis essaya de courir vers le feu. Béatrice le rattrapa et le posa sur ses genoux, face à elle. Il tourna aussitôt la tête pour regarder les flammes.

Elle essaya de retrouver son grand-père sur le visage de son fils, et se rendit compte qu'elle ne se rappelait plus vraiment le visage de Ferrante, en tout cas quand elle voulait s'en souvenir. Elle n'avait pas vu son grand-père depuis huit ans, et cette prise de conscience du passage du temps la surprit plus que la mort même du vieil homme. La dernière fois qu'il lui avait écrit, c'était à la naissance d'Hercule : rien de personnel, une simple obligation diplomatique. Et pourtant, à une époque, il lui avait tenu lieu de père. Une vision surgit soudain dans son esprit : Ferrante riant, les joues gonflées et les yeux loucheurs, gros bouffon somptueusement vêtu. Au dîner, il allait souvent d'un convive à l'autre, picorant un morceau de temps en temps dans l'assiette de ses invités ; il lui arrivait de prendre tout son repas ainsi. La fillette trouvait cette façon de faire tellement drôle. Elle comprenait à présent le sous-entendu sinistre caché par cette étrange habitude : Ferrante signifiait ainsi que tout ce qu'il donnait, il pouvait à tout instant le reprendre au gré de son caprice. Et tout ce qu'elle avait appris sur lui depuis son arrivée à Milan... Même si les neuf dixièmes étaient des calomnies, elle frémissait à la pensée d'avoir vécu si longtemps à la cour d'Aragon.

Mais la chose la plus horrible que son grand-père avait faite était simplement de mourir, de laisser un vide que seul son fils pouvait remplir. Elle gardait vivace en mémoire l'image d'Alphonse, car la peur avait rendu ses souvenirs indélébiles. Ses yeux rouges de colère prêts à jaillir des fentes de ses paupières. La clé secrète qu'elle avait obtenue à Venise était devenue maintenant une lame brûlante dans sa poitrine. Il faudrait qu'elle apprenne à son époux que la Seigneurie lui laisserait les mains libres si Alphonse devenait roi de Naples. Mais elle savait qu'à l'instant où elle le ferait, la roue de la Fortune se remettrait à tourner – et quand elle s'arrêterait, son époux ne serait plus près d'elle. Elle se rendit compte qu'elle était prête à mentir pour ne pas le perdre.

Hercule se leva sur les genoux de Béatrice, babilla une requête incompréhensible et releva le menton. Le même geste !... Cette façon brusque de relever le menton était le legs du roi Ferrante à son arrière-petit-fils. Ils étaient tous du même sang. Ils régleraient les différends entre eux, en famille. Elle parlerait à Isabelle dès que l'occasion se présenterait. Le temps ne pressait pas. Alphonse ne pourrait entrer en campagne l'hiver, de toute manière.

Une image de sa mère lui apparut, aussi claire que si elle était encore en vie, et le poids de la colère disparut de son cœur. Elle comprenait qu'à son chagrin se fût mêlé de la rancune, car sa mère était morte sans lui donner une preuve convaincante qu'elle l'avait aimée. Mais sa mère n'était pas morte simplement pour la blesser, pour l'abandonner de nouveau, c'était certain. Jamais Béatrice ne lui pardonnerait de l'avoir abandonnée à Naples, pourtant il était possible d'en vouloir à cette maman-là, tout en aimant la maman qui avait tenté de racheter son geste et qui, à sa manière sans doute maladroite et dominatrice, avait essayé de l'aimer. Cette maman-là, elle l'aimerait toujours. Et elle pouvait enfin se pardonner de l'aimer...

Sa mère, puis maintenant son grand-père... Partis si vite, estompés en souvenirs fugitifs. Elle se souvint d'un sonnet de Pétrarque :

Scélérate mort, comme tu réduis vite
En grise poussière le fruit d'un long âge.

La Fortune est bien assez rapide sans que je lui fasse hâter le pas, se dit-elle.

Hercule attrapa son col de fourrure et se hissa pour pouvoir la regarder dans les yeux. Ces derniers mois, elle avait noté que son fils ressemblait de moins en moins à sa sœur et de plus en plus à elle, mais elle eut l'impression soudaine de voir son propre portrait au même âge, comme si elle regardait dans un miroir magique : sa mère la tenait dans ses bras, avant le voyage à Naples, avant que tout ait changé.

Le petit Hercule resta debout ainsi, la tête penchée en un geste de curiosité, en se demandant pourquoi sa mère s'était mise à pleurer.

***

Extraits d'une dépêche du comte Carlo Belgioioso, ambassadeur de Milan en France, adressée à Ludovic Sforza le More, duc de Bari et régent du duché de Milan.

Amboise, 22 février 1494

... le roi et son Conseil sont plus divisés que jamais sur la question de l'aventure italienne. Chaque jour qui passe, Sa Majesté Très Chrétienne devient plus véhémente et ferme dans sa volonté d'agir. Il a expulsé les ambassadeurs de Naples, et j'ai appris hier que la cour va se transporter à Lyon dans quelques semaines pour se trouver plus près des cols des Alpes. J'ai également appris que le roi a l'intention d'envoyer, dès que le temps le permettra, une petite avant-garde à Asti sous les ordres de Bernard Stuart d'Aubigny. En outre, le roi a ordonné à Briçonnet de préparer un projet d'impôts et de taxes diverses pour soutirer à son peuple les dépenses de la campagne. Les membres du Conseil qui s'opposent à l'entreprise du roi (et à ma connaissance ils sont plus nombreux chaque jour) espèrent que les villes et les bourgs refuseront de verser ces impôts, ce qui constituera pour ladite entreprise un obstacle insurmontable – une montagne fiscale que le roi ne parviendra jamais à franchir, quelle que soit sa détermination. Le roi comprendra alors que seule Votre Seigneurie est en mesure de financer sa campagne, et il renouvellera ses avances...

Hier, quand j'ai parlé au roi, il s'est montré douloureusement déçu que Votre Seigneurie ait de nouveau refusé de lui envoyer messer Galeazzo di Sanseverino pour le conseiller sur ses plans d'invasion. Il m'a dit : « En vérité ! Alphonse n'est-il pas l'ennemi juré du More ? Pour quelle raison le More ne veut-il pas se joindre à moi contre notre ennemi commun ? » Il m'a donc renouvelé sa requête à Votre Altesse concernant l'envoi en France de messer Galeazzo, en disant : « Le seigneur Galeazzo est le premier paladin de la chrétienté. S'il chevauchait à nos côtés, cela indiquerait aux yeux du monde entier que notre entreprise chrétienne jouit de l'approbation de Notre Seigneur dans le Ciel et du More sur la Terre. » L'arrivée de messer Galeazzo en France indiquerait sans doute aux membres du Conseil royal de plus en plus sceptique que vous avez l'intention de mettre à la disposition de la campagne envisagée les ressources considérables de notre Trésor... En un mot, le roi est en ce moment totalement incapable de franchir les Alpes sans votre bénédiction...

CHAPITRE 38

Pavie, 16 mars 1494

Le troisième accouchement d'Isabelle ne fut ni si pénible que le premier, ni si facile que le deuxième, mais l'euphorie qu'elle avait ressentie les deux premières fois était absente. Détachée de tout, elle trouva toute l'opération mécanique et sans intérêt. Pour se distraire, elle songea à sa maison, à son enfance. Tout ce qu'elle se rappelait de Naples était éclatant, peint de couleurs vives. Après Naples, tout paraissait terne.

La tête sortit. Le visage de l'enfant était bleu. Un petit bébé parfait, teint en bleu Sforza. La sage-femme se mit aussitôt à tirer, bien que la panique d'Isabelle contractât ses muscles et retînt le petit corps.

– Laissez-le venir, Votre Altesse, lança la sage-femme d'une voix brisée par la peur. Il faut que vous le laissiez venir!

Isabelle retint son souffle et libéra les épaules de l'enfant. Elle baissa les yeux et vit le cordon ombilical qui entourait le cou de l'enfant comme la corde d'un pendu.

L'aide de la sage-femme libéra rapidement l'enfant du cordon, et une vive querelle éclata entre le médecin, le chirurgien et la sage-femme : fallait-il couper le cordon ombilical et essayer de réanimer le bébé inerte, apparemment sans vie ? Isabelle ferma les yeux et poussa de nouveau; le bébé sortit complètement. La sage-femme sortit son couteau, coupa le cordon et prit l'enfant dans ses bras. Elle se détourna d'Isabelle, frappa dans le dos de l'enfant et se mit à lui masser la poitrine.

Isabelle regarda le cordon ombilical qui sortait de son vagin, comme s'il allait la vider de sa propre vie. Je n'ai rien à voir dans tout cela, se dit-elle, et elle trouva du réconfort dans son impuissance même.

Elle avait déjà commencé à expulser le placenta quand elle entendit son enfant revenir à la vie. Il toussa, puis poussa plusieurs cris saccadés, presque délicats. Le bonheur la souleva doucement, comme la vague d'une mer tiède.

– Donnez-le-moi, dit-elle.

La sage-femme se retourna. L'enfant était encore pâle, mais sa pâleur semblait miraculeuse comparée à la couleur bleue irréelle, quelques minutes plus tôt. Elle tendit les bras, sentit le corps frais et humide et voulut lui communiquer un peu de sa propre chaleur. Quand elle posa le bébé sur sa poitrine, elle s'aperçut que c'était une fille.

Il ne se passa rien. Elle continua de flotter sur la vague de bien-être, sans même se demander pourquoi elle n'était pas déçue.

– Elle est belle, murmura-t-elle en adressant à la sage-femme un regard de gratitude. Ma jolie petite fille.

***

Milan, 18 mars 1494

Les anciens souterrains du Castello étaient empreints d'une étrange odeur saumâtre, une odeur de mer pour une raison simple : situés au-dessous du niveau des douves, il s'y infiltrait toujours un peu d'eau, alors qu'on y entreposait du sel. Galeazzo di Sanseverino se frotta les bras pour les réchauffer et regretta de ne pas avoir pris de cape.

– Où est la femme? demanda-t-il d'un ton irrité à Bernardino da Corte, le gouverneur de Porta Giovia.

– J'ai envoyé quelqu'un la chercher.

A la lumière de la torche, le teint sombre et les traits accusés de messer Bernardino semblaient en parfaite harmonie avec le décor sinistre. Galeazzo faisait plutôt songer à un ange en tournée d'inspection aux enfers.

– Qui est-ce? demanda-t-il.

– Une fille de cuisine. Elle travaille ici, au Castello.

– C'est logique. Et si l'homme n'avoue pas?

– S'il n'avoue pas, nous attacherons la fille à sa place et nous l'offrirons à tous les palefreniers et frotteurs du Castello.

Une porte claqua et une torche apparut dans le corridor sombre. La fille de cuisine, enveloppée dans un châle de laine, était escortée par un seul garde. Bernardino ouvrit une porte et fit signe aux autres d'entrer.

L'homme avait été ligoté, entièrement nu, à la roue de torture. Ses pieds, ses mains et ses testicules étaient violets de froid. En le voyant, la fille de cuisine se contracta.

– Connaissez-vous cette femme? demanda Bernardino.

Les murs humides et moisis renvoyèrent l'écho de sa voix.

L'homme redressa la tête. C'était un blond d'allure athlétique, âgé d'une trentaine d'années, très calme en dépit de sa situation.

– Oui, dit-il d'un ton naturel. Et j'imagine qu'elle est à l'origine de mes ennuis. Je vous l'ai dit, je suis un *procuratore* de Rome, venu à Milan acheter un plat d'or pour un client. L'orfèvrerie milanaise, c'est ce que veulent tous les gens qui en ont les moyens. J'ai rencontré cette femme à l'église Sant' Eustorgio, et j'ai décidé de la ramener à l'hôtellerie du *Sarrazin*, où je loge. Je l'ai payée pour sa peine et j'ai essayé de la renvoyer, mais elle s'est mise à hurler, elle a fait un esclandre et a menacé de m'attirer des ennuis. En fin de compte, l'aubergiste a dû m'aider à la chasser. Est-ce qu'elle est mariée?

La fille de cuisine ricana avec mépris, puis se tourna vers Bernardino et Galeazzo.

– Non. Ce que j'ai dit est vrai. Pourquoi un marchand avec mille ducats cousus dans la doublure de sa cape se rendrait-il à Sant' Eustorgio pour rencontrer une cuisinière?

Bernardino détourna la tête et plissa ses lèvres minces.

– S'il est vraiment ce que tu dis, pourquoi mentirait-il de façon si absurde?

La fille de cuisine releva le menton.

– Je vous ai donné le poison en poudre qu'il m'a remis.

– Cela ne signifie rien, répondit Bernardino. N'importe qui peut se procurer du poison. Peut-être es-tu ce qu'il dit : une femme repoussée qui veut se venger.

La fille de cuisine cracha par terre.

– J'aurais dû accepter ce qu'il m'a proposé. Il m'a donné cinq ducats, seulement pour mettre le paquet de poison dans mon escarcelle et accepter d'étudier le reste de sa proposition.

Galeazzo dévisagea la femme.

– Tu as pris l'argent? Où est-il?

La femme toisa Galeazzo d'un air soupçonneux.

– Juste à côté de l'endroit le plus chaud de mon corps. Vous voulez voir?

Les yeux bleus de Galeazzo restèrent de glace.

– Donne-le.

La femme glissa la main sous sa jupe et en retira une bourse de toile usée, fixée à sa taille par une ficelle.

Galeazzo prit l'escarcelle et compta les grosses pièces d'or.

– Cinq ducats. C'est tout?

La femme acquiesça.

La main de Galeazzo jaillit : la gifle claqua dans le silence. La femme s'écroula et sa tête heurta le sol avec un bruit sourd.

– Emmenez cette garce, lança Galeazzo.

Le garde se hâta de traîner vers la porte la fille de cuisine sans connaissance.

L'homme sur le chevalet releva la tête, le regard plein d'assurance.

– Vous voyez, je vous l'avais dit. Je l'ai payée pour sa peine. Plusieurs nuits de plaisir. C'est sans doute une roulure, mais quelle énergie...

Galeazzo se tourna vers Bernardino.

– Ne le laissez pas mourir tant qu'il n'a pas avoué.

Les yeux de l'homme devinrent aussi gros et aussi blancs que des œufs.

– Cette roulure dit la vérité et tu mens, lui lança Galeazzo. La première fois, tu nous as dit que tu avais passé une seule nuit avec elle. Pour cinq ducats, tu aurais pu t'offrir une courtisane de première classe pendant une semaine. Elle ne vaut pas un ducat pour toute une vie de jambes en l'air.

L'homme, têtu, raconta de nouveau son histoire tandis que Bernardino traînait un sac de sel de l'angle de la pièce. Il prit le poignard de sa ceinture et trancha la toile grise. Le gros sel de mer se répandit par terre devant le chevalet. Il s'avança pour manipuler un levier de bois et la roue se releva presque jusqu'à l'horizontale. Il se pencha vers le visage de l'homme.

– Ferme ta gueule maintenant. Ne réponds qu'à ma question. Je n'en ai qu'une : qui t'a envoyé ?

– Je vous l'ai dit, je suis un *procuratore* de Rome...

Bernardino contourna la roue jusqu'aux pieds de l'homme. Avec la pointe de son poignard, il traça le contour du pied gauche, d'une main aussi légère qu'un artiste dessinant à la plume. L'homme hurla et sa tête bascula contre la roue. Du sang coula de son talon et éclaboussa la couche de sel sur le sol.

Bernardino retourna près de la tête de l'homme. Il cessa de hurler, le visage buté.

– J'ai coupé tout le tour, dit Bernardino. Maintenant, je peux écorcher ton pied d'un seul coup comme on enlève la peau d'un lapin. Je ferai cuire la chair à vif avec une torche jusqu'à ce que la graisse coule, puis je te ferai marcher sur le sel jusqu'à ce que tu répondes à ma question. Si tu résistes encore, j'écorcherai, cuirai et salerai l'autre pied. Et si ça ne marche pas, je t'enlèverai la peau des mains, et je te laisserai ici sans eau et avec assez de rats et de sel pour le reste de ta vie. Eh bien, qui t'a envoyé ?

***

– Voici comment je crois qu'on fait le pas *alla turca*, dit Béatrice.

Elle tendit les bras au-dessus de sa tête et tourna sur elle-même en battant des mains.

– Il faudra que les costumes aient des tas de rubans et des petits bouts de miroir comme ceux des Scythes le jour de mon mariage, maître Léonard. Quand les danseuses turques feront des pirouettes, ce sera éblouissant, ne croyez-vous pas ?

Léonard de Vinci acquiesça vaguement et prit d'autres notes sur son carnet d'esquisses.

– Les invités de notre mascarade orientale se croiront transportés à la cour du sultan de Constantinople, lança le poète Gaspare Visconti d'un ton enthousiaste.

– Je trouve notre masque déjà fort éblouissant tel que le danse votre Seigneurie, assura une voix chantante.

C'était le protégé de Léonard, jeune homme du nom de Salai qui n'exerçait aucune fonction visible et passait pour le mignon du maître – mais les intimes de Léonard savaient qu'il avait en horreur tout contact physique et aimait simplement s'entourer de beaux visages et de corps élégants. Salai, à peu près du même âge que Béatrice, avait les cheveux blonds et un léger duvet pâle sur les joues et la lèvre supérieure. Ses traits étaient frappants, mais seulement parce que la beauté grecque de son nez droit et de son front large et intelligent faisait contraste avec des yeux sombres et une bouche ironique. Sa chemise en lin de Reims dépassait légèrement du col bordé de dentelle de son splendide pourpoint de velours vert; ses jambes magnifiques étaient moulées par des chausses roses et des boucles d'argent brillaient sur ses pantoufles de brocart mauve.

Gaspare Visconti et Vincenzo Calmeta, le secrétaire de Béatrice, lancèrent à Salai des regards désapprobateurs; son commentaire était presque suggestif et impliquait une familiarité avec la duchesse dont il ne pouvait guère se targuer. Salai prit apparemment ces regards pour un défi, car il s'avança vers Béatrice avec une nonchalance affectée, hanches en avant.

– Votre Seigneurie est vraiment la femme la plus splendide de toute l'Italie, dit-il de sa voix langoureuse, essoufflée. Vous êtes la grâce, vous êtes l'élégance, vous avez les plus beaux bijoux et les robes les plus somptueuses qu'une femme ait jamais portés. On voit bien pourquoi ces femmes milanaises halètent derrière vous comme des chiennes en chasse : leur rage naît de l'envie.

A cette métaphore inélégante, même Léonard dressa la tête. Il avait de longs cheveux gris et une longue barbe grise, mais son front haut, sans rides et d'un rose de bébé au-dessus de grands yeux gris rêveurs, donnait à son visage un air assez efféminé.

Béatrice sourit à Salai, dressé vers elle d'un air de défi, une main posée sur sa hanche.

– Merci, ser Salai, de m'imaginer comme une renarde poursuivie par une meute hurlante, dit-elle en lançant un coup d'œil amusé à Calmeta.

Salai garda la pose encore un instant, puis abandonna la partie et arpenta le bureau de Béatrice, en hochant la tête avec affectation devant les rangées de livres reliés en cuir ou en parchemin, tel un érudit en train de contempler le résultat de ses recherches.

Béatrice se mit à bavarder avec le peintre et les deux poètes du frère du sultan en exil à Rome : le sultan versait au pape une somme énorme pour qu'il garde son frère dans une sorte de prison de luxe – éliminant ainsi un rival en puissance. Le frère du sultan était réputé pour ses grands appétits.

Elle ne remarqua même pas l'arrivée d'un page en livrée et ne prêta pas l'oreille à ce qu'il annonça. Le jeune homme se racla la gorge et répéta :

– Le duc de Bari désire voir son épouse.

Cette fois, les hommes se retournèrent.

– Nous aurons le temps de terminer après dîner, dit Béatrice.

Les hommes s'inclinèrent et sortirent. Salai s'arrêta pour saluer d'un geste du bras, comme un bouffon singeant un courtisan.

Un instant après le départ langoureux de Salai, le More entra. Il avait l'air malade, sa peau avait pris des reflets verts et son front transpirait. Il avait le regard hagard d'un homme en train de devenir fou.

– Hercule ? s'écria Béatrice en se précipitant vers lui. Oh, mon Dieu...

Le More secoua la tête. Béatrice égrena dans sa tête les autres possibilités : son père, sa sœur, Blanche...

– Il a envoyé un homme pour tuer notre fils. Pour empoisonner notre fils et moi...

Béatrice prit son mari par l'épaule et le secoua. Sa voix était si violente qu'il se recula.

– Qui a fait ça ? Alphonse ? Est-ce Alphonse ? Notre enfant... Où est notre enfant ?

Le More répondit comme s'il était en transe.

– Hercule est dans sa chambre. Il ne s'est rien passé. Messer Bernardino a arrêté l'homme...

– Qui l'a envoyé ? Alphonse ? cria Béatrice, le visage écarlate.

Le More acquiesça.

– J'ai entendu ses aveux moi-même, avant que...

Le More se détourna, le front couvert de sueur. Il avala sa salive comme s'il était sur le point de vomir.

– Alphonse a envoyé un homme pour nous empoisonner. Il essayait de soudoyer une fille de cuisine pour qu'elle mette du poison dans notre nourriture.

Béatrice crut voir le petit Hercule inerte et noir comme les enfants dont lui avait parlé sa mère. Elle souhaita qu'Alphonse meure sur-le-champ, que sa grosse tête ricanante roule du billot du bourreau, le sang jaillissant de son cou. Isabelle... C'était ce qu'Isabelle désirait que son père fasse pour elle : qu'il la délivre « du joug du More et de sa femme »... Si Ich avait été devant elle, elle l'aurait étranglée de ses mains.

Le More la prit dans ses bras et lui appuya la tête contre sa poitrine.

– Tout ce que j'ai essayé de bâtir est en train de s'écrouler, dit-il.

Le ton las, désespéré, du More troubla profondément Béatrice. Toutes les images tourbillonnantes de catastrophe s'estompèrent. Elle s'aperçut qu'elle n'éprouvait plus aucune émotion : elle n'était que volonté froide. Elle se dégagea des bras de son mari.

– Il faut que je sache une chose, demanda-t-elle.

La question semblait inscrite dans son esprit; elle avait dépassé le stade de la réflexion.

– Vous m'avez dit que François n'est pas le fils de Jean. Qui est le vrai père du fils de la duchesse de Milan?

Le More dut s'asseoir. Sa tête ballottait comme s'il était ivre.

– Je dois savoir. Il me faut être assurée si elle a menti au sujet de son enfant.

Le More leva vers elle un regard d'impuissance puis baissa de nouveau la tête.

– Si vous ne pouvez me le dire, il ne peut y avoir de confiance entre nous.

Quand il parla, sa voix était faible et creuse.

– Galeazzo.

– Mon Dieu!

Pendant un instant, elle se sentit blessée que Galeazzo ait trahi Blanche ainsi. Puis elle se rendit compte qu'en fait c'était *elle-même* que Galeazzo avait trahie. Le preux chevalier de Milan n'était qu'un homme sans honneur.

Le More leva les yeux vers elle. Il était complètement vaincu, le regard terne et vague.

– Vous comprenez pourquoi je ne peux pas faire état de l'illégitimité de cet enfant. Même maintenant. Tout s'écroule.

Les pensées de Béatrice étaient de nouveau claires et toniques.

– Non. Tout reste à faire. Quand j'étais à Venise, la Seigneurie a accepté de retirer sa résolution secrète et de permettre votre investiture comme duc de Milan si Alphonse devenait roi de Naples.

Le More resta sans voix pendant un instant.

– Comment? Comment pouvez-vous en être certaine?

– Ser Constantino Privolo lui-même me l'a dit au nom de la Sérénissime République.

Elle attendit la question naturelle, mais comme elle ne venait pas, elle la formula à sa place :

– Vous voulez savoir pourquoi je ne vous l'ai pas dit plus tôt?

Il leva les yeux vers elle et secoua faiblement la tête.

– Non. Je crois que je comprends vos raisons. Je veux savoir comment vous avez obtenu cela.

– J'ai dit au doge que vous aviez conclu vos négociations avec l'empereur d'Allemagne et que vous aviez l'intention de recevoir l'investiture sans tenir compte des objections de la Seigneurie.

Il écouta sans réagir, puis ébaucha un sourire absent.

– Je ne peux pas le faire. Si je déclare que j'ai l'intention de recevoir l'investiture, il me faudra laisser les Français traverser les Alpes.

Elle eut l'impression qu'elle se trouvait à côté d'elle-même, et qu'elle regardait une personne exactement semblable à elle se diriger vers son mari et lui prendre la tête à deux mains ainsi qu'un *condottiere* qui veut ranimer le courage d'un jeune soldat avant sa première bataille.

– C'est le moment, dit-elle.

– L'empereur ne prendra aucun engagement public avant...

– Je ne songeais pas à cela. C'est le moment d'envoyer Galeazzo en France, de faire traverser les Alpes à l'armée du roi et d'en finir avec Alphonse. Sinon, il ne nous reste qu'une chose : attendre qu'Alphonse envoie un assassin plus habile.

– Ce serait escorter jusqu'à notre porte le duc Louis d'Orléans, qui constitue peut-être une menace plus grave.

– Non. Quand vous aurez obtenu de l'empereur d'Allemagne l'investiture que vous avez déjà payée, Maximilien sera obligé de défendre votre titre contre les prétentions du duc d'Orléans. Le roi Charles ne risquera pas une guerre avec l'Allemagne simplement pour donner un titre de plus à Louis d'Orléans.

Le More se leva soudain, et ses yeux reprirent leur dur éclat d'obsidienne.

– Vous êtes téméraire, irresponsable, probablement folle.

Il lui adressa de nouveau son sourire absent.

– Mais vous êtes aussi la femme la plus remarquable que j'aie connue. Oui. Bien entendu, je demanderai à Galeazzo de préciser au roi Charles que l'empereur a accepté de m'investir, et que le duc d'Orléans devra renoncer à toute prétention sur Milan, avant que nous songions à financer la campagne des Français contre Naples.

Le More réfléchit un instant après avoir cessé de parler, comme s'il attendait qu'un interprète traduise ses paroles.

– Oui, tout est en place. Tout ira bien, maintenant.

Il prit Béatrice dans ses bras et la serra très fort.

– C'est le moment. C'est le moment que la Fortune m'a envoyé.

***

Pavie, 22 mars 1494

– Messer Antonio de Gennaro, ambassadeur de Sa Majesté votre père à Milan, annonça le chambellan.

Il s'inclina et sortit. Isabelle se trouvait dans la chambre de ses filles. Le nouveau-né dormait dans son berceau sous un édredon, et la petite Bonne, âgée de quatorze mois, poussait sur le tapis un splendide âne à roulettes, sculpté et peint. Antonio de Gennaro entra à grands pas pesants, encore en tenue de cheval, le visage livide à cause du vent froid. Il posa un genou à terre.

– Que Votre Altesse me pardonne, mais j'ai pour Son Altesse des renseignements d'une urgence extrême.

Isabelle congédia les nourrices d'un geste ; elles s'inclinèrent et disparurent dans l'antichambre. En gardant un œil sur la petite Bonne, Isabelle dit :

– Son Altesse est en train de courir le cerf. Je lui ferai un compte rendu complet de votre visite.

Elle regarda l'ambassadeur dans les yeux.

– Bien entendu. J'avais supposé que Votre Altesse, venant de se relever de couches et se trouvant encore en réclusion...

– Nous n'observons pas la réclusion ici, répondit-elle. J'ai déjà chassé mon médecin. Il est pleinement qualifié pour soigner les maladies des vieux grimoires de son université, et je suis trop heureuse de le renvoyer à cette occupation.

– Je vous prie de me pardonner, madame, répéta l'ambassadeur, qui s'éclaircit la gorge puis alla droit au fait. Galeazzo di Sanseverino se prépara à quitter Milan avec une escorte nombreuse. On dit qu'il se rend à Asti, mais j'ai toute raison de croire qu'il a l'intention de rejoindre le roi de France à Lyon. Si c'est le cas, nous pouvons supposer que le More a décidé d'aider les Français à lancer leur campagne contre Naples.

– Mais vous n'en êtes pas encore certain.

– Madame, le secrétaire du duc de Bari a déposé auprès de moi une protestation officielle affirmant qu'un homme supposé au service de votre père a avoué qu'il complotait d'empoisonner le duc de Bari et son fils. Bien entendu, on ne m'a pas laissé interroger ni même voir le prétendu assassin. Ce « complot » est manifestement une invention du duc de Bari, pour servir de prétexte transparent à l'envoi de Galeazzo di Sanseverino en France et justifier les hostilités qui s'ensuivront.

– Croyez-vous que mon époux et moi sommes en danger?

L'ambassadeur fronça les sourcils.

– Je crains que nous soyons tous en danger, maintenant. J'aimerais vous conseiller de ne pas quitter Pavie tant que vous n'aurez pas reçu d'instructions de votre père.

Isabelle joignit les mains à la hauteur de sa taille et redressa les épaules.

– Merci d'être venu, messer Antonio.

***

Milan, 24 mars 1494

– Refusez-lui l'entrée.

Le chambellan onctueux resta debout près de la porte, pétrifié par l'ordre cassant de Béatrice, la bouche apparemment paralysée entre deux syllabes.

– Ah... dit-il enfin.

Une des dames de compagnie de Béatrice eut un hoquet. Le chambellan fit un petit saut de côté, alarmé, tandis que la duchesse de Milan le poussait du coude, aussi large d'épaules qu'un chevalier en armure dans sa grande *cioppa* de zibeline blanche.

– Vous ne pouvez me refuser l'entrée, dit Isabelle à Béatrice. Je suis la duchesse de Milan.

Son regard balaya la demi-douzaine de dames de compagnie réunies dans les appartements de Béatrice pour écouter des vers.

– Sortez!

Les dames de Béatrice exécutèrent des révérences angoissées et s'esquivèrent.

– Sortez, ordonna Isabelle au chambellan, qui continua de remuer les lèvres comme une carpe, mais s'inclina et referma la porte derrière lui.

Béatrice dévisagea sa cousine. Les deux femmes se trouvaient à deux pas l'une de l'autre. Le visage de Béatrice était blême, sans expression, et ses yeux se réduisaient à deux perles noires. Puis, aussi brusquement qu'un lever de soleil en montagne, ses joues rougirent. Elle fit un pas en avant, son bras traça un arc de cercle comme celui d'une marionnette et le revers de sa main claqua sur le visage d'Isabelle. Isabelle chancela et tomba si lourdement que ses pieds quittèrent le sol. Elle s'assit par terre et secoua la tête. Son bandeau de satin s'était défait et ses cheveux étaient en désordre. Du sang coulait de son nez sur ses lèvres et son menton.

– J'ai lu ta lettre, monstre! cria Béatrice de sa voix la plus aiguë. C'est à cause de toi que ton père a envoyé cet homme pour tuer mon enfant! Tes mensonges ont failli tuer mon enfant! Si tu essaies de te relever, je t'étrangle!

Isabelle s'essuya le nez.

– Tu crois donc les mensonges de ton mari? Mon père ne ferait pas une telle vilenie.

Elle regarda le sang sur son gant de cuir blanc.

– Je suis venue vous demander de ne pas envoyer Galeazzo en France. Si vous invitez les Français à franchir les Alpes, nous serons tous perdus.

Le rire forcé de Béatrice ressemblait à un cri de douleur.

– Si nous n'appelons pas les Français, ton père nous tuera.

Isabelle secoua la tête.

– Non. J'ai écrit cette lettre à mon père à seule fin de faire peur au More, afin qu'il laisse à Jean quelque pouvoir. Je savais que notre grand-père ne permettrait jamais que mon père attaque Milan. Grand-père n'est plus là mais nous pouvons nous entendre. Que Jean joue un rôle plus éminent dans le gouvernement, et que ton mari reste son régent. Je ne veux pas la guerre. Si nous avons la guerre, il ne restera rien, ni pour mon fils ni pour le tien.

– Qui est le père de ton fils?

Les yeux d'Isabelle s'ouvrirent tout grands de surprise, puis se réduisirent à des fentes.

– Je ne veux plus entendre cette calomnie.

La voix de Béatrice était si tendue que ses paroles vibrèrent comme des notes sur un violon.

– Avant d'accepter de négocier sur ce qui fera ou ne fera pas partie de l'héritage de ton fils, je veux savoir qui est son père.

– Jean, voyons. C'est Jean, son père.

– Tu mens.

Isabelle se leva d'un bond, saisit Béatrice par les épaules et la fit basculer à la renverse. Elles luttèrent au sol pendant un moment, puis Isabelle prit le dessus. Elle s'assit à califourchon sur Béatrice et lui bloqua les deux bras.

Elle se pencha en avant, et le sang qui gouttait de son nez tomba sur le visage de Béatrice, qui se contracta et se débattit.

– Écoute-moi. Peu m'importe ce que ton mari et toi pouvez croire au sujet du père de François. Tout le monde sait qui était le père de Jean : Galéas-Marie Sforza, duc de Milan. Jean est son héritier de droit. Je te supplie de ne pas écouter les mensonges que profère ton mari pour servir son intérêt personnel. Je te supplie d'empêcher le départ en France de Galeazzo di Sanseverino. Je te supplie d'arrêter la guerre avant qu'il ne soit trop tard.

Béatrice tourna vers sa cousine un visage déformé par une grimace.

– Le père de ton fils part en France pour sauver la vie de mon fils.

Le visage d'Isabelle devint livide comme l'albâtre. Elle lâcha les bras de Béatrice et se leva. Elle s'écarta à reculons de sa cousine encore allongée, et d'un geste de colère, elle ôta ses gants tachés de sang, les roula en boule et les jeta par terre.

– J'ai fait ce que j'ai fait, dit-elle à Béatrice en tendant ses paumes ouvertes telle une sainte montrant ses stigmates. Mais il n'y a pas de sang sur mes mains. Quand les Français franchiront les Alpes, ton propre sang sera sur tes propres mains. Le monde entier sera éclaboussé par ton sang.

CHAPITRE 39

Lyon, 8 avril 1494

– Messire Galeazzo m'a offert sa lance !

Non sans difficulté, Sa Majesté Très Chrétienne Charles VIII, roi de France, de Jérusalem et des Deux-Siciles (il avait allongé son titre à la perspective de sa croisade), brandit l'énorme lance de tournoi, à pointe de fer. La hampe occupait presque toute la longueur de l'antichambre du roi. Galeazzo, debout à côté du roi dans le pourpoint molletonné, taché de sueur, qu'il portait sous son armure de tournoi, parcourut des yeux l'ensemble de conseillers royaux et de favoris qui jouaient aux cartes autour de deux tables au milieu de la pièce. Il répondit par un sourire sardonique à leur indifférence hautaine.

– Montjoie ! Montjoie ! croassa Charles en faisant des moulinets maladroits juste au-dessus des têtes de ses conseillers. Vous l'avez tous vu en lice aujourd'hui ! Dix hommes désarçonnés, et pas un seul instant les pieds de notre brave paladin n'ont quitté les étriers, tant il était ferme et raide. Cette lance a vaincu dix audacieux chevaliers. Levez-vous, ô nobles et preux combattants de Dieu ! Roland est revenu parmi nous pour nous conduire jusqu'aux hordes des païens. Montjoie ! Montjoie !

Louis d'Orléans, vautré à l'une des tables en pourpoint délacé, daigna lancer un regard sans joie à Galeazzo. A côté de Louis se trouvait l'un des conseillers les plus influents de Charles, Guillaume Briçonnet, évêque de Saint-Malo. A en juger par l'expression sombre de son visage barbu, Briçonnet n'était pas plus heureux que Louis d'entendre un autre panégyrique du « plus parfait paladin de la chrétienté ».

Antonello di Sanseverino, prince de Salerne, se leva de sa chaise, en ayant soin d'éviter les moulinets de la lourde lance. Il ôta son chapeau d'un geste élégant et s'inclina.

– A la vérité, Majesté, si mon neveu peut être comparé au

grand Roland, c'est seulement parce qu'il a trouvé en Votre Majesté un puissant Charlemagne, qui le conduira dans la sainte croisade à laquelle il consacre désormais son cœur et son âme.

Briçonnet se pencha vers Louis d'Orléans et lui murmura à l'oreille :

– Peut-être devriez-vous signaler à Sa Majesté que le Charlemagne qui nous a envoyé messire Galeazzo s'appelle Ludovic le More.

Les yeux toujours en mouvement du duc d'Orléans parcoururent la pièce comme pour évaluer les sentiments des autres conseillers. Le roi n'avait cessé de chanter les louanges du merveilleux Galeazzo depuis l'arrivée de l'ambassade milanaise. Au cours des trois derniers jours, presque chaque phrase du roi commençait par : « Avez-vous vu comment messire Galeazzo... »

– Roland s'élance bravement, dresse sa lance vers le ciel et la lance au loin... déclama le roi.

La pointe de la lance heurta le plafond à caissons, produisant une pluie de plâtras peints à la poudre d'or. Le roi regarda le plafond abîmé pendant un instant, bouche bée, puis annonça de sa voix plaintive et nasillarde :

– Je veux présenter le champion de la chrétienté à mes compagnes. Où sont les tableaux?

Le gentilhomme de la Chambre du roi se hâta d'apporter un album relié de cuir, orné de coins et de ferrures d'or. Dans le silence maussade de la pièce, on entendit le grincement des ferrures qui s'ouvraient. Apparemment, ce fut le signal que les joueurs de cartes attendaient pour reprendre leurs parties.

Charles feuilleta l'album de dessins. Tous représentaient des femmes nues dans un répertoire remarquable de positions érotiques. Chaque fois que le roi tournait une page, il levait les yeux vers Galeazzo et sa mâchoire inférieure fuyante tombait légèrement comme s'il attendait un miracle de la réaction du grand Roland.

Galeazzo examina les dessins avec un intérêt sincère. Il murmura quelque chose au roi, qui éclata de son rire nasal.

– Elle vous plairait? demanda Sa Majesté Très Chrétienne.

Galeazzo acquiesça. Il continua ses recherches et sortit de l'album un autre dessin à son goût, ce qui remplit Charles de joie. Le roi prit un autre dessin pour lui-même, puis rendit l'album et les dessins choisis au gentilhomme de la Chambre.

Charles et Galeazzo conférèrent ensemble pendant plusieurs minutes, tandis que les conseillers du roi jouaient bruyamment. Le gentilhomme de la Chambre revint enfin, avec trois jeunes femmes splendides vêtues de robes à l'italienne tellement décolletées qu'on apercevait les aréoles mauves de leurs seins. Un sourire de plaisir anticipé éclaira les traits olympiens de Galeazzo, et Charles contempla son héros avec une joie paillarde. Le gentilhomme de la Chambre du roi ouvrit la porte de ladite chambre, et le roi tendit le bras pour inviter Galeazzo et les trois femmes à entrer.

La porte de la chambre refermée sur le roi, Briçonnet, le visage écarlate, se tourna vers Louis d'Orléans et secoua la tête avec dégoût. Louis haussa les épaules et retrouva son sourire ironique habituel.

– Tout cela me convient fort bien. Si je ne me trompe, mon cher évêque, Roland et ses hommes ont été massacrés en défendant l'arrière-garde de leur Charlemagne.

***

Extraits d'une dépêche du comte Carlo Belgioioso, ambassadeur de Milan en France, adressée à Ludovic Sforza le More, duc de Bari et régent du duché de Milan.

Lyon, 11 avril 1494

... Outre ces honneurs, messer Galeazzo a été admis dans la fraternité de Saint-Michel, l'ordre de chevalerie du roi. Au cours de la cérémonie, Sa Majesté Très Chrétienne m'a informé avec des larmes dans les yeux que messer Galeazzo l'avait convaincue de la nécessité absolue de maintenir des relations cordiales avec Votre Seigneurie pour que son entreprise italienne ait des chances de succès... Sa Majesté Très Chrétienne a déclaré ensuite que la bonne volonté de Votre Seigneurie et de votre « parfait paladin » est d'une importance si cruciale pour sa croisade, qu'elle fait serment à Votre Seigneurie de ne jamais permettre aux prétentions territoriales de son cousin Louis d'Orléans de porter ombrage au lien sacré qui unit maintenant Milan et la France. Sa Majesté Très Chrétienne fait vœu de solliciter l'avis de Votre Seigneurie en toute chose... Si je n'avais pas vu de mes propres yeux le succès de la mission de messer Galeazzo, je n'y aurais pas cru...

***

Extraits d'une dépêche d'Antonio Stanga, ambassadeur de Milan à Naples, adressée à Ludovic Sforza le More, duc de Bari et régent du duché de Milan.

Naples, 11 mai 1494

... le roi Alphonse m'a convoqué à sa table et m'a laissé debout comme un échanson. Il m'a signifié devant tous ses invités que le voyage de messer Galeazzo di Sanseverino était responsable de la décision prise par le roi de France de poursuivre sa campagne contre Naples. Ensuite, le roi Alphonse m'a ordonné de vous dire que vous serez le premier à regretter le jour où les Français poseront le pied en Italie. Après m'avoir fait subir cette humiliation, le roi Alphonse a ordonné mon expulsion de sa cour et de ses territoires, et proclamé officiellement la guerre contre le duché de Milan...

SEPTIÈME PARTIE

CHAPITRE 40

Extraits d'une lettre du voyageur et conteur Benedetto Dei, à Léonard de Vinci, ingénieur militaire à la cour de Milan.

Asti, 10 septembre 1494

Mon cher Léonard,

Je suis arrivé ici le lendemain de l'entrée du roi Charles et de son armée à Asti, après leur traversée souvent ajournée des montagnes. J'ai appris aussitôt, non sans surprise et regret, que notre seigneur le duc de Bari ne vous avait pas demandé de l'accompagner pour vous permettre d'étudier l'artillerie des Français, ce qui est fort dommage car bien des choses ici vous intéresseraient – si j'ai bien compris, vos projets en cours à Milan et Vigevano vous retiennent. Malgré tous les délais, le roi de France a été accueilli ici par la nouvelle de la première grande victoire de la guerre : le 5 septembre, les vaisseaux français, sous les ordres du cousin du roi, Louis d'Orléans, ont repoussé une force de plusieurs milliers d'hommes et d'une douzaine de bateaux envoyés par le roi de Naples dans le but de s'emparer de Gênes...

Au cours de mes conversations, j'ai découvert la cause des difficultés rencontrées par le roi de France pendant la traversée des Alpes. Rien à voir avec les problèmes du transport des canons : Sa Majesté Très Chrétienne répugnait à renoncer aux plaisirs d'une jeune personne dont elle avait fait la connaissance à Lyon. On me dit que cette femme, ancienne courtisane de quelque réputation à Naples, était venue loger chez la nécromancienne du roi à Vienne, ville proche de Lyon, pour avoir l'occasion de faire apprécier ses charmes. Prévenue par ses acolytes de ne pas rassasier les désirs du roi en une seule séance, cette jeune femme, d'une beauté sublime et d'une grande habileté, mit Sa Majesté Très Chrétienne dans un tel appétit que lorsqu'elle reçut enfin la permission de se mettre à table, si je puis dire, cet appétit était devenu si vorace qu'il lui fallut plusieurs semaines pour l'apaiser. Sa Majesté Très Chrétienne refusa donc de quitter Vienne avant le 22 août. Une fois en marche, l'armée française se déplaça avec une efficacité admirable, et quitta Grenoble le 29 août... Comme je l'ai expliqué plus haut, je n'ai pas assisté à l'entrée de l'armée à Asti, spectacle qui a ébloui tout le monde, mais la seule vue de leurs tentes entourant la ville est une merveille... J'ai eu l'occasion d'examiner leurs canons de siège, et je peux vous fournir quelques détails... A la différence des canons italiens, qui utilisent des boulets de pierre, ils sont alimentés avec des boulets de fer, beaucoup plus lourds ; et les chariots en transportent des quantités, si bien que la fréquence de tir doit être impressionnante... Leurs canonniers se flattent de pouvoir réduire les murs du Castel Nuovo en poussière au bout de deux jours, mais vous savez à quel point les Français sont hâbleurs...

Le nombre des pèlerins venus dans ce nouveau lieu saint d'Asti est déjà remarquable. Outre notre seigneur le More, nous avons vu son beau-père, le duc de Ferrare, et un essaim de cardinaux... Notre seigneur le More a l'oreille du roi : il promet de le rendre plus célèbre que Charlemagne et de l'aider à conquérir les Turcs de Constantinople, si Sa Majesté Très Chrétienne accepte de traverser l'Italie du Nord au plus vite avec son armée. Notre seigneur accorde très peu de foi aux serments d'amitié des Français, alors que leur armée campe à quatre jours de marche de Milan, et ce manque de confiance est partagé par plus d'un dans le camp français, où l'on soupçonne que le More se retournera contre Sa Majesté Très Chrétienne dès qu'elle en aura terminé avec Naples...

L'armée française défilera de nouveau demain, en l'honneur de l'arrivée de la duchesse de Bari avec une escouade de dames milanaises si redoutables, dit-on, que le roi Charles risque une apoplexie fatale à leur seule vue – ce qui mettrait inopinément un terme à la plus audacieuse entreprise militaire de notre temps...

***

Asti, 11 septembre 1494

Quatre-vingts dames de qualité de Milan, qui s'étaient toutes méchamment battues pour l'honneur d'accueillir le roi de France, avançaient à cheval vers le centre d'Asti à la suite de la duchesse de Bari, le long de l'artère principale bordée d'arcades de boutiques médiévales ponctuées çà et là par d'anciennes colonnades romaines. Les arcades étaient bondées de spectateurs, qui contemplaient bouche bée les dames milanaises. Certains n'avaient sans doute jamais vu de femmes comme celles-là : le visage peint de couleurs aussi vives que des statues polychromes, couvertes de diamants et de perles étincelant sous le soleil ainsi que des centaines de petites lampes, et leurs poitrines blanches si dégagées par leurs décolletés plongeants qu'au premier regard on les croyait nues jusqu'à la taille.

Béatrice se tenait le plus raide qu'elle pouvait (« Toujours droite », disait sa mère à son oreille), consciente de représenter non seulement son époux et sa famille, mais toute l'Italie. Elle portait une *camora* de velours de soie vert à rayures d'or, l'empiècement de devant garni de diamants, de perles et de rubis ; du lin blanc sortait des crevés de ses manches. Ses cheveux étaient tirés en arrière en une seule natte longue entrelacée de rubans de soie et elle portait un chapeau de chasse en velours à la mode française, penché crânement sur le côté. Elle croisa les regards stupéfaits, émerveillés, des spectateurs et éprouva un sentiment exaltant quoique effrayant de communion avec eux, pressentant que dans leur grand âge et au seuil de la mort tous ces gens se rappelleraient encore la duchesse de Bari entrant dans Asti à la tête de ses dames.

Béatrice conduisit sa suite à l'ouest de la place pavée devant la cathédrale, juste en face d'une grande estrade où les costumes de brocart et de damas des notables se mêlaient aux taches rouges des cardinaux et aux taches blanches des religieux de rang inférieur. Ils avaient afflué à Asti de toutes les régions du nord de l'Italie. Béatrice resta en selle et ses dames de compagnie alignèrent leurs chevaux comme si elles faisaient partie du spectacle à venir. Et en un sens, c'était la vérité : elles prenaient rang dans la confrontation entre le raffinement italien et la puissance brute de la France.

Les bavardages de la foule furent soudain étouffés par un tonnerre de percussions. Une minute plus tard, des dizaines de jeunes hommes entrèrent sur la place du côté nord, le visage écarlate sous l'ardeur du soleil de l'arrière-saison, en tapant des roulements enragés sur les tambours en forme de tonneau fixés à leur taille par des courroies de cuir. Les tambours s'éloignèrent, le roulement se prolongea, joué par les bottes de cuir des fantassins sur les pavés de la place. Ils défilèrent pendant plus d'une heure : des milliers de mercenaires suisses et allemands en ordre parfait, qui faisaient avancer des forêts de hallebardes ; des unités d'arquebusiers portant leur lourde arme à feu à l'épaule, des milliers d'arbalétriers gascons, leur arme de bois et de fer montée sur pied. Avec leurs étendards, leurs chapeaux à plumes et leurs pourpoints multicolores, ces fantassins ressemblaient davantage à des commerçants prospères qu'à des marchands de mort, et leurs bataillons semblaient prêts à construire une Italie nouvelle plutôt qu'à détruire l'ancienne. Quelle qu'ait pu être l'angoisse de Béatrice au sujet du rôle capital qu'elle avait joué dans la venue de ces hommes en Italie, elle disparut au son de leurs pas énergiques.

Le bruit se mua en un roulement plus continu, plus sourd. Au nord de la place le soleil se refléta sur de l'acier poli. Les chevaliers français marquèrent un temps, manière d'accentuer l'effet, avant de défiler. Puis ils s'élancèrent au petit galop, fièrement, en rangs serrés, sur leurs énormes chevaux de guerre, bardés de fer de la tête aux orteils, leurs lances à pointe de fer relevées, leurs heaumes couronnés de panaches de plumes. Le fracas de leur passage fut si puissant que Béatrice pouvait sentir leur déplacement même les yeux fermés. Elle se demanda si l'enfant, qui venait juste de bouger dans son ventre, le sentait lui aussi.

Au bout d'un quart d'heure, une plainte nasillarde s'éleva au-dessus du tumulte de la cavalerie. Une unité de joueurs de flûte apparut, suivie par d'autres chevaliers armés de masses de fer, puis par plusieurs centaines d'arbalétriers montés, en pourpoints de soie brodés de fleurs de lis, en un cordon serré autour d'un baldaquin de drap d'or dépassant leurs têtes ainsi qu'un énorme champignon doré. Sous ce dais, monté sur un cheval noir, s'avançait Sa Majesté Très Chrétienne Charles VIII, roi de France, de Jérusalem et des Deux-Siciles. Il portait un chapeau rond et plat de zibeline blanche orné de fleurs de lis brodées, et un pourpoint de soie d'or sur son pectoral d'acier. Avec sa lance de bataille appuyée sur sa cuisse, il affectait la pose classique des statues équestres de *condottieri*. La première pensée de Béatrice fut que le roi de France n'était ni aussi laid ni d'aussi petite taille qu'on le lui avait dit.

Le roi et sa garde mirent pied à terre au milieu de la place, et Béatrice fit signe aux pages milanais de l'aider à descendre de cheval, ainsi que ses dames. A terre, Béatrice cessa de voir le roi au milieu du cercle d'archers et de chevaliers qui se formait, hommes en sueur qui mêlaient leur odeur âcre à celle des chevaux et du crottin. Puis les gardes s'écartèrent, révélant Sa Majesté Très Chrétienne.

Seul le chapeau blanc permit à Béatrice de croire que c'était le même homme qu'elle avait vu de loin un instant plus tôt. Il était de plus petite taille qu'elle; ses jambes protégées par l'armure ressemblaient à de petits moignons de métal. Et il était vraiment laid, le visage envahi par un nez et des lèvres d'une taille grotesque. Mais ce qu'elle trouva vraiment surprenant, ce fut l'absence d'expression sur les traits du roi. Ses yeux immenses semblaient incapables de se concentrer sur un objet, ses lèvres molles incapables de parler; sa tête ballottait comme si elle était fixée sur ses épaules par une ficelle. A la vue des dames de compagnie de Béatrice, il resta bouche bée.

Il se décoiffa et tint son chapeau devant lui d'une main qui tremblait. Béatrice plongea dans une profonde révérence. Un interprète français les présenta l'un à l'autre et Béatrice prit la main tendue du roi. Soudain, le nabot se précipita, et appuya ses lèvres humides, collantes, contre une joue, puis l'autre. Il passa rapidement devant toute la ligne des dames et les embrassa tour à tour. Déjà, Béatrice était présentée à un autre Français en armure, qui portait la même coiffure que le roi à peu de chose près, et semblait posséder tout ce qui manquait au roi : de taille moyenne, il avait les traits d'un séducteur et un sourire qui suggérait à la fois de l'intelligence et de la sensualité; sa poignée de main ferme dénotait une énergie inlassable. Ce fut seulement en entendant son nom – Louis, duc d'Orléans – que Béatrice essaya de le dévisager. Il soutint son regard pendant un instant, puis, sans la moindre gêne, il baissa les yeux vers ses épaules nues et ses seins dégagés avant de passer à la dame suivante.

Le roi revint, hypnotisé par les baisers de bienvenue. Il bégaya pendant un instant avant de pouvoir adresser son message à l'interprète, et Béatrice le prit en pitié. Il semblait dépassé par le pouvoir qu'il détenait.

– Sa Majesté Très Chrétienne vous supplie de bien vouloir supporter le supplice de la chaleur un peu plus longtemps, car elle désire fort vous montrer son artillerie, dit l'interprète.

Béatrice inclina la tête et sourit au roi, qui rougit aussitôt. Elle s'étonna : ce petit homme hideux était en train de gagner sa sympathie à cause de toutes les qualités dont il manquait.

Charles demeura timidement auprès de Béatrice pendant que ses gardes évacuaient la place; le duc d'Orléans, premier prince du sang, resta à côté du roi, comme son fidèle alter ego. Nouveau roulement continu, cette fois pareil à une avalanche...

Les gros canons de siège apparurent sur la place à une vitesse angoissante. Montés sur des chariots à quatre roues chargés de boulets de fer de la taille d'une tête d'homme, tirés par des équipages de trente-six chevaux, ils défilèrent à un trot accéléré – plusieurs douzaines à la suite, machines de guerre si intimidantes que le simple fait de les montrer ainsi pouvait suffire à vaincre Naples. Et pourtant ils étaient en eux-mêmes étrangement beaux avec la ligne fuselée et les contours arrondis du bronze poli; les chariots leur faisaient traverser la place si légèrement et si vite qu'ils faisaient songer à des dauphins d'or glissant sur les vagues.

Les gros canons apparurent et disparurent à une telle vitesse que Béatrice se sentit tout exaltée, la tête légère, certaine d'avoir vu l'une des grandes merveilles de son époque. Vinrent ensuite des pièces d'artillerie de campagne, plus petites et en fonte, montées sur des chariots à deux roues. Béatrice se tourna vers la rue qui s'ouvrait au nord de la place et se demanda si ce fleuve d'armes françaises ne s'étendait pas jusqu'à Lyon.

Louis d'Orléans se pencha en avant et croisa le regard de Béatrice. Il s'inclina légèrement, puis ses yeux caressèrent à loisir sa peau; sa belle bouche était aussi manifestement sensuelle que s'il avait effleuré de ses lèvres les seins de Béatrice. Au début, cela amusa la jeune femme. Mais au bout d'un instant, elle décela de l'ambition dans la mâchoire dure de Louis. Puis elle vit dans ses yeux instables qui ressemblaient étrangement aux siens une chose encore plus troublante : l'amour du danger – trait qu'elle se refusait à affronter dans son propre miroir, mais qu'elle ne manquait jamais de reconnaître quand elle le voyait sur un autre visage. Les canons passèrent. Dans un recoin lointain de sa conscience, elle entendit sa mère lui murmurer une mise en garde : paroles de sagesse qu'elle refusa d'entendre.

***

Extraits d'une lettre de Bonne de Savoie, duchesse mère de Milan, à Sa Majesté Très Chrétienne Charles VIII, roi de France, de Jérusalem et des Deux-Siciles.

Pavie, 13 septembre 1494

Très cher neveu et illustrissime Majesté Très Chrétienne,

Je prie la Sainte Mère que ceci parvienne à Votre Majesté, car je suis certaine que le More arrête tous mes courriers. Par tout l'amour dont je chéris encore votre mère de mémoire bénie, j'ai juré de considérer Votre Majesté comme mon propre fils, et je prendrai donc tous les risques qu'il faudra pour vous mettre en garde contre le danger que représente pour vous le More. Votre Majesté ne peut lui faire confiance. Il a fait ma fille impératrice d'Allemagne uniquement pour pouvoir s'adjuger le titre de duc de Milan que détient mon fils. Je le sais de source sûre parce qu'un prêtre parti en Allemagne avec ma fille m'a révélé que le More a demandé à l'empereur Maximilien de lui accorder l'investiture du duché de Milan dès que Votre Majesté en aura terminé avec les scélérats de Naples. Il utilise Votre Majesté pour se débarrasser d'eux, puis se retournera contre vous lorsqu'il sera parvenu à ses fins. Mon seul réconfort est la promesse de Votre Majesté de garantir son titre à mon fils. Mais Jean-Galéas est malade depuis deux semaines et je suis convaincue que le More essaie de l'empoisonner; il l'a fait pour empêcher Jean-Galéas d'accueillir lui-même son très cher cousin comme il l'aurait souhaité. Pour que l'âme de votre mère bien-aimée repose en paix, Votre Majesté doit venir à Pavie, où mon fils et moi nous sommes réfugiés, et vous devez étendre les bras puissants de Votre Majesté sur nous pour nous protéger de la perfidie du tyran qui ne songe qu'à nous dépouiller et à tromper Votre Majesté... J'invoque de nouveau le nom de votre mère et je prie que de sa place dans le Ciel elle soit témoin du beau geste de Votre Majesté Très Chrétienne pour se porter au secours d'une mère veuve et de son fils, dont la vie se trouve à présent en danger...

***

Extraits d'une lettre du voyageur et conteur Benedetto Dei, à Léonard de Vinci, ingénieur militaire à la cour de Milan.

Asti, 6 octobre 1494

Mon cher Léonard,

Le voici en route! Notre Charlemagne prend le chemin de sa croisade! La fièvre qui retenait Sa Majesté Très Chrétienne au lit depuis deux semaines (et qui compromettait l'entreprise entière) s'est calmée il y a deux jours. Sa Majesté Très Chrétienne est partie à Casale aujourd'hui, et le gros de son armée se rend directement à Plaisance. Les conseillers du roi assurent que la maladie dont Sa Majesté Très Chrétienne vient de guérir miraculeusement était la varicelle. D'autres me disent que les Français ont apporté avec eux une maladie nouvelle, qui se transmettrait par les jeux de l'amour; le roi aurait souffert de cette affliction que l'on appelle déjà « le mal français ». Dieu veuille que ce soit un faux bruit, car si cela se confirmait, nos femmes demeureraient une source de contamination longtemps après le départ des Français.

Votre seigneur le More sera sans doute troublé d'apprendre que le duc d'Orléans s'est alité juste au moment où le roi Charles quittait le lit. Louis a été terrassé par une fièvre qui ne semble nullement mettre sa vie en danger, mais qui est assez sévère, semble-t-il, pour le contraindre à rester à Asti en compagnie de quinze cents soldats d'élite. En fait, la plupart des conseillers du roi sont maintenant convaincus que la grande croisade n'a nul besoin de s'aventurer au-delà de Milan pour réaliser ses glorieuses fins...

***

Vigevano, 9 octobre 1494

Le marquis Stanga s'arrêta avant de sortir et se retourna vers le More.

– Une dernière chose, Votre Seigneurie : vous savez que nous devons conserver une réserve pour couvrir nos prêts aux Français, au cas où ils ne nous rembourseraient pas?

Le More congédia son ministre d'un geste.

– Oui, oui, marquis. Mais quand j'aurai prolongé le canal jusqu'à la Sestia, nous récupérerons plus que le coût des travaux en revenus des nouvelles fermes. Je vous ferai transmettre par messer Calco les documents nécessaires quand nous aurons reçu toutes les demandes de concessions et serons parvenus à fixer le taux de fermage.

Le marquis s'inclina de nouveau et sortit; une seconde plus tard, le beau visage de Galeazzo di Sanseverino apparut près du chambranle de marbre. Le More lui fit signe du doigt et Galeazzo entra, suivi par Bernardino da Corte, au visage aussi noir qu'un pruneau.

Le More souleva légèrement les mains de ses accoudoirs.

– Sa Majesté Très Chrétienne n'a pas été suffisamment retardée par sa maladie récente. Depuis que messer Ambrogio l'a guéri, le roi est intraitable : il tient à se rendre à Pavie. Il sera ici dans deux jours, et à Pavie deux jours plus tard.

– Où se trouve-t-il en ce moment? demanda Galeazzo.

– A Casale.

– Pour moi, c'est à une demi-journée de cheval. Je peux y aller demain et tenter de l'en dissuader.

Le More secoua la tête.

– Le roi s'est mis en tête qu'il doit au moins offrir ses hommages à la sœur de sa mère et à son cousin. Question d'honneur, me dit-on. Vous savez, Galeazzo, que le roi est chatouilleux sur le chapitre de l'honneur, et rien ne le fera démordre de son projet.

Galeazzo baissa les yeux vers le sol.

– Je suis très inquiet. D'après les renseignements que j'ai glanés au camp des Français, si le roi était resté alité une semaine de plus, l'armée française marcherait maintenant sur Milan. Et la présence à Asti de Louis d'Orléans et de son armée constitue à mon sens un acte d'hostilité déclarée. Pardonnez ma franchise, mais pour l'heure, le seul homme dans le camp français qui ait confiance en vous est le roi. Or si le roi va à Pavie... Je présume que vous savez que la duchesse mère fait courir le bruit que vous empoisonnez son fils.

– Certes. C'est le poison même que Jean prenait à douze ans quand il a commencé à boire, puis à dix-huit ans, pour se consoler de l'arrivée d'une épouse qui mettait fin à une existence idyllique. Chaque fois, il est tombé gravement malade. La modération dans la consommation du vin est la seule médecine dont Jean ait besoin.

– La maladie du duc de Milan, enrichie des calomnies de la duchesse mère, constituera pour Louis d'Orléans un prétexte suffisant pour tourner la croisade contre nous. Il convaincra le roi : les pluies vont commencer, pourquoi continueraient-ils vers le sud alors que les plus riches dépouilles se trouvent déjà à leurs pieds, ici, avec une juste cause pour servir de prétexte à leur trahison ? Et bien entendu, dès que vous serez éliminé, le duc de Milan succombera sous l'effet du poison qu'on vous accuse de lui donner.

Le More inclina simplement la tête et joignit le bout de ses doigts.

– La situation est très grave, reprit Galeazzo en se tournant vers Bernardino, aussi raide qu'un page. Messer Bernardino a eu une idée intéressante. Je lui ai demandé de vous l'exposer, me rappelant que vous m'avez souvent encouragé à exprimer mes opinions les plus... provocantes sur certaines questions politiques. Je lui ai garanti que vous ne le jugerez pas ni ne l'accuserez, pour ce qu'il présente comme une simple théorie, rien de plus.

– Assurément. Je vous en prie, messer Bernardino.

Le More ne leva pas les yeux de ses mains jointes.

Bernardino se passa la langue sur les lèvres.

– Votre Seigneurie, si vous devez souffrir de rumeurs concernant la santé du duc de Milan, votre seule défense contre ces rumeurs n'est-elle pas d'en faire des vérités ?

Le More ne cilla même pas ; le triangle de ses doigts resta rigoureusement immobile. Le silence pesant ne fut troublé que par le crissement d'une des chaussures de cuir de messer Bernardino sur le sol de marbre.

Le More répondit enfin, d'une voix égale, très douce.

– Ce que vous suggérez dénote une certaine perspicacité politique, messer Bernardino. Mais bien entendu, c'est hors de question. Notre duc est mon neveu. Je ne suis pas capable d'une telle infamie. Je n'arrive même pas à l'envisager.

Il regarda Galeazzo, et ses yeux devinrent à la fois vulnérables et intenses, comme s'il faisait un aveu à une maîtresse.

– Je suis simplement incapable d'une chose pareille.

CHAPITRE 41

Pavie, 14 octobre 1494

Le médecin, d'âge moyen, transpirait sous le poids de sa lourde cape de velours; il regarda, horrifié, le chambellan apporter un plat d'argent contenant une seule poire, parfaitement mûre, au chevet du duc de Milan.

– Votre Altesse, déclara-t-il à la duchesse mère, je ne saurais l'encourager à prendre déjà des fruits ou des légumes...

– Sorcier! lança Bonne de Savoie. Comment pourra-t-il contrecarrer les effets du poison s'il n'a pas la force de l'expulser?

Les yeux de Jean-Galéas brillaient de fièvre, et les veines bleues de ses tempes semblaient peintes sur le parchemin de sa peau. Il leva faiblement le bras pour prendre le fruit offert.

– Altesse, répondit le médecin, nous pensons qu'il s'agit d'un trouble gastrique qui risque fort d'être exacerbé par...

– La duchesse mère a raison, messer Cussano. Laissez manger mon époux.

La duchesse de Milan semblait avoir perdu de sa vivacité et de son autorité. Elle s'avança presque timidement vers le lit de Jean, à qui elle sourit aimablement.

Bonne, en face d'elle, inclina la tête sans sourire.

– Vous voyez, messer Cussano, nous sommes tous d'accord. La femme de mon fils et moi ne sommes pas souvent du même avis, mais sur ce point nous pensons de même. Son Altesse devrait manger davantage de fruits. Le cousin de Son Altesse, Sa Majesté Très Chrétienne le roi de France, doit venir le voir aujourd'hui. Il aura besoin de forces.

Le médecin s'essuya le front avec un mouchoir sale. Il s'inclina et suivit le chambellan, qui partit chercher d'autres poires.

– Le roi et sa suite sont arrivés il y a un quart d'heure, dit Isabelle. Ils vont venir directement. On m'a dit que Sa Majesté Très Chrétienne est impatiente de voir Jean et de prendre des nouvelles de sa santé.

Bonne adressa son plus beau sourire noir à son fils.

– Mais c'est bien naturel qu'il vienne directement. Jean est le cousin préféré du roi Très Chrétien.

Le sourire de la duchesse mère disparut soudain, et elle leva vers Isabelle un visage parfaitement rond qui hésitait entre deux expressions.

– Bien entendu, dit-elle enfin sans animosité, vous ne pouvez pas rester.

– Jean est mon époux, madame, répondit Isabelle sur le même ton courtois. J'ai l'intention ferme de recevoir Sa Majesté Très Chrétienne avec une civilité extrême. Je crois que lorsque Sa Majesté Très Chrétienne comprendra que le More est son véritable ennemi, Sa Majesté Très Chrétienne considérera avec plus de faveur la maison d'Aragon.

Bonne réfléchit, en se suçant les dents.

– Très bien. Mais si mon neveu le roi Très Chrétien demande que vous sortiez, j'insisterai pour que vous le fassiez.

– Merci, madame.

Jean eut juste le temps de manger la poire avant que le chambellan annonce Sa Majesté Très Chrétienne. Bonne baisa le front moite de son fils.

– Ta délivrance est proche, murmura-t-elle. Dieu nous a envoyé un ange vengeur.

Le roi et sa suite arrivèrent dans un cliquetis arrogant d'éperons et de fourreaux. En tenue de cheval, l'épée au côté, les Français avaient l'air fatigués par la route et accablés par la chaleur. Le roi, habillé comme ses compagnons, avait la taille et l'allure d'un nain de cour; il serait complètement passé inaperçu si le More n'était entré à son côté. Dans sa tunique de brocart et d'or, le More faisait apparaître les Français comme une bande de rustres.

Pas un seul instant Bonne n'avait imaginé que le More aurait le front d'assister à ce conclave intime entre le duc de Milan et le roi de France. Ses lèvres se contractèrent en un cercle parfait. Elle en oublia de faire la révérence, et Charles s'avança de sa propre initiative, son chapeau de zibeline à la main.

– Ma chère tante... Tante, c'est moi. Votre neveu... Charles... Le roi...

Bonne s'avança d'un pas raide et échangea maladroitement deux baisers avec son neveu. Elle lui prit le bras et l'entraîna vers le lit.

– Oh, mon pauvre cher cousin, dit le roi sincèrement désolé. Pauvre ami. Vous souffrez tellement...

Jean adressa à son cousin le sourire émouvant, attachant d'un enfant malade qui désire faire plaisir. Isabelle, qui avait baissé tristement le menton et les yeux à l'entrée des Français, se mit à sangloter doucement.

– L'assassin de mon fils est dans cette pièce, dit Bonne en français d'un ton véhément.

Ses yeux se contractèrent et se braquèrent sur le More.

Tous les regards passèrent de la duchesse mère au duc de Bari. Certains conseillers de Charles se mirent à chuchoter. L'expression du More ne changea pas : courtoisie et réserve.

– Il s'imagine que sa présence ici va me réduire au silence, continua Bonne à l'adresse de son neveu, mais le monde entier sait qu'il a empoisonné mon fils. Vous saurez tous bientôt qu'il a obtenu une promesse d'investiture de l'empereur d'Allemagne. Quand il sera duc, il se retournera contre vous. Il vous trahira comme il a trahi son propre sang. Finissez-en avec lui. Ne quittez pas Pavie sans lui avoir réglé son compte. Au nom de votre mère, enchaînez-le et enfermez-le au cachot pour toujours.

Les sanglots d'Isabelle devinrent audibles. Des murmures de colère montèrent de l'entourage du roi.

Guillaume Briçonnet, le principal conseiller de Charles, avait le visage plus rouge que les autres. Il aboya soudain en français :

– Tout ce qu'elle dit au sujet du More est vrai. Majesté, si nous ne nous saisissons pas de lui, nous ne sortirons pas d'ici vivants.

Charles semblait complètement abasourdi. Autour de lui, des mains se posèrent sur la garde des épées. Il suffisait que le roi donne l'ordre – et s'il ne le faisait pas, il était évident que Briçonnet le donnerait. La main droite du More ne trembla qu'une seule fois, mais violemment, comme un poisson harponné.

– Non, s'écria Isabelle, en larmes. Non, ce n'est pas vrai.

Elle parlait en italien et l'interprète du roi traduisit à mi-voix, du même ton pressant.

– Ce qu'a dit la duchesse mère concernant l'empoisonnement de mon époux est faux. Le More n'en est pas responsable. Ce n'est pas un homme qui empoisonne Jean. C'est tout le monde. Jean est nerveux de constitution et ces querelles, ces manœuvres d'armées nombreuses l'ont tellement bouleversé que son estomac refuse toute nourriture...

Isabelle frotta avec sa manche son nez qui coulait.

– L'antidote au poison de mon époux est la paix. Si seulement nous avions la paix... Mon époux ne doit pas être le premier martyr de cette guerre.

Le corps de Bonne tout entier trembla de rage à la défection de sa belle-fille. Même le visage du More changea d'expression, comme s'il se mettait à calculer : Isabelle venait enfin de lui poser, dans les mathématiques de la duplicité, un problème qu'il avait du mal à résoudre. A la fin de la traduction, les Français fort étonnés secouèrent la tête.

Le regard du roi Charles passa de Bonne à Isabelle puis au More, et sa grosse tête dodelina, comme si elle allait tourner soudain sur son axe.

Dans un élan désespéré, Isabelle se jeta par terre aux pieds du roi. Elle saisit les chevilles maigres de Charles et baisa ses bottes.

– Je vous implore d'épargner mon père, gémit-elle d'une voix hystérique. Ô, roi brave et généreux, épargnez mon père, je vous en supplie! Pour l'amour de tout ce qui est juste et bon, traitez mon père avec bénignité, car jamais il n'a eu l'intention d'enflammer votre courroux.

– Elle est folle, croassa Bonne, persuadée que sa parole et son sourire noir suffiraient à discréditer tout ce qu'Isabelle avait dit.

Le More la regarda, impassible. Il savait maintenant à quoi s'en tenir.

L'interprète traduisit la supplique d'Isabelle à l'oreille du roi. Charles baissa les yeux. Les cheveux d'Isabelle, aux reflets de henné, drapaient ses bottes comme le plumage d'un bel oiseau foudroyé. Il essaya, mais en vain, de la relever.

– Oh, Seigneur, dit-il.

Il fit signe à l'interprète de s'agenouiller près d'Isabelle.

– Il faut que vous disiez à cette belle et courageuse femme que mon honneur ne saurait me permettre de renoncer à ma croisade, sans parler des grosses sommes d'argent que mon Trésor et d'autres nous ont avancées. Mais assurez-lui que je la considère, ainsi que son fils, comme mes protégés, et que le jour où son père s'inclinera devant moi, je lui dirai quelle fille fidèle il a engendré. Elle a ma parole de chevalier chrétien que son père sera traité équitablement dans la défaite.

Isabelle baisa de nouveau les pieds du roi, les sanglots qui secouaient ses épaules ponctués par d'étranges gémissements. Pas un seul des Français n'aurait deviné qu'elle riait.

***

Extraits d'une lettre de Sa Majesté Très Chrétienne Charles VIII, roi de France, de Jérusalem et des Deux-Siciles, à son beau-frère Pierre de Beaujeu, duc de Bourbon.

Pavie, 15 octobre 1494

... On dîne ici de la plus remarquable des façons... ma table était dressée avec des coupes de cristal et des couverts d'or, la serviette était pliée en forme de faisan et quand je l'ai ouverte, un oiseau vivant s'en est envolé... Chaque plat était apporté par des jeunes garçons en livrée, qui enlevaient d'abord la nappe du plat précédent, car il y en avait une propre dessous. Les mets étaient si nombreux que je ne saurais les décrire... et certains s'ornaient de sauces luisantes d'or et d'argent... Entre chaque plat, il y avait un intermède où des acteurs jouaient des scènes de légendes ou de comédie, toujours avec un accompagnement de musique. Les costumes sont les plus extraordinaires que j'aie jamais vus, car il y en a de toutes les formes, costumes de diables, de saints et de dieux d'autrefois. Les femmes participent également à ces divertissements, en portant de ces costumes, et quand elles veulent donner l'impression qu'elles sont aussi nues qu'Ève, elles se mettent dans un tissu fin et collant couleur chair, ce qui est fort convaincant... Le banquet se prolonge ainsi très avant dans la nuit, et personne ne sait ce qu'il attend avec le plus d'impatience : le prochain plat ou le divertissement qui suivra...

Si splendidement que le More me reçoive, tous autour de moi me préviennent que je ne peux pas lui faire confiance et que je dois en finir avec lui avant de continuer ma croisade... Je ne sais que penser et je regrette que ma chère sœur et vous ne soyez pas ici pour aider mon conseil... mais [je] me rassure en me disant que Dieu me montrera le chemin...

***

Les doigts du More dessinèrent le contour du ventre gonflé de Béatrice. Ils étaient tous les deux nus sur la courtepointe de soie. Bien qu'il fût plus de minuit, l'air demeurait chaud, lourd, épais.

– J'ai l'impression que les Français sont ici depuis un mois, dit Béatrice d'une voix grêle. Même leurs voix sont malsonnantes. Ils meuglent, grognent et caquettent comme dans une cour de ferme. J'ai du mal à comprendre comment tant de beaux romans ont pu être écrits dans une langue aussi peu raffinée.

– Louez le ciel que messer Niccolò ait réduit ce soir le nombre des intermèdes. Il en avait prévu sept. Nous serions encore dans la cour en train de les divertir. J'ai cru un moment que le roi ne laisserait pas les danseuses représentant les Trois Grâces sortir de scène. A lui seul, cet intermède a duré autant qu'un acte entier.

– Je suis certaine que ces danseuses ont retenu également votre intérêt. Elles étaient vraiment comme nues. Un spectacle sans doute plus charmant que celui-ci, ajouta-t-elle en baissant les yeux vers son ventre.

La main du More glissa sur sa peau.

– Il n'existe pas de courbe plus belle que celle-ci.

Soudain pensive, elle le regarda la caresser.

– Cela m'attriste de songer que vos mains n'ont jamais touché Hercule quand il était dans mon ventre.

– Je pensais que nous avions traversé cette mer obscure.
Elle lui prit la main.

– Nous l'avons traversée. Il s'agit d'autre chose. De cette saison, de l'été qui n'en finit pas, des Français qui ne s'en vont pas... Comme si cet air mauvais murmurait des choses terribles... Je ne sais pas. Je ne veux pas les entendre. Mon Dieu, Ludovic, je sais que vous essayez de l'ignorer, mais vous étiez vraiment en danger hier. Nous l'étions tous. Dieu sait où nous serions en ce moment si...

– *Carissima*, c'était seulement Briçonnet qui chantait cocorico comme un coq gaulois, répondit le More en souriant.

Béatrice regarda dans le vide.

– On a rapporté à Serafino des choses que des gens ont vues dans toute l'Italie. Dans les Pouilles, trois soleils ont apparu en pleine nuit, au milieu d'éclairs et de coups de tonnerre sans précédent. A Arezzo, pendant plusieurs jours, des nuages en forme de soldats en armes montés sur des chevaux énormes sont passés dans un vacarme de tambours et de trompettes. Des statues ont transpiré du sang dans une douzaine d'églises. Un peu partout, il est né des enfants monstrueux. De tous les présages classiques annonçant un désastre, il ne manque qu'une comète.

– Ah! je suis sûr que des paysannes ne vont pas tarder à voir des dizaines de comètes.

– Vous croyez pourtant aux étoiles.

– C'est de la science, calculée avec une grande précision par des hommes compétents. Votre père n'est certainement pas sot et il y croit. Votre mère y croyait aussi. Mais ces présages dont vous me parlez sont créés de toute pièce par la conjonction de fausses rumeurs, de naïveté campagnarde et de vin généreux.

– Je crois aux choses que je ressens dans mon âme. Les étoiles se trouvent ailleurs, froides et indifférentes.

Le More se souleva sur le coude.

– Je ne prétends pas que les étoiles nous gouvernent. Mais elles nous guident, exactement comme elles guident les marins au large. Le mouvement du ciel, dans sa complexité, reflète le mouvement complexe de nos destins personnels. Il y a des moments où l'alignement des corps célestes présage de bonnes choses, et parfois ces aspects sont de mauvais augure. On peut dire la même chose de la conjoncture des affaires terrestres. Si nous choisissons le moment où l'alignement nous est favorable, la Fortune nous accorde sa faveur.

– Peut-être la Fortune choisit-elle à notre place. Elle choisit au moment qu'il lui plaît, puis elle nous fait croire que c'est nous qui avons choisi ce moment.

– Peut-être. Mais si nous agissons sagement, la Fortune choisira sagement.

– Je crois que les Français ne vont pas partir. Les premières pluies surviendront avant que l'avant-garde de leur armée n'arrive à Florence. Le gros des troupes passera l'hiver ici. Et Louis d'Orléans n'a aucune intention de quitter Asti.

Le More caressa de nouveau le ventre de Béatrice.

– Non, ma bien chère. Non seulement je crois que le roi Charles va partir, mais...

Il se redressa et s'anima soudain.

– Je voulais garder le secret jusqu'au départ des Français, mais c'est vraiment l'occasion...

Il marqua un temps, et ses yeux brillèrent à la lumière de la lune.

– *Amore*, j'ai reçu aujourd'hui des nouvelles de l'empereur d'Allemagne. Les papiers qui autorisent mon investiture comme duc de Milan. Tout est réglé. Il me demande seulement d'ajourner leur publication jusqu'en décembre, ce qui me convient parfaitement parce que personne ne doit rien savoir tant que les Français ne seront pas très loin dans le Sud.

Béatrice déclama le titre en silence. « Duc de Milan. Ludovic-Marie Sforza, duc de Milan. » Puis elle songea : « Duchesse de Milan. Béatrice d'Este de Sforza, duchesse de Milan. »

– Tout se met en place. Tout. Florence saignera les Français à blanc avant même qu'ils ne parviennent à Naples, puis Naples et la France émousseront leurs épées l'une contre l'autre. L'été prochain, les Français s'estimeront heureux d'obtenir notre permission de retraverser les Alpes. Il ne restera plus à ce moment-là que trois grandes puissances en Europe : nous-mêmes, l'Allemagne et Venise. L'Allemagne et Venise sont rivales et nous sommes alliés à toutes les deux. Nous deviendrons les arbitres de tout. De tout.

Il prit le visage de Béatrice entre ses mains.

– *Carissima*, je croyais ce rêve évanoui, effacé sous mes regards, et je me sentais aussi impuissant qu'un homme regardant des cendres se disperser dans le vent. A présent, j'ose de nouveau le serrer entre mes doigts : il est ressuscité, et entier. Je sais que tu n'éprouveras aucun chagrin si je t'avoue que c'est la réalisation du destin dont Cecilia rêvait depuis toujours pour moi. Parce que je n'aurais jamais pu le réaliser sans toi. Non seulement parce que tu m'as donné un fils. Mais parce que tu m'as rendu mon âme. Tu m'as donné le courage d'affronter mes propres doutes. De vaincre mon plus grand ennemi. Ton amour a mis en marche le mécanisme du destin. Tu es ma Fortune, tu es mes étoiles. Personne d'autre ne règne sur ma destinée. Toi seule.

Il l'embrassa tendrement et répéta :

– Toi seule.

Duchesse de Milan, reine d'Europe... Déjà affluaient en elle de vagues images fantastiques de ce rêve, les grandes fêtes et les beaux palais, son fils couronné empereur du territoire mythique de Tout... Puis la peur lui déchira le ventre – la douleur était trop vive pour que ce soit un coup de pied de l'enfant. Il existait encore un obstacle fondamental à ce rêve. Isabelle. Il faudrait qu'elle arrache son rêve des mains d'Ich. Et elle n'avait même pas eu le courage d'entrer dans une pièce où se trouvait sa cousine. Depuis qu'elle avait appris, quatre jours plus tôt, qu'elle devait se rendre à Pavie avec le More et le roi de France, elle vivait dans la terreur. Venue de Vigevano en carrosse, elle était arrivée plusieurs heures après son mari et le roi parce qu'elle craignait de trouver Isabelle à la porte du château pour accueillir les visiteurs. Elle avait établi tout un système de défenses, et demandé à ses servantes et ses dames de compagnie de se renseigner sur les allées et venues d'Isabelle. Si Ich était attendue à un dîner ou un divertissement, Béatrice comptait prendre prétexte de sa grossesse pour garder la chambre. Mais jusqu'ici, Isabelle était demeurée dans ses appartements ou ceux de son époux malade. Le soulagement que ressentait Béatrice à chaque sursis ne faisait qu'aviver ses craintes d'une rencontre. Chaque fois que son chambellan entrait dans sa chambre pour annoncer quelqu'un, Béatrice imaginait Isabelle surgissant derrière lui comme un diable cornu.

Elle leva les yeux vers le plafond. C'était ce même plafond qu'elle avait regardé pendant la nuit de ses noces.

– Pourquoi supposez-vous qu'Isabelle ne profitera pas de l'occasion pour détourner les Français contre vous? Si elle s'était associée à Bonne pour vous accuser d'empoisonner Jean...

Béatrice secoua la tête, n'osant pas terminer sa phrase.

– Elle est sans aucun doute assez intelligente pour comprendre que les Français ne respectent pas davantage le titre de son époux que le trône de son père. Elle a intérêt autant que nous à voir l'armée de Charles partir vers le sud. Elle a donc fort habilement éliminé le meilleur prétexte que pouvaient exploiter les Français pour rester dans le Nord. Et cela lui a permis d'humilier sa belle-mère du même coup. Quant à sa supplique en faveur de son père, elle était juste assez convaincante pour les Français, et elle a eu pour effet d'éviter toute question sur la maladie de Jean. Un jeu de scène splendide. Et qui nous a été fort utile.

– C'est bien ce qui m'inquiète.

– Il m'est venu la même pensée. Mais je ne crois pas que ce cadeau d'Isabelle soit un cheval de Troie. Votre cousine est intelligente, mais ce n'est pas Ulysse.

Cette fois, ce que sentit Béatrice fut un coup de pied de l'enfant, douleur beaucoup plus douce que la crainte abstraite, mais encore plus inquiétante. « Tu te trompes sur Isabelle, dit-elle en silence à son époux. Et tu te trompes également au sujet de la Fortune. Elle continue de régner sur notre vie. Tu réaliseras sans doute tout ce dont tu as rêvé, mais tu risques de découvrir alors que je ne serai plus là pour partager ton rêve. Parce que cette fois la Fortune décidera peut-être de laisser mon enfant me tuer. »

***

Chartreuse de Pavie, 16 octobre 1494

– Remarquable.

La mâchoire du roi tomba à la vue d'un tableau qu'il venait d'apercevoir dans une des petites chapelles sur le côté droit de la nef. Avec la spontanéité d'un enfant, il se précipita pour l'admirer. Le More et Galeazzo di Sanseverino le suivirent comme des parents indulgents.

En apprenant que le roi avait demandé Galeazzo comme interprète pour cette visite, le More avait supposé que Charles désirait avoir avec lui une conversation sérieuse et confidentielle, qui lui révélerait si le roi comptait vraiment conduire son armée dans le Sud.

Sa Majesté Très Chrétienne s'arrêta devant l'immense peinture, un des panneaux sur lesquels les donateurs de la chapelle étaient agenouillés parmi les saints.

– Remarquable, répéta le roi, encore plus enthousiaste, bouche bée d'étonnement.

Le tableau représentait saint Pierre debout, imperturbable dans sa robe d'évêque, le crâne fendu en plein milieu par un énorme couperet encore enfoncé d'une largeur de main; du sang frais coulait de la blessure. Cette scène invraisemblable avait été peinte avec un réalisme si minutieux qu'on pouvait presque entendre le bruit de la hache.

– Extraordinaire. Vraiment. J'ai l'impression que le saint est vraiment devant moi. Oui, je pourrais le croire. Regardez le sang. Chaque goutte. N'est-ce pas du vrai sang resté humide par quelque tour de magie? Il est réel.

Quand on lui assura que ce sang était comme le reste un produit de l'art du peintre, il voulut savoir le nom du maître.

– Bergognone, répondit le More.

Charles examina le tableau pendant plusieurs minutes, et tâta son propre crâne comme pour vérifier l'exactitude des détails anatomiques. Il s'adressa à Galeazzo, mais avec un regard timide en direction du More.

– Ce seigneur Bergognone, dit-il, est-il aussi habile pour dessiner le corps dévêtu d'une femme?

Le More écouta la traduction, puis acquiesça d'un signe de tête las.

– Je me demande si le seigneur Bergognone accepterait de faire des tableaux de mes compagnes. J'aimerais avoir des tableaux si réels que je pourrais me tromper au point de vouloir les enlacer.

Le roi poussa quelques hennissements de joie, et son dos bossu tressauta.

– Oui, j'en aurais grande joie. Vraiment.

– Majesté, dit le More d'une voix égale, rien ne me ferait plus de plaisir que de demander à maestro Bergognone de peindre vos compagnes selon vos souhaits. Mais je l'ai envoyé à Rome peindre le portrait de mon frère.

Les grands yeux de Charles se voilèrent d'un chagrin sincère.

– Majesté, reprit le More, si vous partiez vers le sud, je pourrais m'arranger pour que maestro Bergognone vous rejoigne à Florence.

Charles fit la sourde oreille, et le More lança à Galeazzo un regard entendu.

– Majesté, dit-il, nous ne serions que trop heureux de vous loger ici, à Pavie, pendant tout l'hiver. Mais songez aux grandes dépenses que vous coûteront vos troupes. Vous devez partir vers le sud derechef pour arriver devant Naples avant les pluies.

Charles releva la tête, mais ne regarda aucun des deux hommes.

– Tout le monde me conseille de ne pas partir, bredouilla-t-il. C'est vrai. On me recommande de ne pas vous tourner le dos.

– Et pourquoi, Majesté? L'épouse même du duc de Milan vous a assuré que je n'ai aucune intention cachée.

– On me dit que vous avez négocié avec l'empereur pour devenir duc de Milan et que le jour où l'empereur vous aura investi, vous vous retournerez contre moi. Voilà ce qu'on me dit. C'est vrai.

– Je peux jurer solennellement à Votre Majesté qu'il n'y a aucune trace de vérité dans ces calomnies. J'en fais le serment dans ce lieu saint.

Charles se tourna vers le fond de la nef comme s'il attendait la confirmation du Ciel. Galeazzo croisa le regard du More, plissa les lèvres et secoua la tête.

Le More étudia le tableau macabre pendant un instant, puis il regarda fixement le roi.

– Si Votre Majesté n'accepte pas ma parole, permettez-moi d'offrir une garantie personnelle. Vous n'aurez pas à me tourner le dos. Je vous accompagnerai dans le Sud. Je vous escorterai en personne jusqu'aux portes de Naples. Je me ferai l'otage de mes promesses.

Galeazzo ne put dissimuler sa surprise, et il traduisit d'une voix hachée.

La tête du roi, qui semblait autonome, se redressa brusquement.

– Ah bon? Vraiment? Voilà qui me sied. Énormément. Toutes leurs objections se trouvent réduites à néant et je vais pouvoir poursuivre mon entreprise chrétienne.

Spontanément, le roi fit un pas en avant et embrassa son hôte.

– A Jérusalem! s'écria-t-il d'un ton léger.

***

Pavie, 17 octobre 1494

Le banquet d'adieu organisé à la hâte pour le roi de France et sa suite dura au-delà de minuit bien que le départ pour Plaisance fût fixé à l'aube. Pour les trois baigneurs de la piscine intérieure du château, les festivités se prolongèrent.

Éclairées par la lueur pâle, marbrée, de la lune que diffusaient les deux rangées de fenêtres du premier étage, les trois silhouettes formaient un intéressant contrepoint sculptural à la colonne cannelée couronnée de *putti* nus qui se dressait au milieu du bassin. Le support central de ce nouveau groupe sculptural était un homme à la stature herculéenne, dont les muscles du dos se contractaient d'une manière qui n'a jamais été sculptée dans le marbre ni coulée dans le bronze. Une nymphe nue, pas plus grande qu'une fillette, dont les membres courts mais bien proportionnés vibraient d'une passion qu'un sculpteur aurait eu beaucoup de mal à suggérer, enveloppait les hanches du Colosse avec ses jambes et se retenait avec les bras autour de son dos. Une deuxième nymphe nue, plus grande que l'autre et sinueuse comme un serpent, était à califourchon sur les épaules du Colosse, face à lui, jambes écartées, l'aine appuyée contre son visage. Le Colosse la tenait en équilibre avec les mains sous les aisselles, le pouce posé sur ses jeunes seins. Ses cheveux défaits tombèrent jusqu'au creux de ses reins quand elle leva les yeux vers la voûte.

Sans perdre sa configuration de base, la sculpture vibrait, palpait, ahanait, gémissait, haletait et poussait de petits cris. Le mouvement des hanches de la plus grande nymphe passa d'une ondulation régulière à des spasmes de plus en plus saccadés.

– *Gesù!* cria-t-elle avec une véhémence terrifiante. *Gesù!*

Son corps se raidit et elle enveloppa la tête du Colosse dans ses bras.

– Catherine!

La voix venait d'une porte, qui avait pourtant été fermée à clé. La grande nymphe secoua ses cheveux humides comme pour s'ébrouer.

Le clair de lune révéla la troisième femme, plus grande que les deux autres, avec de longues jambes et des seins généreux. Elle était aussi nue que les autres, hormis un masque de velours noir à sequins qu'elle tenait devant son visage comme un loup de carnaval. Ce masque faisait un effet étrange dans cette pénombre, et les sequins clignotaient de temps en temps comme des étoiles sur le vide noir du visage masqué.

– J'ai attendu que tu aies terminé, Catherine.

Le masque donnait à la voix une sorte de résonance creuse, spectrale.

– Lucrèce reprendra son travail une autre fois.

La grande nymphe ordonna au Colosse de la poser, et l'autre nymphe se déroula de son buste. Sans un mot, les deux jeunes femmes montèrent les marches et leurs ombres argentées se dirigèrent vers la porte. Intrigué, le Colosse garda lui aussi le silence tandis que la femme masquée s'avançait vers les marches avec une grâce sans vergogne. Elle s'arrêta sur le rebord de marbre de la piscine. Puis elle baissa son masque.

Le Colosse se trouvait à une longueur de bras et son pénis en érection était dressé vers son nombril, ligne d'une simplicité archaïque opposée aux courbes fluides, hellénistiques de son corps. Quand il reconnut le visage de la femme masquée, sa tête oscilla d'un côté à l'autre en petits mouvements de surprise, comme un homme assistant de loin à une catastrophe.

– J'ai choisi ces deux-là pour vous, dit la femme. Je sais qu'en général les petites femmes ne sont pas de votre goût, mais vous conviendrez que Lucrèce était à la hauteur. Et Catherine adore la langue.

Elle descendit les marches d'un pas léger.

Très lentement, presque comme une statue qui découvrirait progressivement de la vie dans ses membres, le Colosse plaça les mains sous les fesses de la femme et la souleva jusqu'à sa hampe priapique. Elle fit vibrer ses hanches pour se mettre en place, puis elle lui saisit les cheveux et le força à la regarder dans les yeux.

– J'ai rêvé de cet instant, dit-il comme s'il entrait en transe. Chaque jour et chaque nuit, avec toutes les autres femmes. Depuis quatre ans, je n'ai rêvé que de cet instant où vous viendriez à moi...

– Je viens à vous, répondit la duchesse de Milan en un murmure ardent. Je reviens à vous, Galeazzo.

***

Bernardino da Corte inventoria du regard les étagères de la garde-robe du More tandis que les porteurs la vidaient des selles ouvragées et des couverts d'argent que Sa Seigneurie comptait emporter pour le voyage dans le Sud; avec tous ces

Français dans les parages, les larcins étaient à craindre. Satisfait que l'emballage se déroule sans incident, il ouvrit les volets d'une fenêtre et remarqua que les premiers feux argentés de l'aube chassaient déjà la nuit. Il ordonna aux porteurs d'ouvrir les autres fenêtres et souffla la chandelle de sa lanterne. Il regarda longuement la forêt de tours de briques de Pavie.

Il se retourna en entendant une voix congédier les porteurs. Galeazzo di Sanseverino s'avança vers lui de son pas bondissant, curieusement léger. Ses cheveux blonds étaient mouillés et sa peau aussi rose que celle d'une femme maquillée. Ses yeux bleus avaient une fixité effrayante, un étrange vernis glacé, comme s'ils étaient recouverts de gelée blanche.

Le dernier porteur ferma la porte derrière les deux hommes.

Galeazzo baissa les yeux vers le visage sombre, interrogateur de Bernardino.

– Maintenant, chuchota-t-il. Fais-le.

Le bout de la langue de Bernardino traça rapidement le contour de ses lèvres.

– Est-ce que Sa Seigneurie a autorisé...

Aussi vive que l'éclair, la main de Galeazzo se posa sur la gorge de Bernardino, et ses doigts légèrement fléchis relevèrent le menton basané.

– Tu te rends coupable de trahison en prononçant le nom de Sa Seigneurie en relation avec cette affaire, lança Galeazzo entre ses dents serrées.

Les yeux de Bernardino brillèrent de peur.

– Fais-le, murmura Galeazzo. Pas parce que Sa Seigneurie l'a demandé. Même pas parce que notre vie en dépend...

Il se pencha brusquement et embrassa Bernardino sur les lèvres, avec tendresse, presque comme un amant romantique.

– Fais-le pour moi.

***

Béatrice prit délicatement dans son berceau son fils âgé de vingt mois. Le petit Hercule fit une grimace et donna quelques coups de pied, mais continua de dormir, la tête contre l'épaule de sa mère. Béatrice le porta dans la chambre de son époux, où ses valets finissaient de lacer son pourpoint de cheval. Il congédia les valets d'un geste.

– Il va être si triste de ne pas vous revoir de suite, dit Béatrice.

Le More prit dans ses bras son fils endormi.

– Dans moins d'un mois, les Français comprendront qu'ils ne pourront aller plus loin que Florence avant le printemps. Alors, le roi Charles ne sera que trop heureux de me laisser revenir ici pour amasser les sommes qu'il lui faudra emprunter pour la solde de ses troupes.

Béatrice baissa les yeux, et sa bouche offrit un vestige de sa moue d'adolescente, jadis si fréquente.

– *Carissima*, vous savez que je n'avais pas le choix. Le départ des Français est un gage de sécurité pour nous.

– Le duc d'Orléans reste à Asti.

– La présence de Louis à Asti m'inquiète moins que la présence de Louis à Asti *et* celle de Charles à Pavie.

– J'ai... J'ai vu des choses.

Béatrice attendit qu'il l'interroge, mais il ne dit rien.

– Des oiseaux noirs, reprit-elle. Hier. Un sur chaque tour du château.

– Oh, nous avons en ce moment beaucoup de corneilles. Ma très chère, tu as été mon courage pendant toute cette épreuve. Montre-toi brave jusqu'au bout. Tout nous sourit.

Béatrice se mit à pleurer, secouée de sanglots comme un enfant. Hercule s'éveilla en sursaut et ajouta ses cris de protestation. Le More appela une des servantes et lui demanda de porter l'enfant à sa nourrice. Il prit Béatrice dans ses bras et lui caressa la joue et les cheveux.

– Je ne comprends pas... Tu n'hésiterais pas un seul instant à partir toi-même.

– Je préférerais partir moi-même. Je préférerais...

Elle appuya la joue contre la poitrine du More et regarda par la fenêtre. La boule en fusion du soleil caressait la cime des arbres et, vers l'est, les murs des tours de la ville étaient devenus d'un rose flamboyant.

– J'ai tout ce que je souhaitais depuis toujours. En ce moment. Tout ce dont j'ai jamais rêvé. Peut-être est-ce cela qui m'effraie.

Et cependant, en elle-même, une voix plus profonde murmurait : « Non, tu désires plus. Beaucoup plus. Et c'est cela qui te fait peur. »

– Je t'aime.

Elle leva vers lui un regard inquiet.

– Tu n'as pas besoin de me dire ça.

– Je t'aime de toutes les manières qu'il m'est possible d'aimer, avec tout ce que je connais de mon âme. Ce que j'ignore de mon âme, tu m'aideras à le comprendre. Telle est ma foi. Et c'est cette foi qui me ramènera auprès de toi. Disons-nous au revoir maintenant, *amore*. Je veux des visages fermes en face des Français.

Elle s'accrocha à lui, les yeux clos, avec l'impression qu'un vaste mouvement de la machinerie du destin commençait déjà à l'emporter loin d'elle.

Le More se dégagea doucement de l'étreinte frénétique de son épouse. Ils se rendirent ensemble dans la chambre d'enfant, où Hercule tétait. Le More attendit la fin de la tétée, puis prit son fils, l'embrassa et lui chanta la chanson de Scaramella, l'épouvantail devenu soldat. Hercule rit et poussa de petits cris. Béatrice se refusa à regarder son mari donner un dernier baiser à son fils, persuadée que si elle le voyait, cela conférerait à cet adieu la force d'une horrible prophétie.

Ils sortirent ensuite sur la loggia de l'étage, dont les rangées d'arches gothiques de style vénitien dominaient les jardins et les pavillons de la cour centrale. Béatrice prit le bras du More pour descendre l'étroit escalier de briques vers l'entrée principale du château construit pour décourager toute attaque ; ce tunnel presque vertical parut à Béatrice aussi froid et humide qu'une tombe.

Le roi de France attendait devant les murailles du château, au pied du pont-levis qui enjambait les douves aux reflets d'argent. Sa Majesté Très Chrétienne semblait impatiente de quitter ce lieu d'inertie et de doutes concernant sa glorieuse croisade. Le gros de ses troupes avait déjà pris la route de Plaisance, à deux journées de marche vers le sud-est. Mais les flûtes du roi, ses tambours, ses archers écossais et sa garde personnelle en armure attendaient en rangs. Le cortège de musiciens et de soldats s'étendait à travers le parc du pont-levis aux rues pavées de la ville.

Debout près de son cheval, le roi bavardait avec Galeazzo di Sanseverino. Charles ôta son chapeau d'un geste large, et le More en fit autant avec son bonnet ; Béatrice fit la révérence. Elle chercha Isabelle des yeux, et fut à la fois soulagée et contrariée de ne pas la voir.

Les adieux furent cérémonieux et sans sincérité ; le roi embrassa toutes les femmes en vue. Béatrice se félicita que son mari lui ait réservé un instant d'intimité dans sa chambre. Elle l'embrassa sur les joues pour la forme, et ne croisa son regard que pendant un bref instant.

Enfin, quand tout le monde fut prêt à monter en selle, Blanche, vêtue de magnifique soie noire, s'élança vers son époux, Galeazzo. Dressée sur la pointe de ses chaussures de velours noir à semelles de bois, elle le baisa sur chaque joue. Puis elle revint près de Béatrice et lui prit la main. Les tambours français battirent, les flûtes jouèrent. Les trompettes du More leur répondirent. Brandissant son chapeau de fourrure blanche à fleur de lis d'or, Sa Majesté Très Chrétienne reprit la route de son pèlerinage.

Blanche ne lâcha pas la main de Béatrice tandis que le cortège disparaissait dans les rues de Pavie.

– J'ai récité des prières ce matin pour mon père et pour Galeazzo, dit la jeune fille sans conviction, comme si elle doutait de leur efficacité. Croyez-vous qu'ils courent un grand danger ?

Béatrice dut lutter contre les pressentiments qui l'accablaient.

– Non, pas du tout.

– Béatrice, quand croyez-vous que j'irai vivre avec Galeazzo? N'est-ce pas absurde? Nous sommes mariés depuis cinq ans, maintenant, mais...

Les joues pâles de Blanche prirent soudain des couleurs.

– Mais le mariage n'a pas encore été consommé. Je commence vraiment à en avoir honte.

Béatrice regarda Blanche et crut se voir dans sa quatorzième année : le même ton de voix important... Mais Blanche était aussi frêle que Béatrice était alors dodue et active.

– Je te souhaite de rester ainsi encore quelques années, ma belle amie. Je n'ai pas envisagé le mariage d'un œil serein avant d'avoir plusieurs années de plus que tu n'as.

– Je sais. Catherine Borromée m'a dit que Galeazzo me fendrait en deux. Je lui ai répondu que c'était une idée parfaitement absurde, mais elle prétend que quand un homme devient dur, il peut être plus gros que la tête d'un bébé.

– Catherine est une menteuse.

– Je sais.

Béatrice regarda les joues brillantes de Blanche et ses yeux profonds, interrogateurs. Elle se rendit compte qu'elle aurait dû passer plus de temps avec elle, et cette responsabilité nouvelle contribua à chasser ses craintes. Elle posa le bras autour de la taille incroyablement fine de la jeune fille et l'entraîna sous la voûte. Les jardins de la cour brillaient de rosée. L'espoir lui revint peu à peu.

Puis son œil fut attiré par les merlons de pierre qui couronnaient le second étage de la façade intérieure du château. Une demi-douzaine de corbeaux prenaient le soleil sur ces perchoirs de pierre, leurs corps gras et luisants aussi noirs que les faîteaux d'obsidienne d'une immense crypte. Béatrice baissa aussitôt les yeux, mais aperçut cependant, sur la loggia du deuxième étage, une femme qui se tenait à l'ombre des arcades, sa robe noire en partie cachée par les colonnes de marbre blanc. Elle se trouvait trop loin pour que Béatrice puisse distinguer ses traits, mais l'expression générale du visage était perceptible à travers la lumière voilée. Béatrice la reconnut d'instinct, et ce fut comme si un poignard glacé glissait le long de sa colonne vertébrale : Isabelle, le menton légèrement relevé, souriait.

CHAPITRE 42

Dépêche de Bernardino da Corte, gouverneur de Porta Giovia, à Ludovic Sforza le More, duc de Bari et régent du duché de Milan, portant la mention « Cito ! Cito ! Cito ! »

Pavie, 20 octobre 1494

Illustrissime Seigneur,

Je me vois contraint de transmettre à Votre Seigneurie de fort malheureuses nouvelles concernant votre neveu bien-aimé, notre illustrissime duc de Milan. Après que sa santé se fut améliorée, Son Altesse a obtenu que son épouse et sa mère lui permettent de boire une grande quantité de vin, à la consternation des médecins. Le déclin soudain de la santé de Son Altesse à la suite de ce caprice a provoqué de graves alarmes, et les médecins de Son Altesse estiment que désormais seule la grâce divine peut le sauver. Votre Seigneurie doit savoir que le duc de Milan sera peut-être déjà mort quand vous recevrez ce billet. J'aurais préféré ne pas devoir être ce funeste messager, mais je demeure comme toujours votre fidèle serviteur...

***

Plaisance, 20 octobre 1494

Galeazzo di Sanseverino conduisit le More sur un balcon dominant le jardin. On les avait logés dans une des plus belles villas de Plaisance, bâtiment sombre de la fin du Moyen Age rénové et agrémenté d'un splendide jardin. Les arbres taillés en forme de lions, de béliers et de dauphins projetaient des ombres longues, déformées en cette fin d'après-midi. Galeazzo étala sa carte sur le garde-fou de marbre. C'était une esquisse grossière des principales routes entre Plaisance et Florence, avec des croix à l'emplacement des forteresses défendant ces itinéraires.

– Puisqu'ils ont choisi l'itinéraire par Florence et Rome, il faut qu'ils traversent les Apennins et qu'ils suivent la côte ici.

Galeazzo traça un trait de Plaisance à la côte, puis obliqua vers Florence à l'intérieur des terres.

– Cela signifie qu'ils devront prendre d'abord la forteresse florentine de Sarzana, reprit-il en montrant une croix près de la côte à mi-chemin entre Plaisance et Florence, sinon ils exposeraient leur voie d'approvisionnement à un harcèlement continuel. Étant donné la hauteur du promontoire sur lequel se perche la citadelle, leurs canons ne seront pas efficaces. A elle seule, la forteresse de Sarzana est capable de retarder la marche des Français jusqu'à l'arrivée des pluies.

Le More étudia la carte en silence, et Galeazzo regarda du côté du jardin. Le More pivota brusquement sur lui-même, comme s'il avait senti la présence d'un agresseur. Un instant plus tard son chambellan, élégant dans sa livrée rouge, blanc, bleu, apparut sur le balcon, escortant un courrier en tenue de cheval de la teinte brun rougeâtre des routes de la région; le visage même du courrier était couvert d'une poussière terre de Sienne brûlée.

L'homme se laissa tomber à genoux pesamment devant le More.

– Votre Seigneurie, on m'a ordonné de vous remettre ceci en mains propres. Veuillez me pardonner.

Le More attendit que le chambellan et le courrier s'inclinent et sortent. Impassible, il brisa le sceau de cire posé de travers, visiblement à la hâte. Galeazzo ne le quitta pas des yeux pendant qu'il lisait. Le More n'exprima rien et tendit aussitôt le message à Galeazzo.

Les yeux noirs implacables du More se fixèrent sur Galeazzo, qui mit un temps exceptionnellement long pour assimiler la brève dépêche de Bernardino da Corte.

Quand Galeazzo rendit la feuille au More, sa main tremblait légèrement.

– Qu'allez-vous faire? demanda-t-il, d'une voix à peine plus aiguë que de coutume.

– Il faut que je rentre à Pavie sur-le-champ, naturellement. Le roi comprendra.

Galeazzo plaça sa main droite dans sa main gauche.

– Nous ne savons pas ce qui nous attend à Pavie. J'aimerais vous accompagner au cas où...

Il haussa les épaules.

Le More scruta le visage de Galeazzo un long moment avant de répondre.

– Oui, dit-il d'un ton froid. Oui, bien entendu. Nous ne savons pas ce que nous trouverons.

***

Pavie, 20 octobre 1494

Béatrice tomba sur les chevaux dans le couloir, juste devant la chambre du duc de Milan. La scène était irréelle, infernale : la lumière des torches qui scintillaient dans le corridor étroit, le fracas des sabots des chevaux sur les dalles, les naseaux hennissants et les yeux convulsés des animaux effarés. Béatrice se demanda pendant un instant si elle ne se trouvait pas entraînée dans un cauchemar. Elle comprenait cependant pourquoi le duc de Milan avait envie de voir ses chevaux. Ce qu'elle ne comprenait pas, c'était pourquoi il lui avait demandé à elle de venir.

Messer Dionigi, l'aimable chambellan de Jean, fit entrer Béatrice dans la chambre du malade. Les vapeurs des encensoirs fumants dissimulaient mal les odeurs de médicaments et de vomissures; cela ajouta à l'angoisse de Béatrice et lui souleva le cœur. Elle dut faire effort pour ne pas se pencher et rejeter son repas. Isabelle se tenait près du lit, parfaitement calme, avec son demi-sourire sinistre de Madone menaçante. Bonne était assise de l'autre côté, les épaules crispées, ses yeux ronds réduits à de minuscules pointes de méchanceté. Quatre médecins en longues capes de velours, qui marmonnaient sans cesse à voix basse, formaient à l'arrière-plan une sorte de chœur tragique.

À première vue, Jean semblait beaucoup mieux. Un coussin lui redressait la tête et ses cheveux d'un blond platiné encadraient son visage. L'intensité fiévreuse de ses iris et le rose qui traversait sa peau translucide lui donnaient un lustre de vitalité. Mais il avait perdu trop de poids pour que l'illusion se prolonge. Dans les creux d'ombre de ses joues et de ses yeux, Béatrice vit le visage de la mort.

Jean leva la main vers elle. Pendant une fraction de seconde, elle éprouva la peur horrible et parfaitement irrationnelle qu'il l'entraîne avec lui outre-tombe. Elle lui prit cependant la main; elle était froide et avait la texture sèche et fine du parchemin.

– Chère Béatrice, murmura Jean. Tout le monde se tracasse tellement à mon sujet.

Béatrice lui serra la main.

– Oui, nous sommes tous inquiets, Jean. Nous aimerions tant que vous vous rétablissiez.

– Béatrice, tout le monde dit que...

Les yeux de Jean se tournèrent vers sa mère.

– L'oncle Ludovic m'aime toujours, n'est-ce pas? Et l'oncle Ascanio aussi. J'ai reçu des lettres de l'oncle Ascanio sur les chasses auxquelles il participe à Rome.

La gorge de Béatrice se noua.

– Oui, Jean, murmura-t-elle. Vous savez bien que votre oncle Ludovic vous aime énormément. Il vous a toujours aimé. Et moi aussi.

– J'en suis très heureux. Mes médecins me disent que je vais mieux, vous savez.

Les ombres parurent s'estomper sur le visage de Jean. Béatrice ne put voir qu'une blancheur angélique, comme si Jean, débarrassé des atours d'un titre ducal qu'il ne souhaitait pas, de l'avidité de ses favoris et de la tyrannie de l'alcool, se révélait enfin dans toute son innocence – innocence aussi ébranlante que la méchanceté pure de son père quand elle se révélait à une de ses victimes. Jean l'agneau... Il ne doit pas devenir le premier innocent à mourir. Béatrice lui serra la main plus fort, comme pour lui transmettre un peu de sa propre vie. Je t'en supplie, Jean, continue de vivre. Nous avons tous besoin de toi. Tu es l'innocent qui nous protège des horreurs enfouies dans nos âmes.

Béatrice entendit à peine les cliquetis et les jappements dans le couloir. Les lévriers de Jean, au moins une douzaine, bondirent dans la pièce, tournèrent et sautèrent comme des fous, en braquant leur museau pointu vers les bras tendus de leur maître. Jean les invita à monter sur le lit, ils l'entourèrent et le léchèrent. Jean leur frotta la tête en les appelant chacun par son nom, aussi rayonnant qu'un enfant malade au milieu de ses jouets préférés.

– Je viendrai prendre de vos nouvelles demain matin, dit Béatrice, contente de laisser Jean avec les créatures qu'il aimait le plus et comprenait le mieux.

A peine était-elle sortie dans le couloir qu'une main osseuse lui serra le bras comme des griffes. Elle se retourna vers les petites pupilles noires de Bonne.

– Cette infamie sera prouvée, et vous paierez, toi et ton époux, comme ceux qui ont tué son père. Tu seras pendue, étripée et écartelée. Les oiseaux te picoreront les yeux en haut de la tour. Meurtrière! Ordure criminelle! Le jour de ton jugement est proche.

– Retournez auprès de Jean, madame.

La voix d'Isabelle était si apaisante, si maîtrisée que Béatrice elle-même en fut rassurée. Isabelle se tenait derrière sa belle-mère, la main posée légèrement sur le coude de Bonne.

– Jean vous réclame.

Bonne lança à Béatrice un regard noir, tout le corps frémissant de rage. Puis elle la lâcha, lui tourna le dos et disparut comme une ombre.

Isabelle pencha la tête d'un air supérieur, le sourire figé sur ses lèvres, les mains jointes à la hauteur de sa taille.

– La duchesse mère ne sait pas que votre époux et vous êtes déjà finis.

– Je ne veux pas me battre.

Se rappelant leur dernier affrontement, Béatrice l'entendait au sens propre comme au sens figuré.

– J'espère que Jean passera une bonne nuit, ajouta-t-elle.

Le sourire d'Isabelle parut encore plus artificiel.

– Et j'espère que vous passerez une bonne nuit vous aussi, Béatrice, dit-elle en avançant d'un pas. Demain, Jean signera son abdication, pour raison de santé. Et il désignera comme nouveau duc de Milan son fils François. Je serai nommée régente de mon fils. Il n'y aura évidemment plus de raison pour que le More reste le régent de Jean. On n'aura plus besoin de lui ici, et comme mon père s'est déjà emparé de votre petit duché de Bari, je me demande où vous irez.

Béatrice sentit tout son corps se vider, comme si elle se trouvait soudain réduite à un réseau de nerfs balayé par l'air froid. Telle était donc la raison pour laquelle Isabelle souhaitait que tout le monde s'en aille vers le sud, la raison pour laquelle elle donnait à Jean du vin et des fruits. Il fallait qu'elle l'apprenne à Ludovic... Et elle se rendit compte brusquement qu'elle était seule en face de ce monstre. Le monstre qui d'un seul coup de griffe réduisait en miettes son mythique royaume de Tout. Puis sa peur et son désespoir se contractèrent en un seul point glacé : Mon enfant. Isabelle fera-t-elle souffrir mon enfant?

– Passe une bonne nuit, fillette, lança Isabelle, et son sourire n'était nullement forcé à présent, mais parfaitement serein.

– Il vous faudra l'approbation du Conseil des Nobles. Je me présenterai devant eux et je témoignerai que François n'est pas le fils de Jean.

– Vous ne pourrez présenter aucun témoin pour confirmer votre calomnie. Je vous ferai arrêter et décapiter pour trahison.

– Galeazzo confirmera...

– Galeazzo? Où est Galeazzo? Avec le More et les Français. Et même s'il se trouvait ici, sacrifierait-il sa propre tête pour toi et ton mari? Et qui le croirait? C'est peut-être Galeazzo qui ment. Y as-tu songé?

Béatrice se sentit aussi impuissante qu'au moment où Isabelle l'avait clouée au sol. Incapable de parler. Incapable de bouger. Des ombres se mirent à danser devant ses yeux, et elle dut lutter pour ne pas s'évanouir. Elle se concentra si fort pour repousser cet anneau de ténèbres qu'elle n'entendit pas Isabelle lui souhaiter bonne nuit et remarqua à peine, comme en rêve, le mouvement d'Isabelle qui regagnait la chambre du malade.

***

A la hâte, Béatrice rangea ses bijoux les plus précieux et ses papiers, puis s'assura que les nourrices du petit Hercule seraient prêtes à partir le lendemain matin. Son intention était de se rendre à Vigevano dès le petit jour, loin des gens d'Isabelle. Son enfant en sécurité, elle enverrait à son mari des courriers de confiance pour le mettre au courant de la situation.

Une fois ces préparatifs simples terminés, il ne lui resta rien pour soulager son angoisse. Son époux s'était si lourdement trompé. Elle crut revoir la pluie d'étincelles du feu d'artifice, le soir du mariage de Blanche-Marie. Une mise en garde de la Fortune. Elle l'avait entendue, mais sans la comprendre vraiment, et dans sa précipitation elle l'avait oubliée. Puis elle se rendit compte que même le soir du mariage de Blanche-Marie, il était déjà trop tard. Il aurait fallu qu'elle fasse son choix à Venise. Sa mère avait raison. Pendant un instant de souffrance pure, elle eut envie de revenir en arrière, de prendre sa mère dans ses bras et de la supplier d'arranger les choses.

Elle se rendit dans la chambre d'Hercule et s'assit près du berceau où il dormait, comme si cela pouvait l'absoudre... Mais une seule phrase, toujours la même, tournait dans sa tête : « C'est de ma faute. C'est moi qui ai fait ça. Pour moi, pour mon époux, pour notre enfant. C'est moi qui ai fait ça... »

Deux heures avant l'aube, un chuchotement dans l'oreille de Béatrice la fit sursauter.

– Madame...

Elle se retourna. C'était la nourrice d'Hercule.

– Madame, le duc de Milan...

A la façon dont la nourrice laissa sa phrase en suspens, un trait glacé descendit de la nuque de Béatrice au creux de ses reins.

– Restez avec Hercule, ordonna-t-elle. Fermez la porte à clé et ne laissez entrer que moi.

Elle s'élança sur la loggia obscure. Elle remarqua sur-le-champ les torches sous les arcades du rez-de-chaussée et dans les écuries, du côté nord de la cour. Plusieurs dizaines de personnes allaient et venaient – des gens de la duchesse de Milan. Béatrice hésita. Ne devait-elle pas fuir tout de suite ? Mais il fallait qu'elle sache ce qui était arrivé à Jean. Elle voulait pouvoir présenter son témoignage pour défendre son mari s'il venait à être accusé.

Le couloir desservant la chambre de Jean était vide et parfaitement silencieux. Avait-on déjà emmené Jean à Milan pour le faire apparaître devant le Conseil des Nobles ? L'avait-on attirée ici pour en finir avec elle ? Prétendrait-on ensuite qu'elle était venue empoisonner Jean ?

Elle n'entendit rien. Saisie de frayeur, et sans doute poussée par un reste de fascination morbide de fillette, elle s'avança sur la pointe des pieds. Elle rasa le mur et lança un regard furtif, aussi direct qu'elle put, au-delà de la moulure de pierre.

Deux choses : le visage livide de Jean et une femme en noir, assise, tête baissée. La femme était Bonne.

Béatrice franchit le seuil et s'arrêta, prête à faire demi-tour si Bonne criait. Mais Bonne regardait fixement un objet dans ses mains. Un portrait miniature. Béatrice avança sans bruit de deux autres pas. Bonne leva brusquement la tête et son regard glaça aussitôt le cœur de Béatrice. Presque aussi brusquement, les yeux de Bonne retournèrent à la petite peinture ronde sans avoir reconnu Béatrice.

Béatrice regarda Jean. Elle pria pour que ses délicates paupières violettes frémissent et s'entrouvent. La peau de Jean n'était plus qu'un mince film blanc, cireux, tendu sur les os. Ses lèvres étaient aussi pâles que sa peau, sauf un étrange reflet indigo à l'endroit où elles se rencontraient, comme un trait d'encre épais en travers de son visage. Elle frissonna au souvenir d'un potin de la cour qu'elle avait entendu quelques années plus tôt : il s'agissait d'un poison qui « fermait les bouches » et ne laissait pour toute trace qu'une décoloration noirâtre visible sur les lèvres une heure ou deux après la mort.

Puis la vérité se révéla, accablante : Cet homme est mort... Cet homme qui m'a serré la main et m'a parlé il y a seulement quelques heures... Mille images de mort tombèrent des caissons du plafond, surgirent des coins de la pièce : des christs au flanc percé, des saints souffrant le martyre, les enfants noirs dont parlait sa mère fondirent vers elle puis disparurent dans le visage sans vie de Jean. Toutes les images de la mort qui l'avaient entourée depuis sa naissance dans les rites et dans l'art religieux prenaient à présent un visage humain. Jean, le mort. Le premier mort qu'elle ait vraiment vu. Et aussitôt, avec une douleur si terrible qu'elle dut porter la main à son cœur, elle vit la vérité que le visage de Jean venait de lui révéler. Maman est morte. Maman est vraiment morte. Pour la première fois elle se permit de voir sa mère comme un cadavre pareil à celui-ci, en train de pourrir dans la terre, et non comme une présence lointaine à laquelle elle serait de nouveau unie un jour – la maman mythique dont elle rêvait à Naples... Maman n'existait plus.

Elle tendit machinalement la main vers le visage de Jean. Il n'était pas aussi froid qu'elle s'y attendait.

– Oh, Jean, dit-elle, je regrette tant...

Puis tout s'effondra en elle et elle se mit à pleurer.

– Oh, maman, murmura-t-elle, le souffle court. Oh, maman...

Bonne leva enfin les yeux, son visage rond était doux et surpris à la fois. Elle cligna plusieurs fois des yeux, puis montra le portrait du médaillon : une miniature représentant l'ancien duc, Galéas-Marie Sforza.

– C'est mon époux, le duc de Milan, dit-elle avec un sourire de fierté qui révéla ses dents noires. Ma fille est impératrice d'Allemagne. Mon fils... Mon fils...

Le sourire de Bonne se mua en grimace et elle se mit à pleurer elle aussi.

***

Le More trouva sa femme peu après l'aube encore debout près du cadavre de Jean, Bonne en face d'elle, en une communion silencieuse de chagrin et de regret. Galeazzo et lui étaient si crottés par la poussière de la route que Béatrice ne les reconnut pas sur-le-champ. Ce fut seulement quand il parla qu'elle se jeta dans ses bras.

– Donnez-lui du vin, avec un peu d'eau, dit Bonne.

Elle leva les yeux un instant pour les baisser aussitôt. Le More s'avança vers Jean, secoua la tête tristement, puis se détourna au bout d'un instant. Il entraîna Béatrice dans le couloir, referma la porte et posa fermement ses mains gantées sur les épaules de sa femme.

– Quand Jean est-il mort?

Elle leva vers son époux un regard incertain. Il ressemblait vraiment à un Maure à présent : son visage était aussi sombre qu'un masque.

– Il y a plusieurs heures. Il a été empoisonné. Je l'ai vu.

Elle décrivit le signe. Au regard de son mari, elle comprit aussitôt qu'il n'y était pour rien. Puis, un instant plus tard, un éclair surgit dans sa conscience : un complot prémédité. Elle écarta aussitôt cette possibilité, comprenant qu'il devait avoir bien d'autres choses en tête en ce moment, dont elle n'avait sans doute aucune idée.

– Madame, où est la duchesse de Milan?

C'était Galeazzo qui l'interrogeait. La question fut pour elle un choc aussi violent que sa réponse, presque simultanée – elle ne s'était même pas demandé pourquoi Isabelle ne se trouvait pas près du lit de mort de son époux.

– A Milan, balbutia-t-elle. Elle est partie à Milan se présenter devant le Conseil des Nobles pour faire reconnaître François, duc de Milan. Elle a l'intention de devenir sa régente.

Le More avala sa salive.

– Il faut que j'aille à Milan, dit-il, presque d'un ton absent.

– Que Votre Seigneurie m'excuse, dit Galeazzo, j'aimerais que vous restiez ici le temps qu'il faudra pour réunir une escorte de gardes et au moins vous laver le visage. Laissez-moi partir le premier. Pardonnez-moi encore, mais je suis un cavalier beaucoup plus rapide que Votre Seigneurie.

Il marqua un temps et lança un regard inquiet à Béatrice.

– Et je suis le seul qui puisse mettre en question le droit de François à la succession.

Le More se tourna vers Galeazzo et le regarda longuement.

– Vous savez ce que cela risque d'impliquer, Galeazzo ? dit-il à mi-voix.

Galeazzo hocha la tête.

– Je ne suis plus au service du duc de Milan, murmura-t-il gravement. Mes seules allégeances sont désormais celles du cœur.

CHAPITRE 43

Milan, 21 octobre 1494

Le More arriva dans le parc ducal, au nord de la ville, en milieu de matinée et se dirigea directement vers le Castello di Porta Giovia; il laissa cachés ses gardes à l'orée du bois. Au pont-levis du château, les sentinelles lui apprirent que la duchesse de Milan avait convoqué le Conseil des Nobles. Plus d'une centaine d'entre eux se trouvaient déjà dans la Sala della Palla, dans le donjon de la Rochetta; le dernier était arrivé quelques minutes plus tôt et on en attendait d'autres.

L'entrée de la Rochetta se trouvait juste à droite de la poterne. Les cuisses nouées par des crampes provoquées par une épuisante chevauchée, le More ne monta pas sans difficulté l'escalier d'accès à la mezzanine donnant sur la Sala della Palla. Les gardes postés à la porte marquèrent leur surprise de le voir, mais le laissèrent entrer librement.

Les nobles allaient et venaient dans la salle en contrebas, et leurs bonnets de velours à monogrammes, presque identiques, donnaient aux diverses factions rassemblées une impression trompeuse d'unanimité. Les murmures des discussions anxieuses s'élevaient vers les voûtes. De l'autre côté de la mezzanine, protégés des regards de la foule du rez-de-chaussée par un rideau de brocart pourpre, se trouvaient Galeazzo et la duchesse de Milan.

Le More traversa rapidement la mezzanine. Il n'échappa pas à tous les regards et les murmures redoublèrent d'intensité. Isabelle était vêtue de noir. Elle avait relevé son voile et le corselet de satin de sa *camora* ne dissimulait ni ses épaules ni sa poitrine; elle ressemblait davantage à une courtisane napolitaine à la mode qu'à une veuve éplorée. Galeazzo, visiblement épuisé et soucieux, ne cessait de serrer et desserrer imperceptiblement les poings. Le More n'essaya pas de croiser ses yeux.

Il se décoiffa avant de s'adresser à Isabelle; elle le regarda avec un détachement étrange, son long nez droit légèrement oblique par rapport à lui.

– Votre Altesse, je vous prie d'accepter mes profondes condoléances. La perte que vous venez de subir nous touche tous et...

– Nous imaginons fort bien à quel point cette perte vous touche, seigneur Ludovic, coupa Isabelle avec un geste désinvolte de la main.

Puis ses yeux noirs pleins de méchanceté se concentrèrent sur lui.

– Dans cinq minutes, vous ne serez plus rien. Un homme sans État, sans foyer. Pleurez sur vous-même, seigneur Ludovic.

– Peut-être est-ce vous qui vous trouverez dépouillée de tout, dit le More sur un rythme lent, menaçant. Jamais un bâtard n'a été couronné duc de Milan.

Isabelle sourit, lentement, mais sans retenue, et ses lèvres s'entrouvrirent et révélèrent des dents parfaites. Elle inclina légèrement la tête vers Galeazzo.

– Dites-lui! Dites-lui que vous m'avez offert l'aveu complet de votre infâme calomnie. Dites-lui que je vous ai généreusement pardonné.

Elle baissa la voix.

– Dites-lui ce que vous avez l'intention de déclarer au Conseil des Nobles en mon nom.

Le More crut recevoir un coup de poing au menton, et ses yeux se braquèrent sur Galeazzo.

– Dites-le-lui.

Galeazzo baissa la tête.

– J'ai l'intention...

Les tendons de son cou se nouèrent, et les mots jaillirent soudain de ses lèvres.

– J'ai l'intention de dire au Conseil que je suis le père du fils bâtard de la duchesse de Milan, et que je me soumettrai à tout interrogatoire nécessaire pour vérifier mes paroles et invalider la succession illégale de François Sforza.

Il lança à Isabelle un regard véhément, et ses mâchoires se crispèrent comme celles d'un dieu prononçant une vengeance pour châtier un crime ancien.

Le sourire resta gravé sur le visage d'Isabelle, mais ses yeux devinrent vitreux.

– Non, dit le More en se tournant vers Galeazzo. Votre sacrifice ne résoudrait rien. Même si l'on acceptait votre parole contre les dénégations de la duchesse de Milan, un État fondé sur une accusation de ce genre ne saurait durer. Elle sait depuis toujours que je n'utiliserai jamais ce moyen. Tout est fini pour nous.

– Il le faut, insista Galeazzo d'un ton plaintif. Mon honneur l'exige. J'ai fait des choses dont j'ai honte...

– Votre honneur n'est pas en cause, Galeazzo, dit le More d'une voix grave. Ce qui importe, c'est la survie de l'État.

Les yeux d'Isabelle reprirent vie et réanimèrent son sourire figé.

– Votre « honneur » ? lança-t-elle à Galeazzo d'un ton moqueur. Dites plutôt votre vanité. Vous vous imaginiez vraiment que vous étiez nécessaire à mon succès ? Vous auriez été mon soldat de plomb que je faisais défiler devant le Conseil comme un léopard en laisse. Mais vous avez toujours été accessoire.

Elle se tourna vers le More.

– Faites votre déclaration, seigneur Ludovic.

Le More se dirigea aussitôt vers la balustrade. Quand il réclama le silence, on reconnut aussitôt sa voix ; la foule se tut et leva les yeux. Comme la Seigneurie de Venise, les nobles milanais avaient presque tous le même type physique : des traits accusés, des yeux bleu dur, la bouche indolente et le menton arrogant des anciens patriciens romains.

– Je suis dans la triste obligation de vous informer que les rumeurs dont vous avez certainement entendu l'écho sont exactes. Ce matin tôt, à Pavie, notre bien-aimé neveu l'illustrissime duc Jean-Galéas a perdu la vie. J'ai vu le corps de mes yeux.

Des murmures s'élevèrent, puis s'apaisèrent aussitôt.

– Je ne saurais faire en ce moment un éloge de mon neveu qui soit digne de lui, j'honorerai donc sa mémoire de la manière la plus digne possible, en présentant une simple requête. Je demande que cet estimé Conseil acclame immédiatement comme successeur de Jean-Galéas son fils légitime François. Il sera François II, duc de Milan.

Le brouhaha devint général. Une voix cria pour se faire entendre, et les conversations se calmèrent peu à peu. L'homme qui prit la parole était le comte Antonio Landriano. Il passait pour un observateur neutre : bien que chargé du Trésor grâce à l'appui du More, il avait placé sa deuxième épouse, Giulia, dans l'entourage de la duchesse de Milan.

– Devons-nous supposer que vous continuerez d'être régent du duché de Milan ? demanda le comte Landriano d'une voix forte mais doucereuse.

– J'ai l'intention de démissionner, pour que les conseillers du nouveau duc puissent prendre librement leur décision concernant la régence, déclara le More, tandis que les clameurs éclataient de plus belle. Je suis certain que la mère de François aurait toutes capacités pour assumer la régence.

L'assemblée explosa, et le comte Landriano dut de nouveau crier pour reprendre la parole.

– Votre Seigneurie, estimés pairs, dit-il en se tournant vers le More puis vers les membres du Conseil. Je n'ai nul besoin de vous rappeler que l'armée la plus puissante jamais rassemblée se trouve sur le sol de l'Italie, et que nous sommes maintenant en guerre avec un autre État italien important. Nous entrons dans des temps nouveaux et dangereux comme nous n'en avons pas connu depuis de nombreuses années. Pourquoi, dans cette conjoncture périlleuse, placerions-nous notre sécurité entre les mains d'un enfant de moins de cinq ans et de sa mère ? Je me souviens d'une époque où Milan était gouvernée par la mère de son duc. Notre politique était dictée par un découpeur de viande.

Des rires de mépris éclatèrent.

– Votre Seigneurie, estimés pairs, je me sens obligé de respectueusement rejeter cette nomination et j'invite instamment le Conseil à faire de même.

Des cris d'approbation retentirent, puis le comte Landriano parvint de nouveau à se faire entendre.

– Je présente une autre requête à la place : l'homme qui nous a gouvernés avec sagesse depuis des années comme fidèle régent du duc de Milan devrait aujourd'hui prendre possession du sceptre ducal qu'il a brandi de façon désintéressée à la place de son neveu défunt. Votre Seigneurie, je vous demande d'accepter que nous vous acclamions duc de Milan.

Le More leva les deux mains pour faire taire les clameurs d'approbation.

– Non, non, non, cria-t-il jusqu'à ce qu'on puisse l'entendre. Ce serait agir contre toutes les lois de Dieu et des hommes. Selon la loi, c'est le fils du duc qui doit être désigné comme son successeur. En lui refusant son droit de naissance, nous nous couvririons d'opprobre aux yeux de l'Europe entière. Notre État ne pourrait prospérer en se fondant sur une décision entachée d'illégalité.

A ces mots, les acclamations perdirent leur unanimité : certains protestaient contre l'abnégation du More, d'autres se demandaient que faire, une petite minorité estimait qu'il fallait suivre son avis et accepter François comme duc. Bientôt, une autre voix respectée prit la parole. Andrea Cagnola, avocat dont on disait qu'il avait dans sa poche tous les juges du nord de l'Italie, se mit à parler d'une voix rauque et si basse qu'elle exigeait toute l'attention de l'auditoire.

– Votre Seigneurie, estimés pairs, le problème de la légalité est plus complexe que nous ne l'avons envisagé. Il est possible de soutenir que ni notre duc défunt, ni son père, ni même son estimé grand-père n'étaient vraiment légitimes, car ils n'ont jamais été investis par l'empereur d'Allemagne. On peut donc considérer que seul l'empereur d'Allemagne est en mesure de déterminer la légitimité de la succession. Si donc le More obtenait de l'empereur une promesse d'investiture, nous pourrions en bonne conscience, avec la pleine sanction de Dieu et de la communauté des nations, acclamer le More comme seul duc légitime de Milan.

– L'empereur n'a pas accepté d'investir le More, cria un opposant. Et la sœur de notre duc défunt est maintenant l'impératrice. Pouvons-nous espérer que l'empereur mettra en question le statut de son épouse?

Des discussions éclatèrent. Le More secoua vivement la tête et agita les bras. Ce fut le comte Landriano qui reprit la parole.

– Proposons un compromis. Je crois que la plupart d'entre nous admettent que la question juridique ne peut être décidée que par l'empereur d'Allemagne, et que cette attitude est la plus prudente pour la stabilité future de notre gouvernement. Mais il est également vital pour la prospérité de notre État que nous placions immédiatement les responsabilités sur des épaules capables.

Landriano s'interrompit et un silence total plana dans la vaste salle.

– Je propose au Conseil d'accorder au More le simple titre de duc, sans préciser de quoi il est le duc. Nous ne pouvons pas attendre que les avocats et les ambassadeurs aient réglé la question juridique.

Le compromis de Landriano rétablit manifestement l'unanimité, et les clameurs se muèrent en des acclamations scandées :

– *Duca! Duca! Moro! Moro!*

Le More n'essaya pas de les faire taire.

Isabelle s'élança de derrière le rideau, sans se soucier de ses longues manches et de sa traîne. Elle se campa à côté du More et ses mains se crispèrent sur la balustrade comme des serres. Au début, ses cris ne purent surmonter les acclamations adressées à son rival. Puis ils parvinrent à les couvrir et la voix stridente d'Isabelle explosa sous les immenses voûtes.

– Des traîtres! Tous des traîtres! Vous serez pendus et écartelés! Tous vos biens seront saisis! Des traîtres! Gardes, arrêtez les traîtres!

Au début, le Conseil écouta dans un silence stupéfait. Puis, tandis que se poursuivait la diatribe hystérique de la malheureuse veuve, les murmures d'approbation reprirent : les estimés conseillers avaient sous les yeux la preuve même de la sagesse de leur jugement.

***

Vigevano, 21 octobre 1494

En fin d'après-midi, le secrétaire de Béatrice, Vincenzo Calmeta, la trouva en promenade au milieu du labyrinthe. Hissé sur la pointe des pieds, il la regarda par-dessus la haie taillée. Elle était à portée de bras, mais la rejoindre risquait d'être complexe.

– Madame, s'écria-t-il, la nouvelle que j'apporte est si importante que vous n'aurez pas envie d'attendre que je trouve mon chemin jusqu'à vous. Je n'ai pas de fil pour me guider, comme Thésée.

Béatrice était trop épuisée par la tension et la fatigue pour que le ton joyeux de Calmeta la rassérène. Après le départ de son mari pour Milan, elle s'était rendue à Vigevano avec son enfant et quelques personnes de confiance. Ils étaient arrivés une heure plus tôt, et depuis lors elle arpentait les allées de gravier, apparemment sans fin, du labyrinthe, en se tourmentant au sujet de ce qui se passait à Milan. Mais en voyant son secrétaire sautiller sur place pour la voir par-dessus la haie, elle ne put s'empêcher de rire.

– Parlez, Vincenzo ! Songez à tous les amoureux tourmentés qui se sont trouvés aussi près l'un de l'autre sans pouvoir satisfaire leur désir...

– Sans doute, madame. Contrairement au mythe ancien, plus d'une vierge a été poursuivie dans ce labyrinthe et en est ressortie intacte. Je viens de recevoir de Milan la nouvelle la plus merveilleuse. Votre époux a été acclamé duc par le Conseil des Nobles. Il a essayé de refuser cet honneur, mais le Conseil a argué que, dans les temps incertains que nous vivons, votre époux devait accepter les pleins pouvoirs sur toutes les affaires d'État. A midi, votre époux a traversé Milan à cheval et tout le peuple est sorti pour l'acclamer. A ce qu'on m'a dit, ce fut un triomphe digne d'un César. Votre mari se fait appeler simplement « duc », il a déclaré qu'il n'acceptera pas le titre de duc de Milan tant que l'empereur n'aura pas statué sur la succession. C'est tout ce que je sais pour le moment. Mais si Votre Seigneurie veut bien m'excuser, je vais essayer de trouver un chemin vers la civilisation et voir si d'autres courriers ne sont pas arrivés.

– Que Dieu vous bénisse, Vincenzo.

Béatrice dut faire effort pour que sa voix reste égale ; des sanglots de soulagement nouaient déjà sa gorge. Mon mari est sauvé. Mon enfant est sauvé. Pendant longtemps, elle ferma les yeux pour retenir ses larmes, l'esprit envahi par cette seule pensée. Mon mari est sauvé. Mon enfant est sauvé.

Puis elle se dirigea vers le centre du labyrinthe, et sa victoire lui parut plus totale à chaque pas. Isabelle était écrasée, ses complots et ses trahisons déjoués – non par les doutes concernant la paternité de son fils, mais par le simple vœu du peuple de Milan de perpétuer la souveraineté juste et compétente du More. Et bien entendu, tout le monde apprendrait bientôt que l'empereur avait l'intention de faire de Ludovic le seul duc de Milan vraiment légitime depuis trois générations. Bientôt, toutes les autres prévisions de son mari se réaliseraient. Les Florentins allaient retarder les Français, puis Naples et la France émousseraient leurs épées l'une contre l'autre, et dans l'Europe nouvelle tout le monde se tournerait vers le More pour solliciter ses sages conseils... Le mythique royaume de Tout renaissait de ses cendres et s'élevait jusqu'à une splendeur qu'elle n'avait jamais imaginée.

Elle fut surprise de se trouver bloquée dans un cul-de-sac; elle croyait connaître si bien ce labyrinthe... Un petit lézard se faufila entre deux feuilles et un oiseau chanta trois notes aiguës. Elle se retourna, se sentant soudain décalée, comme si elle avait laissé son vrai moi à quelques pas derrière elle. Puis elle se rappela le jour où elle était là avec Isabelle. Exactement en cet endroit, dans ses bras – quatre cœurs battant à l'unisson. Elle avait aimé Ich. Elle l'avait aimée vraiment. Elle eut l'impression étrange qu'elles étaient encore ici ensemble et que les rouages du temps avaient cessé de tourner : rien de tout ceci n'était arrivé et elle aimait encore Ich...

Non! Elle se mit à courir, à fuir vers sa nouvelle vie, la vie qu'elle avait choisie; le gravier crissa sous ses pas, bruit aigu et menaçant, comme si mille pieds la pourchassaient.

Une autre haie l'arrêta, alors qu'elle ne s'y attendait pas. Elle se retourna, affolée, pour affronter ses poursuivants. Elle vit le visage de Jean, image si vive dans son esprit qu'il semblait flotter dans l'air juste devant elle. Jean : les yeux enfoncés dans leurs orbites et qui l'imploraient, les lèvres closes en une ligne noire. Jean empoisonné. Par qui? La question revint en écho au rythme de son cœur battant. Pas par son mari. Pas par Isabelle : elle avait besoin que Jean vive pour qu'il abdique. Les Français? Mais pour quelle raison? Par personne? Par tout le monde?

Elle ferma les yeux et secoua la tête, pour tenter d'échapper à la question que posaient les yeux spectraux de Jean.

– Je ne peux plus vous aider, Jean, murmura-t-elle. Je regrette. Vous êtes mort. Vous êtes l'agneau immolé, le sacrifice à la paix. La Fortune vous a réclamé. Peut-être est-ce la Fortune qui vous a assassiné. Mais nous avons tous trempé les doigts dans votre sang, et aucun de nous ne sera plus jamais innocent.

***

Pavie, 22 octobre 1494

Isabelle s'éveilla dans son lit, avec les images de la veille comme un cauchemar qui refusait de rester dans les replis du sommeil. Les volets étaient fermés, et elle ne savait quelle heure il pouvait être. Elle se souvenait qu'on l'avait forcée à prendre un sédatif et qu'elle s'était endormie à Milan. On l'avait conduite à Pavie avant l'aube, dans un état de demi-conscience. Dans un éclair, elle se rendit compte qu'il lui restait une dernière chance de les arrêter.

Elle ne prit pas la peine de s'habiller; elle se précipita dans la chambre de Jean en chemise. La pièce était sombre, les volets clos. Du damas noir était tendu sur tous les murs. Le lit à colonnes ressemblait à un catafalque avec ses rideaux de crêpe noir. Isabelle les écarta d'un geste. Le lit était vide, couvert de drap noir.

– Où est Jean? cria-t-elle. Où ont-ils emporté Jean?

Elle s'adressa au lit vide comme si elle s'attendait à ce qu'il lui réponde.

– Où l'avez-vous emporté?

Elle se retourna brusquement. La duchesse Bonne se tenait sur le seuil, vêtue de noir comme de coutume, un sourire hideux sur son visage rond.

– Jean est allé faire un tour à cheval, dit-elle d'un ton joyeux. Jean a deux nouveaux chevaux.

– Où l'ont-ils emporté?

Bonne fronça les sourcils. Sa dame de compagnie, Giovanna da Maino, apparut derrière elle, vêtue de noir elle aussi.

– Madame, répondit-elle à Isabelle, le corps de votre époux a été emporté à Milan.

– Sur l'ordre de qui?

– Sur l'ordre du Conseil. Pour l'enterrement au Duomo.

– Sur l'ordre des traîtres qui l'ont empoisonné, cria Isabelle. Sur l'ordre de ses assassins. Et maintenant, nous ne pourrons plus le prouver. Ils enterrent leur crime, et nous ne pourrons jamais le prouver.

Le visage blême d'Isabelle se tordit de rage. Son corps fut saisi de spasmes violents, puis son visage se détendit, sa tête se pencha en avant et le souffle parut lui manquer. Elle hoqueta et tomba à genoux. Giovanna se précipita pour l'aider, mais Isabelle agita les bras, repoussant toute assistance. Les hoquets se muèrent en sanglots effrayants, rappelant les efforts que fait pour respirer un homme à qui l'on vient de trancher la gorge. Elle se mit à frapper le sol avec les paumes de ses mains. Le son qui sortait de sa gorge devint plus aigu, comme une lamentation continue.

Elle leva enfin les yeux; son visage était si déformé et violacé qu'on aurait pu croire qu'elle venait d'être battue. Elle regarda Bonne.

– Je n'ai jamais souhaité qu'il meure, dit-elle en un murmure rauque. Je voulais qu'il soit heureux. Sincèrement. Je ne lui ai même pas dit adieu.

Sa tête retomba et les sanglots convulsèrent son corps.

– Il ne faut pas pleurer, voyons. Jean reviendra dans l'après-midi.

Bonne avança d'un pas hésitant, tendit lentement le bras et posa la main sur l'épaule de sa belle-fille. Elle pencha la tête, puis se mit à lui caresser tendrement les cheveux.

Bonne regarda Giovanna et lui adressa un sourire chaleureux.

– Elle n'a vraiment aucune raison de pleurer, vous savez. Jean est parti faire un tour à cheval. Son père lui a offert deux chevaux hier.

CHAPITRE 44

Extrait d'une dépêche de Marino Sanuto, diplomate vénitien, à la Seigneurie de Venise.

Milan, 23 octobre 1494

... tout ce que fait cet homme prospère, et ce dont il rêve la nuit se réalise dans la journée. Le More est considéré maintenant comme l'homme le plus sage et le plus fortuné de toute l'Italie; il est estimé et respecté partout dans le monde. Tous les hommes le craignent parce que la Fortune le favorise dans tout ce qu'il entreprend...

***

Sarzana, 31 octobre 1494

Sa Majesté Très Chrétienne dînait dans son pavillon de campagne en soie, à une table installée sur un tapis de Perse. Quand on annonça le More, il bondit de son siège.

– Messire Ludovic, vous êtes revenu guider notre croisade!

Il tendit les bras et donna au More une accolade chaleureuse.

– Mais messire Galeazzo me l'avait assuré...

Le More se tourna vers Galeazzo, qu'il avait envoyé dans le Sud une semaine plus tôt pour dissiper les soupçons des Français. Galeazzo avait rejoint l'armée française à Fivizzano, petite ville fortifiée florentine qui n'avait guère résisté. L'armée de Charles VIII se trouvait maintenant campée devant la forteresse réputée imprenable de Sarzana et se préparait pour un siège prolongé.

Galeazzo dominait le roi de toute sa taille; il avait les lèvres pincées et essayait de communiquer ses pensées par le regard. Il semblait aussi agité qu'aux côtés d'Isabelle dans la Sala della Palla. Les conseillers omniprésents du roi se rassemblèrent autour du More, leur désinvolture habituelle remplacée par des airs fanfarons et ironiques.

Galeazzo se pencha vers le More comme s'il traduisait les paroles de bienvenue du roi.

– Sa Majesté est enchantée parce qu'elle tient trois boules dans sa main, dit-il à voix basse dans un italien très rapide.

Le visage du More demeura insondable. Les trois boules étaient l'emblème des Médicis, la maison régnante de Florence. Les Florentins venaient apparemment de subir un revers désastreux.

– Il faut que Votre Majesté me conte les conquêtes qu'elle a faites pendant que j'étais occupé par les événements tragiques de Milan, dit le More.

Pendant la traduction, ses yeux parcoururent la suite du roi.

– Montjoie, monseigneur Ludovic! Montjoie! Nous avons persuadé le bon seigneur Médicis de se joindre à notre entreprise chrétienne. Il est venu nous voir hier, sous sauf-conduit, avec Mgr Briçonnet et il nous a donné tout ce qu'il nous faudra pour notre campagne! Montjoie! Notre armée va défiler dans Florence, où nous serons accueillis en amis.

Galeazzo se hâta de traduire :

– Pierre de Médicis est venu ici hier, et s'est presque jeté aux pieds du roi. Il a livré Sarzana et a accordé le libre passage de l'armée française dans les territoires florentins. Il a également promis des prêts. Les largesses de Pierre ont stupéfié les Français. Il leur a accordé des choses qu'ils n'auraient jamais songé à demander. Il faut les entendre ridiculiser la couardise des Florentins. Je me sens humilié d'être italien.

Le More adressa au roi un sourire indulgent, expression que ne manqua pas d'observer l'arrogant entourage de Charles.

– Voilà qui est bien résolu, Majesté. Mais ne laissez pas ces concessions des Florentins vous détourner de leur plus beau fleuron : la ville de Pise. C'est leur port de mer, et il sera essentiel pour approvisionner Naples. Les Pisans souffrent depuis longtemps sous le joug de Florence, et je crois que si Votre Majesté se rendait à Pise pour rencontrer la noblesse de la ville, vous seriez accueilli en libérateur.

La mâchoire inférieure de Charles tomba et l'air sortit de ses poumons en sifflant.

– Évidemment, dit-il, songeur. Un des objets de notre quête est de libérer les peuples d'Italie partout où ils subissent l'oppression des tyrans. Il faut absolument que je délivre le bon peuple de Pise.

Le roi se retourna brusquement vers ses conseillers.

– A Pise! annonça-t-il.

L'entourage du roi se mit à discuter avec animation de ce nouvel objectif. Le More en profita pour s'esquiver discrètement en entraînant Galeazzo. Ils s'arrêtèrent à l'écart et regardèrent l'imposante forteresse de brique sur le promontoire rocheux, encadrée par un ciel toscan si bleu qu'il semblait vibrer. Le More esquissa un sourire sardonique.

– J'ai fait naguère l'erreur de surestimer Pierre de Médicis comme ami. Je viens de commettre l'erreur de le surestimer en tant qu'ennemi.

– Il a perdu la tête, répondit Galeazzo. Peut-être ne savez-vous pas ce qui s'est passé à Fivizzano. Ils ont abattu les murailles et pris la ville d'assaut en un quart d'heure. Puis le roi a envoyé les Suisses, et ils ont massacré la garnison et la moitié de la population avant qu'on ne les rappelle. Je n'ai pas eu besoin d'entrer dans la ville. J'ai tout entendu du camp. Et j'ai senti l'odeur...

Les paupières de l'œil droit du More battirent. Il se détourna légèrement.

– La Fortune est une garce sournoise.

Galeazzo fit la moue.

– Qu'allez-vous faire?

– La libération de Pise va sans doute occuper Sa Majesté Très Chrétienne pendant une semaine ou deux. Et les pluies se mettront peut-être à tomber d'ici là.

Il leva vers le ciel sans nuages un regard sans conviction. Chaque automne était marqué par de fortes pluies; c'était de mémoire d'homme l'automne le plus sec qu'on eût vu.

– Le peuple de Florence peut ne pas accepter les concessions que Pierre de Médicis vient de faire en son nom. Pierre est fort impopulaire. Des troubles peuvent éclater de ce côté-là.

– Et sinon?

– Oui, je dois me préparer pour cela.

Le More releva le menton et regarda par-dessus les toits de soie et de toile de l'immense camp des Français. Des oriflammes de couleurs vives claquaient à la cime de toutes les tentes.

– Il n'est jamais trop tôt pour se préparer au pire.

***

Extrait d'une dépêche de Marino Sanuto, diplomate vénitien, à la Seigneurie de Venise.

Sarzana, 3 novembre 1494

... Je ne sais s'il faut en penser du bien ou du mal, et je laisse à la sagesse collective de la Seigneurie le soin de deviner ce que signifie ce dont je rends compte. Ce matin, le More est parti à Milan. J'ignore quel argument il a dû employer pour convaincre Sa Majesté Très Chrétienne de permettre cette défection. Ce que je sais, en revanche, c'est qu'il a laissé Galeazzo di Sanseverino auprès du roi et accordé aux Français la somme de cent mille ducats payable immédiatement en espèces. En échange de ce versement, le More a obtenu les papiers d'investiture pour le duché de Gênes, naguère concédé à son neveu défunt. La semaine dernière à Milan, les gens disaient : « Seuls Dieu et le More savent d'avance de quel côté souffleront les vents de cette guerre. » J'estime qu'aujourd'hui Dieu Lui-même ne sait pas quelles sont les intentions du More.

CHAPITRE 45

Milan, 2 décembre 1494

Le More et Béatrice levèrent les yeux vers la coupole presque terminée de l'église Santa Maria delle Grazie. Deux peintres travaillaient sur un échafaudage, à la lumière que donnait une série d'œils-de-bœuf percés autour du tambour du dôme : ils peignaient en trompe l'œil une seconde rangée d'ouvertures, aussi réalistes que les premières.

– Ils auront fini dans deux semaines, Votre Altesse, assura l'architecte, maestro Donato Bramante, en tournant vers le More son front haut et ses yeux profonds, qui exprimaient une intelligence impérieuse. A supposer, bien entendu, que le beau temps continue...

– Le beau temps, répéta le More d'un ton absent.

– Léonard prétend que si nous n'avons pas de pluies avant janvier, nos pompes auront asséché le Tessin, ajouta Bramante.

– Comment s'appelle ce prêtre de Florence qui proclame que Dieu a envoyé les Français pour débarrasser l'Église de ses péchés? demanda Béatrice.

– Fra Girolamo Savonarole, répondit le More.

– Peut-être Fra Savonarole a-t-il raison, dit Béatrice. Dieu a envoyé les Français et leur a accordé le beau temps dont ils ont besoin.

– En tout cas, les Florentins sont certains que Dieu leur a envoyé Savonarole, fit observer Bramante d'un ton ironique. Depuis quelques mois, ses partisans sont de plus en plus nombreux. Pour lui, tout ce qui est moderne fait partie des « vanités », que ce soit une fresque de Fra Angelico, dont il compare les madones à des prostituées, ou un volume imprimé des poèmes « païens » de Virgile. Il demande à ses disciples de se dépouiller de ces vanités, qu'ils font brûler sur la place publique en de grands feux de joie. Puisque vous envoyez Caradasso à Rome acheter des antiquités, Votre Altesse, vous devriez peut-être lui demander de passer par Florence. Il pourrait proposer aux pénitents de Savonarole de les débarrasser de leurs vanités en leur épargnant la peine de les apporter sur la place.

Le More éclata de rire, puis se mit à discuter sérieusement avec Bramante des statues romaines qu'il espérait ajouter à sa collection. Soudain, Bramante leva les yeux vers les peintres qui travaillaient à sa coupole et se mit à leur lancer des insultes dans le langage peu châtié qui lui était habituel.

– Je vais monter là-haut prendre le pinceau moi-même, cria-t-il, en s'élançant sur l'échafaudage branlant.

Le départ soudain de Bramante laissa le More et Béatrice seuls, juste devant la balustrade d'onyx noir du grand autel. Le More baissa les yeux vers les dalles de marbre, qu'il frappa plusieurs fois avec la pointe de sa chaussure de velours – avec une expression absorbée, énigmatique, comme si ses pensées se déplaçaient sur son visage avec la même subtilité que les faibles variations de la lumière tombant des voûtes. Il resta silencieux un long moment.

– Ici, dit-il enfin d'une voix très basse, les yeux toujours fixés sur le sol. C'est ici que nous serons enterrés. Côte à côte, et les yeux tournés vers la lumière.

Béatrice prit le bras de son époux. Elle imagina ses ossements sous ces dalles et se demanda ce qu'elle verrait quand elle serait morte. Que voyaient sa mère et Jean en ce moment ? Une coupole baignée de soleil ou le dessous noir d'une dalle de marbre ? Des âmes en train de hurler ou des anges en train de chanter ? Ou bien rien ? Mais elle était incapable de méditer sur ce point à présent... Elle se dit simplement que son époux désirait dormir près d'elle pour l'éternité. Elle se serra contre lui, pour que le contact de leurs deux corps chasse cette vision de mort.

– Nous avons reçu ce matin des dépêches de Florence, dit le More. Le roi Charles a quitté la ville il y a deux jours. Florence a signé un traité de paix avec les Français, leur a accordé le libre passage et leur a versé cent vingt mille florins pour qu'ils s'en aillent. En échange, les Français ont laissé le peuple bannir Pierre de Médicis. Et maintenant, Savonarole a suggéré aux Florentins de se laisser gouverner par le Christ. On se demande combien de florins Sa Majesté Très Chrétienne réclamerait pour libérer Florence de la tyrannie du Christ...

Il secoua la tête.

– Cette campagne n'est pas celle que j'escomptais, ajouta-t-il. Et toujours pas de pluie.

Il releva la tête vers la coupole brillamment éclairée, puis il plissa les yeux et se détourna.

– Je souhaite faire revenir votre cousine à Milan.

– Pour pouvoir mieux la surveiller?

Ils avaient déjà discuté de l'éventualité où Isabelle, dans son désespoir, s'enfuirait à Asti demander à Louis d'Orléans de restaurer les droits de son fils.

– Non, la position du roi Charles VIII n'est pas encore assez sûre pour qu'il permette à Louis d'Orléans de se jeter sur sa proie. Il doit d'abord conquérir Naples.

– Mais alors, pourquoi faire venir Isabelle ici?

– Nous avons besoin d'elle.

Il se tut et leva de nouveau les yeux. Bramante peignait, en faisant de grands gestes à ses assistants, sans cesser de les insulter.

– Nous avons besoin de son amitié, murmura le More.

Béatrice haussa les sourcils, intriguée.

– Je suis certaine qu'il y a une logique dans votre raisonnement, mais je ne la discerne pas.

– La duchesse Bonne a en partie recouvré la raison, en tout cas le peu qu'elle avait, dit le More. Assez pour envoyer à sa fille en Allemagne des lettres pleines des habituelles allégations sur la mort de Jean.

Béatrice éprouva le pincement de cœur qu'elle ressentait chaque fois qu'on faisait allusion au décès de Jean. Le More avait fait examiner le cadavre de Jean à Milan par une demi-douzaine de médecins et même plusieurs ambassadeurs, et ils n'avaient trouvé aucune trace de poison. Ce qu'elle avait remarqué ce matin-là ne devait être qu'un jeu de lumière. Et de toute manière, même si Jean avait été empoisonné, le More n'était associé en rien à ce crime. Il avait déployé tous les efforts possibles pour découvrir la vérité.

– Il semble que l'empereur a eu connaissance de certaines lettres accusatrices de Bonne, poursuivit le More. J'ai reçu aujourd'hui une lettre de l'évêque de Brixen qui me demande au nom de l'empereur de lui assurer que rien de coupable ne s'est produit à Pavie. Je peux bien protester de mon innocence jusqu'au Jugement Dernier... Personne ne me croira jamais sans réserve. Mais mes dénégations deviendraient immédiatement crédibles si votre cousine Isabelle les corroborait.

– Pour quelle raison vous rendrait-elle ce service?

– J'ai envoyé Galeazzo Pusterla à Pavie, simplement pour qu'il observe Isabelle et me rende compte de son état d'esprit. Il me signale qu'elle semble chercher un terrain de conciliation avec nous.

– Avec sa sincérité habituelle!... Elle n'a évidemment pas renoncé à ses ambitions.

– Je crois que, pour le moment, son ambition est de sauver son père.

– Et elle s'imagine que nous...

Béatrice s'interrompit. Elle rougit soudain et sentit la chaleur descendre de ses joues sur ses épaules.

– Dieu me pardonne, Ludovic, avez-vous peur des Français au point d'envisager de vous réconcilier avec Alphonse d'Aragon ? Il a essayé de vous empoisonner, ainsi que notre fils. Vous ne pouvez songer à une chose pareille. Tant qu'il vivra, nous ne serons jamais en sécurité.

Ses yeux se remplirent de larmes de colère.

– J'offrirai à Alphonse le secours suffisant pour éviter une totale déroute. Il me paraît évident qu'il a instamment prié sa fille de nous faire des ouvertures, ce qui montre à quel point il est désespéré. Si Alphonse peut tenir tout l'hiver, les Français seront à court d'argent. Nous pourrions alors négocier un accord par lequel Alphonse se verrait contraint de jurer une allégeance au roi de France, qui saperait son autorité. Le peuple de Naples se soulèverait contre lui dès que les Français auraient le dos tourné. Ce qui paraît aujourd'hui une médecine amère risque de débarrasser l'Italie de deux pestes.

– Et nous nous servirions d'Isabelle pour transmettre ces assurances à son père...

Elle s'interrompit, et ses yeux s'emplirent de nouveau de larmes.

– C'est indécent, balbutia-t-elle.

La voix du More demeura calme, mais la lenteur de son débit suggérait une colère rentrée.

– N'était-il pas indécent de dire à la Seigneurie de Venise que l'empereur avait accepté de m'accorder l'investiture, alors qu'il ne l'avait pas fait ? C'est à ce moment-là que vous avez décidé, de votre propre chef, de jouer ce jeu. Aujourd'hui, les cartes que vous avez en main vous déplaisent, et vous vous élevez contre les règles de la partie. Soit. Je ne vous empêcherai pas de quitter la table. Mais ne mettez pas des bâtons dans les roues de ceux qui se trouvent contraints de continuer le jeu.

Béatrice entendit ses oreilles tinter. Son mari ne lui avait pas parlé sur un ton aussi hostile et supérieur depuis longtemps. Mais ce qui la blessa le plus, ce fut de le voir supposer que le jeu dépassait désormais le niveau de ses capacités. Soudain, ses yeux prirent l'éclat de diamant de la famille d'Este.

– Qu'attendez-vous de moi ?

Le More écarta les mains en un geste qui signifiait : très peu de chose.

– Quand votre cousine arrivera, accueillez-la aimablement et parlez-lui. Avec civilité, ni plus ni moins. Vous n'avez nullement besoin de lui offrir votre amitié éternelle.

***

Milan, 6 décembre 1494

Une demi-heure après avoir franchi la porte sud de Milan, Béatrice fit garer son carrosse sur le bas-côté du chemin de gravier qui longeait le canal de Pavie. Elle écarta les rideaux et regarda passer les chalands dans le crépuscule; les ponts étaient chargés de bétail, de sacs de céréales, et de tonneaux pleins de vin, de fromage ou d'huile.

La nuit tombait tôt en ce début d'hiver; l'air était sec, et d'une fraîcheur agréable. Des lanternes de position s'allumèrent sur les chalands. Quelques chariots de transport passèrent sur le chemin de halage, espérant battre la nuit de vitesse.

Dès que la date du retour d'Isabelle avait été fixée, Béatrice avait décidé d'attendre sa cousine en dehors de la ville, avant que les murs de pierre et les réceptions officielles ne les condamnent à des relations superficielles. Elle n'avait encore défini ni ce qu'elle dirait ni ce qu'elle ferait. En apparence, elle poursuivait les objectifs diplomatiques de son époux, dont elle avait admis le bien-fondé. Mais elle était également hantée par la violence angoissante de l'ambition d'Isabelle et la menace que celle-ci continuait de faire peser sur son mari, son fils et son enfant à naître. Peut-être, en tant que mère, enjoindrait-elle Isabelle de ne pas toucher à sa famille. Mais peut-être poursuivait-elle un objectif plus profond, exprimé dans son esprit seulement par bribes de pensées, encore mal articulées, qui ne cessaient de la réveiller au milieu de la nuit.

Le soir tomba comme une brume veloutée. Les lanternes solitaires des chalands dérivaient dans le noir. Béatrice vit une lumière apparaître très loin vers le sud, et ne la quitta pas des yeux jusqu'à ce qu'elle disparaisse enfin dans la direction de Milan. Sa tristesse fut alors si profonde qu'elle dut réprimer un sanglot. Elle se représenta tout – sa vie et tous ceux qu'elle avait aimés – en train de passer comme ce minuscule point de lumière vacillante.

Son regard suivait maintenant une autre lanterne, quand son cocher héla une voiture. La réponse lui confirma qu'Isabelle était arrivée. Béatrice attendit qu'un laquais lui ouvre la portière et l'aide à descendre. Elle avait la tête légère et le souffle court; l'air lui parut plus froid. Pendant un instant elle se vit distinctement avec Isabelle sur le balcon dominant la baie de Naples.

Les gentilshommes à la tête de la petite escorte des deux dames se réunirent et conférèrent. Paolo Bilia, un des chambellans de Jean, vint s'assurer qu'il s'agissait bien de Béatrice comme le prétendait l'officier des gardes. Il retourna à la voiture d'Isabelle et frappa à la portière, qui s'ouvrit en grinçant. Il passa la tête à l'intérieur. Un instant plus tard, il fit signe à

Béatrice de s'avancer. Elle remarqua alors les rubans noirs de deuil fixés aux ferrures dorées du carrosse d'Isabelle. Paolo l'aida à monter.

Les torches des gardes éclairaient l'intérieur d'une lumière tamisée. Béatrice ne vit qu'un visage blanc sur une silhouette imprécise, vêtue de noir. Dès qu'elle fut assise sur les coussins en face d'Isabelle, le cocher poussa un cri et la voiture repartit.

– Votre Altesse... dit-elle, et sa voix lui parut à la fois beaucoup trop forte et pleine de crainte.

Isabelle ne répondit pas. Elle tourna la tête de côté, et ce geste donna plus de précision à la pâleur indistincte de ses traits; on eût dit le visage d'un nageur en train de sortir d'une rivière boueuse.

Quelque chose se déchira dans la poitrine de Béatrice. Elle ne parvenait pas à le croire. Isabelle n'était plus rien. Son visage était si hâve que ses yeux et ses joues formaient des creux grisâtres; son nez semblait une lame acérée d'os blanc; ses cheveux avaient perdu une grande partie de leur épaisseur. Elle aurait pu être un cadavre – sauf qu'il manquait à ses traits squelettiques la sérénité de la mort.

L'objectif de Béatrice devint alors très clair : elle était venue chercher l'absolution de sa faute. Une faute qu'elle était incapable de définir; elle estimait n'avoir rien fait de mal, ni son mari, et pourtant elle éprouvait le besoin de se faire pardonner, ne serait-ce que parce que la Fortune l'avait comblée aux dépens d'Isabelle.

– Ich... Il faut me croire. Jamais je n'ai souhaité qu'il t'arrive rien de tel, dit-elle d'un ton voisin du désespoir. Je ne le voulais pas.

Isabelle eut un petit rire sec, semblable au grincement d'un vieux gond.

– Je t'avais prévenue, tu le sais. Je t'avais mise en garde avant que tout ceci ne commence.

– Tu es à l'origine de ce qui se passe autant que moi, Ich. Ta lettre à ton père a mis l'affaire en branle.

– Je ne pouvais faire d'autre manière. Du jour où tu as eu un fils, je n'avais pas le choix.

– Non, Ich. Même alors, il était encore temps de l'arrêter.

A mesure qu'elle les prononçait, ses propres paroles la choquèrent : faire allusion à son époux par un pronom, de façon si impersonnelle, lui parut une hérésie. Elle se rendit compte que c'était une autre Béatrice qui parlait, la Béatrice encore perdue dans le labyrinthe avec Isabelle. La Béatrice qu'elle avait décidé d'abandonner. Et en face de cette Béatrice, sa culpabilité prit soudain tout son relief. Elle ne regrettait rien, ni pour Isabelle ni même pour Jean. Le meilleur choix qu'elle avait fait était de se joindre à « lui » et d'épouser ses rêves – de donner au More son cœur et son âme. Dire qu'elle n'avait jamais souhaité ce qui s'était produit constituait bel et bien un mensonge. Peut-être n'avait-elle pas voulu que Jean meure, mais elle avait désiré tout le reste : tout ce qui s'était passé parce que Jean était mort. Et c'était cela qui la réveillait au milieu de la nuit.

Isabelle se laissa aller contre les coussins. Ses gestes n'avaient pas la grâce alanguie de la fatigue : ils exprimaient une nervosité incontrôlable.

– C'est la Fortune qui a tout précipité. La Fortune nous a jouées l'une contre l'autre. Le conflit était inévitable. Et j'ai perdu. J'ai perdu !

Elle offrit à Béatrice un sourire de tête de mort et se laissa de nouveau aller, en ajoutant d'un ton d'infinie lassitude :

– Plus rien ne compte à présent. Je suis finie.

Pendant un instant, Béatrice se demanda si ce jeu de scène n'était pas encore une mascarade. Elle se força à scruter le visage ravagé d'Isabelle dans la pénombre. Elle n'y lut aucune ruse. A peine était-il en vie.

– Tu sais pourquoi je reviens à Milan, n'est-ce pas ?

– Oui.

Béatrice fit vœu de toujours haïr le père d'Isabelle, quoi qu'il arrive.

Elles gardèrent le silence pendant un moment dans le carrosse qui les berçait doucement. Puis Isabelle dit :

– Un échafaudage de mensonges. Voilà ce qu'est devenu le monde. Un échafaudage construit par la Seigneurie de Venise, les Français, ton époux et Sa Sainteté. Ainsi que par mon père. Je le sais. Et par nous deux. Nous avons contribué à le construire. Peut-être sommes-nous plus coupables que tous les autres. Le mensonge est le seul art qu'ils aient jamais appris à pratiquer.

Elle plissa les narines avec mépris.

– Le mensonge est leur langue maternelle. Alors que nous avons jadis participé à la vérité. Nous nous sommes sincèrement aimées. Oui, nous nous sommes aimées jadis.

Une autre vérité se révéla à Béatrice : le chagrin d'Isabelle était sincère. Et son amour l'avait donc été.

– Tu ne sais pas ce que c'est, Béatrice. Je suis dans le noir. Il fait si sombre que souvent je ne peux pas respirer. Parfois l'air est un vent fait de lames de couteaux. Si j'ouvre la bouche pour respirer, mes poumons sont lacérés. Je veux aider mes enfants, mais je suis incapable de bouger. Mes enfants ont besoin de moi, mais je ne peux pas...

L'authenticité du dénuement et du remords d'Isabelle toucha profondément Béatrice. Elle crut entendre le cliquetis métallique de l'air mortel qu'Isabelle essayait de respirer. Elle sentit la douleur dans sa propre gorge. Des larmes lui montèrent aux yeux.

– Je veillerai à ce que tes enfants soient protégés pendant qu'ils seront à Milan, Ich. Je te le promets.

Le buste d'Isabelle se pencha brusquement, et elle tendit les bras avec une telle véhémence que Béatrice se recula, alarmée, certaine que sa cousine voulait arracher son enfant de son sein. Mais Isabelle se contenta de saisir les mains de Béatrice, posées sur son ventre gonflé pour le protéger.

Les mains d'Isabelle étaient si froides, si décharnées qu'elles semblaient sculptées dans la pierre. Au fond de ses orbites creuses, ses yeux se firent suppliants.

– Je t'en supplie, ne les laisse pas me prendre François. Ne les laisse pas me prendre mon fils. Ne les laisse pas me prendre mes enfants.

Ses épaules se voûtèrent et elle se mit à pleurer.

Au bout d'un instant, sans analyser ses motifs, Béatrice alla s'asseoir sur la banquette à côté d'Isabelle. Dans les bras l'une de l'autre, les deux duchesses pleurèrent dans le noir jusqu'aux portes de Milan.

CHAPITRE 46

Extraits d'une lettre de Benedetto Dei, voyageur et conteur, à Léonard de Vinci, ingénieur militaire à la cour de Milan.

Rome, 1er janvier 1495

... Nous avons assisté une fois de plus au spectacle de l'armée française défilant sans opposition dans une capitale italienne. Sa Majesté Très Chrétienne est entrée hier à Rome en procession triomphale... Sa Sainteté s'est réfugiée au Vatican. Heureusement, l'adorable maîtresse de Sa Sainteté, madonna Giulia Farnèse, est là pour offrir à Sa Sainteté les plus profonds secours spirituels. Pas plus tard que la semaine dernière, sur le chemin d'Aquapendente où elle venait d'assister à un mariage, ladite dame fut faite prisonnière par des éléments de l'avant-garde française. Ces soudards, étant sous les ordres de gentilshommes, libérèrent promptement la belle Giulia à la suite du versement extraordinairement accéléré, par Sa Sainteté, d'une rançon considérable. A présent, bien entendu, Sa Majesté Très Chrétienne est en mesure de rançonner la ville entière de Rome et tous ses habitants...

***

Extraits d'une lettre d'Isabelle d'Este de Gonzague, marquise de Mantoue, à François Gonzague, marquis de Mantoue et capitaine général des armées de Venise.

Milan, 20 janvier 1495

Illustrissime seigneur époux, qui me manque énormément,
Je suis arrivée ici hier, après avoir passé un jour de plus à

Pavie à la requête de messer Ambrogio, car le dix-huit n'était pas jugé propice pour mon entrée à Milan. Heureusement, je suis encore en avance sur l'enfant de ma sœur, qu'on attend dans le courant de la semaine. J'ai passé la soirée à son chevet et je l'ai amusée du mieux que j'ai pu, mais elle est pleine d'appréhension, ce qui se justifie amplement après les difficultés de son premier accouchement... Ce matin, j'ai rendu visite à la duchesse veuve Isabelle dans ses appartements du Castello. Sa chambre est entièrement tendue de noir; il y entre à peine assez de lumière pour qu'on voie sa propre main devant ses yeux et juste assez d'air pour ne pas suffoquer. Elle porte une cape de toile noire de si méchante qualité que même un moine pieux n'en voudrait point, et un voile qui recouvre entièrement son visage. On dit qu'elle a recommencé à prendre ses repas régulièrement, mais à la voir on ne le croirait pas. J'ai ressenti une telle compassion pour son état lamentable que je n'ai pu m'empêcher de pleurer. Quand je lui eus exprimé ma sympathie et présenté des condoléances en votre nom, elle a fait venir ses enfants – et j'ai pleuré de plus belle à leur vue. La petite fille est trop jeune pour comprendre sa perte; le petit garçon a l'air de se porter bien, mais il s'est plaint à moi d'être las de s'habiller en noir...

Vous ne reconnaîtriez pas Milan! Les rues ont été nettoyées et élargies, on a construit de nouvelles places, des jardins et des parcs, si bien que tout semble nouveau ou restauré dans son ancienne gloire. Et l'on croirait que la ville a voté un édit obligeant toute femme qui désire se montrer en public à se parer d'au moins dix mille ducats de pierres précieuses! Les carrosses roulent jour et nuit pour conduire ces beautés d'une fête à une autre – et sans doute d'un amant à un autre!

J'ai dîné hier soir avec le More dans ses appartements, et il m'a montré des dépêches de Rome confirmant que Sa Sainteté a laissé aux Français le libre passage sur ses territoires et accepté de couronner Sa Majesté Très Chrétienne roi de Naples. En outre, Sa Sainteté a fait de Briçonnet un cardinal, ce qui ne sied pas du tout au More... Le More m'a également soumis des rapports de ses agents à Naples concernant la santé du roi Alphonse. Il semble qu'Alphonse se préoccupe beaucoup de religion depuis peu, alors qu'il n'en faisait jamais cas. Il passe tout son temps à laver les pieds des pauvres et à pleurer sur ses malheurs! Une fois terminée la lecture de ces documents, j'ai demandé au More quels changements il comptait apporter à sa politique étant donné l'évolution malencontreuse de la situation. Il n'a pas ménagé ses reproches à la Seigneurie de Venise, répétant qu'il l'avait bien prévenue : seul l'engagement ferme de Venise dans une ligue italienne aurait pu empêcher l'invasion des Français, mais maintenant que les Français ont conquis toute l'Italie avec un bout de craie – la craie avec laquelle ils marquent les maisons réquisitionnées pour loger leurs troupes – il ne voit aucune raison d'entrer dans une alliance de ce genre. Il dit que, dans la situation actuelle, il ne peut pas se permettre de contrarier les Français. En effet, m'a-t-il dit : « Si le roi de France conquiert le royaume de Naples et apprend que son succès m'a déplu, quel avantage en tirerai-je ? » Il assure que le seul moyen de faire rentrer les Français au-delà des Alpes est de persuader l'Espagne de franchir les Pyrénées... Vous devriez conseiller à la Seigneurie de demander à ses ambassadeurs de ne pas quitter le More des yeux, et de souhaiter que les événements le persuaderont bientôt de collaborer à débarrasser l'Italie de la menace française...

Le More n'a pas encore reçu de l'empereur d'Allemagne les documents de son investiture. Sans doute, dit-on, parce que les accusations relatives au décès de l'ancien duc ont troublé les princes électeurs de l'empire. Le More affirme que ce retard ne le soucie point, mais je crois pour ma part qu'il est grand temps que ces papiers arrivent, car un duché de Milan sans duc de Milan me paraît un état de chose fort troublant en une période fort troublée. Même la Seigneurie doit convenir qu'il n'y a plus d'autre solution, à part l'infâme duc Louis d'Orléans, qui se trouve toujours à Asti et qui envoie régulièrement des messagers pour proclamer que le seul légitime duc de Milan, c'est lui...

***

Naples, 23 janvier 1495

Quand il s'éveilla, Alphonse d'Aragon, roi de Naples, crut d'abord que le tonnerre d'un gros orage avait troublé son sommeil, un orage semblable à la tempête du jour de Noël, trois ans plus tôt. Puis il se rendit compte qu'il entendait les canons des Français. Ils se trouvaient encore à près de cent lieues, mais il les entendait. Ses draps de soie étaient trempés de sueur. Il fallait qu'il se lève. Il mit la robe de moine en bure grossière qu'il portait quand il lavait les pieds de ses pauvres, et il prit son seau d'argent. Avec une simple bougie à la main, il sortit de sa chambre sans bruit et fit le tour de la loggia de la cour intérieure jusqu'aux appartements fermés de son père défunt. Il ouvrit les portes et les referma à clé derrière lui, puis il alluma une lampe de bronze poli en forme de griffon, avec de gros seins de femme.

Les pièces étaient presque vides. Alphonse descendit un escalier jusqu'à une série de salles souterraines. Il s'arrêta devant une porte de bois et chercha la bonne clé à son trousseau. La serrure grinça. Il marqua un temps avant d'ouvrir la porte, pour s'assurer qu'il avait toujours son seau et son éponge. Il se demanda pourquoi il n'avait pas songé à venir là plus tôt. Il lui semblait tellement évident, maintenant, que c'était ce qu'il devait faire.

La pièce, de la taille d'une garde-robe, avait une odeur de camphre et de moisi. Les murs de pierre nue étaient sans fenêtre. Deux rangées de ce qui semblait des statues se trouvaient face à face à quelques pas l'une de l'autre – environ une douzaine de chaque côté. C'était la collection privée de Ferrante d'Aragon, mais Alphonse avait contribué à la réunir.

La lampe haute, il s'avança entre les deux rangs de personnages debout. Ils avaient de vrais vêtements, des tuniques luxueuses de soie brodée et de damas, comme tout noble se doit d'en porter. Au passage d'Alphonse, la lumière faisait luire leurs yeux de verre. Il s'arrêta et avança la lampe vers le visage de l'un d'eux. Les yeux de verre lancèrent des flammes. On avait écarté des orbites la peau desséchée du visage. Les lèvres tendues s'étaient entrouvertes pour révéler de vraies dents. C'était une des pièces les plus anciennes de la collection, un noble que Ferrante avait exécuté et embaumé quarante ans auparavant. Il ne se conservait pas bien.

Alphonse chercha des yeux quelqu'un de plus récent, quelqu'un qu'il connaissait. Il trouva un homme qui appartenait à la collection depuis moins de dix ans; la pâleur parcheminée de sa longue détention jaunissait par suite de l'embaumement et à cause de la lueur de la lampe, mais la peau semblait encore élastique, les lèvres pleines et fières. Une couture bien faite marquait le tour de son cou; pour des raisons esthétiques, on avait recousu la tête en place après le coup de hache du bourreau.

– Don Marino, murmura Alphonse.

Il s'agenouilla aux pieds de don Marino, mais se rendit compte aussitôt qu'il ne pourrait pas ôter les chaussures de velours de la momie sans la faire basculer. Il se contenta donc de passer symboliquement l'éponge humide sur le velours. Il se mit à pleurer. Ses yeux se réduisirent à de minces fentes injectées de sang et son gros visage rond se tordit de douleur.

Après avoir pleuré et frotté l'éponge pendant longtemps, Alphonse se releva, les joues luisantes de larmes.

– Pardonnez-moi, don Marino, gémit-il.

– France.

Alphonse s'attendait à ce que don Marino lui parle; il ne s'attendait cependant pas à cette réponse. Mais il était certain de l'avoir entendue, aussi clairement qu'il avait entendu les canons qui l'avaient réveillé en plein sommeil. Il avait même vu les lèvres de don Marino bouger.

– Quoi? demanda-t-il.

– France.

Alphonse brandit soudain son seau, et la tête mal recousue de don Marino s'envola dans les ombres. Elle craqua contre la pierre et roula sur le sol avec un bruit creux de citrouille séchée. Puis ce fut le silence. Le silence béni du pardon.

– France.

Alphonse tourna brusquement la tête.

– France. France.

Il n'aurait su dire qui avait parlé. Il fit quelques pas à gauche et à droite, en plaçant sa lampe sous le nez des morts.

– France. France. France.

Tous le disaient! Il voyait leurs lèvres bouger. Il se mit à frapper avec son seau, faisant voler les têtes et basculer les corps, mais les têtes sans corps continuaient de crier : « France. France. France. » Il lança le seau contre le mur et courut vers la porte.

Il monta les escaliers quatre à quatre. Dans la loggia, il put de nouveau respirer et cessa d'entendre les traîtres. Mais les canons français s'étaient rapprochés, et à chacune de leurs salves les murs tremblaient.

Il courut jusqu'à la chambre de son secrétaire et frappa à la porte. Quand l'homme apparut, stupéfait, Alphonse lui ordonna de s'habiller, de prendre de quoi écrire et de le rejoindre dans les appartements de Giovanna, la veuve de son père.

Les domestiques de Giovanna étaient levés, il passa devant eux sans un mot et entra en coup de vent dans la chambre. Les lampes des appliques étaient allumées et le grand feu qui éclairait toute la pièce dégageait une chaleur étouffante. Giovanna, la seconde épouse de son père, n'avait que trente-cinq ans. Elle était allongée sur un drap de soie blanc, entièrement nue, le visage caché par deux grosses tranches de veau imbibées de lait. C'était une femme bien en chair, avec un cou d'une minceur disproportionnée et un grand nez qui jaillissait entre les deux morceaux de viande. Deux servantes continuèrent d'éponger sa peau avec de l'eau sentant la sueur, sans se soucier de couvrir leur maîtresse.

– Que voulez-vous, très cher? demanda Giovanna en espagnol.

– Que vous soyez témoin.

– Témoin de quoi? Allez-vous faire quelque chose de paillard? Je croyais que vous aviez déjà fait toutes les paillardises du monde.

– Couvrez-la, aboya Alphonse aux servantes. Mon secrétaire arrive.

Giovanna se débarrassa des escalopes et releva la tête. Elle fit signe aux servantes, qui lui essuyèrent le visage et l'enveloppèrent dans une tunique de soie blanche.

Les épaules d'Alphonse tressaillirent soudain. Il regarda Giovanna.

– Vous ne les avez pas entendus? lança-t-il d'une voix angoissée. Les canons. Les canons nous encerclent. Vous savez que lorsqu'ils abattent les murs, ils font passer tout le monde au fil de l'épée, hommes, femmes et enfants? Ce ne sont pas des hommes, ce sont des bêtes!

Le secrétaire arriva. Giovanna, pâle et sans apprêt, le visage calme et curieusement élégant, observa la scène avec le détachement d'une femme qui en a déjà vu bien d'autres.

– Soyez témoin, répéta Alphonse.

Ses épaules tressaillirent au bruit d'une autre salve imaginaire, et il tourna convulsivement la tête vers son secrétaire. Il lui fit signe d'écrire les formules préliminaires habituelles. Puis il parla, beaucoup plus fort que de coutume, comme pour couvrir le bruit des canons français.

– J'ai décidé, guidé par la main de Dieu, d'abdiquer en faveur de mon fils et héritier Ferrantino, pour pouvoir quitter ce royaume et faire la paix avec Dieu avant que...

Il se mit à hurler soudain :

– N'auront-ils donc pas la simple courtoisie de cesser de tirer le temps que je finisse ceci? Ce sont des chiens!

Mais même quand il eut terminé de dicter son message d'abdication, il ne put réduire les canons français au silence.

CHAPITRE 47

Milan, 5 février 1495

– Tu as plus de chance que le diable en personne.

Le visage radieux encadré de boucles blondes, la marquise entra dans la chambre de Béatrice, Sforza-François Sforza, âgé d'un jour, au creux de son bras. Il portait le prénom du frère défunt du More qui lui avait légué le duché de Bari. Hercule, le frère du nouveau-né, âgé de deux ans, vêtu d'une tunique bleue et de chausses assorties, s'accrochait aux jupes de la marquise en criant joyeusement :

– Maman ! Maman !

La marquise s'assit sur le lit et posa le paquet enveloppé de satin dans les bras de Béatrice.

– Songe à toutes les femmes, dont je suis, qui ont souffert vainement pendant des années dans l'espoir d'avoir un fils. Il ne te suffisait pas d'avoir ce mignon petit garçon, dit-elle en soulevant Hercule du sol, que je vais emmener quand je partirai ; tu as maintenant le plus parfait petit bébé que j'aie jamais vue. Regarde-le.

Les grands iris indigo de Sforza-François brillaient au milieu de son petit visage joufflu tout rose.

– Tu as vu comme il nous regarde ? Je n'ai jamais vu un nouveau-né faire ça.

Elle se pencha vers l'enfant.

– Je suis ta tante Isabelle, la plus belle chose que tu verras jamais.

Sforza la dévisagea fixement et Hercule gazouilla :

– Bébé ! Bébé !

– J'en suis malade d'envie, ajouta la marquise, en levant les yeux au ciel comme pour prendre Dieu à témoin de cette injuste répartition des fils.

Puis elle scruta le visage de Béatrice et lui effleura la joue du bout des doigts.

– Tu as vraiment de belles couleurs, ma chérie. Heureusement que l'hémorragie s'est arrêtée.

Pendant un quart d'heure angoissant après l'accouchement, Béatrice avait beaucoup saigné. Puis cela s'était calmé naturellement. En fait, Béatrice avait été plus affaiblie par la peur que par la perte de sang.

– Je ne peux pas... commença-t-elle, puis elle se mordit la lèvre inférieure. La première fois, j'étais trop épuisée pour avoir peur. Cette fois, j'ai pu penser. J'ai pensé à tout : à tout ceux que j'aime et que je n'aurais pas revus, à mes enfants qui auraient grandi sans moi. Et je n'aurais plus fait l'amour avec mon mari. Cela m'a fait tellement peur. Comme si mon âme se déversait hors de moi. Et je restais là à la regarder s'en aller.

– La sage-femme dit que tout s'est beaucoup mieux passé que l'autre fois. La troisième fois, tu accoucheras en moins de temps qu'il n'en faut à une ribaude pour trouver un client au Vatican.

Béatrice ébaucha un sourire, mais continua de se mordre la lèvre.

– Et l'oncle Alphonse, dit la marquise d'un ton léger, quelle bonne nouvelle! Ton époux affirme que l'abdication d'Alphonse va permettre d'aider Naples plus efficacement. Tu te rends compte? Trois rois de Naples dans l'espace d'un an. Je ne me souviens plus très bien de notre cousin Ferrantino. Tu t'entendais bien avec lui quand tu étais là-bas?

Ferrantino avait deux ans de plus qu'Isabelle d'Aragon. C'étaient d'inséparables compagnons de jeu, mais Ferrantino se montrait toujours calme et gentil; jamais il n'avait taquiné ou fait enrager Béatrice, sauf si Ich l'y poussait. Il avait toujours paru frêle à côté de son père, avec de grandes dents de lapin.

– C'était un aimable garçon. Peut-être mettra-t-il fin aux malheurs qui ont accablé Naples.

La marquise hocha la tête et se signa – une des habitudes de sa mère qu'elle avait adoptées depuis la mort de celle-ci.

– Tu sais, Béatrice, je pense souvent à maman, à la façon dont elle parlait toujours d'une Italie unie dans la paix. Pour elle, c'était plus qu'un article de foi. C'était un rêve, vraiment, et je place les rêves au-dessus de la foi, parce que les rêves ne peuvent jamais être corrompus. Sinon, ce ne seraient plus des rêves. Bien entendu, je trouvais le rêve de maman stupide et irréalisable, ajouta-t-elle avec un sourire triste. Mais à présent, je crois que malgré les Français, ou peut-être à cause d'eux, nous aurons cette paix un jour.

Béatrice se demanda pourquoi elle ne discutait jamais de leur mère avec sa sœur; Isabelle avait abordé le sujet une dizaine de fois depuis son arrivée. Peut-être Béatrice craignait-elle que sa sœur découvre l'ambivalence de ses sentiments à l'égard de leur mère. Ou bien parce qu'elle savait depuis toujours qu'Isabelle était la préférée de maman.

– Il est temps que les deux jeunes seigneurs rentrent dans leur chambre et que la duchesse éteigne les lumières et s'endorme... lança Polissena du seuil de la porte.

La marquise ne se retourna pas au son de la voix de Polissena, mais continua de regarder Béatrice, en dodelinant de la tête et en mimant les paroles de la vieille gouvernante de la plus comique façon. Béatrice éclata de rire si brusquement qu'elle sentit une brûlure dans son ventre, mais elle ne put se retenir et rit si fort que des larmes roulèrent sur ses joues.

– Et ce que la marquise décidera de faire, continua Polissena dont la tête dodelina plus violemment que jamais, ne regarde qu'elle, Notre Seigneur et le diable, car elle a toujours dédaigné les conseils sur sa santé que lui prodiguent les personnes d'expérience.

La marquise se tourna enfin pour contre-attaquer.

– Polissena, ton expérience est si durable que...

Polissena sursauta, sa mâchoire inférieure tomba et elle se mit à trembler. Ce fut si soudain que la marquise s'arrêta en pleine phrase.

– Notre Seigneur! s'écria la vieille gouvernante en se signant. Quand Votre Seigneurie s'est retournée à l'instant, j'ai cru voir votre sainte mère assise ainsi. Votre mère il y a quinze ans. La plus belle femme que j'aie jamais vue. Vous êtes précisément l'image de votre sainte mère. Mon Dieu, j'ai cru voir un fantôme.

Polissena lança un dernier regard d'oiseau de proie – sans doute pour surmonter ses propres émotions – puis se mit à pleurer.

La marquise adressa à Béatrice un regard d'impuissance, puis se leva et se dirigea vers Polissena. Les yeux brillants de larmes, elle enveloppa de ses bras le buste frêle et raide de la vieille gouvernante.

– Elle me manque aussi, Polissena. Elle me manque aussi.

***

Milan, 27 février 1495

– Par ma foi, je me suis toujours demandé comment ils avaient fait.

La marquise fit le tour du piédestal de la statue romaine. Sculptée dans un marbre blanc lumineux, la statue représentait Zeus transformé en cygne en train de faire l'amour à Léda, l'épouse trop humaine du roi de Sparte. Le cygne, beaucoup plus gros que nature, saisissait de ses pattes palmées les hanches généreuses de Léda et enveloppait son dos nu de ses ailes.

– Parfaitement convaincant, ajouta la marquise. Mon Dieu, Béatrice, on peut presque les entendre gémir de passion. En tout cas elle; lui, il doit corner. Mais quel élan! C'est nouveau, non?

– Mon mari l'a fait envoyer de Rome il y a quelques semaines.

Une douzaine de statues antiques étaient alignées sur la pelouse le long du lac artificiel. Plusieurs arpents du parc ducal avaient été transformés en jardins: motifs géométriques d'arbres, de haies et de parterres de fleurs entrelacés d'allées de gravier. Non loin s'élevaient plusieurs bâtiments ressemblant à de grands temples grecs: la ménagerie du More, les écuries du défunt duc de Milan et les nouvelles écuries de Galeazzo di Sanseverino. Il n'y avait pas eu de véritable hiver cette année-là, seule la rareté des fleurs trahissait la saison. A la place des couleurs les plus luxuriantes de la nature, le parc ne s'ornait que de courtisans milanais, venus par centaines avec leurs épouses dans leurs plus belles tenues de cheval. La plupart avaient mis pied à terre et confié leur cheval à leurs pages. Ils se promenaient en couples ou se groupaient autour des diverses attractions musicales: orchestres constitués par deux bois et un trombone qui jouaient de joyeux airs de danse, ou bien chanteurs égrenant de longues romances comiques ou sentimentales en s'accompagnant sur un luth.

La marquise prit sa sœur par la main et l'entraîna vers la statue héroïque d'un empereur romain nu. Elle regarda vers le nord du lac, où une longue table recouverte de brocart blanc et garnie de fruits et de pâtisseries avait été placée sur la pelouse; plusieurs dizaines de dames et de gentilshommes bavardaient au voisinage, en picorant la nourriture et en écoutant la musique.

– Béatrice, croirait-on que la moitié de ces gens ont eu du mal à sortir du lit ce matin?

La fête de la veille, un bal masqué dans une demeure privée, s'était prolongée jusqu'aux petites heures.

– Ce sont ces masques de Carnaval, ajouta-t-elle. Quand les gens sont déguisés, ils sont prêts à n'importe quoi. Sais-tu qui était cette femme qui s'est promenée avec les seins à l'air pendant la plus grande partie de la soirée? Je t'assure que si jamais je revois ces seins, je les reconnaîtrai aussitôt. Et je te jure que si tu avais eu l'audace de regarder sous une des nappes, tu te serais crue dans un bordel. Seigneur, j'ai vu toute une table trembler et s'agiter comme une grosse bête. Et puis cette paire de fesses nues qui a jailli soudain de dessous la nappe! Un de ces messieurs masqués s'est avancé, a délacé sa braguette et s'est mis à faire son affaire sans même se soucier de savoir s'il s'agissait d'une femme ou d'un homme. Je présume qu'il songeait à une femme, et qu'il a simplement visé différemment s'il s'agissait d'un homme...

– On m'a dit que le pire a suivi notre départ. Certaines danseuses de la troupe ont continué le spectacle. Sans costumes, bien entendu.

– Bien entendu, répéta la marquise en penchant sur le côté le bonnet de velours presque aussi plat qu'une soucoupe qui couronnait son impressionnante crinière blonde.

Elle tira sur la soie blanche qui apparaissait à travers les crevés des manches de satin noir de sa *camora*, puis leva les yeux et demanda :

– N'as-tu pas d'autres détails? Tu sais bien qu'il faut m'en gorger pour me satisfaire. Ce qui m'intéresse, ce sont les distinctions subtiles et les nuances.

– Voyons, tu n'as pas envie de savoir.

– Mais si.

– Eh bien, ils ont fait venir des étalons...

– Seigneur Jésus! s'écria la marquise en se signant. Tu as raison : je n'ai pas envie de savoir.

Elle se tourna vers la table et plissa les yeux.

– Tiens, voici ton mari. De très belles jambes. Il a une allure splendide dans son costume de cheval.

– Il est avec le représentant du roi d'Espagne.

La marquise désigna deux hommes vêtus sans recherche à une dizaine de pas du More et de l'ambassadeur espagnol. L'un, d'une quarantaine d'années et solidement bâti, et l'autre, bedonnant et chauve, faisaient piètre figure dans leurs chausses et leur pourpoint de cheval mal coupés.

– Et voici les deux ombres fidèles de ton époux : les ambassadeurs de Venise. Jamais je n'ai vu un seul Vénitien portant beau en tenue de cheval. Ton mari les mettrait sans doute plus à l'aise s'il les renvoyait à Venise avec la promesse de former une nouvelle ligue.

– Mon mari croit que la Seigneurie n'a pas encore apprécié la crise dans toute sa gravité. Il dit que Venise propose seulement d'attaquer les Français avec des promesses, alors que le roi d'Espagne a déjà envoyé des dizaines de bateaux en Sicile pour harceler les envahisseurs. Mon mari a raison, Isabelle. Il n'est guère probable que les Français repartiront d'Italie simplement parce que Venise se décidera enfin à lancer l'anathème.

– Bien entendu. Mais mon mari essaie de convaincre la Seigneurie de financer une armée de cinquante mille hommes pour jeter les Français dehors. La Seigneurie lui a objecté qu'il est inutile de se lancer dans ce genre de dépense tant que les armées de Naples ont encore une chance de succès.

– Espérons que l'optimisme de la Seigneurie de Venise sera justifié, répondit Béatrice. Pour moi, j'ai des doutes. J'ai vu l'armée française.

– Les espérances de son frère ont redonné du courage à notre cousine Isabelle, dit la marquise. Elle a reçu des lettres de lui. Quand elle a appris l'abdication de son père, j'ai cru que c'en était fait d'elle. Mais elle se porte beaucoup mieux depuis ces dernières semaines. Elle aime beaucoup Ferrantino, et je la crois sincèrement soulagée de ne plus avoir à défendre son père... Tu devrais aller la voir, ajouta la marquise après un temps de silence.

– Non.

Béatrice se tourna vers sa sœur, le regard presque véhément.

– C'est trop dur. J'ai essayé. Nous avons essayé toutes les deux. Il s'est passé trop de choses. Je ne pourrai jamais plus l'aimer et je ne veux plus la haïr. Il vaut vraiment mieux faire comme si nous étions mortes l'une et l'autre. Pour tout le monde, nous sommes vivantes. Mais pour elle, je suis morte le jour de la naissance d'Hercule. Pour moi, elle est morte à Venise, la nuit où j'ai lu sa lettre. Chacune de nous a même souffert de la mort de l'autre. Je pense que c'est ce qui s'est produit le soir de son retour à Milan. Il m'a fallu un certain temps pour comprendre pourquoi, après avoir partagé ce moment de deuil, nous n'avions plus rien à nous dire. A présent, je sais : les morts ne parlent pas.

Béatrice baissa les yeux et se mit à arranger les plis de sa robe.

– A-t-elle posé des questions... à mon sujet? demanda-t-elle.

– Elle m'a demandé quand tu deviendras duchesse de Milan?

– Que lui as-tu répondu?

– Ce que tu m'avais dit. Que vous aviez reçu confirmation de l'empereur et que ce serait fait dès l'arrivée des ambassadeurs d'Allemagne. Probablement avant fin mai.

– Elle me détestera pour ça. Mais en toute justice, mon mari doit être duc de Milan.

– Elle semble s'y résigner. Ainsi vous serez quittes et pourrez peut-être vous pardonner mutuellement.

La marquise porta la main à son front pour protéger ses yeux de la lumière et regarda vers la rive opposée du lac. L'eau scintillait sous le soleil oblique de l'hiver.

– C'était la plus grande vertu de maman, reprit-elle. Elle pouvait pardonner n'importe quoi. Elle avait même pardonné à Nicolas, le neveu de père, et pourtant il avait essayé de la tuer.

Il y a quelqu'un à qui maman ne pouvait pardonner, songea Béatrice. Je l'ai entendu dans sa voix, ce soir-là à Venise.

La marquise la prit par la taille.

– Je vais te dire une chose, ma chérie. Comprends-moi bien,

c'est une chose que je nierais sous la torture de l'Inquisition, et même si l'on m'interrogeait à son sujet devant le trône de Jésus j'affirmerais que je ne l'ai jamais dite. Mais le jour où tu deviendras duchesse de Milan, je serai tellement fière de toi... Bien entendu, j'en serai également folle de jalousie – et cela peu m'importe que le monde entier le sache. Pourtant, en dépit de ma nature profonde, je serai ivre de fierté. Ma petite sœur, ma seule sœur, duchesse de Milan. J'en mourrai!

Les deux sœurs s'embrassèrent. Béatrice ferma les yeux; les souvenirs d'enfance tourbillonnèrent autour d'elle comme un essaim de papillons irisés. Quand elle ouvrit les paupières, le soleil l'éblouit, puis elle vit courir à travers la pelouse un homme qui portait la livrée tricolore de la maison de son époux. Il était à une cinquantaine de pas et elle le reconnut: c'était un des messagers officiels qui apportait en général les documents importants du secrétariat du More aux divers services installés dans le Castello.

Le messager reconnut également Béatrice, s'arrêta brusquement à sa hauteur et posa un genou à terre.

– Je vous demande pardon, madame, dit-il, haletant, le visage écarlate. Où puis-je trouver Son Altesse?

Béatrice lui montra le More, en compagnie de l'ambassadeur d'Espagne et guetté par ses deux ombres vénitiennes. Le messager reprit sa course avant qu'elle ait pu lui poser une question.

– Je ne resterai pas ici à attendre, déclara la marquise. Ce doit être vraiment important.

Elle releva ses jupes et s'élança au pas de course, aussitôt imitée par Béatrice.

Béatrice se trouvait encore à une centaine de pas quand le messager parvint auprès de son mari. L'homme posa le genou à terre, puis se releva aussitôt et parla à l'oreille du More. Celui-ci demeura figé pendant un instant puis, en un geste rapide, posa la main sur le bord de la table derrière lui comme pour se soutenir subrepticement. Il prononça quelques mots à l'adresse de l'ambassadeur d'Espagne, qui hocha la tête plusieurs fois rapidement, puis il se retourna et se dirigea vers les deux ambassadeurs de Venise.

La marquise rejoignit le More avant qu'il n'atteigne les Vénitiens. Elle resta à un pas derrière lui et il continua comme s'il ne l'avait pas vue. Béatrice les rattrapa à l'instant où les ambassadeurs se mettaient à genoux. Les yeux sombres de son époux restèrent fixés sur les envoyés de la Seigneurie, et il s'adressa au plus âgé.

– Éminent ambassadeur, dit le More d'un ton si vibrant et décidé que Béatrice crut aussitôt qu'il allait annoncer une victoire. Naples est tombée. Le peuple a ouvert les portes et invité les Français à entrer dans la ville. Le roi Ferrantino s'est enfui en Sicile.

Béatrice vit le visage cireux de l'ambassadeur de Venise tourner au vert ; sous le choc, ses yeux bleus devinrent vitreux et les rides profondes de chaque côté de son nez se mirent à trembler d'angoisse. Puis tout se mit à tourner autour d'elle : qu'importait à présent qu'Isabelle et elle se pardonnent, puisque la Fortune ne pardonnerait jamais ni à l'une ni à l'autre ? Mais son mari disait autre chose, et elle essaya de l'entendre à travers le bourdonnement de plus en plus violent de ses oreilles.

– Aucune raison de nous désespérer, messeigneurs.

Il leva la main pour repousser en arrière une mèche brune, et le rubis de sa bague brilla.

– Il est temps, maintenant, que toute l'Italie s'unisse.

***

Milan, 11 mars 1495

Béatrice accompagna sa sœur à cheval jusqu'aux quais Darsena, près de la porte du Tessin, au sud de la ville. C'était sur ces mêmes quais qu'elle avait débarqué à son arrivée à Milan : une série de pontons de bois autour d'une lagune boueuse peu profonde, au bout du grand canal parfaitement droit reliant Milan à Pavie, le Naviglio Sforzesco. La marquise voyagerait dans une petite galère escortée par deux chalands, et sa suite n'avait guère perturbé l'activité commerciale habituelle des quais, les clameurs ininterrompues des portefaix, le tumulte des chariots et les protestations du bétail arrivant de la campagne.

La marquise frotta la joue du petit Hercule contre la sienne et l'embrassa une demi-douzaine de fois avant de le rendre à la nourrice. Ses larmes laissaient de longues traces sur son visage rose. Elle serra Béatrice dans ses bras.

– Ils ont déjà détaché les amarres. Tout est prêt. Je vais partir. Je vais partir tout de suite. Je vais aller m'asseoir dans ma cabine et je ne me retournerai pas. Je ne peux pas supporter ça plus longtemps, ma chérie. Il faut que je m'en aille. Je t'aime tant.

– Mon Dieu, comme je t'aime, Isabelle, dit Béatrice en étreignant sa sœur avec autant de violence qu'un lutteur, pleurant à chaudes larmes. Je ne peux pas croire qu'à mon réveil, demain matin, tu ne seras plus là. Je savais que ce jour viendrait, mais maintenant qu'il est là, c'est comme la...

Elle s'interrompit, parce qu'elle ne voulait pas prononcer le mot « mort », mais c'était ce qu'elle ressentait. Jamais des adieux ne l'avaient meurtrie ainsi.

La marquise s'arracha en partie à l'étreinte désespérée de sa sœur.

– Je suis presque certaine que François et moi viendrons quand ton mari sera investi duc de Milan. Nous tenons vraiment à y assister. Je serai de retour avant même que tu ne t'aperçoives de mon départ.

Non, tu ne reviendras pas, se dit Béatrice sans le moindre doute. Parce que l'investiture n'aura jamais lieu. Rien ne s'est passé comme il aurait fallu. Le prochain duc de Milan sera Louis d'Orléans.

La marquise comprit la ferveur renouvelée de l'étreinte de sa sœur, et la rassura :

– Tout se passera bien. Tous les ambassadeurs se réunissent à Venise en ce moment. Il va y avoir une nouvelle ligue, et les Français devront déguerpir si vite qu'ils n'auront pas le temps d'enfiler leurs chaussures ridicules. Tu raconteras un jour à tes petits-enfants la façon dont le roi de France, l'horrible nabot, t'a embrassée sur les deux joues.

Comme pour se moquer de Charles VIII, la marquise couvrit sa sœur de baisers, puis elle s'écarta et prit les deux mains de Béatrice.

– Tout ira très bien. Tu ne sais à quel point mon cœur se réjouit des merveilles qui te sont arrivées ici. Un mari riche et beau qui t'adore, deux fils délicieux. Tu sais, maman a toujours pensé que j'avais plus de chance, mais c'est toi que le sort favorise. Et n'oublie pas de m'envoyer une description complète du clavecin que maestro Lorenzo est en train de fabriquer pour toi, dès que l'instrument sera livré.

Elle donna à Béatrice un dernier baiser, puis courut le long du quai jusqu'à sa galère. Comme une danseuse, elle tendit les bras à ses pages, qui l'aidèrent à monter sur le pont. Elle fit un grand geste du bras puis, fidèle à sa parole, disparut dans la petite cabine.

La galère s'écarta du quai et les rames plongèrent dans l'eau trouble. Les deux chalands suivirent. La vitesse à laquelle la petite flottille s'éloigna stupéfia Béatrice. Très vite, les bateaux devinrent plus petits et le canal plus étroit et plus long. La journée était ensoleillée, mais Béatrice sentit monter une ombre – pas seulement un mince voile de nuages devant le soleil, mais un linceul épais, menaçant. Les choses restèrent distordues, plus étroites et plus longues, comme si elle avait sous les yeux un tableau à la perspective exagérée. Elle souhaita s'évanouir, pour que tout soit redevenu normal à son réveil. Mais ce n'était pas du tout comme un évanouissement : l'obscurité qui l'entourait maintenant était une immense ombre palpable, un nuage de suie qui descendait.

Soudain le froid la transperça – comme le déchirement glacé de l'âme qu'elle avait ressenti à la mort de sa mère. Elle comprit ce que c'était avant même d'oser se l'avouer : Tu ne reverras jamais ta sœur.

Elle pouvait à peine respirer, mais il fallait qu'elle remonte à cheval. Elle se mit à courir et cria un ordre à son page stupéfait. Il l'aida à se mettre en selle. Elle cravacha sa monture et partit si vite que son escorte n'eut pas le temps de réagir. La cohue des quais l'obligea à se concentrer, et elle se mit à zigzaguer entre les chariots à bœufs.

L'effort lui permit de respirer mieux. Sa vision devint plus claire. Se sentant soulagée, elle se jugea ridicule. Les bateaux n'étaient pas si loin qu'elle l'avait cru; un instant plus tôt, elle s'était juré d'aller jusqu'à Pavie s'il le fallait. Elle vit un pont de bois à quelques centaines de pas et se rendit compte que cela suffirait.

Quand elle arriva à la tête du petit pont, son angoisse avait disparu. La poursuite était devenue un jeu. Elle fit monter son cheval sur les planches et s'arrêta en haut. La galère de sa sœur avait glissé sous l'arche un instant plus tôt; elle était encore si près que si Béatrice avait eu un caillou, elle aurait pu toucher un des marins sur le pont.

– Isabelle!

Elle agita le bras, les marins levèrent les yeux et la montrèrent du doigt.

– Isabelle! Isabelle! répéta-t-elle.

Un des hommes de l'équipage se rendit à la cabine.

L'attente parut longue et le jeu redevint sérieux. Je t'en supplie, Isabelle, pria-t-elle en silence. Son cheval se mit à piaffer et elle se rendit compte soudain qu'il pouvait très bien lui prendre l'idée de sauter par-dessus la balustrade de bois. Je t'en supplie, Isabelle. Il faut que je gagne cette partie-là. Il faut que je batte la Fortune à ce jeu stupide. Si seulement je peux te voir, tout changera...

Puis sa sœur apparut, ses cheveux comme des fils d'or sous le soleil, sa *camora* cramoisie aussi lumineuse qu'un rubis. La marquise agita le bras et envoya des baisers. Elles se firent de grands signes et s'envoyèrent des baisers pendant plusieurs minutes, jusqu'à ce qu'Isabelle ne soit plus qu'un point rouge à peine visible dans le lointain.

CHAPITRE 48

Extraits d'une dépêche de Philippe de Commynes, seigneur d'Argenton, conseiller de Sa Majesté Très Chrétienne Charles VIII et ambassadeur plénipotentiaire auprès de la République de Venise, à Guillaume de Briçonnet, cardinal de Saint-Malo et surintendant des Finances du Royaume de France.

Venise, 2 avril 1495

... et comme Sa Majesté Très Chrétienne n'a tenu compte d'aucune de mes précédentes mises en garde concernant le grand conclave diplomatique qui se tient ici, j'ai jugé bon de prendre le risque de vous signaler cette nouvelle en plus des lettres que j'ai déjà adressées par courrier à Sa Majesté Très Chrétienne ainsi qu'au duc d'Orléans. Comme vous le savez fort bien, en raison de sa jeunesse, Sa Majesté Très Chrétienne doit s'appuyer sur les avis prudents de ses conseillers...

Hier matin, la Seigneurie m'a convoqué à une heure plus matinale que de coutume. On m'a fait entrer dans la grande salle, où presque tous les membres de la Seigneurie étaient présents, et à peine avais-je pris place que le doge m'informa qu'au nom de la Sainte Trinité, la Sérénissime République de Venise venait de conclure une alliance avec Notre Saint-Père le pape, l'empereur d'Allemagne, le roi d'Espagne et l'État de Milan. Lorsque j'ai demandé la raison de cette ligue, le doge m'a répondu qu'elle entendait défendre l'Italie et sauvegarder les territoires souverains des États membres. J'ai répliqué que ces États se liguaient, me semblait-il, pour empêcher Sa Majesté Très Chrétienne de retourner en France. A quoi le doge répondit : « Bien au contraire. Tout le monde lui offrira le libre passage, à commencer par la Seigneurie, et nous fournirons même des vivres pour le voyage de retour du roi. S'il ne souhaite point repartir par voie de terre, nous lui fournirons trente-cinq galères pour la traversée. » A la manière italienne, cette assistance était offerte fort sérieusement, quoique l'insolence des hommes assis en face de moi me permît de discerner une intention trompeuse... En quittant ce conseil, je rencontrai l'ambassadeur de Naples, vêtu d'un beau costume neuf et très gai – j'avoue qu'il a de bonnes raisons de l'être... Le même jour, dans la soirée, j'ai pris mon bateau et suis passé à la rame devant les demeures de tous les ambassadeurs de la nouvelle ligue, où se tenaient de grands banquets... Il y avait d'extraordinaires feux d'artifice sur les tours, les clochetons et les cheminées des maisons des ambassadeurs, ainsi que des feux de joie un peu partout. Dans toute la ville, les canons tonnèrent, et tous les quartiers étaient aussi illuminés que si Notre-Seigneur avait allumé les flammes du Jugement Dernier. J'ai prié aussitôt pour le retour de notre roi sain et sauf...

J'ai également prévenu le duc d'Orléans de s'attendre à une attaque des armées de Milan à Asti, et j'ai écrit au duc de Bourbon de lui envoyer immédiatement des renforts...

Vous n'insisterez jamais trop auprès de Sa Majesté Très Chrétienne : il est d'une urgence extrême qu'il reparte en France sans délai. La fureur du monde entier est sur le point de se déchaîner contre nous.

***

Extrait d'une dépêche de Galeazzo di Sanseverino, capitaine général des armées de Milan, à Ludovic Sforza le More, duc de Bari.

Annona, 19 avril 1495

... Et dans l'après-midi, les troupes sous mon commandement repoussèrent les forces du duc Louis d'Orléans dans la ville d'Asti. J'ai appris de plusieurs prisonniers français que le duc ne dispose pas de forces suffisantes pour tenter de quitter Asti, mais nous n'avons pas pour le moment assez d'hommes pour assiéger la ville entière dans les règles...

***

Extrait d'une lettre du voyageur et conteur Benedetto Dei, à Léonard de Vinci, ingénieur militaire à la cour de Milan.

Rome, 20 mai 1495

Des marchands et des diplomates de retour de Naples m'ont appris que Sa Majesté Très Chrétienne, accueillie il y a seulement trois mois comme un libérateur du tyran aragonais, repart en France aujourd'hui ou demain. La populace lui fait la nique en plein visage et crache à ses pieds. Je crois que Sa Majesté Très Chrétienne est entrée à Naples avec les plus sérieuses intentions d'instaurer la justice chrétienne sur ces terres accablées, mais le roi, malheureusement distrait de son propos par la richesse et le luxe de la *bella Napoli*, n'a pas su imposer l'ordre à ses troupes, dont l'ivrognerie et la licence ont inspiré de la haine à la ville entière. On m'a dit que les Français se logeaient partout où il leur en prenait envie, se mettaient à la table des maîtres avec des vêtements chapardés, ordonnaient qu'on leur serve les meilleurs plats et les meilleurs vins, puis vendaient le reste dans les magasins – et si les femmes de la maison s'en tiraient avec seulement la perte de leurs bijoux et autres objets de valeur, elles s'estimaient bénies par le sort. Dans un effort pour inspirer l'ordre à la bande de pillards qu'il commande, le roi a pendu cinq ou six soldats, mais peu après cet acte de justice, Sa Majesté Très Chrétienne a fait la connaissance d'une fille de la duchesse d'Amalfi, ladite duchesse désirant obtenir la restitution de certaines terres prises par les envahisseurs. La fille de la duchesse est une charmante jeune personne qui passe pour une cavalière extraordinaire; après avoir démontré sa compétence remarquable en maîtrisant un étalon rebelle en présence de Sa Majesté Très Chrétienne, la « Melfi » (comme on l'appelle) a apparemment démontré à Sa Majesté ses talents pour une différente manière de chevaucher (qui se fait à dos nu) et est devenue aussitôt la compagne de tous les instants du roi...

Les armées de la Ligue de Venise, placées sous le commandement du marquis de Mantoue, réuniraient, à ce qu'on dit ici, au moins quarante mille hommes. Leur mission serait, à ce qu'on croit, de bloquer la retraite du roi de France et de détruire son armée de sorte qu'il ne puisse plus jamais envisager de retraverser les Alpes... On raconte aussi que le duc Louis d'Orléans aurait reçu des renforts à Asti. Peut-être pourrez-vous me confirmer un autre bruit qui court : des ambassadeurs extraordinaires de l'empereur seraient en chemin vers Milan, et votre seigneur le More serait investi duc de Milan dès leur arrivée...

CHAPITRE 49

Milan, 25 mai 1495

– Madame...

S'il y avait eu la moindre note de sarcasme ou d'amertume dans le salut d'Isabelle, Béatrice n'aurait pas été aussi glacée par le ton de voix de sa cousine. C'était le ton le plus hallucinant qu'elle eût jamais entendu : une voix qui n'était infléchie par rien, des paroles sans vie. La voix des morts.

Béatrice parcourut la pièce des yeux. Le lit, les chaises et les murs étaient encore tendus de noir. Isabelle avait écarté les rideaux noirs du lit pour accueillir la lumière du matin, mais les rayons de soleil renforçaient les ombres au lieu de les adoucir, comme si toute la pièce était revêtue de laque noire brillante.

Le visage d'Isabelle avait repris des chairs, cependant il demeurait d'une pâleur étrange, une pâleur de spectre. Béatrice lui rendit sa révérence et se força à la regarder dans les yeux. La couleur des iris d'Ich confirma ce qu'elle avait entendu dans sa voix. Au lieu des profondeurs opalescentes de la baie de Naples, Béatrice imagina une mince pellicule de moisissure terne sur un marais stagnant. La couleur de la décomposition. Sa peau avait repris un peu de vie, mais elle se putréfiait par l'intérieur. Béatrice comprit soudain qu'Ich ne pleurait plus la mort de leur amour, ni Jean, ni même la chute de Naples. Peut-être ne les avait-elle jamais pleurés. Elle pleurait seulement sur elle-même.

Isabelle fit signe à sa cousine de s'asseoir sur le lit à côté d'elle. Béatrice s'assit à une longueur de bras.

– Tu sais que l'investiture a lieu demain, dit-elle.

La cérémonie avait été organisée avec une telle précipitation que la date précise avait été fixée seulement l'avant-veille. Béatrice regrettait qu'aucun membre de sa famille ne puisse être prévenu assez tôt pour y assister. Mais elle avait hâte d'en finir.

Après un silence gêné, Isabelle demanda :

– Es-tu venue pour obtenir ma bénédiction ?

A vrai dire, Béatrice ne savait pas pourquoi elle était venue. Peut-être pour demander pardon. Peut-être pour pardonner. Peut-être pour regarder les yeux de sa rivale avant de les lui arracher. Elle savait simplement qu'elle ne pouvait pas devenir duchesse de Milan sans faire cette visite.

– Je suis venue te dire, murmura-t-elle enfin, que je n'ai jamais désiré ceci pour moi-même. Mais je serai sincère avec toi : j'avoue que j'ai désiré cette investiture pour mon époux. Ainsi que pour mes fils et pour notre peuple.

– Je crois que tu le désires plus que lui, répondit Isabelle d'une voix sèche et monocorde. La vie, pour toi, est devenue un carrousel sans fin de désirs et de mensonges, de conquêtes et de faux prétextes. Je suis sortie de ce carrousel, et tu es encore en train de tourner. Tu ne peux pas t'en rendre compte. Nous ne connaissons pas nos propres âmes – c'est la seule vérité de la vie. Nous ne connaissons même pas nos propres âmes.

Moi, si, songea Béatrice. Mon âme est avec mon mari et mes fils.

Puis Isabelle dit très doucement, sans émotion, sans accusation :

– Je crois que tu es venue ici parce que tu penses que quelqu'un a empoisonné Jean.

Jean n'a pas été empoisonné, se dit Béatrice, reprenant le débat qu'elle avait livré cent fois dans le silence de ses nuits sans sommeil. Ce que j'ai vu n'était pas ce que j'ai cru voir. Ce que j'ai vu était la mort, rien d'autre. La mort naturelle. Et c'était assez terrible comme ça. Le corps de Jean a été examiné à Milan et l'on n'a trouvé aucune trace de poison.

– Je crois que c'est Galeazzo qui l'a fait, dit Isabelle, d'une voix qui resta calme et neutre. Il l'a fait parce que je lui ai dit que Jean se proposait d'abdiquer en faveur de François. Il a assassiné mon mari pour me punir. Et pour prouver sa fidélité à ton époux.

Béatrice sentit son cœur battre si fort qu'elle aurait pu croire à un animal vivant cherchant à s'évader de sa poitrine.

– Ich, même si Jean a été empoisonné par Dieu sait qui, je sais que mon mari n'a rien eu à y voir.

Je le sais, se répéta-t-elle d'un ton rageur. Mon âme le sait.

– En ce cas, tu peux avoir la conscience claire. Tu as de la chance.

Il n'y avait aucun sarcasme dans sa réplique. Peut-être seulement une trace d'envie sincère.

– Je n'ai jamais désiré sa mort, tu sais, reprit-elle. J'ai essayé de le rendre malade en le laissant manger des fruits et boire du vin. Je voulais seulement qu'il abdique en faveur de François. Ensuite, il se serait rétabli. Il aurait été beaucoup plus heureux après avoir cessé d'être duc. Je n'ai jamais souhaité sa mort.

– Aucun de nous ne la souhaitait.

– Si. Quelqu'un.

– Si tu le souhaites, je demanderai une enquête.

Isabelle souleva légèrement sa main pâle et molle, et la laissa retomber sur sa cuisse.

– La question n'exige plus de réponse, à présent. En tout cas pour moi.

Il y eut dans la voix d'Isabelle une faible lueur d'émotion qui n'était pas précisément de la méchanceté. Une espièglerie cruelle, aussi impitoyable dans sa désinvolture qu'une vengeance d'enfant. Elle disait à Béatrice : « La réponse compte encore pour toi. »

Les ombres autour de Béatrice n'étaient plus de la laque brillante mais de la poix visqueuse, puante, dont elle ne pourrait plus se débarrasser si elle restait une minute de plus.

– Puis-je quelque chose pour toi et les enfants ? demanda-t-elle. Une chose qu'il serait en mon pouvoir de vous donner ?

– Nous avons tout ce qu'il est en ton pouvoir de nous donner. Nous te sommes reconnaissants.

Béatrice prit congé rapidement et se hâta de sortir dans la cour. Elle emplit ses poumons d'air frais, parfumé par les fleurs du printemps. Des abeilles bourdonnaient autour des parterres et des arbres taillés.

Dans sa chambre, Isabelle ne put empêcher ses lèvres fines d'ébaucher un vague sourire, et pendant un instant ses iris brillèrent de nouveau. Puis cette expression s'effaça et elle baissa vers ses genoux des yeux vides de tout sentiment.

***

Le More demanda courtoisement aux dames de compagnie de son épouse de quitter la pièce. Elles firent la révérence puis se précipitèrent ; parmi les plus jeunes toujours impressionnées, malgré leur présence continuelle à la cour, par l'apparition de l'homme dont on disait qu'il tenait le sort du monde entre ses mains, plus d'une lança un coup d'œil par-dessus son épaule.

Si Béatrice avait eu à choisir une image de son époux à conserver pour toujours, elle aurait choisi celle-ci. Il s'était vêtu pour la cérémonie d'investiture de la matinée avec une simplicité remarquable. Son *vestito,* tunique ajustée de damas pourpre, avait une ligne résolument moderne, qui offrirait un contraste saisissant avec les amples robes médiévales du clergé et des ambassadeurs. Le tissu était brodé sur toute sa surface de petits motifs d'or, aigles impériales et feuilles de mûrier. Une mince bande de toile d'or bordait son col relevé, qui laissait voir une fine largeur de chemise en lin blanc de Reims. Il tenait à la main un bonnet de velours indigo, avec la lettre M brodée sur le côté et, en pendentif, un diamant gros comme un raisin. Éclairé par la lumière du matin tombant par les grandes croisées, le More incarnait la nouvelle aurore de l'Europe.

La rigidité de son port était le seul vestige de l'arrogance superbe dont Béatrice avait souffert aux premiers jours de leur mariage. Sinon, il se comportait avec une grâce détendue, comme un homme conscient de sa puissance et de ses réalisations, sans éprouver le besoin de les mettre en valeur. Ses boucles brunes brûlées avec soin étaient légèrement ébouriffées, d'une désinvolture attachante. Son sourire intime et un peu espiègle souleva en Béatrice une vague tiède de sensualité et d'amour.

Il s'arrêta, la regarda, puis hocha la tête, émerveillé et ravi. Béatrice portait une *camora* de velours à rayures or et pourpre avec sur chaque épaule de petits crevés de soie blanche. Ses cheveux, séparés par une raie au milieu, tombaient librement sur ses épaules, où ils étaient retenus par une tresse entrelacée de rubans. Un filet d'or garni de rangs de perles tombait ainsi qu'un voile transparent du haut de sa tête jusqu'à la nuque ; un bandeau de satin d'or, garni de rubis et de perles en pendentifs, passait au milieu de son front. Elle portait un collier court de trois rangs de diamants, avec un pendentif composé d'un énorme rubis entouré de diamants. Un collier plus long de perles noires et blanches tombait de ses épaules jusqu'au-dessous de ses seins. Elle se trouvait dans les plus beaux atours que puisse offrir le trésor de son époux, mais quand elle le regarda dans les yeux, elle aurait pu croire que, même en chemise, elle était la plus belle femme du monde.

Il ne fit aucun commentaire, ni ne s'avança pour l'embrasser.

– Enlève ton collier de diamants, dit-il, les yeux brillants.

Il fallut un certain temps à Béatrice pour ouvrir le fermoir, puis elle ôta le lourd bijou. La main du More qui tenait son bonnet ne cessait de s'agiter : il avait caché quelque chose dans les plis du velours. Il en sortit un autre collier de diamants éblouissant, comprenant moins de pierres que le premier, mais beaucoup plus belles et mieux taillées. Le pendentif en forme de cœur portait la devise « *Merito et Tempore* » en lettres composées de petits diamants sur un fond de minuscules rubis. Avec autant de vénération que s'il lui offrait une sainte relique, le More plaça le collier autour du cou de Béatrice, posa les mains sur ses épaules et s'écarta pour l'admirer.

– La dernière personne qui a porté ce collier était ma mère, murmura-t-il d'une voix qui tremblait d'émotion. Je vais devenir aujourd'hui le premier Sforza investi duc de Milan. Notre fils sera le deuxième. Tout ce dont j'ai toujours rêvé va se réaliser bientôt. Et quand je regarde en arrière, je ne peux pas croire qu'il y a eu un seul instant où tu ne faisais pas partie de ce rêve. Je sais bien que j'ai vécu avant de t'aimer, mais je ne parviens plus à m'en souvenir. Tu es ma seule vie. La seule vie que j'aie jamais eue. Je commence avec toi.

C'était la musique qu'elle avait toujours imaginée, l'immense chœur des anges et la mélodie des sphères. Mais il y avait cependant une note discordante qu'elle ne pouvait pas refuser d'entendre, un mince doute qui troublait l'ensemble de l'orchestration magnifique.

Avec sa vive sensibilité et une connaissance indicible du corps de son amante, le More devina la tension imperceptible de l'appréhension de Béatrice.

– Ne t'inquiète pas, *carissima*, dit-il. Les Français ont perdu.

Elle n'entendit plus que la plainte de ses doutes. Elle ne put s'empêcher de les exprimer.

– J'ai parlé à ma cousine hier soir. Elle croit que Galeazzo a empoisonné Jean.

Elle sentit aussitôt sa réaction : un léger raidissement de son dos. Il ne s'écarta pas, et quand il parla les mots étaient brûlants contre son oreille.

– J'ai fait examiner le corps de Jean précisément pour cette raison, pour dissiper tous les doutes et toutes les accusations. Le médecin de ta cousine, un Napolitain, était présent à l'examen et il n'a pu trouver aucune trace d'empoisonnement. Cela me suffit.

– Mais est-il tout de même possible que Galeazzo l'ait fait? Pour nous protéger. Il était au courant des plans d'Isabelle.

Le More hésita une fraction de seconde, pas plus. Puis il dit :

– Galeazzo est parti avec moi cinq jours avant la mort de Jean. Ce n'est pas possible.

Bien entendu. Galeazzo n'était même pas à Pavie. Pourquoi n'y avait-elle pas songé dès qu'Isabelle avait avancé le nom de Galeazzo? Son sentiment de culpabilité était-il devenu irrationnel à ce point? Oui, se dit-elle. Mais elle voyait clair à présent : sa culpabilité n'était qu'illusion, et elle pourrait sans doute la surmonter une fois pour toutes. Soulagée, elle se sentit infiniment plus légère.

Il s'écarta et la regarda gravement.

– Je crois que nous devons laisser le pauvre Jean reposer en paix. Et j'ai quelque chose de très important à te dire, *amore*. J'ai l'intention de rédiger aujourd'hui les documents qui feront de toi la régente du duché de Milan au cas où je mourrais ou tomberais grièvement malade.

La première réaction de Béatrice fut une immense fierté : de tous ses conseillers, c'était elle que son mari avait choisie.

C'était plus que son amour n'en demandait; en fait, cela n'avait rien à voir avec l'amour, uniquement avec le respect. Puis elle songea à la sinistre éventualité à laquelle il faisait allusion, à ce qu'impliquait l'hommage qu'il lui rendait. Et en ce même instant elle comprit la vérité qui se dissimulait sous ses doutes absurdes concernant la mort de Jean, vérité qui envahissait sa conscience à la manière d'une pluie glacée.

C'est de cela que tu as peur, reconnut-elle. Tu as peur parce qu'aujourd'hui tu possèdes tout ce dont tu as rêvé *toi*, depuis toujours. *Et maintenant, tu as tout à perdre.*

***

La deuxième investiture à laquelle Béatrice assista eut lieu devant le Duomo comme la première. Le porche provisoire de colonnes de bois finement sculptées et d'abris de toile était encore plus somptueux que celui de l'investiture de Jean comme duc de Gênes. L'aigle noir du Saint Empire romain germanique y remplaçait les fleurs de lis françaises. Le groupe choisi d'ambassadeurs et de notables assis sous ce porche écouta le délégué impérial, l'évêque de Brixen, lire la liste des propriétés et des privilèges attachés au titre de duc de Milan.

Béatrice était à genoux en haut des marches avec un petit groupe de gentes dames. Blanche, la fille du More, se tenait à côté d'elle et elles échangèrent des sourires de tendresse et de fierté pendant toute la longue cérémonie. La déclamation des privilèges s'acheva enfin; on plaça sur l'épaule du More le baudrier soutenant le fourreau de l'épée ducale incrustée de pierreries et on posa au creux de son bras le sceptre d'or. Ensuite, le nouveau duc de Milan s'avança au bord des marches pour recevoir les acclamations de l'immense foule réunie sur la place.

Le More tendit la main vers son épouse agenouillée. Béatrice lui adressa un regard surpris : ce n'était pas prévu dans les instructions qu'on lui avait données. Il articula « *Amore* » en silence et lui fit de la main le signe de se lever. Un pincement subtil de ses lèvres semblait lui dire : « Nous pouvons faire ce que nous voulons, maintenant. » Elle se leva, parfaitement à l'aise dans l'improvisation, se sentant presque comme si elle était seule avec son mari, en train de partager un instant d'intimité que toute autre personne aurait eu du mal à imaginer. Quand il lui prit la main, le premier contact fut d'une sensualité extrême, ce qui la stupéfia. Aussitôt après, elle cessa de sentir la main qui tenait la sienne : il n'y avait plus de distinction entre sa chair et celle de son époux.

Béatrice leva les yeux vers la Piazza del Duomo. Pendant un instant, elle vit tout avec une clarté surnaturelle et eut l'impression de distinguer chacun des cent mille visages devant elle, de reconnaître chaque emblème des drapeaux qui flottaient sur les toits environnants, de pouvoir compter chaque grenade décorant les couronnes de lierre accrochées aux balcons et aux loggias. D'énormes nappes de nuages d'orage s'accumulaient du côté du nord, derrière les palais, comme une fantastique architecture céleste. Le chœur « *Moro! Moro!* » débuta, suivi de « *Duca! Duca!* » – mais les deux cris de ralliement n'étaient plus en concurrence. Les acclamations explosèrent avec une violence stupéfiante, comme pour prévenir les Français que leurs canons n'étaient rien en face du pouvoir du More : il pouvait faire disparaître ses ennemis d'un seul geste de la main.

Les oreilles bourdonnant de sa musique intérieure – accords imposants d'un grand orgue qui vibrait sous l'effet de la lumière et non de l'air –, Béatrice vit parmi les dignitaires debout juste au-dessous d'elle le mari de sa sœur, François Gonzague, capitaine général des armées de la ligue de Venise, qui se trouvait par hasard à Milan pour des consultations. Le visage sans beauté mais curieusement attachant de son beau-frère – il était barbu, avec des traits épatés de faune et des yeux noirs intenses – lui rappela les visages qu'elle ne verrait pas : sa sœur Isabelle et son père. Elle fit vœu de ne pas conjurer le visage de Jean, parce qu'elle venait de le mettre enfin dans sa tombe. Ni celui d'Ich. Elle ne souffrirait plus pour Ich. Après tout, Ich avait eu le choix : vivre avec ce que la Fortune lui avait accordé, ou bien s'enterrer avec ses regrets d'une vie qui n'était plus possible. Et Ich avait choisi de mourir.

Aussitôt, Béatrice comprit l'inanité de ses propres regrets et de ses propres craintes, et vit à quel point il était urgent qu'elle accepte le présent magnifique que la Fortune lui offrait. Elle se tourna vers le soleil. Il venait de se glisser derrière l'orage imminent et envoyait de splendides rayons obliques autour des contours déchiquetés des nuages. Elle se rappela aussitôt une image du premier chant du *Paradis*, lorsque Béatrice et Dante regardent ensemble le soleil lumineux au-dessus des hauteurs du purgatoire et sont transportés en un instant dans l'immensité dorée du Paradis.

La Béatrice terrestre conjura un dernier visage absent : « J'aimerais que tu sois ici, maman », dit-elle en silence à cette image spectrale mais indélébile – au début dans une impulsion de colère, puis avec un sentiment terriblement amer de regret et de solitude. Et ce fut terminé : plus de chagrin, plus de regrets. Tout ce qui la retenait à la terre disparut. Elle serra plus fort la main de son époux et laissa la musique de sa gloire les soulever ensemble dans le ciel sans limite.

HUITIÈME PARTIE

CHAPITRE 50

Vigevano, 14 juin 1495

Le soleil jouait à cache-cache avec les nuages. A l'hiver sec avait succédé un printemps pluvieux et le damier des champs irrigués de la vallée du Tessin se trouvait sous une mince couche d'eau. Ici et là, quand il se montrait, le soleil éclairait les pousses de blé et de riz qui levaient, créant des reflets vert moirés. Le réseau des fossés et des canaux d'irrigation, gonflés par la crue, formaient sur le paysage une grille d'argent.

Le More se leva sur ses étriers pour parcourir la vallée des yeux.

– Ce serait intéressant de construire une des cités de Léonard de Vinci et de voir le profit que nous en tirerions, dit-il d'un ton léger à son compagnon de promenade, le marquis Stanga.

– En ce moment, Votre Altesse, nous aurions besoin de plusieurs dizaines de nouvelles cités pour regarnir notre Trésor, répondit le marquis sèchement. Nous avons généreusement payé les Français pour qu'ils franchissent les Alpes, et maintenant nous payons généreusement les Allemands et les Vénitiens pour les renvoyer chez eux.

Le More sourit, il appréciait l'esprit du marquis.

– Sérieusement, Votre Altesse, je vous suggère de réduire de substantielle manière la liste de vos projets. Les mêmes hommes qui insistaient naguère pour que vous preniez le titre de duc commencent à se plaindre du poids des impôts.

– Ma foi, s'ils m'ont fait duc dans l'espoir que je réduirais leurs impôts, nous les verrons sans doute se plaindre de plus en plus fort. Et je leur rappellerai qu'ils m'ont fait seulement duc, alors que l'empereur m'a fait duc de Milan.

Le soleil sortit de nouveau. Le More s'arrêta et se protégea les yeux de la main.

– Nous reprendrons cependant la liste ce soir, et nous verrons ce que nous pouvons en retrancher. La seule chose à laquelle je tiens absolument est la fresque dans les appartements de Béatrice, ici. Je veux que tout soit terminé pendant qu'elle est encore à Milan.

Le soleil l'obligea à fermer les yeux.

– Mon épouse a insisté pour que je vienne ici afin d'y trouver quelque détente et me voici à cheval en pleine chaleur. Je rentre.

Il tourna bride vers le château pour y prendre un bain et du repos.

Un coup frappé à la porte l'éveilla de sa somnolence profonde. Il enfila une *turca* ample de couleur cramoisie et ouvrit.

Le marquis Stanga entra dans la chambre. En général, il portait beau ses trente-huit ans ; ce soir-là, on lui aurait donné quinze ans de plus.

– Trois courriers sont arrivés de Novare au cours des quinze dernières minutes, dit le marquis, qui semblait avoir du mal à avaler. Je les ai interrogés séparément pour m'assurer de l'authenticité de leurs renseignements.

Le More inclina la tête.

– Votre Altesse, le duc Louis d'Orléans est à Novare. Les familles Caccia et Tornielli ont comploté avec lui pour ouvrir les portes à son armée.

Novare ne se trouvait qu'à trois heures de route de Milan pour un courrier rapide disposant de chevaux de relais. Et à seulement deux heures de Vigevano. Les Caccia et les Tornielli étaient les familles les plus influentes de la noblesse locale. Ils protestaient depuis longtemps contre les impôts et le détournement d'une partie de l'eau de leur région pour les projets de Vigevano.

– Je suppose que le duc d'Orléans a quitté Asti avec seulement quelques centaines d'hommes, dit le More calmement.

La pomme d'Adam du marquis se coinça un instant avant qu'il ne puisse répondre.

– Votre Altesse, la moyenne des estimations des trois courriers est de vingt mille hommes.

– Impossible, marquis, dit le More d'une voix apaisante, comme s'il essayait de calmer un dément. Comment un nombre d'hommes aussi considérable aurait-il pu quitter Asti sous le nez de Galeazzo puis marcher jusqu'à Novare sans que personne ne les remarque ?

– Messer Galeazzo se plaint depuis des semaines qu'il a besoin des renforts de Venise. Il a dû disperser ses hommes dans tout le Piémont pour chasser les compagnies de cavalerie et d'infanterie françaises qui ne cessent de s'infiltrer à travers les Alpes. Depuis dix jours, il a à peine assez d'hommes près d'Asti pour poster des sentinelles aux portes de la ville.

De Novare, une armée de vingt mille hommes pouvait se trouver aux portes de Milan le lendemain matin. Le More resta silencieux un moment, puis demanda :

– Êtes-vous parfaitement convaincu que ces rapports sont fondés ? Je pense que nous devrions envoyer à Novare plusieurs hommes de confiance pour les confirmer.

– J'estime que nous n'avons pas le temps d'attendre une confirmation. On dit que Louis d'Orléans a cinq mille cavaliers. Ils peuvent se jeter sur Vigevano avant la nuit. S'ils sont déjà partis, ils seront ici dans une heure. Peut-être moins.

Le More écarta les bras et sourit.

– Vous avez sans doute raison, marquis. Mieux vaut se montrer prudent. Nous enverrons des courriers à Milan. Je recommanderai à mon épouse et à mon gouverneur la vigilance. Quant à notre départ de Vigevano, je pense qu'il vaut mieux le remettre à demain matin, nous verrons où en sont nos affaires. Et si les Français se sont déjà mis en route, nous serons plus en sécurité ici qu'en rase campagne. Voulez-vous prier mon secrétaire de venir dans une demi-heure ? J'aimerais m'habiller et réfléchir avant d'envoyer mes instructions à Milan. Peut-être recevrons-nous d'autres nouvelles de Novare d'ici là.

Apaisé par la décision réfléchie du More, le marquis s'inclina et sortit. Le More resta debout près de la porte pendant un instant, immobile, la tête légèrement penchée comme s'il écoutait quelque chose. Il se dirigea vers la fenêtre, referma d'un geste ferme les volets qu'il avait entrouverts un peu plus tôt. Puis il s'allongea de nouveau sur le lit et regarda fixement les ombres floues.

La vision qui lui vint n'était pas un rêve – elle possédait le caractère inexorable des rêves mais non leur illogisme fluide et leurs détours bizarres. C'était la réalité même. Vingt-cinq années ne l'avaient modifiée en rien. Et les rêves n'avaient pas d'odeur, les rêves n'étaient pas froids. Il se trouvait dans les souterrains du donjon de la Rochetta, au-dessous du niveau des douves, dans l'humidité perpétuelle. A ses côtés se tenait son frère Galéas-Marie, le duc de Milan. En un dernier instant de contact avec le présent, le More s'étonna que son frère soit encore en vie. Puis il se perdit dans la lucidité parfaite de sa vision. Il était là-bas. Son frère n'était jamais mort.

Le More regarda Galéas-Marie et vit son propre visage dans un horrible miroir déformant. Galéas-Marie était à la fois plus angélique et plus diabolique. Son long nez aquilin constituait presque une difformité, un bec cruel et menaçant ; sa bouche, petite et rouge foncé, avait une mollesse efféminée. En ses grands yeux sensibles et terrifiants se combinaient la délicatesse et la violence du reste de son visage. Il avait le teint pâle et des cheveux brun foncé, impeccablement coiffés, qui ondulaient légèrement sur ses épaules.

Galéas-Marie repoussa ses cheveux en arrière d'un geste vif de sa main gantée et regarda le More de côté. Ses lèvres se tordirent en un ricanement et ses pupilles parurent immenses. Il fit signe au garde d'ouvrir la porte.

L'air froid avait une odeur de pourri. La lumière de leurs torches glissait le long de l'immense couloir humide. Ils passèrent devant des portes de chêne foncé. C'était la première fois que le More descendait là. Il savait que de temps en temps un noble de la région ou même un des conseillers de son frère y était conduit pour n'en jamais ressortir. Un tous les six mois environ. Pas assez pour que les accusations de trahison paraissent inventées de toute pièce par un esprit qui se croyait persécuté. Avec le cynisme de la jeunesse, le More jugeait ces disparitions comme une des manifestations naturelles de la vie de cour. Les cours étaient des endroits dangereux. Quant aux autres rumeurs sans preuves qui couraient sur ce qui se passait dans ces souterrains, il n'en croyait pas un mot.

Galéas-Marie s'arrêta devant une porte qui s'ornait d'une vipère Sforza en cuivre. Il l'ouvrit lui-même. Le More ne put réprimer un mouvement de recul en voyant qu'il y avait plusieurs personnes dans la cellule. Il voulut repartir. Son frère se retourna vers lui et le regarda; il fut contraint d'entrer.

Un homme grand et solide était enchaîné au mur à côté d'une femme mince, de petite taille; leurs mains liées étaient fixées à des anneaux de fer au-dessus de leur tête; presque aussitôt le More se rendit compte que les cordes avaient été ajustées de façon que les prisonniers ne puissent se tenir que sur la pointe des pieds. Ils avaient des cagoules noires sur la tête. L'homme portait des chausses de laine qu'il avait souillées, et la femme une chemise déchirée, mais de lin de belle qualité. Un troisième prisonnier, tout nu, était ligoté sur une chaise placée contre le mur opposé. Il portait un capuchon lui aussi, mais sa peau flasque et sa poitrine molle indiquaient qu'il était plus âgé que les deux autres. Contre le mur près de la chaise, se trouvait un grand cercueil de bois, ouvert, avec le couvercle posé à côté.

– Bien, dit Galéas-Marie. Tout est ici.

Le More n'avait jamais entendu son frère parler avec ce ton de voix. Même dans son enfance, Galéas-Marie n'avait jamais parlé comme un enfant; son élocution demeurait en tout temps calculée et châtiée; on louait les discours latins de sa jeunesse pour leur gravité précoce. Il parlait à présent comme un gamin enthousiaste. Le More sentit son estomac se soulever et les jambes lui manquer. Il essaya de se convaincre que ce n'était qu'une sinistre farce.

Galéas-Marie ôta d'un coup sec la cagoule de la femme, et le More vit dans les yeux de la malheureuse que ce n'était pas une farce. Malgré le bâillon de bois enfoncé dans sa bouche, elle semblait très jeune. Elle ne devait avoir que quatorze ou quinze ans, avec des traits fins, typiquement lombards. La noblesse locale... Le More détourna son regard des yeux désespérés qui le suppliaient. Ensuite la cagoule de l'homme à côté d'elle tomba, et son visage balafré de voyou le désigna comme le genre de personne qui est bien à sa place dans une prison. Sans hâte, d'un geste plein de grâce, Galéas-Marie enleva le troisième capuchon. Le More reconnut le visage livide sous la couronne frisée de cheveux gris. Tommaseo Visconti, parent lointain des Visconti qui régnaient jadis sur Milan. Le More regarda de nouveau la jeune fille et la reconnut elle aussi. C'était la fille de Visconti; il n'avait jamais su son prénom.

– Messer Tommaseo et sa charmante fille, dit Galéas-Marie.

Il braqua vers l'homme de grande taille le long couteau de chasse qu'il tenait à la main.

– Coupable de meurtre et de viol, dit-il. Il se fait appeler le Loup.

Il plissa le nez comme si ce nom offensait son odorat. Il se dirigea vers le Loup et, de la pointe de son couteau, coupa le cordon qui maintenait en place le bâillon de bois. Le Loup agita ses mâchoires de brute et cracha le bâillon. Galéas-Marie leva les bras et coupa les liens qui attachaient les mains du Loup, qui se laissa glisser à terre et se mit à se frotter les poignets. Il se releva et lança à Galéas-Marie un regard de haine. Le More eut soudain peur pour son frère et pour lui. D'un geste lent, efféminé, Galéas-Marie fit tourner le couteau de chasse sous le nez du Loup. Les petits yeux porcins du criminel se fixèrent sur ceux de Galéas-Marie, et il y vit une lueur qui effraya même un homme comme lui. Il recula.

– Tu es un violeur, dit Galéas-Marie au Loup de sa voix de gamin. Alors, viole-la.

Le père se cabra sur sa chaise, et les yeux de la jeune fille se mirent à rouler en tout sens, comme fous. Le More se dit que son frère voulait seulement donner une leçon au père. Il n'irait pas jusqu'au bout. Lorsque le regard affolé de la jeune fille croisa le sien, il secoua la tête pour tenter de lui communiquer cette idée.

Le Loup s'avança vers elle, la regarda un moment, puis tira sur le devant de sa chemise. En quelques coups sauvages, il la déchira entièrement. Puis il baissa ses chausses, s'en dégagea d'un pas et colla aussitôt son corps à la forme étirée de la jeune fille.

Le More attendit un instant que son frère mette fin à la scène. Pris d'une panique croissante, il vit le colosse envelopper la jeune fille qui se tordait dans ses liens, et il fit enfin un pas pour s'interposer. Un seul pas – il ne savait pas précisément comment il interviendrait.

Son frère lui saisit le bras avec une violence qui le stupéfia. Il le regarda dans les yeux et sut de façon absolument certaine que s'il avançait d'un autre pas le couteau de chasse de Galéas-Marie lui trancherait la gorge. Il sentit l'acier et le sang. La pièce parut tourbillonner. Le Loup agita les hanches et se mit à haleter. La chaise du père racla de nouveau le sol.

Galéas-Marie, d'un mouvement si lent qu'on l'aurait cru en suspens dans de l'eau, s'avança vers le Loup. Il prit le couteau à deux mains, le souleva en un geste de fureur extatique, et l'enfonça dans le dos du Loup avec une puissance incroyable. Du sang jaillit quand il retira la lame. Le Loup se retourna, les yeux rouges, le pénis encore à moitié raide. Il fit un pas chancelant, écarta les deux bras en un geste théâtral, puis tomba à plat ventre sur les dalles avec un bruit de gifle.

Dieu merci, c'est terminé, se dit le More. Et maintenant, laissons-les partir. Il eut envie de couvrir la nudité de la jeune fille, mais il avait encore trop peur pour bouger. Elle avait les yeux fermés.

Galéas-Marie se pencha sur le cadavre, avec un étrange gémissement, comme s'il était lui-même blessé. Il retourna le corps et le regarda, haletant. Puis il se baissa, souleva le pénis et les testicules du Loup et les trancha d'un geste sauvage. Il brandit les organes sanglants devant la jeune fille comme une offrande, et attendit qu'elle ouvre les yeux. D'une main sanglante, il arracha le bâillon de bois. Il lui saisit la mâchoire et, avec une force inimaginable dans son élégante petite main, il maintint la bouche ouverte en menaçant d'y enfoncer le pénis amputé. Le More se mit à trembler sur place, l'estomac noué, la tête complètement vide.

Apparemment satisfait par les hurlements d'horreur de la jeune fille, Galéas-Marie lança la tête en arrière avec un rire dément et lâcha la mâchoire. Il tourna le dos à sa victime et lança les organes mous sur la poitrine du Loup.

Les jambes du More étaient si faibles qu'il se demanda comment il tenait encore debout. Il fallait que cela finisse. Son frère était agité d'un rire dément, aussi aigu qu'un fou rire d'enfant.

Galéas-Marie coupa les liens qui retenaient le père à sa chaise et le souleva brusquement. Il le força, à la pointe du couteau de chasse, à se coucher dans le cercueil. Il se tourna vers le More.

– J'ai besoin de ton aide pour soulever le couvercle, Ludovic.

Cela semblait relativement innocent, une forme de cruauté plus douce. Et ce serait la fin. Il s'agissait évidemment d'un faux enterrement, l'humiliation finale de messer Tommaseo. Presque reconnaissant, le More aida son frère à soulever le couvercle pesant. Ils le firent glisser en place.

– Attends, dit Galéas-Marie.

Il passa la main à l'intérieur du cercueil et coupa le cordon qui retenait le bâillon. L'homme fit des bruits affreux, mais ne put cracher le bâillon de bois.

– Il s'en débarrassera assez tôt, dit Galéas-Marie. Et nous l'entendrons crier.

Il tendit au More un gros maillet de charpentier et une douzaine de chevilles.

– Les trous sont déjà percés. Pose les chevilles.

Le More prit conscience de la vérité comme par une révélation soudaine. Le signor Tommaseo ne ressortirait jamais du cercueil. Je ne peux tuer un homme sans défense, et très probablement innocent. Je peux mourir, mais je ne peux pas tuer un homme de cette façon. Puis il comprit que son frère venait de lui donner une arme. Il lâcha les chevilles. Le tintement sur le sol parut irréel, comme un écho de cloches en provenance du passé. Il saisit le maillet à deux mains et regarda Galéas-Marie. Son frère lui souriait.

Le More leva le lourd maillet.

Galéas-Marie éclata d'un rire d'enfant écervelé et se mit à sauter de côté et d'autre comme une marionnette sans grâce, en se moquant de la sinistre détermination de son frère. Après ce qui lui parut plusieurs minutes de ce jeu bizarre – tandis que le More ne quittait pas des yeux cette espèce de vipère bondissante – Galéas-Marie essuya des larmes de joie.

– Ne comprends-tu pas, Ludovic? Tout ce spectacle n'était pas pour messer Tommaseo. Il était pour toi.

Galéas-Marie écarta les bras comme s'il s'attendait à ce que son frère l'embrasse.

– Ne vois-tu pas à quel point je t'aime, Ludovic? Je les ai fait souffrir pour toi... Mais toi, Ludovic, tu ne m'aimes pas autant que tu le devrais. Tu es beaucoup trop malin. Et c'est sans doute pour cela que tu as toujours été le préféré du duc notre père. Et l'enfant chéri de notre mère.

Galéas-Marie baissa les bras et son rictus dément s'effaça.

– Alors que notre mère ne m'a jamais vraiment compris.

Il se dessina sur son visage une expression ineffable qui fit frissonner la nuque du More.

– Elle ne m'a jamais compris jusqu'au jour où je l'ai fait descendre ici.

Le More écouta le monologue qui suivit, de plus en plus sourd, de plus en plus irrationnel. Il se dit que c'était seulement une des inventions perverses de son frère, pour le rendre fou. Non, même Galéas-Marie n'était pas capable d'une telle obscénité. Et pourtant le More savait que la mort subite de sa mère à Crémone – juste une semaine après que Galéas-Marie l'eut exilée – n'avait jamais été expliquée de façon satisfaisante. Il n'était pas dans le caractère de sa mère de mourir simplement des tourments de la solitude. Même la mort de son mari ne l'avait pas brisée.

– Tu peux me croire, Ludovic. Elle a été ici.

Galéas-Marie pencha la tête avec un sourire ambigu.

– Mais sois tranquille, je ne lui ai jamais fait le moindre mal. Je l'ai simplement invitée à me regarder à l'œuvre.

Soudain la plus horrible des révélations se présenta à lui. C'était vrai. Leur mère possédait une telle force, une foi si imperturbable, que Galéas-Marie aurait pu lui faire subir le supplice de la roue sans qu'elle pousse un cri. Mais être forcée à regarder son propre fils brutaliser des innocents comme ceux-ci... Tel était l'instrument qui avait déchiré son âme, la torture qui avait si rapidement éteint sa volonté de vivre.

– Tu vois, je contribue ainsi à ton éducation, dit Galéas-Marie en souriant, certain que son frère avait compris. Avant que nous en ayons fini, tu en sauras beaucoup plus qu'à ton entrée dans cette pièce. Mais pour cela, je suis obligé d'insister. Ou bien tu enfonces les chevilles dans le cercueil du signor Tommaseo, ou bien tu y entres à ton tour. Et dans ce cas, j'y mettrai aussi la fille pour vous tenir compagnie. Je me suis assuré qu'il y aurait de la place pour trois.

Galéas-Marie bondit, le couteau en avant, et prit le More complètement au dépourvu. Le More sentit une brûlure sur sa joue et y porta les doigts. Il y avait du sang. Ses pieds étaient glacés, cloués au sol.

– Sais-tu ce que j'ai enseigné à notre mère, dans cette pièce, Ludovic?

Galéas-Marie regarda pendant un instant la lame de son couteau.

– Qu'elle n'avait plus envie de vivre. Mais je crois que toi, tu apprendras le contraire : que tu as envie de vivre avant tout et en dépit de tout.

Galéas-Marie bondit de nouveau et la pointe du couteau effleura le More à la lèvre. Il goûta son sang.

– Enfonce les chevilles, ordonna Galéas-Marie entre ses dents.

Le More força ses mains inertes à se crisper sur le maillet. Étourdi par le choc, l'estomac soulevé par l'odeur de son sang, il voulut défier son frère une dernière fois, pour la paix de l'âme de sa mère. Il fit un pas vers lui.

– Oui. Avance.

L'expression de Galéas-Marie était calme, étrangement sincère.

– Regarde-moi dans les yeux. Si tu crois que tu auras le courage de me tuer, tu peux me regarder dans les yeux avant de le faire. C'est toi que tu y reconnaîtras, Ludovic. Tu me ressembles davantage que tu n'as jamais osé te l'avouer à toi-même.

Il regarda les yeux de son frère – pour la dernière fois... Ce qu'il vit n'avait rien de commun avec la cruauté bestiale et la menace qui l'avaient complètement abasourdi quelques minutes plus tôt. Les pupilles dilatées semblaient sans vie. De simples petites fenêtres s'ouvrant sur l'oubli, un insondable puits noir totalement vide de lumière et de raison, terrifiant. Il comprit qu'il aurait peur de ce qu'il voyait pendant le reste de ses jours.

Le More laissa retomber le bras qui brandissait le maillet et s'agenouilla pour ramasser les chevilles. Il se persuada qu'il pouvait clouer le couvercle du cercueil : il reviendrait plus tard sauver l'homme. D'ailleurs ce ne devait être qu'une farce, pas plus réelle que les mensonges de Galéas-Marie sur la présence de sa mère dans ce souterrain. Une horrible farce de pervers, écœurante, mais tout de même une simple farce. Il se mit à enfoncer les chevilles dans le cercueil, en se répétant tout cela. Mais il savait que quelque chose s'était irrémédiablement brisé en lui. A chaque coup de maillet, il sentait son âme exploser – jamais plus il ne posséderait une âme entière. Il pourrait passer le reste de sa vie à expier ces coups de maillet, à bâtir des citadelles de lumière et de raison, jamais il ne se rapprocherait assez du soleil pour échapper aux ténèbres horribles qu'il avait découvertes derrière les yeux de son frère.

Messer Tommaseo se mit à hurler quand il entendit Galéas-Marie violer sa fille...

A cet instant il se produisit quelque chose d'étrange dans la vision du More. Il se rendit compte que le temps s'était replié sur lui-même, qu'il revivait ce souvenir en ayant le pouvoir de le modifier : il avait enfin l'occasion d'expier, de faire à présent ce qu'il n'avait pas pu faire ce jour-là.

Quand il en eut terminé avec la jeune fille, Galéas-Marie se détourna.

Cette fois, le More reconnut que la jeune fille était Béatrice. Béatrice qui avait rétabli l'unité de son âme, qui l'avait purifié et le conduirait jusqu'à la lumière. Le More saisit le maillet de toutes ses forces et fit vœu de réduire le crâne de son frère en bouillie.

Il fut incapable de bouger. Son bras était paralysé. Ce n'était pas le courage qui lui manquait, cette fois. Quelque chose immobilisait son bras.

Le visage de Galéas-Marie était maintenant aussi livide et décharné que celui du cadavre de Jean. Sa tunique était couverte de sang et déchirée par les coups de poignard de ses assassins.

– Tu as tué mon fils, dit-il d'une voix irréelle.

Le More essaya de nier l'accusation, de s'expliquer, mais il fut incapable de parler. Son souvenir conscient était devenu un cauchemar dans lequel il ne pouvait ni parler, ni bouger.

– Tu as tué mon fils, répéta Galéas-Marie en se mettant à rire. Pas avec tes mains, mais avec tes yeux. Ne te rappelles-tu pas qu'avec les yeux tu les as suppliés de le faire ? Tu es très intelligent, Ludovic, tu dois donc t'en souvenir. Ils l'ont tué pour toi. Ne t'ai-je pas dit que tu me ressembles plus que tu ne l'as jamais admis ?

Le More essaya de crier avec une telle violence qu'il crut sentir un couteau s'enfoncer dans sa gorge. Ses tempes explosèrent de douleur, et de la neige noire emplit l'air. Mais il demeura incapable de bouger, incapable d'émettre un son.

CHAPITRE 51

Milan, 15 juin 1495

– C'est toi, dit Béatrice à Hercule, assis sur ses genoux.

Elle lui montra l'enluminure peinte à la main de son livre d'heures. Le peintre avait représenté Hercule à l'âge de cinq ou six ans, avec de longs cheveux blonds bouclés. Debout entre deux femmes blondes voluptueuses presque identiques, vêtues de toges romaines classiques, l'enfant montrait du doigt la femme de gauche.

– Celle-ci est la Vertu, expliqua Béatrice, l'autre est le Vice. Tu choisis de suivre la Vertu.

– Vertu, dit Hercule gaiement en montrant la femme que sa petite image avait choisie.

– Bien, Hercule. J'espère que tu seras toujours capable de voir la différence, lui dit-elle d'un ton mélancolique. Quand on grandit, il est parfois presque impossible de distinguer l'une de l'autre.

Béatrice se demanda pour la millième fois ce qui se passait. Plusieurs messagers étaient arrivés la veille de Novare, assurant indépendamment que Louis d'Orléans avait pris la ville. Le bruit s'en était répandu dans Milan au cours de la nuit. Mais si Novare était tombée, pourquoi aucun courrier n'était-il arrivé de Vigevano pour apporter la nouvelle officielle de la catastrophe et des instructions relatives à la défense du Castello? La plupart des autorités de la ville se trouvaient à Vigevano avec son époux, et il ne restait à Milan que des clercs de moindre importance; le pire aurait été de déclencher une fausse alerte dans la cité sans chefs. Elle avait donc refusé de doubler la garde et de fermer les portes du Castello, car ces mesures défensives n'auraient pas manqué d'inspirer la panique. L'absence de nouvelles de Novare ou de Vigevano pendant la longue nuit semblait justifier sa prudence. Mais aux premiers feux de l'aurore, elle avait envoyé un courrier à Vigevano pour savoir ce qu'on avait appris là-bas.

Au milieu de la matinée, alors que Béatrice venait d'arriver dans le petit atelier de ses couturières donnant sur le côté ensoleillé de la place d'Armes, son chambellan vint lui annoncer une surprenante nouvelle : son époux était rentré de Vigevano. Il s'était donc produit quelque chose de grave, se dit-elle, aussitôt rassurée par le fait que le chef de l'État se trouvait où il devait être en cas de crise.

Elle se rendit sur-le-champ dans les appartements de son mari à la Rochetta. Le sanctuaire intérieur du Castello était aussi silencieux que pendant l'absence du More, et ses épais murs de pierre constituaient un agréable refuge contre la chaleur de l'été. Son cœur cessa de battre quand elle vit les gardes près des portes de bois sculptées de l'antichambre de son époux : cinq hommes portant des heaumes et des pectoraux d'acier, armés de hallebardes suisses. A son arrivée, l'un d'eux entrouvrit la porte et murmura quelques mots à l'intérieur. Puis il s'inclina devant Béatrice et la fit entrer.

Le marquis Stanga attendait dans l'appartement dont les volets étaient fermés, mais même dans la pénombre, la fatigue qui se lisait sur les traits du marquis frappa Béatrice ; ses yeux n'étaient que des cercles noirs.

– Votre Altesse, murmura-t-il d'une voix qui chevrotait.

Béatrice supposa aussitôt que les Français avaient tué son mari. Ses conseillers les plus proches avaient ramené son corps. Bien entendu, ils avaient dû garder le secret pour éviter les désordres, qui auraient laissé Milan sans défense contre le duc d'Orléans. Tout lui parut très clair, et elle s'étonna de rester si calme.

– Où est-il, marquis?

Le marquis la conduisit dans la chambre sombre. Quand elle vit la forme vague sur le lit, sa poitrine se serra. Elle crut revivre le moment où elle avait lu la lettre concernant sa mère : elle était entièrement vide, incapable de penser et la tête pourtant pleine de pensées. Elle regarda les glands du ciel de lit qui se détachaient en silhouette sur la pénombre, et crut qu'on avait déjà drapé le lit de tentures de deuil.

Béatrice avança d'un autre pas et ne put éviter de le regarder. Un reflet faisait briller ses yeux. Pourquoi ne lui avaient-ils pas fermé les yeux?

Les yeux remuèrent.

Elle sursauta, alarmée, le cœur battant la chamade.

– Il est vivant, lança-t-elle au marquis, comme s'il lui avait menti.

Elle se précipita vers son mari. Il ne bougea pas la tête, mais ses yeux se tournèrent vers elle. Il souleva faiblement la main gauche, et elle la saisit. Elle se souvint d'avoir tenu ainsi la main de Jean sur son lit de mort. Elle ne sentit nullement la mort dans la main de son mari.

– Ludovic, murmura-t-elle.

Il avait les yeux rivés sur elle et la bouche ouverte. Un sifflement affreux sortit de sa gorge. La peau sombre, gonflée au-dessous de l'œil droit, ne cessait de vibrer.

– Seigneur... dit-elle en se tournant vers le marquis. Est-il blessé ? Qui soigne ses blessures ? Il ne peut respirer. Où est messer Ambrogio ? Il ne peut respirer...

– Il peut respirer, madame, répondit le marquis en la prenant par l'épaule. Il est ainsi depuis hier soir, quand je lui ai appris la nouvelle de la reddition de Novare. Il essaie de parler, mais ne peut émettre aucun son. Il ne peut plus bouger la main droite.

Béatrice écarta la courtepointe pour réfuter cette affirmation absurde, mais la main et le bras droits de son mari étaient aussi inertes que ceux d'un enfant endormi.

– Messer Ambrogio s'est occupé de votre époux toute la nuit. Il estime que Son Altesse a subi une attaque d'apoplexie, mais qu'à part cela, Son Altesse demeure en parfaite santé. Comme l'attaque ne paraît pas grave, il récupérera toutes ses facultés. Peut-être dans quelques semaines.

Seigneur... Béatrice savait que son mari avait jadis été si malade qu'il en était presque mort, et que messer Ambrogio avait acquis sa réputation en le ramenant à la santé. Mais c'était avant son arrivée à Milan. Ensuite, à part une fièvre de temps en temps, jamais il n'avait été souffrant. C'était tellement inattendu.

– Il ne court aucun danger. Messer Ambrogio a suggéré que vous lui rendiez visite régulièrement, mais sans l'encourager à s'épuiser pour essayer de parler... Pouvez-vous, madame, m'accompagner dans l'antichambre ?

Béatrice serra la main de son mari et lui recommanda de se reposer et de ne pas s'inquiéter, elle reviendrait vite. Mais le temps de retourner dans l'antichambre lui suffit à comprendre l'ampleur réelle de la crise.

– Donc, ce qu'on raconte de la chute de Novare est vrai, dit-elle au marquis à mi-voix.

Il acquiesça.

– Le duc Louis d'Orléans a vingt mille hommes à une journée de marche forcée des portes de Milan. Des éléments de sa cavalerie ont déjà traversé des villages qui se trouvent à une heure d'ici. Le gros des troupes pourrait arriver avant la tombée de la nuit.

– Et mon époux ne sera pas en mesure de se présenter à son peuple pour l'exhorter à défendre la ville.

Béatrice se rappela les récits qu'elle avait entendus dans son enfance plus souvent que le *Pater Noster* : son père gisant à l'article de la mort tandis que l'armée vénitienne campait dans le parc ducal sous les murs de Ferrare. Cela lui avait toujours paru tellement irréel...

Béatrice remarqua que le marquis la regardait fixement, attendant qu'elle lui donne ses instructions. Il lui vint soudain à l'esprit qu'aucun des conseillers de son mari n'avait été engagé pour ses qualités de chef. Le More les avait choisis pour leurs compétences et leurs connaissances dans un domaine déterminé. A présent, elle était régente, comme son époux l'avait spécifié au cas où il serait dans l'incapacité de gouverner. On s'attendait à ce qu'elle commande.

– Qui est au courant de la... maladie de mon époux ?

– Nous sommes venus avec seulement deux voitures pour éviter d'attirer l'attention. Quand nous avons porté votre époux dans sa chambre, nous l'avons recouvert d'un drap pour dissimuler son identité. Nous ne sommes ici que depuis une demi-heure. Il y a quelques minutes, j'ai reçu une note du comte Landriano indiquant que le Conseil des Nobles a obtenu confirmation de la chute de Novare aux mains de Louis d'Orléans. Le Conseil désire dissiper certains bruits selon lesquels le duc de Milan serait mort ou prisonnier des Français. Le comte Landriano tient absolument à ce que Son Altesse s'adresse personnellement au Conseil des Nobles dans la Sala della Palla cet après-midi. Il assure que c'est le seul moyen d'éviter la panique dans la ville. Si le peuple n'est pas certain que votre époux assume le commandement en cette période de crise, estime-t-il, nous verrons Milan se transformer en meute réclamant la capitulation immédiate aux mains des Français, avant même qu'ils ne se présentent sous les murs de la ville. Bien entendu, ce qu'il veut dire par là, c'est que si votre époux n'est pas capable de rallier le peuple contre les Français, le Conseil des Nobles accueillera le duc Louis d'Orléans avec des guirlandes et des discours de bienvenue.

Béatrice secoua la tête, furieuse. Tel était bien le caractère inconstant des Milanais : ils étaient toujours prêts à s'accrocher aux basques du favori de la Fortune, et encore plus impatients de changer d'allégeance dès que la Fortune semblait sur le point de le dédaigner. Se figuraient-ils que les Français pilleraient et violeraient avec moins de véhémence si la ville se rendait sans combattre ?

– Nous devons donc supposer qu'à la tombée de la nuit la ville entière voudra voir mon époux.

Le marquis avala sa salive et inclina la tête. Béatrice plissa les lèvres et baissa les yeux. Ce qu'il lui fallait, c'était un miracle. La guérison miraculeuse de son époux. A moins que Galeazzo ne conduise à Novare des forces suffisantes pour tenir le duc d'Orléans en échec avant que la panique ne s'empare de Milan. Mais on était sans nouvelles de Galeazzo, on ne savait même pas s'il était au courant de la crise. L'esprit de Béatrice se mit à errer désespérément à la recherche d'une solution.

Elle se rappela le sourire ironique que Louis d'Orléans lui avait adressé à Asti et se demanda s'il n'avait pas l'intention de faire d'elle l'une des dépouilles de sa conquête. Elle crut entendre la voix cassée de Polissena en train de radoter sur la guerre avec Venise. A présent, cela l'intéressait. Au cours de la crise, le bruit avait couru à Ferrare que son père était mort et la ville affolée avait été sur le point de se rendre aux mercenaires vénitiens qui campaient dans le parc. Qu'avait fait sa mère? Elle avait réuni les principaux nobles au chevet de son mari pour leur prouver qu'il était encore en vie. Puis elle était montée sur le mur du jardin et avait parlé à la populace. Elle les avait exhortés à défendre leur ville comme elle avait elle-même l'intention de le faire, seule contre tous s'il le fallait...

– Très bien, marquis, dit Béatrice en le regardant dans les yeux. Nous allons nous préparer à défendre le Castello contre les Français, et au nom de mon époux, nous allons ordonner à tous les quartiers de la ville de rassembler armes et provisions en prévision d'un assaut et d'un siège. Au nom de mon époux, vous convoquerez le Conseil des Nobles au Castello, à neuf heures ce soir. Mon époux convaincra le Conseil qu'il n'est pas mort et qu'on peut compter sur sa guérison. Il m'appartiendra de convaincre le peuple de Milan qu'en attendant je suis capable de me placer à leur tête pour chasser les Français.

***

Isabelle apprit l'étendue de la crise quelques minutes après que Béatrice eut quitté la chambre de son mari. Elle se trouvait dans la chambre de son fils, donnant sur la cour ducale en face de la Rochetta. Elle aidait François à étudier sa leçon de latin – il avait un précepteur de latin depuis son quatrième anniversaire. Lucia, la vieille servante d'Isabelle qui semblait tirer tous les secrets des murs du Castello, entra dans la pièce et lui annonça :

– Le More est mortellement malade et il est exact que le duc d'Orléans se trouve à Novare.

Une heure plus tard, Lucia mit Isabelle au courant de l'appel aux armes et de la réunion du Conseil des Nobles prévue pour neuf heures le soir même. Isabelle comprit aussitôt que le Conseil des Nobles espérait négocier avec les Français et finirait sans doute par céder à la panique. Ils livreraient la ville sans condition à l'arrivée de l'armée française. Béatrice faisait une tentative désespérée pour retarder l'inévitable.

Quelques minutes plus tard, Bonne, la fille aînée d'Isabelle, se précipita vers sa mère avec une poupée dans ses bras. L'enfant et la poupée étaient habillées exactement de la même façon : de petites robes dans le style mauresque couvertes de rubans colorés et de froncés en taffetas.

– Stanzia est tombée, dit Bonne en faisant la moue.

Elle tendit la poupée à sa mère pour un complément de réconfort.

– Quand est-ce que les hommes méchants vont arriver, maman ? demanda-t-elle.

A ces mots, Isabelle prit sa décision. Pour la première fois depuis près de huit mois, elle était capable de réfléchir avec autant de clarté et d'audace que dans le passé. Elle irait en Allemagne. Elle pouvait rassembler ses objets de valeur et quitter la ville avant la tombée de la nuit avec ses enfants et quelques serviteurs. Ils n'iraient pas bien loin ce jour-là, mais en prenant la direction du lac de Côme, ils pourraient passer la nuit en sécurité dans un village : les Français seraient trop occupés par Milan pour s'intéresser à la campagne. A son arrivée en Allemagne, Blanche-Marie leur accorderait l'asile à sa cour. Et peut-être l'empereur chasserait-il plus tard les Français de Milan pour investir François comme nouveau duc...

En fait, peu lui importait. Il lui suffisait de quitter Milan, où elle n'avait connu que chagrin et infortune. Elle s'y était toujours sentie étrangère. Elle était parfaitement heureuse de laisser le sort de Milan aux mains des Milanais. Et de Béatrice. Il lui vint à l'esprit – sans grande satisfaction ni tristesse – que Béatrice était duchesse de Milan depuis moins de trois semaines. Elle appela Lucia et lui donna ses instructions pour les bagages.

Elle se donna avec plaisir aux préparatifs du voyage. Comme si elle s'éveillait fraîche et dispose après une somnolence de huit mois. Si l'empereur décidait de libérer toute l'Italie, elle pourrait peut-être obtenir pour François davantage que le duché de Milan... Elle se mit à fourrager dans sa garde-robe, choisissant sans le moindre regret ce qu'elle prendrait et ce qu'elle laisserait. Elle abandonnerait tous ses cadeaux de noce. Elle trouva plusieurs lais de satin blanc qui avaient servi à décorer sa chambre nuptiale, et elle regretta de ne pas avoir le temps de les brûler. Les Français le feraient peut-être.

En fin d'après-midi, ses bagages étaient presque terminés. Elle s'étonna de ne pas sentir la fatigue. Comme elle regardait ses pages emporter un coffre de sa chambre, Lucia entra soudain. Ses gencives édentées tremblaient d'agitation.

– Votre Altesse, le comte Landriano demande à être reçu.

Isabelle éclata de rire.

– Est-il venu retirer sa fille du nombre de mes dames de compagnie ? J'aurais cru qu'il avait des préoccupations plus pressantes. Fais-le entrer.

Isabelle n'avait pas oublié la façon dont le comte Landriano avait tourné en ridicule devant le Conseil des Nobles l'idée qu'elle assure la régence à la mort de Jean. Le voir au désespoir constituerait un adieu agréable à Milan.

Ses yeux en amande brillèrent d'un reflet vert quand le comte Landriano s'avança avec la démarche presque nonchalante d'un courtisan milanais déguisant habilement son angoisse. Il portait un pectoral d'acier et l'épée au côté.

– Comte Landriano, l'accueillit Isabelle d'une voix de gorge où perçait le sarcasme. Je suis surprise que vous ne soyez point en armure de pied en cap. Nous vivons des temps dangereux, comme vous le disiez récemment. Je suis certaine que le peuple de Milan vous est reconnaissant de lui avoir donné un duc qui fait preuve de tant de *sforza* en face de l'adversité.

Elle sourit de son calembour sur le nom de famille du More, et ajouta :

– Mon jeune fils n'aurait pas réagi avec autant de résolution à l'annonce que son incompétent capitaine général avait laissé les Français entrer dans Novare.

– Votre Altesse connaît-elle précisément l'état de santé du More ? demanda le comte Landriano d'une voix tendue.

– Je sais qu'il n'est pas en état d'assumer les responsabilités que vous avez placées sur ses épaules avec tant de confiance.

– Ah bon... Je n'ai pu m'empêcher de remarquer, Votre Altesse, que vous vous prépariez à partir en voyage.

– Quel esprit pénétrant ! Je vais à Abbiategrasso.

L'agressivité et la désinvolture d'Isabelle mirent Landriano mal à l'aise : Abbiategrasso, à mi-chemin entre Milan et Novare, ne pouvait être choisi comme destination par une personne sensée.

– Oserai-je m'adresser à vous en toute sincérité ?

– Osez. La question est : « En êtes-vous capable ? »

– J'avoue que j'ai de manière insigne surestimé les capacités du More. Je vous rappellerai toutefois que je l'ai simplement pressé d'assumer le titre de duc. C'est l'empereur qui l'a fait duc de Milan. Mais l'empereur n'est pas là pour défendre son feudataire, et en raison des ingérences immodérées de l'empereur dans les affaires italiennes, Milan se trouve à présent sans chef.

– Le chef de l'État est la duchesse de Milan.

– Votre Altesse, la plupart des membres du Conseil des Nobles pensent que la duchesse de Milan n'est pas un choix judicieux pour nous défendre contre les Français. En toute sincérité, nous croyons en revanche que vous auriez les qualités requises par cette crise – agissant bien entendu au nom de votre fils.

Isabelle perçut aussitôt le calcul derrière la « sincérité » presque sarcastique de Landriano. Jamais elle n'avait eu la tête si claire.

– Crapules ! lança-t-elle en plissant les lèvres avec mépris. Vous croyez que j'ai les qualités requises pour me traîner aux pieds des Français et les supplier comme une folle de ne pas incendier les maisons des nobles familles de Milan. Pensez-vous que le duc Louis d'Orléans permettrait à mon fils de rester duc de Milan, même si le Conseil des Nobles avait le pouvoir de lui en donner le titre?

Landriano lui adressa un sourire hautain.

– Madame, vous n'ignorez pas que les Vénitiens ont une armée de quarante mille hommes en campagne. Et l'empereur va envoyer trente mille hommes du nord des Alpes. Oui, Louis d'Orléans conquerra Milan avant que ces forces viennent à notre secours. Mais nous estimons que si nous ne luttons pas, les Français nous traiteront avec clémence. Ils ne nous feront en tout cas aucun mal, ni à vos enfants, surtout si votre fils a été nommé duc. Les Français se sont montrés fort généreux envers les souverains qui ont capitulé sans combattre. Ils ne sont dangereux que si on leur résiste.

– J'ai déjà pourvu à la sécurité de mes enfants.

– Bien entendu. Mais supposons un instant que vous permettiez au Conseil de nommer votre fils duc de Milan. Les Français entreront dans la ville et vous assigneront à résidence avec votre fils dans ce Castello avec tous les privilèges dont vous disposez.

Il marqua un temps, puis poursuivit :

– Au bout de quelques jours, quelques semaines au plus, les forces de la Ligue chasseront le duc d'Orléans de la ville, et votre fils restera duc de Milan.

– Mon fils n'aura pas été investi par l'empereur.

– Croyez-vous que l'empereur manquera l'occasion de faire d'autres profits sur un titre qu'il a déjà vendu une fois au More?

– Et bien entendu le Conseil me nommera régente de mon fils.

– Bien entendu.

Les yeux d'Isabelle étaient comme des jades polis.

– Je vous donnerai ma réponse quand le Conseil siégera, ce soir à neuf heures, comte Landriano.

***

– Madame, murmura Vincenzo Calmeta à son oreille.

Le secrétaire de Béatrice était entré dans la chambre du More sans bruit. Elle se retourna. Dans la pénombre, elle lut de l'angoisse sur le visage gris de Calmeta.

– Comment va Son Altesse?

Béatrice secoua la tête et lutta contre le nœud qui lui serrait la gorge. Elle s'était juré de ne pas pleurer avant que tout ceci ne soit fini. Si elle paraissait faible, tout serait perdu. Mais son époux allait plus mal. Beaucoup plus mal. Sa respiration n'était qu'un râle de mauvais augure et ses yeux ne la reconnaissaient plus. Ils étaient vivants, peut-être éveillés, mais il n'y avait aucun moyen de savoir ce qu'ils voyaient. Le More s'était replié quelque part sur la frontière entre la vie et la mort. Il était désormais le seul à pouvoir décider de la direction dans laquelle il continuerait son voyage.

– Messer Ambrogio a pratiqué une saignée il y a une heure, dit Béatrice. Cela le ramènera peut-être à la conscience. Mais je suppose qu'il n'est plus souhaitable que le Conseil des Nobles le voie.

Calmeta acquiesça.

– Votre Altesse, chuchota-t-il, je viens d'aller jusqu'au Duomo à cheval. Si vous vouliez bien me suivre dans l'antichambre, je vous dirais ce que j'ai vu et entendu.

Béatrice alluma une lampe dans l'antichambre, un des globes de verre emplis d'eau, sans scintillement, de maître Léonard. Le long crépuscule d'été avait enfin cédé la place à la nuit. Dans quelques minutes, il faudrait qu'elle se présente devant le Conseil des Nobles.

La mâchoire serrée de Calmeta exprimait une détermination juvénile, mais il y avait de la tragédie inscrite sur son visage, presque comme un voile sombre tendu sur son front et ses yeux de poète.

– Votre Altesse...

Il s'interrompit et secoua la tête d'un air incrédule.

– Votre Altesse, peu importe maintenant que les Français attaquent ou non ce soir. Nous aurons de toute façon du sang dans les rues de Milan.

Il ouvrit les mains en un geste d'impuissance.

– De la folie. Partout de la folie. Le bruit court que votre époux est mort ou prisonnier des Français. Et aussi qu'il va arriver avec l'empereur et cent mille hommes d'ici quelques heures. La ville s'est divisée en factions irréconciliables. Les armuriers, les artisans et les ouvriers veulent résister aux Français et ils réclament que votre époux se mette à leur tête. Les marchands et la noblesse assurent que votre époux est mort. Ils veulent ouvrir les portes aux Français dans l'espoir de protéger leurs biens, et ils organisent une armée de *bravi* et de vauriens pour s'opposer aux artisans et aux ouvriers. La ville entière est en armes. J'ai déjà vu dans les rues une dizaine de morts. Il y a des incendies dans la rue de Turin. Et la nuit ne fait que commencer.

Béatrice comprit alors que la Fortune s'était jouée d'elle – un peu comme un souverain ivre ferait asseoir son bouffon à sa place, pour faire rire tout le monde du pitre soudain transformé en prince. Cette garce de Fortune était un adversaire dangereux, méchant et capricieux quand on le laissait tranquille, follement rageur et vindicatif quand on le mettait au défi. Béatrice ne désirait plus qu'une seule chose : faire venir ses enfants, les conduire dans la chambre sombre de son époux, et passer en famille les heures que le More avait encore à vivre. Il ne lui restait que cela de son mythique royaume de Tout, elle n'espérait plus conserver rien d'autre. Puis il lui vint une pensée irrationnelle qu'elle jugea totalement contraignante dans sa logique, et qui chassa toute autre considération de son esprit, hormis la peur. Je ne veux pas que maman me voie abandonner mon poste. Quoi qu'il arrive, je ne veux pas que maman me voie saisie de peur.

***

La duchesse de Milan entra dans la Sala della Palla par la double porte du rez-de-chaussée. Elle était venue seule, estimant que si elle se faisait accompagner par certains conseillers de son époux, elle offrirait la preuve de ce que le Conseil avait manifestement l'intention de prétendre – qu'elle était incapable de gouverner par elle-même. Les pages aux larges épaules qui gardaient la porte ne portaient pas la livrée rouge, blanc, bleu des Sforza. C'étaient apparemment des hommes du Conseil.

La salle était chichement éclairée par des chandelles de cire accrochées aux murs. Il y avait encore par terre des raquettes de paume et des balles. Quelque vingt personnes étaient réunies au centre de l'immense salle vide. L'éclairage était trop faible pour mettre un nom sur les visages. Les murmures des discussions montaient vers les hautes voûtes ainsi que des prières dans une cathédrale. Tout se tut quand elle s'avança. Les semelles de bois de ses chaussures résonnèrent dans le silence.

Rassurée un instant par le nombre restreint des membres du Conseil, elle se souvint bien vite de ce que Calmeta venait de lui apprendre : la noblesse levait une armée contre la faction anti-française. De toute évidence, la plupart des membres du Conseil se préparaient à combattre leurs concitoyens pour se rendre à un envahisseur étranger ! Le Conseil avait simplement envoyé une petite délégation pour lui annoncer le changement de gouvernement. Soudain, elle détesta tout en eux. Elle regretta de ne pas avoir de poignard.

Elle se demanda qui était la femme au milieu d'eux. Presque aussitôt, elle comprit. Impossible de se méprendre sur l'attitude d'Isabelle, même dans la pénombre. Elle portrait une robe noire à col haut et son habituel bandeau noir.

Tous les hommes posèrent respectueusement un genou à terre. Béatrice put sentir leur parfum. Elle reconnut plusieurs visages. Landriano, bien entendu. Une girouette. Dans quelle direction se tournerait-il demain ? Le comte Borromée, père de Catherine, la dame de compagnie d'Isabelle – tergiversant et sans scrupules, avec un nez coupant comme une hache et de grosses lèvres de poisson.

Isabelle fit la révérence et Béatrice lui répondit par le même geste. Pendant un instant, le visage d'Isabelle la paralysa. Ich était pâle, mais ses yeux brillaient à la lueur des chandelles. Ses lèvres, riches en couleur, luisaient. Et elle était d'un calme si parfait. Aucune trace de colère, aucune expression de triomphe. Simplement ses traits purs, blancs, d'une indescriptible beauté. Béatrice se dit : « C'est ainsi qu'était la Béatrice de Dante quand celui-ci l'a trouvée en train d'attendre au Paradis, dix ans après sa mort terrestre. » Purifiée, ressuscitée, plus belle que dans tous ses souvenirs.

Le comte Landriano prit la parole.

– Votre Altesse, le Conseil est profondément affligé par la maladie qui accable votre époux. Vous pouvez être assurée que d'innombrables cierges brûlent dans nos églises et nos chapelles pour implorer sa prompte guérison. Cependant, votre époux n'est pas en mesure pour le moment de défendre l'État qu'il gouverne depuis plus de dix ans. En l'absence de son irremplaçable présence, nous ne pouvons pas espérer que nos citoyens résistent à l'armée la plus redoutable que Milan ait affrontée depuis que les Lombards ont assailli nos portes il y a mille ans. Le Conseil a donc résolu qu'il valait mieux, pour le peuple de Milan, négocier avec les Français plutôt que prendre les armes contre eux.

– Vous parlez de capitulation, non de négociation.

– Nous conseillons la prudence, faute d'avoir à notre tête un chef puissant comme l'était votre époux. Les Français ont déjà prouvé qu'ils traitent avec clémence ceux qui ne leur résistent pas.

– Vous souffrez apparemment d'une curieuse maladie des oreilles, comte Landriano. Elle vous atteint chaque fois qu'on fait allusion aux atrocités commises par les Français à Naples. Personne en Italie, hormis peut-être les ermites de Saint-Jérôme, n'ignore les souffrances subies par le peuple de Naples, en particulier les femmes et les enfants.

Le visage du comte Landriano se plissa, comme s'il venait de sentir une odeur déplaisante.

– Votre Altesse, des rumeurs d'atrocités se répandent toujours en pareille circonstance. Le fait que vous leur accordiez créance ne fait que confirmer le bien-fondé de notre décision. Votre Altesse, votre mépris avoué des Français ne fait pas de vous la personne idoine pour traiter avec le duc Louis d'Orléans de la sécurité de la ville. Nous estimons qu'en nommant duc le fils du précédent duc de Milan, en cette période de crise, nous nous présenterons aux Français en négociateurs plus modérés.

– Nous aurons donc deux ducs de Milan. Mon époux, le duc investi par l'empereur d'Allemagne, et François, duc de Milan sur l'ordre du Conseil des Nobles. Bien entendu, quand Louis d'Orléans arrivera, la question deviendra de pure forme : Louis se considère déjà comme le seul duc de Milan, légitime, et, en possession du Trésor du duché, il pourra acheter son investiture à l'empereur.

– Je crois que les armées de la Ligue ne le permettront pas, dit soudain Isabelle.

Béatrice se tourna vers sa cousine. Elle comprenait maintenant la totalité du marché. Quand les armées de la Ligue chasseraient le duc d'Orléans, Isabelle comptait acheter à l'empereur l'investiture de son fils.

– C'est donc vous, l'acheteur, dit-elle à sa cousine.

Isabelle avança d'un pas, toujours aussi maîtresse d'elle-même, olympienne.

– Vous savez fort bien que je ne désire pas ceci pour moi. Seulement pour mon fils. Et pour notre peuple.

Il n'y avait aucun sarcasme dans sa voix, seulement une résignation triste, étrangement sensuelle. Et pourtant c'était de toute évidence un mensonge. Béatrice se demanda si sa voix avait sonné aussi faux quand elle avait dit la même chose à Ich quelques semaines plus tôt : « Je n'ai jamais désiré cela pour moi... » Mais elle l'avait bel et bien désiré. Elles l'avaient désiré toutes les deux. Béatrice eut envie de se jeter sur sa cousine et de régler leur conflit une fois pour toutes avec les poings. Elle n'en fit rien, retenue par l'impression curieuse que ce serait mal de détruire la beauté d'Isabelle, parce que derrière les mensonges et l'ambition démesurée de cette femme, il y avait quelque chose de pur et de rare qu'il fallait sauvegarder.

– La Fortune est une garce, dit Isabelle à Béatrice en penchant légèrement la tête de façon désinvolte. Ce soir, c'est ma garce.

Béatrice se tourna vers le comte Landriano.

– Le Conseil a-t-il l'intention de me retenir prisonnière?

Landriano parut sincèrement étonné et même indigné.

– Absolument pas. Nous ne vous séparerons pas de votre époux. Votre Altesse doit comprendre que nous éprouvons la plus grande affection personnelle qui soit pour vous et pour votre époux. Nous regrettons profondément...

Un des gardes de faction à la porte fonça dans la Sala della Palla comme un joueur de paume à la poursuite d'une balle. Se dispensant de toute formalité, il cria :

– Le Castello est attaqué!

Tout le monde se tourna vers les hautes fenêtres donnant sur les douves. Si les Français arrivaient de Novare, ils attaqueraient le Castello du côté nord-ouest. Plusieurs conseillers firent vers les fenêtres quelques pas hésitants, prêt à se jeter à terre si des traits d'arbalète ou des boulets de canon se mettaient à voler dans le noir.

On apercevait à peine la forêt dans les dernières lueurs du crépuscule. Rien ne semblait bouger dans les bois sombres.

Le garde regarda un moment, bouche bée, puis cria :
– Pas les Français ! Le Castello est attaqué de l'intérieur de la ville !

***

Les membres du Conseil et leurs gardes se précipitèrent dans la cour de la Rochetta et franchirent l'étroit pont-levis reliant la Rochetta à la place d'Armes. Béatrice et Isabelle, oubliées dans la panique, les suivirent. L'immense cour centrale était piquetée de torches, brandies par les gardes qui couraient en tout sens. Des lumières glissaient également sur les galeries de défense en haut des murailles du Castello. En traversant la place d'Armes, Béatrice vit des pelotons de gardes pousser des pièces d'artillerie montées sur des affûts à deux roues – de longues couleuvrines fuselées, de gros mortiers à la gueule courte et des bombardes.

La poterne juste au-dessous de la tour centrale était inondée de la lumière des torches. On avait baissé la herse et levé le pont, facile à manœuvrer grâce à ses lourds contrepoids. Béatrice entendit les clameurs de la ville : un chœur violent, discordant, fantomatique. Comme si la cité terrible de Dis, citadelle des Damnés, se trouvait au-delà de la porte.

Elle suivit les conseillers dans l'escalier étroit conduisant à la tourelle qui s'élevait au-dessus de la tour centrale. Au deuxième étage ils sortirent sur la terrasse découverte. Devant eux s'étendait un haut mur de brique percé de créneaux rectangulaires permettant à des arquebuses et à des canons de tirer de cette position protégée.

Les clameurs étaient effrayantes. Béatrice, glacée jusqu'aux os, se força à s'avancer pour regarder en bas. Milan s'étendait à ses pieds dans la nuit. Elle retint son souffle, captivée par le spectacle. La place devant le Castello était un lac phosphorescent, peuplé de milliers de torches. La Via degli Armorai semblait un fleuve de feu. Et il en était de même des autres rues principales de la ville. Çà et là dans les ténèbres entourant ces fleuves de lumière, des éclairs flamboyants de couleur orange marquaient l'emplacement de maisons et de palais en proie aux flammes.

Les cris s'élevaient juste au-dessous d'elle ; elle baissa les yeux. Il devait y avoir quinze mille hommes sur la place, la plupart avec des plaques pectorales et des casques d'acier, certains en armure complète. D'une main ils brandissaient une torche, de l'autre une pique ou une épée. Ils lançaient des cris de guerre, rassemblés comme autant de lucioles belliqueuses pour bloquer la phalange d'hommes en armes qui tentait de percer sur la place du Castello.

Les attaquants se jetèrent sur les défenseurs, les piques et les épées hautes, lancèrent leurs torches sur l'ennemi ou s'en servirent comme de massues enflammées. Des torches s'éteignirent, et l'échauffourée se mua en une masse sombre qui se tordait sur elle-même. Soudain, les attaquants se replièrent dans la rue et les hommes de la place s'élancèrent, toujours frappant avec leurs torches et leurs piques. Plus d'une douzaine d'hommes restèrent sur les pavés dans le sillage de cette retraite. Des flaques sombres de sang brillaient à côté d'eux.

Des morts, songea Béatrice. En un clin d'œil, elle venait de voir dix fois plus de cadavres que dans toute sa vie. Des morts comme Jean. Des hommes qui avaient naguère senti la chaleur d'une femme dans la nuit, et qui n'avaient même plus en ce moment une main à serrer. Leur sang demeurait chaud, mais tout le reste était déjà froid. La guerre, se dit Béatrice, l'estomac soulevé par l'horreur et la honte. C'est ce que voulait dire maman. La guerre s'était enfin emparée de Milan. La guerre que j'ai provoquée. En un instant de terreur, elle vit la place entière sombre et couverte de cadavres noirs. Quand serait-ce au tour des enfants de mourir?

– *Moro!*

Au début, Béatrice ne fut pas certaine. mais presque aussitôt les cris dominèrent les autres clameurs.

– *Moro! Moro! Moro!*

Les hommes qui défendaient la place poussaient des chariots à tous les accès, puis ils les faisaient basculer pour élever des barricades. Toutes les rues se trouvèrent bloquées sauf la Via degli Armorai. Béatrice comprit : ces hommes étaient les armuriers, vêtus du fruit de leur travail pour défendre leur ville. Ils espéraient manifestement que le More apparaîtrait pour se placer à leur tête contre les Français; ils n'avaient manifestement accordé aucun crédit aux rumeurs de sa maladie ou de son décès. Les hommes qui affluaient des autres rues pour les attaquer étaient les sbires du Conseil des Nobles. Ils souhaitaient prendre la place pour éliminer toute tentative de résistance, à l'arrivée des Français.

Les conseillers, alarmés de ces manifestations de soutien au More, étaient groupés près d'un créneau et criaient en désignant la place avec force gestes. Béatrice se sentit complètement vidée. Elle savait qu'elle devait faire quelque chose pour arrêter ce carnage. Mais tout ce qu'elle entreprenait dans sa vie était trahi et déjoué par la Fortune. Elle ne ferait donc rien. Presque en transe, elle observa les conseillers. Elle se rapprocha, poussée par une sorte de curiosité morbide, détachée. Qu'ils décident, se dit-elle comme en un rêve. A leur tour de jouer contre la Fortune.

Tout semblait à la fois fascinant et absurde, un étrange théâtre de marionnettes : le comte Borromée agitant le bras et lançant en avant son nez en forme de hachette; ses grosses lèvres crachant d'un ton véhément : « Faites monter l'artillerie ici, nous réduirons cette racaille en bouillie en moins de cinq minutes. Faites monter les bombardes et les mortiers. » Le comte Landriano, saisi d'horreur, acquiesçant cependant d'un geste. Les gardes s'élançant pour exécuter l'ordre. Isabelle, le regard fixe.

Comme si un ange s'était présenté devant ses yeux, Béatrice vit ce qu'elle devait faire. Elle se dirigea vers Isabelle. Le visage de sa cousine semblait aussi serein que la lune, ses yeux impossibles à déchiffrer.

– Isabelle, si tu acceptes de résister aux Français, je te soutiendrai.

Isabelle cilla.

– Je ne crois pas, répondit-elle avec un calme irréel. Je n'ai pas besoin de ton soutien, et je ne crois pas qu'il soit possible de résister aux Français.

– Si, Ich. Tu as besoin de mon soutien. Tu as besoin de moi pour dire à ces armuriers que mon époux est trop malade pour les gouverner et qu'il a accepté la nomination de François comme nouveau duc, ainsi qu'il en avait l'intention à la mort de Jean. Parce que si je ne leur dis pas cela, les armuriers se battront contre les hommes du Conseil, et Milan sera réduit en cendres avant même l'arrivée des Français. François et toi ne régnerez que sur une ville de décombres et de cadavres. Les hommes que tu as sous les yeux vont mourir par milliers. Des milliers de femmes et d'enfants seront piétinés dans les rues et brûlés dans leurs maisons. Des milliers de bébés périront.

Isabelle se tourna vers la ville. Son profil était merveilleux, aussi pur et élégant qu'un buste de la Rome antique. Elle se retourna vers Béatrice mais ne dit rien.

– Isabelle, personne ne s'est encore battu contre les Français. Ni Florence, ni Rome, ni Naples : leurs chefs ont cédé à la lâcheté et ouvert les portes. Tous les gros canons de siège sont avec l'armée du roi Charles. Le duc d'Orléans ne doit avoir aucune pièce lourde à Novare. Ils s'attendent à ce que nous nous rendions sans combattre. Mais si nous défendons nos murs, nous pouvons les contenir plusieurs semaines. Ich, si nous ne combattons pas les Français, nous nous battrons entre nous. Les armuriers ne vont pas se laisser convaincre de poser les armes et de se soumettre aux Français. Ils ne le feraient pas même si mon époux venait le leur demander.

Isabelle inclina très lentement la tête en signe d'assentiment.

– Viens.

Elle prit Béatrice par le coude et la conduisit près du comte Landriano. Désemparé, suant de peur, il regardait fixement le comte Borromée aboyer des ordres aux gardes. Isabelle attendit d'un air impérieux d'avoir obtenu toute l'attention de Landriano.

– Son Altesse n'a aucun désir de voir le sang couler dans les rues de Milan, dit-elle. Elle a décidé de dire aux armuriers que son époux n'est plus en état de remplir ses devoirs et qu'il a accepté comme successeur mon fils François. Je crois que cela mettra fin à cette déplaisante affaire.

Le comte Landriano, visiblement soulagé, adressa à Béatrice un sourire de reconnaissance.

– J'estime que Votre Altesse fait un geste très noble. Vraiment très noble. Mais je suggère que vous fassiez cette annonce rapidement, avant que le comte Borromée n'ait mis son artillerie en place.

Béatrice regarda Isabelle; ses yeux étaient sombres avec des reflets d'argent : la baie de Naples au clair de lune. Son menton était légèrement baissé. Béatrice se rendit compte qu'elle avait aimé, puis haï Isabelle, mais ne l'avait jamais vraiment connue. Et il était désormais trop tard pour qu'elle se demande si elle pouvait lui faire confiance.

Elle prit une torche des mains d'un des gardes. Tous les conseillers la regardaient, maintenant. Le comte Borromée lui-même s'était interrompu.

Le garde aida Béatrice à monter sur le créneau. Elle se redressa lentement. Elle se tenait sur une corniche de brique pas plus large qu'une coudée, ni plus longue. Elle s'avança jusqu'au bord. Elle pouvait voir les douves juste au-dessous d'elle; l'eau noire brillait à la lueur des torches. Elle posa la main gauche sur le mur de pierre pour garder l'équilibre. De la main droite, elle agita la torche au-dessus de sa tête. La poix en feu lança des étincelles.

Les armuriers, qui observaient le Castello dans l'espoir d'une annonce officielle, remarquèrent aussitôt son signal, mais il fallut du temps pour que le silence complet se fasse sur la place. Et même alors, de lancinantes clameurs de colère et de chaos continuèrent de monter des rues voisines comme une lamentation funèbre. Une voix en Béatrice dit à quelqu'un d'autre : Je n'ai pas peur. Je ne cède pas. Je fais ce qu'il faut. Le titre de mon époux et l'héritage de mon fils ne valent pas la mort de mille enfants. Ils ne valent même pas la mort d'un seul enfant.

– Je suis la duchesse de Milan!

La violence de son cri lui donna un instant de vertige. Le silence qui suivit fut si profond qu'elle entendit un nouveau bruit : le grondement sourd des incendies dans la ville.

– Mon époux ne peut se présenter devant vous parce qu'il est gravement malade!

Des murmures de colère s'élevèrent, et Béatrice agita frénétiquement la torche pour signaler qu'elle avait autre chose à dire.

Le silence se fit de nouveau. Béatrice ferma les yeux pour chasser les larmes sous ses paupières. Elle n'avait pas eu le temps de songer à quel point ce serait difficile. Jamais elle n'avait imaginé qu'elle serait incapable de se forcer à parler. Mais c'était comme si une main lui serrait la gorge.

Isabelle apparut près d'elle, matérialisée sur le créneau ainsi qu'un esprit de l'ombre. Elle effleura le bras de Béatrice – contact étrange, presque apaisant, encourageant. Mais c'était bien normal. Il faut que je le dise, se répéta Béatrice, et en cet instant elle reconnut en elle-même des centaines de choses qu'elle n'avait jamais osé s'avouer, et notamment la passion avec laquelle elle aimait être duchesse de Milan.

Elle parvint à prononcer les premiers mots, en se disant que tout instant d'hésitation risquait d'entraîner la mort d'innocents.

– En conséquence...

Isabelle lui serra soudain le bras, d'une poigne assez forte pour la faire basculer dans le noir. Pourquoi ? se demanda Béatrice avec la lucidité qui précède les catastrophes. Pourquoi n'attend-elle pas pour me pousser dans le vide que j'aie endossé la nomination de son fils ? Puis elle se rendit compte qu'elle pouvait très bien frapper Isabelle en plein visage avec sa torche...

Mais Isabelle la tirait en arrière. L'écartait du bord. Isabelle passa devant elle, et elle ne vit plus que les épaules larges de sa cousine et ses longs cheveux bruns qui lançaient des reflets de feu à la lueur de la torche.

Isabelle resta entièrement immobile pendant ce qui parut une éternité, comme si elle hésitait avant de sauter. Puis ses épaules se soulevèrent et elle cria :

– Je viens du chevet du duc de Milan !

Sa voix était d'une puissance surprenante, on aurait cru que ses paroles tombaient de la voûte sombre du ciel.

– Son état s'est beaucoup amélioré. Il se rétablira d'ici quelques jours et nous conduira à la victoire sur les Français. Par conséquent, à toutes les personnes qui ont pris les armes ce soir dans l'espoir de faire de mon fils le prochain duc de Milan, je demande d'abandonner cette cause. A tous ceux qui se serviraient de mon fils comme prétexte pour une capitulation honteuse devant l'envahisseur, je dis que je transpercerai ma poitrine et celle de mon fils plutôt que de permettre cette ignominie. Nous devons faire un seul corps et une seule âme contre les Français. Nous devons résister à tout prix.

Curieusement, ces paroles ne surprirent pas Béatrice. Elle eut l'impression sereine de les avoir déjà entendues. Elles représentaient totalement Isabelle, sa complexité et ses contradictions. Ses mensonges et ses vérités, ses faux-fuyants et ses sentiments profonds, ses ruses et sa sincérité. Mais au bout du compte, une grande bonté. Debout sur cette corniche, Isabelle avait découvert la vérité de son âme.

Isabelle se retourna, et Béatrice ressentit le choc qu'elle aurait dû éprouver aux paroles de sa cousine. Elle s'attendait à voir le sourire béat d'une sainte, un rayonnement surnaturel, un reflet de la face de Dieu. Mais les yeux d'Isabelle n'exprimaient que de la terreur, la peur d'un tourment indicible, comme si elle s'était jetée du haut de la tour et qu'un malin génie l'ait tenue en suspens un instant avant que ses rêves ne se fracassent sur les pavés. Puis Béatrice comprit : si dur que lui soit apparu le renoncement à ses rêves quelques instants plus tôt, Isabelle avait dû trouver mille fois plus dur de renoncer vraiment aux siens.

Elle prit Isabelle dans ses bras. Ich était inerte, de nouveau morte : elle avait lancé avec ces quelques mots d'abandon le reste de sa vie.

Les armuriers de la place réagirent par des clameurs confuses. L'un d'eux, vêtu d'une plaque pectorale d'acier poli, debout au milieu de la pente herbue des douves, réclama le silence. La foule se calma et l'on entendit de nouveau la rumeur sourde des incendies. Béatrice remarqua, soulagée, que les phalanges d'hommes en armes dans les rues voisines se retiraient et se dispersaient. Les Milanais ne se battraient pas entre eux cette nuit-là.

– Tout cela est fort beau, Votre Altesse, cria aux deux duchesses l'homme au pectoral d'acier. Mais qui prendra le commandement contre les Français ce soir ?

– Mon époux m'a désignée comme régente en son absence. C'est moi qui me battrai à votre tête contre les Français.

Il y eut un instant de silence. Puis des sifflets et des huées de dérision, suivis par un éclats de rire général. Béatrice eut l'impression que leurs torches lui brûlaient le visage. Le peuple de Ferrare n'avait pas ri de sa mère. Est-ce que sa mère riait, elle aussi ?

Le porte-parole des armuriers cria de nouveau pour se faire entendre.

– Très bien, Votre Altesse. Mais comment allez-vous vous y prendre ?

Les rires éclatèrent de plus belle.

Béatrice se tourna vers Isabelle et lui dit :

– Je descends.

Elle sauta du créneau et aida Isabelle à descendre. Les conseillers les regardaient comme ils avaient observé toute la scène : incrédules, incapables d'intervenir devant la ville en armes. C'étaient des hommes habitués aux conciliabules dans l'ombre. Le comte Landriano avait la bouche ouverte.

Béatrice aida Isabelle à se redresser.

– Tu vas bien, Ich ? Il faut que je descende là-bas.

Isabelle acquiesça.

– Béatrice, murmura-t-elle. Je ne peux pas descendre avec

toi. Je ne peux pas. Je suis trop fatiguée. Je suis tellement épuisée...

– Je sais, Ich.

Béatrice serra de nouveau Isabelle dans ses bras et embrassa ses joues froides.

– Ce que tu viens de faire exigeait plus de courage que tout ce que je pourrai faire dans ma vie. Merci, Ich. Je ne trouve rien d'autre à dire. Tu nous as tous sauvés.

Elle se tourna vers un garde.

– Raccompagnez Son Altesse à ses appartements. Et n'appelez pas messer Ambrogio. Trouvez Lucia, elle veillera sur elle.

Le comte Borromée s'avança au-devant de Béatrice.

– Votre Altesse, vous ne devez pas descendre sur la place. Je vous préviens que mon artillerie est en place et que j'ai l'intention de...

Béatrice releva la tête vers le comte Borromée avec une telle violence qu'il recula d'un pas.

– Il ne vous appartient pas de prévenir de quoi que ce soit la régente du duché de Milan. Moi, je vous préviens, comte Borromée, que si vous ne regagnez pas votre palais sur-le-champ et n'y restez pas jusqu'au rétablissement de mon époux, je vous ferai pendre pour trahison et planterai votre tête là-haut.

Elle montra la cime de la tour, derrière eux.

Le comte Borromée, abasourdi, se laissa entraîner par Landriano. Personne ne tenta d'empêcher Béatrice de descendre l'escalier de la poterne.

***

– Baissez la passerelle, ordonna Béatrice aux gardes de faction à la poterne.

La passerelle, si étroite que deux hommes auraient eu peine à y marcher de front, se trouvait juste à droite du pont-levis. Les montants de bois et les chaînes grincèrent. Béatrice ouvrit une porte dans le mur de la poterne, entra dans un corridor de briques, puis tourna à angle droit. Elle aperçut les torches de la place par une petite embrasure voûtée.

La passerelle n'avait pas de rambardes, et elle connut un instant de vertige en baissant les yeux vers l'eau. Elle redressa la tête vers les hommes qui l'attendaient de l'autre côté des douves. A la lumière des torches, elle distingua les reflets d'une armure, des visages mal rasés trempés de sueur, des avant-bras noueux.

Le porte-parole des armuriers se tenait au bout de la passerelle comme s'il la mettait au défi de s'engager sur la place. Elle décida que s'il voulait l'arrêter, il faudrait qu'il la lance dans les douves. Elle arriva à deux pas de lui. Il avait un visage dur et basané, couleur de terre cuite, comme vernissé à la chaleur des forges. Elle ne ralentit pas.

Il s'écarta. Jamais il n'avait vu une duchesse de si près ; ce fut comme si Béatrice appartenait à une espèce inconnue de lui qui s'avérait soudain beaucoup plus menaçante qu'il ne l'escomptait.

Parvenue sur la place, Béatrice entama aussitôt le dialogue.

– Vous voulez savoir comment je vais m'y prendre pour vous mener contre les Français ? cria-t-elle d'une voix qui porta jusqu'à l'autre bout de la place. Je n'ai pas l'intention de vous mener contre les Français. J'ai l'intention de me rendre seule à la porte de l'Ouest et d'attendre les Français. Je tire fort bien à l'arc. Que l'un de vous m'en donne un ! Et si quelqu'un veut se joindre à moi pour tirer sur les Français, je le mets au défi d'en tuer plus que moi.

Les armuriers se mirent à rire, mais sans animosité. Béatrice, sentant la situation sur le point de lui échapper, se tourna vers l'ouest et avança au milieu de la foule. Les hommes lui parurent immenses, leurs piques se croisaient au-dessus de sa tête ainsi qu'une tonnelle de mort. Au début, ils s'écartèrent à son passage, mais quand elle parvint de l'autre côté de la place, il se produisit de la cohue et elle fut bousculée. Certains étaient légèrement blessés : un œil crevé, une lèvre fendue, un bras bandé avec un chiffon sanglant. Elle arriva à l'entrée de la rue. Plusieurs hommes se poussèrent devant elle, certains brandissaient des gourdes de vin. Puis Béatrice sortit de la foule.

Un mort gisait sur les pavés à un pas devant elle, piétiné et déformé comme un tas de chiffons, la tête et une jambe formant avec le corps des angles bizarres. A côté de son visage écrasé se trouvait une flaque de sang violacé.

L'estomac de Béatrice se souleva et les jambes faillirent lui manquer. Il ne faut pas perdre connaissance ! cria-t-elle en silence. Si tu t'évanouis, tout est perdu. Puis une bouffée de force la poussa en avant comme une claque dans le dos, et elle passa devant le cadavre.

Elle s'engagea dans la rue conduisant à la porte Ouest de la ville. La milice des conseillers qui occupait cette rue quelques minutes plus tôt était dispersée. Un chariot finissait de se consumer devant des boutiques aux étals saccagés. Un autre cadavre gisait, allongé sur le dos, un chien léchait le sang sur son visage. Elle se força à continuer. Puis elle entendit le bruit derrière elle : un cliquetis d'armures et le frottement des semelles de basane sur les pavés. Elle ne se retourna pas ; elle redressa les épaules comme sa mère aurait fait et pressa le pas.

Quand Béatrice atteignit les massives tours de brique de la poterne de Sant' Ambrogio, la porte Ouest de Milan, elle se retourna enfin. Une armée bloquait la rue derrière elle, à perte de vue. Tous les armuriers l'avaient suivie.

***

Béatrice monta en haut de l'une des tours flanquant l'arche double de la poterne Sant' Ambrogio. On avait placé trois grosses bombardes sur la terrasse, et braqué leurs énormes gueules vers l'ouest. Près de chaque canon se trouvait une pyramide impeccable de boulets de pierre. Une vingtaine d'armuriers, appuyés au parapet de brique crénelé, regardaient vers l'ouest, à l'affût du moindre signe trahissant l'arrivée des Français.

Béatrice, quant à elle, n'avait aperçu que des ombres – des cavaliers fantômes qui surgissaient des ténèbres pour disparaître aussitôt. Elle savait que ces hallucinations étaient dues à la fatigue : il ferait jour dans moins d'une heure et elle n'avait pas dormi une seconde après la journée la plus longue et la plus mouvementée de sa vie. Mais sa veille angoissée était également hantée par des doutes plus rationnels. Au cours de la nuit, elle avait envoyé trois cavaliers à Novare, avec l'ordre précis de revenir dès qu'ils auraient repéré l'armée française en marche. Si les messagers ne rencontraient pas les Français, ils devaient entrer dans Novare et chercher à savoir si l'armée du duc d'Orléans se préparait à marcher sur Milan. Le premier courrier était parti sept heures plus tôt. Largement le temps de se rendre à Novare et de revenir. Peut-être avait-il été fait prisonnier. Peut-être les trois messagers avaient-ils été faits prisonniers des heures plus tôt par une armée française postée à peu de distance dans le noir, prête à attaquer aux premiers feux de l'aurore.

Tout le long des immenses murailles de brique de la ville, des armuriers étaient penchés sur les créneaux, la pique à la main, l'arc posé sur les merlons. Mais la défense n'était pas aussi redoutable qu'elle en avait l'air. Les murs dataient de plusieurs siècles et la ville s'étendait au-delà, fort loin vers l'ouest, après la poterne Sant' Ambrogio. La nouvelle chapelle ducale du More, Santa Maria delle Grazie, avait été construite hors les murs, et sa coupole formait un autre fantôme dans les ténèbres à plusieurs rues de là. Pour faciliter le passage entre les faubourgs et la ville, on avait abattu les murs ou percé des portes non fortifiées en des dizaines d'endroits. On avait jugé que la meilleure défense de Milan contre l'invasion était sa richesse. Et maintenant, la seule défense de Milan consistait à faire croire que Milan était défendue.

Les messagers qui la reliaient constamment au Castello avaient appris à Béatrice que l'état de santé du More s'améliorait. Messer Ambrogio attribuait ce miracle à un élixir à base de perles écrasées. Quelle qu'en fût la cause, c'était un merveilleux soulagement. Béatrice savait aussi qu'Isabelle dormait; elle crut revoir Ich, tournant le dos au précipice, avec le visage d'une femme qui vient de déchirer son propre cœur. Était-ce le prix qu'Isabelle avait payé pour racheter son innocence? Béatrice se demanda quel prix elle aurait elle-même à payer pour racheter la sienne.

Plusieurs armuriers se mirent à crier, le bras tendu vers la rue sombre à l'ouest du mur. Tout le monde fit silence et le claquement des sabots d'un cheval sur les pavés résonna. Les corps épuisés se raidirent, les armes cliquetèrent. Une torche sortait des ombres et se dirigeait vers la poterne. Les messagers avaient reçu l'ordre de porter une torche à la nuit, pour qu'on ne leur tire pas dessus.

Le cavalier arrêta son cheval couvert d'écume juste au pied de la tour.

– Votre Altesse, cria-t-il à Béatrice d'une voix qui tremblait de fatigue. J'ai quitté Novare il y a trois heures. Des patrouilles de reconnaissance envoyées par les Français ont appris au duc d'Orléans que Milan avait l'intention de se défendre. L'armée française a cessé d'avancer. Ils réquisitionnent pour ainsi dire toutes les maisons de Novare pour se loger. Cela confirme les bruits que j'ai entendus : ils ont l'intention d'attendre à Novare que le roi arrive du sud avec son armée pour leur prêter main-forte.

Incroyable, songea Béatrice. Le duc d'Orléans n'était qu'un idiot. Cette nuit, Milan était à portée de sa main. Mais les armées de la Ligue surviendraient pour défendre Milan longtemps avant que le roi Charles VIII n'arrive – s'il arrivait un jour. Pendant un instant, Béatrice se laissa aller à la joie de sa victoire : elle avait battu Louis d'Orléans par sa ruse et son audace. Puis elle songea au triste coût de son triomphe. Pour les hommes qui gisaient dans les rues de Milan, ceci n'avait pas été un jeu.

La nouvelle se répandit sur les murs et jusqu'au Castello, et il s'éleva une immense clameur, des vivats et des jurons exaltés. En quelques minutes, une tempête de joie se déchaîna sur la ville. Puis les armuriers qui entouraient Béatrice se mirent à scander son nom.

– Béatrice ! Béatrice ! Duchesse ! Duchesse !

La ville entière se joignit à ces cris, en un tonnerre d'adoration et de respect.

Béatrice écouta, trop surprise et épuisée pour être réellement émue, se disant cependant qu'elle n'oublierait jamais cet instant. Elle crut entendre soudain la voix de Polissena et ses récits de guerre, mais en parlant d'elle, cette fois, et non de sa mère... Elle éclata de rire tout fort, en une sorte de cri de soulagement hystérique, avec sous les yeux l'image absurde de Polissena éternellement plus vieille et plus ratatinée mais ne mourant jamais, survivant à tout le monde pour raconter à ses arrière-petits-enfants, plutôt mille fois qu'une, comment la duchesse de Milan, en montant sur les remparts de la ville, avait arrêté les Français à Novare...

Son rire s'interrompit brusquement, sous l'effet d'un sentiment si étrange qu'elle en eut froid sur la nuque. Elle était de nouveau seule, en dépit de cette foule qui scandait son nom, aussi seule qu'à son départ de la place du Castello vers cette poterne, mais il y avait à présent une grande paix et une grande liberté dans sa solitude. Puis elle vit sa mère. Ce ne fut pas une vision matérielle, ni même spectrale, mais une image plus profonde, plus intérieure – une compréhension si totale qu'en cet instant ce fut comme si elles partageaient la même âme. Pour la première fois de sa vie, elle vit sa mère sans préjugé ni rancune, nettement, pleinement, avec ses défauts mais surtout ses remarquables vertus. Elle comprenait maintenant pourquoi sa mère avait dû la laisser à Naples, comment elle avait pu faire abstraction de l'intérêt de son enfant pour sauver des milliers d'enfants. Et elle mesurait le chagrin et la culpabilité que sa mère avait ressentis à cause de cette décision. Elle percevait maintenant la profondeur de l'amour de sa mère pour elle; pour la première fois, elle sentait que sa mère avait été vraiment fière d'elle. Elle sentait même à quel point sa mère aurait été fière d'elle cette nuit.

Maman, je comprends, dit-elle en elle-même. Je comprends enfin tout ce que vous avez fait. Je vous pardonne, maman. Pourrez-vous jamais me pardonner? Mais la réponse était si évidente...

– Oh, mon Dieu, maman, je vous aime tant! murmura-t-elle. Mais vous l'avez toujours su. Je comprends maintenant que vous le saviez.

Puis l'image s'effaça, ainsi que l'intimité qu'elle n'avait jamais eue avec sa mère de son vivant. Leur réunion avait été aussi passionnée qu'un retour au foyer après une longue absence; et Béatrice savait maintenant que sa mère serait toujours avec elle, ne la quitterait jamais plus.

Elle se tourna vers la grisaille annonciatrice de l'aube. Dans le lointain, elle distingua vaguement les clochers des églises du village le plus proche.

– Je connais votre rêve, maman, lança-t-elle à mi-voix dans le vacarme des acclamations. Je sais que ce n'est pas terminé. Je suis responsable du déclenchement de cette guerre autant que quiconque. Et je dois trouver à présent un moyen d'y mettre fin.

CHAPITRE 52

Extraits d'une lettre de François Gonzague, marquis de Mantoue et capitaine général des armées de la Ligue de Venise, à Isabelle d'Este de Gonzague, marquise de Mantoue.

Fornovo, 5 juillet 1495

... nous avons campé sur la rive droite du Taro, sur une colline qui nous permet d'assurer notre défense. Ce matin, les Français ont installé leur camp sur la rive gauche; pour continuer leur retraite vers le nord, il faut qu'ils traversent la rivière et affrontent les armées de la Ligue. Je me trouve à la veille de la bataille, à la tête de la plus grande armée que l'Italie ait jamais vue. Ma mission, si Dieu le veut, n'est pas seulement de résister aux Français, mais de les exterminer...

***

Fornovo, 6 juillet 1495

Rodolphe Gonzague se pencha à l'oreille de son neveu François et cria pour dominer le vacarme de la pluie.

– Pas de gué praticable!

Les deux hommes, debout sur leurs étriers, regardèrent la rivière. A cette époque de l'année, le Taro n'était normalement qu'un vulgaire ruisseau serpentant au milieu de son large lit jonché de rochers, en sa course des Apennins au Pô. Ce matin, ils avaient sous les yeux un torrent boueux de plusieurs centaines de pas de large, gonflé et tourbillonnant sous l'effet des pluies diluviennes qui tombaient en nappes continues.

François Gonzague, capitaine général des armées de la Ligue

de Venise, releva la visière de son heaume et lança un regard noir au déluge. Avec ses lèvres querelleuses et ses narines palpitantes, il avait l'air à moitié homme, à moitié bête.

– La Fortune est une femme! cria-t-il. Elle se donne à l'homme qui l'attrape par les cheveux. Nous traverserons!

François leva le bras pour faire signe au détachement qui le suivait : dix mille hommes d'élite. Près d'un millier d'entre eux constituaient la crème de la noblesse italienne, et portaient comme le marquis de Mantoue et son oncle de belles armures ouvragées qui les protégeaient de la tête aux pieds. Ces chevaliers étaient secondés par de la cavalerie légère armée d'arbalètes et une énorme troupe de fantassins, les estradiots mercenaires albanais dont les rangs étaient hérissés de piques trois fois plus longues que la taille moyenne d'un homme.

Rodolphe Gonzague éperonna son cheval. Le gros étalon barbe à la robe blanche, élevé dans les écuries de François – réputées les meilleures d'Italie –, descendit de la berge et entra dans l'eau jusqu'au ventre. Le torrent glacé entra dans les chaussures bardées de fer de Rodolphe. Il songea aux nombreuses batailles auxquelles il avait pris part; jamais par un temps pareil. Il avait hérité la ville de Castiglione de sa mère, Barbara de Brandebourg, venue d'Allemagne épouser Ludovic III Gonzague, grand-père de l'actuel duc de Mantoue. Mécontent du modeste revenu de son domaine, Rodolphe avait toujours exercé la profession de *condottiere*. C'était la vie la plus honorable qu'il puisse imaginer. Les batailles étaient de grandes cérémonies : les armées se rencontraient et se saluaient comme les adversaires dans un tournoi, puis elles paradaient dans la campagne en manœuvres complexes comme en une partie d'échecs, confrontation de compétences tactiques et d'art de cavalerie dont l'issue se décidait lorsque l'un des camps, se sentant inférieur, se retirait simplement du champ de bataille. En toute une vie passée à guerroyer, Rodolphe pouvait compter sur les doigts d'une main les hommes qu'il avait vus mourir au combat. Bien entendu il avait vu de nombreux cadavres de non-combattants, mais il en attribuait la responsabilité aux mercenaires de l'infanterie, paysans devenus soldats qui pillaient et violaient leurs congénères des campagnes. Ces morts ne souillaient en rien l'honneur de ce que son neveu François appelait à bon droit « un noble jeu d'adresse ».

Or le plus grand jeu d'adresse jamais joué en Italie était sur le point de commencer, et l'intempestive pluie diluvienne allait frustrer Rodolphe de ce merveilleux spectacle. Il avait conseillé de ne pas attaquer, d'attendre au moins que la visibilité s'améliore. Mais François avait fait observer que par ce temps les artilleurs français ne pourraient pas maintenir leur poudre au sec. La bataille serait donc gagnée par l'intelligence et l'invention, non par la force brutale de machines dénuées d'esprit.

L'eau monta jusqu'aux flancs de son cheval, et le courant violent aspira les jambes de Rodolphe comme s'il voulait les arracher des étriers. Il éperonna de nouveau, en maintenant ses jambes en position. Il n'entendait rien du mouvement des hommes derrière lui, uniquement le grondement de la pluie et du torrent, ainsi que le cliquetis de l'acier. L'eau ne fut pas plus profonde ni plus rapide, même au milieu du courant. L'obstacle le plus dur de la traversée s'avéra la pente raide de la rive gauche, couverte de ronces et d'épines mêlées. Arrivé au sommet, Rodolphe se retourna un instant. Les piques des estradiots recouvraient la rivière comme un parterre de roseaux géants.

Ils chevauchèrent le long de la pente rocheuse formant la base des basses collines – invisibles sous la pluie – qui réduisaient la vallée du Taro à une langue de terre jonchée de pierraille large de quatre cents à douze cents pas, comme un entonnoir s'ouvrant vers le nord. Ils contournèrent un hameau, groupe de fermes et de granges abandonnées qu'illumina un éclair jaune. Le tonnerre roula d'un bout à l'autre de la vallée, suivi par un autre éclair, plus violent, presque blanc. Pendant une fraction de seconde, ils purent voir, juste devant eux, presque tout le dispositif de l'armée française – les petites silhouettes brillantes des chevaliers français, les formes brunes des mules de bât et des chariots de bagages.

– Une partie de leur cavalerie lourde a rebroussé chemin pour défendre le train des équipages ! cria François. Quand nous aurons réglé leur compte, l'arrière de l'armée se trouvera aussi nu que le cul d'une pute.

François avait envoyé le tiers de ses forces lancer une attaque de diversion sur l'avant-garde des Français, pendant que le gros de ses troupes éventrerait l'arrière-garde des chariots de bagages et de provisions ainsi que tous les auxiliaires de l'armée. Quand les Français se verraient pris dans la tenaille italienne, ils se rendraient sans tarder.

Les éclairs se succédaient maintenant presque toutes les secondes, et chacun offrait une image plus proche et plus claire des chevaliers français. Leur formation semblait en désordre et ne présentait aucune ligne cohérente de défense. Un groupe d'archers se pressait autour d'un des chevaliers – de petite taille et portant une tunique de soie blanche par-dessus son armure. Pendant l'éclair suivant, les croix d'or brodées sur sa tunique brillèrent d'un éclat phosphorescent.

– *Par Dieu !* cria François. Le roi est revenu protéger son train de bagages ! Ce sera fini en une minute.

Pour Rodolphe, le reste se passa trop vite pour qu'il puisse penser ou connaître la peur. Visière baissée et lance coincée contre sa plaque pectorale, il se mit en place comme il l'avait fait mille fois au cours de tournois. L'horizon se rétrécit dans la fente de sa visière. La charge s'ébranla lentement. Les archers s'agenouillèrent et décochèrent chacun une flèche; ils n'auraient pas le temps d'en tirer une seconde. Les croix d'or se rapprochèrent de plus en plus vite. Puis un chevalier français s'interposa devant elles. Penché en avant, les pieds calés dans les étriers. Le choc sur la main de Rodolphe engourdit son avant-bras et remonta à l'aisselle. Il lâcha sa lance brisée et dégaina son épée. Par simple réflexe. François, sur sa gauche, frappait de taille, l'épée haute; c'était le seul homme entre lui et les croix d'or. Le choc sourd dans son dos le fit se retourner.

A terre. Comment? Aucun souvenir de sa chute. Simplement le choc de se trouver au sol. Au-dessus, tout semblait folie. Il entrevit des reflets d'acier, des ventres de chevaux, des tapis de selle en soie, au gré du feu d'artifice de l'orage. Et du sang. Une ombre passa sur lui, puis la douleur monta de sa jambe jusqu'au sommet de son crâne et s'en fut, ne laissant qu'une palpitation étrangement supportable.

Tout ralentit. La bataille était allée plus loin. La visière de Rodolphe s'était détachée et il pouvait voir à une certaine distance sur sa gauche. La masse noire du ventre d'un destrier se trouvait sur ses jambes. Il comprit que le cheval qui venait de tomber sur lui était mort. Il essaya de retirer sa jambe, mais la douleur lui monta de nouveau à la tête. Il fallait qu'il attende de l'aide. Il s'aperçut alors qu'il y avait des dizaines d'hommes et de chevaux à terre comme lui. Son monde était devenu curieusement horizontal. Bon Dieu, quelles histoires il pourrait raconter et entendre raconter ce soir...

Les coups sur son armure le firent sursauter, et il remua la jambe – avec les conséquences auxquelles il fallait s'attendre. Mais c'était de la grêle. Il regarda vers le ciel. A la lueur des éclairs, les grêlons avaient la blancheur et la douceur irréelles de la neige. Il ferma les yeux; les grêlons crépitèrent autour de lui, certains sur son visage. Il pouvait distinguer chaque éclair à travers ses paupières.

La grêle s'arrêta. Il ouvrit les yeux et regarda sur sa gauche : des hommes, images floues sous la pluie. Debout. Sans armures ni plaques pectorales. Ils avaient l'air de paysans du village. Rodolphe se mit à crier. Ces rustres pouvaient lui porter secours. Quand ils se rapprochèrent, il les entendit parler. En français. Curieusement, cela ne l'inquiéta pas. C'étaient de simples conducteurs de chariots du train des équipages.

Leurs silhouettes vinrent au-dessus de lui – trois ou quatre. A la lumière d'un éclair, il vit les grosses haches de bûcherons qu'ils portaient et il pensa : « Faut-il qu'ils soient stupides pour songer à se battre avec ça! » Un autre éclair se produisit, et quand il fut passé, Rodolphe put voir sa vie avec une surprenante clarté, comme la fresque peinte par Mantegna sur les murs de la chambre de son père à Mantoue : toute la famille Gonzague et sa cour représentées de façon si vivante, avec tant de détails que la première fois qu'il s'était vu lui-même ainsi sur le mur, il avait pris peur. Or c'était ce qu'il voyait à présent après l'éblouissement de chaque éclair : des tableaux parfaitement détaillés de sa vie. Son père et sa mère, ses deux épouses, le fils que chacune d'elles lui avait donné, en un millier de vignettes, comme s'il était en train de courir devant une fresque d'une longueur immense. Quel défilé magnifique. Quarante-quatre ans. Il avait assisté à toutes les grandes batailles, tous les grands tournois, tous les grands mariages ; il était allé en France et en Allemagne, à Venise et à Naples.

Ces ânes ne voyaient-ils donc pas qu'il avait la jambe coincée ? Quelque chose de noir se précipita sur son visage, et l'éclair explosa juste au-dessus de lui en un large halo de douleur déchirante. Puis, miraculeusement, les images revinrent : l'être qu'il aimait le plus au monde, sa deuxième épouse Catherine, en train de danser au mariage de son neveu François avec Isabelle d'Este. Catherine en train de danser, sa beauté encore fraîche, ses mains légères qui semblaient flotter dans l'air, la blancheur délicieuse de ses seins qui tremblaient légèrement à chaque pirouette... Un instant plus tard, l'éclair et la douleur du second coup de hache firent voler l'image en éclats ; il lutta pour la faire réapparaître sur la lumière qui explosait, et il y parvint. La dernière chose qu'il vit fut Catherine tournoyant au mariage d'Isabelle d'Este.

***

Extraits d'une lettre du voyageur et conteur Benedetto Dei à Léonard de Vinci, ingénieur militaire à la cour de Milan.

Asti, 15 août 1495

... J'ai pu être admis dans le camp des Français grâce aux nombreuses amitiés que je me suis faites dans toute l'Europe. Après avoir parlé aux commandants et aux hommes, je peux maintenant présenter le récit le plus fidèle de la bataille de Fornovo qui circulera sans doute en Italie pendant de nombreuses années. La noblesse italienne ne peut prétendre à la victoire que dans la mesure où, à la fin des combats, l'armée de la Ligue s'est trouvée en possession des bagages des Français – butin vraiment considérable. Mais en dépit de tout ce qu'on nous a raconté, c'est le camp italien qui a subi les plus lourdes pertes humaines. Je peux assurer que les Français n'ont à déplorer que plusieurs centaines de morts, alors qu'on a évalué les pertes italiennes à quatre mille, dont trois cent cinquante chevaliers de noble naissance, y compris Rodolphe, l'oncle du marquis de Mantoue, et Jean-Marie, son cousin... L'attaque du marquis est vraiment passée à deux doigts du succès, et si Sa Majesté Très Chrétienne ne s'était pas battue si courageusement (on m'a décrit le roi comme différent de lui-même le matin de la bataille, les yeux clairs de détermination et la langue vive de résolution), il aurait été tué à la première charge... L'occasion fut perdue quand les estradiots se mirent à la poursuite du train des équipages, ce qui laissa les chevaliers italiens sans le soutien de leur infanterie. En ces circonstances, si le marquis de Mantoue n'avait pas réagi avec toute son ardeur, notre camp aurait complètement perdu la bataille. La plupart de nos chevaliers ont été tués à terre, après avoir été désarçonnés, par des muletiers français armés de haches. Les combats n'ont même pas duré une heure et la plupart des morts sont tombés au cours des premières minutes. On peut dire qu'en un quart d'heure plus de chevaliers italiens ont été abattus au combat que pendant les deux derniers siècles.

Les Français ont subi davantage de pertes au cours de leur retraite vers Asti que pendant la bataille; plusieurs milliers sont morts de maladies et du manque de vivres. Sa Majesté Très Chrétienne n'a pas pu lever les renforts qu'il comptait envoyer à Louis d'Orléans, assiégé en ce moment dans Novare par les armées de la Ligue. On dit que le duc et ses hommes sont en train de mourir de faim dans la ville, car ils n'avaient prévu aucune réserve pour cette éventualité, et l'on dit aussi que dans le camp de la Ligue, nos commandants italiens n'ont rien à faire quand ils ne se querellent pas entre eux! Est-il vrai que l'on a fait appel à la duchesse de Milan pour apaiser la rivalité entre Galeazzo di Sanseverino et le marquis de Mantoue? Je me suis laissé raconter que la duchesse et votre seigneur le More se sont rendus au camp de Novare le 3 août. J'ai également appris que votre seigneur le More ne souffrait d'aucune séquelle de la maladie qui l'a accablé au début de l'été. Est-ce exact? Tout le monde se tourne de nouveau vers lui pour résoudre la crise.

Quant au roi Charles, il semble peu enclin à quitter l'Italie, ni d'ailleurs à se porter au secours de son cousin assiégé dans Novare. Sa Majesté Très Chrétienne passe tout son temps à Chieri, près de Turin, où il jouit des tendres attentions d'une jeune personne de noble naissance répondant au nom d'Anne Solieri... Autre nouvelle qui risque de vous intéresser : parmi le bagage du roi recueilli après la bataille se trouvait un album de portraits des femmes avec lesquelles Sa Majesté Très Chrétienne avait forniqué, toutes représentées dans leur nudité et dans des positions d'une telle invention qu'on peut les considérer comme l'unique contribution des Français à la culture de l'Italie. Peut-être faut-il regretter que Sa Majesté Très Chrétienne n'ait pas eu l'occasion de vous rencontrer, mon cher Léonard. Songez à quelle fin il eût employé votre talent...

CHAPITRE 53

Extraits d'une lettre de Philippe de Commynes, seigneur d'Argenton et conseiller de Sa Majesté Très Chrétienne Charles VIII, adressée à Pierre de Beaujeu, duc de Bourbon.

Vercelli, 27 septembre 1495

... il s'est passé bien des choses depuis ma lettre du 15 septembre racontant dans le détail notre première rencontre avec les délégués italiens... Il y a trois jours, le More est arrivé pour poursuivre les négociations de paix au nom de la Ligue. Nous nous rendons à sa villa de Cameriano, qui n'est pas loin d'ici... et l'on nous escorte à son cabinet. Nous nous asseyons sur deux rangées de sièges, face à face. De leur côté se trouvent les ambassadeurs d'Allemagne, de Venise, d'Espagne et de Ferrare, le marquis de Mantoue et le duc et la duchesse de Milan. Le seul d'entre eux qui parle est le More; mais comme nous n'avons point la coutume de nous exprimer avec la sérénité de caractère propre à ces Italiens, il arrive que deux ou trois des nôtres parlent en même temps; aussitôt, le More interrompt, disant : « Je vous en prie, un à la fois. » Le More demeure absolument inflexible en ce qui concerne les concessions territoriales auxquelles tient Sa Majesté Très Chrétienne, mais il a accepté sur-le-champ notre proposition que la garnison de Novare soit autorisée à quitter la ville. Nous avons ajourné la séance pour organiser cette généreuse opération, mais je regrette que Dieu ne m'ait pas épargné ce que j'ai vu. Il faut y avoir assisté pour concevoir le piteux état des hommes qui sont sortis. Ils n'avaient plus un seul cheval, car ils les avaient tous mangés, et sur les cinq mille hommes libérés, même pas cinq cents auraient eu la force de tirer l'épée pour se défendre. Ils étaient si faibles qu'ils s'effondraient souvent sur la route (Novare se trouve à six lieues françaises, ou dix lieues italiennes de Vercelli), et les Italiens durent en porter un grand nombre. J'en ai moi-même sauvé une cinquantaine... en les logeant dans un jardin où je leur ai fait servir du bouillon chaud, si bien qu'un seul est mort, bien que quatre membres de mon pitoyable groupe eussent péri avant notre arrivée à Vercelli... Mais à peine le duc d'Orléans eût-il pris quelques jours de repos (on lui avait permis de quitter Novare trois jours avant la garnison) qu'il s'attacha à fouetter la rage des membres de l'entourage de Sa Majesté Très Chrétienne qui s'opposent à la paix. Dans cette entreprise, Louis d'Orléans a été inopinément assisté par l'arrivée aujourd'hui d'environ dix mille mercenaires suisses. Malgré ce renfort, la Ligue dispose de deux fois plus de soldats que nous, mais les partisans de la guerre s'écrient déjà : « À Fornovo nous nous sommes battus à un contre trois. » Je ne saurais trop insister sur la gravité de la situation pour tous ceux qui, comme moi, estiment que cette guerre ne pourra jamais être gagnée... Mon seul espoir est que le More sera suffisamment soucieux du tour que prennent les événements pour faire les concessions sans lesquelles, selon Sa Majesté Très Chrétienne, nous ne pouvons pas quitter l'Italie avec notre honneur sauf...

***

Cameriano, 28 septembre 1495

– Je ne savais pas que vous dormiez, dit le More sur le seuil de la chambre de Béatrice. J'ai remarqué les lampes...

– Je ne suis pas encore prête à dormir. Je désirais simplement fermer les yeux.

Elle prit les papiers qui se trouvaient sur ses genoux ; elle avait remonté les oreillers contre la tête du lit pour lire allongée.

– J'ai dû relire les minutes de la séance d'aujourd'hui. Je voulais m'assurer que nous pourrions retourner les paroles exactes du sire d'Argenton contre lui. Voulez-vous les voir?

Il secoua la tête. Dans la pénombre du seuil, il paraissait vieilli et fatigué.

– J'oubliais, dit-elle avec un sourire tendre. Vous vous rappelez chaque mot tel qu'il a été prononcé. Dieu veuille que j'aie votre mémoire. Ce serait moi qui gouvernerais le monde.

Il resta sur le seuil. Il portait encore la même tunique que lors de la séance de négociations de l'après-midi, ce qui n'était pas dans son caractère, car il changeait en général de chausses et de tunique avant le souper. On aurait dit que la perspective d'entrer dans la chambre de son épouse lui faisait peur.

– Venez donc vous asseoir, dit-elle en désignant le siège pliant, dans le style des fauteuils de camp des empereurs romains, qui se trouvait près de la fenêtre aux volets fermés.

La présence du More dans sa chambre était si rare qu'elle ne voulait pas le chasser en lui proposant de s'asseoir sur le lit.

Il n'avait pas couché avec elle depuis sa « maladie » – comme tout le monde appelait son effondrement subit. (Et il n'en avait jamais parlé.) Béatrice savait qu'il n'avait pas peur de l'intimité physique, qu'il en avait peut-être besoin et la désirait encore plus qu'elle-même. Ce qui l'effrayait, c'était l'intimité affective. Il craignait qu'elle ne lui demande ce qu'il s'était passé cet après-midi-là à Vigevano. Elle pouvait le voir à son regard : ses yeux n'étaient plus capables de la même opacité, mais contenaient dans leurs sombres profondeurs tourbillonnantes une vision qu'aucun homme ne pouvait affronter. Ce jour-là à Vigevano, son époux s'était trouvé dans les ténèbres amères du dernier cercle de l'Enfer et avait eu sous les yeux la face monstrueuse de Satan.

Le More traversa la pièce de son pas mesuré, presque sans bruit. Il approcha le siège du lit. Béatrice vit son visage plus clairement à la lumière de la lampe. Il avait pris du poids depuis la « maladie » et des fils d'argent luisaient dans ses cheveux noirs. Lors de ses apparitions en public, il portait un masque de calme et d'autorité – et ses efforts parvenaient à maintenir l'illusion. Le soir, il était toujours ainsi : épuisé et vieillissant. Comme si le doute amollissait le contour net de ses traits.

Il s'assit et resta tête basse, les mains serrées entre ses genoux, légèrement voûté, nerveux.

– Que pouvons-nous faire? demanda-t-il. Notre Charlemagne s'entête à prétendre que Gênes est son fief. Malheureusement, je l'ai encouragé dans cette illusion en lui achetant les documents d'investiture. Maintenant qu'il sait qu'il doit quitter l'Italie sans les territoires pour lesquels il a endetté son État, il s'est mis dans la tête que son honneur exige qu'il réclame Gênes pour ses compatriotes.

– Ce n'est pas Gênes qui l'intéresse, répondit Béatrice. Il désire installer une garnison dans la citadelle et utiliser les chantiers pour remettre sa flotte en état. Il imagine que s'il parvient à approvisionner les quelques forteresses françaises qu'il détient encore dans le Sud, il pourra reconquérir Naples.

– Bien entendu. Mais peu importe qu'il veuille continuer la guerre pour s'attribuer les revenus de Gênes ou seulement pour utiliser la citadelle et les chantiers navals. C'est un homme que l'honneur a contraint à conduire une armée à travers la moitié du continent, puis à la ramener en sens inverse, au prix d'un million de ducats et de plusieurs milliers de vies, avec pour tout bénéfice à ce jour une demi-douzaine de forteresses napolitaines qu'il aura sans doute perdues avant le printemps prochain. Quel est le poids du simple bon sens à côté de l'honneur extravagant de cet homme ? Il a maintenant dix mille mercenaires suisses pour se lancer dans sa dernière folie. Et dix mille de plus sont en chemin.

– Il y a devant Novare cinquante mille soldats de la Ligue prêts à inculquer un peu de bon sens à Sa Majesté Très Chrétienne.

Le More leva les yeux. Son visage n'était que creux et ombres.

– Cinquante mille hommes, dit-il d'un ton las. Dont la moitié souffre de dysenterie, dont la moitié refusera probablement de se battre parce que la Seigneurie ne les paie pas à la date prévue. Ils ne savent pas s'ils ont à leur tête Galeazzo, qui est un splendide chevalier dans les tournois et mon cher gendre – je ne dirai donc rien de ses compétences de général –, ou bien le marquis de Mantoue, dont j'admire le courage, mais dont la témérité aveugle nous a coûté fort cher à Fornovo.

Béatrice apprécia la remarque désobligeante sur « son cher gendre ». De toute évidence, le More reconnaissait enfin que Galeazzo ne serait jamais qu'un paon en armure. Elle regarda son époux qui secouait légèrement la tête et formait de ses lèvres élégantes un sourire songeur. Elle se rendit compte que cet homme lui était beaucoup plus cher que le More dans toute sa splendeur dont elle était tombée amoureuse. Ce nouveau More avait percé à jour sa vanité personnelle, même si la version publique demeurait intacte. Elle souhaita lui faire comprendre qu'elle l'aimait à présent plus que jamais : lorsqu'elle le regardait ainsi, elle le désirait si fort que cela lui faisait mal. Mais ils ne pourraient évidemment jamais parler de l'homme qu'il était devenu. Ce serait frôler de trop près la question de sa « maladie ».

– Je ne sais si j'aurai la force de supporter une autre journée de négociations.

Le More baissa de nouveau la tête. La fatigue assourdissait sa voix.

– Vraiment, je ne sais pas. Je suis d'humeur à rendre au roi ses papiers concernant Gênes et d'en finir. Qu'ils disparaissent enfin d'Italie. Si c'est le prix que je dois payer pour qu'il n'y ait plus de sang versé, ainsi soit-il. Qu'ils s'en aillent.

– Ludovic. Ludovic.

Elle attendit qu'il relève les yeux et résista à la tentation de lui tendre la main.

– Nous ne sommes pas obligés de leur céder pour obtenir qu'ils s'en aillent. J'en suis certaine.

Elle s'interrompit et réfléchit.

– Demain, quand ils lanceront leurs menaces, laissez-moi parler.

Il acquiesça sans hésiter.

– Bien. De nous tous, c'est certainement vous qui avez le moins peur. Je crains que ma principale vertu soit mon talent de faire des promesses que je n'ai pas l'intention de tenir.

– C'est exactement ce dont nous aurons besoin. Je répondrai à leurs menaces et vous ferez des promesses que nous n'avons pas l'intention de tenir.

Comprenant aussitôt le plan que son épouse venait d'esquisser, le More lui adressa un sourire las, mais chargé d'espoir. Il se leva et s'avança vers le lit. Béatrice sentit sa gorge se nouer. Il tendit la main et lui caressa doucement la joue.

– Vous êtes mon trésor. Vous êtes tout pour moi. Sans vous, je serais perdu. Complètement perdu.

Il se pencha et lui donna un baiser aussi léger qu'un soupir. Elle se rappela le baiser qu'il lui avait donné sur le balcon de Ferrare, leur premier baiser d'amants. Sauf que cette fois, elle le désirait tant qu'elle avait du mal à respirer. Restez, supplia-t-elle en silence. Je vous en conjure. Je ne vous demanderai rien.

Il se redressa.

– Il faut vraiment que je regagne mon lit, dit-il d'un ton gêné, et la gaucherie avec laquelle il s'excusait la toucha. Je suis si vite las à présent. Depuis que...

Il fit un geste vague de la main.

– Dors bien, *anima mia*.

Un début, se dit-elle. C'était la première fois qu'il faisait allusion à sa « maladie » devant elle. Puis elle comprit le sens de l'autre chose qu'il avait dite. *Anima mia*. Mon âme, se dit-elle en le regardant s'éloigner dans le noir. Il m'a appelée *anima mia*.

***

Cameriano, 29 septembre 1495

L'air était agité par le mécontentement de ces hommes puissants. Béatrice regarda le visage en face d'elle, de l'autre côté de la table étroite. Le cardinal Briçonnet avait déjà éclaté au cours de la première journée des négociations; il s'était levé, le visage écarlate, pour demander la cession de la moitié des territoires de Milan avant que les Français ne renvoient un seul homme de l'autre côté des Alpes, et il avait traité le More de traître. Aujourd'hui, le teint mat de Briçonnet, enflammé par la même rage, avait pris la couleur de sa robe de cardinal. Ses narines palpitaient et se contractaient comme des soufflets.

Briçonnet n'inquiétait nullement Béatrice. Elle étudia Philippe de Commynes, le sire d'Argenton, assis à côté du cardinal. Un homme de grande taille et de belle prestance, avec le teint clair. D'une dizaine d'années plus âgé que le More, il était d'une politesse et d'une culture rares dans l'entourage du roi de France. C'était aussi le plus ardent partisan de la paix dans la délégation française. Mais quand Commynes était arrivé ce matin-là, il avait paru contrarié, et Béatrice avait lu dans son regard une certaine tristesse. Elle en avait conclu qu'on avait dû lui demander de prononcer un ultimatum. Puis, tandis que la matinée traînait en longueur sur le problème insoluble de Gênes – Commynes et le More s'étaient adonnés au rituel quotidien des requêtes de Charles VIII et du refus du duc de Milan – il devint évident que l'ultimatum serait relatif à la cession du « fief » du roi.

Briçonnet chuchota quelques mots en français à son voisin, Ganay, homme de robe qui présidait le Parlement français et avait suivi l'armée pour aider à gouverner l'éphémère empire italien. Le marquis de Mantoue, beau-frère de Béatrice, lança à Briçonnet un regard si féroce qu'il sembla sur le point de sauter par-dessus la table pour se jeter à la gorge du cardinal. Briçonnet lui rendit son regard.

– Sa Majesté Très Chrétienne désire la paix plus que toute chose, dit Commynes au More en assez bon italien après avoir consulté brièvement les secrétaires français. Il a donc accepté de confier ses domaines à votre garde. Vous pouvez continuer de gouverner Gênes au nom de Sa Majesté Très Chrétienne. Mais vous devez abandonner la citadelle de Gênes et permettre à Sa Majesté Très Chrétienne d'utiliser les chantiers navals à sa convenance.

C'était ce que Béatrice redoutait le plus : Charles réduisait ses exigences juste assez pour donner au More, épuisé et inquiet, un prétexte pour céder. Elle dut se contenir pour dissimuler ses alarmes et sa surprise. La concession du roi de France n'en était une qu'en apparence, puisqu'il obtiendrait ainsi ce qu'il convoitait le plus : la possibilité de reprendre la guerre à partir de la base de Gênes.

Le More hésita. Béatrice sentit que sa volonté chancelait. Puis il dit :

– Je n'abandonnerai pas la citadelle. Dites-le clairement à Sa Majesté Très Chrétienne, messire d'Argenton. Si Sa Majesté Très Chrétienne désire la paix, je suis prêt à m'associer à elle à cette fin. Si elle désire continuer la guerre, je lui rendrai également cette grâce.

Le teint clair de Commynes prit des couleurs. Pour la première fois en presque deux semaines de négociations, son visage exprima de la colère. Il serra le poing.

– En ce dernier cas, les vingt mille mercenaires suisses qui ont rejoint notre camp rendront cette grâce fort inconfortable pour vous, Votre Altesse.

– Vraiment?

A la voix claire et musicale de Béatrice, tout le monde sauf le More se retourna. Les Français n'auraient pas réagi autrement s'ils avaient entendu un chien prendre la parole.

Béatrice braqua son regard vif directement sur Commynes.

– Ces vingt mille Suisses auxquels vous faites allusion, messire d'Argenton, sont-ils des sujets de Sa Majesté Très Chrétienne?

Commynes la regarda comme s'il se trouvait forcé de calmer un enfant capricieux.

– Évidemment non.

– Évidemment non. Ils sont ici parce que ce sont des mercenaires. Les Suisses habitent un pays pauvre. Ils sont venus en si grand nombre parce que la famine les a chassés de leurs montagnes et qu'ils ont besoin de l'argent de leur solde pour nourrir leurs enfants. Ils ne savent pas encore que Sa Majesté Très Chrétienne n'a pas les moyens de les payer.

Le visage de Commynes rougit de nouveau.

– Ils savent qu'ils seront payés sur le Trésor de Milan.

– Se battront-ils pour vos promesses? Ces Suisses sont des gens simples des montagnes, messire. Non des banquiers florentins habitués à négocier des effets à terme. A Paris, vous construisez les plus merveilleux canons du monde, messire d'Argenton. A Milan, nous construisons des presses d'imprimerie. D'ici demain après-midi, je peux faire imprimer cinq mille placards et les faire circuler dans le camp des Suisses, pour les prévenir que le roi de France ne dispose pas des fonds nécessaires à payer leurs services. Le lendemain matin, ce sera vous qui aurez à combattre ces vingt mille Suisses.

Le regard de Commynes parut soudain aussi vide et éberlué que celui d'un matelot survivant à un naufrage. Le cardinal Briçonnet se leva d'un bond, montra Béatrice du doigt et se mit à crier en français. Elle reconnut quelques mots au passage; ils disaient : « Pourquoi écouter les bavardages d'une bonne femme? »

Le More voulut se lever pour riposter à Briçonnet, mais Béatrice le retint d'une main ferme posée sur sa cuisse. Le marquis de Mantoue, en revanche, jaillit de son siège et cria à Briçonnet :

– Vous vous adressez à ma belle-sœur! Si vous l'insultez à nouveau, je réglerai l'affaire avec vous dans la cour, et ce sera avec plaisir.

– François! lança Béatrice. Je vous remercie, mais asseyez-vous donc.

Elle se tourna vers Briçonnet et lui demanda avec le sourire :

– Voudriez-vous avoir la bonté de vous joindre à nous, Éminence?

Béatrice se tourna alors vers Commynes :

– Bien, messire d'Argenton. Il vous faudra convaincre Sa

Majesté Très Chrétienne que la citadelle restera en nos mains. Quant à l'utilisation des facilités du port, c'est peut-être une question que mon époux acceptera de négocier.

Béatrice se tourna vers le More. Il acquiesça d'un signe de tête, et un léger plissement de ses lèvres – qu'elle fut certainement la seule à remarquer – indiqua à Béatrice qu'il avait compris : c'était une promesse qu'il n'avait pas l'intention de tenir.

– Merci, Votre Altesse, soupira Commynes, sans dissimuler son soulagement. Vous m'avez donné quelque matière à ramener à mon roi.

***

Extraits d'une lettre de Philippe de Commynes, sire d'Argenton et conseiller de Sa Majesté Très Chrétienne Charles VIII, adressée à Pierre de Beaujeu, duc de Bourbon.

Vercelli, 9 octobre 1495

... et Sa Majesté Très Chrétienne a donc apposé sa signature et son sceau aux articles de la paix... En fin de compte, ce fut notre manque d'argent qui nous a contraints à accepter cette paix que peu d'entre nous désiraient, et dont la plupart sont convaincus qu'elle ne durera pas... Louis d'Orléans a été obligé de renoncer sans retour à ses prétentions sur Milan, en échange de quoi le More a payé nos dépenses pour que nous puissions retraverser les Alpes... Nous laissons derrière nous les ossements de nos compatriotes et emportons la certitude que les maux dont nous avons souffert sont une preuve de la puissance de Dieu. S'il existe un homme qui ait tiré profit de cette entreprise, c'est bien le More, qui gouverne maintenant l'Italie entière. Nous devons veiller à ce qu'il ne gouverne pas bientôt toute l'Europe...

CHAPITRE 54

Vigevano, 18 novembre 1495

Béatrice posa son clavicorde sur la table devant la cheminée, et tira un banc pour que Blanche puisse s'asseoir à côté d'elle. Elle ouvrit le volume de chansons, relié de cuir, que sa sœur venait de lui envoyer. Les portées de notes et les paroles s'ornaient de lettres enluminées et de délicates miniatures d'oiseaux. A la lueur de la lampe, les oiselets aux couleurs vives scintillaient comme s'ils allaient battre des ailes. La pluie martelait les fenêtres.

Béatrice feuilleta le volume jusqu'à ce qu'elle trouve ce qu'elle cherchait.

– Ma sœur m'assure que cette *frottola* est sur toutes les bouches à Mantoue, dit-elle à Blanche. Tiens la musique, je vais essayer de la jouer.

Elle posa les mains sur le clavier étroit fixé à l'instrument, qui ressemblait à une lyre couchée sur le flanc – un cadre de bois apparent, à la courbe sensuelle, sur lequel étaient tendues en rangs précis les plus fins boyaux de chat importés d'Allemagne. Elle joua plusieurs notes claires, sonores, si riches qu'elles pouvaient être comparées à des notes d'orgue.

Béatrice déchiffra la mélodie et la répéta plusieurs fois, puis se mit à chanter de sa voix de soprano.

Bonjour, bonsoir,
Je croyais qu'il était encore tôt.
Mais le jour passe, l'heure vole,
Et voici que tombe la nuit.

Béatrice s'interrompit pour lancer :

– Chantons le refrain.

Bonjour, bonsoir,
Je croyais qu'il était encore tôt.

– A présent, un peu plus vite.

Et donc madame, tant que tu peux,
Ne laisse pas filer le temps entre tes bras.
Prends la mesure de chaque jour,
Si tu ne vas jamais à la pêche,
Tu n'attraperas jamais rien.
Comme le feu prend à la paille,
Étreins ton désir sans attendre.

– C'est tellement vrai, dit Blanche avec un soupir du fond du cœur. J'ai quinze ans. J'ai l'impression qu'en me réveillant demain matin, je vais m'apercevoir que je suis une vieille.

Comme pour souligner la lamentation mélodramatique de Blanche, la pluie tomba plus fort et le vent gémit.

– Tu as presque un an de moins que j'avais à mon mariage, dit Béatrice.

Blanche, qui avait fêté son anniversaire le mois précédent, devait encore attendre un certain temps avant de vivre avec Galeazzo. Puis Béatrice se rappela : J'ai vingt et un ans. Si je vis aussi longtemps que ma mère, j'ai déjà vécu plus de la moitié de ma vie. L'impatience de Blanche lui parut soudain beaucoup moins puérile.

– Béatrice, existe-t-il un moyen d'éviter que l'on soit enceinte ? Catherine Borromée prétend qu'il y a dans la bibliothèque de Pavie un livre écrit en arabe qui indique cent façons différentes, et qu'il n'a pas été traduit parce que, s'il l'était, il n'y aurait plus personne en Italie au bout de trois générations.

Rien de ce que disait Blanche ne surprenait Béatrice.

– Il n'existe qu'une seule méthode vraiment efficace, ma très chère fille. Celle que pratiquent les enfants, les nonnes pieuses et les mortes. Et maintenant que j'y pense, il y a aussi la méthode pratiquée par Catherine. Mais pour toutes les autres méthodes qu'on t'indiquera, tu trouveras des dizaines de femmes au ventre gonflé qui te prouveront le contraire. Mais ne t'en fais pas, on ne tombe pas enceinte tout de suite.

Béatrice lança un regard en coin à sa fille adoptive. Au seuil de la féminité, Blanche était splendide, ses couleurs naturelles plus séduisantes que la céruse et le rouge dont se fardaient les dames de Milan. Ses traits fins étaient parfaitement modelés. Mais elle était aussi fragile que le verre. Béatrice ne l'imaginait pas sans crainte entre les bras puissants de Galeazzo. Et la pensée qu'elle ait un enfant de lui la terrifiait.

– Tu es presque morte à la naissance d'Hercule, n'est-ce pas ? demanda la jeune fille. A l'époque, on n'a rien voulu me dire, mais je l'ai appris depuis.

Béatrice ressentit le vertige de cette descente silencieuse dans le noir. Sur le moment, elle n'avait pas eu peur. A présent elle en était terrifiée.

– En fait, je ne suis pas passée si près que ça de la mort, tu sais. Vraiment. On a exagéré. Et quand l'histoire s'est répandue parmi mes dames de compagnie, non seulement j'avais les stigmates et j'étais morte, mais j'avais réussi à ressusciter le troisième jour.

– Je crois que ce devait être terriblement effrayant. Tu sais que ma mère est morte quand je suis née. Il m'arrive parfois de rêver de ma mère. Une fois dans mon rêve, elle m'a mise en garde, elle m'a conseillé de ne pas avoir d'enfant.

Béatrice sentit comme un doigt glacé le long de sa colonne vertébrale. Elle prit la main de Blanche.

– Je vais te promettre une chose. Quand tu auras un enfant, où que ce soit, je serai près de toi. Je t'en fais le serment. Le pacte solennel de la Ligue Béatrice-Blanche.

Blanche prit Béatrice dans ses bras.

– Je regretterai toujours que ma mère soit morte. Mais tu es la meilleure mère que j'aurais pu avoir.

Béatrice s'aperçut qu'à certains égards elle se sentait plus proche de Blanche que de ses deux garçons. Élever des petits princes consistait surtout à les abandonner : à les envoyer prendre des leçons dans les arts virils. Blanche était davantage un prolongement d'elle-même.

– Cette fois, chantons ensemble, dit Béatrice en effleurant les touches de son clavicorde.

Elles joignirent leurs voix, mais à la fin du deuxième refrain, une voix de baryton vint troubler l'harmonie.

– Père ! s'écria Blanche d'un ton strident d'adolescente.

Le More se pencha pour embrasser sa femme et sa fille. Il avait le visage détendu; ses yeux brillaient comme jamais depuis sa « maladie ». Puis il se redressa et chanta :

Laissons chacun se réjouir,
Nul n'est certain du lendemain!

– C'est le refrain du « Chant de Bacchus » de mon ami Laurent de Médicis – son âme soit en paix. Quand je songe à la façon dont Laurent aimait la vie et l'amour. Et que j'apprends ce qui se passe là-bas depuis que Fra Savonarole a proclamé le Christ roi de Florence !... On n'a plus le droit de chanter que des cantiques, à présent, et on enseigne aux enfants à entrer dans les maisons pour confisquer les tableaux, les poèmes et les instruments de musique. De toutes les formes de gouvernement, celui des prêtres est bien le pire.

Il secoua la tête.

– Ce n'est pas une raison pour se laisser aller à la mélancolie. Je viens de recevoir des nouvelles de Lyon. Sa Majesté Très Chrétienne est revenue au point de départ de sa croisade. C'est fini. Enfin terminé une fois pour toutes.

Béatrice partageait le soulagement de son époux; elle craignait elle aussi depuis des semaines que les Français, capricieux et impétueux, ne changent d'avis avant de convenir enfin de leur impécunieuse situation. Elle embrassa son époux et Blanche. Avec un regard de connivence à son père, la jeune fille suggéra pudiquement qu'elle était fatiguée et désirait se retirer. Béatrice surprit un reflet de ruse dans le regard de Blanche et comprit que l'adolescente possédait déjà tous les instincts d'une femme.

Après le départ de Blanche, le More baissa la tête. Le léger tremblement de sa voix était charmant.

– Serait-ce trop prétendre que de vous demander de passer la nuit dans votre chambre?

– Ce serait prétendre connaître mon plus cher désir.

Il leva les yeux.

– Avant de... Je veux vous dire maintenant une chose que j'aurais dû dire il y a des semaines. J'ai honte de ne vous avoir jamais exprimé ma reconnaissance pour votre courage et votre initiative, ni même remerciée pour ce que vous avez fait pendant ma... quand je ne pouvais rien faire. Quand je gisais sans connaissance. Vous nous avez sauvés. Vous avez tout sauvé. Et je n'ai même pas eu le courage de vous remercier.

Il se tut. Sa confession était terminée et Béatrice n'en désirait ni demandait pas plus. Ils n'auraient jamais besoin de reparler de sa « maladie ». Elle lui prit simplement la main et l'entraîna vers le lit.

Ils restèrent enlacés un long moment avant de commencer à faire l'amour, en s'embrassant tendrement, en échangeant des murmures, en se caressant. Il était plus doux, le corps moins maigre, comme si ses chairs avaient ramolli en même temps que sa volonté. Et pourtant, Béatrice s'aperçut que cela avivait sa propre passion; comme si elle étreignait en lui l'esprit plus tendre qu'elle avait toujours aimé, ce qui en lui n'était pas le fameux More, maître de l'Europe entière.

Tout fut lent, comme en un rêve, délicieux. Exactement comme elle avait imaginé jadis sa nuit de noces, comme leur première nuit de véritable amour. Il accéléra le rythme puis l'apaisa en un poème de caresses.

Mais lorsqu'il parvint au paroxysme, quelque chose le fit dérailler. Tout son corps se contracta et il la serra si fort qu'elle perdit complètement son rythme; il la pénétra avec une telle violence que cela lui fit mal. Presque comme la première fois qu'il avait essayé de lui faire un fils, pendant la nuit la plus détestable de sa vie.

– Ludovic, murmura-t-elle, essayant de percer sa rage. Ludovic, Ludovic, tu me fais mal!

Ce fut comme s'il sortait d'un état de transe.

– Dieu me pardonne, haleta-t-il.

Tout son corps était raide, mais il ne se serrait plus contre elle. Il se retira, et il enferma la colère au plus profond de lui-même.

– Dieu me pardonne, je ne voulais pas te faire mal, murmura-t-il d'une voix rauque, le regard fixe au-delà de Béatrice, sur les ombres animées par les flammes de la cheminée. Je me suis déjà comporté si honteusement à tes yeux. Je vais perdre ton amour. C'est ce qui me fait peur. C'est à cela que je m'accroche. Si je perdais ton amour, je ne pourrais plus vivre. Je ne pourrais pas continuer.

– Oh, mon aimé, tu ne perdras jamais mon amour. Je te promets que quoi que tu fasses, je ne cesserai jamais de t'aimer.

Elle s'était imaginé que cette déclaration inconditionnelle le ramènerait à elle, et qu'ils seraient de nouveau aussi proches que quelques minutes plus tôt. Mais il resta tendu, distant, enfermé dans sa coquille.

Béatrice écouta la pluie crépiter contre la fenêtre. En une vision soudaine, affreuse, les morts qu'elle avait vus se mirent à défiler devant elle : Jean, le visage livide, et les cadavres gisant pêle-mêle dans des flaques noires de sang sur les pavés de Milan. Puis vinrent les morts qu'elle n'avait pas vus mais dont on lui avait parlé : les femmes et les enfants que les Suisses avaient jetés du haut des remparts de Fivizzano ; les chevaliers gisant sous la pluie à Fornovo, le visage réduit en bouillie ; les blessés mourant dans les fossés sur la route de Novare à Vercelli.

Elle étreignit son mari, essayant mais en vain d'enlacer l'âme désormais hors de son atteinte. La guerre n'est pas finie, se dit-elle en essayant de ne pas sangloter. Elle ne finira jamais.

NEUVIÈME PARTIE

CHAPITRE 55

Extraits d'une lettre de Léonard de Vinci, ingénieur à la cour de Milan, adressée au voyageur et conteur Benedetto Dei.

Milan, 10 août 1496

... apprenant que le roi de France se lançait de nouveau dans des commentaires fort peu mesurés sur ses intentions de revenir en Italie poursuivre les conquêtes qu'il n'a pas réalisées lors de sa précédente campagne, mon seigneur le More a résolu de persuader l'empereur Maximilien d'intervenir de façon plus active dans les affaires italiennes et de garantir la paix face aux intentions agressives de la France. A cette fin, le duc et la duchesse de Milan ont entrepris un voyage à l'abbaye autrichienne de Mals, au pied des prodigieux massifs séparant l'Allemagne de notre pays. Faisant partie des personnes choisies pour constituer la suite de Leurs Altesses, je peux vous faire part de tous les détails de cette ambassade... Nous avons quitté Milan le 5 juillet, et nous avons suivi la rive du lac de Côme avant de prendre la route de l'est qui passe par le village de Bormio, charmés tout le long du chemin par la splendeur imposante des hautes montagnes sur notre gauche, rappel constant de l'insignifiance de l'homme comparé aux œuvres de la nature... Au cours de notre voyage, j'ai pu faire de nombreuses observations sur les mouvements de l'air au-dessus de ces grands massifs, et sur les orages provoqués par la compression et la condensation des nuages...

Nous sommes arrivés à l'abbaye de Mals, couvent bénédictin d'une architecture noble et ancienne, admirable par la simplicité de sa forme... L'empereur est venu saluer le duc et la duchesse le 20 juillet, et s'est enfermé avec Leurs Altesses pour conférer pendant de longues heures – le duc de Milan ne traite plus une seule affaire de quelque importance sans que la duchesse soit présente... A la suite de cette ambassade, à laquelle je suis enchanté d'avoir pris part, l'empereur a accepté de se rendre à Milan en septembre pour faire avancer les accords destinés à assurer la paix, la concorde et la stabilité...

Sur ces entrefaites, je me suis remis à mes travaux : la fresque représentant la Sainte Cène dans le réfectoire de Santa Maria delle Grazie. Les frères dominicains qui dîneront sous ce glorieux tableau se sont montrés fort dépités de mon souci du travail le plus précis, et leur prieur s'est plaint au duc de Milan : étant donné la somme considérable que Son Altesse m'a avancée sur le prix convenu le jour où cette merveille sera terminée (en réalité, la somme n'est pas considérable, mon cher Benedetto), pourquoi n'avais-je pas commencé à travailler sur la tête de Judas? Quand Son Altesse m'a rapporté la question détestable du prieur, je lui ai répliqué que j'avais déjà consacré la meilleure partie d'une année à parcourir, au plus grand risque pour ma personne, les quartiers les plus sordides et mal famés de Milan, à la recherche (jusqu'ici vaine) du visage d'un criminel assez haineux pour servir de modèle au personnage le plus scélérat ayant existé sur la terre. Toutefois, ai-je précisé à Son Altesse, si le prieur se montre si impatient, je pourrais fort aisément donner à mon Judas le visage dudit prieur, car il possède le caractère et le physique de l'emploi – je l'aurais déjà fait si je ne m'étais pas soucié de ses sentiments. Cela a fort diverti Son Altesse.

***

Vigevano, 15 août 1496

De la crête herbue de la colline en pente douce, le More et Galeazzo di Sanseverino pouvaient voir au loin la ville de Vigevano, cercles de toits de tuiles rouges dominés par la tour du château Sforza. A leurs pieds s'étendait un vaste parc boisé, et l'horizon était limité par le mur froid des Alpes, bleuté de brumes. La campagne semblait rayonnante sous le soleil du milieu de la matinée.

Après le galop rapide, Galeazzo avait la respiration hachée. Il se tourna vers le More, dont la forte poitrine se soulevait à peine.

– Je ne me souvenais pas que vous montiez si bien, dit Galeazzo en toute sincérité.

– Peut-être est-ce vous qui n'êtes plus si vaillant cavalier, répliqua le More en lui adressant un sourire radieux.

– N'importe, jamais vous n'avez semblé mieux en selle. Et ceci n'a rien à voir avec le déclin de mes capacités.

C'était un fait. Hâlé, très droit, le More, en effet, avait fière allure. Le voyage en Autriche l'avait revigoré et il avait adopté un programme de sorties régulières à cheval depuis son retour. Il s'était également teint les cheveux pour éliminer toute trace de gris. Seules les fines rides autour de ses yeux trahissaient son âge et son expérience.

– Voici les dames de compagnie de mon épouse. Sans elle, dit le More en montrant la prairie en contrebas.

– Comment va Son Altesse? demanda Galeazzo.

– Messer Ambrogio l'a examinée ce matin de bonne heure, sur sa demande. Il lui a ordonné de rester couchée. En soi, cela ne signifie rien. Ce qui est surprenant, c'est que Béatrice ait décidé de suivre son avis.

– J'espère qu'elle va bien.

– Elle a cru à des saignements. Mais elle a eu deux grossesses où tout s'est bien passé. Il n'en ira pas autrement pour celle-ci. Je crois que l'âge l'a rendue plus prudente, mais non moins robuste.

Le More observa le groupe d'une douzaine de jeunes femmes entourées de gardes-chasse et de pages. Elles montaient toutes en amazone et portaient de lourdes jupes de damas qui se gonflaient autour d'elles comme si elles étaient assises sur d'énormes coussins. En revanche, le corsage de leurs *camore* était si serré que leur buste semblait peint avec de la soie. Elles portaient des ombrelles légères pour protéger la pâleur délicate de leurs épaules, poitrines et dos généreusement exposés. De temps à autre – notamment au passage d'un gentilhomme – elles baissaient pendant un instant leur ombrelle pour faire briller leurs bijoux.

– Et si nous nous mettions un peu en chasse? Qu'en dites-vous ? proposa le More.

– Altesse, vous savez que je vais conduire votre fille – mon épouse – chez moi dans moins d'un mois, répondit Galeazzo, feignant la surprise.

– Voyons, je ne suggère pas que nous choisissions une ou deux de ces biches pour les faire trotter dans les bois. Nous nous contenterons de leur conter fleurette en toute innocence. N'oubliez pas, Galeazzo, le badinage est comme la flatterie : il n'a aucun sens en soi, mais n'en est pas moins essentiel au bon fonctionnement de toute cour. Nous devons jouer notre rôle.

Ces dames étaient occupées à admirer un guépard de chasse portant un collier garni de diamants. Elles étaient beaucoup trop maîtresses d'elles-mêmes pour laisser paraître leurs sentiments à l'arrivée des deux hommes les plus désirables de toute l'Italie. Elles inclinèrent simplement la tête en leur adressant comme à regret des sourires trahissant de l'ennui.

– A qui appartient ce guépard? demanda Galeazzo.

La propriétaire répondit d'un léger signe de tête. Elle portait les cheveux bouclés à la mode vénitienne. Ses yeux bleus avaient des reflets violets. Elle avait la taille très fine et une poitrine pleine que sillonnaient d'imperceptibles veines.

– Si vous envoyez vos rabatteurs dans ce bois, vous le verrez courir, dit-elle.

Galeazzo remarqua dans sa voix claire et sonore une trace de sensualité.

Il s'élança au galop sur la prairie et cria aux gardes-chasse d'organiser une battue. Quelques instants plus tard, les rabatteurs à pied entrèrent dans le bois avec des bâtons.

Le More fit avancer son cheval à côté de la jeune femme au guépard. Elle se présenta : madonna Dorotea, une des nouvelles venues de la suite de la duchesse de Milan.

– Ce guépard est un cadeau de mon époux, dit madonna Dorotea.

Dans les rites de séduction pratiqués à Milan, ce genre de référence immédiate à un mari n'avait pas pour but de décourager les avances mais d'établir dès le début que le mari se montrerait complaisant si son épouse prenait un amant.

– Ils sont magnifiques en pleine poursuite, dit le More. Dommage qu'ils se fatiguent si vite. La chasse se termine en quelques secondes. C'est la raison pour laquelle je préfère les faucons. Il leur arrive de planer pendant une heure avant de fondre avec une fureur soudaine. L'émotion est peut-être plus grande. Ne pas savoir quand ils choisiront leur proie. Mais je dois avouer que je ne suis pas un chasseur avide. Mon épouse l'emporte sur moi à ce sport.

Madonna Dorotea releva légèrement la tête. Avait-il fait allusion à sa femme pour signaler qu'il était disponible ? Elle avait jeté son dévolu sur messer Galeazzo et n'avait jamais envisagé le duc de Milan, dont la fidélité était notoire. Mais le bruit courait que le More n'avait couché avec sa femme que rarement avant le début de sa grossesse, et pas du tout depuis. Elle décida qu'elle n'avait rien à perdre à l'encourager.

– Si Votre Altesse veut bien me pardonner, je trouve malheureux que, travaillant si dur, vous hésitiez tant à vous distraire.

Il haussa les épaules et lui adressa un sourire ambigu.

– Mais je me distrais, aujourd'hui. Peut-être me passionnerai-je un jour pour les distractions. Ah, madame, regardez. Les rabatteurs ont levé quelques lièvres.

Les oreilles dressées, les lièvres s'élancèrent vers le milieu de la prairie.

– Je suppose que vous attendez un plus gros gibier...

– Il est capable d'abattre un cerf, répondit madonna Dorotea.

Elle fit signe au valet qui retenait le guépard de lui ôter la laisse et de le tenir seulement par le collier. D'autres lièvres s'élancèrent dans le pré, fuyant la phalange de rabatteurs qui s'avançait dans le bois en frappant sur les troncs.

Deux biches apparurent à la lisière. Le guépard tira plus fort sur son collier. Puis un petit cerf bondit entre les arbres.

– Attendez! ordonna madonna Dorotea aux valets, pour donner au cerf une certaine avance. Maintenant!

Ce ne fut pas une belle mort. Le guépard s'élança derrière le cerf à une vitesse stupéfiante, lui lacéra la croupe pour le ralentir, puis se jeta sur lui et le fit basculer. Le temps que le valet le rattrape avec un bol de sang de porc frais pour le détourner de sa proie, le guépard avait déjà égorgé le cerf. A l'arrivée des spectateurs, le fauve lapait le sang et le cerf n'avait pas fini de se débattre.

Le galop avait à peine essoufflé madonna Dorotea. Son visage et ses épaules avaient pris des couleurs. Elle adressa un regard amusé au More, qui n'avait même pas lancé un coup d'œil au guépard et à sa victime.

– Je vois que cette démonstration n'a pas éveillé votre enthousiasme, dit-elle.

– Je le crains, répondit le More en souriant à son tour. Mais comme je vous le disais, je préfère les poursuites plus paisibles.

Il inclina poliment la tête, puis s'écarta de madonna Dorotea et de son cher animal éclaboussé de sang. A cet instant, il remarqua qu'une des dames était descendue de cheval et se penchait en avant, les mains sur les genoux. Son corps se convulsa et elle se mit à vomir dans l'herbe.

– Seigneur, murmura madonna Dorotea, dégoûtée.

Le More mit aussitôt pied à terre et se précipita pour aider la jeune femme, qu'il soutint par les épaules. Elle vomit de nouveau, puis cracha pour se nettoyer la bouche. Il prit un mouchoir de batiste dans son pourpoint et lui essuya le visage. Elle se redressa, le regarda et secoua la tête, au comble de la confusion.

– Vous êtes très aimable, dit-elle machinalement.

Puis elle le reconnut.

– Je suis affreusement gênée, Votre Altesse, dit-elle d'une voix remarquablement calme. Je ne fais partie de la suite de la duchesse que depuis une semaine, et me voici déjà couverte de honte. Je n'ai pas les entrailles pour ce genre de chasse. Je déteste voir tuer un animal.

Le More lui tendit le mouchoir, et elle s'essuya la bouche. Elle était légèrement plus grande que Béatrice, avec un buste court, un nez droit trop long et trop gros, une bouche trop petite. Elle avait de grands yeux écartés.

– Je vais vous confier un secret, dit-il. Je n'aimerais rien tant que de joindre à la vôtre ma critique de ce genre de distractions.

Elle lui adressa un sourire timide, puis son visage changea entièrement, sans qu'il fût possible de dire comment.

– Si vous le désirez, ajouta-t-il, je vais vous faire raccompagner au château en voiture. Je ne vous crois pas en état de remonter à cheval.

Elle acquiesça.

– Merci beaucoup, Votre Altesse. C'est très aimable à vous.

– Je crains de ne savoir par quel nom je dois m'adresser à vous, dit-il gravement.

– Je vous prie de m'excuser, Votre Altesse. Lucrezia Crivelli.

– Eh bien, madonna Lucrezia, permettez-moi d'aller chercher quelqu'un pour vous reconduire. Et, je vous en prie, ne vous croyez pas obligée de me renvoyer le mouchoir.

***

– Votre Altesse, si le moment ne vous convient pas... commença le marquis Stanga.

– Non, non, marquis, prenez place.

La pièce qui servait de bureau à Béatrice donnait sur le labyrinthe inondé de soleil et le pavillon blanc en forme de temple qui occupait son centre.

– J'étais inquiet, parce que manquer une chasse n'est pas dans le caractère de Votre Altesse.

– J'ai passé une mauvaise nuit, et je suis donc restée couchée toute la matinée. Je m'apprêtais à lire les dépêches diplomatiques.

En fait, sa nuit avait été horrible. Réveillée par des douleurs, elle avait allumé sa lampe et vu des traces de sang sur son drap. Elle s'était crue sur le point de perdre l'enfant. Mais la matinée s'était déroulée sans incident et elle avait décidé de reprendre ses préparatifs pour la visite de l'empereur. Elle était parfaitement au fait de la politique italienne, mais la nouvelle ligue contre les Français comprenait maintenant l'Allemagne, l'Espagne et l'Angleterre en plus de tous les États italiens sauf Florence. Elle parcourait donc les dépêches pour se mettre au courant de tous les aspects des affaires européennes auxquelles l'empereur risquait de faire allusion. C'était d'autant plus essentiel que sa politique allait s'opposer à celle de son époux. Le More avait l'intention d'utiliser l'armée de l'empereur pour libérer Pise du joug des Florentins, pour punir Florence d'avoir refusé de se joindre à la Ligue, tout en démontrant aux Français que l'empereur s'engageait sérieusement à défendre ses alliés d'Italie. Quant à Béatrice, elle estimait que l'Italie n'avait nul besoin de voir une autre armée de « libérateurs » franchir les Alpes. Elle désirait que l'empereur menace d'envoyer l'armée allemande vers Paris, pour empêcher les Français d'envisager une autre expédition italienne.

– Votre Altesse. En vous voyant parcourir ces documents, je ne puis m'empêcher de songer à madame votre mère, que Dieu l'ait en Sa sainte garde. Elle se dévouait sans réserve aux affaires de l'État. Je ne sais comment votre père peut faire sans elle.

Béatrice lui sourit, flattée d'être comparée à sa mère. Jamais elle ne s'en était rendu compte pendant sa jeunesse, mais avec le recul du temps, elle comprenait que c'était en fait sa mère qui gouvernait Ferrare, enfermée dans ses appartements avec le monotone travail administratif, pendant que son père conduisait ses chanteurs d'église en église. Sans compter que sa mère dirigeait le train de maison et l'éducation des enfants. Béatrice comprenait à présent l'énergie et les ressources intellectuelles que de telles charges supposaient. Mais à cette admiration de Béatrice se mêlait à présent une certaine angoisse : sa mère était morte. Cette femme forte s'était écroulée aussi brusquement qu'un enfant chétif. La mort de sa mère prouvait que tous les vivants ne sont que des voyageurs pris dans un labyrinthe qui ne savent à quel moment leur errance s'interrompra.

– Votre Altesse, j'aimerais pouvoir vous parler en toute franchise.

– Je vous tiens pour un vieil ami, marquis.

– Merci, Votre Altesse.

Le marquis joignit les mains et se pencha vers elle.

– Madame, la semaine dernière Son Altesse le duc m'a présenté une liste de travaux et de constructions nouvelles. Une liste fort longue. Après avoir estimé le coût de ces projets, je me suis rendu au Trésor pour m'assurer que nous en avions les moyens, car en toute sincérité, j'avais des doutes. Et je ne me trompais pas. Mais je n'avais pas imaginé l'immensité du déficit. Votre Altesse, quand les fêtes de Noël seront payées il ne nous restera plus rien.

C'est tout bonnement impossible, se dit Béatrice. L'État dispose de revenus énormes. Je connais les chiffres. C'est bien la seule chose dont nous n'aurons jamais à nous soucier à Milan. Nos revenus sont inépuisables.

– Je ne vois guère cela possible, marquis.

Le marquis se mit à énumérer les dépenses des deux années précédentes : les prêts à la France qui ne seraient jamais remboursés, les versements à l'Allemagne, le coût des opérations militaires, le coût de la diplomatie avec toutes ses pompes et ses fastes.

– Votre Altesse, nous avons augmenté les impôts trois fois cette année. Avez-vous remarqué que lorsque le duc traverse la ville à cheval, on n'entend plus crier « *Moro* » ?

– Mais nous imposons les grosses exploitations agricoles, les armuriers, les banques, les riches marchands – les gens qui bénéficient le plus des dépenses engagées par l'État. Et de la prospérité qui en résulte.

– Précisément. Ce sont toujours les plus ingrats. Et comme

leur puissance a crû, ils ont les moyens de faire connaître leur mécontentement. Je suis sûr que vous comprenez le danger que cela représente. Votre Altesse, nous ne pouvons sortir de l'impasse par de nouvelles taxes. Il nous faut entreprendre les économies nécessaires. Et derechef.

– Avez-vous attiré l'attention de mon époux sur ce point?

Le marquis s'adossa à son fauteuil et ferma les yeux.

– Souvent, Votre Altesse. Si souvent qu'à présent il refuse de m'écouter.

Oui, je comprends, songea Béatrice. Exactement comme il fait avec moi pour la question de Pise.

– Votre Altesse, reprit le marquis, ce n'est pas de gaieté de cœur que je suis venu m'adresser à vous. Mais je pense que si vous étudiez les chiffres, vous verrez que la situation exige une intervention de votre part. Je crois que vous êtes seule capable de convaincre Son Altesse de la gravité du problème. C'est comme de la pourriture, Votre Altesse. Nous pouvons refuser de voir les signes de décomposition, mais cela n'empêchera pas l'édifice entier de crouler au jour dit.

– Merci, marquis, dit Béatrice, saisie par un pincement douloureux. Je souhaiterais que mon époux soit entouré de davantage d'hommes tels que vous. Seul un ami très sincère a le courage de dire ce que nous n'avons pas envie d'entendre.

Quand la porte se fut refermée sur le marquis, Béatrice releva les jambes et prit ses genoux dans ses bras, en espérant que la brève douleur ne se reproduirait pas. Elle songea aussitôt que la révélation du marquis n'aurait pas dû la surprendre. Comme de la pourriture. Comme son mariage. Depuis la guerre, son mari et elle s'étaient de plus en plus rapprochés pour l'administration de l'État – à part leurs divergences sur la question de Pise. Mais sur le plan intime, ils étaient restés fort distants depuis que les Français avaient quitté l'Italie à l'automne précédent.

Les signes extérieurs de la décomposition demeuraient peu nombreux. Selon toutes les apparences, le More avait atteint l'apogée de sa puissance. Il était devenu, comme il l'avait prédit, l'arbitre de l'Europe entière, l'idole des ambassadeurs qui venaient à lui en un incessant pèlerinage, le sujet favori des poètes de cour (« Au Ciel, un seul Dieu; sur Terre, le More », avait écrit l'un d'eux), le point de mire des fêtes devenues presque quotidiennes en cet Age d'Or de Milan... Mais le ver était dans le fruit. Sous ces dehors de luxe et d'élégance se cachait un homme de plus en plus obsédé par ses doutes, qui pouvait à peine sortir de sa chambre sans consulter sa femme ou son astrologue. Et pourtant, il rejetait souvent les conseils de Béatrice avec autant d'obstination qu'il mettait de passion à les solliciter. Leurs ébats amoureux étaient devenus complexes, et chaque fois qu'ils recherchaient une plus grande intimité, ils s'éloignaient davantage l'un de l'autre ; à chaque tentative que faisait Béatrice vers lui, il semblait de plus en plus hors d'atteinte. Ils n'avaient pas fait l'amour depuis six semaines lorsque son enfant avait été conçu et ils n'avaient pas recommencé depuis. Cette grossesse imprévisible inquiétait Béatrice, et dans ses heures sombres elle y voyait la main maligne de la Fortune. Mais depuis que l'enfant était devenu physiquement plus présent en elle, elle sentait grandir un nouvel amour qui remplacerait l'amour en train de mourir. Elle priait pour que ce soit une fille – surtout que Blanche allait la quitter dans quelques semaines. Une fille, sa fille...

Béatrice regarda le labyrinthe dont la lumière dure de l'été sculptait la géométrie et vit la voie se tracer devant elle. Sans la paix, aucun rêve n'avait de sens. Elle résolut de convaincre l'empereur d'apporter la paix à l'Italie, et non une autre guerre. Une fois l'empereur parti, elle prendrait à bras-le-corps les difficultés du Trésor que le marquis lui avait révélées. Elle mettrait sa fille au monde. Et ensuite, peut-être, essayerait-elle de sauver ce qui restait du rêve qu'avait été naguère son mariage.

***

Le More fit signe à son chambellan de le laisser avec son invitée. Bien qu'il eût dîné seul dans ses appartements, il était aussi élégamment vêtu que pour une fête, en tunique de soie bleue à col haut brodée de compas, horloges, astrolabes et autres instruments scientifiques. Une chaîne aux lourds maillons d'or tombait de ses épaules.

– Madonna Lucrezia, dit-il, je crains que mon chambellan n'ait été troublé par la chaleur. Je lui ai demandé de s'enquérir de votre santé, non de vous faire venir ici pour me prouver que vous allez bien. Je suis vraiment confus.

Elle inclina légèrement la tête.

– J'ai dû me méprendre sur ses paroles.

Elle savait pertinemment qu'elle ne s'était pas méprise, et elle était certaine que la chaleur n'avait pas plus troublé le chambellan qu'elle-même. La facilité et la conviction avec lesquelles le More mentait faisaient merveille ; elle crut avoir sous les yeux un peintre qui créait une fausse nature plus convaincante que la réalité.

Madonna Lucrezia s'était habillée comme pour un dîner, avec une *camora* au corselet relativement chaste en satin noir et blanc passementé de fils d'or ; sur ses bras, près de l'épaule, des crevés de soie blanche retenus par des rubans de satin doré. Sa jupe était d'un taffetas noir léger. Les traits de la dame semblaient réunis par un peintre pour démontrer qu'en mélangeant quelques défauts à la beauté, celle-ci s'en trouve renforcée. La lèvre supérieure était mince, hautaine ; la lèvre inférieure ourlée, sensuelle. Le nez semblait trop masculin pour être beau, mais son côté prédateur, anguleux, mettait mystérieusement en valeur les grands yeux rêveurs.

Après un instant de silence, madonna Lucrezia murmura :

– Je ferais mieux de m'excuser. C'est fort gênant.

– Et pourquoi ?

Le visage de la jeune femme parut se contracter et exprimer de la désapprobation.

– J'étais en train de regarder certaines choses nouvelles, continua le More sans se laisser décontenancer par l'expression de la jeune femme. Puisque vous avez fait tout ce chemin, peut-être aimeriez-vous les voir.

Elle hésita, puis hocha simplement la tête, sur la défensive. Pourtant, curieusement, son regard semblait prêt à tout. Elle traversa le bureau à un pas derrière lui et entra dans la garde-robe.

Il alluma une lampe. La lumière révéla des rangées sans fin de plats d'argent et de majolique sur des supports en bois, ainsi que des crédences pleines d'antiquités rares. Il se dirigea vers une étagère garnie de petites sculptures de marbre et de bronze – certaines d'origine romaine ou byzantine, d'autres, comme une merveilleuse salière d'or représentant un satyre en train d'enlever une nymphe, typiques du réalisme étonnant des maîtres contemporains.

– Mes agents de Rome et de Venise viennent de me les procurer, dit le More en prenant un buste de marbre aux formes légèrement adoucies par le temps. Je crois que c'est un Apollon. Il est d'une facture beaucoup plus belle que la plupart des petits bustes antiques que l'on trouve généralement. Il possède la douce tristesse caractéristique de sculptures de plus grande taille. Comme si ces dieux sentaient que leur heure touchait à sa fin, qu'un âge nouveau allait jeter leurs fières statues dans la poussière. Mais peut-être savaient-ils aussi qu'après des siècles de ténèbres, nos maîtres les ressusciteraient.

Elle posa la main sur son bras.

– Votre Altesse, tout ceci est digne du plus grand intérêt. Vous vous proposez de me décrire ces objets avec une grande sensibilité, commençant par le sacré pour finir par le profane. J'imagine que je dois opposer à vos insinuations de plus en plus précises une modestie affectée.

Elle prit la petite nymphe d'or pourchassée par le satyre.

– Et quand vous en serez venu à vous extasier sur ceci, vous vous attendrez à ce que je sois au point d'excitation où je relèverai mes jupes et vous montrerai que je ne porte pas de dessous.

Il sourit, sans perdre son aplomb.

– Si généreusement que j'aie encouragé l'art de la séduction à ma cour, je crains de n'avoir moi-même aucune pratique. J'avoue que j'admire la précision dévastatrice de votre critique.

Elle sourit.

– J'espère ne pas vous avoir fait affront. Dieu sait que mon époux et mon frère, qui m'ont enjoint de vous séduire pas plus tard que la semaine dernière en vue de satisfaire leurs ambitions, verraient en cet instant la réalisation de tous *leurs* désirs. Mais je n'ai pas envie que Votre Altesse perde son temps, qui est si précieux.

Le More parut aussi soulagé que madonna Lucrezia par l'échec de sa tentative de séduction – de toute manière, le cœur n'y était pas.

– Je ne considère pas du tout que c'était du temps perdu. Vous êtes très charmante. Même si vous portez des dessous.

– Je n'en porte pas.

Le visage de madonna Lucrezia changea si totalement qu'on aurait pu la croire possédée. Ses yeux étaient ceux d'un oiseau de proie.

Elle franchit le pas qui les séparait et regarda fixement le visage fasciné du More. D'une main elle releva sa jupe légère, bien au-dessus des cuisses. De l'autre, elle prit la main du More et la posa sur sa hanche nue.

Quand il l'attira contre lui, elle lui murmura à l'oreille :

– Je vous l'ai dit, Altesse, je ne veux pas vous faire perdre votre temps.

CHAPITRE 56

Vigevano, 29 août 1496

Hercule Sforza, comte de Pavie et héritier du duché de Milan, s'avança vers sa mère d'un pas assuré. Il avait trois ans et demi. Il portait une tunique de satin beige et noir, des chausses blanches et des pantoufles de velours marron. Ses traits semblaient sortir du même moule que ceux de Béatrice, mais ils exprimaient une autorité précoce toute masculine, avec l'intensité sombre caractéristique de son père. C'était déjà un vrai petit homme.

– Son Altesse ne fait pas de latin aujourd'hui, dit Hercule calmement et distinctement.

Béatrice arrangea les cheveux bouclés de son fils, qui tombaient sur son front.

– Ah bon? Et qui a décidé ceci pour Son Altesse?

Hercule la regarda d'un air de défi.

– Son Altesse.

– Oui, seulement voilà : ce n'est pas une chose de laquelle Son Altesse peut décider. C'est la mère de Son Altesse qui décide.

Hercule ne baissa pas les yeux, puis se mit à crier :

– Je ne veux pas faire de latin!

Béatrice haussa les épaules.

– Quand tu cries comme ça, je n'entends rien. Tu vas aller prendre ta leçon de latin, parce que c'est ainsi que tu apprendras à faire comprendre à ta mère ce que tu désires sans te mettre à crier. Et qui sait? Si tu apprends vite, tu pourras peut-être convaincre ta mère que tu n'as plus besoin de leçons de latin.

Hercule se retourna pour poser un regard malveillant sur son frère de dix-neuf mois, Sforza-François, qui avait déjà la mâchoire forte et les yeux sombres et rapprochés de son père.

Ce qu'impliquait le regard menaçant d'Hercule était clair : Si je suis contraint de passer les deux heures qui suivent avec mon précepteur de latin pendant que mon petit frère jouera avec sa mère et son invitée, mon petit frère le payera plus tard.

Béatrice leva les yeux vers la gouvernante des enfants.

– Anna, il vaut mieux que vous mettiez Sforza dans son lit. C'est l'heure de sa sieste. Et demandez à Son Altesse ce qu'il préfère : aller au lit comme le *bébé*, ou se rendre à sa leçon de latin.

Quand Béatrice eut embrassé les deux enfants, Anna prit chacun par une main et les entraîna vers leurs destins respectifs.

– Son Altesse va à sa leçon de latin, décida Hercule en franchissant la porte.

Béatrice se retourna vers l'invitée assise en face d'elle : Isabelle d'Aragon. Avec sa robe de soie noire à col montant et ses cheveux dissimulés sous un voile de dentelle noire, Isabelle avait l'air d'une veuve espagnole.

Ich, semblait-il, ne se relèverait jamais de la guerre. Pendant des mois après l'abandon de ses ambitions, elle avait été prise d'une mélancolie paralysante, et s'était encore plus retranchée du monde qu'après la mort de Jean. La bonne nouvelle de l'automne – la reconquête de Naples par son frère Ferrantino – l'avait sans doute ranimée un peu, mais elle avait été suivie à quelques jours d'intervalle par la mort de leur père dans un monastère de Sicile. Isabelle commençait cependant à se rétablir. De temps en temps, Béatrice et elle se parlaient, mais toujours avec une circonspection pénible, en évitant soigneusement les relents de regrets, de honte et de rancœur qui tourbillonnaient autour d'elles. Puis, trois semaines plus tôt, on avait appris de Naples que Ferrantino était mort subitement d'une fièvre. Isabelle avait sombré de nouveau dans la mélancolie et s'était enfermée dans ses appartements en parlant d'une malédiction sur la Maison d'Aragon. Béatrice avait envisagé d'aller à Milan pour consoler sa cousine, mais les préparatifs pour la visite de l'empereur l'avaient retenue. Elle avait décidé de faire au moins le geste d'inviter Isabelle à Vigevano.

– Bonne a commencé le latin, dit Isabelle d'une voix sèche, prête à se briser à tout instant. Elle a pour précepteur messer Niccolò. Il m'a assuré qu'elle apprend mieux que François. Mon Dieu, sais-tu que c'est la première fois que je quitte les enfants depuis... C'est étrange. Je croyais qu'ils allaient m'interdire de les quitter, or ils ont à peine remarqué mon départ. Même le bébé. Et je me suis rendu compte qu'en fait je passais peu de temps avec eux. Je les donnais à d'autres femmes. Et à présent à leurs précepteurs.

Béatrice sourit. Elle la comprenait.

– J'ai la même impression. J'ai été mêlée à... tant d'autres choses.

Elle évita toute allusion aux affaires de l'État, car Isabelle avait jadis convoité ce rôle.

– Il m'arrive parfois de ne pas voir mes fils pendant deux ou trois jours de suite. Presque pendant un mois quand nous sommes allés en Allemagne. Et maintenant qu'Hercule a commencé ses leçons... ajouta-t-elle en soupirant. Cela m'attriste vraiment, Ich. Je ne cesse de penser à ce que ma mère m'a dit un jour sur notre amour pour nos enfants. C'est la passion la plus forte qui soit, mais pour la satisfaire il faut souvent y renoncer. Sur le moment, je n'ai pas compris ce qu'elle voulait dire. Mais le fait est que je n'ai pas vraiment connu ma mère avant qu'elle ne soit plus là.

Béatrice baissa les yeux vers sa taille qui avait grossi – en partie à cause de l'enfant, mais aussi parce qu'elle avait pris du poids au cours de l'hiver précédent.

– Je sais que cela paraît étrange à dire, mais je me sens si proche de ma mère depuis qu'elle est morte. De son esprit. Je sais qu'elle est dans cet enfant. J'en suis certaine. C'est pour cela que j'ai tellement envie que ce soit une fille.

Isabelle parut se retirer sous les couches de dentelle noire et de soie espagnole, mais les angles de son visage demeuraient vifs, presque masculins; ses yeux verts évoquaient maintenant le jade poli, et l'on sentait une richesse latente sous leur surface terne. Sa peau demeurait cependant d'une pâleur maladive, et son cou fin de statue était tendu, crispé. Ce qui frappait n'était pas tant sa lassitude que sa fragilité. Béatrice se rendit compte qu'en dépit de ses efforts pour éviter les sujets interdits – la guerre, Jean, le père d'Isabelle, le More, Galeazzo, le simple titre de « duchesse de Milan » – elle était passée trop près d'une ancienne blessure. La mère d'Isabelle.

– De toute manière, je sens que je deviens aussi grosse que ma mère, ajouta-t-elle, espérant que cette conclusion triviale détournerait la conversation de ce douloureux sujet.

– Quand attend-on l'empereur? demanda Isabelle, saisissant l'occasion offerte.

– Dans trois ou quatre jours.

Isabelle se tourna vers la fenêtre donnant sur le labyrinthe. Béatrice se demanda si elle se rappelait le soir où elles s'étaient enlacées dans les allées : le moment où leurs destins se trouvaient en suspens.

– Tu vas vraiment dire à l'empereur que se laisser entraîner dans cette affaire de Pise serait une erreur de sa part?...

L'étonnement de Béatrice fut triple. Comment Isabelle était-elle au courant de son opposition à la campagne de Pise? Pourquoi s'en souciait-elle? Où avait-elle puisé la force d'aborder une question politique comme celle-là?

– On apprend des choses, continua Isabelle avec un geste désinvolte de la main. Après tout, l'impératrice est ma belle-sœur. J'ai du mal à croire que ton mari soit assez insensé pour attirer une autre armée d'*oltramontani* en Italie.

Le protocole de prudence qui présidait à leur réconciliation se trouvait complètement écarté. Béatrice en fut à la fois émue et effrayée.

– Bien entendu, j'ai autant de mal à croire que l'empereur se montrera assez insensé pour s'engager en Italie sur des promesses du More, reprit Isabelle, d'un ton presque provocant. Ton mari est l'homme le moins digne de confiance depuis Judas. Ce n'est pas tant qu'il mente à ses ennemis pour parvenir à ses fins – nous l'avons tous fait. Mais il ne tient parole à personne. Ami ou ennemi, épouse ou maîtresse.

Isabelle appuya sur le dernier mot. Le silence qui suivit faisait également partie de sa rhétorique.

Béatrice se détourna.

– Tout le monde le sait déjà à Milan?

– Il a couché avec elle toutes les nuits depuis deux semaines. Ici même, dans ce château, si j'ai bien compris. Le frère de la personne, un prêtre qui court les putes, a déjà reçu un bénéfice. A Milan, on ne parle que de cela.

Béatrice éprouva le même vide en elle que lorsqu'elle avait entendu pour la première fois le bruit qui courait concernant Lucrezia Crivelli. Une de ses dames de compagnie le lui avait rapporté « à regret », sans doute pour se concilier des faveurs. Béatrice avait compris aussitôt que c'était plus que probablement vrai. Le More lui avait dit un jour qu'il avait besoin de sentir auprès de lui dans la nuit quelqu'un qui connaisse son âme. A présent, il avait besoin de quelqu'un qui ne connaisse pas son âme, qui ne soit pas capable de partager les souffrances de son combat intérieur. Quelqu'un qui puisse peut-être l'empêcher de se connaître lui-même. Et bien entendu, quand Béatrice l'avait revu après avoir appris la rumeur, l'indifférence de son expression avait servi de confirmation. Elle ne pensait pas qu'il avait l'intention de lui mentir; si elle l'avait interrogé au sujet de Lucrezia Crivelli, il lui aurait probablement dit la vérité. Mais elle n'avait rien demandé. Et ensuite, ils avaient simplement évité de se regarder dans les yeux.

– J'ai du mal à croire qu'après tout ce que tu as fait pour lui, il puisse t'humilier ainsi. Tu as le pouvoir de le détruire, à présent. De le détruire. Tu n'as même plus besoin de ton père. Tu pourrais envoyer cette garce dans un couvent dès demain et condamner le More à mettre son membre au rebut pour le reste de ses jours.

– Crois-tu que je n'y aie pas songé? Ne vois-tu pas avec quelle facilité je pourrais y mettre fin? Il me suffirait de dire à mon époux que s'il n'envoie pas cette putain dans le plus miteux, le plus pouilleux des bordels d'Allemagne, j'irai chez ma sœur à Mantoue jusqu'à ce qu'il le fasse. Cela suffirait. Je n'exagère pas. Il n'a peut-être pas besoin de moi dans son lit, mais il ne pourrait gouverner sans ma présence à ses côtés.

– Alors tu dois le faire. Aujourd'hui. Même si tu ne veux plus qu'il te touche à l'avenir, tu dois le faire pour tes enfants.

La voix d'Isabelle semblait aussi tendue que si elle avait été elle-même humiliée. Béatrice se laissa aller contre les coussins.

– J'ai répété cet ultimatum mille fois, je crois. Une dizaine de fois, j'ai même appelé mon chambellan pour faire annoncer ma visite à mon mari... puis j'ai envoyé le chambellan vers une autre mission, dit-elle en secouant la tête. Je ne peux pas. Je ne peux pas lui faire une chose pareille. Je crois que je comprends son tourment.

– Son tourment? Tu comprends *son* tourment? lança Isabelle, prête à crier. Je n'en crois pas mes oreilles! C'est le genre de chose que ma mère devait dire, sans doute. De la faiblesse, le genre de sacrifice larmoyant qui a dégoûté mon père d'elle une fois pour toutes. Et de nous. De nous tous. Elle a laissé la maîtresse de mon père s'asseoir à sa place à la table de famille comme si elle était notre mère. Et il fallait que je reste là, à voir cette salope de Trusia Gazella mettre la main sur le membre de mon père pendant que ma mère pleurait dans sa chambre. Oui, je suis sûre que ma mère comprenait le tourment de mon père aussi bien qu'elle comprenait son propre tourment. Elle était toujours fourrée dans des villes thermales, et ses serviteurs aspergeaient son tourment à l'eau chaude, frottaient son tourment à la pommade. Mais qui comprenait *notre* tourment, le tourment d'enfants dont la mère aurait aussi bien pu être morte?

Béatrice chercha au fond de sa mémoire des images de la mère d'Isabelle; elle avait cru pendant longtemps que Trusia Gazella était vraiment la mère d'Ich. Elle ne conservait dans son souvenir que de brèves apparitions d'une belle sylphide, plus spectrale que réelle, entourée d'une aura de silence et de mélancolie.

– Elle s'est tuée, poursuivit Isabelle. Personne ne l'a jamais admis, mais je sais que c'est vrai parce qu'elle m'en a parlé. Elle m'a dit qu'elle souhaitait se tuer, mais qu'elle ne pouvait pas le faire à cause de nous. Elle m'a dit ça. Elle s'est tuée juste après mon départ pour mes noces, et j'ai appris la nouvelle de sa mort au milieu des fêtes de mes épousailles. Voilà la façon dont elle se souciait de moi. La même semaine, j'ai appris que j'avais une mère morte et un mari avec un membre mort.

Béatrice se signa machinalement. Elle voyait beaucoup plus clair en Isabelle, à présent. Et ses souvenirs de la mère d'Ich se ravivèrent. Les senteurs fades, écœurantes de son parfum milanais. Elle en mettait trop, comme pour faire illusion sur les vivants en masquant son odeur de tombe. Et ses larmes. Béatrice se rappela soudain d'étranges sanglots assourdis entendus près d'une porte... Elle s'était demandé pour quelle raison un adulte pouvait pleurer.

– Je suis désolée, Isabelle. Je n'avais pas compris. Je devrais savoir depuis longtemps qu'on peut aimer des gens de toute son âme sans jamais les comprendre vraiment.

Isabelle souleva ses mains qui tremblaient et les regarda comme si elles portaient d'horribles cicatrices.

– Elle m'a rendue comme ça. Comme elle. Faible. Chaque jour est un combat seulement pour survivre. Pour continuer de répéter le mensonge de la vie.

– Non, Isabelle. Tu es plus forte qu'aucun de nous.

Comprenant qu'elle se trouvait sur le point de traverser le seuil le plus interdit, elle ajouta :

– Je n'aurais pas pu faire ce que tu as fait.

Isabelle pinça le nez et redressa sa tête couronnée de noir.

– Tu te figures que tu comprends ce que j'ai fait cette nuit-là, mais tu n'en as aucune idée. Je désirais si fort que mon fils soit duc de Milan que j'aurais donné mon âme pour ça. Et quand je me suis vue là-haut près de toi, avec mon rêve si près de se réaliser que je pouvais le toucher... Il me suffisait de te laisser parler...

Elle secoua la tête, comme pour s'accuser.

– J'ai refusé. J'ai refusé parce que je savais que si cela m'était enlevé de nouveau, je n'aurais pas la force d'échapper aux ténèbres. Pas deux fois. Je me dessécherais et mourrais. Je n'ai pas eu le courage de prendre ce risque. J'ai renoncé pour me sauver. C'est seulement après avoir sauvé le vaisseau, dit-elle en levant de nouveau les mains, que j'ai compris ce que j'avais fait. J'avais jeté mon âme du haut de ces remparts. En un bref instant, je me suis vue gisant sur les pavés de la place, morte. De ma propre main, comme ma mère. Ce qui est reparti de la terrasse cette nuit-là était un cadavre sans valeur pour personne. Comme ma mère.

– Je n'en crois rien, Ich. Tu l'as dit toi-même : nous ne connaissons pas notre âme. Je crois que tu as fait ce que tu as fait parce que tu voulais sauver notre peuple. A cause de la bonté qui se trouve en toi. De l'amour qui se trouve en toi. Un amour qui conserve sa valeur, qui a plus de valeur que tout.

Elle marqua un temps, sans quitter Isabelle des yeux.

– Peut-être tiens-tu de ta mère une partie de cet amour. D'une époque où elle était assez forte pour t'aimer comme elle le souhaitait. Peut-être lui pardonneras-tu un jour. Peut-être ton âme lui a-t-elle déjà pardonné.

– Je t'envie, Béatrice. Tu vis encore dans un palais de rêves. Tu crois que tu peux encore aimer un mari qui t'a trahie. Tu crois que tu peux obtenir des promesses de paix d'hommes dont le seul langage est celui du mensonge. Tu crois au pardon, et tu es prête à pardonner à des gens qui ne t'ont fait que du mal.

Elle ne put retenir un sourire ironique.

– Tu crois même, ajouta-t-elle, que la Fortune nous pardonnera un jour ce que nous avons fait.

Béatrice ferma les yeux et se pencha en arrière. Son visage était plus joufflu qu'il ne l'avait été depuis son adolescence, mais la fatigue tirait ses traits, annonçant le visage qu'elle aurait dans quinze ans.

– Je crois que tu te trompes également à mon sujet, Ich. Oui, je crois en la paix, et je crois même que mon mari m'aimera de nouveau. Je souhaite vraiment que tu me pardonnes, et je souhaite être pardonnée. Mais je ne crois pas que la Fortune nous pardonnera jamais ce que nous avons fait.

CHAPITRE 57

Vigevano, 5 septembre 1496

Béatrice n'avait pas songé à ce que serait sa réaction quand elle verrait pour la première fois son mari et Lucrezia Crivelli ensemble. Ils n'étaient même pas côte à côte, Lucrezia était venue à la chasse à cheval, avec Béatrice et ses dames de compagnie ; le More était arrivé avec l'empereur et une suite de plusieurs dizaines de courtisans et de diplomates. Quand les deux groupes s'étaient réunis, Lucrezia et le More s'étaient trouvés à six ou sept pas l'un de l'autre. Bien entendu, Béatrice les avait imaginés en train de faire l'amour de vingt façons différentes, mais quand elle les vit vraiment ensemble – tout habillés, à cheval et ne se regardant même pas – son cœur faillit cesser de battre.

La colère qui suivit était si viscérale que son cheval le sentit et piaffa nerveusement. Elle eut l'envie presque irrésistible de lancer son ultimatum sur-le-champ, devant toute la cour, pour voir le visage livide de son époux envoyer Lucrezia dans un bordel d'Allemagne sur une mule étique, sous les yeux de tous les ambassadeurs bouche bée. Mais même cette vengeance lui parut trop clémente, et un vestige de la petite fiancée de Ferrare qu'elle avait été jadis lui souffla de s'avancer pour leur cracher au visage.

Un instant plus tard, elle était à la même place, les mains tremblantes sur ses rênes, soulagée que sa rage se fût épaisée aussi vite qu'elle était venue. Elle respira à fond, redressa les épaules, et se conduisit en bonne Milanaise pour qui l'adultère n'était pas plus offensant qu'une poignée de main.

Elle accepta le baiser de son mari sur sa joue, comme elle acceptait toutes ses démonstrations d'affection, politiquement nécessaires depuis l'arrivée de l'empereur. Lucrezia, qu'elle avait vue presque aussi souvent que son mari ces derniers temps, recevait d'elle les mêmes marques de politesse que toutes ses autres dames de compagnie. Béatrice n'avait nulle envie de se lancer dans une bataille de regards froids et indifférents avec une Milanaise de naissance et d'éducation.

L'empereur Maximilien s'avança vers Béatrice et la salua en ôtant son bonnet de laine noir tout simple. De grande taille, avec un petit visage mince, un nez d'aigle, une bouche pincée et des yeux tristes mais expressifs, l'empereur avait seulement trente-sept ans, bien que ses cheveux fussent déjà couleur d'argent. Ayant récemment fait le vœu de ne pas porter de couleurs tant qu'il n'aurait pas conduit une croisade en Terre Sainte, il était vêtu d'un pourpoint de velours noir, d'une chemise blanche et de chausses noires.

– Comme la duchesse Béatrice est la meilleure cavalière d'Europe, j'ai l'intention de rester à ses côtés, dit-il dans un italien hésitant mais correct.

– Je suis sûre que mon époux ne demandera pas mieux que de m'abandonner pour suivre une de mes dames de compagnie, répondit Isabelle assez fort pour que tous l'entendent.

Elle regretta aussitôt sa remarque, bien qu'elle ne fût pas entièrement gratuite – elle cherchait une occasion de séparer son mari de l'empereur.

Elle entendit quelques rires étouffés dans le groupe de dames. Béatrice n'osa pas regarder Lucrezia, mais elle aurait juré que cela n'avait troublé en aucune façon son expression sereine. Et elle n'avait nul besoin de regarder son mari... Avec la même volonté implacable qui lui avait permis de passer sans broncher devant les cadavres dans les rues de Milan, elle s'éloigna du groupe.

– N'attendons pas que les rabatteurs aient délogé le gibier, dit-elle à l'empereur. Il y a de beaux sangliers dans les bois.

Elle leva sa cravache et se mit au galop sans se retourner. Elle connaissait déjà l'empereur assez bien pour être certaine qu'il la suivrait. A bien des égards, c'était un enfant : impétueux, romantique, indépendant jusqu'à l'excentricité. Et il détestait manifestement le rituel étouffant de la cour.

Le galop rapide et régulier lui faisait moins craindre pour son enfant que le petit trot saccadé en compagnie de ses dames. Et c'était un risque qu'elle devait prendre. Elle reconnut une allée à la lisière du bois, ralentit son cheval et entra dans une futaie de grands chênes. Le chemin coupait à travers le lierre et les ronces; elle sentit sur son visage la brume légère et fraîche du sous-bois ombragé.

– Vous possédez le plus magnifique parc d'Europe, lança l'empereur derrière elle. Je reviendrai quand vos fils seront en âge de chasser. Ce sera pour moi un vrai plaisir.

Béatrice lui sourit. Des ambassadeurs étaient venus à Vigevano de tous les États italiens pour solliciter des audiences avec l'empereur, mais il les avait éconduits pour pouvoir passer plus de temps avec les fils de Béatrice. Et il parlait beaucoup de sa propre famille. Sa première épouse, Marguerite de Bourgogne, lui avait donné deux fils et une fille pendant les trois premières années de leur mariage. Le second fils était mort deux semaines après sa naissance. Deux ans plus tard, Marguerite, de nouveau enceinte, avait trouvé la mort dans un accident de chasse. Leur mariage n'avait duré que quatre années, mais de toute évidence, Maximilien l'aimait encore. Il parlait de Marguerite comme si elle était vivante et ne prononçait jamais le nom de Blanche-Marie, sa nouvelle épouse; quand il faisait allusion à elle, c'était toujours de façon abstraite, « l'impératrice ».

Au demeurant, l'empereur avait transformé les fruits de son amour en une tenaille dynastique capable de broyer la France. Son premier fils, Philippe, était marié à la fille de Ferdinand et Isabelle, les souverains d'Espagne; et sa fille était fiancée à l'héritier du roi Ferdinand. Une attaque concertée de l'Espagne et de l'Allemagne mettrait fin pour toujours à la menace que posait l'armée indocile des Français – mais Maximilien n'avait pas les moyens de financer une campagne de cette envergure. Et, à l'instar de plus d'un prince italien appauvri, l'empereur s'était fait engager comme *condottiere* par la Seigneurie de Venise et le duc de Milan. Maximilien n'était pas venu en Italie pour préparer la destruction finale de la machine de guerre de Charles VIII, mais comme soldat de fortune lancé contre un objectif que Béatrice jugeait douteux, même du point de vue strictement milanais ou vénitien.

L'allée débouchait sur une petite clairière ombragée. Des taches de soleil scintillaient comme de la poudre d'or sur le dais de branches au-dessus de leur tête. L'empereur avança à la hauteur de Béatrice.

– J'espère que je n'ai pas semé la discorde dans votre foyer, dit-il gravement. J'éprouve la plus grande affection pour vous et pour votre époux.

– Ce n'est pas vous qui avez semé cette discorde.

– Je sais que vous n'êtes pas de l'avis de votre époux sur ma campagne contre Pise.

– Puis-je vous parler en toute sincérité, Majesté?

L'empereur acquiesça avec un enthousiasme juvénile.

– Je comprends bien que Pise est un fief impérial et que vous vous sentiez responsable envers le peuple de la ville, commença Béatrice. Je comprends aussi que mon époux et la Seigneurie estiment que votre présence en Italie découragera les Français d'organiser une autre expédition de ce côté-ci des Alpes. Mais même si vous réussissez dans votre entreprise, les résultats seront temporaires. Il vous faudra installer une garnison à Pise pour la défendre contre les Florentins qui voudront la reprendre. Qui payera? La Seigneurie ne voudra pas, et mon époux ne pourra pas. Et si votre campagne ne rencontre pas le succès aussi vite que vous l'espérez et exige de nouvelles troupes, je vous le demande encore : qui payera?

– Pise m'accueillera à bras ouverts, dit l'empereur.

Il s'interrogeait sur sa popularité plus qu'il ne songeait à s'en vanter.

– Peut-être. Mais votre succès ne découragera pas les Français : ils attendront simplement le moment où vous serez obligé de repartir. Et quand les Français auront retraversé les Alpes, qui vous payera pour revenir sauver l'Italie? La dernière guerre nous a dépouillés de tout ce que nous avions, Majesté. Plutôt que de gaspiller les quelques ducats qu'il nous reste à la conquête provisoire de Pise, nous aurions tous intérêt à dépenser cet argent pour former une armée allemande capable de marcher à tout instant sur Paris.

– Cette guerre contre Pise n'a pas assez d'envergure à vos yeux? Vous voulez que j'attaque la France?

– Non. Je voudrais que vous persuadiez la France qu'elle ne pourra pas voler sa prospérité à l'Italie. Qu'au lieu de dépenser tout son trésor en canons et en arquebuses, elle doit ouvrir de nouvelles terres à l'agriculture et construire des ateliers, des fabriques et des universités. Vous n'aurez nullement besoin d'attaquer la France pour convaincre les Français que leur armée monstrueuse, qui ne peut se nourrir que par des conquêtes, est désormais un luxe au-dessus de leurs moyens.

– Et quand les Français seront devenus pacifiques, les Anglais auront les mains libres pour se lancer dans n'importe quelle aventure en Europe. En toute sincérité, je n'aime pas ce roi Henri d'Angleterre dans notre Ligue.

– Alors, nous prouverons aux Anglais qu'ils ne peuvent pas faire la guerre sur le continent. Et il faudra qu'ils trouvent eux aussi la voie de la prospérité et de la paix.

Le regard de l'empereur se fit distant, comme celui d'un enfant rêveur. Il dit enfin :

– Duchesse Béatrice, vous êtes très brave, très noble. J'espère qu'un jour vos enfants jouiront de votre paix. Ou bien leurs enfants. Mais il y a deux choses que je suis certain de ne pouvoir réaliser de mon vivant : ramener ma Marguerite à la vie et assurer la paix en Europe.

Il tourna soudain la tête, l'oreille aux aguets.

– J'entends les chiens. Allons rejoindre la chasse.

***

Vigevano, 7 septembre 1496

– Une seule table suffira si elle est assez longue, dit Béatrice à Blanche.

Le nouveau palais de Galeazzo di Sanseverino se trouvait à l'est de la ville et les hautes fenêtres de la salle du premier étage donnaient sur le parc ducal verdoyant; quand les nuages ne bloquaient pas l'horizon, on avait une splendide vue des Alpes. La pièce était complètement vide à part plusieurs piles de tentures de damas pliées.

Blanche s'installerait chez Galeazzo le surlendemain, pour que soit consommé un mariage datant déjà de six ans. A peine une semaine plus tard débuterait une avalanche d'obligations mondaines, car elle recevrait une délégation vénitienne venue consulter l'empereur sur la campagne de Pise, désormais inévitable.

Béatrice se dirigea vers les tissus et prit un lai de damas rouge brodé de vipères bleues Sforza.

– Voilà ce que nous ferons : nous utiliserons ce tissu pour les fenêtres latérales, et pour celles du centre nous prendrons les tentures d'or portant les aigles impériales.

Les joues creuses de Blanche s'étaient garnies depuis quelques mois, mais sans compromettre la délicatesse de son nez fin et de sa petite bouche. Ses yeux rêveurs semblaient légèrement plus étroits, et leur innocence fiévreuse avait fait place à l'impatience joyeuse d'une jeune mariée. Ses cheveux, séparés au milieu par une raie, étaient réunis ensuite en une longue tresse à la milanaise, mais elle avait également sacrifié à la dernière mode en laissant une boucle tomber sous son menton.

– Béatrice, demanda-t-elle, l'empereur a-t-il vraiment décidé d'attaquer Pise?

– J'en ai peur.

Blanche se mordit la lèvre inférieure.

– Pourquoi mon père a-t-il attiré l'empereur en Italie? Cette nouvelle campagne s'inscrit en faux contre ce que mon père a toujours dit qu'il pensait.

– Ton père estime que ce qu'il fait démontrera aux Français que l'empereur s'est sérieusement engagé à garantir la sécurité en Italie. Il espère que cette petite guerre en évitera une plus grande.

– Mais tu n'es pas d'accord avec lui.

– Non.

– Je le déteste, lança Blanche, et son visage devint écarlate.

– Non, mon enfant, je ne veux absolument pas que tu te dresses contre ton père. Nous ne sommes pas d'accord sur ce point, c'est tout...

– Ce n'est pas pour cette raison.

Sa voix se brisa, mais elle poursuivit :

– Je le déteste à cause de ce qu'il t'a fait. Je suis au courant, pour Lucrezia Crivelli. Tout le monde au château est au courant. Il n'essaie même pas de s'en cacher. Je ne cesserai jamais de le haïr pour ça.

Béatrice s'élança vers elle et l'embrassa; elle sentit les larmes chaudes sur sa joue.

– Ne le déteste pas, mon enfant, je t'en supplie. Pour l'amour de moi, ne le déteste pas.

Blanche se mit à sangloter contre l'oreille de Béatrice. Puis elle s'écria :

– Je t'en prie, que cela ne change rien entre nous. Ne cesse pas de m'aimer à cause de lui.

– Voyons, rien ne pourra changer ce qu'il y a entre nous. Je t'aimerai toujours. Rien, rien ne nous séparera jamais. Même la mort.

Blanche, soulagée et reconnaissante, essaya de ravaler ses sanglots. Béatrice prit un mouchoir dans sa manche et essuya le nez de Blanche, puis s'assit avec elle sur la pile de tentures.

– Je t'ai aimée avant même d'aimer ton père, dit-elle.

Blanche renifla.

– Est-ce que tu l'aimes encore?

– Oui. Oui, je l'aime. Je l'aimerai toujours.

– Que lui arrive-t-il? Pourquoi te traite-t-il ainsi?

Pendant un instant, Béatrice parut fascinée par les changements rapides en train de se produire dans les nuages qui avançaient, derrière la fenêtre. Puis elle dit :

– Tu connais les premiers vers de l'*Enfer*?

Blanche les récita presque machinalement :

– *Au milieu du voyage de notre vie, je me trouvai dans une selve obscure après avoir perdu le droit chemin.*

– Je crois qu'en ce moment ton père est perdu dans cette « selve obscure ». Peut-être se figure-t-il que Lucrezia Crivelli l'aidera à trouver son chemin.

– Tous les maris se perdent-ils dans cette « selve obscure »?

– J'imagine que tôt ou tard nous nous trouvons tous dans cette situation. Et nous devons tous retrouver notre chemin vers la lumière. Dante a dû descendre en Enfer et monter au Purgatoire avant de trouver son chemin. Espérons que le voyage de ton père ne sera pas si difficile.

– Béatrice, tu te rappelles que tu m'as parlé des romans que tu lisais dans ta jeunesse, de tes rêves de preux chevaliers qui murmuraient des paroles magiques à ton oreille et te donnaient des baisers aussi doux que la lumière des étoiles?

Elle chercha confirmation dans les yeux de Béatrice.

– Je n'ai pas eu besoin de lire ces livres. J'ai toujours eu Galeazzo. C'était mon chevalier, mais il était réel. J'avais dix ans la première fois qu'assise dans la tribune d'honneur d'un tournoi, je l'ai entendu me dédier ses victoires. Tu as vu toutes mes robes coupées dans du tissu d'or qu'il a gagné dans des tournois et ma garde-robe est pleine de cadeaux qu'il m'a offerts. Au cours de mille dîners, j'ai regardé son visage et je me suis dit : « Il est à moi. » Mon Galeazzo. Mon chevalier. Chaque fois qu'il m'embrasse sur la joue, je rêve de ce que ce sera quand il me prendra dans ses bras et m'embrassera sur les lèvres. Il est mon rêve, mon rêve vivant. Je l'aime tant.

Elle soupira.

– Va-t-on se moquer de moi? Toutes les dames de compagnie me disent que je me fais des illusions. Et quand je vois comment tournent les mariages ici, je me dis qu'elles ont raison. Je ne suis plus une fillette. Il est donc ridicule que j'aie encore des rêves de fillette.

Béatrice posa sur ses épaules un bras maternel.

– Galeazzo ne sera probablement pas le chevalier que tu as imaginé. Et tu trouveras probablement le mariage difficile au début. Peut-être même seras-tu malheureuse. Tu sais que je l'ai été. Mais je pense que tu découvriras un jour avec Galeazzo un amour beaucoup plus profond, beaucoup plus magique que tout ce dont tu as rêvé dans ton enfance. Je le pense sincèrement.

– Et ensuite, il partira dans cette « selve obscure » et me brisera le cœur.

– Je ne peux pas te promettre que cela n'arrivera pas. Je donnerais n'importe quoi pour l'empêcher, si je pouvais. Mais je crois qu'aucun amour profond ne peut jamais disparaître ou faiblir.

Béatrice s'interrompit, songeant à sa propre vie.

– Je crois que si c'est un amour vrai et noble, il ne peut que croître. Je songe à ma mère, et je vois comment son amour pour mon père a grandi en amour pour ses enfants, puis pour tous les enfants. Tu auras tes enfants, et je sais par expérience qu'à chaque enfant l'amour grandit. Tu commences alors à rêver moins pour toi-même que pour eux. Ma mère rêvait de paix pour ses enfants. Elle n'a pas vécu assez longtemps pour le voir. Mais j'ai repris son rêve. Peut-être ne vivrai-je pas assez longtemps pour le voir se réaliser moi non plus. Mais si mes enfants le reprennent, puis leurs enfants, si chaque génération refuse de renoncer à ce rêve, il deviendra réalité un jour. Tu me demandes s'il est ridicule de s'accrocher à ses rêves? Non, mon enfant, non. On n'est ridicule que lorsqu'on cesse de rêver.

CHAPITRE 58

Extraits d'une lettre de Léonard de Vinci, ingénieur à la cour de Milan, adressée au conteur et voyageur Benedetto Dei.

Milan, 15 novembre 1496

... Je peux vous dire sans crainte d'être contredit qu'il y a ici peu d'amour pour le More. Les impôts ont encore augmenté, et il a fait de telles démonstrations publiques de ses appétits pour sa maîtresse que personne ne prononce plus son nom sans cracher par terre. Tout le monde sait que le Trésor est vide, mais on ne l'aurait pas dit à voir le programme des festivités de Noël. (J'ai souvent pensé, mon cher Benedetto, que le vrai miracle de cette Sainte Fête est l'ampleur de ce qui se crée au nom d'un pauvre charpentier de Galilée.) Quant à moi, je n'ai pas reçu un seul ducat de mon salaire depuis deux mois, mais le More m'a impérieusement convoqué, alors que je travaillais à ma fresque de la Sainte Cène, à Santa Maria delle Grazie (en dépit des calomniateurs qui font courir le bruit que je ne la terminerai jamais) et m'a ordonné de faire le portrait de sa maîtresse bien-aimée, une certaine Lucrezia Crivelli. J'ai déjà fait d'elle une demi-douzaine de dessins, mais comme je ne suis pas sensible à ses attraits charnels, je ne trouve pas un seul de ses traits auquel assigner les attributs de la beauté... N'était la sympathie que tout le monde éprouve pour la duchesse de Milan, nous aurions déjà vu la foule descendre dans la rue. En face de cette invraisemblable injustice, la duchesse a gardé la tête haute, et nul ne peut prétendre l'avoir entendue dénigrer, en paroles ou en actes, son époux ni la femme avec qui il fornique sans vergogne...

Milan, 22 novembre 1496

– Votre Altesse, Son Altesse votre époux.

Le More n'était pas venu dans les appartements de Béatrice depuis la nuit où l'enfant avait été conçu – et l'enfant naîtrait dans moins de trois mois. Leur vie séparée était devenue une routine de moins en moins pénible chaque jour, en partie parce que Béatrice avait fini par s'y résigner, mais aussi, paradoxalement, parce qu'avec l'accouchement de plus en plus proche, elle avait l'impression que l'épreuve touchait à sa fin. Elle était l'épouse du More et la mère de ses enfants. Lucrezia ne serait jamais qu'une passion fugitive dans la « selve obscure », sans plus de durée qu'une chandelle. Lorsque l'enfant naîtrait, son époux reviendrait vers elle.

Quand il entra, juste derrière le chambellan, elle ne vit que son visage. Son visage effrayant : la même folie froide que le jour où il était venu lui dire qu'Alphonse avait tenté de l'empoisonner ainsi que leur fils. La même terreur dans ses yeux que lorsqu'il gisait, paralysé par la « maladie ». Avec quelque chose de plus, quelque chose de nouveau et encore plus horrible.

Il s'avança d'un pas hésitant. Elle le regarda, en priant en silence qu'il ne prononce pas un mot. Elle ne voulait pas savoir. Elle vit dans son propre esprit comme une cloche de glace qui se posait sur elle pour protéger son âme de toute souffrance. S'il parlait, ce refuge glacé volerait en éclats et elle serait envahie par l'horreur qu'elle lisait sur ses traits.

Il s'arrêta, encore trop loin pour qu'elle puisse le toucher. Ses lèvres frémirent. Il parlait mais le son parut suivre leur mouvement avec un grand retard, comme si ses paroles devaient percer lentement la glace qui le séparait de Béatrice, puis en ressortaient épuisées, à peine audibles.

– Elle... est... morte. Morte.

Béatrice entendit comme un sifflement. Une personne est morte, se dit-elle. Une personne qui ne me touche pas, mais à laquelle il tient. Comme Lucrezia. Mon Dieu, oui...

– Ma fille... Blanche.

C'est le plus fou, le plus cruel, le plus détestable de ses mensonges, songea Béatrice. Ce n'est pas possible que Blanche... Mon Dieu, non... Le mariage tue autant de jeunes femmes que les accouchements, surtout quand elles sont frêles.

– Je...

Il agita les mains pour essayer de faire un geste, mais elles retombèrent sans vie le long de son corps.

La coupole de glace ne s'était pas brisée. Elle était à peine fêlée à l'endroit où les mots étaient entrés. Béatrice se trouvait encore à l'intérieur, mais elle ne pouvait plus respirer l'air froid. Elle ne pouvait respirer que si elle criait.

– Menteur !

Elle se jeta sur lui et le frappa avec une telle violence que sa tête ballotta et ses genoux fléchirent. L'expression de son visage ne changea absolument pas.

– Menteur! répéta-t-elle.

– Par tout ce qui est le plus saint, cette fois, je souhaiterais vraiment mentir, balbutia-t-il dans le silence. A Vigevano. D'une fièvre. Galeazzo croyait que ce ne serait pas grave, puis...

– Galeazzo croyait, Galeazzo croyait... cria Béatrice, le visage livide et les mains crispées comme des serres. Galeazzo l'a tuée! Il l'a tuée! Je veux qu'on le pende! Si je revois son visage, je le tuerai de mes propres mains.

Le More parut prendre cette menace au sérieux, et il parvint à lever les mains en un geste d'apaisement.

– Il est presque mort de chagrin. Je sais à quel point cette nouvelle doit vous toucher...

Elle n'entendit pas la suite. Il parla pendant ce qui sembla une éternité, tandis que ses mains traçaient le long de son corps d'étranges petits cercles nerveux. Ce n'était que ta bâtarde, salaud, lui dit-elle en silence, tandis que ses lèvres continuaient de s'agiter. Mais c'était mon enfant. C'était ma fille. C'était ma meilleure amie.

Puis les mains de son époux se posèrent sur ses épaules. Elle comprit que si elle n'écoutait pas, ses lèvres ne cesseraient jamais de remuer. Elle laissa entrer les mots.

– ... Désirez-vous que je reste près de vous?

Elle sentit une vague de chagrin déferler en elle et souhaita qu'il s'en aille tout de suite. Elle secoua la tête.

– Je...

De nouveau, les mains impuissantes.

Incapable de parler, elle fit le geste de le pousser dehors. Elle vit son expression changer légèrement, et il se retourna trop vite vers la porte. Lorsqu'il s'éloigna, elle entendit ses pas lourds beaucoup plus clairement qu'elle n'avait entendu ses paroles. Dans la pénombre, elle comprit qu'en le renvoyant ainsi, elle avait diminué la douleur qu'il ressentait.

* * *

Le More retourna dans les appartements de sa maîtresse, au premier étage de la Rochetta – les pièces occupées autrefois par la duchesse mère Bonne de Savoie qui avait quitté le Castello pour s'installer dans un palais de la Piazza del Duomo.

Lucrezia Crivelli le prit dans ses bras dès qu'il franchit le seuil.

– Je viens de l'annoncer à ma femme, dit-il. Il fallait qu'elle l'apprenne de ma bouche. Elle aimait Blanche comme sa propre...

– Oui, il le fallait. Peut-être aurait-il mieux valu que tu restes près d'elle quelque temps.

Il secoua la tête. Des larmes coulèrent sur ses joues.

Lucrezia le dévêtit et le coucha. Elle le cala avec des coussins et lui donna un gobelet de vin. Elle ne prononça pas un mot, se contentant de l'apaiser avec des caresses douces, légères. Elle se mit enfin en chemise et éteignit la lampe.

Le More ressentit la terreur des ténèbres soudaines, et un tremblement violent monta en lui. Puis le corps de Lucrezia se blottit contre lui, et l'effet calmant de ce contact charnel le surprit. Au début il avait cru que cette liaison n'avait été nullement préméditée, et qu'un simple caprice avait abouti à une infidélité accidentelle. Puis, quand l'aventure était devenue plus sérieuse, il s'était dit que jamais il n'avait voulu la rendre publique. Ce qui s'était passé était le résultat de l'insidieuse campagne de ragots orchestrée par les dames de compagnie dont il avait éconduit les avances subtiles pendant des années.

Mais à présent, ses défenses réduites par le chagrin, il ne pouvait plus se dissimuler que cette passion avait répondu à un besoin profond. Béatrice possédait un courage qu'il n'aurait jamais – et sa présence lui rappelait sans cesse sa propre lâcheté. Elle était devenue assez forte pour démasquer en lui ses illusions les plus profondes, pour pénétrer en lui et le harceler jusque dans les souterrains les plus obscurs de son âme. Il parvint à se convaincre qu'il l'avait abandonnée seulement par amour, tel un Orphée comprenant qu'il pouvait seulement entraîner son Eurydice plus profondément dans l'Hadès – mais ceci aussi était un masque. Simplement, nier qu'il aimait Béatrice lui était moins douloureux que s'il se permettait de souffrir parce qu'elle ne l'aimait plus. Et il avait donc trouvé Lucrezia, dont le visage infiniment changeant portait autant de masques que le sien. Il pouvait aimer Lucrezia sans souffrir, parce qu'elle n'exigerait jamais de lui la vérité qui le forcerait à se trahir.

– Ludovic, murmura-t-elle, donne-moi ta main.

Elle posa la main froide du More sur son ventre.

– Ludovic, rien ne pourra jamais ramener Blanche. Elle était unique. Nous devons accepter le temps qu'elle a passé avec nous comme un présent de la Fortune.

Elle appuya légèrement sur sa main.

– Et nous devons recommencer. Nous devons prendre l'amour qu'elle nous a laissé et recommencer. Tu as sous ta main l'enfant de notre amour, Ludovic. Je vais avoir un enfant de toi.

***

Extraits d'une lettre de François Foscari, ambassadeur de Venise à Milan, adressée à la Seigneurie de Venise.

Milan, 11 décembre 1496

... En apprenant que l'empereur avait quitté Pise pour Pavie, je m'y suis rendu aussitôt, mais je n'ai pas pu obtenir d'audience pendant plusieurs jours. Aucune de mes prières n'a pu persuader Sa Majesté Impériale de rester en Italie pour achever l'entreprise dans laquelle il s'est si récemment lancé. Quand j'ai dit à Sa Majesté Impériale que la Seigneurie ne pouvait être tenue responsable de la tempête qui a détruit notre flotte devant Pise, il m'a répondu que c'était fort possible, mais qu'il n'avait pas l'intention de se battre contre Dieu et les hommes en même temps. A dire vrai, je crois que le véritable ennemi de cette entreprise est le More, qui, dans son arrogance présomptueuse, s'imagine qu'il peut utiliser l'empereur d'Allemagne comme son *condottiere* et forcer la Seigneurie de Venise à payer l'addition, se contentant lui-même de ramasser la prime...

Sa Majesté Impériale est donc en train de retraverser les montagnes. Sa campagne, qui a coûté si cher, n'a abouti à aucun résultat, et il laisse les affaires d'Italie en plus grande confusion qu'à son arrivée...

CHAPITRE 59

Milan, 2 janvier 1497

Dans le réfectoire attenant à l'église Santa Maria delle Grazie, Léonard de Vinci, seul, debout sur l'échafaudage au fond de la petite salle, vêtu d'un long *vestito* de velours vert, regardait fixement le visage de saint Philippe. Il travaillait ainsi. Il lui arrivait de contempler sa fresque presque terminée de la *Cène* pendant des jours d'affilée sans toucher un pinceau. Puis il survenait un matin et peignait avec frénésie jusqu'au soir, sans s'interrompre pour manger ou boire.

A l'entrée de Béatrice, il ne se retourna pas. Elle passa devant les tables déjà mises pour le repas des moines. Sur le mur du fond, le Christ et ses douze apôtres dînaient dans ce qui semblait une extension de la salle, baignés par la lumière douce, mystique qui tombait de trois fenêtres en trompe l'œil s'ouvrant sur un paysage imaginaire étonnant de vie. Léonard n'avait pas traité le sujet de façon conventionnelle ; au lieu de peindre le moment où Jésus tend un morceau de pain trempé dans le vin à Judas, le dénonçant comme traître, il avait choisi l'instant précédent, où Jésus dit à ses disciples : « L'un de vous me trahira. » Dans la version de Léonard, Judas reculait aussitôt, horrifié, et son visage était le seul qui ne reçoive pas la lumière radieuse dans laquelle baignaient tous les visages. Mais tous les apôtres réagissaient avec la même véhémence, niaient avec passion, faisaient des gestes et protestaient : « Pas moi, Maître ! Sûrement pas moi ! » Pour Béatrice, le message de Léonard était évident : en cet instant chaque apôtre avait pris conscience qu'il était lui aussi capable de trahir le Christ.

Béatrice s'arrêta juste derrière Léonard et regarda la fresque aussi fixement que le peintre lui-même. Il n'y avait rien de mythique dans les visages que Léonard avait peints ; il avait pris pour modèle de tous ses apôtres – et même du Christ – des gens qu'il connaissait ou avait observés. Léonard avait créé une parabole de son temps : les bons prétendant « Sûrement pas moi » n'étaient pas moins horrifiés de leur culpabilité secrète que Judas ne l'était de la certitude de la sienne. Béatrice regarda le visage du Christ, dessiné, disait-on, d'après celui du jeune cardinal Mortara, mais éclairé d'une innocence naturelle qui manquait totalement à la beauté toute terrestre du cardinal. Rien n'a changé, se dit Béatrice, au cours des quatorze siècles et demi qui se sont écoulés depuis que Jésus a offert son corps et son sang. Les bons protestent encore que le mal n'est pas en eux, les méchants réclament leur prime et les innocents meurent.

Elle se retourna et sortit. Les rayons obliques du soir faisaient briller les pavés de la petite place devant l'église. Béatrice s'arrêta un instant dans le soleil. Depuis la mort de Blanche, elle était venue prier chaque jour à Santa Maria delle Grazie. Elle hésita cependant à entrer, craignant de ne pas avoir la force de ressortir. Elle songea à ce qu'Isabelle lui avait dit un jour sur l'épuisement effrayant que provoque le désespoir, sur l'effort insupportable qu'il faut accomplir pour prolonger le mensonge de la vie. Le mensonge de la vie... Béatrice décida d'entrer, ne serait-ce que parce que peu lui importait maintenant de ne pas pouvoir ressortir.

L'autel, juste sous la coupole, était illuminé par des dizaines de cierges ; une lumière plus douce tombait des hautes fenêtres. La première fois que Béatrice avait vu la pierre tombale neuve devant l'autel, elle avait ressenti une douleur inimaginable : Blanche se trouvait sous cette dalle, jamais plus elle ne la serrerait dans ses bras. Et en quelque manière, sa mère se trouvait également là... Mais après avoir rendu visite à Blanche chaque jour depuis six semaines, elle trouvait l'énorme pierre grise aux reflets roses étrangement rassurante. C'était la forteresse de Blanche : elle la mettait à l'abri d'un monde de douleur et de ténèbres. Blanche était désormais intouchable. Plus personne ne pourrait la faire souffrir.

Elle s'agenouilla sur la plate-forme de bois près de la tombe de Blanche et posa les avant-bras sur la rambarde d'onyx noir de l'autel. Devant l'autel, un prêtre en surplis blanc célébrait la messe, psalmodiait et s'agenouillait machinalement. Béatrice leva les yeux vers les ouvertures rondes percées dans la coupole au-dessus d'elle, pareilles à un anneau de soleils doux. C'était là-haut que Blanche s'en était allée. Dans la lumière. Elle était bonne et innocente, et elle s'était envolée aussitôt vers la Lumière Suprême... Elle reposait à présent en face de l'ineffable visage de Dieu. Blanche était heureuse et aimée. Ceux qu'elle avait laissés ici-bas pleuraient sur eux-mêmes, car ils continuaient de tomber dans les ténèbres.

Le mensonge de la vie. Béatrice songea aux hypocrites du

huitième cercle de l'Enfer de Dante, condamnés à se traîner éternellement dans de lourdes chasubles de plomb. En fait, tous les vivants portaient le manteau écrasant du mensonge, simplement parce qu'ils continuaient de vivre. Ils promettaient la paix à leurs enfants alors qu'ils ne pouvaient leur offrir que des guerres, ils se promettaient mutuellement de l'amour alors qu'ils ne pouvaient s'offrir que des trahisons. L'avenir avait jadis promis de l'espoir à Béatrice, mais elle ne pouvait plus ressentir que l'inexorabilité de son désespoir. L'empereur, dégoûté, avait abandonné l'Italie à elle-même, et déjà les Français recrutaient ouvertement des mercenaires pour lancer une autre campagne au printemps, une invasion dont le seul objectif était la conquête de Milan. Lucrezia attendait un enfant. Béatrice avait eu confirmation des rumeurs le matin même. A présent, même la vie de ses propres enfants la faisait souffrir. Ils grandiraient comme Ich, témoins de l'amour de leur père pour une autre femme que leur mère. Et Béatrice allait bientôt être obligée de leur mentir – ou bien de leur dire la vérité : à savoir que dans ce voyage à travers les ténèbres, les bons souffrent des tourments de la damnation tandis que les méchants prospèrent.

Elle leva de nouveau les yeux vers l'anneau de fenêtres. Pars, lui dit une voix étouffée, mais étrangement familière. Envole-toi là-haut. Emmène ta petite fille loin de tout ceci. La voix devint un chant des sirènes envoûtant, qui l'arrachait à sa douleur. Les ronds de lumière se fondirent en une coupole de feu, et elle sentit le poids glisser de ses épaules. La lumière l'attira vers le haut comme une tornade de feu et la dépouilla de son écorce de plomb. Ses membres échappèrent à la pesanteur, libres, prêts à s'envoler. Lâchez-moi, murmura-t-elle aux derniers vestiges de son corps qui s'accrochaient à la terre. Je suis prête. Laissez-moi partir.

Mais elle ne put pas s'envoler. La lumière se retira et le poids retomba sur elle. Ce n'était pas le fardeau des mensonges de la vie qui l'attachait ainsi à la terre, mais le désir de tomber jusqu'au centre du mal pour voir enfin la seule vérité que la vie permettait. Pour regarder le visage de Satan et découvrir si ce n'était pas son propre visage.

***

– Dans une semaine, il va falloir que j'entre en réclusion, lança Béatrice d'une voix qui domina la mélodie effrénée de la *moresca*. D'ici là, nous ferons une fête chaque soir. J'ai fait venir tout le monde. Dès ce soir, nous enterrerons nos soucis et nos chagrins.

Dorotea, la dame de compagnie de Béatrice, acquiesça sans réserve et ses yeux bleus aux reflets mauves se mirent à luire d'envie comme ceux de son guépard. Ces yeux reflétaient l'humeur de la cour tout entière depuis plusieurs semaines. Le deuil de Blanche, que tout le monde aimait, avait été suivi par un sentiment d'angoisse. Nul n'ignorait que le Trésor était vide et que les Français se préparaient à attaquer. Si la Fortune avait décidé de se retourner contre Milan, les Milanais n'étaient plus en mesure de repousser sa colère. Ils ne pouvaient que profiter au mieux de leurs derniers instants.

Et ce serait de nouveau leur duchesse qui prendrait leur tête à l'heure du danger. Béatrice avait fait venir dans ses appartements plus de douze musiciens. Des luths, des flûtes, des trombones, un clavicorde et même deux guitares espagnoles – tout un orchestre destiné à enflammer les passions plus qu'à apaiser des esprits tourmentés. On avait fait monter des caves les meilleurs vins, et les plus beaux gobelets de verre de Murano se briseraient sur le sol. Pour pimenter l'intérêt de l'embrasement amoureux auquel chacun s'attendait, on avait habillé plusieurs bouffons en femmes. Des nains couraient d'une pièce à l'autre. Les rires aigus des femmes tendues à craquer rivalisaient avec la musique tourbillonnante.

A sept heures et demie, les appartements étaient tellement envahis de courtisans et de dames qu'il n'y avait plus assez d'air pour respirer, seulement l'éther de l'ivresse et de l'abandon. Des cercles de danseurs se formaient, se disloquaient, se reformaient. Les coiffures de satin garnies de perles glissaient sur le côté, les seins frémissaient dans les décolletés plongeants, des mains erraient ouvertement sur les chairs nues. Un groupe de femmes prises de fou rire pariait déjà sur qui serait le premier à faire l'amour devant tout le monde, avec qui, comment et pendant combien de temps. Le premier gobelet tomba par terre.

– Savez-vous qui n'est pas là? cria Béatrice à Dorotea.

Elle arracha sa dame de compagnie des bras du nonce du pape, dont nul n'ignorait qu'il donnait sa place à son chambellan avant d'aller jusqu'au bout de ses conquêtes (nécessairement enivrées); le nonce préférait apparemment se cacher dans un coffre au pied du lit et écouter. Béatrice chuchota quelques mots à l'oreille de Dorotea, qui éclata d'un rire pervers et se précipita vers l'antichambre.

Une demi-heure plus tard, quelqu'un fit observer que Béatrice avait disparu.

– Où est passée notre duchesse, cria un autre courtisan d'une voix avinée. Où est notre muse?

Mais il y avait d'autres centres d'intérêt et les danseurs continuèrent de virevolter.

Quelques minutes plus tard se produisit l'événement de la soirée. Galeazzo di Sanseverino apparut. Les hommes s'écartèrent avec respect, les femmes se rapprochèrent.

– Galeazzo...

Elles sifflaient son nom comme des serpents, sans honte, avides de participer à la loterie. Les traits de Galeazzo étaient plus beaux que jamais, mais il avait dû teindre ses cheveux et l'on remarquait une ombre légère autour de ses yeux, signe de mort. Il parcourait la salle du regard, visiblement nerveux. En venant, il avait pris un risque, mais c'était le genre de risque qu'il aimait.

Après quelques échanges de politesses, Galeazzo s'excusa et se rendit dans les commodités attenantes à la chambre de Béatrice. Il referma aussitôt la porte derrière lui. Une chandelle parfumée brûlait dans une petite urne de cuivre sur le siège des toilettes, lançant juste assez de lumière pour qu'il distingue la forme de la femme qui l'attendait. Elle lui tournait le dos. Il n'avança pas.

Elle se retourna.

– Galeazzo, dit-elle.

Galeazzo recula comme s'il avait entendu parler un cadavre.

– J'étais sûre que vous viendriez, même au risque de me voir. N'avez-vous pas fait l'amour à une femme différente dans chaque toilette de ce château?

– Votre Altesse... murmura Galeazzo d'une voix plaintive.

Béatrice s'avança presque jusqu'à ce que son ventre énorme le touche.

– Je suis désolée de vous décevoir. Vous vous attendiez à trouver madonna Dorotea. Pourquoi ne me baisez-vous pas à la place? N'ai-je pas entendu dire que vous aimiez prendre les femmes enceintes à genoux pour voir si vous pouviez faire donner des coups de pied à l'enfant?

Galeazzo ne répondit pas. De l'autre côté de la porte, la musique et les rires continuaient.

Béatrice le frappa soudain à la poitrine, un coup de poing si violent qu'il recula d'un pas.

– C'était mon enfant, lança-t-elle entre ses dents serrées. Ma fille. Et vous l'avez tuée.

Elle le frappa de nouveau.

– Vous auriez pu l'aimer, et à la place vous l'avez tuée.

– Personne...

– Personne n'a souffert plus que vous. Je sais. Mon mari me l'a dit. Mais mon mari n'a jamais su percer à jour l'armure de votre hypocrisie... Peut-être ne pouvait-il voir en vous que le reflet de sa propre vanité, ajouta-t-elle avec un rire amer. Peut-être en sommes-nous tous à ce point. Qui d'autre avez-vous tué, Galeazzo?

Galeazzo recula vers la porte.

– Votre Altesse, je crois que...

Béatrice s'élança vers lui et posa la pointe de son couteau de chasse sur sa gorge. Il se raidit de douleur quand l'acier érafla la peau douce sous sa mâchoire, mais ne fit aucun geste pour résister.

– Je veux savoir qui a tué Jean. Qui l'a tué et qui a donné l'ordre de le tuer.

Il ne dit rien, et elle appuya un peu plus avec la pointe du couteau.

– Vous pouvez me le dire ici, ou vous pouvez me le dire en bas. Dans les souterrains. Je vous ferai attacher à la roue et vos pieds rôtiront jusqu'à ce que vous vous décidiez à parler. Et si vous croyez que mon époux sera en mesure de vous sauver, vous vous trompez. Il n'est pas ici ce soir. Il a acheté à sa catin un palais en ville, et ils y passeront la nuit.

– C'est Bernardino da Corte qui l'a empoisonné, dit Galeazzo d'une voix étranglée. Et c'est moi qui l'ai ordonné. Je l'ai ordonné parce qu'Isabelle venait de me faire connaître ses intentions. Elle croyait me persuader de la soutenir. J'ai compris que le seul moyen d'empêcher Jean d'abdiquer en faveur d'Isabelle était de le tuer.

– Mon époux le savait-il?

– Ce n'est pas lui qui a donné l'ordre. C'est moi.

– Était-il au courant?

– Non.

– En aviez-vous discuté?

Galeazzo hésita.

– Oui. Mais votre époux avait dit qu'il ne le permettrait jamais.

Elle sentit qu'il disait vrai.

– Mais vous saviez qu'il le souhaitait. S'il en avait eu le courage, il l'aurait ordonné. Vous le saviez. Et quand ce fut fait, il a su que c'était vous qui l'aviez fait.

– Il ne l'a jamais demandé, protesta Galeazzo. Je vous jure qu'il ne l'a jamais demandé.

– Parce qu'il avait peur d'entendre la vérité. Cela l'aurait obligé à affronter sa propre culpabilité.

Parce que le More aurait été obligé de regarder en face le visage de Satan et d'y reconnaître ses propres traits. Mais ce refus de son mari était-il plus critiquable que le sien? Elle avait eu des soupçons – n'avait-elle pas accepté trop facilement tous les prétextes pour les écarter?

Elle retira le couteau et le laissa tomber par terre. Un instant plus tôt, elle avait cru qu'elle tuerait Galeazzo; à présent, elle ne pouvait même pas le haïr. Elle eut sous les yeux une image surprenante: ils étaient tous assis à une table comme les apôtres de la *Cène* de Léonard de Vinci – elle-même, son époux, Isabelle, Galeazzo et Bernardino, le roi Charles VIII et le duc d'Orléans, Bonne de Savoie, Alphonse et Ferrante, ser Privolo et le doge de Venise. Le visage du Christ était celui de Jean. Peut-être Bernardino, au visage d'ombre, avait-il été le Judas de Jean, mais ils avaient tous participé à la trahison d'une manière ou d'une autre. Ils étaient tous capables de le tuer.

Elle savait qu'ils avaient tous protesté, parce qu'elle s'était répété sa propre protestation des centaines de fois. « Sûrement pas moi, maître. Je ne suis pas capable d'une chose pareille. » Mais ils avaient tous empoisonné Jean, ils avaient tous massacré les milliers d'autres innocents que la guerre avait fauchés. Et ils avaient tous empoisonné leur âme.

Elle écarta Galeazzo et ouvrit la porte. Les accords sonores marquèrent son entrée dans un autre univers. Tout y était faux : les couleurs trop voyantes, les bouches des gens tordues, leurs rires comme des flèches dans son sein. Elle eut envie de crier à tout le monde de partir, mais elle avait trop peur de rester seule avec elle-même.

Béatrice se joignit au cercle tourbillonnant des danseurs et s'évada comme autrefois dans le refuge du mouvement. Elle cria aux musiciens de jouer plus vite, pour essayer de brouiller les couleurs douloureuses. Elle se rappela le jour du premier mai où elle avait dansé avec Galeazzo dans un village, juste au seuil du destin, quand tous les choix étaient encore possibles, tous les avenirs des étoiles filantes. A présent le cercle s'était refermé et toutes les étoiles étaient tombées du ciel. Chaque choix avait été un mensonge de la Fortune, une duperie de la destinée. Il ne restait plus qu'à tourner en rond, en attendant les ténèbres, en attendant la fin.

Une douleur plus profonde, brûlante, lui perça soudain le ventre et elle perdit le contrôle de ses pas. Elle trébucha et se mit à tomber de la roue tourbillonnante. Quand elle s'arrêta enfin, elle était par terre, les yeux fixés sur une mosaïque frénétique de jambes vêtues de soie et de jupes de velours. La musique perdit son rythme, puis les instruments, l'un après l'autre, se turent, la clavicorde en dernier, égrenant tristement des notes isolées. Des hommes poussèrent des cris, plusieurs femmes hurlèrent. Ils s'avancèrent vers elle, en se penchant pour lui montrer leurs visages horribles. Pourquoi? se demanda-t-elle. Pourquoi?

Elle sentit la chaleur moite entre ses jambes. Au début elle crut qu'elle s'était mouillée, que c'était pour cela qu'ils avaient l'air si horrifié. Puis elle comprit. Dieu, supplia-t-elle tandis que toute la salle se mettait à tourner. Ma petite fille. Je vous en prie, mon Dieu, pas ma petite fille.

CHAPITRE 60

Les portes extérieures des appartements de la duchesse de Milan étaient bloquées par quatre gardes armés de piques à large lame. Comme ils refusaient de s'écarter pour la laisser passer, Isabelle s'adressa au jeune officier qui les commandait.

– Son Altesse m'a fait appeler.

Le jeune homme se découvrit.

– Je veux bien le croire, Votre Altesse, mais messer Ambrogio m'a ordonné de ne laisser entrer personne sauf le duc de Milan lorsqu'il arrivera.

– En ce cas, laissez-moi parler à messer Ambrogio.

Le jeune homme se mit à tortiller son bonnet.

– Votre Altesse, vraiment...

– Soit. Je vais revenir dans cinq minutes avec mes gardes et il vous faudra décider si vous désirez verser du sang simplement pour obéir à la requête de la duchesse de Milan.

Le jeune homme tortura son bonnet de plus belle.

– Je vais voir si messer Ambrogio acceptera de vous laisser entrer.

Isabelle hocha la tête et le jeune homme ouvrit la porte. Comme il se glissait à l'intérieur, Isabelle l'écarta et s'élança dans l'antichambre sombre.

– Votre Altesse... gémit l'officier derrière elle.

La chambre était étouffante. Sur le lit, tout était coloré par les flammes de la cheminée : la courtepointe blanche brodée, les coussins blancs sur lesquels reposait la tête de Béatrice, sa chemise blanche, la main couleur de plâtre inerte le long de son corps. Et son visage. Les yeux clos, une statue de marbre blanc.

Isabelle s'avança vers le lit, en espérant contre toute vraisemblance que ce n'était pas Béatrice, qu'il s'agissait d'une farce cruelle. Quelque chose remua à côté d'elle. Elle leva les mains, terrifiée. Messer Ambrogio sortit des ombres mouvantes.

– Elle est morte, dit Isabelle.

Messer Ambrogio parut curieusement soulagé de la voir. Il secoua la tête.

– Non, répondit-il de sa voix irréelle, chevrotante. Mais aucun homme ne peut plus lui venir en aide désormais. Seul Dieu peut la sauver.

– Et son enfant?

– Mort-né.

Messer Ambrogio se tordit les mains.

– Je ne sais pourquoi ils ne peuvent trouver le duc de Milan. Si vous voulez bien rester près d'elle, j'irai voir.

Sans attendre de réponse, il s'enveloppa dans sa cape et sortit.

Isabelle s'assit très doucement sur le lit à côté de sa cousine et lui prit la main. Elle était froide, aussi froide que de la pierre. Et le bras de Béatrice était inerte. Au bout d'un instant, ses paupières battirent et s'ouvrirent. Elle avait les yeux ternes, mais ils prirent des reflets du feu.

– Ich, murmura-t-elle.

Ses lèvres dessinèrent un sourire vague, et Isabelle remarqua aussitôt leur couleur étrange – bleu lavande.

– Je t'avais dit que mon enfant me tuerait. Mais je ne savais pas que je tuerais mon enfant...

– Tu n'as pas tué ton enfant. Et ton enfant ne va pas te tuer.

Béatrice sourit de nouveau légèrement.

– Soulève les couvertures. Regarde.

Isabelle souleva la courtepointe et frémit d'horreur au moment même où Béatrice se mit à frissonner violemment, sans doute de froid. La chemise de Béatrice était remontée jusqu'au-dessus de ses hanches. Ce qui semblait être son utérus entier, gonflé, se trouvait en lambeaux sanglants entre ses jambes. Isabelle se força à regarder une deuxième fois. Elle comprit seulement alors que cette chose obscène n'était pas de la chair mais un tas de chiffons trempés de sang.

– Oh, mon Dieu... Que t'a-t-on fait? Mon Dieu, il faut changer tout ça.

Elle enleva la charpie sanglante et la jeta par terre. Elle regarda en vain autour d'elle, puis releva sa jupe et déchira le tissu de sa chemise. Elle glissa ce pansement improvisé entre les jambes de Béatrice.

– Mon Dieu. Il faut que j'aille chercher ma sage-femme. Il faut faire quelque chose.

Béatrice secoua la tête, animée soudain.

– Non, Isabelle. Personne n'y peut rien... Je veux seulement qu'on me laisse tranquille. Je n'ai cessé de saigner depuis que l'enfant est venu. Il n'a pas crié. Un beau petit garçon. Mais il n'a pas pu crier. Quand je me suis mise à saigner, j'ai compris que cela ne s'arrêterait pas. Pas cette fois. Les prêtres sont déjà venus. Je ne voulais pas qu'ils soient ici quand...

La douleur la força à détourner la tête.

– C'est tellement triste... murmura-t-elle. De savoir... Jamais plus je ne verrai mes fils.

– Mais si. Je vais aller les chercher.

Béatrice secoua la tête.

– Non, Ich. Je t'en prie, non... J'en ai tellement envie. Mais je ne veux pas qu'ils gardent de moi ce souvenir.

Elle ferma les yeux et son visage se convulsa. Puis ses paupières s'ouvrirent brusquement et elle regarda Isabelle avec la fureur de la mort.

– Ich... Tu avais raison. Tout est mensonge. La vie... est mensonge. L'amour... est mensonge. Il fallait que je te le dise avant de... Tu avais raison. A présent, je comprends ta douleur.

Isabelle garda le silence pendant un instant. Puis elle serra la main froide de Béatrice entre ses doigts tachés de sang.

– Non, Béatrice, tout n'était pas mensonge. Je t'ai aimée. Vraiment aimée. Et je ne regrette rien de cet amour.

Les commissures des lèvres d'Isabelle frémirent légèrement à cet aveu surprenant, à la fois doux et amer.

– Et parce que je t'ai aimée, j'ai enfin appris à aimer mes deux filles. Je les aime vraiment. D'un amour que je ne croyais pas possible.

Elle se pencha vers le visage livide de Béatrice.

– C'est ce qu'il restera de notre amour, ajouta-t-elle. Un amour qui durera encore quand nous serons tous partis.

Béatrice ferma les yeux.

– Ich. Pardonne-moi.

– Je t'ai déjà pardonné, murmura Isabelle, puis elle hésita. Toi, peux-tu me pardonner?

Béatrice ébaucha un sourire.

– Oui. Et pardonne-la aussi, Ich. Ta mère.

Isabelle ne répondit pas.

– Ich. Peux-tu... m'apporter... mon enfant?

Isabelle ne comprit pas tout de suite ce qu'elle voulait dire.

– Oh, Béatrice, je ne crois pas que tu devrais.

– Je t'en prie, Ich. Je ne l'ai jamais tenu dans mes bras.

Isabelle serra plus fort la main de Béatrice et se leva. Quand elle se retourna, elle crut que messer Ambrogio était revenu. Mais l'homme sur le seuil était le More. Isabelle regarda Béatrice. Le More s'avança lentement, en silence, jusqu'au pied du lit.

– Ludovic... articula Béatrice en un soupir.

– Veux-tu qu'il s'en aille? demanda Isabelle.

Béatrice secoua la tête. Isabelle et le More se regardèrent pendant un moment, puis Isabelle se retourna et sortit.

Le More tomba à genoux près du lit de sa femme. Il lui prit passionnément la main, puis il enfouit son visage dans la courtepointe et se mit à sangloter.

– Ludovic... murmura de nouveau Béatrice.

Quand il releva la tête, il avait le visage défiguré, comme si toutes les émotions qu'il avait réprimées pendant tant d'années surgissaient soudain en une seule expression hideuse.

– Seigneur, je donnerais mon âme pour défaire ce que j'ai fait! Tu étais mon seul amour. Mon seul amour. Seigneur, je revenais à toi. Je jure que je revenais à toi. Je suis là.

Il ouvrit la bouche, la gorge nouée.

– J'ai juré de mettre fin à cette liaison cette nuit. Je ne la reverrai plus jamais. Ce n'était qu'une passade, un hochet, et à ma honte éternelle, j'ai négligé mon vrai trésor pour elle. Mais c'est fini. Dieu de miséricorde, je ne peux pas vivre sans toi. Oh, Dieu de miséricorde. Mon seul amour vrai. Dieu de miséricorde...

Sa tête retomba et il se remit à pleurer dans les couvertures.

Quand il se fut un peu calmé, elle lui parla. Sa voix montait d'une source profondément enfouie.

– Ludovic, plus de mensonges. Seulement la vérité. Si douloureuse qu'elle soit.

Il releva la tête.

– Tu savais que Galeazzo avait fait empoisonner Jean.

Il n'eut pas la force de la regarder dans les yeux. Il se tourna vers le feu qui commençait à baisser et chuchota sa réponse.

– Oui.

Elle ferma les yeux et ne bougea pas. Seule la pression de sa main indiquait qu'elle était en vie. Elle rassembla de nouveau assez de forces pour parler.

– Est-ce que ce fut vrai un seul instant? M'as-tu jamais... aimée?

De ses yeux sombres et fixes, il regarda intensément leurs mains jointes.

– A une époque, tu as été ma propre âme, dit-il doucement. Et je ne pouvais pas vivre sans cela.

Il leva les yeux vers elle, et il dut lutter pour rester maître de lui et conserver sa dignité.

– Béatrice a montré à Dante le visage de Dieu. Mais seulement après que le poète avait eu le courage de remonter de l'Enfer. Je n'ai pas eu ce courage. J'ai eu peur de te laisser m'entraîner vers la lumière. J'ai craint, si tu me voyais en pleine lumière, que tu ne puisses plus m'aimer.

– Je... t'aime encore... dit-elle, non sans difficulté.

– Je sais, murmura-t-il en se penchant en avant. Je sais, *amore*.

Ses lèvres effleurèrent celles de Béatrice.

Le More garda la main de sa femme dans la sienne jusqu'au retour d'Isabelle. L'enfant était enveloppé de toile blanche, si petit qu'on eût dit une main bandée. Isabelle le posa contre la poitrine de Béatrice. Il avait un visage parfait, blanc et paisible, les traits d'un petit ange d'albâtre.

– Il faut... que je... le tienne.

Le More était trop terrassé par le chagrin pour libérer la main de Béatrice.

– Lâchez-la, Ludovic, dit Isabelle à mi-voix.

Elle arrangea l'enfant au creux du bras libre de Béatrice. Béatrice essaya de regarder son troisième fils, et ses paupières battirent tandis qu'elle glissait vers un sommeil intemporel.

– Je l'emmène... murmura-t-elle dans un souffle. Voir... le visage... de Dieu.

Ils demeurèrent ensemble ainsi, comme une Madone à l'Enfant, tandis que le feu de la cheminée se réduisait à des braises. Pendant plus d'une heure, Isabelle et le More restèrent à genoux en silence, connaissant la vérité mais refusant de bouger, espérant un miracle.

Le miracle se produisit : le feu mourant baigna de lumière rosée les deux visages morts et, le temps d'un soupir, ils parurent revivre.

***

Extraits d'une lettre de Marino Sanuto, diplomate vénitien, adressée à la Seigneurie de Venise.

Milan, 3 février 1497

... Jamais je n'ai été témoin d'une telle expression de chagrin spontané de la part d'un peuple entier. Une ville qui ne se livrait qu'aux plaisirs a tout abandonné pour porter le deuil. Fait remarquable, tout le monde est convaincu ici que la mort de la duchesse de Milan signifie que la Fortune – si favorable à Milan et à son duc – s'est désormais détournée...

Pendant les jours qui ont suivi le décès de son épouse, le More s'est barricadé dans une chambre, refusant de laisser entrer la lumière du jour, et même ses enfants; encore moins ses ministres et les ambassadeurs qui souhaitaient lui transmettre les condoléances de leurs souverains. Il en est ressorti le 17 janvier, mais il a ordonné à ses ministres de ne parler que des affaires d'État, de ne jamais prononcer le nom de la duchesse de Milan en sa présence, ni de faire quelque allusion que ce soit à une chose qui pourrait lui rappeler sa perte récente... Il s'est rasé la tête et il porte un manteau de bure noire comme un moine... Il reste des heures entières à écouter la messe dans l'église où sa femme est enterrée à côté de la tombe de sa fille Blanche... Son chagrin passe tout entendement...

CHAPITRE 61

Extraits d'une dépêche du comte Carlo Belgioioso, ambassadeur de Milan en France, adressée à Ludovic Sforza le More, duc de Milan.

Amboise, 8 avril 1498

... La mauvaise santé de Sa Majesté Très Chrétienne l'empêchait de prendre part à ces jeux de paume, mais comme Sa Majesté souhaitait fort y assister, il se rendit avec Sa Majesté la reine dans la galerie qui domine la salle. La porte d'accès à cette galerie est assez basse, et le roi Charles, qui en général ne risque point de se cogner aux portes, n'a pas eu le réflexe de baisser la tête. Son front a heurté le linteau de pierre si violemment qu'on en entendit presque l'écho. Mais après s'être relevé, il a suivi le jeu comme si de rien n'était. Une heure plus tard, il est soudain tombé à la renverse et il est resté à terre, incapable de parler... Les médecins appelés à son chevet n'ont pu rien faire. Peu après le coucher du soleil, il a rendu son âme à Dieu...

Je crains que nous ayons à déplorer la mauvaise Fortune qui a si récemment emporté la vie du fils unique du roi Charles. Je suis certain que personne ne s'opposera (il n'y a aucune possibilité légale de le faire) au couronnement du premier prince du sang, Louis d'Orléans. J'ai déjà appris par des gentilshommes qui redoutent les ambitions du duc d'Orléans, que son premier acte en tant que Louis XII serait la conquête du duché de Milan...

***

Deux ans plus tard

Extraits d'une lettre du peintre Léonard de Vinci, adressée au conteur et voyageur Benedetto Dei.

Florence, 20 avril 1500

... Après avoir fui à Côme pour échapper aux Français, je suis enfin arrivé ici, après des tribulations qui m'ont conduit quelque temps à Mantoue, Venise et Rome. Je vis comme la plupart des gens en Italie maintenant : sans savoir ce que réserve le lendemain... Il y a deux jours, un nombre prodigieux d'exilés comme moi sont arrivés de Milan, et nous ont appris qu'après maints efforts pour défendre son État et sa liberté, le More a été enfin capturé par ses ennemis... Quelle ironie du sort, mon cher Benedetto! Cet homme qui ne tenait ses promesses à personne fut abattu au bout du compte par la trahison d'un grand nombre : ses anciens alliés le pape Alexandre et la Seigneurie de Venise, qui ont conspiré avec les Français pour se partager les territoires de Milan; son gouverneur Bernardino da Corte, qui a livré de façon infâme le Castello aux envahisseurs alors qu'il aurait pu résister plus d'une année étant donné l'efficacité et l'ingéniosité des bastions dont je l'avais pourvu; et enfin les mercenaires suisses qu'il avait engagés pour sa protection, et qui l'ont vendu à ses ennemis trente mille ducats. Ainsi le More fut-il dépouillé de sa liberté, de son État et de sa fortune, si bien qu'aucun de ses projets n'a pu être mené à bonne fin...

Parmi tous ceux qui ont souffert, je ne manquerai pas de citer l'ancienne duchesse Isabelle, dont le jeune fils a été emmené en captivité par les Français pour l'empêcher de prétendre au trône ducal de Milan. Les deux fils du More ont eu plus de chance, car l'empereur d'Allemagne les a pris sous sa protection...

Je maintiens en toute sincérité que le jour où le More a fait traverser les Alpes aux Français, il a creusé une brèche par laquelle le flot des malheurs de l'Italie se déverse sans relâche en un torrent déchaîné. Les seigneurs d'Italie s'efforçaient de construire un édifice grandiose et arrogant pour leurs ambitions, mais cet édifice ne pouvait pas durer car il essayait d'atteindre le ciel tout en ne se fondant que sur des fourberies. Ils auraient pu laisser à la postérité un monument vraiment noble et durable s'ils avaient visé moins haut, mais avec des moyens plus dignes, car une petite vérité vaut toujours mieux qu'un grand mensonge...

***

Extraits d'une dépêche de Benedetto Trevisiano, ambassadeur de Venise en France, adressée à la Seigneurie de Venise.

Lyon, 2 mai 1500

Ce jour, vers deux heures, le More a été conduit en ville sous escorte... Il a regardé autour de lui sans aucune expression, comme s'il avait résolu de ne trahir aucun de ses sentiments en dépit de la catastrophe que lui a infligée la Fortune. Il était cependant fort pâle et semblait malade... ses bras et tout son corps tremblaient...

Il sera bien gardé pendant la semaine qui vient, jusqu'à ce que soit prête la cage de fer qui deviendra sa demeure jour et nuit...

Tous les personnages haut placés devraient méditer sur le destin misérable de cet homme, que beaucoup tenaient naguère pour le plus grand du monde. Quand la Fortune vous place en haut de sa roue, elle peut à tout moment vous jeter à terre; et plus près vous vous trouviez du ciel, plus dure et plus soudaine sera votre chute...

***

Huit ans plus tard

Donjon de Loches, 17 mai 1508

Le capitaine des archers baissa la tête pour passer sous le linteau de pierre grossièrement taillée. La cellule dans laquelle il entra avait été creusée dans le rocher sur lequel s'élevait le château de Loches. La seule ouverture dans les parois épaisses était une fente étroite creusée dans la pierre. Cette meurtrière laissait passer juste assez de lumière pour que l'on reconnaisse les traits du cadavre. Il gisait sur un petit bat-flanc contre le mur, recouvert d'un linceul de toile, le visage livide entouré de longs cheveux blancs qui formaient un halo presque translucide. Le nez busqué était césarien, les joues et les yeux creusés et dans l'ombre.

– Étiez-vous ici quand il est mort, mon père? demanda le capitaine au prêtre qui se trouvait près du corps.

– Oui, répondit le prêtre, qui semblait tenir le défunt en haute estime. Je lui ai donné les saints sacrements.

– Je ne crois pas que ça l'aidera beaucoup, mon père. Ce sera la fête ce soir en Enfer, quand le More retournera chez lui. Nous avons reçu l'ordre d'emporter le corps.

Le capitaine parcourut la cellule des yeux. La roche grise était couverte d'emblèmes Sforza et de graffiti en latin et en italien. Il s'avança près du cadavre et examina deux lignes de texte péniblement gravées dans le mur juste au-dessus du lit, presque à hauteur d'œil pour un homme allongé sur l'étroite paillasse.

– Qu'est-ce que cela signifie, mon père ? C'est de la sorcellerie ?

Le prêtre secoua la tête. Les soudards illettrés de France considéraient sans doute le More comme un démon, mais le prêtre l'avait trouvé doux et charmant, sans aucun doute l'homme le plus cultivé de Loches, et peut-être le plus cultivé de France. Le prêtre était venu dans sa cellule le plus souvent possible, pour lire le seul livre que possédait le More et discuter avec lui de ses significations profondes – *La Divine Comédie* de Dante.

– Ce sont des vers de Dante, expliqua-t-il. Un poète italien. Des vers de sa grande épopée :

Nul douloir n'est plus vif en cette longue peine,
Que parmi le souffrir, mémoire du bonheur...

Le capitaine frotta son menton mal rasé.

– Mon père, vous l'avez vu mourir. A-t-il invoqué des démons pour se faire conduire à son père Satan ?

– A la fin, il n'a prononcé qu'un seul nom.

Le prêtre baissa les yeux vers le masque de mort de Ludovic Sforza et lui sourit.

– Le nom de la femme qui a montré à son poète le chemin qui conduit à Dieu : Béatrice.

ÉPILOGUE

Seize ans plus tard

Bari, 9 février 1524

Les deux fillettes devaient avoir douze ans; elles étaient toutes les deux brunes de peau avec d'épais sourcils, comme souvent dans le sud de l'Italie, ce qui donnait une sensualité subtile à leurs traits d'adolescentes. C'étaient les filles de deux veuves au service de la duchesse de Bari, et leur visage n'était pas encore modelé par leur inévitable destinée. Mais jamais leurs mères ne pourraient leur donner de dot, et leur choix était donc tristement limité : elles seraient soit honteusement exploitées par un paysan pauvre qui accepterait de les épouser sans dot, soit honteusement exploitées dans un mauvais couvent qui renoncerait à la dot normalement requise par le Christ (environ le cinquième de ce qu'exigeait un époux moins immatériel), soit encore honteusement exploitées comme prostituées de bas étage. Dans moins de quinze ans, elles seraient vieilles.

Les deux jeunes filles portaient des robes de toile propres. Il y avait quelque chose d'indéniablement gai et plein d'espoir dans leur maintien innocent : dos raide et digne, mouvements brusques, passionnés de leurs bras fins. La dame d'honneur de la duchesse de Bari passa la main sur les longs cheveux bruns de la plus grande des deux filles, puis recula d'un pas pour les jauger du regard.

– Ma foi, nous ne trouverons pas mieux, dit-elle sans dépit ni condescendance. Vous saurez faire la révérence à la duchesse, toutes les deux, n'est-ce pas? Vous ne devez rien dire tant que la duchesse ne vous pose pas de questions. Et vous devez rester très calmes et écouter attentivement la duchesse. La duchesse n'est plus en bonne santé, et nous devons ménager ses forces. Bon. Et maintenant, je vous fais entrer.

Le page ouvrit la double porte de l'appartement de la duchesse de Bari, et la dame d'honneur poussa doucement les deux jeunes filles en avant. Quand les portes se refermèrent, elle se tourna vers le vieux chambellan de la duchesse.

– Messer Dionigi, j'aurais plus d'espoir pour la santé de notre duchesse si elle acceptait de faire venir un médecin au lieu des enfants de ses serviteurs.

Messer Dionigi sourit, et ses yeux se plissèrent au milieu de ses rides.

– La duchesse a toujours eu une aversion naturelle pour les médecins.

A leur entrée dans la chambre de la duchesse de Bari, les deux fillettes restèrent bouche bée d'admiration. Jamais elles n'avaient vu un lit pareil : vaste dais, colonnes de bronze, tentures cramoisies brodées, courtepointe de satin or et argent. La duchesse leur fit moins d'effet : ce n'était qu'une vieille décharnée, aux cheveux gris, calée par des coussins de velours à franges. Elle avait remonté jusque sous son menton une petite couverture de duvet.

Les deux fillettes s'avancèrent timidement jusqu'au pied du lit et firent la révérence avec une maladresse touchante.

– Venez par ici.

La voix de la duchesse n'était qu'un murmure rauque, mais on sentait une autorité latente.

– J'en ai assez de toutes ces femmes qui ne cessent de venir ici jour et nuit. Avant de mourir, je veux voir des jeunes qui ont toute la vie devant elles. Doux Jésus, ne me lorgnez pas comme ça avec des yeux ronds! Les vers ne vont pas me manger pendant que vous êtes là. Je mourrai quand j'aurai réglé mes affaires. Je suis prête. J'en ai assez de la vie. Après tout ce que j'ai pu voir! Savez-vous qui je suis?

Les deux fillettes se tortillèrent, visiblement mal à l'aise.

– Vous êtes la duchesse de Bari, Votre Altesse, risqua la plus grande d'une voix hésitante.

– Approchez-vous, je vais vous le dire.

Les deux adolescentes longèrent le côté du lit de la duchesse.

– Je n'ai pas toujours été duchesse de Bari. Je suis devenue duchesse de Bari parce qu'un homme qu'on appelait le More m'a légué Bari à sa mort. Mais j'ai été jadis duchesse de Milan. Quand j'avais votre âge, c'était mieux que d'être reine de France. Il n'existait rien de comparable à Milan lorsque j'en étais la duchesse. « Le Paradis sur terre », disaient tous les voyageurs. Et c'était vrai. Jusqu'à ce que les Français détruisent tout. Oui, à l'époque, aucune armée étrangère n'aurait osé traverser les Alpes pour pénétrer en Italie. A présent, les Français viennent tous les trois ou quatre ans. Et s'ils ne se lancent pas en guerre, les Vénitiens s'en chargent, ou les Allemands, ou Sa Sainteté.

La duchesse regarda les fillettes. Elles lui témoignaient une attention respectueuse, mais ces événements abstraits ne suscitaient aucun écho en elles.

– Nous avons de la chance d'être ici, à Bari, loin de tout, continua-t-elle. Loin des combats. Tant qu'on n'a pas de guerre, on se figure que c'est exaltant et héroïque. Comme un tournoi. Mais dans les guerres, les gens que l'on aime meurent. Mon époux est mort. Mon père et mon frère sont morts.

Elle secoua légèrement la tête.

– J'avais un fils. Il n'avait même pas dix ans quand les Français me l'ont enlevé. Ils l'ont emmené en France. Il y est mort. Il est tombé de son cheval au cours d'une chasse.

Elle ferma les yeux. Sa voix devint à peine audible.

– Je ne l'avais pas vu depuis douze ans.

La duchesse leva les yeux. Ses iris d'un vert de jade brillaient sur son visage blême.

– J'ai eu deux filles. La plus jeune est morte en bas âge. Une fièvre.

Elle s'interrompit, et son regard se voila de chagrin.

– Ma fille Bonne est mariée au roi de Pologne. C'est très loin d'ici. Elle est partie depuis six ans... Voilà, vous savez maintenant qui je suis. Je suis une vieille femme esseulée qui parle beaucoup trop de gens qui sont loin ou qui ne sont plus. Mais c'est ma prérogative de vieille. Et c'est aussi mon privilège de demander à de jeunes personnes comme vous de m'accorder une dernière faveur. Puis-je vous demander ça?

Les deux fillettes acquiescèrent gravement.

– Voici mon problème. Je possède des biens non négligeables, et pour ainsi dire personne à qui les léguer. Je n'enverrai rien à ma fille en Pologne, car ce serait l'offrir aux mercenaires et aux bandits des chemins. Ainsi va le monde, à présent. On ne peut même plus faire confiance aux banques de Florence. Mais si je laisse ma fortune ici, aussi sûr que je vous vois, les prêtres trouveront un moyen de s'en emparer. Je vous demande donc, à toutes les deux, de m'aider à protéger mon argent des prêtres.

Les deux fillettes hochèrent de nouveau gravement la tête.

La duchesse regarda le jardin par l'étroite fenêtre gothique. Les couleurs des feuillages tropicaux, avivées par le soleil du Midi, semblaient trop intenses pour appartenir à un jardin terrestre. Elle se tourna de nouveau vers les adolescentes.

– Je vais vous donner à chacune une dot, pour vous permettre de trouver un bon époux.

Les yeux des fillettes s'agrandirent et leur mâchoire tomba.

– Ne croyez pas que cela n'engendrera pour vous aucune obligation à mon égard, lança la duchesse. Il faudra que votre choix soit sage. Si j'apprends que l'une de vous a épousé un *ribaldo* qui dépense tout l'argent avec des *meretrice*, ou bien un *pappatore* qui le perd aux cartes, je ressortirai de ma tombe en hurlant. Compris?

– Pouvons-nous vous remercier, Votre Altesse? demanda la plus grande.

– Quand j'aurai fini de vous expliquer vos obligations. Je compte sur vous pour autre chose. Je suppose que vos époux vous donneront des enfants. Et j'espère que chacune d'entre vous aura au moins une fille. En plus de tous vos garçons, bien sûr. Et je veux que chacune de vous donne à sa première fille le prénom que je vais indiquer.

La duchesse fit signe à la plus petite des deux.

– Toi, comment t'appelles-tu?

– Giovanna, Votre Altesse.

– Giovanna, tu devras donner à ta fille le nom de Béatrice. C'est un nom important. Béatrice était l'amour de Dante. C'était aussi le nom de ma cousine et amie, qui est morte il y a bien des années. Elle avait été duchesse de Bari, comme je le suis à présent, et elle a été duchesse de Milan, comme je l'étais avant elle – coïncidence très étrange, n'est-ce pas? Comme si la Fortune avait fait de chacune le miroir de l'autre.

Le regard de la duchesse sembla se tourner vers elle-même.

– Nous regardons dans ces miroirs et nous y voyons le meilleur de nous-mêmes, ainsi que le pire. Des miroirs de vérité. C'est Béatrice, je pense, qui m'a appris que nous pouvons voir les gens que nous aimons dans ce miroir implacable, et continuer de les aimer malgré tout. Et même leur pardonner.

La duchesse agita la main et concentra de nouveau son attention sur Giovanna.

– De toute manière Béatrice est un beau nom, et ta fille sera fière de le porter.

La duchesse se tourna vers l'autre jeune fille.

– Éléonore, Votre Altesse.

– Éléonore...

La duchesse s'interrompit et parut avoir du mal à avaler. D'un élan spontané, Éléonore s'avança pour prendre la main de la duchesse.

– Éléonore, il faudra que tu appelles ta fille Ippolita.

La duchesse se redressa légèrement et regarda le jardin; elle ne vit plus les couleurs baignées de soleil, mais quelque chose de beaucoup plus lointain. Pendant un instant elle parut infiniment lasse. Quand elle reprit enfin la parole, sa voix était plus rauque et très basse.

– Ippolita était une femme triste et douce qui... a beaucoup souffert. Mais elle a essayé... elle a fait de son mieux pour... aimer. Et pour être aimée.

La duchesse plissa les paupières pour retenir ses larmes, et serra plus fort la main d'Éléonore.

– Ippolita, murmura-t-elle.

Puis elle se laissa aller sur les coussins et ferma les yeux. Toute trace de lassitude disparut de son visage.

– Ippolita était le nom de ma mère.

Quand les Français franchirent les Alpes dans la dernière décennie du xve siècle, ils traversèrent également une grande ligne de partage des eaux dans le paysage de l'histoire. Au cours du xvie siècle, l'Italie connut un dernier épanouissement culturel, mais le pouvoir politique des États italiens déclina de façon catastrophique à la suite des invasions françaises, et pendant les trois cent cinquante années qui suivirent l'Italie se trouva à la merci d'une succession d'envahisseurs. La France, reconstruite grâce au pillage de l'Italie, devint la puissance dominante du continent européen pour plus de quatre siècles.

Isabelle d'Aragon mourut à Bari le 11 février 1524. Galeazzo dì Sanseverino, qui devint Grand Écuyer de France, fut tué sous les armes en 1525, alors qu'il protégeait de son corps Sa Majesté Très Chrétienne. Léonard de Vinci, qui passa les dernières années de sa vie à travailler pour François Ier, est tenu aujourd'hui pour l'homme le plus représentatif de la Renaissance. La sœur de Béatrice, Isabelle d'Este, marquise de Mantoue, qui vécut jusqu'à l'âge de soixante-quatre ans et vit son fils aîné couronné duc de Mantoue par l'empereur, est entrée dans l'histoire comme la grande dame de la Renaissance, protectrice de Michel-Ange, Raphaël et Léonard de Vinci. Si Béatrice d'Este avait vécu aussi longtemps que sa sœur, elle aurait peut-être fait faire un autre tour à la roue du Destin, et le monde serait aujourd'hui très différent... Mais le poète de Béatrice, Dante, n'a-t-il pas mis fin à tout argument de ce genre en écrivant que les desseins de la Fortune sont toujours cachés et qu'aucune main mortelle ne peut arrêter le cycle éternel du changement?

Cet ouvrage a été réalisé par la
SOCIÉTÉ NOUVELLE FIRMIN-DIDOT
Mesnil-sur-l'Estrée
pour le compte des Presses de la Cité
en avril 1993

Imprimé en France
Dépôt légal : avril 1993
N° d'édition : 6126 – N° d'impression : 23503